神奇故事的历史根源

[俄罗斯] 弗拉基米尔 · 雅可夫列维奇 · 普罗普 著

贾放 译　施用勤 校

Исторические корни волшебной сказки

Владимир Яковлевич Пропп

北京联合出版公司
Beijing United Publishing Co.,Ltd.

弗拉基米尔·雅可夫列维奇·普罗普

序言

弗·雅·普罗普

本书增补了绪论，因而序言部分就可以仅限于做几点技术性的说明。

书中常常会遇到故事的引文或摘录，这些摘录当被看作是例证而不是作为论据。一个例子的背后往往隐藏着带有一定普遍性的现象。对一种现象进行分析时，似应不是援引一两个例证，而是穷尽所有的情形，可那就会把这本书变成一本其规模超过全书的目录索引。引证现有的情节索引或母题索引，似乎可以避免这一困难。然而，一方面，这些索引所采用的按情节划分故事和按母题划分情节的方法，常常完全是相对的；另一方面，故事引文在书中要遇到成百次，那好像就得成百次地给出引文索引。这一切迫使我放弃引用每个情节类型号码的传统。读者将会明白，书中所引用的材料是一些范例。

还要说到习俗、仪式、祭祀等领域的例子。所援引的所有事实——不过是作为例子而已——其数目似可以任意增减，所援引的例子似可以为其他的例子所替代。如此一来，书中便不曾说出任何新的事实，新的只是所确定的事实之间的关系，全书的核心正在于此。

关于叙述方式还要做一点说明。故事母题之间的关联是如此密切，以至于作为一条规则，任何一个母题都无法孤立地去理解。叙述则只能一部分一部分地进行。因此在书的开头常常会遇到在下文才会展开的引文，而在书的后半部分，又会碰到上文已经叙述过的东西。

一本书是一个整体，不可为了查阅某些母题而从中间读起。

在本书中，读者找不到对许多母题的分析，读者是有权在这类著作中寻找它们的。许多东西在这本书里容纳不下。本书特别强调了对一些基本的、最主要的故事形象和母题的分析，其余的东西，一部分以前已经发表了，此处不再重复，一部分则可能以单篇文章的形式在今后发表。

这本著作写成于列宁格勒大学。我的许多同道乐于让我分享他们的学问和经验，支持我写作此书。许多地方尤其要归功于伊万·伊万诺维奇·托尔斯泰教授，无论是在我运用古希腊罗马材料的章节，还是写作的一般问题，他都给予我以宝贵的指教。请允许我向他致以深深的、真挚的谢意。

俄文第二版编者说明

此书为弗・雅・普罗普的学术著作《神奇故事的历史根源》的第二版，该书于1946年问世。作者是在战争年代完成这本书的，他无法为核对引文和准确说明出处而再次查对原著。他只能使用以前做的摘录或凭记忆指出史料来源。М. Я. 敏茨在恢复本书的索引附录方面做了耐心细致的工作，编辑们为此向她致以深挚的感谢。

这一版对引文做了准确的说明，对脚注做了核对和补充。这些引文和脚注依照新的出版标准进行排版。例如，重新校对了引自不同故事集的大量引文。对引用的故事文本和故事异文的号码进行了勘误。阿法纳西耶夫故事集《俄罗斯民间故事》里的故事编号用的是弗・雅・普罗普注释的版本（莫斯科，1957），这是由于当代读者使用1936—1940年三卷本的文本因两个情况而有些麻烦：它已经绝版；同时引证文本的异文又很不方便，这些异文既有基本文本又有阿法纳西耶夫加了注释的文本，都放在同一个号码之下。在弗・雅・普罗普注释的版本中全部文本有严整的编号。出自阿法纳西耶夫"注释"的故事有了单独的号码。脚注与书末的号码相一致，这使读者易于寻找异文对应的引文。根据弗・雅・普罗普在第一版序中的看法（参见本书"序言"），编辑未采用相应的故事情节索引的故事类型编号。弗雷泽论著《金枝》的引文也引自最新版本（莫斯科，1983），那些最新译文中没有对应引文的情形除外。外文词语和外文名称进行了核对，在文本中给出了译文。补足了删节部分并使之准确化。指出了弗·雅·普罗普所引用文献的最新版本。视需要引述了一些研究介绍，包括弗·雅·普罗普书中所揭示的问题范围之内的众家之说，或者是《神奇故事的历史根源》出版之后引起学术论争的问题。

编辑们尽力小心翼翼地对待第一版的文本。个别无关紧要的删节，涉及的只是书中顺应问世之时的时代风气的地方。它们丝毫无损于书的内容。第一版里的一些过时的民俗学术语和地理名称在某些情况下还会在文本里碰到。

目录

第一章

◆

前提

故事保存了业已消失的社会生活的痕迹，必须研究这些遗迹，这样的研究将会揭示许多故事母题的来源。

尽管故事起源于仪式，可仪式却十分模糊，倒是故事将往昔保存得如此真实完好，以至仪式或其他现象只有通过故事才能得到其真正的阐释。

民俗学家常常引用故事，但常常并不了解它。这里特别要提到的是弗雷泽。支撑着《金枝》这一宏伟大厦的前提是从故事中汲取的，然而却是未被正确理解和未经充分研究的故事。对故事的准确解释将会给这部著作带来一系列的修正，甚至动摇它的根基。

1．基本问题　什么是具体地研究故事？研究又从何入手呢？如果局限于故事的相互对比，我们就会停留在历史比较的范围之内。必须扩展研究范围并找到神奇故事产生的历史根基。就其最一般的特征来说，研究神奇故事根源的任务就是如此。

动笔伊始，提出这个问题似乎令人觉得无甚新意。历史地研究民间口头创作的尝试早已有之。俄罗斯民间文艺学有过以弗谢沃洛德·米勒为首的整个历史学派，例如，斯佩兰斯基在他的俄罗斯口头创作教程中说道："在研究壮士歌时，我们努力去猜测作为其基础的历史事实，并且以这一推测为根据，来证实壮士歌情节与我们所知道的某些事件或其整个过程的一致。"[1] 我们将既不去猜测历史事实，也不去证实它们与民间创作的一致。对我们来说，问题全然是另外一个。我们想研究的是历史往昔的哪些现象（不是事件）

1　Сперанский М. Н. Русская устная словесность. М., 1917, с.222.

与俄罗斯的故事相符合并且在何种程度上确实决定并促使了故事的产生，换言之，我们的目的在于阐明神奇故事在历史现实中的根源。现象的起源学研究还不是这一现象的历史研究。历史研究不能一蹴而就——这是经年累月的事业，不是一个人而是几代人的事业，是我们正处在萌芽状态的马克思主义民间文艺学的事业。起源学研究是朝着这个方向迈出的第一步。

2. 前提的意义 每位研究者总是从在他进入工作以前就已存在的某些前提出发的。维谢洛夫斯基在1873年就指出，必须首先弄清自己的立场，用批判的态度对待自己的方法。[1]以古别尔纳吉斯的《动物神话学》为例，维谢洛夫斯基指出了自我反省的欠缺如何导致了错误的结论，尽管作者博学多识且善于组织材料。

在此似应对故事研究史作一个批判性的概述，但我们不打算这么做。故事研究史被不止一次地讲述过，我们没有必要去历数前人的著述。但若自问为何至今没有得出一些十分可靠和众所公认的结果，那我们会看到，产生这种情况常常正是因为作者们是从错误的前提出发的。

所谓神话学派根据的前提便是两种现象表面的近似，这种表面的类似证明着它们的历史关联。比如说，如果主人公成长不是按天，而是按钟点，那么主人公的速长似乎就反映了太阳从地平线升起时的飞速变大。[2]然而，第一，太阳上升时在人的视觉中不是变大

---

1 Веселовский А. Н. Сравнительная мифология и её метод. — Собр. соч., т., XVI. Статьи о сказке. М.; Л., 1938, с. 83 — 128.

2 Frobenius L. Die Weltanschauung der Naturvölker. Weimar, 1898, S.242.

而是在缩小；第二，类似毕竟不是历史关联本身。

所谓芬兰学派的前提之一是假定：比其他形式更为常见的形式，同时也是远古流传下来的情节固有的形式。且不说情节原型理论本身有待证实，而且我们将有机会不止一次地确认，最古老的形式恰恰是十分罕见的形式，它们时常被新的、获得普遍传播的形式所取代。[1]

类似的例子可以举出很多，而且在大多数情况下弄清这些前提的错误不费吹灰之力。那么试问，作者本人为何看不到那些对我们来说是显而易见的错误呢？我们不想去责怪他们的错误——犯这些错误的往往是一些大学者——问题在于他们常常无法换一种方式思考，他们的思想受制于所处的时代、所从属的阶级。关于前提的问题在很多情况下甚至未被提出来，天才的维谢洛夫斯基曾不止一次地修正自己的前提并重起炉灶，但他的声音只是空谷足音。

对我们来说由此产生的结果是：在开始进行研究之前必须仔细地检视我们的前提。

3．将神奇故事单列一类　我们想寻找到神奇故事的历史根源并对其进行研究。关于在历史根源的概念下思考什么，下文将会谈到。在进入正题之前须对“神奇故事”这个术语做点说明。故事是如此丰富多彩，以至于要想充分彻底地研究所有民族的故事的所有现象是根本不可能的事。因此对材料应加以限定，我将

1　Никифоров А. И., Anderson W.: Kaiser und Abt. Helsinki, 1923. Изв. отд-ния рус. Яз. и словесности АН СССР, 1926, т. XXXI, с. 353 — 361.

材料限定在神奇故事的范围内。这就意味着我有一个前提，即存在着某种特殊的、能被称之为“神奇故事”的故事。是的，我有这样一个前提。我所理解的神奇故事是那些我在《故事形态学》[1]中对其结构已经做过研究的故事。在那本书中，我已将神奇故事这一体裁很明确地单列了出来。在这里所研究的故事体裁，是那种始于遭受某种损失或危害（被劫或被逐等等）或希望拥有某种东西（国王派儿子去找火焰鸟），接着通过主人公离家而展开，碰到赠他宝物或相助者的赠予者，他借助这位相助者找到了所寻找的对象。后来故事里出现了与敌手的决战（它的重要形式为与蛇妖作战）、归来和追捕。这一结构常常会复杂化。主人公已经回到了家里，兄弟们却把他扔进了深谷。后来他又重新归来，经受了难题的考验，接着或在自己的王国或在他岳父的王国登上王位并结婚。这是对建立在众多纷繁情节基础上的结构主干所做的一个简短的公式化叙述，体现了这一公式的故事在此将被称为神奇故事，正是它们构成了我们的研究对象。

那么，第一个前提规定如下：故事中有一种通常被称为“神奇故事”的特殊种类。这些故事可以从其他故事中单列出来并可以独立进行研究。单列一类本身会引起怀疑。这是否破坏了我们应该置身其中进行现象研究的关联原则呢？世界上所有现象的确都是相互关联的，然而科学总是要将它所研究的现象从其他现象中划分出

---

1 Пропп В. Я. Морфология сказки. Л., 1928. (Гос. ин-т истории искусств. Вопр. поэтики, вып. XII); 2-е изд. М., 1969.

来。全部问题在于这里的界限在何处并如何进行划分。

尽管神奇故事构成了民间创作的一部分，但它们并非那种与整体不能分割的部分。它们不是手之于身体或叶子之于树木的关系，它们作为一个部分，同时又构成了某个整体，并且在此是作为一个整体出现的。

对神奇故事的研究显示出这些故事之间密切的血缘关系。这种血缘关系是如此紧密，以至于无法精确地区分一个情节与另一个情节的界限。这一点使我们提出两个极其重要的前提：第一，神奇故事的任何一个情节离开别的情节都无法进行研究；第二，神奇故事的任何一个母题离开其与整体的关系也无法进行研究。凭借这些，我们的工作踏上了一条全新的道路。

到目前为止，工作一般是这样进行的：从某一母题或某一情节入手，尽可能地搜集所有被记录下来的异文，然后根据材料的对照比较得出结论。例如，波利夫卡研究"散发着俄罗斯人的气味"的模式，拉德玛赫研究被鲸鱼吞进吐出的母题，鲍姆格特纳研究被预售给鬼的母题（"把你家里你所不知道的东西卖给我吧"），等等。[1] 作者们得不出任何结论，也否认有结论。

对单独情节正是这样研究的。例如马肯森研究的关于会唱歌的骨头的故事，利尔耶布拉德研究的关于感恩的死者的故事，等

1　Polivka J. Cicham clovecinu — rusky deck, rusky *kost*. — Narodopisny vestnik ceskoslovansky, roc: XVII, 1924, c. 1 — 4; Radermacher L. Walfischmythen. — ARw, 1906, Bd. IX, S.248 — 252; Baumgartner W. Jephtas Gelübde Jud. II 30 — 40. — Arw, Bd. XVIII, S.240 — 249.

等。[1]这类研究非常之多，它们有力地促进了我们对单独情节的传播和生命力的了解，但在这些著作中，起源问题并未解决，因此我们要暂时完全抛开故事的情节研究。对我们来说，神奇故事是某种整体性的东西，它的所有情节都是互相联系并互相制约的，这就让人不可能孤立地研究母题。假如波利夫卡不只是搜集了“散发着俄罗斯人的气味”的所有变体，而且提出了诸如是谁发出这一呼喊声，它是在什么条件下发出的，用这一呼喊迎接谁等问题，即如果他是在与整体的联系中来研究它，那么他很可能会得出可信的结论。我们对母题的研究只可能在情节系统之内进行，诸情节只能在彼此相关的联系中被研究。

4．故事作为一种具有上层建筑性质的现象　从神奇故事前期结构研究中得出的前提如上所述。但问题不限于此。

上文已经指出，作者们所根据的前提，常常是作者所处时代的产物。

我们生活在社会主义时代。我们的时代同样有自己的前提。必须在此基础上研究精神文化现象，但有别于其他将人文科学引入死胡同的时代的前提，我们时代的前提将人文科学导向了唯一正确的道路。

这里所说的前提，对于研究历史现象是共同的：“物质生活的

1　Mackensen L. Der singende Knochen: Ein Beitrag zur Vergleichenden Märchenforschung. Helsinki, 1923, (FFC, No.49); Liljeblad S.Die Tobiasgeschichte und andere Märchen mit toten Helfern. Lund, 1927.

生产方式制约着整个社会生活、政治生活和精神生活的过程。”[1]由此可以得出一个十分正确的结论，我们应该在往昔生活中找到那个制约着故事的生产方式。

这种生产方式究竟是什么样的呢？比如，只要匆匆翻阅一下故事，就可以说明资本主义不会产生神奇故事，当然这不意味着资本主义的生产方式不能用故事来反映。相反，在这里我们能找到残酷的厂主，贪心的牧师，准校官，欺压人的老爷，逃兵，一贫如洗、酗酒破产的农民。此处须强调的是，我们说的是神奇故事，而非一般的故事。真正的神奇故事是有着长翅膀的马、喷火的蛇、幻想中的国王和公主等等，这显然不是资本主义所能产生的，它显然要比资本主义古老——这一点将会从整个研究进程中看到。

那么能够得出什么结论呢？这结论就是：故事与其所广泛而持久地生存其中的生产方式并不相适应。对这一不相适应的解释我们依然可以在马克思那儿找到。“随着经济基础的变更，全部庞大的上层建筑也或快或慢地发生变革。”[2]“或快或慢”这几个词非常重要。在经济基础发生变更之后，并不总是立刻在意识形态中也发生改变。总结出这一不相适应，对于研究者来说是饶有兴味和富有价值的。它意味着，故事是在前资本主义生产方式与社会生活的基础上创作出来的，而这种方式和生活究竟是什么样的，需要去研究。

---

1 《马克思恩格斯选集》第2卷，第82页，人民出版社1972年版。

2 同上，第83页。

我们记得，正是这种不相适应使恩格斯得以阐明家庭的起源。恩格斯援引摩尔根和马克思的有关论述，在《家庭、私有制和国家的起源》中写道："家庭——摩尔根说——是一个能动的要素；它从来不是静止不动的，而是随着社会从较低阶段向较高阶段的发展，从较低的形式进到较高的形式。反之，亲属制度却是被动的；它只是过一个长久的时期才把家庭逐渐发生的进步记录下来，并且只是在家庭已经急剧变化了的时候，它才发生急剧的变化。""同样——马克思补充说——政治的、法律的、宗教的、哲学的体系，一般都是如此。"[1] 让我们也补充一句：故事的情形也同样如此。

如此看来，故事的产生并非与19世纪初开始记录故事时的生产基础联系在一起。这一点使我们得出下一个前提，该前提暂时只能用最概括的形式来表达：须将故事与往昔的历史现实进行比较，并在其中寻找故事的根源。

这个前提包含着一个未说明的概念"历史往昔"。如果像弗谢沃洛德·米勒那样理解历史往昔，那么很可能我们会得出他已经得出的结论。例如，断定多布雷尼亚·尼基季奇与蛇妖作战的故事是在诺夫哥罗德洗礼的历史事实基础上编出来的。

所以，我们必须破译历史往昔这个概念，确定其中对于解释故事来说的必要之点是什么。

5. 故事与往昔的社会法规 如果故事被看作是产生于一定的

1 《马克思恩格斯选集》第4卷，第25页，人民出版社1972年版。

生产基础之上的产物，那么显然需要考察一下其中反映了什么样的生产方式。

故事中直接的生产活动极其罕见。农耕扮演着极不起眼的角色，狩猎反映得多一些。一般只是在讲述开头时有耕地和播种。开头最容易被改变。在下文的叙述中扮演重要角色的是射手们，皇家的猎人们或自由的猎人们，扮演重要角色的还有各种各样的林中动物。

然而，只从对象或技术的角度来考察故事中的生产方式，在故事起源研究中对我们助益甚微。重要的不是生产技术本身，而是与之相适应的社会制度。这样我们便获得了就与故事的关系而言历史往昔概念的初步界定。整个研究的目的在于确定：故事的各个单独母题及所有故事是在什么样的社会制度下被创作出来的。

但“制度”一词是个非常笼统的概念。必须抓住这一制度的具体表现形式。该制度下的法规便是该制度的表现形式之一。比如说，无法拿故事去与氏族制度进行比较，但可以将故事的若干母题与氏族制度的一些法规做比较，因为这些法规在故事中有所反映或为该制度所决定。由此可以得出一个前提，即必须将故事与往昔的社会法规进行比较，并在其中寻找故事的根源，以此使得须在其中寻找故事根源的历史往昔的概念进一步准确化。例如，我们看到，故事中保留着一些不同于现在的婚姻形式，主人公是去远方而不是在自己周围寻找未婚妻。很可能这反映的是外婚制的现象：显然是出于某种原因不能在自己周围的人中间找。因此，对故事中的婚姻形式应该进行考察，并应找到这些形式确实在其中存在过的那种制度、社会发展的那个阶段或时期。接下来，我们会看到，比如说，主人公登基为王是十分常见的。那主人公所占的王位到底是谁的呢？原来，主人公占据的并不是他父亲的王位，而是他岳父的，在这种情况下岳父常常被他杀死。这里便产生了一个问题，即故事反映了政权继承的哪些形式。一言以蔽之，我们所由出发的前提是：故事保存了业已消失的社会生活的痕迹，必须研究这些遗迹，这样的研究将会揭示许多故事母题的来源。

当然，这并非全部。许多故事母题的确可以用它们所反映的、在某时存在过的法规来解释，但还有一些母题与任何一种法规都没有直接关系，因而用于比较的这部分材料是不够的。并非一切都可以用这些或那些法规的存在来解释。

6．故事与仪式 故事与祭祀活动及宗教有某种关联，这一点很早就被发现了。严格地说，祭祀、宗教同样也可以被称为法规。然而就像制度是通过法规表现出来的一样，宗教法规也是在一定的祭祀活动中表现出来的；但每一个这样的活动已经不能称之为法规了，而故事与宗教的关系可能要作为故事与社会法规的关系引出的一个特殊问题单列出来。恩格斯在《反杜林论》中十分准确地定义了宗教的本质：“但是，一切宗教都不过是支配着人们日常生活的外部力量在人们头脑中的幻想的反映，在这种反映中，人间的力量采取了超人间的力量的形式。在历史的初期，首先是自然力量获得了这样的反映……但是除自然力量外，不久社会力量也起了作用，这种力量和自然力量本身一样，对人来说是异己的，最初也是不能解释的……最初仅仅反映自然界的神秘力量的幻象，现在又获得了社会的属性，成为历史力量的代表者。”[1] 但是，就像无法将故事与某种一般的社会制度做比较一样，也不能将其与一般的宗教做比较，而是必须将其与该宗教的具体表现形式进行比较。恩格斯提出，宗教是自然界的力量与社会力量的反映。这一反映可以是双重的：它可以是有意识的并在教义或学说中表现出来，也可以在解释世界的方法中显示出来，或者它可能是自发的，在具有作用于自然界并令其服从于自身目的的行为或活动中表现出来。这样的活动我们将称其为仪式或习俗。

仪式与习俗不是一回事。比如，人要经过火化再埋掉，这是习俗，而不是仪式。但习俗处于仪式的环绕之中，若将它们割裂开来，这从方法上来说是不正确的。

故事保留着相当多的仪式与习俗的痕迹：许多母题只有通过与仪式的对比才能得出其起源学的解释。例如，有一个故事说，一位姑娘把母牛的骨头埋在园子里，并且往上面浇水（阿法纳西耶夫，100）。[2] 这种习俗或仪式的确有过。动物的骨头出于某种原因不是被吃掉或毁掉，而是要埋起来。[3] 如果我们能令人信服地指出哪些母题起源于类似的仪式，那么这些母题的起源就已经在一定程度上获得了解释。必须系统地研究故事与仪式的这种关系。

这种对比会比乍看起来困难得多。故事并非编年史，在故事

---

1 《马克思恩格斯选集》第3卷，第354 — 355页，人民出版社1972年版。

2 前者为故事收集者的名字，后者为该故事在该收集者所编故事中的编号。以下类似形式都是如此，不再另外标注。

3 Пропп В. Я. Волшебное дерево на могиле. — Сов. Этнография, 1934, No.1 — 2, с. 128 — 151.

与仪式之间有着各种各样的关系形式、各种各样的联结形式，对这些形式应简略地进行一番考察。

7．故事与仪式之间的直接对应 最简单的情况便是仪式及习俗与故事之间完全吻合。这种情况很罕见。如在故事中有埋骨头，在历史现实中也确实是这样做的。或者，故事中讲述国王的孩子被囚禁在地窖里，把他们关在黑暗中，有人给他们送食物，不让任何人看见他们，这在历史现实中也确曾有过。发现这些类同现象对于民间文艺学家来说是极其重要的。对这些对应做深入分析，就时常能够发现，这个母题是出自这种或那种仪式或习俗，而它的起源也就得到了解释。

8．故事对仪式的重解 然而就像上文已经指出的，故事与仪式之间这种直接的对应并不常见。更常遇到的是另一种相互关系、另一种现象，这种现象可以称为对仪式的重解。“重解”在这里指的是仪式的某个因素（或某些因素）由于历史的变迁而变得无用或费解，被故事以另外一些东西、一些更容易理解的东西所替代。这样，重解通常总是与形式的变化联系在一起。最常发生变化的，是事情的缘由，但仪式的另一些成分也会被改变。例如，故事里说主人公将自己缝进牛皮或马皮里，好从坑里爬出来或去遥远的王国；随后有鸟儿抓起皮囊，将主人公运到他自己去不了的那座山或那片海去。如何解释这一母题的起源呢？将死者缝入皮囊的习俗是人们所熟知的，该母题是否源于这一习俗呢？对该习俗和该母题的系统研究显示出它们之间有无可置疑的联系：二者完全吻合，不只是在外部形式上，而且也包括在内容方面，在情节进程中该母题的内涵和在历史往昔中该仪式的内涵都是吻合的（参见下文第6章第3节）。不过有一个地方有出入：故事中是生者将自己缝入皮囊里，在仪式里是他人将死者缝进去。这种不一致是重解的最平常的情形：在习俗里缝入皮囊是为了保障死者前往冥界，而在故事中它是为了保障主人公前往极远的国度。

“重解”这一术语用于指出变化的产生过程是很恰当的。“重解”的事实证明在人民生活中发生了某些变化，这些变化又引起母题的变化。这些变化应该单独拿出来逐个进行解释。

我们援引过的都是最为简单明了的例子。在许多情况下，原始的基础一片混沌，以至于并不总是能成功地发现它。

9．仪式的反用 在故事中，有赋予仪式以相反含义或意义，以相反解释的方式保留下来的仪式形式，我们应该把所有这些看作重解的特例。这样的情况我们称之为“反用”。我们将用例证来阐明我们的观察结果。曾有过杀死老人的习俗。但在故事中讲的却是当老人应该被杀死的时候他却没死成，那个对老人手下留情的人在这种习俗存在时是要被耻笑，还可能被嘲骂甚至被惩罚的，可在故事中饶过老人的主人公却显得行事英明。曾有过将姑娘投入河中献祭的习俗，作物生长有赖于此。在播种开始时做这件事，它会促进作物的生长。但在故事中主人公出现了，他把姑娘从怪兽手中解救出来，她本是被送去给那怪兽吃的。事实上，在这一仪式存在的时代，这样的“解救者”会作为大逆不道的渎神者而被五马分尸，因为他使人民的福祉受到了威胁，使丰收受到了威胁。这些事实指出：情节有时产生于对往昔曾有过的历史现实的否定态度。当用姑娘献祭的制度还存在时，这样的情节（或母题）是不会作为故事情节而产生的。但伴随着这一制度的没落，曾经被认为是神圣的习俗，当其通行时，作为祭品的姑娘是英雄，她有时甚至会自愿赴死，现在却成了无用的和令人厌恶的做法，于是故事里的英雄便成了那位阻挠这种献祭的渎神者。这是一个十分重要的原则规定，它指出了情节的产生不是通过直接反映现实的演变途径，而是通过否定这一现实的途径。情节与现实是相反相成的，这证实了列宁所言，列宁将演变发展的概念与作为对立统一体的发展概念进行了比较。“唯有后者能提供解答万物‘自己运动’的锁钥，唯有它能够提供解答‘跳跃’、‘渐进中断’、‘向对立面的转化’、旧事物的消亡和新事物的产生的锁钥。”[1]

所有这些思考和初步的观察使我们又得出了一个前提：将故事与仪式及习俗进行对比，须是为了确定：哪些母题起源于这些或那些仪式，它们处于怎样的关系之中。

在此产生了一个困难。问题在于仪式曾是作为与自然界斗争的手段而产生的，后来当出现了与自然界斗争的合理性手段并作用于自然时，仪式并未消亡，但它还是被重新加以解释。于是便可能发生这样的情形，即当民间文艺学家将母题归结为仪式时，他找到的是起源于经过重解的仪式的母题，因而需要对仪式做再一次说明。在此可能的情形是，当一个仪式的原始基础十分模糊时，那么对该仪式需要做专门的研究。可这已经不是民间文艺学家的分内之

1 Ленинский сборник, т. XII, с. 324.

事，而是民俗学家的事了。民间文艺学家在确定了故事与仪式的关系之后，有权在其他情况下放弃再去研究仪式——这会使他离题太远。

另外还有一个困难。无论仪式生活还是民间文学都实实在在是由成千个不同细节构成的。是否需要寻找每个细节的经济上的起因？对此恩格斯有过论述："……史前时期的低级经济发展有关于自然界的虚假观念作为自己的补充，但是有时也作为条件，甚至作为原因。虽然经济上的需要曾经是，而且愈来愈是对自然界的认识进展的主要动力，但是，要给这一切原始谬论寻找经济上的原因，那就的确太迂腐了。"[1] 这些话已经说得十分明确了。关于这个问题还须做下列补充：如果我们在氏族社会阶段、在古埃及型和古希腊罗马型及其他类型的奴隶制阶段碰到同一个母题（我们得常常做这样的对比），那么我们认为没有必要每次都强调母题的变化不是由于内部的演变，而是由于它进入了新的历史环境。我们要尽量避免的不只是学究气，还要避免公式化。

但还是让我们再回到仪式上来。作为一条规则，仪式与故事的关系一旦确定，那么仪式就要服务于解释故事中相应的母题。在作为一种狭义的概括方法使用时似应一直如此。事实上，有时正好相反。常有这样的情况，尽管故事起源于仪式，可仪式却十分模糊，倒是故事将往昔保存得如此真实完好，以至仪式或其他现象只有通过故事才能得到真正的阐释。换句话说，可能会有这样的情

---

1 《马克思恩格斯选集》第4卷，第484页，人民出版社1972年版。

形：在经进一步研究的情况下，当故事从本来是被解释的现象变为能做出解释的现象时，它可能成为研究仪式的文献资料。“西伯利亚不同部落住民的民间传说，几乎是我们重构古代图腾信仰最主要的文献资料。”德·康·泽列宁如是说。[1] 民俗学家常常引用故事，但常常并不了解它。这里特别要提到的是弗雷泽。支撑着《金枝》这一宏伟大厦的前提是从故事中汲取的，然而却是未被正确理解和未经充分研究的故事。对故事的准确解释将会给这部著作带来一系列的修正，甚至动摇它的根基。

10．故事与神话　如果我们将仪式作为宗教的体现形式之一来考察，那么我们便无法绕过它的另一体现形式，这就是神话。关于故事与神话的关系有着大量的文献，在此我们将完全不涉及。我们的目的不是直接的论战，在大多数情况下，界限划分是纯形式的。我们在着手研究这个问题时还不知道神话与故事的关系是怎样的——在此先提出研究这个问题的要求，将神话作为故事可能的源泉之一。

现有的对神话概念解释和理解的多样性，使我们要对这个概念做一番准确的说明。神话在此将被理解为关于人民实际上信仰的神或神性人物的叙述。这里的问题在于信仰不是作为一种心理因素，而是作为历史因素。关于赫拉克勒斯的叙述与我们的故事十分相近。但赫拉克勒斯是受到顶礼膜拜的神，而我们那位像赫拉克勒斯一样前去寻找金苹果的英雄则是艺术作品里的主人公。神话与故

1　Зеленин Д. К. Культ онгонов в Сибири. М.; Л., 1936, c.232.

事的区别不在其形式，而在其社会功能。[1]神话的社会功能并非一成不变，而是有赖于人民的文明程度。就其自身发展尚未形成国家的那些民族的神话是一种现象，我们通过其文献知道的那些古代文明国家的神话是另一种现象。神话不会从形式上有别于故事。故事与神话（特别是尚未产生阶级分化的民族的神话）有时能彼此完全吻合，以至于在民俗学和民间文艺学中常常把这样的神话称为故事。“原始人的故事”甚至成为某种时尚，类似的集子无论是学术性的，还是普及性的都有很多。然而如果研究的不只是文本，而且研究了这些文本的社会功能，那它们中的大部分就不能被认为是故事，而应作为神话了。现代资产阶级民间文艺学对这些神话所特有的巨大意义全然不加考虑，它们被收集起来，但几乎未被民间文艺学家们加以研究，比如在鲍里特和波利夫卡编的索引中[2]，“原始人的故事”占着极不起眼的位置。这些神话不是“异文”，而是经济发展较早阶段的作品，它们尚未失掉与其生产基础的联系。在现代欧洲故事中被重解的东西，在这里还常常以其本来的面貌被保存着。这样看来，这些神话常常是理解故事的钥匙。

诚然，是有一些学者感觉到了这种意义甚至在谈论它，但只是发表一通宣言而已。这些神话的根本意义仍未被理解，而其未被理解的原因正在于研究者是站在形式的角度而非历史的角度。这些

1　Тронский И. М. Античный миф и современная сказка. — В кн.: С. Ф. Ольденбургу: К пятидесятилетию научно-обществ. Деятельности. 1882 — 1932. Л., 1934, с. 523 — 524.

2　Bolte J., Polivka G. Anmerkungen zu den Kinder und Hausmärchen der Brüder Grimm. Bd. I — V. Leipzig, 1913 — 1932.

神话作为历史现象被忽略了，因此经常被注意和被研究的是一些颠倒了的依存关系，即“野蛮”民族的民间文学对“文明”民族的依存关系。直到最近，关于神话的社会意义的思想才在资产阶级学术界谈论开来，词语、神话、部落神圣叙事与宗教仪式活动、道德活动、社会组织以及其实践活动之间的密切关系才开始被肯定。不过还谈不上将这一理论扩大到用在欧洲故事上，这个想法过于大胆了。

然而令人遗憾的是，类似神话的记录多半不如人意。提供的只是文本，再就什么都没有了。出版者甚至常常不说他是否懂原文的语言，是直接记录还是通过了翻译。甚至在像博厄斯这样的大研究者的记录中，也常常会碰到一些毫无疑问是转述的文本，但却在任何地方都未加说明。而对我们来说，细枝末节、微小的差异都是重要的，就连叙述的调子常常都很重要……还有更糟的情况，即土著人用英语讲述他们的神话。克罗伯有时就是这样记录的。他编的故事集包括五十个文本，其中有四十八个是用英语叙述的，这是我们从该书的脚注中得知的，它被当作极其次要的情况处理。[1]

上面我们已经说过，神话具有社会意义，但这种意义并非到处都一样。古希腊罗马神话与波利尼西亚神话的区别对于任何人来说都是显而易见的，而且就是在尚未出现阶级分化的那些民族范围之内，这种意义及其程度也不尽一致，不能把它们一勺烩。在这方

1 Kroeber A. L. Gros Ventre Myths and Tales. — Anthropological papers. Amer. Museum of Natural History, 1907, vol. I , pt. III.

面可以说，各个国家和民族神话的差异从属于其文明程度。

对我们来说最珍贵的和最重要的材料不是来自地域邻近的欧洲和亚洲，而是来自美洲、部分大洋洲及非洲。当欧洲人遇到美洲人和大洋洲人并开始收集其民俗与民间文学材料时，亚洲民族在整体上已经处于较美洲和大洋洲诸民族高得多的文明程度上；其次，亚洲是一片古老的大陆，是一口不同民族在其中不断迁徙、混杂和彼此取代的锅。在这片大陆的空间之内，我们可以看到从几乎处于原始状态的阿伊努人到登至文明最高峰的中国人的文明发展的所有阶段，现在还有苏联的社会主义文明。因此我们在亚洲的材料中看到的是使研究变得异常困难的混杂。例如，雅库梯人讲述伊利亚·穆罗梅茨的故事，同时也讲述显然是他们自古有之的神话。在沃古人的民间文学中提到他们并不了解的马。[1] 这些例子让我们看到，在这些地方出错、把外来的和异己的东西当成素有的东西接受是何等容易。因此我们要着重研究的不是现象本身，不是文本，而是着重研究清楚神话与它生长其中的土壤的关系，对民间文艺学家来说这里隐藏着巨大的危险性，比如说，他可能把一个源于印度的现象误认作原始狩猎的现象，因为这种现象可以在那些猎人那儿碰到。

在非洲则问题不大。是的，这里也有着像布须曼人那样处在极低发展阶段的民族，像祖鲁人那样的游牧民族，以及农耕民族和

1 Чернецов В. Н. Вогульские сказки: Сб. Фольклора народа манси(вогулов). Л., 1935, с. 18.

已经懂得制作铁器的民族。但是文明的相互影响在这里不及在亚洲那么强烈。遗憾的是，非洲的材料记录得有时也不比美洲好多少。美洲人毕竟是与印第安人比邻而居，研究非洲的都是些外来人，是些殖民者和传教士——法国人、英国人、荷兰人、德国人，他们很少花力气去研究当地语言，即使研究也不是为了记录民间文学。著名的非洲研究专家弗罗贝纽斯就不懂非洲语，这并不妨碍他大批出版非洲的材料，他不曾说明他是如何获得这些材料的，当然，这使人要以高度批判的态度来对待它们。

美洲确实不是绝对没有外来影响，然而正是美洲的材料提供了其他大陆的材料所未能提供的东西。

原始民族的神话对于研究故事的意义就是这样，进行研究时会遇到的困难就有这些。

古希腊罗马、巴比伦、埃及、印度的一部分及中国的神话则完全是另一种现象。我们了解这些民族的神话不是直接从它们的创作者——那些民族的下层人物那儿，而是通过书面文献的折射。我们了解它们是通过荷马史诗、索福克勒斯的悲剧，通过维吉尔、奥维德等等。维拉莫维茨试图否认希腊文学与民间性有任何联系。[1]对于研究民间故事情节来说希腊文学似乎毫无用处，如同格贝尔、盖伯尔或瓦格涅尔的尼伯龙根对于研究真正的尼伯龙根毫无用处一样。这种否定古希腊罗马神话的民族性的观点，为反动的理论主张

1 U. von. Wilamowitz-Moellendorf, Die griechische Heldensage, T. Ⅰ, II. — In: Sitzungsberichte der preussischen. Akademie der Wissenschaft. Berlin, 1925, S.41 — 62, 214 — 242.

开辟了道路。我们认为这些神话具有真正的民族性，但是应该铭记，我们所看到的不是它们的纯粹的形式，不能把它们与从人民口头记录下来的民间文学材料等量齐观。埃及神话的情形也大致如此。我们对埃及神话的了解同样不是来自第一手资料，我们心目中的埃及人的观念是通过墓志铭、《亡灵书》等东西得到的。我们所了解的大部分只是祭司们为了政治目的所推行的、被宫廷或贵族所称许的官方宗教。民间下层会有不同于官方祭祀的另外一些观念、另外一些主题，而关于这些民间观念我们还所知甚少。古代文明民族的神话亦应列入研究范围之内。但在当时，尚未有阶级分化的民族的神话还是直接的源泉，在我们这儿则已是间接的了。它们毫无疑问反映了人民的观念，但这些观念已不是直接意义上的了。可能俄罗斯故事所提供的古代材料比希腊神话还要多。

这样，我们便能区别那些可以作为直接源泉考察的尚未有阶级分化阶段的神话，以及文明古国的统治阶级给我们转述的神话，这些神话可以作为相应民族这种或那种观念存在的间接证明。

由此得出一个前提，即需要将故事与之进行比较的，既有尚未出现阶级分化的原始民族神话，也有文明古国的神话。

最后对运用于故事比较和研究的“历史往昔”的概念还要加以准确化。不难看出，在这个往昔中，我们感兴趣的不是个别事件，即不是通常所理解的历史，不是所谓历史学派理解的历史。

11．故事与原始思维　综上所述可以看出，我们是在往昔的现实中寻找故事形象及情节的根基。然而在故事中，显然有一些形象和情形不是从任何一种直接的现实中发源的，可以列入此类形象的如会飞的蛇妖或长翅膀的马、鸡足小木屋、科谢依等等。

如果站在纯粹经验主义的立场上，将故事作为某种史实记述来考察的话，我们将会犯一个愚蠢的错误。这样的错误正在发生着，比如说在史前期寻找真的会飞的蛇妖，并且断定故事是保留了关于它们的记忆。无论会飞的蛇妖也好，鸡足小木屋也好，都从来不曾有过；但它们又是符合历史的，不过这种符合不是指它们本身，而是指它们的产生是有历史依据的，对此应该做出解释。

经济利益对仪式和神话的制约是显而易见的。例如，若为了求雨而跳舞，那么这很显然是被影响自然的愿望所驱使。不清楚的是另一点：为什么为了这个目的要跳舞（而且有时还手执活蛇）[1]，而不是做别的什么事情。如果说为达到这个目的而浇水的话（也常常这么做），那我们就更容易理解。这不过是采用交感巫术的一个例子，仅此而已。这个例子显示出，经济利益所引发的行动不是直接的，而是通过了最终由行动自身所决定的一定思维的折射。无论神话还是仪式，都是某种思维的产物。解释并确定这些思维形式有时是十分困难的。然而民间文艺学家需要做的不仅是注意到这一点，而且要弄清楚哪些观念是某些母题的基础。原始思维不懂抽象概念。它表现在人的活动、社会组织形式、民间文学以及语言之中，常见的情形是一个故事母题用上述任何一个前提均无法解释，例如，某些母题的基础是与我们所习惯的理解不同的另一种对空

1 Warburg A. A. Lecture on serpent ritual. — Journal of the Warhurg Institute, 1939, vol. II, No.4, p.286.

间、时间和集合的理解。由此可以得出一个结论，即原始思维的形式也应该用来解释故事的起源，在此只不过先指出这一点而已。这是研究工作的另一个前提，这个问题的复杂性非同小可，大可不必陷入关于原始思维看法的讨论，对我们来说，思维也首先是一个历史地确定了的范畴。这将我们从“说明”神话或仪式或故事的必要性中解放出来。问题不在于解释，而在于对历史原因的归结。神话毫无疑问有自己的语义，但是绝对的、万古不变的语义是不存在的，语义只能是历史的语义，在这种情况下我们面临一个巨大的危险，很容易将思维的现实当成日常生活的现实，或者相反。例如，如果老妖婆威胁说要吃掉主人公，这绝不意味着我们在这儿一定是看到了食人风习的残余，食人妖婆的形象可以是作为某种思维形式（就这个意义而言也是历史的），而非现实生活的反映所产生。

12．起源学与历史　这项工作是起源研究。起源研究就其需要和性质而言永远是历史的，但它跟历史研究不是一回事。起源学给自己提出的任务是研究现象的产生，历史则是研究现象的发展。起源学先于历史，它为历史开辟了道路。不过，毕竟我们所接触的不是僵死的现象，而是过程，即某种运动。故事所由发源的所有现象，我们都将作为过程来接受并加以考察。例如，当我们在确定某几个故事母题与死亡观念的关系时，我们所说的“死亡”不是一个抽象概念，而是作为在其发展中被叙述的死亡观念的过程。因此读者轻易就能得出印象，这里记述的是一些母题的历史还是史前史。尽管有时或多或少也要做过程的细节分析，但这毕竟还不是历史。有这样的情况，即故事所由发源的那种现象本身是十分清楚的，但将它发展为一个过程却办不到。有一些社会生活很早时期的形式就是这样，它们在故事中保存得惊人地完好（如成年礼仪式）。其历史要求专门的历史民俗学研究，民间文艺学家并不总是敢于做这类研究的。在这方面许多东西依赖的还是民俗学对这些现象不尽如人意的研究。因此历史研究也并非一概都是深刻广泛的，常常不过是限于关系事实的确认而已。故事母题分量的不同也导致了历史研究的某种不均衡。较为重要的、“经典的”故事母题被研究得详细些，而另一些不那么重要的就研究得较为简略了。

13．方法与材料 这里所叙述的一些原则似乎都非常简单，实际上要实现起来是相当困难的，困难首先在于掌握材料。研究者的错误常常出在他们把材料局限于一个情节或一种文化或其他画地为牢的界限，对我们来说不存在这些界限，犯这类错误的比如说有乌泽涅尔，他在研究全球性的洪水神话或情节时，仅限于古希腊罗马的材料。这并不是说不能在某些框架或范围内从事类似问题的研究，但是只在一个民族的范围内无法概括出结论，无法进行起源学的研究，就像乌泽涅尔做的那样。民间文学是一种国际性的现象，但倘若如此，那么民间文艺学家与印度学专家、古典学家、古埃及学专家相比，又落入十分不利的境地，后者是这些领域全权的主人，民间文艺学家只不过是像客人或旅行者那样朝它们张望一下，好为自己找到点什么，然后便走开。实际上，要掌握全部材料是不可能的，然而扩大民间文学研究的范围却十分必要，在此需要冒犯错误、招致恼人的误会、准确失当等等的风险。这一切是很危险，但总比在无可指摘地掌握部分材料的情况下出现方法论根基错误的危险小得多。为了专门的研究进行类似的扩展甚至是必须的：从比较材料的角度来看，必须回到这样的扩展上。关于单个文化和单个民族的初步著述是如此之多，真正利用这些材料的时机已经成熟，尽管全面掌握材料是不可能的。

那么，我从一开始就采取这样的观点：即使材料尚未穷尽，开始研究也是可能的。这同样也是本书的前提之一。我采取这样的观点不是出于可悲的必然性，而是因为我发现它在原则上是可能的，在这一点上我与大多数研究者有分歧。允许我采取这种观点的根据，是对民间文学材料的类同性和规律性的观察。在此研究的是神奇故事的类同因素，因而对我们来说，是否将应研究材料的每个因素、每个组成部分的二百个或三百个或五千个异文及解释统统拿来，这并不很重要。对待仪式、神话等等也是如此。“如果我们要等待构成定律的材料纯粹化起来，”恩格斯说，“那么，这就是在此以前要把运用思维的研究停下来，而定律也就永远不会出现。”[1]将整个材料分为应当解释的——这对我们来说首先是故事——和提供解释的，其余全都是可控制的材料。规律是逐渐弄清楚的，而且它并非一定就只能用此种材料而非彼种来解释。因此民间文艺学家可以不必陷入材料的汪洋大海，如果规律是正确的，那么它在任何一种材料中都是正确的，而不只是在被提到的那一种之中。

这里所提出的原则，与通常作为民间文学研究基础的原则是相对立的。在这方面通常首先要追求穷尽材料。但事实上我们看到

1 《马克思恩格斯选集》第3卷，第561页，人民出版社1972年版。

的是，在力所能及的范围内的确已经挖掘了所有材料的地方，问题依然没有得到正确解答，因为问题提得不正确。这里提出的是另一种观点：首先应该正确地提出任务，那样的话，正确的方法会得出正确的答案。

14．故事与故事余响 综上所述可以看出，我认为仪式、神话、原始思维形式及某些社会制度都是前故事，我认为通过它们来解释故事是可能的。

但民间文学并不限于故事，还有情节和母题都与故事有亲缘关系的英雄叙事诗，有各种传奇、传说等广阔领域。有《玛哈伯哈拉塔》，有《奥德赛》和《伊利亚特》，有《埃达》《勇士歌》《尼伯龙根》等，所有这些东西往往都被忽视了。它们本身能够用故事来解释，常常来源于故事。的确也有另一种情形，就是叙事诗中流传至今的一些细节和特征并非故事，亦非其他任何材料所提供。例如在《尼伯龙根》中齐格弗里德杀死蛇妖之后，他在蛇血中沐浴并变得刀枪不入。这一细节在研究蛇妖时很重要，它解释了蛇妖形象中的某些东西，而在故事中并没有这个细节。在这类情况下，由于没有别的材料，还可以引证英雄史诗。

15．前景 我们所根据的前提现在已经清楚了，基本任务也清楚了。要问的是：这样的对比为我们揭示了哪些前景呢？假定说，我们发现在故事中将孩子关在地窖里，而在历史现实中也是这样做的；或者我们发现故事中姑娘保存着被杀母牛的骨头，现实中亦如此，那是否就可以得出结论说，在这类情况下母题是由历史现实进入故事的呢？这无疑是可以的。但那样会不会得出一幅大杂烩的图画呢？对此我们不了解，这个问题有待研究。至今存在着这样一种意见，认为故事汲取了原始社会生活和文化生活中的某些因素。我们会看到，是这些因素构成了故事。最后我们将得到一幅故事起源的图画。

这个问题的答案促进了我们对故事的理解，但它未解决另一个尚未解答的问题：人们为什么要讲述这个故事呢？故事作为一种叙事体裁是怎样形成的？当我们的任务提出之时，这个问题就自行产生了。因此与诸单个母题作为情节的组成部分是从何而来的问题相并列，我们还应该回答一个问题：叙述从何而来？故事本身从何而来？对这个问题我们尽力在最后一章做出回答，但对它的回答有一个困难。这里研究的只是神奇故事。神奇故事的讲述活动与其他体裁的故事——如动物故事的讲述活动分不开。因此其他体裁的历史性研究暂不进行的话，对本问题所能给予的也只是带有或多或少可能性和说服力的初步假设性的解答。

其实，这类工作从来不会被认为是终结性的，本书与其去追求最终解答，不如进入研究故事起源的范围。

这项工作可以与在人迹未至的土地上勘探相比。我们发现矿藏，绘出草图，对每种矿藏进行详细深入的分析应该是以后的事。下一阶段可能要做单个母题和情节的细节分析，但不是游离于整体之外。在我们学术研究的现阶段，研究现象的联系比单独地细致分析每个这样的现象更重要。

最后，还有一个涉及材料的说明。作为研究基础的是俄罗斯故事，尤其是北方的故事。上文已经指出过，故事是国际性的，其母题在相当程度上也是国际性的。俄罗斯民间文学的特点是它的多样、丰富、罕见的艺术性及保存完好，因此苏联学者首先面向我们祖国而非异邦的民间文学是十分自然的事。书中考察了神奇故事的所有基本类型，这些世界范围内的类型既有俄罗斯的，也有别的国家的。

对比较工作来说，用该类型的哪些范例来承担无关紧要。在俄罗斯的材料不敷需要的地方，我们将引用别国的材料。不过我们要强调的是，本书不是俄罗斯故事研究（这样的任务，可以在解决了起源学的一般问题之后，作为一项专门的任务提出来，并需要专门的研究），本书是一本以俄罗斯材料作为出发点的历史比较民间文学著作。

第二章

◆

开场

我们的母题的远古宗教基础是人们面对包围着人但又不可见的力量时所产生的恐惧。这种恐惧导致为保护行经期的姑娘免遭危险而将她们幽禁起来。在故事中，这一现象反映在被幽禁在树林里的姑娘的形象中，而且姑娘长着长长的头发。

故事保存了曾经围绕着国王家庭的各类禁令：禁止见光，禁止被人看见，禁止吃的食物，禁止与土地接触，禁止与人交往。故事与历史往昔之间的契合是如此充分，这使我们有权断定故事在这里是反映了历史现实。

与这些文人创作的或半民间创作的小说不同，真正的民间故事没有这样的多样性。历险可以非常多样，但它们永远如出一辙，它们要服从于某种十分严格的规律性。

一、囚禁的孩子[1]

1．暂离　“在一个很远、很远的王国里呀”——故事一开场，听众立刻就被一种特别的、史诗般宁静的情绪抓住了，但这种情绪是一种错觉，听众眼前很快就会展开十分紧张而激烈的事件，这种宁静只是一层艺术的外壳，它与激烈的、悲剧性的，有时是喜剧性现实的内在动态进程形成对比。接下来应该是：一个庄稼汉跟三个儿子，或是国王跟几个女儿，或是三兄弟生活在一起——一句话，故事引入了某个家庭。其实，考察似应从这个家庭入手。可是故事的诸项因素如此紧密地交织在一起，故事从其开端的那个家庭的性质，也许只能随着事件的发展逐渐地揭示出来。我们只能说这个家庭生活得平安幸福，如果不是发生了一些很小的、不起眼的事件，这些事件突然之间完全出人意料地酿成了一场惨祸的话，这个

1　О героях волшебной сказки см.: Мелетинский Е. М. Герой волшебной сказки: Происхождение образа. М., 1958; Новиков Н. В. Обрфзы восточнославянской сказки. Л., 1974; Черепанова О. А. Мифологическая лексика русского Севера. Л., 1983.

家庭或许会长此以往地这样过下去。事件有时开始于某个长辈暂时离家："女儿呀，女儿呀！……我们干活去啦。"（阿法纳西耶夫，113）"他（公爵）原本应该出趟远门，得把妻子扔给别人照看。"（阿法纳西耶夫，265）"他（商人）有一次要去别的国家。"（阿法纳西耶夫，197）商人是去做买卖，公爵是去打猎，国王是去出征，等等，孩子和妻子就无依无靠地留在了家中，有时妻子还怀着孕，这就提供了灾难发生的土壤。灾难的强化形式是父母双亡，很多故事都是从父母去世或暂离开始的。如果暂离的不是长辈，而是年幼者，也会出现同样的情境，孩子们去林中采浆果，姑娘下地去给兄弟们送早饭，公主去花园里散步，等等。

2．与暂离相关的禁令 长辈凭某种方式知道有危险在威胁着孩子，在他们周围就连空气中都充斥着成百上千神秘莫测的危险和灾难。当父亲或丈夫自己出门，或者放孩子出去时，这个暂离总是伴之以禁令。不用说，这个禁令总是被打破，这便招致了某种可怕的不幸，有时发生得迅雷不及掩耳：蛇妖抓走了不听话去花园散步的公主，女妖用魔法迷惑了不听话去池塘边玩的孩子们——于是他们变成了一群游来游去的小白鸭子。伴随着意外的灾难出现了需求，事件开始发展。

这些禁令中，令我们感兴趣的暂时只有一个：禁止出家门。"公爵再三叮嘱她不要下楼。"（阿法纳西耶夫，265）或者，"当这个小伙子要去打猎时，他嘱咐说：'姑娘，你哪儿也别去。'"（斯米尔诺夫，43）"女儿呀，女儿呀！……你得机灵点，好好照顾你兄弟，别出院子。"（阿法纳西耶夫，113）在《流鼻涕的山羊》这个故事里，女儿们做了一个噩梦："父亲吓坏了，连台阶都不许自己的女儿迈出去。"在这些例子中，就像前面已经提到的，是不听话招来了不幸："瞧她就是这么不听话，还是出去了！而这时山羊用长长的角托起她，将她带到了陡峭的岸边。"（阿法纳西耶夫，277）在此似乎令人想起一般情况下父母对孩子的呵护。要知道就是在现在，父母要出门的时候，也总是禁止孩子们跑到外面去。不过这里说的可完全不是一回事，此处隐藏着点别的东西。当父亲叮嘱女儿"就连台阶都别迈""可别下楼"及其他话时，其中流露出的不是一般的担忧，而是某种深深的恐惧。这种恐惧大到了让父母有时不只是禁止孩子出去，甚至要把他们关起来。他们关孩子的方式也非同寻常，他们把孩子关进高高的塔里，"关进柱形塔"，"关进地窖"，这个地窖上面还仔细地弄得和地面一样平。"他们挖了一个深深的坑，把它拾掇装饰得像一座豪宅，把各种各样的吃的、喝的东西储藏在里面。随后把他们的孩子放进那个坑里，并在上面盖上顶，又在顶上撒上土，给弄得平平整整的。"（阿法纳西耶夫，201）

故事保存了确曾对国王儿女们采取过的措施的记忆，而且保存得惊人地完整和准确。

3．弗雷泽论国王的隔离　弗雷泽在《金枝》中展现了曾有过的国王或最高祭司及其子女们置身其中的那个复杂的禁忌系统。他们的一举一动都受到一整套法典的严格限定，施行起来极其繁琐。这套法典的规则之一，便是任何时候都不得离开王宫。这条规则在日本和中国一直保持到19世纪。在许多地方，国王是任何人在任何时候都见不到的神秘人物。为什么会有这样的事，我们马上就会看到。不过，我们暂且先来分析一下围绕着国王的另外一些禁令，我们将选择那些最具特色的、包括这一习俗所有变体的禁令。弗雷泽指出了这些禁令中的下列几条：国王不应让自己的脸见太阳，因此他应该处于永久的黑暗之中。还有，他不应该触地。因此他的住所应该高出地面——他住在塔里。他的脸不应被任何人看到，因此他永远要离群索居，他与臣民或亲信说话要隔着帘幕。吃东西也处在严格的禁忌系统中，有一系列的东西根本不许吃，食物要通过一个小窗户递送。

要说明的是，弗雷泽未做任何将自己的材料加以排序或进行历史的解释的尝试。他从日本天皇开始举例，然后转向非洲和美洲，接着是爱尔兰国王，从这儿又一下跳到罗马。[1]但从他所举的例子可以看出，这一现象出现得比较晚。在美洲它出现于古墨西哥，在非洲则是在已形成了少量君主政体的地方。一言以蔽之，这是早期国家的现象。领袖或国王被认为具有支配自然，支配天空、雨水、人、牲畜的魔力，人民的平安有赖于国王的平安，因此，精心地保护好国王，也就魔法般地保住了全体人民的平安。“国王是贝宁人的偶像，其臣民像敬神一样敬他，他不应离开自己的宫殿。”“洛安戈的皇帝被强留在宫殿里，他被禁止离开。”[2]“埃塞俄比亚的国王们被神化了，但他们被幽禁在宫中。”等等，如果这些

1 Frazer J. G. The golden bough, pt. II. Taboo and the perils of the soul. 3rd ed. London, 1911, p.1 — 25.

2 Ibid., p.123.

君主试图离开，人们会用石块砸死他们。不必援引弗雷泽提到的所有例证以及涉及国王隔离的所有细节，我们将转向故事，让我们来看一看现代的民间文学为我们提供了怎样一幅图景。

4．故事里国王儿女们的隔离　在那些最简单的例子中，隔离只有一种："他吩咐造一座柱形塔，把伊万王子和美人叶莲娜关进去，并给他们放进够五年吃的食物。"（阿法纳西耶夫，202，201）"她对他小心看护，不放他走出房间一步。"（胡加科夫，53）另一个例子是："皇帝爱护他们胜过爱护自己的眼睛，他造了一座地下宫殿让他们住进去，就像把小鸟放进笼子，好让狂风吹不到他们，明亮的阳光照不到他们。"（阿法纳西耶夫，140）这里已经透露出对阳光的禁忌。在此并不简单是避免日晒的自然追求，恐惧具有另一种显然是来自同类事物的性质。国王的儿女们被置于彻底的黑暗中。"简直就是给她造了一座监狱。"（翁丘科夫，4）"只是阿爸阿妈七年不许（他们的两个儿子）见一点光亮。"（《古风今存》，第367页）"国王命令在地上造几个房间，让她住在那里，白天夜里都点上灯火，让她见不到男人。"（胡加科夫，110）对光的禁忌这里是十分清楚的。在格鲁吉亚人和米格列尔人的故事中，公主被称为"mze unagav"，这个术语有两个意义："不被太阳看见的"和"看不见太阳的"。[1]德国故事中也有对阳光的禁忌，但在那里阳光被改成了烛光。在那里姑娘成了狮子的妻子，他们一起生活得很

1　Тихая-Церетели М. Г. Женский образ mze unagav грузинских сказок. — В кн. Тристан и Исольда: Сб. Статей. Л., 1932, с. 138.

幸福，姑娘请求狮子与她一起去看望她的双亲，“但狮子说，这对它来说太危险了，因为万一在那里接触了阳光，它就会变成一只鸽子，并且要跟鸽群一起飞七年”。但它还是动身前往了，不过姑娘“命令砌一座四壁又厚又结实的大厅，一丝光亮都透不进来，狮子就坐在那里面”（格林，88）。

与对光的禁忌相关的还有不能见人的禁忌。被关的人不应见任何人，他们的脸同样不应被任何人看到。在斯米尔诺夫收集的故事《士兵怎样画下王后的画像》中有个非常有趣的例子：“一位国王有位美貌的妻子，有人想画下她的画像，可她永远戴着面具。”（斯米尔诺夫，303）国王来到被关押的主人公那里：“他来了以后，王子对国王说：‘别靠近我。’说着就转过脸去背朝着国王叹了一口气。”（斯米尔诺夫，303）这里表现出的正是惧怕招来毒眼的观念。牧师的妻子被关在地窖里，“谁能在我这儿用毒眼看她”（斯米尔诺夫，357）。一个维亚特卡省的故事保留着一些如果看了被关者可能会产生的后果：“她住在地窖里。哪个年轻的男人看见了她就会得病。”（泽列宁，维亚特卡省故事，105）也是维亚特卡省的一个故事还保留了不许提及被关者的禁令。“他被关在监房里……关于他只字不能提：提了你就会被抓走的！”（泽列宁，维亚特卡省故事，28）

我们还要从俄罗斯的故事中援引一个突出的例子，从中我们立刻能看到禁令的几种类型。主人公来到了另一个国家，在他和路遇者之间开始了以下交谈：

“主人先生，你们这儿是怎么一回事儿呀？你们有这么宽敞的地方，塔为什么要这样造，连一个窗户也没有，一点光也没有，这是为了什么呢？”

“唉，我的朋友，这座塔里有国王的女儿，她一生下来，就不让她见一点光。大概是厨娘和保姆吧，给她送吃的来，只能在那儿塞给她，而不能进里面去。她就在那儿这么住着，完全不知道她长什么样。”

“主人先生，难道大家都不知道她长得什么样吗？漂亮不漂亮？纯洁不纯洁？”

“上帝知道她漂亮不漂亮，纯洁不纯洁。大家不知道她什么样，她也不知道大家什么样。她从来没出来过，从来没露过面。”（斯米尔诺夫，10）

这个有趣的例子中还有一个细节：送食物的方法。“只能在那儿塞给她，而不能进里面去。”上文我们已经看到，给国王的儿女放的食物够吃五年的（阿法纳西耶夫，202）。当然，这是幻想的变形。有一些故事保留着较为准确的送食物的资料：“父亲命令把他关进石砌的柱形塔里，只给他一张板床，墙上有一个小窗子，窗栅栏很结实：只为给他塞吃的东西留了一个气孔。”（泽列宁，彼尔姆省故事，18）关于姑娘也是一样：“吩咐把她关进石砌的柱形塔里……留了一个小窗子，好一昼夜递给她一小杯水和一小块面包干。”（胡加科夫，21）

一个阿布哈兹故事完好地保留的禁令还有两条：禁止触碰土地和禁食普通食物。给国王的儿女们吃的都是使他们具有神性的东西：“他们将自己的妹妹安顿在一座高高的塔里，让她的脚不要碰地，不要碰柔软的青草。只给她吃野兽的脑子。”[1]

在俄罗斯故事中，没有直接提到不许触碰土地的禁令，不过这从关在塔中的描写引申得出。

这样一来我们就可以看到，故事保存了曾经围绕着国王家庭的各类禁令：禁止见光，禁止被人看见，禁止吃的食物，禁止与土地接触，禁止与人交往。故事与历史往昔之间的契合是如此充分，这使我们有权断定故事在这里是反映了历史现实。

5．姑娘的幽禁 然而上述结论不能完全令我们满意，到目前为止，我们所考察的只是幽禁的形式和凡是被幽禁的人都会碰到的禁令。如果将弗雷泽所收集的材料与故事所提供的材料进行比较的话，可以看到弗雷泽常说的是国王、领袖，故事有时说的是国王的儿女。不过要说明的是：在故事中，有时是国王自己与儿女一起待在地下：“国王给自己造了一个大地窖并藏在里面，于是他就被埋在那儿了”（萨多夫尼科夫，11）。其次，在历史现实中，禁令不只对国王来说是必须履行的，也包括他的继承人。在弗雷泽的书中，我们看到：“南美洲格林纳达的印第安人将未来的领袖及其妻子在七岁之前囚禁起来，囚禁的条件很苛刻：他们不能见太阳——否则他们将失去获得领袖身份的权利。”[2]

不过我们援引的例子并非全部。故事中还保留了一种禁令，它在这里未被证明，但在别处是被证明了的，这就是禁止剪发。头

1 Абхазские сказки. Сухуми, 1935, с. 49.

2 Фрэзер Д. Золотая ветвь. 2-е изд. М., 1983, с. 557.（引文出自该译本，译文略有出入）

发被认为是灵魂和魔力的寄居之所，失去头发便意味着失去魔力。这条禁令我们还会不止一次地碰到，暂时只要想到参孙和大利拉的故事就够了。“她从不迈出阁楼一步，公主没有呼吸过自由的空气；她有许多花衣服和贵重的宝石，但公主很寂寞：她在阁楼里闷得要命，苦恼不堪！她那如丝般的金发十分浓密，不戴任何头饰，编成一条辫子，能垂到脚跟，于是人们便开始赞美公主瓦西丽萨：金色的辫子呀，藏不住的美貌呀。”（阿法纳西耶夫，560）头发的金子般的颜色将在另一个地方引起我们的兴趣，这里重要的先是它的长度。被囚公主长着长发的母题在德国故事中特别突出（格林，12，莴苣姑娘）：“当她一满十二岁，女巫就把她关进了林中的塔里，塔里既没有楼梯，也没有门……她长着一头浓密的长发，像纤细的金丝一般。一听到女巫的声音，她就解开自己的发辫，把头发缠在窗边的小钩子上，那样头发垂下去有二十条胳膊那么长，于是女巫就顺着头发爬了上来。”被囚的公主长着长发——这是一个常见的特征。在一个格鲁吉亚的故事《伊阿东和夜莺》中，美丽的姑娘住在高高的塔里，从那儿垂下自己的金发。要征服美丽的姑娘，就得把她的头发牢牢地缠在手上。[1]

禁止剪去头发在故事中从未直接提及。然而被囚的公主留着长发——这是常见的特征。这样的头发赋予公主独特的魅力。

禁止剪发在描写国王、国王的儿女及祭司被囚禁时未见提及，

---

1 Тихая-Церетели М. Г. Женский образ mze unagav грузинских сказок. — В кн. Тристан и Исольда: Сб. Статей. Л., 1932, с. 151.

尽管这也是完全可能的。不过，不许剪发的禁令在另一种情况下是大家都知道的，那就是在行经期的姑娘要被隔离的习俗中。行经期的姑娘要被禁闭起来，这一点广为人知。弗雷泽还指出，这些姑娘还被禁止剪发和梳头。

在隔离国王及国王的儿女的习俗与隔离姑娘的习俗之间有着无可置疑的联系。这两种习俗都建立在同样的观念之上，建立在同样的恐惧之上。故事所反映的正是隔离的另一种形式。故事中被幽禁的姑娘的形象，与曾有过的行经期的姑娘被隔离已经形成对照。弗雷泽援引达那厄的神话来证实这个思想。[1]冯–杰尔–莱延在谈故事的书中也提到了这个思想，它在阿扎多夫斯基、安德烈耶夫和索科洛夫编辑的阿法纳西耶夫故事集中又被重复。的确，莴苣姑娘是在她年满十二岁，即性成熟期来临时被幽禁起来的：她被幽禁在树林中。姑娘们正是被送到了树林里，在这种时候，她们有时会戴上帽盔遮住自己的脸，这令人想起戴着面具的公主。

还有一种有利于这种对比的说法：就像我们在故事里看到的那样，姑娘被囚禁之后通常紧接着便是她的婚事。神灵或蛇妖常常不是劫走姑娘，而是去她被囚禁的地方探望她。在关于达那厄的神话中就是这样，在俄罗斯的故事中有时亦如此。在此，姑娘是由吹风而受孕："他担心她胡闹，便把她关在塔的顶层，门口堵上石块。在砖缝之间，有一处有个小窟窿，用一句话说，就是有条缝。

1 Тихая-Церетели М. Г. Женский образ mze unagav грузинских сказок. — В кн. Тристан и Исольда: Сб. Статей. Л., 1932, с. 563.

有一次那位公主走近那条缝，风就吹到了她的肚子上。”（北方边区故事与传说，42）待在塔里显然是为婚嫁做准备，并且不是与普通人，而是与有神性的人成婚，并跟他生育出有神性的儿子来。在俄罗斯故事中是伊万－韦捷尔，在希腊神话中是珀尔修斯。不过更常见的情况是被囚者不是主人公未来的母亲，而是主人公未来的妻子。但就整体而言，这里习俗与故事之间的相似，较囚禁国王及国王儿女的母题的相似要薄弱得多，在故事中，无论女孩还是男孩又或者兄弟姐妹在一起，受到的都是完全一样的囚禁。

对比这些事实时，我们应该自问，囚禁的这两种形式彼此之间以及它们与故事之间处于怎样的关系之中。囚禁姑娘的习俗较囚禁国王更古老些。在如澳大利亚土著那样最蒙昧、最原始的民族中，就有这种习俗。故事保留了两种类型，一种引出另一种，它们互相积累，互相同化，而且姑娘的隔离是以较弱化的形式保留下来的，很多东西消失了。国王的继承者的隔离出现得较晚，这方面保留了一系列能为历史所证明的细节。

6．幽禁的缘由　如果我们不研究一个细节，即幽禁是什么引起的，幽禁的缘由是什么的问题，那我们的考察便是不完整的。在历史现实中，是这样解释幽禁国王的缘由的：“国王或祭司具有超自然的能力或者他们原本就是神灵的化身，按照这种信仰，自然现象的进程要或多或少处于他的控制之下，人们要让他为坏天气、坏收成及其他自然灾害负责。”[1] 正是这一点导致了对他的特殊照顾，导致了要保护他远离危险。弗雷泽采用了这一事实，但并未试图去解释为什么光或眼睛的影响或与土地的接触会招致毁灭性的后果。

故事不曾为我们保留类似性质的缘由，故事中周围人民的生活也不取决于被幽禁者。只有一个地方，我们看到是由于破坏了禁令而使“人民得了重病”（泽列宁，维亚特卡省故事，105）。在故事中，事情只关系到王子或公主的个人安全，但关心保护国王本身却建立在更为古老的、弗雷泽不曾考察过的观念上，这种观念认为空气中充满危险和力量，它们随时都会降临在人们头上。我们不拟在此分析这一观点。尼尔森已经指出：一切都充满着不可知的、带来恐惧的东西。禁忌产生于害怕由接触而造成某种类似短路的情形。[2]“对玛雅人来说，”布林顿写道，“树林、空气、黑暗都充满着神秘的生物，它们随时准备加害于人或为人效劳，但一般来说是害人的，所以玛雅人幻想出的这些玩意大多是坏东西。”[3]

可以肯定地说，类似布林顿、尼尔森这些民俗学家只在一点上犯了错误：围绕着人们的这些力量、精灵，只对民俗学家们是“未可知的”，而不是对人民本身——人民非常熟悉它们，对他们来说这些东西非常具体，他们叫得出这些东西的名字。是的，在故

---

1 Тихая-Церетели М. Г. Женский образ mze unagav грузинских сказок. — В кн. Тристан и Исольда: Сб. Статей. Л., 1932, с. 165.

2 Nilsson M. P. Primitive Religion. Tübingen, 1911, S.7.

3 Brinton D. G. The folk-lor of Jucatan. — The Folk-Lor Journal, 1883, vol. Ⅰ, p.251.

事中恐惧常常是不确定的，但它也有非常确定和准确的时候，那就是害怕那些会劫走国王儿女们的东西。

这种宗教恐惧经故事的折射便成了对国王儿女们的担忧，并表现为因破坏禁令而降临的灾难的艺术缘由。公主只要走出自己的幽禁处去花园散散步，呼吸呼吸新鲜空气，就会“不知从哪儿突然出现”一个蛇妖把她抓走。简而言之，要保护孩子们，避免被劫走。这样的缘由很早就已经出现了。在祖鲁人的故事中，我们可以读到这样的描写：“他们住在那儿，从不外出，他们的母亲不允许他们外出，她说了，如果他们到外面去，就会被乌鸦带走并被杀死。”[1] 在按阶段来说晚得多的埃及神话故事中也有同样的描写。出门时，巴达对他的妻子说：“你不要外出，以免大海把你带走。”[2] 更晚一些的故事里还有：“国王命令保姆们保护好公主，别放她到外面去，以免被渡鸦沃龙涅维奇抓走。”

在各种试图保护自己免受恶魔加害的禁令中——在故事中，这些恶魔以蛇妖、乌鸦、山羊、鬼、精灵、旋风、科谢伊、老妖婆的形式出现，它们劫走妇女、姑娘、孩子——故事反映得最出色的是禁止离家。禁忌的其余形式（斋戒、黑暗、禁止露面和禁止接触等）反映得要弱一些，但这方面依然有尚未明了之处。根据某些间接的迹象可以断定，住在地下或黑暗中以及塔里有助于积聚的力量不是由禁令产生的，而是本身就有的。如在祖尼部族（北美洲）

1 Сказки зулу/Вступ. Статья, пер. и примеч. И. Л. Снегиреваю М.; Л., 1937, с. 91.

2 Викентьев В. М. Древнеегипеская повесть о двух братьях. М., 1917, с. 39; Струев В. В. Иштарь-Исольда в древневосточной мифологии. — В кн.: Тристан и Исольда, с. 55.

的传说中提到："身为大祭司的父亲把他的女儿献给了神（to sacred things），所以总是把她关在家里，避免被所有成年男人和少年男子看见。"但阳光照进她的住处，她生下了一个婴儿。这个婴儿被秘密地从家里送到树林里，在那儿由鹿来养育他。[1]研究达那厄神话的人要注意这类例子。我们知道，在古秘鲁要将"太阳处女"囚禁起来，人们从来都见不到她们，她们被认为是太阳的妻子，事实上是作为太阳神的替身，即印加人的妻子。[2]一般来说太阳的形象出现得很晚，如我们下文将要看到的那样，在这些例子中它反映了农耕时期的观念。就像我们已经指出的那样，故事还几乎不知道有这种作用的太阳：故事比这些例子要更古老些。

7．小结 我们在这儿述及的所有材料让我们有权得出如下结论：我们的母题的远古宗教基础是人们面对包围着自己，但又不可见的力量时所产生的恐惧。这一现象的诸种原因尚未被作为历史学者的民俗学家做充分的分析，亦未进入民间文艺学家的研究范围。这种恐惧导致为保护行经期的姑娘免遭危险而将她们幽禁起来。在故事中，这一现象反映在被幽禁在树林里的姑娘的形象中，而且姑娘留着长长的头发。随着作为领袖的国王或祭司的权力的出现，以上述形式体现的忧虑就成为针对国王及其整个家庭的了。幽禁国王的细节及伴随这一幽禁的禁令与故事中的细节一丝不差。故事中反映的禁令包括了禁见光、禁食的东西、禁露面、禁触地。至于被囚

---

1 Cushing F. H. Zuni folk-tales. New York; London, 1901, p.132.

2 Karstens R. Die altperuanische Religion. — ARw, 1927, Bd. XXV, Hf.1/2, S.36 — 51.

国王的幸福与人民的幸福相关的观念，故事只保留了几许痕迹。故事中是要保护国王儿女们的人身安全。故事运用幽禁及幽禁被打破的母题作为国王儿女被蛇妖及其他不知从何处突然冒出来的东西劫走的艺术铺垫和起因，幽禁本身在故事中从未被加以说明。以父亲生气（格林，198）之类来作为它的起因，对故事来说总是个别情况，而非典型，这一起因创造出了向现实生活叙事体裁的转化。该母题转化为日常生活文学、民间的书面文学以及使徒行传文学，不过在这些东西中它常常已面目全非。在带有现实生活内容的故事中，丈夫在举行婚礼后“给妻子造了一座宫殿，这座宫殿只开了一个窗户”等等，[1]下文我们会看到，这样做原来是为了考验一下妻子的忠实。有时这种囚禁是折磨妻子的手段：“于是可怜的、无辜的女人就无缘无故地被关起来了。地主在自家院子里给她造了一座塔——一座用砖砌的柱形塔——接着就把她关进这座塔里了……给她留了一个小窗洞：面包干和水就从那儿递进去。”（阿扎多夫斯基，5）被囚姑娘和妇女的母题在现实生活文学中被广泛运用，爱吃醋的丈夫总是用这个办法。从另一方面看，被囚的妇女又是神圣的受难者，于是该母题又转入了使徒行传文学。[2]

1　Минаев И. П. Индейские сказки и легенды, собранные в Камаоне в 1875 г. СПб., 1877, с. 82.

2　Веселовский А. Н. (1) Сказания О красавице в тереме и русская былина о подсолнечном царстве. — Журн. Мин-ва нар. Просвещения, 1878, ч. CXCVI, апрель, с. 183 — 238; (2) Поэтика сюжетов. — Собр. соч. сер. I. Поэтика, т. II, вып. 1, СПб., с. 70 и сл.

二、灾难与反抗

8．灾难 我们可以接着观察故事中事件的发展。“别离开楼顶”的禁令总是被打破。不管用什么样的锁，什么样的门闩，也不管是塔还是地窖，全都无济于事，在此之后紧接着便是灾难降临。需要补充的只有一点：把孩子关进柱形塔，这个因素不是必不可少的，灾难有时从故事一开始就降临了。

某种灾难——这是开场的基本形式，情节由灾难和反抗而生——这一灾难的形式极其多样，多到无法一起来分析它们。本章对这一灾难的形式还无法给予任何解释。在关入柱形塔或监牢里之后一般是劫持，为了研究这种劫持，我们应该研究一下劫持者的形象。最主要的劫持姑娘者是蛇妖，不过蛇妖在故事中出场了两次。它先是闪电般地显形，抓走姑娘便消失了。主人公紧追其后出发，与它相遇，于是在他们之间爆发了战斗。或许只有通过分析与蛇妖的作战才能解释清楚蛇妖的性质。这里只是得出一幅蛇妖的鲜明图画和解释姑娘的被劫，换句话说，对天真的听众来说，事件的过程和结局是由事件的开端派生出来的；对于研究者来说情况可能恰好相反：开端是由事件的中间部分或结尾生发出来的。虽然故事的开头各有不同，但其中间部分和结尾却十分单一和固定，因此对开头的解释常常只有从中间部分甚至从结尾才能得出。其他类型的故事开头也是同样，例如，故事有时开始于不受待见的孩子被从家里赶出去，这就是《严寒老人》《老妖婆》之类的故事。这种驱赶是怎么一回事，我们只有在研究了被驱赶的孩子所落入的境地时才能确定。另一类故事开头没有灾难，故事始于国王昭示全体臣民，答应把自己的女儿许给那位骑飞马跃到她窗前的人。这正是难题的一种类型。该难题可能只有联系对神奇的相助者及老国王形象的研究才能得出解释，而帮手通常在故事的中间部分才能获得。这样说来，故事的中间部分将为我们解释故事的开头。

对故事中间部分诸因素的分析使我们有可能阐明一个问题，即为什么故事如此常见地偏偏始于灾难，这灾难是什么。通常临近结尾时灾难化为幸福，被劫走的公主携未婚夫平安归来，被逐出家门的继女带着厚礼回来并且常常随后就举行婚礼。对这种婚姻形式的研究，将指出求婚者是什么人及婚姻从何开始。

这样一来，我们在研究中便不得不跳过事件进程中的第一段而从中间部分开始我们的考察。

不过，我们现在已经可以提出在这些多样性的背后是否隐藏着某种一致性的问题了。故事中间部分的诸因素是固定不变的，是公主被劫，还是继女被逐，或是主人公为得到长生不老的苹果而出发——他不管怎样总会落入老妖婆的手中。中间部分诸因素的这种单一性令人可以做出一个假设，即如此多样的开头部分被某种单一的东西联结在一起。是否如此，我们在下文将会看到。

9．主人公整装上路 在前一部分我们考察了故事开端的几种类型，有一个共同的特征将它们联结在一起：发生了某种灾难，事件的进程要求设法让主人公得知这个灾难。的确，这一时刻在故事中是以非常多样的形式出现的：这里可以是国王向全体国民发出的召唤，可以是母亲或路遇者的讲述，等等。我们不打算探究这个时刻，主人公是怎样得知灾难的，这对我们来说无关紧要，只要确定他得知了这个灾难并出发上路就行了。

出发上路乍一看并未包含什么有趣的东西，“射手就上路了”，“儿子骑上马，动身去极远之国”，“好汉射手骑上他那匹骏马便奔向遥远的地方”，这就是这种出发一般的程式。的确，这些话中似乎没有什么可疑之处。然而重要的不在于说的话，重要的是主人公出发上路的事实。换句话说，故事结构建立在主人公的空间转换之上。这种结构并非神奇故事所独有，还可见于史诗（《奥德赛》）和长篇小说，例如《堂·吉诃德》就是这样结构的，在这条道路上会有千难万险等着主人公。堂·吉诃德的历险的确是花样百出、层出不穷，另外一些更早的半民间创作骑士小说的主人公历险（《维加鲁阿》等）也是如此。但与这些文人创作的或半民间创作的小说不同，真正的民间故事没有这样的多样性。历险可以非常多样，但它们永远如出一辙，它们要服从于某种十分严格的规律性。这是第一个观察结果。

第二个观察结果是：故事总是跳过行进这一段。行进从未做详细描写，它总是被三言两语一带而过。离家至走到林中小屋的第一段路是用这样一些话来表述的："他骑着马走啊走啊，不知走了多久，也不知走了多远。"这个程式含有拒绝描写旅途的意味，旅途只存在于结构中，在表达手法中却找不到它。上路的第二个阶段——离开林中小屋去另一个王国，这中间有一片广袤的空间，但却一眨眼的工夫就过去了，主人公是飞过去的，当他想起找他的帽子时，那被风吹落的帽子已经在一千俄里之外了。说实在的，我们看到的是拒绝对这一母题做史诗般的描述。

由此可见，空间在故事中起着双重作用。一方面，它存在于故事中，它是十分必要的结构因素。另一方面，它又似乎全然不存在，所有进展都是间断地进行的，对这些间断要做非常细致的分析。

例如，对于我们来说毫无疑问的是，《奥德赛》是比故事晚得多的现象，在《奥德赛》中道路和空间都经过了史诗化的加工。由此可以得出一个结论：故事中的统计因素和间断因素要比它的空间结构古老，空间概念侵入了某种早已存在的东西之中，在空间概念出现之前各种基本因素已经形成了。下文我们会更细致地看到这一点。间断的全部因素作为仪式已经存在了，空间概念用遥远的距离将过去仪式中的不同阶段的东西分开。

主人公究竟去哪儿了呢？进一步细加观察，我们就会发现，主人公有时并不是说出发就完了，他在出发前会要求给他提供某种东西，对这个地方要做些分析。

给主人公提供的东西五花八门：有的是面包干，有的是钱，有的是一条载着喝醉的船员的大船，有的是一顶帐篷，有的是一匹马。所有这些东西本来一般都是用不着的，要它们只是为了转移视线。例如，研究指出，从父亲家中带来的马并不合用，于是还要另换一匹。但在这些东西中有一样值得引起特别的注意，这就是棒槌。此棒槌是铁制的，主人公一般是在出发上路之前要求得到它："好汉们，给我打一个二十普特重的棒槌吧。"（阿法纳西耶夫，177）这根棒槌到底是什么东西呢？为了试试它，主人公将它抛到空中（连着三次）。从这一点似可以断定，这是一根大棒，是武器。然而事实并非如此，第一，主人公从未使用过这根从家里带出来的棒槌，讲故事者在后面简直就把它给忘了。第二，从一些材料的对照中可以看出，主人公在随身带着铁槌的同时还带着坚硬的圣饼和铁靴子。"伊万努什卡去了铁匠那儿，打了三根拐杖，烤了三张圣饼，接着便去寻找玛申卡了。"（斯米尔诺夫，35）要飞走的菲尼斯特对姑娘说："要是你突然想要找我，那就去那个很远很远的国家找吧。你先得穿破三双铁鞋，用坏三根铁手杖，啃完三张石头圣饼，那样你就能找到我了。"（阿法纳西耶夫，234）青蛙妻子也是这样说的："喂，伊万王子呀，你得去遥远的王国找我，得穿坏几双铁靴子，还得啃完三张坚硬的圣饼。"（阿法纳西耶夫，268）

从"手杖＋粮食＋靴子"的组合中，很容易脱落一个甚至两个环节。我们常常看到的只有粮食这一个环节（"给他烤出三普特的面包来"，《古风今存》，第275页），或者只有鞋这一个环节（"吩咐给他缝出三十双不同样儿的矮腰皮鞋来"，萨多夫尼科夫，60），或者就只有手杖。粮食常常被合乎情理地变成面包干、路上吃的干粮或其他东西，而手杖则被变成棍子或棒槌，它可以被当作武器，但从未发挥过武器的作用，这一点很容易根据下列情况来确定，例如："鞋子被砂石磨破了，帽子被雨水淋漏了，拐棍在手里磨细了。"（北方边区故事与传说，14）在此拐棍并非作为武器，而是保留着它本来的功能。或者："如果他愿意，让他打制三顶铜帽子再去。等他用坏了长矛，戴破了帽子，那会儿就能找到我了。"（斯米尔诺夫，130）此处手杖变成了长矛，但它是用来拄着走路用的，而不是当武器使的。有意思的是，这三重因素在妇女故事中保存得最好（《菲尼斯特》等）。这是因为妇女的形象与武器无关，此处的手杖以其原始的形式被稳定地保留下来。

可以断定，鞋、手杖和粮食都是从前供死者去另一个世界漫游的路上用的，它们变成铁做的要稍晚些，这象征着路途的遥远。

哈鲁辛说："由于阴间之旅的观念……就出现了一些要放进坟墓或同死者一起烧掉的东西。如果死者前往冥界得渡水才能到达的话，那给他往坟墓里放一只单桅船也是很自然的事。如果他要徒步远行，那就会给他穿上比较结实的鞋。"[1]

这种观念在北美印第安人中已经存在了。在博厄斯记录的传说中，主人公想找到自己的亡妻，"他向他父亲要了五张熊皮，并把这些熊皮裁开给自己做了一百双鞋子"。[2]这就是说，去往死者的

1　Харузин Н. Н. Этнография, вып. IV. Верования СПб., 1905, с. 260.
2　Boas F. Indianische Sagen von der nord-pacifischen Küste Amerikas. Berlin, 1895, S.41.

国度需要穿结实的鞋子。在加利福尼亚，死去的印第安人被埋葬时一定得穿着软皮鞋，[1]“加利福尼亚的土著给自家的死者穿鞋，这是因为去往永久的狩猎之处的道路遥远而又艰辛”。[2]在班加利亚，人们给死者供上的东西“就好像是给他出远门用的”。[3]埃及人给死去的人边上放一根手杖并给他穿上平底鞋。[4]《亡灵书》的一篇异文有这样的标题：“这一章应该告诉（死者）在沐浴净身之后，什么时候给他穿上衣服和白色的平底皮鞋……”（《亡灵书》，125）在关于阿斯塔尔塔的古代纸莎草文献中说到（阿斯塔尔塔在地狱里）：“你去哪儿呀，普塔赫的女儿，怒气冲冲的恐怖女神？难道你脚上的鞋还没穿坏吗？难道你在天地间频繁往来，还没把衣服穿破吗？”[5]这些结实的真鞋逐渐变成了象征性的。在古希腊的墓葬中，人们发现过黏土做的鞋子，有时还是两双。[6]这一观念直至中世纪还存在着并保留至今，在阿列曼人的墓穴中发现过蜡烛、手杖和鞋子。[7]洛林的某些地方要给死者穿上靴子，并在他手里放一根供去阴间旅行之用的棍子。[8]在斯堪的纳维亚，“人们给死者陪葬一双式样特别的鞋，靠它死者可以自由地穿过崎岖难行、布满荆棘的通往阴

1 Negelein J. Die Reise der Seele ins Jenseits. — ZV, 1901, Bd. II, S.151.

2 Харузин Н. Н. Этнография, вып. IV. с.260.

3 Negelein J. Die Reise der Seele ins Jenseits. — ZV, 1901, Bd. II, S.151.

4 Reitznstein R. Zwei hellenistische Hymnen. — ARw, 1905, Bd. VIII, S.178.

5 Струве В. В. Иштарь-Исольда в древневосточной мифологии. — В кн.: Тристан и Исольда, с. 51.

6 Samter E. Ceburt, Hochzeit, Tod. Leipzig, 1911, S.206.

7 Negelein J. Die Reise der Seele ins Jenseits. — ZV, 1901, Bd. II, S.151.

8 Штернберг Л. Я. Первобытная религия в свете этнография. Л., 1936, с.330. (Науч. -исслед. ассоциация Ин-та народов Севера ЦИК СССР им. П. Г. Смидовича. Материалы по этногр., т. IV).

间之路”。[1]“在通过陆地前往那里的情况下，就会考虑用给死者穿上靴子、带根棍子等方法来减轻他走路的负担”——阿努钦如是说。[2]

这些材料足以确定我们前面提到的一百双鞋、两双鞋、黏土做的鞋、特殊的鞋以及特殊的手杖在故事中转化成了铁鞋和铁手杖，在不理解这一母题的情况下，手杖就变成了作为武器用的棒槌。

现有的材料（这类东西扎姆杰尔收集了很多）让我们可以断言，铁鞋是主人公去另一个世界的标志。

在这里还有另一个可能提出的问题，这就是主人公的性质的问题。他是什么人——是前往冥国的活人呢，还是反映了灵魂漫游观念的死人？在第一种情况下，可以将主人公与能随着死者或病人的灵魂走的萨满相比较。主人公在驱赶附在公主身上的恶魔时，他的作用恰如萨满。在这种情况下结构似很清楚：公主被蛇妖抓走，国王招来法力强大的萨满、魔法师、术士、祖先，让他们去找公主。不过尽管这一论断中有部分真实之处，但下面的分析会指出，它过于简单化了，在这个问题上还有另外一些更为复杂的观念。

这样一来，解答了一个问题又引出另外一些问题。我们对它们的解答将有待于对故事展开的中间部分的分析。我们应该先知道主人公在旅途上去了什么地方。

1　Харузин Н. Н. Этнография, вып. IV. с. 260.

2　Анучин Д. Н. Сани, ладья и кони, как принадлежности похоронного обряда. — Древности. Труды Моск, археолог, об-ва, 1890, т. XIV. с. 179.

第三章

◆

神秘的树林

故事所保存的不只是死亡观念的痕迹，还有与这些观念密切相关的、很早以前曾广泛流传的仪式的痕迹，这就是青少年性成熟时的授礼仪式。这项仪式与死亡观念的联系极为密切。

故事中的树林反映了树林作为曾经举行过仪式的地方的记忆；从另一方面看，则是作为通往死人国的入口，这两个概念彼此密切相关。

随着农业和农业社会宗教的出现，所有“树林里的”宗教变成了一连串的鬼魅，伟大的魔法师成了邪恶的巫师，野兽的母亲和女主人成了把孩子拖去吃掉的妖精。消灭了仪式的那种社会制度也消灭了仪式的创造者和体现者。

1．故事的展开　获得宝物。上文已经指出，故事开场时通常包含着某种灾难和主人公离家上路。有时离家本身就是灾难——如我们看到的继女被逐出家门。这个灾难需要化解，一般情况下，化解产生于某种宝物落入主人公手中。实际上，这已预先注定了结局。不过现在说的只是个枯燥乏味的公式，它在故事中会披上各种极为生动鲜明的细节和点缀的盛装。故事的丰富不在于结构，而在于以多种多样的方式来实现同一个结构因素。比如，在此必定会提出的一个问题：宝物是怎样落入主人公之手的？

在各种故事中，主人公得到这一物件的方法非常之多。作为一条规则，为此要有新的人物出场，情节进程也因此进入新的阶段。这位人物便是赠予者。

赠予者——这是故事标准中的一个固定范畴。赠予者的经典形式是老妖婆。在此需要说明的是，研究者并不总是能相信故事名称表。

人们时常会把完全是另一个范畴的人物——如后母——叫成老妖婆。从另一方面说，典型的老妖婆又会干脆被称为老太婆、老太太之类。有时动物（熊）或老头子之类也会扮演老妖婆的角色。

2．老妖婆的几种类型 老妖婆是个很难分析的人物，她的形象是由一系列细节构成的，这些取自不同故事的细节有时还互相矛盾，无法融合成一个统一的形象。故事中的老妖婆基本上有三种不同的形式。例如，有充当赠予者的老妖婆，主人公来到她那里，她盘问他，他（或女主人公）从她那儿得到马匹、丰厚的礼物等等。另一种类型则是充当劫取者的老妖婆，她把孩子弄到手后还想把他们给炸着吃了，之后则应是逃跑和拯救。最后还有一类是充当好斗者的老妖婆，她飞到主人公的屋子里，从他们的背上割下一条皮来，等等。这些类型中的每一种都有自己独有的特征，但此外又有所有类型共有的特征。这一切使研究变得极为困难。

我们看到的出路不是去详细描写这三种类型。此处有可能另辟蹊径：故事的整个发展进程，尤其是开头部分（出发去冥国）显示出，老妖婆与冥国有某种联系。我们先将她那些从历史角度看能证实这一推测的特征单列出来。这里要事先声明的是，以此只能阐明老妖婆形象的一个侧面，但它却是一定要考察的一个侧面：导致这样做的，是故事的艺术逻辑和历史材料。

3．授礼仪式 我们的材料所引出的问题可以这样定义：老妖婆的形象与死亡的观念有何联系？但回答这类形式的问题无须我们的全部材料。下面我们将看到，老妖婆的确与这类观念密切相关。我们先假定这一关联将会被证实。这里立刻就产生了另一个问题：为什么主人公会落入死亡之门？随着情节的展开，这会得到说明，由死亡观念而来的故事开端就在我们眼前。但问题并未因此而得到解答，它只不过是转移了：为什么故事主要反映了死亡观念而不是其他什么东西？为什么正是这些观念如此富有生命力，并能够适于进行艺术加工呢？

我们只有不仅在世界观领域中，而且在具体的社会生活的领域中对一种现象进行研究，才能得到这个问题的答案。故事所保存的不只是死亡观念的痕迹，还有与这些观念密切相关的、很早以前曾广泛流传的仪式的痕迹，这就是青少年性成熟时的授礼仪式（initiaion）。

这项仪式与死亡观念的联系极为密切，在进行研究时缺一不可。这就是说，我们应该不只是将故事与信仰材料进行比较，还应与相应的社会制度做比较。

这便涉及一个极为重要的新问题。由于这一问题极端重要，我们须先论及其历史，而后再对仪式做出描述。

故事反映的授礼仪式，已经有人注意到了，但对这个问题的系统研究尚未进行过。弗雷泽在《金枝》中提到过，然而他对这类故事并无兴趣，他只是将故事作为有利于其理论的论据来使用的，按照他的理论，在进行授礼时，灵魂从被传授者身上抽出来传给了图腾动物。但因为民俗材料中没有这样的证明，弗雷泽才引用了故事中的科谢依作为佐证。科谢依的灵魂的确是保存在他身体之外，但弗雷泽没有证明此事与授礼仪式的联系。

法国研究者桑狄夫则以另一种方式来对待这个问题。[1]他从故事本身出发，在他看来，某些故事（《拇指孩》《蓝胡子》《穿靴子的猫》《长冠毛的里凯》）起源于授礼仪式，但如何来证明这一点呢？按照每一个命名类型转述一系列不同文本，然后告诉读者，该故事起源于授礼仪式。比如，在著作的第235 — 275页转述了几个欧洲的和几个非欧洲的《拇指孩》故事之后，作者说："显然，我们的故事的形式引发了关于授礼仪式的思想。难题可以很自然地用授礼时的考验来解释。"这一思想未做任何论证，有的只是论断，如此而已。其他一些类型也都是用这种方法分析的。

只有《蓝胡子》分析得略微详细些，但在这里民俗材料引用得极少且往往是不成功的，这样的方法不能称之为研究性的，桑狄夫的著作令人感兴趣之处仅在于他所提出的问题。

在苏联学术界也提出了这一思想。Б. В. 卡赞斯基在结束他论《特里斯丹与伊索尔达》的著作时，指出《特里斯丹与伊索尔达》整个起源于"性成熟授礼"仪式。[2]这一思想被授礼仪式的概略评述加以证明，但与《特里斯丹与伊索尔达》一书的关系仍然未做分析，只是指出而已。我们看到，研究者们在围着问题兜圈子，他们直觉地感到这里有某种联系，但却不能或不想深入材料并从本质上

---

1 Saintyves P. Les contes de Perrault et las récits parallels. Paris, 1923.

2 Казанский Б. В. Античные аспекты сюжета Тристана и Исольды. — В кн.: Тристан и Исольда: Сб. статей. Л., 1932, с. 135.

确定这一关系。

卢里耶的著作《林中之屋》[1] 在某种程度上也免不了这种责难。作者主要根据的是舒尔茨的理论——这不能算很充分，然而故事的一系列现象却被解释得言之凿凿并且与其他研究者截然不同。在这本书中，首次开辟了不靠推测或皮相的类比，而是靠实质性的研究的道路。然而遗憾的是，作者是从传统的关于故事典型的前提出发的，他一共选取了两三个典型（主要是《睡美人》和格林兄弟的《十二兄弟》），而将其余所有的材料都抛掷一边。由于上述原因，作者不清楚这一现象的广泛性，其联系要比这本书所指出的广泛得多，也深刻得多。

上述所有著作在观察所研究的现象时都是纯粹描述性的，该现象所据以形成的社会制度则未见论及。

我们看到了一个崭新而又尚未弄清的问题，此处不能限于草草地评述，而应进一步来弄清它。

必须将故事材料与成年礼仪式的材料两相比较，为此我们应该首先说明一下这个仪式。

这里我们碰到了一个很大的困难。需要做的不单是描述这个仪式，还应描述它的历史，而这件事我们现在无法做到，这是纯粹的民俗学的问题，在民俗学中这个问题总是被描述性地叙述的。有许多单个的记述、观察、笔录和若干研究，在研究中这些记述被系

1 Лурье С Я. Дом в лесу. — Язык и литература, 1932, т. VIII, с. 159 — 195.

统化并被简化为某种人为的公约数。[1]我们有各个领域范围内的学术专著，[2]但这一切并不能使民间文艺学家们满意。不提出这个仪式的问题，对于民间文艺学家来说，一些极其重要的细节就无法阐明，每个研究者都会提出有损于其他研究者的某个方面。因此我们不得不先对这个仪式做简单介绍，历史前景、问题的范围及细节将逐步揭示出来。

什么是授礼呢？这是氏族社会制度所特有的法规之一，这个仪式在性成熟时举行，青年人通过这个仪式进入氏族社会，成为其享有完全权利的成员并获得结婚的权利，这个仪式的社会功能就是如此，它的形式各种各样。下面我们结合故事材料还要对它进行研究。这些形式由仪式的思想基础而定，假定男孩在举行仪式时是死去然后重新复活成为新人，这就是所谓的暂死，被描绘为怪兽吞食孩子的情节导致死亡与复活。孩子好像被这个怪兽吞入腹中，在怪兽的胃里待了若干时间后又返回，即被吐出或喷出来。为了举行这个仪式，有时要搭盖专门的动物外形的房子或窝棚，门就是嘴。割礼就在这儿举行。举行仪式总是在树林或灌木丛的深处，要避人耳目。仪式伴随着肉体的折磨和损伤（砍断手指、敲落几颗牙齿等等）。

---

1 Schurtz H. Altersklassen und Männerbünde. Berlin, 1902; Webster H. Primitive secret societies. New York, 1908; Loeb E. M. Tribal initiations and secret societies. — Publ. Amer. Archaeol. and Ethnol. (Univ. of Califonia, 1929, vol.25, No.3, p.249 — 288); Genner A. van. Les rites de passage, études systématiques des rites. Paris, 1909.

2 Boas F. The social organization and the secret societies of the Kwakiutl Indians. — In: Report of the U. S. National Museum for 1895. Washington, 1897, p.311 — 373; Frobenius L. Die Masken und Geheimbünde Afrikas. Halle, 1898. (Abh. der leopoldischen karolinischen deutschen Akademie der Naturforscher, Bd.74, No.1); Nevermann H. Masken und Geheimbünde in Melanesien. Berlin, 1933.

暂死的另外一种形式表现为将男孩象征性地烧成灰、水煮、火烤、砍成碎块，然后使他重新复生。复生者获得新的名字，皮肤上留下印记或其他表示通过了仪式的记号。男孩或多或少都经历了长时间的严峻的磨炼。在这里教给他狩猎的方法，告诉他宗教性的秘密、历史知识、日常生活的守则和要求等等。他经受了成为猎人和社会成员的训练，经受了舞蹈、唱歌及其他生活中必经之事的训练。

这就是仪式基本特征的简略叙述。详细内容将逐渐在我们眼前展现出来。需要特别注意的只有一点，即被授礼者似乎是真的走向死亡，而且完全相信他是死而复生。随着对详细内容的研究，这一习俗的内涵将逐步呈现在我们面前，那时将揭示出目的所在。我们会看到，它是由生产利益引发的。

我们现在回到故事上来。到目前为止，我们一直是从故事出发，在叙述故事材料之后引证历史材料。为了叙述方便起见，我们有时会反其道而行之。证明的方法并未改变，改变的只是叙述的顺序。

4．树林　当男主人公或女主人公“信步走去”时，就落入了阴森森的密林。树林是伴随老妖婆的不可或缺之物，甚至就算在没有老妖婆的那些故事中（如在《歪手》中），男主人公或女主人公也总是一定会落入树林，故事主人公不论是王子、被逐的继女，还是逃兵，无一例外地都要落入树林里，主人公的历险正是从这里开始。这片树林从未被详细描写过，它茂密、阴暗、神秘，带有几分假定性，不太真实。

此处在研究者的眼前展开了一片与树林及其居住者概念相关

的材料的汪洋大海。为了不在此中迷失方向，必须紧扣那些与故事相关的概念，比如，林妖和美人鱼在故事中就几乎没有反映。在阿法纳西耶夫的全部集子中，美人鱼总共只出现过一次，还是在故事的引子中。林妖不外乎是改头换面的老妖婆。故事中的树林与成年礼仪式中出现的树林的关系就更密切了，授礼仪式一直是在树林里举行的，这在全世界都是固定不变的必备特征，在没有树林的地方，哪怕把孩子送到灌木丛里也行。

授礼仪式与树林的联系是如此牢不可破，倒过来看这种联系依然是正确的。主人公无论以何种方式落入树林，都会引起这个情节与一系列授礼现象相关的问题。当我们在现代的故事中读到："父亲把他送入树林，放在一间特殊的木屋里，他向上帝祷告了十二年。"（泽列宁，彼尔姆省故事，16）或是"我们去树林吧，那儿有给我们的屋子"（泽列宁，彼尔姆省故事，41）等等，这里的联系还是显而易见和易于分析的。但须说明的是，直接在故事本身暂时还看不出能使二者接近的任何其他的树林的标志。但当我们分析这片树林的功能作用时，事情发生了变化。树林在故事中一般来说起着障碍物的作用，主人公所落入的树林是无法穿越的，这是一张捕捉外来者的网。故事中树林的这种功能在另一个母题中十分鲜明——在扔梳子的母题中，梳子化作一片树林挡住了追捕者。只是在此树林阻挡的不是追捕者，而是外来者、外乡人，使他不能从中穿过去。我们会看到，主人公从老妖婆那儿得到一匹马，骑上它主人公便能飞越树林，马飞得"比林子更高"。

在此我们碰到了在民俗学中研究不足的问题。为什么在全世界，在所有举行这一仪式的地方，仪式总是要在树林里或灌木丛中举行呢？关于这一点可以做无数猜测，比如说断言树林提供了秘密地举行仪式的可能性，它将秘密的宗教仪式遮蔽起来。较为可信的解释将依据材料而得出，而材料表明的是：树林环绕着另一个王国，一条通往另一个世界的道路从树林中穿过。在美洲神话中有关于一个人去寻找亡妻的情节，他进入树林以后发现他身在死人国里。[1]在密克罗尼西亚的神话中，树林的背后有一个太阳国。[2]更晚一些（其时仪式与创造它的制度均消亡已久）的材料也证明：树林环绕着另一个王国，一条通往另一个世界的道路从树林中穿过。

这一点在古希腊罗马时期就已经很清楚了，对它的关注由来已久。“通往地府的入口大部分被无法穿越的处女林包围着。这片树林是关于阴间入口的理想观念的固定因素。”[3]奥维德在《变形记》中也谈到过这一点（IV，432；VII，402）。[4]在《埃涅阿斯纪》第6卷中描绘了埃涅阿斯沉入阴间：“拱顶是一个高高的石头洞穴，像一张大张着的兽嘴，黑黝黝的湖水和阴森森的树林环绕在四周。”（VI，237—238）[5]

无论是奥维德还是维吉尔，提供的都是文学中对该观念的反映，但从这些反映中可以看出这些观念存在过。

1　Dorsey G. A. Traditions of the Skidi-Pawnee. Boston; New York, 1904, p.74. (Memorias Amer. Folk-Lore society, vol. VIII.)

2　Frobenius L. Die Weltanschauung der Naturvölker. Weimar, 1898, S.203.

3　Katabasis. — In: Roscher W. H. Ausführliches Lexikon der griechischen und römischen Mythologie. Leipzig, 1884.

4　Публий Овидий Назон. Метаморфозы/Пер. С. В. Шервинского. Л., 1937, с. 79.

5　Вергилий. Энеида/Пер. В. Брюсова и С. Соловьева. М.; Л., 1933, с. 165.

这些材料允许我们做出暂时还是十分初步的结论：从一方面看，故事中的树林反映了树林作为曾经举行过仪式的地方的记忆；从另一方面看，则是作为通往死人国的入口，这两个概念彼此密切相关。

5．鸡足小木屋 作为单独的孤立因素的树林还证明不了什么，但从其居住者，从突然出现在主人公眼前的小木屋来看，这座树林就不同寻常了。当主人公“信步而行”时偶尔举目一望，他看见了非同一般的景象——一座鸡足小木屋。这座小木屋似乎是伊万熟悉已久的：“让我们进去吧，给点面包和盐。”他一点不觉得意外，他知道该做什么。

有些故事里说这座屋子“旋转着”，即它在绕着自己的轴心转。“在她面前有一座鸡足小木屋不停地来回转。”（阿法纳西耶夫，235）“有一间转动的屋子。”（科尔古耶夫，7）这样的概念得之于对“转动”一词的错误理解。有些故事讲得更准确些，它在需要时才会转动起来。屋子在转，但它并不是自身在转，应该是主人公迫使它转。为此便需要知道并说出一句话，后来我们看到，主人公毫不为怪，他口齿伶俐，马上就知道该说什么。“照老话说的，照妈妈讲的，伊万祷告说‘小木屋，小木屋’，他朝它吹了一口气，‘你背朝着林子，脸朝着我’。小木屋就转过来朝着伊万，一个灰发老太婆从窗口望着他。”（阿法纳西耶夫，560）“小木屋，小木屋，转过来眼睛朝着林子，门朝着我——我不想待一辈子，只想住一晚上，放过路的人进去吧。”（科尔古耶夫，7）

这里到底发生了什么事呢？为什么需要让小木屋转过来？为

什么不能就这样进去？伊万常常要面对一堵光溜溜的墙壁——“无窗无门”——入口在另一面。“这座小木屋既没有窗户也没有门——什么都没有”（科尔古耶夫，7）。但为什么不绕过小木屋从另一面进去呢？这显然行不通。小木屋明显是坐落在某条看得见或看不见的界限上，伊万无论如何也无法迈过它。只有进入小木屋才能跨过这条界限，于是需要把小木屋转过来，“好让我进去再出来”。（斯米尔诺夫，1）

此外，从美洲神话中摘引一个细节会很有意思：主人公想走过一棵树，可它摇摆着不放他过去。“那时他试着绕过它，但做不到。他必须从树中穿过去。主人公试着从树下穿过去，可树朝着他压过来，那时主人公跑了几步照直朝这棵树冲过去，树被撞碎了，而主人公在这一瞬间化作一片在空中飞舞的轻飘飘的羽毛。”[1]我们将会看到，主人公不是从小木屋走出来，而是或骑着马，或让鹰驮着飞出来，或者变成了鹰。小木屋以敞开的一面朝着极远之国，而以封闭的一面朝着伊万可以通行的王国。这就是伊万为什么不能绕过小木屋，而只能把它转过来的原因。这座小木屋是警戒的哨卡，在他遭到盘问、经受考验、得知他能否往下走之前，他不会越过界限。其实，他经受住了第一个考验。伊万知道咒语并会朝小木屋吹气，还会让它转过来。“小木屋转过来正面朝着他，门自己敞开了，窗户也都打开了。”（阿法纳西耶夫，141）“小木屋停下来，门自

1 Kroeber A. L. Gros ventre myths and tales. — Antropological papers (Amer. Museum of Natural History, 1907, vol. Ⅰ. pt. III, p.84.

动打开。”（阿法纳西耶夫，114）小木屋的这种边界地位有时还被加以强调：“在那片草原的后面是一片茂密的树林，就在林子的边上有一座小木屋。”（阿法纳西耶夫，140）“那儿有座小木屋——再往下走就什么路也没有了——漆黑一片，什么也看不见。”（阿法纳西耶夫，272）有时它坐落在海岸上，有时则是在需要跨过去的水沟边。从故事的下一步发展中可以看到，老妖婆有时被她的主人们派去看守边界。他们因为她放伊万过去而责骂她，“你怎么能把一个坏蛋放进我的王国里来呢？”（阿法纳西耶夫，172）或是：“派你来是干什么的？”（阿法纳西耶夫，176）当女王问“没有什么人到这儿来吧？”时，她回答：“瞧您说的，我们连只苍蝇也不会放过去。”

在这个例子中已经透露出宝物的赠予者守护着死亡之国的入口。在更早时期的材料中，这一点显得更为清楚：“当他溜达了一会儿以后，他看见远处有一缕轻烟，当他再走近些，他看见了高原上的屋子，那儿住着鹈鹕。鹈鹕问他：‘你去哪儿？’他答道：‘我在找我死去的妻子。’‘这可是个难题呀，我的孙子，’鹈鹕说，‘只有死人才能找得到这条路，活人可得冒很大的危险才能去死人国呀。’它给了他一件宝物来帮他成事，还教会他怎么使用这个宝物。”[1]

这里我们有一个疑问，赠宝者在这儿长着动物的外形，这一观察结果对我们颇为有用，例如，下述情况属于这个范畴。在一

1 Boas F. Indianische Sagen von der nord-pacifischen Küste Amerikas Berlin, 1895, S.4.

个多尔干的故事中我们看到:“在一个地方,他们(化作鹅的萨满)不得不飞着钻过天上的窟窿。在这个窟窿旁边坐着一个老太婆,守候着飞过来的鹅群。”这个老太婆正是全世界的主宰。“不要让一个萨满飞到这边来,宇宙之主不乐意。”[1]

我们还发现,在所有场合,主人公都不是死人,而是想潜入冥国的活人或萨满。

然而,这里没有旋转的小木屋。对小木屋形象的解释,可以让人想起在古代斯堪的纳维亚,门从来不会朝北开,这个方向被认为是“不吉利的”。相反,在《埃达》中,死神的住处有一扇朝北开的门。这种反常的对门的设置,以及我们说的小木屋,都透露出它们是作为去往另一个王国的入口,死神的住所、死神所在方向的入口。

在女性故事中小木屋有几个特别之处。姑娘在去老妖婆那儿之前先要去她姨妈那儿,姨妈会事先告诉她在小木屋里将看到什么以及她该怎么做。这位姨妈显然是位添加的故事人物。上文我们已经看到,主人公总是自己就知道该怎么做以及在小木屋里做什么,就像我们将会看到的,这样的知识是没有外在根据的,它只能从内部说明。艺术本能迫使故事讲述者要给这个知识找根据,于是引入了出主意的姨妈的形象。这位姨妈说了以下的话:“外甥女呀,到那儿小白桦树会抽打你的眼睛,你就用头带把它扎起来;到那儿一道道大门会对你吱吱嘎嘎地响,你就往它的下面滴点油;到那儿狗

1 Долганский фольклор/Встп. статья, тексты и пер. А. А. Попова. [Л], 1937, с. 55 — 56.

会扑上来撕扯你，你就给它们扔点面包；到那儿猫会来咬你的眼睛，你就给它点火腿。”（阿法纳西耶夫，103b）

首先让我们来分析一下姑娘的行为。当她往大门下面滴油时，我们在这儿看到了洒水的遗痕，在另一处这一点表达得更为明确：“用水来喷洒房门。”（胡加科夫，59）我们已经看到主人公朝着小木屋吹气。如果她给守着小木屋入口的动物喂肉、面包和黄油，那么这些食物本身已经揭示了这一细节起源于晚近的农耕时期。为使那些守卫地狱入口的动物（刻耳柏洛斯及其他类型）开恩的牺牲品我们将在另一章中进行分析。最后，如果树用带子扎起来，那么在此很容易看到广泛流行的祭祀活动的遗迹。如果姑娘是在归来时而不是在进入小屋时完成这些行为，那么在此看到的是后来反用的标记。

为了给所有这些现象找到解释，我们应该转向更早时期不同发展阶段的各民族的神话和仪式。在那里我们找不到什么洒水呀，面包呀，黄油呀，扎在树上的带子呀。然而在此我们找到了另外某种东西可以解释小木屋形象的许多方面：处在两个世界交界线上的小木屋，在仪式中具有动物的外形。在神话中常常没有任何小木屋，而只有一只动物，或是小木屋有着明显的兽形特征。这给我们解释了“鸡足”及许多其他的细节。

在美洲的狩猎神话中可以看到，对于想进小木屋的那个人来说，他需要知道屋子各部分的名称。那里小木屋保留着较为鲜明的兽形的痕迹，只是有时代替小木屋出现的是动物。以下便是在北美洲故事中对房屋构造的描述。主人公从太阳上降落到人间，他是太阳之子，他与一位人间的女性结婚并造起了一座房子，他的房子的前柱和后柱都是男人，在文本中他们都起着十分奇怪的名字（扯闲话的、吹牛皮的等等）。两根前柱直接托着被画成蛇的纵向的房梁，后柱被一根横向的房梁压着，它被画成蛇或狼。这间房子的门挂在上面的合页上，往外跑得不够快的人就会被它砸死。“当他盖完了房子时，他举行了一个盛大的庆祝活动，于是所有的柱子和房梁都变成了活的。蛇开始吐信子，当进来坏人时，站在屋后的人（即柱子）便会告诉它，蛇立刻会杀死这个坏人。”[1]

这一材料有什么重要之处呢？它在我们的小木屋的构成历史上揭示了什么？在此有两个重要特点：第一，房子的各部分是动物；第二，房子的各部分有自己的名字。

我们先来看看名字。为了进入小木屋，主人公应该知道一句话。有些材料证明他应该知道一个名字，要是我们能回想起“阿里巴巴和四十大盗”的故事，会记得那里为了开门也需要知道一个名字。

这种语言巫术原本较祭祀仪式更古老。因此“背朝树林”的口诀，给外来人开门的口诀，应该比“给猫一块黄油”这句话古老。这一语言或名字的巫术特别突出地保留在埃及为死者安魂的祭祀中。“巫术是死者上路的手段，他为死者打开彼世的大门并保障他在阴间的生活。”图拉耶夫如是说。[2] 在《亡灵书》中写道：

1　Boas F. Indianische Sagen. . . S.166.

2　Тураев Б. А. Египетская литература. М., 1920, с. 56.

“这扇门的门闩说：‘你没对我们说出我们的名字，我们不放你过去。’”“左边的门墩说：‘你还没对我说出我的名字，我不放你从我这儿过。’”（《亡灵书》，127）右边的门墩也说同样的话。死者叫出了这扇门每一部分的名称，它们有时非常稀奇古怪。“门槛说：‘你还没对我说出我的名字，我不让你迈过我。’门锁说：‘你还没对我说出我的名字，我不给你打开。’”合页、门框、地板都这么说。直到最后，它们说：“你知道我，那你过去吧。”我们看到在逐个列举门的各个部分时是何等详细，细到了一个不落。显然，这个称名仪式，即开门仪式被认为有着特殊的意义。

众所周知，此时在进入农业时代的埃及已经广泛出现了祭祀仪式。

所有这些材料都证明，小木屋在较早的阶段守卫着通往冥国的入口，主人公或者得说出能为他打开通往彼世之门的咒语，或者得带来祭品。

问题的第二个方面——小木屋的动物特性。为了弄清这一点，需要进一步认识仪式。小木屋、小农舍和窝棚——都像树林一样，具有十分固定的仪式特性。这座小木屋位于树林深处，在偏僻神秘的地方。有时它还是专为这个目的而建造，常常由新人自己来做这件事。除了位置选在树林里这个特征以外，还可以发现几个典型特征：它常常具有动物的外形，尤其是门。再有就是它是被栅栏围起来的，栅栏上有时挂着骷髅头。最后，有时还会提到通往这座木屋的小路。且看下面几例讲述：“在这里，年轻人在举行授礼仪式时前往林中的小屋，照通常的看法，他们在那儿与神灵交往。”[1]“在坐落着茅屋的地方，环绕着又高又密的篱笆，只准指定的人待在那儿。”[2]“在班克岛克瓦特人的祭祀中，在僻静的地方用芦苇编的篱笆造一种畜栏，它的两端垂下来形成入口，这叫鲨鱼嘴。在塞拉姆岛上，人们说，新人要被这张嘴吞下去。在那儿这个入口被称作鳄鱼嘴，据说被授礼者要被动物撕碎。”[3]“在森林里，离舞蹈处一百米远的地方坐落着‘pal na bata’。这是我所见过的唯一的这样的建筑……它被茂密的灌木丛从四面八方围住，一条窄窄的小路在里面蜿蜒，它十分低狭，只有弯着身子才能钻过去。”[4]这里所提到的建筑有着雕花的柱子。关于骷髅头的问题，弗罗贝纽斯专门研究过，此处不必摘引他的材料。这里所引证的例子不只是对房子的描写，而且指出了它的一个功能，在此主人公面临的就是被吞吃下去。我们不打算在这里谈论这个仪式——它将在另一处被论及（见下文第7章）。但是老妖婆的住所以及言语，都表明她是个食人者。“这座房子的近旁是茂密的林子，在林中空地上有一座小木屋，在小木屋里住着老妖婆；她不放任何人靠近她，她吃个人就像吃只小鸡一样。”（阿法纳西耶夫，104）“木屋的四周围着用人骨做的栅栏，在栅栏上还插着有眼睛的骷髅头；大门是用人的腿做

1 Loeb E. M. Tribal initiations and secret societies. — Publ. Amer. Archaeol. and Ethnol. (Univ. of Califonia, 1929, vol.25, No.3, p.256).

2 Parkinson R. Dreissig Jahre in der Südsee. Stuttgart, 1907, S.72.

3 Loeb E. M. Trihal initiations and secret societies. — Publ. Amer. Archaeol. and Ethnol. (Univ. of Califonia, 1929, vol.25, No.3, p.257, 261).

4 Parkinson R. Dreissig Jahre in der Südsee. S.606.

门，用人的手做门闩，用长着尖牙的人嘴当门锁。”（阿法纳西耶夫，104）小木屋的门会咬人，它是人嘴或兽嘴，我们在上文已经提到过了。如此看来，我们便可以看出这一类的小木屋与在其中举行割礼和传授礼的农舍相符合。这种兽形的屋子逐渐失去野兽的形状，房门具有最强的抵抗力，它们最长久地保留着兽嘴的样子。“朝着科马克房间的门开关时就像一张兽嘴。”或者是有一只鹰落在屋前，“你们小心点！每次当鹰张开嘴时，你们就赶紧跳进去一个！”或是“开始你得穿过大老鼠群，然后再经过几条蛇的身边。大老鼠们想撕碎你，蛇要吞掉你。如果你幸运地通过了它们，那还有房门会把你咬住”。[1]这令我们想起故事中姨妈的告诫。想来鸡腿也并非别的什么东西，它应该是兽形柱子的遗迹，在某个时候类似的建筑曾有过这样的柱子，动物守卫着进屋子的入口正可以以此来解释。我们在此所看到的正是作为神的动物在神人同形化的过程中所观察到的那种现象。在某时曾起过神的作用的东西，后来成为神的标志物（宙斯的鹰，等等）。我们还看到：在某时曾是农舍的东西成了农舍的标志物，并仿效农舍移到了出口。

在对该母题的叙述中我们已经从新的故事材料走向过渡性的材料，并以对仪式的说明来结束。结论可以按相反的顺序做出。还不能说这里一切都已经一目了然和彻底弄清了，但毕竟还是摸索到了某些联系。可以认为，在举行成年礼仪式时动物外形的农舍建筑是最古老的根基。在这个仪式中被授礼者经过这间茅屋就好像被置

1 Boas F. Indianische Sagen. . . S.239, 253, 118.

入死亡领域，由此茅舍具有了通往另一个王国的通道的性质。在神话中茅舍的兽形特性已经失去了，但是门，在俄罗斯故事中是柱子，依然保留着兽形外表。该仪式是氏族制度创造出来的，它反映了狩猎的需要和观念。随着埃及型国家的产生，成年礼的所有痕迹都不复存在了。有一扇门——通往另一个世界的入口，死者必须向这扇门祈求，在这个阶段出现了被故事保留下来的洒水仪式和献祭仪式。树林是举行仪式首要的必备条件——后来也移到另一个世界。故事是这一发展过程的最后一环。

6. 呸、呸、呸 我们将关注主人公接下来的行动。小木屋转过来了，于是主人公走了进去，他一时还没看到什么，但他听到了："呸、呸、呸！俄罗斯魂灵以前听也没听过，见也没见过；这下子俄罗斯魂灵坐在勺子里自己滚进我嘴里来了。"（阿法纳西耶夫，137）"俄罗斯魂灵跑到我的林子里来了。"（北方边区故事与传说，7）或者说得更简短："呸，俄罗斯佬的臭味。"（阿法纳西耶夫，139）这个细节需要加以注意，它极为重要。

我们所分析的这个母题已有人研究过。波利夫卡为此专门写了一本书，其中收集了作者所知道的所有类似的惊叹语的例子。材料的数量非常之大，但作者并未从中得出任何结论。结论是无法得出的，因为波利夫卡的材料仅局限于斯拉夫民族的。[1]

然而我们只要着手研究较早的阶段，那么立刻就会得到解开

---

1 Polivka J. Cicham clovecinu — rusky deck, rusky *kost*. — Narodopisny vestnik ceskoslovansky, roc: XVII, 1924, c. 1 — 4.

我们的母题的钥匙。这一材料证明，阿法纳西耶夫断定伊万的气味是人的气味而非俄罗斯人的气味时，他所言无误。但他的论断尚可加以准确化。伊万散发出的不单是人的气味，而且是一个活人的气味。没有形体的死人是不会散发气味的，活人才会有味，死者凭着味儿就能辨别出活人。在北美洲的传说中这一点极其鲜明。例如，一个人动身去寻找他的亡妻，在地下王国他见到了一座房子，房子的主人想把他吞下去，但是说："他臭气熏天，他没死！"[1]这样的例子还能找出许多，比如在盖顿研究美洲俄尔浦斯神话的著作中。在这些神话中，主人公正是根据气味被辨别出是活人，"有一个神话说，在另一边，有他的妻子和许多人"，他的妻子已经死了，但找了一段时间以后，他找到了她，她与其他一些死者一起跳着特别的舞蹈。他们凭着气味发现了来人，"大家都在说着外来人的臭味，因为他还活着"。这一点是贯穿该神话的突出特点。[2]但这一特点并不只是在这一个神话中，也不只是在美洲神话中能碰到。在一则非洲传说中，一个姑娘的母亲去世了，但死者来帮助女儿给果园松土，人们认出了她，于是她便离开并带走了女儿。菲勒博恩接着讲述了以下情节："在那儿，母亲把她的女儿藏在茅屋里一个关着的房间的下面，不许她出声。过了些时候，熟人亲友们来做客，他们都是些影子。但他们在茅屋里刚刚落座，就皱起了鼻子发问道：这屋子里有什么呀？是什么东西的味儿？这儿有股呛人的活物的味

1 Boas F. Indianische Sagen. . . S.4.

2 Gayton A. H. The Orpheus myth in North America. — Journal of American Folk-Lore, 1935, vol.48, No.189, p.263 — 286.

儿，你这里藏着什么？”[1]祖鲁人的一个故事中说：“据说，如果地上的人死了，当他到死者们那儿去的时候，死者们就会说：先别靠近我们，你身上还带着灶火味，在灶火味凉下来以前，你先离我们远一点。”[2]

这种活人的味儿很令死者厌恶。显然，这里是带着相反标志的活人世界的关系转入了死人世界。活人的气味是如此令死人厌恶和恐惧，如同死人的气味令活人厌恶和恐惧一样。就像弗雷泽所说，活人就因为他们活着而令死人感到屈辱。[3]如多尔干民间文学所描写的：“要杀掉这个人是因为他带着他那个世界的做派和语言来到她那儿。”[4]因此，想钻入另一个世界的主人公，有时就得先除净气味。“兄弟俩走进树林在那儿躲藏了一个月，他们每天都泡在湖里用松枝洗澡，直到彻底弄干净了，连一点人的气味都没有了，那时他们便登上库列纳斯山，在那儿找到了雷神的家。”[5]

这一切都证明伊万的气味是想进入冥国的活人的气味，如果这种味儿令老妖婆厌恶，那这源于死人一般会在活人面前感到惊慌恐怖的观念。任何一个活人都不应该迈过禁止越过的门槛，在美洲神话中，死人们看见自己的国度中有一个活人顿时大为惊骇，大声叫喊起来：“就是他，就是他！”并且一个往一个下面躲藏，以至于堆

1　Fülleborn F. Das deutsche Njassa-und Ruwuma-Gebiet, Land und Leute nebst Bemerkungen über die Schire-Länder. Berlin, 1906, (Deutsche-Ost-Afrika, Bd.IX).

2　Сказки зулу/Встп. статья, пер. и примеч. И. Л. Снегирева. М.; Л., 1937, с. 123.

3　Frazer J. G. The fear of the dead in primitive religion, vo. Ⅰ. London, 1933, p.143.

4　Долганский фольклор, с. 169.

5　Boas F. Indianische Sagen. . . S.96, cf.S.41.

成了高高的人堆。[1]还有若干资料证明，在授礼仪式上新人要行清洗礼，目的在于从“妇人的气味”中解脱出来（不列颠新几内亚已有的材料可引以为证）。[2]在夸扣特尔部落的神话中，如博厄斯所指出的，它们与仪式密切相关，主人公一路上频繁地洗浴，或用一些有浓烈香味的植物（如药芹）往自己身上擦，就是为了除掉气味。[3]

关于这个问题还可以引证很多材料，不过现有的材料对于弄清这一母题的意义已经足够了。

7．款待吃喝 故事的经典样式要求在惊叹语“呸、呸、呸！”之后紧跟着询问主人公出门的目的：“你是想碰上什么事，还是想躲什么事？”我们期待着主人公此时能说出自己的目的。应该承认，他所做出的回答完全出人意料之外，而且也不是老妖婆的威胁引出的。他张口先要吃的：“你嚷嚷什么？你先给我点吃喝，领我去澡堂子洗洗，然后再问话好不好。”（阿法纳西耶夫，105）然而，最不寻常的是老妖婆对这样的回答竟完全服从：“老妖婆给了他们喝的，给了他们吃的，领他们去了澡堂。”（阿法纳西耶夫，105）“她爬了下来，深深地鞠着躬。”（阿法纳西耶夫，137）一定要提到吃喝款待的不仅是在见到老妖婆时，也包括见许多跟她一样的人物。在这些例子中，当王子走进小木屋，而老妖婆不在，他找到一张摆满食物的桌子自己大吃大喝起来。有时甚至小木屋本身也

---

1 Dorsey G. A. Traditions of the Skidi-Pawnee. p.75.

2 Nevermann H. Masken und Geheimbünde in Melanesien, S.66.

3 Boas F. The social organization. . . In: Report of the U. S. National Museum for 1895. Washington, 1897, p.449.

被讲故事者改成了具有这一功能：它“用馅饼撑起来”，“用薄饼盖着顶”，相当于西方儿童故事中的“蜜糖饼干做的小屋子”。有时这个小屋子的外形就表明它是食品屋。

我们将看到，这是老妖婆一贯的典型特征，她用吃喝来款待主人公。我们还将看到主人公在未被款待之前拒绝说话。老妖婆自己说：“瞧我这个傻瓜，去跟一个又冷又饿的人问话。”（科尔古耶夫，9）这是怎么一回事呢？为什么主人公在离家上路前从未提到吃东西，而偏偏在老妖婆那儿要吃的呢？这并非生活中的事，不是新的现实的特征，这一特征有其特殊的历史，食物在这儿有其特殊的意义。我们看到，北美印第安人已经处于这样的发展阶段，要向想去冥国的人提供特殊的食物。例如在北美的故事传说里，水王把年轻人引到他那儿来。“但老女人、小耗子警告年轻人不要吃科莫可阿给他们的东西，否则他们便再也不能回到上面的世界里去了。”[1] 根据毛利人的信仰，“甚至在渡过了划分生死两界的冥河之后，也还能返回阳间，但谁要是吃了鬼神的饭，那可就再也回不来了”。[2]

这些例子十分清楚地证明，要是接触了死人吃的食物，那外来者定然要被划入死者的世界，生者不能碰这种食物的禁忌由此而来。死者不但不厌恶这种食物，他还应该吃它，因为就像生者的食物能给生者以精力和体力一样，死者的食物也能赋予死者以他所需

1 Boas F. Indianische Sagen. . . S.239.

2 Frazer J. G. The belief in immortality and the worship of the dead, vol. II. London, 1922, p.28.

要的特殊的魔力。

主人公要食物吃，这一行动本身证明他不怕这个食物，他对它拥有权利，他是“真的”。这就是在他要求给他吃东西时，老妖婆会服从的原因。在美洲的故事传说中，主人公有时只是做出吃的样子，实际上却把这个危险的食物扔在地上。我们的主人公没有这样做，他不怕这个食物。在祭祀亡灵仪式已经获得充分发展的地方，这种远游者途中食物的必要性表现得很明确，而且保留了细节。埃及提供了一个特别突出的例子，这些材料将为我们解释为何要先吃东西，然后才可以说话。食物打开了死者的嘴巴，只有接触了这个食物，他才能说话。

在埃及，为死者（即死者的木乃伊）所做的安魂祭祀中，在将它运入墓穴时首先要放进食物和饮料，这被称为“供桌”。巴奇对这个礼仪做了如下描写:“食物摆在桌子上，两张供桌同时送入大厅或墓穴。人像（即木乃伊）自然不能坐到桌边去吃；某个看来可能是祭司的人作为替身吃喝一些桌上的食物，食物由几种形状的面包、饼和饮料组成，吃喝结束时人像的嘴是‘张开的’。人们相信已成了木乃伊的死者变成了‘khu’或成了仙，并具有了彼世神灵的所有能力。”[1] 这个文本十分清楚地证明，食物“打开了嘴巴”并将死者变成仙——从前这里的替代品是动物。打开嘴巴的仪式是祭祀活动中最重要的仪式之一，在讲安魂的文本材料中有专写这个仪式的书，它被称为“开口书”。在《亡灵书》中可以找到若干例子，

1 Budge E. A. W. The book of opening the mouth. London, 1909, p.3.

其中有一个片段:“给我打开!”“你是谁?你去哪儿?你叫什么名字?”“我是你们中的一个,我的小船名叫灵魂的收集者……给我牛奶、面包、饼……和肉块……请把这些东西全都给我……请让它们使我能像奔鸟一样往下接着走……”(《亡灵书》,122)

在这段引文中表露了两个愿望:“让我吃”和“让我变成鸟”,但实际上这是一个愿望。用我们的语言就会说成:让我吃吧,我好变成鸟。在《亡灵书》中,这一点表达得较为明确:“劳驾给我一块面包,劳驾给我一点黄油,让我用腿肉和供饼洗清罪孽。”(《亡灵书》,106)如此看来,这个食物能使他净化,使他从凡人净化成非凡的人,变成能飞的、轻巧的生灵,变成鸟。布雷斯特德说:“最终,祭司给死者的那些奇异的、令人强壮的面包和啤酒,不只使他成仙,而且使他有所准备,还给了他力量,使他变得强壮有力。”没有这种力量死者就会软弱无助。这种力量还应给予死者以承受在彼世等待他的那些敌视的能力。[1]

正像巴奇的研究所指出的:这个仪式被认为是非常重要的,它适用于所有人,甚至包括最贫穷的人,即它带有全民的性质并完全可以在民间文学中保存下来。

我们在巴比伦可以找到某种类似的东西。在关于吉尔伽美什·艾阿尼的叙事诗的第二篇中讲述了他如何落入或说被运到了地下王国的梦,“跟我一起下去,跟我一起下到那黑暗的所在地,

1 Breasted J. H. Development of religion and thought in Ancient Egypt. London, 1912, p.66.

那个伊尔卡拉住的地方，那个只能进不能出的去处……去那个其居住者不知光明为何物的地方”。他们像鸟一样“披着羽毛”，接下来语焉不详，但随后就应是款待了：“阿普和艾利尔给他炸肉（也可能是汤汁）。他们给他饼，给他冷的饮料，给他从皮囊中倒出的水。”[1]

这样我们就看到，迈出了此世的门槛，首先需要吃喝。在这儿我们同样观察到先飨以神奇的食物，然后才是在主人家里的盘问。

在古伊朗的宗教中，“到达天庭的灵魂要被劈头盖脑地问许多问题，问他是如何到这里的。但阿胡拉·玛兹达（琐罗亚斯德教最高的神——译者注）禁止问灵魂来时所走的那条恐怖可怕的道路，他还吩咐给来者吃天上的食物”。[2]（经过明显的合理化）我们在这里看到了对盘问的禁忌和先请他吃天上的食物的做法。

我们在古希腊罗马文化中也看到了同样的观念。“卡利普索想让奥德修斯从她那儿拿走琼浆玉液和神的食品：只要是吃了妖精的食物并喝过他们的饮料，就会永远处于他们的控制之下”；“珀耳塞福涅吃下了石榴红的苹果后，就属于阴间之人了”；“同时想到的还有食莲花。希腊人中有谁吃了这种甜美的食物，他就会忘记故乡并留在食莲人之国”。[3]罗杰也有类似的记述：“Wer von der Speise der Unterirgischen genieβt，ist ihnen verfallen（谁吃了阴间的食物，谁就

---

1 Gessmann H. Altorientalische Texte und Bilder zum Alten Testament. Tübingen, 1909. S.42.
2 Bousset W. Die Himmelsreise der Seele. — Arw, 1901, Bd, IV, S.156.
3 Güntert H. Kalypso. Halle, 1919, S.79, 80, 151.

会永远被归入他们之中）。”[1]

这里述及的所有材料都令我们得出一个结论，主人公在前往遥远王国的途中受到老妖婆款待的母题，是在死者赴阴曹地府的途中要接受神奇食物的观念的基础之上形成的。

8．白骨脚　主人公出现在小屋中时，老妖婆最初的行动。

我们现在转向研究老妖婆这个形象的本身，她的外表包括一系列局部特征。让我们先来分别研究一下这些局部特征，之后再来研究她的整体形象。老妖婆有两类出现方式：或是在伊万进门时她躺在木屋里——这是一类老妖婆，或是她飞来——这是另一类型的老妖婆。

赠予者老妖婆在伊万到来时是待在小木屋里的。首先，她躺着。她或者躺在火炕上，或者躺在长凳上，或者躺在地板上。其次，她占据了整个屋子。“脑袋放在前面，这只脚在一个墙角，那只脚在另一个墙角。”（阿法纳西耶夫，102）“在火炕上躺着老妖婆，一只白骨脚从一个墙角伸到另一个墙角，鼻子长到了天花板。”（阿法纳西耶夫，137）该如何理解“鼻子长到了天花板”呢？为什么老妖婆要占据整个屋子？要知道在任何地方都不曾提到、不曾描写过她是如何高大。由此可见，不是她大，而是屋子小。老妖婆令人想到放在狭窄的棺材里的或是放在专门用于埋葬或停灵的斗室里的尸体。她是死人。其他研究者也在她身上看出了尸体、死人。如研

1　Rohde E. Psyche: Seelencult und Unterblichkeitsglaube der Griechen, Bd.I. 4. Aufl. Tübingen, 1907, S.241.

究老妖婆形象的京特尔特根据古希腊罗马文化中的卡利普索，说：“如果赫尔（冥界的北方女王）有尸体的颜色，那这就意味着她不是别的东西，就是死神，她本身就是死尸。”[1]

俄罗斯的老妖婆没有任何死尸的其他征象。但作为一种国际性的现象的老妖婆，在很大程度上具有这些特征：“它总是带着它特有的腐烂性特征：空洞的背影，烂糊糊的肌肉，糟朽的骨头，被蛆啃噬过的脊梁。”（京特尔特）

如果这一观察是准确的，那么它能帮我们理解老妖婆的一个固定特征——僵硬。

为理解这个特征，须注意到“尸体意识”是很晚才有的东西。在我们已经引证过的美洲较早阶段的材料中，冥国的守卫者或是动物或是瞎眼的老妇人——没有死尸的标志。将老妖婆作为树林王国及林中动物的主人的分析将向我们证明，她的动物外形是她的古代形式。在俄罗斯故事中她有时就是这样。在泽列宁搜集的一个维亚特卡省故事中（泽列宁，维亚特卡省故事，11），有很丰富的极其古老的特点，山羊扮演着小木屋中老妖婆的角色，“山羊躺在吊床上，脚搭在栏杆上”，等等。在另外一些例子中与其相应的角色是熊、喜鹊等等（阿法纳西耶夫，249，250）。但动物们从来不曾有过白骨脚，这不只是在俄罗斯的材料里（假如可以用语言现象来解释的话，那么俄语的“老妖婆”与“脚”谐音），也包括国际性的材料。由此可见，白骨脚在某种程度上与人的外形相关，与其神人同

1 Cüntert H. Kalypso. S.74.

形化相关。人长着兽脚构成了由动物向人演变的过渡阶段。老妖婆从不曾有过这样的脚，但潘、法俄诺斯及形形色色的一大串妖魔鬼怪长着这样的脚，各种各样的妖怪、小精灵、恶魔、鬼都长着兽脚，就像小木屋保留着兽脚一样，它们也同样保留着。但老妖婆同时还与死神的形象紧密相关，因而这只兽脚被更换成了白骨脚，即死人或骨头架子的脚。与尸体僵硬相关的是老妖婆从来不行走。她或者在飞，或者躺着，即从外表上显示出她是死人。或许，这一历史更替可以用来解释守卫着阴间之门的艾姆普萨的形象——外形变来变去，时而是“巨兽”，时而是公牛，时而是驴，时而是女人。当它是女人时，长着一只铁脚、一只驴粪做的脚；变成女人时，它还保留着某些驴脾气。这只脚没有骨头，在此可以看到死人腐烂的脚的另一种形式。这种形式对俄罗斯故事来说并不陌生：“一只脚烂掉了，另一只脚是粪脚。”（泽列宁，维亚特卡省故事，11）

不过要说的是，这里所做的解释还完全可以存疑，尽管它比京特尔特所提出的理论更接近真实。照京特尔特的看法，兽脚是从白骨脚发展而来。他说：“在广为传播的迷信中包含着一个奇怪的观念，即小精灵、妖怪和恶魔长着兽脚，特别是长着鹅掌或鸭掌……为解释这一许多传说故事都有的奇怪特征，自然首先要从向动物的转化出发。但我认为真正的原因不在这儿。我们知道，恶魔是作为腐烂了的骷髅架子呈现在思想里，所以丑陋的脚的形状就可能化为以下的东西：骷髅架子的脚印被看成是鸭掌或鹅掌的印迹。而当这种联系不再被感觉到时，关于恶魔的脚的故事传说便获得了发展。”[1]

这样的解释错在牵强附会，另外，其历史性亦不可信。白骨脚由骷髅架的脚印发展而来的解释之不可信，是因为在自然界中看不到这样的脚印。这样的脚印在人民的观念中（德国的 Drudenfuβ）起着某种作用，但这个观念本身还有待解释。白骨脚是第一位的而动物的脚是第二位的判断，毕竟没有得到从其阶段性发展中获取的材料的证实：死神的动物外形较骷髅外形更为古老些。

9．老妖婆的瞎眼 在我们面前，老妖婆逐渐被描绘成通往遥远王国入口的守护者和同时与动物世界及死者世界相关的人物。她辨认出了主人公是活人而不想放他过去，并警告他会有危险，等等。只有当他吃过东西以后，她才把路指给他。她凭着气味辨认出伊万是活人。而老妖婆之所以凭着气味来辨认伊万，还有另一个原因。尽管在俄罗斯故事中从未提及这一点，但依然可以确定她是个瞎子，她看不见伊万，而只能凭气味认出他。波捷布尼亚顺便论及过这个失明的问题。他是这样来解释老妖婆的失明的：“顺便说一句，老妖婆是个瞎子。可以猜测说妖婆的瞎眼意味着丑陋，黑暗、瞎眼的概念与丑陋沾亲带故，而且可以互相替换。”他用对斯拉夫语中“леп”词根的分析来证明这一点。[2] 波捷布尼亚的这个结论之不可信在于：老妖婆是瞎子的现象不仅存在于俄罗斯或斯拉夫的土壤中，类似老

---

1 Cüntert H. Kalypso. S.75.

2 Потебня А. А. О мифологическом значении некоторых обрядов и поверийю — Чтения в общ-ве истории и древностей российских, 1865, кн. 3, июль — сентябрьб с. 85 — 232.

妖婆的人物是盲者的现象是国际性的。如果为了说明其产生而着手做名称或词语的词源学研究（这总是十分危险的，并且就实质而言常常是靠不住的，因为意义在不断变化，而词语却保持不变），那就需要对不同语言中“瞎眼”的说法做比较研究，其中哪一个都不会引出老妖婆的名字。但类似的研究可以证明“瞎眼”一词并不是简单地被理解为没有视觉。拉丁语“caeaus”不只意味着看不见，还意味着不被看见（不被看见的—— caeca nox ——“瞎的”夜）。同样可以引用的还有德语的“ein blindes Fenster”。

这样一来，对瞎眼概念的分析或许会引出无形的概念。人的盲视并不是孤立存在的，而是依据跟某种东西的关系。“瞎眼”或许可以理解为揭示出某种无形的双重概念。根据与老妖婆的关系，这或许可以引出生者世界向死者世界关系的转移：生者看不见死者，恰如死者看不见生者。但是，可以反驳说，那么主人公也应该是瞎子。的确，他应该如此，事实上他也确实如此。我们将看到落到老妖婆那儿的主人公变成了瞎子。

但老妖婆是否真的瞎了呢？这一点没有直接看到，但根据一些间接材料可以对此做出判断。在故事《老妖婆与日哈尔》中，老妖婆想劫走日哈尔，于是趁着他的好朋友与同住者猫和麻雀去捡柴时飞到了他那儿。她数起勺子来：“这是猫的勺，这是麻雀的勺，这是日哈尔的勺。”日哈尔受不了了，他吼了起来：“别碰我的勺子！你这个老妖婆！”老妖婆抓起日哈尔就把他拖走了（阿法纳西耶夫，106）。这样看来，为了找到日哈尔在哪儿，老妖婆应该听他的声音。她不是看到的，是听出来的，就像她闻出了外来人一样。

在另一些故事中，老妖婆是被弄瞎的。“当她睡着了，姑娘用焦油浇在她的眼睛上，再用棉花塞上，找到自己的孩子，带着他一起逃跑了。”（胡加科夫，52）波吕斐摩斯（他与老妖婆的血缘十分相近）恰好也是被奥德修斯弄瞎了眼睛；在这一情节（《独眼利霍》，阿法纳西耶夫，302）的俄罗斯版本中，眼睛不是被刺瞎的，而是被浇瞎的。类似人物的独眼可以看作是瞎眼的变体。在德国的故事中，女妖长着红肿的眼皮和红眼睛，即她其实没有眼球，只有空洞的红眼眶。[1]

但所有这些论据说的只是老妖婆可能是瞎眼，而并非确实瞎眼。不过，与老妖婆相类似的真正瞎眼的人物，我们在狩猎民族的故事中可以看到，在那里类似的人物多是动物，还不是残存的现象。在这儿类似的老太婆总是（或几乎总是）真正的瞎子，“他走近一座孤零零的窝棚，里面有一个瞎眼女人”。[2]奇异诞生的主人公离家之后，是这个老太婆接待了他，她向他询问他的来路。或是主人公到了海底，在那儿他看见三个做饭的女人，“他看到她们都是瞎子”，她们给他指点了道路。[3]

如果老妖婆守护着极远之国不放活人过去是可信的，如果外

---

1 Vordemfelde H. Die Heke in deutschen Volksmärchen. — In: Mogk-Festschrift. Halle, 1921, S.558 — 575.

2 Dorsey G. A. Kroeber A. L. Traditions of the Arapaho: Collected under the auspices of the Field Columbian Museum and the American Museum of Natural History. Chicago, 1903, p.301 (Field Columbian Museum, publ. 81/ Anthropological ser., vol.5).

3 Boas F. Indianische Sagen. . . S.55.

来人返回时会弄瞎她的眼睛，那么这意味着老妖婆从她的王国看不见去生者王国的人、归来的人。在果戈理的小说《维》里，鬼也看不见哥萨克，能看见活人的鬼，似乎是鬼中的萨满，它们就像能看见死鬼的阳间的萨满一样，这样的鬼一般的死人是看不见的。他们召唤这样的萨满。这就是维。（阿法纳西耶夫，137；泽列宁，维亚特卡省故事，100）

但是问题尚未解决。

上文已经肯定老妖婆与成年礼仪式有某种联系。这一联系在我们面前逐渐被揭示出来。被授礼者被送进树林，引入小木屋，来到一个怪物、死亡的主宰者及动物王国的统治者面前。他落入了死神的领地，为的是从那儿再返回“阳世”。我们知道他要经受象征性的失明，其形式跟老妖婆和波吕斐摩斯在故事中失明的形式一样：把他的眼睛糊上。弗罗贝纽斯以下述方式对此做了描述：“新人被蒙上双眼带入小木屋，有人在坑里搅拌着稠稠的粥，一种灰浆一样的东西。授礼者中的某个人抓住新人并往他的眼睛上涂抹这种掺入了辣椒的糨糊。响起了惨叫声，而站在屋子外面的人鼓起掌来并唱起了赞美神灵的歌。”[1] 这还远不是唯一的例子。内费曼从大洋洲报道说：“在几天休息之后新人被用石灰浆糊上，这样他们看起来完全成了白色的并且无法睁开眼睛。”[2] 这些行动的含义是整个仪式内涵中最为明显的。白色是死神和无形的颜色。暂时的失明同样

1　Frobenius L. Die Masken und Geheimbünde Afrikas, S.62.
2　Nevermann H. Masken und Geheimbünde in Melanesien, S.26.

是赴死神领地的标志。在此之后便洗去石灰并同时复明——这是获得新的视力的象征，同时被授礼者还获得一个新名字。这是整个仪式的最后一个阶段，此后被授礼者便返回家中。与上文观察分析到的张开嘴巴类似，我们在此看到的是睁开眼睛。我们知道的在这种情况下会举行的割礼故事并未保存，同样没有保存的还有敲掉前门牙的故事。所有这些行动的对照比较可以解释割礼亦是作为具有魔力的打开形式之一。在此之前是节制，同样，在眼睛睁开之前是失明，而在嘴巴张开之前是哑巴——在这些情况下禁止说话可以引为佐证。在此之后，年轻人获得了婚姻的权利。不过既然故事中未反映这些现象，我们此处便不去涉及它们了。

对年轻人这些所作所为，令人想起故事主人公对老妖婆或波吕斐摩斯的举动。不过在故事与仪式之间有一个重要的区别。在仪式中是年轻人的眼睛被糊上，而在故事中被糊上眼睛的是女妖或与她相似的角色。换句话说，神话或故事是仪式的准确换位。何以会发生这种换位呢？

对于孩子们和母亲们来说，仪式是恐怖可怕的，但又被认为是必须的，因为通过了仪式的人对动物便获得了某种我们可称之为魔力的权力，即仪式合乎原始狩猎的手段。但随着武器的发展、向农耕社会的过渡、新的社会制度的出现，残忍的旧仪式就令人觉得是无用的和令人厌恶的了，其锋芒转向反对其实施者。如果说在树林里举行仪式时年轻人要被那个折磨他和威胁说要吃掉他的东西弄瞎的话，那么已经脱离了仪式的神话就成为某种反抗的手段。在下文对火烤母题的分析中我们会看到这样的情形：在仪式中是孩子

“被烤”，在故事中是孩子烤女妖。

但除开这些换位的情形以外，故事还保留着某些确实是主人公失明的痕迹。在老妖婆的小木屋里，有时主人公会抱怨眼睛疼。这种疼痛的原因是多种多样的。“请先给我点水冲一下眼睛，给我喝点什么，吃点什么，然后你再问吧。”（阿法纳西耶夫，303）他在另一个故事中（阿法纳西耶夫，93）抱怨“眼睛被风吹了”。在此或许可以反驳说，这是一个十分合理的理由，但从上文所提到的材料的角度看就是另一回事了。在祖鲁人的故事中，参加完授礼仪式回来的姑娘说：“我什么都看不见。”[1]对失明的专门研究或许可以证明，为什么神的代言人和先知们（提瑞西阿斯）、人民的解救者（参孙）、始祖（雅科夫、伊萨克）、未卜先知的诗人们（荷马）常常是瞎子。

10．树林的女主宰者　老妖婆的外貌还有另一个特点——这就是她的被突出强调的女性生理特征。性别的诸种标志被夸大了：她被描绘成乳房巨大的女人。“奶子耷拉在栏杆外。”（翁丘科夫，178，栏杆在此指挂手巾等物的竿子）“老妖婆亚戈什娜，奥夫多季娅·库兹明尼什娜，鼻子伸到了天花板，奶子耷拉到了门槛外，鼻涕流到了栏杆外，还用舌头划拉着烟炱。”（斯米尔诺夫，150）或者是：“在灶台上，在第九块砖上躺着老妖婆，长着一双白骨脚，鼻子伸到了天花板，鼻涕挂到了门槛外，一对奶子堆挂在门钩上，自顾自地磨着牙。”或者是：“从小木屋里跳出了老妖婆，长着一双

1　Сказки зулу, с. 21.

白骨脚，嗷嗷叫着。”（翁丘科夫，8）

这样说来，老妖婆增补了所有妇女的生理特征。但与此同时，她跟婚姻生活无缘。她从来就是个老太婆，而且是个没有丈夫的老太婆。老妖婆并非人之母，她是兽类，且是林中兽类之母和女主宰者。老妖婆体现了认为繁殖只是通过妇女而无须男人参与的阶段的认识。虽然她拥有肥大的女性器官，但并未被描述为配偶，或许这正是因为她永远是个老太婆。她是性别的化身，但她并没有性生活；她只是个母亲，却从不曾做过配偶。故事中的确在任何地方都没有称过她是兽类之母，可她在它们面前有着无限的权力。且看她在一个北方故事中是怎样把野兽们招呼到一起的：“灰狼们，你们在哪儿？给我快快往一个地方跑，往一个圈子里跑，看你们当中哪个个头最大、跑得最快，快去跟着伊万王子。”（翁丘科夫，3）关于死不了的科谢依的故事中，老妖婆的妹妹派人去姐姐那儿：“前面的路边住着我的大姐，没准儿她知道，她那儿有管这些事的主儿：头一拨儿管事的是林子里的野物，第二拨儿管事的是天上的飞鸟，还有一拨儿管事的是水里的鱼和爬虫。凡是这世上有的东西都听她的。”（阿法纳西耶夫，157）或是：“老太婆走出门站在台阶上，粗喉咙大嗓地叫了一声，突然间，不知是从哪儿冒出来的——所有的野兽都跑来了，所有的鸟儿都飞来了。”（阿法纳西耶夫，212）有时连风都服从老妖婆：“老太婆走出门站在台阶上，粗喉咙大嗓地叫了一声，像小伙子那样打了一声口哨，突然从四面八方刮起了狂风，只见小木屋晃了起来！”（阿法纳西耶夫，272）在另一个文本中，她被称为风母（阿法纳西耶夫，565）。她那儿保管着从太阳那里得来的钥匙（斯米尔诺夫，304）。老妖婆的男性同类形象严寒老人是严寒的主宰者；在德国故事中，相类似的是能召唤下雪的霍勒大妈。在因纽特人那里，她就是水下动物的主宰者。[1] 在多尔干民间文学中，与她相类似的是大海的主宰者。[2]

但是，我们不禁要自问：此处所说的母性究竟在哪儿呢？在此我们应该认出极为古老的社会关系的遗迹。母亲同时也是统治者。随着母权制的覆灭，女性失去了权力，只剩下作为社会功能之一的母性。但是在神话中，妇女——作为统治者的母亲——却是另一种情形：她失去了母性，保留着的只有母性的标志，并保留着对动物的权力，因为猎人的整个生活有赖于动物，她掌握着人的生死大权。

她之所以统治的是动物，而且是林中动物，是因为处于这个阶段的人依赖于林中可供猎获的动物，人以此作为自己所属的氏族组织的图腾。换句话说，老妖婆是民俗学里主宰者的名称之下一个人所共知的现象。

有关主宰者的问题是一个极其复杂且远未研究透彻的问题。泽列宁说："关于'主宰'这一概念是如何发展的——为弄清这个复杂而又庞大的问题需要进行专门研究。"[3]

"女主宰者"是什么意思呢？什捷尔恩堡用很多例子证明说，动物祭祀最早是祭祀所有动物，后来便只祭祀一类动物，于是这一

1 Nansen F. Eskimoleben. Leipzig; Berlin, 1903, S.220 — 225.
2 Долганский фольклор, с.137.
3 Зеленин Д. К. Культ онгонов в Сибири. М.; Л., 1936, с.206.

类动物就成为神圣的了（熊、埃及的圣牛等等），最后形成了该氏族主宰者的拟人化形象，它可能已有人的外形，或者是混合形的，或者是交替变化的。该氏族的所有个体全都臣服于这个主人。主宰者不只是动物，它还是自然物——霹雳、太阳、山、风等等的主宰者。此处氏族关系投射在了动物身上，这些自然现象的主宰者后来发展为单个的神祇。

现在让我们看看，在文明发展的较早阶段，老妖婆是什么，在这种情形下她与什么相类似？

我们已经看到，在这种情形下老妖婆是个老太婆。

我们还看到，她常常既是老太婆又是动物（“这女人是只鸭子”）。那些俄罗斯的老妖婆与动物相类似的例子尤其令我们感兴趣。在美洲的神话中，父母把孩子领入树林并抛弃了他们。他们把孩子绑在树上。狼（须强调的是这是一只老狼）和郊狼出现了。老狼叫道：“四面八方的狼都跑到我这儿来！”接着又写道：“狼和郊狼们从大地的四面八方汇集过来。”老狼吩咐给孩子们松绑。临近冬天时，孩子们搭了一座窝棚。姐姐从狼那儿得到了一个能满足愿望的礼物。按照她的愿望，成群的鹿、水牛和其他能猎获到的动物要将帐篷围起来。姑娘用眼神就能杀死它们。她只要说出一个词，皮子就会自己缝成帐篷，帐篷顶上自己就会冒出花纹图案，这些花纹图案部落至今还在使用着。姑娘给了兄弟一个相助者——一只豹子或熊。[1]

1 Dorsey G. A. Kroeber A. L. Traditions of the Arapaho. . . p.286.

这个例子很能说明问题。主宰者是动物（老狼）。但它不只是对狼拥有权力，它还能统治所有猎人们需要的动物。它把这种权力转交给了姐姐，而不是给兄弟，由她给兄弟提供相助者。这个例子揭示了类似情节的狩猎生产基础，它证明了与图腾崇拜的关系：神圣的花纹图案是姑娘给予部落的。

这类例子还可以引证许多，不过问题不在于例证的数量，而在于现象的实质。

在我们继续对女主宰者老妖婆进行研究之前，我们还应该给自己提出一个问题。在此之前老妖婆对我们来说是作为通往死亡之国入口的守护者，在这儿她又成了动物的主宰者，其中是否有联系呢？这里究竟是怎么一回事——是一个形象中包含了两条线索、两个传统，还是说这就是一个形象？在女主宰者老妖婆和入口守护者老妖婆之间有着某种因果联系？为什么恰恰是守护着另一个王国入口的主宰者？对此问题的解答同样要由材料本身提供给我们。我们已经知道，在某个阶段，死亡被认为是变作动物。正因为死亡是人向动物的转化，那么也就要由动物的主宰者守护着通往冥国（即动物的王国）的入口并使之变身。这样就能拥有对动物的统治权，在较晚时期，这种权力便被理解为神奇动物所赠予的了。

在博厄斯选集里的一个有趣的传说故事中，主人公落入狼群，所有的狼啊、熊啊、水獭啊全聚到了一起，对这个外来者给予了最高礼遇。“狼们突然运来一具死尸，它们把死尸用狼皮包起来，把他放到火边绕着他开始跳舞，还打着拍子。那时死人站起身来，摇摇晃晃走起来，狼们越是往下唱，死尸的动作就越稳健，最后完全像狼一样跑起来。这时狼的首领发话了：‘现在你看见死人身上发生什么事了吧，我们把它变成了狼。’这些狼教主人公学会狼的舞蹈。‘等你回到家以后，你就教人们学会跳我们的舞。’狼送给他一支百发百中的神箭，只瞄准不用射就能杀死野物。顺便说一句，这件事现在已经使人能够明白老妖婆的神奇礼物是什么了吧。”[1]

这个神话解释了仪式。我们现在明白了，为什么人们要去死神的疆土上寻找作为统治者的图腾祖先。

在此，我们不再追踪作为女人的老妖婆的形象，我们在下文分析改头换面的母题时再做这件事。对我们来说，重要的是确定老妖婆形象起源于母系图腾祖先，后来氏族始祖及其统治权才转移到男人身上。老妖婆正是作为祖先而与炉灶有着关联。她“用手扒拉着炭”（翁丘科夫，178）；“她躺在灶台上”（阿法纳西耶夫，137）；“她用舌头划拉着烟炱”（斯米尔诺夫，150）；“她躺在长凳上，牙齿搁在灶台上”（胡加科夫）。炉灶在历史上是与男性祖先的祭祀一起出现的。其实，炉灶不是与女人老妖婆相合，而是与女性氏族始祖相合。炉灶作为氏族的（男性的）标志转移到了老妖婆的形象上。因此各种各样具有女性特点的标志物都归到了她的名下，不只是与炉灶有关，而且与厨房有关：火钩啦、扫帚啦、掸子啦，等等，由此还与厨房的另一些物件——杵、磨盘之类有了关联。

我们或许可以说明这一类人物的进一步的演变。从能提供群鹿的狼，再经过化作动物的女人的阶段，便引出了一条直接通往女

1 Boas F. Indianische Sagen. . . S.111.

神的道路，如长着夸张的生殖器官的库柏勒，如由动物陪伴并住在树林中的童贞女阿泰密斯及其他女神。在什捷尔恩堡关于宗教起源的讲义中，在弗雷泽的《金枝》中，都指出过库柏勒的狩猎起源。

后来，到了农耕社会，女守护者开始失去与动物世界的联系，她依然还是入口的把守者和指出通往彼世道路的相助者。这种情形我们在埃及的安魂祭祀中可以看到："他从两个母亲那儿带来两只长着长长的毛发和胸脯下垂的雌鹰。它们住在色赫塞山上。它们用胸脯拍打着比比国王的嘴……死去的比比应该说出这些话，以便能到圣者之国去。"[1] 这样看来，把守着通往彼世入口的女人身的动物不仅存在于神话和故事中，而且直接出现在较晚阶段的安魂祭祀中。

11. 老妖婆的难题　有一种广为流传的看法，认为老妖婆这个角色的典型行为是出难题。这种看法只对妇女故事来说是正确的，它可以指出这些难题基本上都产生得较晚。给男人出的难题要少得多，而且向来就很少，它们整个数目也不大。一般是在谈话之后紧接着就有奖赏。"'你未必能找到！除非我帮你！'于是就把自己的马给了他。"（阿法纳西耶夫，174）"给他吃了，喝了，并给了他一匹金色的母马。"（北方边区故事与传说，46）这类例子可以引很多，这是一种典型的形式。试问：老妖婆为什么要奖赏主人公呢？表面上看来，这种奖赏在艺术上是没有理由的。但由于上文所引用的材料，我们可以说主人公已经经受住了一系列的考验。他知

1　Breasted J. H. Development of religion and thought in Ancient Egypt. p.117.

道了打开门的魔法。他知道了转动和打开小木屋的咒语，知道了行动的魔法：用水往门上泼洒。他给把守入口的野兽们带来了牺牲。最后也是最重要的一条：他不怕老妖婆的食物，他还主动要求吃它，于是因此而永久进入了彼世生灵的行列。在考验之后是盘问，盘问之后便是奖赏了。这可以解释为主人公行动中表现出的自信。在他所看见的东西中，不仅没有任何意料之外的，相反——一切都好像是主人公早已知道的，正是他期待的。他由于自己有魔法的武装而充满自信。这种武装本身的确没有任何根据。我们只是偶然碰见像开导姑娘在老妖婆那儿如何自持的姨妈那样的人物。主人公无所不知，因为他是英雄。他的英雄气概就在于他的魔法知识、他的力量。

整个考验的系统反映出最古老时代的一种观念，即凭魔法可以呼风唤雨，可以使野兽自投罗网，可以掌握通往彼世的入口。问题全然不在于“美德”和“纯洁”，而在于力量。但随着技术的发展、社会生活的发展——形成了权利和其他关系的一定的标准，它们被引入祭祀并开始被称为美德。因此在很早的时候，与检查死者的法力的同一时期，便已经开始出现检查其美德的观念。在埃及的《亡灵书》中反映的既有最早期的观念，也有较晚时期的。与晚期观念有关的，比如说，要将死者的心“过秤”的观念。这个观念下文将会看到，它同样也为故事所接受。具有典型特征的是用羽毛做秤砣，这是女神玛阿特的标志，也是权利和真理的标志。

这些关于检验美德的观念也进入了故事，并在其中保存了从较早期的、与祭祀祖先相关的美德直至崭新的日常生活的美德。举例来说，像会拍松羽绒褥子及把床单、被罩等洗干净。这种对死者魔力的检验，以及向他转赠继续前往冥国的相助，便转化成了对美德的考验和奖赏。由此而产生了出难题的功能。这些难题有时是从另一母题——公主的难题转化而来的。在那个母题中，它们的确恰如其分并可作为典范。从十二个一模一样的人中选出一个，或者拯救畜群，都属于这类难题。但老妖婆的难题中还是有起源于远古的难题，比如说不许入睡，即忌讳做梦就属于与这类难题或条件有关的。

12．睡眠的考验　老妖婆的禁止入睡的难题，常常与获取能自动弹奏的古斯里琴的保证相联系："好吧，我把琴送给你，只是要附带一个条件：当我开始给古斯里琴调音的时候，谁都不许睡觉。"（阿法纳西耶夫，216）"你现在坐着不要打盹儿，要不然你就得不到古斯里琴了。"（斯米尔诺夫，310）

根据以上引证的例子可以得出一个印象，即睡梦的禁忌与古斯里琴的母题牢牢地联系在一起，但这并非是一种牢固的联系，而是俄罗斯的材料所特有的一种倾向。此处这一联系的确极为常见。主人公动身时妻子送给他一朵花，"她说：'用这朵花堵上耳朵，你就什么也不用怕了！'傻瓜于是照此办理。当师傅开始弹奏古斯里琴时，傻瓜待在那儿，一点儿也不困了。"（阿法纳西耶夫，216，有3种异文）这里不由得令人想起奥德修斯，他也是堵上自己的耳朵以避开海妖塞壬。这种类似的情形，或许可以说明用歌声诱惑主人公并杀死他的塞壬的形象。在老妖婆的屋子里入睡会很快导致死亡。"'你就瞧着吧，'贪嘴的狼对他说，'说好啦，别睡觉！如果你睡着了，那我立刻就把你吞下去。’”（阿法纳西耶夫，216，异文2）在俄罗斯的材料中，睡梦的禁忌在与古斯里琴无关的情形下也能碰到。树林本身就是神奇的，能引起无法克制的瞌睡。“他们走啊走啊，走进了一座茂密的林子。只是一走进去，一股强烈的睡意便攫住了他们。”（阿法纳西耶夫，131）在另一些民族中睡眠的母题与古斯里琴的母题无关，但总是与老妖婆的母题联系在一起。我们在多尔干民间文学中能看到对这一禁忌十分详尽的考察。在那里，主人公跟老妖婆玩纸牌，一阵不可克制的睡意向他袭来。他两次都骗她说他没睡着，是在想事儿。但第三次他承认他是睡着了，于是女妖就想把他给吃了。[1]

我们对这一母题的破译从对美洲材料的证明开始。在盖顿论丈夫寻找亡妻情节的著作[2]中可以看到，外来者不应打哈欠，也不应睡觉，因为这会暴露他是个活人。睡眠在这里具有同气味一样的意义。活人因其散发气味、打哈欠、睡觉和笑而露馅。死人是不做这些的。所以，把守冥国入口不放活人进入的守门人就想根据气味、笑声和睡眠来辨别外来者的身份。他下一步的权利正是凭这些确定的。盖顿所转述的该情节的一份记录是这样的：“那人说他不认为他能得到他的妻子，因为他必须整夜不睡。他对他说，要是他睡了哪怕只一眨眼的工夫，那他就找不回他的妻子了。”[3]

---

1 Долганский фольклор, с. 144 — 145.

2 Gayton A. H. The Orpheus myth in North America. — Journal of American Folk-Lore, 1935, vol.48, No.189, p.263 — 286.

3 Ibid., p.258.

睡眠考验绝非偶然现象，在关于吉尔伽美什的叙事诗中就可以看到。诗中吉尔伽美什去寻找乌特-纳比什基姆，想从他那儿得到长生不死药（类似于我们故事中的活命水）。乌特-纳比什基姆正是像故事中的那类考验者和赠予者。他让主人公六天七夜不睡觉。但吉尔伽美什由于长途跋涉太疲劳，还是睡着了。但乌特-纳比什基姆的妻子可怜他，在他睡着的时候叫醒了他。[1] 格列斯曼补充说："那时她丈夫吩咐她去为吉尔伽美什烤大概是路上吃的面包，这面包似乎具有某种魔力。"[2] 我们已经知道在冥国入口吃的东西具有怎样的力量。这些例子基本上证明了睡梦的禁忌是与老妖婆的形象及其作用密切相关的。

在关于成年礼仪式的著作中，只字未见提到专门的睡眠禁忌。然而这一禁忌的个别情形还是被证实了的。比如，在非洲东南部的民族中，男孩子们十四岁时要接受割礼，在伤口长好之前禁止睡觉。犹太人将行割礼前夜称为"不睡之夜"，因为这一夜不许睡觉，恶鬼"舍季姆"们试图在行割礼之前控制男孩子们。[3] 授礼仪式总是秘不告人。我们知道它是死亡和复活或新生。扎姆杰尔收集了许多在诞生、死亡和结婚时对睡梦的禁忌。对我们来说它们很重要，因其间接地证实了睡眠禁忌与死亡和诞生的环境的联系，即与作为成年礼仪式基础的环境的联系。

13. 被赶入树林的孩子们　到目前为止，我们考察老妖婆的

---

1 Jensen P. Das Gilgamesch-Epos in der Weltliteratur. Strassburg, 1906, S.46.

2 Gressmann H. Altorientalische Texte. . . S.56.

3 Samter E. Geburt, Hochzeit, Tod. Leipzig, 1911, S.132.

形象主要是由于她具有作为冥国通道把守者的作用。我们顺便可以看到，这个形象反映的不只是抽象的关于死亡的观念，还有与之相关的具体仪式。这些仪式痕迹犹存，但已经零散而衰微。我们现在应该立刻认真地着手于仪式和故事的比较。就连我们所找到的那些多少带有假定性的相吻合的例子，也迫使我们开始认真研究材料并进行更准确、更深入的比较。

到目前为止，我们在叙述材料时都是从故事出发，根据主人公的行动进程，考察分析他在途中所见。现在我们则要把仪式作为基础，考察仪式所记录的连续过程中的材料。我们将追踪仪式自始至终的整个过程，并将其与故事所提供给我们的东西进行比较。这使我们可以阐明某些至今仍被忽略的故事的原初要素。

孩子们接受授礼仪式的年龄各有不同，但有一个大致的趋向，即在性成熟期来临前举行该仪式。我们都还记得，孩子们总是落到贪吃的老妖婆那里。

关键时刻降临之时，孩子们以这种或那种方式动身去树林里找那个对他们来说是可怕的和神秘的人物。这种动身的形式各不相同。对民间文学研究者来说有三种颇有意思的形式：父母把孩子送去；假装把孩子劫到树林里；最后，是没有父母参与，让男孩子独自前往。

如果是送孩子去，这件事总是由父亲或哥哥来做，母亲不能做这事，因为举行仪式的那个地方是禁止妇女去的，犯禁就会导致妇女立刻被杀死。“随着暮色降临，每个新人都在父亲或别的男人的陪伴下进入树林深处，并在科瓦拉面前举行仪式。”[1] 韦伯特对新几内亚送孩子的情形做了如此描绘。我们可以想象得出事情是这样：孩子们并不总是一直被送到神圣的地方——他们被单独留下来，他们应该自己找到小木屋。我们知道，在故事中迷路的或被抛弃的孩子们爬到树上去寻找灯光，在这种情况下，他们寻找的并不是人的住处，而是我们所研究过的那类林中小屋。

被授礼者的通过是走向死亡。被授礼者有特殊的衣饰打扮。“女人们看到被这样打扮好的男孩子，立刻哭了起来，孩子们的近亲、姥爷和舅舅们也都这样做。他们被抹上污泥和炭灰，以表示其痛苦。”[2] 此即我们所看到的原始的哀悼的典型场景。

由这一描绘我们看到，这种引送被一些人——首先是男孩子们意识到什么叫灾难。他们还不知道有多么巨大的幸福摆在他们面前。尽管引送的举动被当作含有敌意的，但又是舆论所要求的。被授礼者获得了伟大的幸福。引送的发起人是父亲。但到了后来，当仪式开始消亡，舆论就应发生变化。以授礼行动获得的幸福成为费解的，于是舆论就变为谴责这种可怕的仪式。这个时刻便是情节萌生的时刻。当仪式还活生生地存在着时，是不会有关于它的故事的。

在故事中，将孩子送入树林总是一种怀有敌意的举动，尽管在下文中对被驱逐者或被送走者来说事情会变得十分圆满如意。让

1　Webster H. Primitive secret societies, p.102.

2　Ibid., p. 21.

我们来看看故事中前往树林是如何发生的。故事开始时，里面的家庭隐含着某种双重性。一方面，是对孩子的盼望，他一旦降临，就对他关怀备至："小木块变成了孩子，襁褓中的杰列舍奇克一天天长大，真叫逗人爱！"（阿法纳西耶夫，112）另一方面，在家中又能感觉到一种或隐蔽或公开的敌意。"怎么才能把他除掉呢？"——这是故事中惯用的套话。这些话可以用于所有家庭成员彼此之间，但有一个例外：从不用于晚辈对长辈，即儿子或女儿从不曾这样说父亲或母亲。显然，一直总是长辈想把晚辈从世上除掉。这种愿望显然循着一条常规："不受欢迎的"男孩或女孩或兄弟姐妹被赶到或送到或派到树林里去。"他大为生气，抓起妹妹就把她送到了茂密的树林里。"（阿法纳西耶夫，280）"孩子们，咱们去树林里吧，我砍柴，你们采浆果。"（斯米尔诺夫，233）常常从一开始就会提到土窑。"他把自己的女儿送到了树林里，把她留在那儿的一座土窑中。"（泽列宁，维亚特卡省故事，122）"我带着自己的儿子去树林，我知道他们会做什么。"（《古风今存》第21卷，1912，第249页）在这个例子中，从一开始就可以看到儿子在树林里将展示或获得某些才能。"同时他们请求妈妈让他们带弟弟去打猎，他们把弟弟带到树林里后就把他留在了那里。"（阿法纳西耶夫，209）"如果是这样，就去林子里吧，到了树林里以后，他脱掉了孩子的衣服，吩咐他坐在一棵橡树的树洞里，自己走开了。就让这个孩子赤着身子光着脚留在那里。"（斯米尔诺夫，85）这样的例子可以摘出几大篇来，可以创制出一套完整的分类体系。可以研究一下引送或驱逐在哪些情节中有，在哪些情节中没有。可以研究这一驱逐的理由，研究被送走的是什么人（送的是儿子还是女儿，多大年龄时被送走，等等）。但对我们的目的来说这无关紧要。我们只择出问题的一个方面自问：是谁把孩子送到树林里的？

我们已经看到，驱逐可以用某种天生的敌意来解释。送走孩子的始作俑者的角色，历史地落在父亲身上，或者，如果没有父亲的话，那就由哥哥、舅舅等来担当这个角色。可父亲对儿子的敌意对讲故事的人来说是陌生的和费解的，它不符合他的家庭理想。为了解释这种敌意，故事按两条路线展开：一是贬低诋毁儿子，说他被赶出家门是罪有应得：这个儿子是个懒虫（“而他什么活也不干”——阿法纳西耶夫，193）和捣蛋鬼，大家都抱怨他，他是个傻瓜和“倒霉蛋”。但这类例子毕竟不多见。更常见的是这种敌意与现实中俄罗斯农村所熟悉的家庭里的敌对关系相适应，敌对随着新人——这种敌意的载体——进入家庭而出现：在有第一次婚姻留下的孩子的情况下，后妻或后夫承担了原本属于父亲的敌意，这样在故事中便出现了后母及其历史角色。她是将孩子赶入树林、赶到老妖婆那儿及诸如此类去处的主要怂恿者。亲生父母恨孩子的情形十分罕见。“儿子出生以后，起初母亲非常喜欢和疼爱他，宠着他并且尽可能给他好的教育，父亲更是有过之而无不及。等他长大了，识文断字了，已经十三岁时，他母亲开始不喜欢他了。”（科尔古耶夫故事，19）同样的情形还有当哥哥和妹妹在一起和睦地生活时，嫂子却出现在他们中间。嫂子成了妹妹的敌人，哥哥将妹妹送到了树林里。如此说来，并非是父母自己将孩子弄死。后母与继女为敌的例子我不再列举了，这是大家都熟知的。但是，将女儿送到树林里的依然是父亲。然而他在这里扮演着最可怜的角色。“我们的庄稼汉想啊想啊，还是把自己的女儿送到了树林里。”（阿法纳西耶夫，102）“老头子很可怜大女儿，他是喜欢她的……可是老头子不知该如何摆脱痛苦。他是那么瘦弱，老太婆又爱唠叨。”（阿法纳西耶夫，95）“老头子难过起来，开始哭泣，可他还是把女儿放在了雪橇上。”（阿法纳西耶夫，96）这令人不禁要问：为什么后母自己不能弄死继女或继子呢？为什么就凭她的残暴凶狠，她没用大权在握的双手自己把孩子送到树林里去呢？从逻辑上说她完全可以这样做，但从历史上说她却不能如此，因为历史上通常送孩子去树林里的都是父亲、哥哥或舅舅，而妇女从来没做过这样的事，能做这件事的只有男子。扮演这种角色的男人在故事中未完全被取代。

14．被劫的孩子们 在仪式中出发的另一种形式是孩子或真的被劫走或假装被劫走。“常见的是，所谓魔鬼抓住孩子并把他送到格里-格里树林里去，可是谁也不知道这件事，人们只能猜测。”[1] 在这种情况下人们告诉母亲说，是神灵把孩子带走了。使用“鬼”或“神灵”等词，证明我们看到的是晚近的现象或糟糕的记录。林中出现的人物化装成了动物或鸟，扮演成它们的样子并模仿它们。林中还传来了哐啷哐啷的响动，大家都吓得四处奔逃。在送走未行割礼者以后人们说，“玛尔撒巴”把男孩子们吞下去之后，在人们准备好丰盛的猪肉、芋头等供品之前是不会把孩子们还回来

1 Frobenius L. Die Masken und Geheimbünde Afrikas. S.119.

的。[1]面对这些人物以及与之相关的神秘仪典，恐惧是如此巨大，以至于在引入基督教和这些仪典业已发生转化之后，这种恐惧还持续了很久。[2]对这些人物的恐惧被当成了教育手段。“纳瓦霍部落的母亲们不体罚不听话的孩子，而是吓唬他们。”[3]这种恐惧和这种威胁历经几世纪之久延续到现在。在古希腊罗马也有过这样的威胁。劫孩子的人物是拉米亚。拉米亚显然是个泛称，摩尔莫、格罗、卡尔科以及艾木普萨——都是各式的拉米亚。[4]玛尼加尔特研究了欧洲对类似人物的信仰。在此似无必要重复他的材料并证实这些人物与我们的劫走孩子的老妖婆之间的亲缘关系。

15．预售　除了直接送走和假装被劫走以外，还有一种出发去树林的形式，不过为了了解这一形式，必须将我们对仪式及其意义的叙述加以某种准确化。到目前为止，事情还是这样的：经过授礼仪式的男孩子回到家里后，就可以结婚和做其他的事了。必须指出，授礼者是某个组织，通常称为“男性同盟”，或按英语术语系统，叫作“秘密同盟”。“秘密”一词不很恰当，因为同盟的存在并不是秘密的，秘密的是（对未经授礼者来说）这个同盟的内部组织和内部生活。同盟在部落生活中起着巨大的作用，政治权力常常属于它。可以有几个不同等级的同盟。授礼仪式同时也是接受入盟的仪式。而且不仅是入盟，从低级同盟升入高级也都伴随着传授该

1　Webster H. Primitive secret societies, p.103.

2　Ibid., p.168.

3　Ibid., p.187, 178.

4　Rohde E. Psyche. . . Bd. II. S.410. 关于吓唬孩子可见：Dieterich A. Nekyia. Leipzig, 1893, S.48.

同盟的秘密。形式上的（还不是实质上的）入盟在孩子一出生时，甚至可能在出生前就完成了。孩子一出生，他已经被——用我们现在的话说——“登记”入盟了，换句话说，孩子们似乎已经被预先出售了。父亲这时要向同盟付钱若干，到时候将孩子送去，孩子要接受授礼仪式。“男孩子们在童年就已经被接受入盟，尽管到较晚时他们才学会相应的舞蹈和进入同盟。”[1]舒尔茨说得更确切：“孩子们可以被预售（eingekauft），但他们只是在达到一定年龄时才学习舞蹈。”在加入著名的“杜克-杜克”同盟时也是如此。[2]男孩子们一出生马上就可以被预售，但他们入盟不早于十六岁。俄罗斯故事中也与此十分吻合：“生了儿子或女儿，十六岁之前是你的，满了十六岁时就归我了。”（《古风今存》，第247页）

换句话说，这一吻合解释了“把你家里你不知道的东西卖给我吧”的母题。此母题可以称之为预售母题。这个母题的大致梗概是这样的：出门在外的人遭遇某种灾难，例如，他的船突然在海上抛锚，或是他在弯腰喝水时，从水中蹿出一个怪物抓住了他的大胡子，或是在林中迷了路，或是他在别人家的花园给他女儿摘了一朵花，等等。缘由非常之多，但就我们的目的而言没有必要一一考察。这个母题的第二个关键是：或是海王，或是池塘里的老者，或是花园的主人及鬼怪之类，他们要求落难人，“把你家里你不知道的东西卖给我吧”。在他并不知道自己在做什么时，他把自己的孩子许给了

1 Parkinson R. Dreissig Jahre in der Südsee, S.599.

2 Schurtz H. Altersklassen und Männerbünde, S.384, 371.

怪物，于是他得以脱身。回到家以后，他知道他得了一个儿子。

鲍姆加登专门研究过这个母题，但他得出结论说，其“实质和根源含混不清”。[1]然而，如果仔细观察故事中所发生的事，那我们可以得出下列看法：我们看到孩子出生时即已达成交易，因此孩子会落入神秘的林中或水中的人物的控制。让我们更仔细地研究一下这个契约。它深藏不露，称呼东西都不用它们的本名，在这种情况下孩子从不曾被提到。“家里那个你不知道的东西”是一种拐弯抹角的说法。在为一系列严格的禁忌所包围的秘密组织系统之内，这种拐弯抹角是完全可以设想的历史事实。第二个方面——签约一方水怪林妖的特性。神秘老者的这个特性现在还无法阐明——等我们看到了男孩子们在这种情况下落到了何处，那时这个特性会较为明朗些。最后，对我们来说最重要的是契约的第三个方面，这就是它的期限。订约后孩子在一定的年龄之前仍留在父亲身边，直到“期限”到了之后才离开。这是什么期限呢？老者从孩子那儿能得到什么好处，而且为什么他不立刻把孩子弄到自己这儿来呢？如果假定“期限”为成熟期的话，那一切就都明了了。“你会有个儿子的，不过有一个条件，那就是等他长到十七岁的时候把他卖给我。”（萨多夫尼科夫，99）讲故事的人有时对这种延期从何而来也莫名其妙，于是就按自己的方式去理解了：“让我把儿子养到十二岁吧，至少让我心疼心疼他。”（萨多夫尼科夫，11）即讲故事者在这种令他费解的延期中看到的是某种宽容。儿子是说着这

1　Baumgartner W. Jephtas Celübde Jud. II. 30 — 40. — ARw. 1915, Bd. XVIII, S.240 — 249.

样的话离家的："再见啦，爸爸！你把我给了哪儿，你就让我去哪儿吧！时辰已到，让我们祝福吧！"父亲和母亲哭起来，不放儿子走。但最后还是放手了。于是他就走了（泽列宁，维亚特卡省故事，118）。"老爹呀，再见吧，我不再是您的儿子啦！""儿子，你现在到底要去哪儿？"儿子说："我现在去林子里的怪物那儿让他吃掉。"（泽列宁，维亚特卡省故事，24）。

有时出发的人是去自己的教父那儿，这是个非常有意思的变形，从历史的角度完全可以说得通，因为洗礼仪式和授礼仪式存在着历史关联。教父代替了较古时代的师傅和导师。"当她长大了一点，父亲就吩咐她去她的教父那儿。"（斯米尔诺夫，73）在这些例子中，有时教父会试图吃掉教女。

与预售十分接近的是出售——更确切地说，是把儿子交给某个神秘的或不期然出现的巫师、手艺人、鬼怪等等。下文我们会熟悉这位师傅的性格。一位妇女有个傻儿子，一位老者来了，他说："喂，你把他交给我吧，我当他的爹。"她就交给他了。（斯米尔诺夫，221）一位路遇者说："把他交给我吧，我三年就能教会他所有的花招计谋。"（阿法纳西耶夫，249）与这位神秘师傅有关的还有奥克斯，他出现（有时是从坟墓里钻出来）时，只会站在那儿说"哎呀"。克雷奇默在他身上看到的是死神的使者或化身，与此处涉及现象的范围完全相符。[1] "'你去哪儿呀，老人家？把儿子送

1 Kretschmer P. Das Märchen vom Blaubart. — Mittheilungen der Antropologischen Cesellschaft in Wien, 1901, Bd. XXXI, S.98.

到哪儿去？’‘去林子里，把他就留在那儿了，反正他也没什么出息。’‘把儿子交给我吧，我会教他三年的。’”（泽列宁，维亚特卡省故事，30）这样看来，主人公离开家后，常常会去“学习”，让我们来看看，这学习是怎么一回事。

16．打呀打　当孩子落入树林里那个要吃掉他的恶鬼手中时，他都遇到了哪些事呢？正如上文已经指出的，各个地方授礼仪式的中心都是行割礼。但割礼只是在男孩子们身上所施加的行为的一小部分。在这儿，在树林里，他们还要经受许多极可怕的考验和折磨。许多旅行者惊恐地描写过从这种小屋子里传出的号叫。[1]我们下面会看到，孩子们被放在火上烤。折磨的另一种方法是剥皮，为留下疤痕而划出深深的伤口。舒尔茨和韦伯斯特都提到过背部从颈子往下的砍伤。“这类授礼仪式的显著象征就是从颈子往下剥背上的皮。”[2]有时从背部或胸部的皮下穿过几根细皮带，用它们把男孩子们吊起来。[3]南美洲的这类仪式以其极端残酷而著称。在那里要往男孩子们的伤口上抹辣椒，就像从我们的故事中听到的那样。[4]这些活动还伴随着殴打。故事里的主人公们在小木屋里正是这样被林妖折磨的。老妖婆“抓起磨盘，动手打乌斯纽什卡，打呀打呀，打得他钻到了长凳下面，老妖婆从他背上割下一条皮，吃得一干二净，然后走了”（阿法纳西耶夫，141）。“突然来了一个撑着杵坐在臼里

1　Webster H. Primitive secret societies, p.33.

2　Ibid., p.26; Schurtz H. Altersklassen und Männerbünde, S.97.

3　Webster H. Primitive secret societies, p.185.

4　Schurtz H. Altersklassen und Männerbünde, S.98.

的老头……抓着他，用钩子捣这个臼——捣呀捣！老头从他背上撕下一块皮，直撕到了肩膀上，拿起来用把谷糠擦了擦就扔到了地下。”（阿法纳西耶夫，139）

关于这些残酷行为的含义，研究者们做了一些解答，如这些行为应能使人养成绝对服从长者的习惯，未来的战士从中获得了锻炼，等等。当地人自己有时解释说这样做是想减少人口，因为这种“授礼”的结果是相当比例的孩子被弄死了。所有这些解释似都不大可信。显然，这些残酷的行为应该说成是“夺去理智”。这些行为持续的时间很久（有时是数周），还伴随着饥饿、口渴、黑暗、恐惧，它们应该唤起使被授礼者觉得是死亡的那种状态。它们导致暂时的疯狂（喝各种毒汁有助于此）。这样一来被授礼者便忘记了世上的一切。他的记忆完全丧失，以致回来时连自己的名字也忘了，连父母也认不出来了，当人们告诉他说他已经死了，回来的是另一个新的人时，他有可能完全相信。

暂死与暂时迷狂的现象，我们稍后还会更加详细地分析，其形式是十分多样的。我们再引证一个令人好奇的细节：“自己长得指甲盖那么大，抓起大力士乌斯尼亚又推又搡，把他打得晕头转向，还把他塞到了条凳下面，把他们的吃食给糟践了一地，撒得到处都是。”（泽列宁，彼尔姆省故事，22）舒尔茨及另外一些学者提到一些激起男孩子们厌恶的事，如让他们喝自己老师的尿之类，[1]

---

1 Loeb E. M. Tribal initiations and secret societies. — Publ. Amer. Archaeol. and Ethnol. (Univ. of Califonia, 1929, vol.25, No.3, p.253).

他们被放进满是粪水的坑里，往他们身上撒满牲口的粪便，等等。[1]舒尔茨未纠缠于局部细节，他说："转移痛苦的同时，还要求克制厌恶。""打得他钻到了长凳下面"的时刻可与失去知觉、陷入黑暗、感觉死亡等相提并论。

17．疯狂 我们将十分扼要地涉及这类情况下必有的疯狂。故事中几乎没有反映这一点，但在整个关系中观察，会发现它很重要，它解释了整个民间文学现象中的某些东西。殴打、饥饿、痛苦、折磨、喝有毒的或麻醉性的饮料——都使新人陷入一种疯狂的状态。舒尔茨说，疯狂的时刻就是产生灵魂的时刻，即获得相应能力的时刻。弗罗贝纽斯对此有同样准确的理解："显然，我们在这里看到了一个例子，这类例子在南几内亚较之在新几内亚更为常见。它们应被理解为一种迷狂。如何达到这种状态还根本没弄清楚。这样的人似乎具有非凡的力量，比如说，他们能把树连根拔起。"[2]"在某些情况下，似乎确实可以说，新行割礼者被神灵所控制而堕入疯狂。"[3]在萨满教中（萨满教与我们的仪式之间的关系似可构成一个专门研究的对象）我们看到了同样的现象："布里亚特人的萨满应该使自己进入状态并常常达到产生幻觉和癫痫发作的地步。正是这样的萨满在布里亚特人中享有特殊的尊敬和荣誉。"[4]最后，表现这种神魂颠倒的还有一个广阔的领域——古希腊罗马文

1 Schurtz H. Altersklassen und Männerbünde, S.385.
2 Frobenius L. Die Masken und Geheimbünde Afrikas, S.126.
3 Schurtz H. Altersklassen und Männerbünde, S.107.
4 Зеленин Д. К. Культ онгонов в Сибири. М., Л., 1936, с.314.

化。俄瑞斯忒斯的疯狂与我们所涉及的综合体系有着无可置疑的联系，我们在下文将会看到。但神圣的疯狂的其他例子也能进入这种联系。疯狂在故事中也同样可以碰到，但十分罕见，它与碎尸的情景有关。当我们考察碎尸母题时会看到，仪式中的疯狂与碎尸之间有着可引历史为证的联系。故事中在这种情况下会说："她自己好像是发疯了。"（《古风今存》，第380页）或是"弄得疼得发疯了"（翁丘科夫，45）。在维亚特卡省的一个故事中，疯狂的母题发展得更充分些。那里面说："如果你用心地听它演奏三个小时，你的魂还没丢——你就白白得到了会自动弹奏的古斯里琴，丢魂就是掉脑袋……士兵听了十五分钟就灵魂出窍了：这就是说他已经疯了。"（泽列宁，维亚特卡省故事，1）在所有这类情形中，疯狂都发生在林中大屋子里——或是在强盗家中，或是在赠古斯里琴的神秘人物那里。弹琴使人发疯。这些简短的说明到此为止。这个问题或许可以构成专门的研究对象，对我们来说重要的是注意到这一现象，因为它有助于我们理解故事中某些尚未弄清楚的现象。

18. 断指 断指是故事所保存的极为完整的肢体残害形式之一。肢体残害的另外一些形式（如敲落牙齿）未曾见于故事。断指发生在割礼之后。对此事韦伯斯特有如下记述："在身体部分复原后，他们来到一个戴着面具的人的面前，那人用斧子一下子砍掉了左手的小拇指。有时候，如他们告诉我们的，候选人还提议再把同一只手的食指砍掉。"[1] 在故事中，主人公常常在小木屋里失去手

1 Webster H. Primitive secret societies, p.185.

指，也恰好是左手的小拇指。失去手指常出现在下列情形中：⑴在老妖婆及类似的人物那儿。此处手指被砍掉是出于想知道男孩喂得是否够肥了。⑵在独眼的利霍（波吕斐摩斯）那儿。此处是逃跑的主人公的手指粘在了某个东西上。利霍已经快追上他了，他砍断了自己的一根手指，以断指的代价保全了性命。⑶在强盗家里。牺牲者被砍断手指是为了抢戒指。除此之外，还有一系列个别的情形。往往能发现，有时主人公在归来时是缺手指的。有时断指是识别假冒主人公的记号，这个冒名顶替者用手指、脚趾以及从背上撕下来的皮，在主人公那里买下他要找的奇怪东西，然后将它冒充成自己的，但后来因断指而被揭穿。

在维亚特卡省的一个故事中，山羊对孩子们说："每人割下一根手指吧，让我来尝尝你们的味道！"山羊把手指扔到炉子上，可它们烤不熟。"它不够肥，还不到煎的时候。"（泽列宁，维亚特卡省故事，11）在德国的故事中，手指只是被摸一摸，而不是被砍掉。在俄罗斯的故事中，手指是被剁下来。"棕母羊嚷道：'闺女们呀，我的俊闺女们，把他的手指头切下来，我要小拇指。'于是手指头就给切下来了，'算了，妈，它不够肥'。"（斯米尔诺夫，250）

主人公失去手指的另一种情形，是落在了波吕斐摩斯及与其类似的鬼怪那里。这个细节令人将老妖婆和波吕斐摩斯相提并论。俄罗斯的波吕斐摩斯住在树林里、畜栏里、栅栏外。他的独眼与老妖婆的瞎眼可以作比较。如果说主人公在逃跑前把锡浇在他的眼睛上，那这可以与姑娘用面团把女妖的眼睛糊上作对比。最后，与老妖婆一样，波吕斐摩斯也是动物的主宰，但有别于老妖婆的地方是，老妖婆管辖的是林中动物，波吕斐摩斯管的是母绵羊、母山羊或母牛。有一种说法是主人公和他抱住的牛，被利霍一起扔到了围墙外边。为了拦住主人公，利霍（《穷》《需要》）朝他身后抛出了一把金斧和一条金链子（这令我们回想起波吕斐摩斯在奥德修斯身后抛石头）。主人公是铁匠，他动了心。"铁匠眼热了，他本想拖走链子，但又有点害怕，于是把一根手指放上去，手指一下长在了链子上。铁匠一看大事不妙，拔出刀来砍断了手指才脱身回家。"（斯米尔诺夫，217）类似的例子还有："不心疼自己的手，把手割下来才能离开他。"（泽列宁，彼尔姆省故事，13）

当我们看到在树林里代替手指砍下的是整个手时，可以假定，"歪手"的开端就是自此引出的——姑娘的兄弟在树林里被砍掉一只手或双手的母题。这些手随后又奇迹般地重新长上了。

被强盗们拖到林中大屋子的几个姑娘也同样被砍掉了手指。"强盗们用一把叉子剜出一个姑娘的眼睛，剥下她的皮，又砍下了另一个姑娘的那只戴着镶宝石金戒指的手指。"（斯米尔诺夫，344）在另一些例子中正好相反，是作为新郎的强盗自己缺手指或手。"一切都安排好了，大家坐下来举行盛大的宴会。新郎没有手，他戴了双黑手套，在里面填满了沙子。"对此他的回答是："是这么一回事，我的手有点疼。"（斯米尔诺夫，12）把手指搁到不能搁的家什或锅里，手指也会掉下来（胡加科夫，58）。

这令人想起俄瑞斯忒斯。在弥赛亚，从大城邦时起在七个竞技场上就矗立着被称为"μανiαι"或"εριυυγεξ"（埃里尼斯）的诅咒女神的殿堂。俄瑞斯忒斯在那里杀死母亲之后便陷入疯狂，并在发疯时咬下了自己的手指。离神殿不远有一座顶端有石头手指的高台。这座高台被称为 δακτυλου μνημα（按字面可译为“手指纪念碑”）。[1]

19．死亡的证物　在此令人不由得要提出这一仪式的含义的问题。显然，此处的问题不只在于作为行过授礼仪式标志的伤疤。在故事中，有时是砍下手指或手来而不是把人劈了。有时姑娘真的是被劈了，但手指还是被单独砍下来。“他们抓住了她，把她脱光了，给她戴上木枷杀死了她，然后开始从她的手上往下褪镶宝石的戒指。”有一只戒指褪不下来，“他抓起斧子，手起斧落，戴着戒指的手指就飞了下来……”（阿法纳西耶夫，344）不过，更常见的是没把人砍碎而代之以砍下手指，这种替代在故事《歪手》中很常见。“把脑袋给我搁在树墩上，我会把它砍下来。”“如果我砍死过你的孩子，那……那就请把我的手齐胳膊肘砍下来好了。”（泽列宁，彼尔姆省故事，72）在另一个版本中是妻子命令丈夫杀了他妹妹，“我说，你去砍柴再把妹妹杀了”。妹妹哀求说：“砍下我的双手带给她吧。”哥哥就这么做了。于是妻子很满意，说：“好！这就是说你已经杀了你妹妹。”（《古风今存》，第446页）[2]

不过，若果然如此，就可以阐明这个母题，即主人公去树林赴死，而且要求出示证明确死无疑的证物——血衣、剜出的双眼、

1　Radermacher L. Das Jenseits im Mythas der Hellenen. Bonn, 1903, S.139.

2　Лурье С. Я. Дом в лесу. — Язык и литература, 1932, т. VIII, с. 179.

心、肝、沾血的武器等等。“给你吧，刽子手，你把我儿子带到野地里去，把他砍成碎块，再把沾着他的血的剑给我送来！”“刽子手，别杀我！砍下我左手的小拇指，再把血抹到剑上吧。”（胡加科夫，41）有时展示的是染血的外衣，“他杀死一条狗，把血涂在外衣上，然后放走了她（即姑娘）”（斯米尔诺夫，243）。

我们已经知道，被授礼者要做得好像被杀了一般。在这种情况下，要向他们的亲人出示已死的证物。舒尔茨报告说：从茅屋的屋顶戳出许多沾血的梭镖，即如故事中染血的剑一样，是沾血的武器。周围的人都明白，这意味着秘密的宗教仪式举行完了。有时还会展示血衣，“第二天给妇女们看血衣，告诉她们年轻人做了牺牲，他们再也不会回来了”。[1]

20．暂死 已经引述的材料使我们要着重研究一个现象，这个现象我们已经提到过，但对它的意义尚不明了，这就是暂死现象。

这种死亡的形式多种多样，但现在对我们来说重要的不是形式，而是事实本身。以下是若干资料：“几乎所有地方的授礼仪式都包括被授礼者死亡与复活的面部表情表演。”[2]“仪式的主要部分是被授礼者死去和复生，他以这种方式获得一种魔力。”[3]“到指定的日子降临时，乡间的法师顺着去青年人那儿的方向一路摇着哗

1 Loeb E. M. Tribal initiations and secret societies. — Publ. Amer. Archaeol. and Ethnol. (Univ. of Califonia, 1929, vol.25, No.3, p.261); Boas F. The social organization. . . In: Report of the U. S. National Museum for 1895. Washington, 1897, p.555, 568, etc.

2 Webster H. Primitive secret societies, p.38.

3 Schurtz H. Altersklassen und Männerbünde, S.404.

啷棒，那些青年已不省人事。人们给他们穿上入殓的衣服，并将他们送到村外的称为‘维拉’的一个围起来的地方。人们假想这些‘死人’已经肢解腐烂了，由魔法师将他们的骨头收集起来并使之还阳。”[1]类似的佐证材料可以搜集到很多，可以将其加以系统化而后进行研究，但这已经不是民间文学研究者的事，而是民俗学家的事了。我们可以只是判明事实，而不必热衷于对其做出解释。这个事实就是：人们认为由于这一死亡和复生使人获得了魔法的特性。

不过，我们若是不能进入对这一现象的实质性考察，还可以另辟蹊径：我们可以就故事中保存的死去和复生的形式对它们进行考察，它们在故事中有如此之多的反映。我们将会看到，这些形式五花八门，而且在故事中保存得很完整，一点不走样。

在此还必须指出一点，即死亡采取了空间移位的形式。我们同样会在这里看到，在谈到被授礼者时人们常说：“他死了，去了神灵的世界。”[2]“人们认为，这会儿他是在阴间”，或者说“他已经升天了”。[3]在此我们将找到解开主人公出门之谜的某把钥匙。

有关暂死的材料实在太多了，但不对它们进行研究就提出某些猜测是行不通的。我们将转入对一些具体情形的考察。

21．碎尸与复生 暂死的形式之一是将人剖开或将他剁成碎块。我们知道以剖开或剁碎为目的的仪式确实有过，但有关的见证

1 Schurtz H. Altersklassen und Männerbünde., S.434.

2 Webster H. Primitive secret societies, p.173.

3 Boas F. The social organization. . . In: Report of the U. S. National Museum for 1895. Washington, 1897, p.568, 659.

却十分贫乏。如在瓦尔拉蒙戈部落的澳大利亚人那里，当青年人睡着了的时候，祭司们“在梦中将他杀死，剖开他的身体，更换他的器官（changent ses organes），并在他的体内放进一条小蛇，它会化作种种魔力”。[1]另一个例子是伊龙塔利部落的。在这里，授礼在洞穴里进行，被授礼者在洞穴前入睡，一位祭司用一把看不见的梭镖刺穿他，梭镖穿过后脑勺从后面出来，穿透舌头，在上面留下一个大窟窿之后，又再次从嘴里穿出来（总要在舌头上留下伤残，这证明着与神灵的联系）。梭镖第二下是穿过双耳。接着将熟睡的人送入洞穴。在那里“翻遍他的内脏并放入新东西……往开膛的身体里搁一块有魔力的水晶，然后使他复活，但他已经陷入迷狂”。后来他恢复神智，于是人们在他身上认出了萨满。[2]

如果细看这些例子，那就可以看出，用梭镖穿透舌头是真的做了，而开膛和翻内脏是在新人无意识的状态下进行的，即显然并非实事，只是造成这样做的印象而已。这个印象是如何造成的呢？对此我们无法详知。较晚近的事例向我们展示了另外一些人，即非被授礼者或动物的替代性被杀和碎尸。有一些迹象证明，事实上被杀的是战俘或奴隶。在某些例子中描绘了砍头的情景，现举出若干：“奴隶被秘密同盟的人杀了……他被砍成了碎块并被他们吃了下去。”[3]在这个例子中杀人是确有其事。在夸扣特尔人的部落中，“一个脑袋被砍下来了，砍的人手里攥着头发，展示着脸上带

1 Saintyves P. Les contes de Perraut. . . p.381.
2 Ibid., p.380.
3 Schunz H. Altersklassen und Männerbünde, S.397.

着死亡表情的雕刻头像”。由于可以在这些脑袋上进行雕刻，它们大概近似于舞蹈者的面具。[1]

有一些材料证实，人们向被授礼者出示被砍碎的死者的身体，这些身体被放在这个男孩子的身上，或者让他从这些身体下面爬过去或从上面迈过去。这显然是以此来象征被授礼者本人被杀：“他们应该迈过浑身是血的那个人，一挂猪肠子放在那人赤裸的身体上，就像是他们自己的肠子被从身体里掏出来的样子。其余的人同样像死人一样躺着，一位‘维列’指责说被授礼者们对那些人的死负有罪过。”被杀的不是被授礼者本人，而是用另一个人来代替他，而且是假装的。可能在这个替代性的死亡之前真的杀了另外一个人，在这样的情况下他已经被吃掉了。

毫无疑问，在举行该仪式时有食人之说。所有研究这个问题的人都曾提及，尽管由于完全可以理解的原因，他们中的任何一位都没有亲眼见过。

在很多宗教和神话中，将人的身体剁碎、撕碎都有着巨大的作用，它在故事中的作用也不小。我们在此仅略举数例，碎尸与复生在其中是力量的源泉或被神化的条件。

在尼·德·狄连科娃的《土耳其部落之萨满才能获得观》[2]一文中，作者从大量材料中摘引了一些例证，它们证明，身体会被砍碎、被撕碎以及内脏被翻腾的感觉，是萨满教中一个人成为萨满之

1　Boas F. The social organization. . . In: Report of the U. S. National Museum for 1895. p.491.

2　Сб. МАЭ, 1930, т. IX, с.267 — 293.

前所必备的条件。在西伯利亚的突厥人部落，其碎尸的形式与上所述如出一辙：它也是在幻觉中完成的。以下是这些材料的若干引文。雅库特的萨满盖拉西莫夫告诉民俗学家 A. A. 波波夫他是怎样成为萨满的。他在寻找几头丢失的鹿时，突然看见空中有三只乌鸦，他觉得背上被重重地击了一下，然后便失去了知觉。“神灵”附体后就折磨起他来，“用绳子和皮带抽打他，许多爬虫叮咬他的身体。把他浸在污血里，他在血中呛得直憋气，他得去咂一个可怕的老太婆的乳房，他的双眼被刺穿（关于失明见上文），他的双耳被戳透，他的身体被撕成碎块后放在一个铁架子上”，等等。[1]据许多研究者和目击者的记述，雅库特人未来的萨满“要体会砍头、身体被撕被煮的所有痛苦”（出处同上）。捷列乌特的女萨满科依翁（意为兔子）是在经历了梦幻之后成为萨满的。“几个人把她的身体顺着关节砍成碎块，然后放进锅里煮。后来又来了两个人，再次割她的肉、开膛、烹煮她。”[2]在萨满能够行使萨满功能之前，萨满梦幻的典型情景就是这样的。试问：为何所有的萨满出现的幻觉都一模一样呢？为什么这些梦幻里的形象有时在细枝末节上（如在锅里煮之类）既与在美洲、非洲、波利尼西亚、澳大利亚作为仪式的东西相吻合，同时又与故事所提供给我们的材料相吻合？在仪式中我们看到了更为古老的、与这些民族的社会组织和生产基础牢牢联系在一起的形式。突厥诸民族无论是生产文明还是社会及宗教文

1 Сб. МАЭ, 1930, т. IX, с.273.
2 Там же, с. 274.

明都处于较晚的发展阶段上，故事包含了那些在全新的、变化了的社会环境中属于遗迹的材料。可资证明的是，在古希腊罗马和古东方国家的阶段上，这一母题存在于宗教中，但已经是以另一种形式出现：在那里被砍碎的不是萨满，而是上帝或英雄。最著名的例子是俄耳甫斯。但遭到碎尸的还有埃及的俄西里斯，叙利亚的阿顿尼斯，色雷斯的狄奥尼索斯·扎戈列依、彭斐依，等等。他们都“过早地死于暴力，但他们并未彻底死去：他们又复活了并成为祭祀的对象”。[1]可以确定这些古希腊罗马的例子中的砍头、文身、疯狂、舞蹈、圣殿里乐器的保存、假想中的尸体与树林的关系。下文将对此做详细叙述。

正如雅各比所指出的，[2]佛亲手把自己的身体砍成碎块，又将它们重新合为一体——这是阿斯瓦戈沙提供的一种说法。这里显然是对费解之事的晚近的论证：他这么做是为了使他父亲信服。

碎尸与复生的母题在故事中十分普遍。母题在故事中的普遍呈现，取决于情节的若干类型，此外还有大量个别事例超出了与情节的有机联系。

有一个包含碎尸的情节，是关于未婚妻在强盗的林中之家里的故事，其变体是《蓝胡子》。强盗之家我们将在下文详加考察，我们先要指出的是：在《蓝胡子》类型的故事中，姑娘在禁入的小

1　Reinach S. Cultes, mythes et religions, vol. II. Paris, 1906, ch. “La mort d'Orphée”, p.85 — 122.

2　Jacoby A. Zum Zerstückelungs-und Wiederbeie bungswunder der indischen Fakire. — ARw, 1914, Bd. XVII, S.465.

屋里看见了被蓝胡子剁碎的妻子。格林童话中是这样写的："但当她朝里面张望时，她看到了什么？一只沾满血污的大盆放在屋子中央，里面躺着一个被砍碎的死人。那儿还有一个断头台，上面挂着一把明晃晃的斧子。"当巫师发现她去过了禁入的屋子，"他把她往地上一摔，揪着她的头发把她拖到了断头台上，砍掉了她的脑袋，还把她剁成碎块，弄得血流了一地"（格林，46）。在一个北方故事中，一个姑娘和一个男孩落入了强盗的家里。他们请她进门："请来吃点饭吧。"姑娘和男孩就进去了，强盗们给他俩盛来了粥，拿来了白面包，端来了肉——都是人胳膊、人腿（翁丘科夫，45）。强盗们回来后，跑进那个古怪的房间——就是那个云游派教徒的房间——抓起男孩拖进了厨房。他们生起了炉子，烧开铁锅里的水，把这个男孩塞进铁锅里煮了当晚饭。男孩子痛得大叫，没叫几声就死了。他们把男孩子从锅里拿出来盛在盘子里，坐下吃起来。吃饱了之后，心满意足地睡觉去了（翁丘科夫，45）。

在类似的例子中，对我们来说重要的是碎尸发生在林中之屋里。在雅库特的一个故事中，有两个姑娘落入了一个独手独脚的可怕的老太婆的铁帐篷里。姑娘们听到她在隔壁房间里切人肉——砍下人的双脚和双手。她让姑娘们吃这些人肉。她砍下了一个姑娘的头，还把它挂在树上，头没死还会哭泣（《古风今存》，第462页）。此处有意思的是，姑娘们吃了被砍碎者的肉，在俄罗斯故事中，人们是拒绝吃这种食物的。不过在俄罗斯故事中，被碎尸而后又复生的人让主人公喝人血（泽列宁，维亚特卡省故事，20）。这种血是非凡力量的源泉。"'给他点力气吧！'接着就从自己的肋下抽了一瓶血递给他，并说道：‘如果你觉得自己力气很大了，就给我留下点，别都喝光了。’万尼亚喝下这瓶血后登时觉得力大无穷（一点儿都没给勇士剩下）。”（泽列宁，彼尔姆省故事，2）在《自动弹奏的古斯里琴》类型的故事中，也有砍头的情节。“有十二个商人跟你在一起吗？”“是的，有。”他命令把他们送到牢房里去，并且说道：“你现在坐着别打盹儿，否则你就得不到自动弹奏的古斯里琴了。”商人的儿子坐在那儿，看到跟他一起来的那些商人们挨个走过他的身边，并一一被砍下脑袋，尸体被扔进牢房里，他们又在那儿复活了（斯米尔诺夫，310）。

这样看来，在不同类型的故事中，都有将人剁碎的事情。

《误治》中的碎尸是与一定情节密切相关的碎尸的另一种类型。这是有几种变体的广为流传的故事。一个老头子来到了铁匠铺或遇到了尼古拉，尼古拉把他砍碎之后又使他复生，还把他变得年轻了（斯米尔诺夫，155）。“云游派教徒说：‘老人家，请躺到洗衣槽里去吧。’老头子躺下了，于是云游派教徒抓起了斧子便把他剁成了碎块。牧师送来了水，流浪汉把水喷洒到了剁碎的尸体上，尸体碎块开始冒泡；他又喷了一遍，碎块合拢复原；他又喷了第三遍，尸体变成了一个年轻人。”（斯米尔诺夫，270）此处仪式的含义很鲜明：碎尸创造出了一个新人。

但这只是事情的一个方面。我们在上文中看到，在行授礼仪式时，候选人的体内放入了一条蛇。它是直接放入内脏的。这种置入的用处和必要性很快变得不可理解，于是就被重新加以解释：身体被砍碎，是为了从中取出致病的蛇和爬虫。伊·伊·托尔斯泰教授对这个故事或这个母题在该情节范围内进行过研究，他搜集了所有的俄罗斯的材料，并展示了古希腊罗马的与其类似的现象。[1]

砍碎人体的第三种形式，是砍碎主人公要与之成婚的中魔的公主。这种碎尸与任何确定的情节都没有固定的联系。"他抓起斧子便动手把美人玛利亚砍成了一块一块的……然后吩咐人拿来火，把剁成碎块的美人玛利亚扔进了火里。从火堆里爬出来各种各样的爬虫：蛇、青蛙、蜥蜴、小老鼠。"（斯米尔诺夫，142）

除去这三种基本形式以外（在强盗家中，在误治的故事中，砍碎公主），还有非常多的例外情形，在那些情形中碎尸只是一个片段。在此哪怕只是粗略地判定一下，也可以显示出故事与仪式的联系。能说明这种联系的不仅是事实本身，还有周围环境和一些细节。这一母题与小木屋的部分联系说的就是这种联系。这个母题的另一个特点是：关于将蛇放入身体或从身体里取出蛇，同样可以认为是起源于仪式。最后，被碎尸者总会复生，这显示出暂死的性质，而老人返老还童正是人的复活或新生，整个仪式都归结于此。另一个问题是这些变体是怎样产生的。在老妖婆的小木屋或强盗的家里从来没有出现过蛇或蛆虫。这个问题无法通过一般的故事比较研究来做出解答，解答它的途径应该是对每个情节做进一步的个别研究。

22．老妖婆的炉灶 在上述例子中我们可以发现，被砍碎

---

1 Толстой И. И. Неудачное врачевание: Античная параллель к русской сказке. — Язык и литература, 1932, т. VIII, с. 245 — 265. То же. — В кн. Толстой И. И. Статьи и фольклоре. М.; Л., 1965, с. 42 — 58(ред).

的身体还要被水煮。如同碎尸一样，火也同样有使人返老还童的作用。

我们知道，在成年礼仪式上，新人要经受各种无奇不有的火刑。在此我们可以追踪这些形式，将它们彼此对照，看其是彼此依赖还是各自独立，研究其发展、替代、弱化的象征形式的出现。与此同时还应研究极其丰富的、几乎是取之不尽的神话及宗教观念的材料，追踪比较神话中的火烧形式与仪式中的形式，并确定该现象为什么、怎样、在何处转化为自己的对立面，它表现在火烧对象的转移：被烧成灰的孩子代之以被烧成灰的烧人者。这是大规模社会历史研究的材料。此处所能做到的依然只是确定路标，或许能展现联系。

将被授礼者用火烧、烤、煮，可以上溯到我们所知的授礼仪式的最早阶段。斯潘塞和吉伦记录了澳大利亚人的这些仪式，他们所记录的仪式持续多日，是某种类似戏剧表演的东西；其中的片段之一，便是在地上挖一个大小能容下一位男子身体的长坑，这就是“灶”。一位表演者被放进这个深坑里，另一个人跪在他的脚边，还有一个人跪在他的头旁。这两个人是在地灶上烤人的。这两个人都借助飞旋镖做出往被烤者身上浇水和撒煤的样子，一边还逼真地模仿出被烤者皮肉发出的吱吱声和爆裂声……那时从黑暗中又走出了第四个演员，他扮演阿利切林格时代（即远古时代）图腾为青蛙的男人。他迈着犹疑的步子走着，不停地吸着气，似乎闻到了烤肉的味儿，但看他的样子找不到味儿是从哪里传来的。

这就是斯潘塞和吉伦的叙述。最后一个表演者出场时已经接近演出的尾声。被授礼者那时应该已经被烧成灰了。人身上原有的自然本性一点痕迹都没留下，这表现为在被烧过之后不能再凭气味找到任何东西。

在这个例子中，仪式的完成是象征化的。它还可以做得更残酷些，有过真把年轻人放在火上烤四五分钟的情况。在上几内亚，被授礼者们“被摔打、被火烤，因而弄得面目全非”。[1]对在维多利亚举行的仪式有这样的描写：“头天晚上烧起的旺火这时已经燃尽了，火堆只剩下灰烬和木炭。人们在火堆上撑开一张负鼠皮，用铲子铲起木炭和灰撒在皮子上。年轻人从皮子下钻过去，他们的身上也被撒上了炭和灰。”用铲子撒炭的人有专门的称呼。[2]显然，钻过皮子是钻过动物腹中较晚近的形式。在美拉尼西亚，被授礼者要穿过一个狭长的屋子，并且要被开水浇淋。[3]

我们知道，在行授礼仪式时，年轻人似乎是获得了新的灵魂，变成了一个新人。出现在我们面前的是火有净化和更新力量的观念，这一观念尔后延伸为基督教的炼狱。

在大洋洲，是在举行仪式的前夜“燃起熊熊大火”。男人们命令新人坐近火堆，自己在他们后面坐成密密的几排。“突然，他们抱起毫无戒备的男孩子们把他们放在火边上，直到把他们身体上的所有毛发都燎光了为止，这时有很多人被烫伤，不论怎么号叫都无

1 Achelis Th. Die Religion der Naturvälker im Umriss. Berlin; Leipzig, 1919, S.11.

2 Mathews R. H. Some initiation ceremonies of the aborigines of Victoria. — ZfE, 1905, Bd.37, Hf. VI; S.872 — 879.

3 Schurtz H. Altersklassen und Männerbünde, S.385.

济于事。”[1] 在博厄斯关于夸扣特尔人部族社会组织的著作中，还可以找到许多代替火烤的形形色色的例子。

在所有这些例子中的烧成灰、燎掉毛发、转圈烘烤都会带来莫大的好处，带来那种一般说来一切仪式都能带来的好处，即氏族社会享有充分权利的成员所必备的诸种能力。

我们知道，整个仪式表演的就是堕入地狱。发生在被授礼者身上的事情就是死者所经历的事情。在索戈拉西亚群岛上，人们想象着“将灵魂放在地灶上煮或烤，就像在地上烤一头猪那样，然后把它放入用椰树叶编的篮子里，先把它献给死者在世时崇拜的神。他现在将被这个食人的神灵吃掉，在此之后，借助于某种无法言喻的过程，死去并饱受磨难的人从神的体内脱出并长生不老”。[2]

我们不打算仔细探讨有大量材料的原始神话阶段，而是直接转向故事，并首先研究被当成一件好事的“把人烧成灰”。在诺夫戈罗德的故事中，一个小男孩被送到“树林爷爷”那儿去学习，他的女儿们在生炉子。“老爷爷把小男孩扔进炉子——孩子在炉子里乱扑腾。老爷爷把他从炉子里拽出来后问他道：‘你明白点什么没有？’‘没有，我什么也不明白。’（如是三次，炉子烧得通红。）‘喂，现在学会点什么没有？’‘爷爷呀，我知道的事情比你还多。’——小男孩答道。学习结束了，树林爷爷让男孩的爹来领

1　Nevermann H. Masken und Geheimbünde in Melanesien, S.25.
2　Frazer J. G. The belief in immortality. . . p.310.

走了孩子。”从下文可以看到，小男孩学会了变成动物（斯米尔诺夫，72）。在维亚特卡省的一个故事中，有一个小男孩同样落入了林中老师的手里，父亲来接他。“不，还不能把他交给你，我还要把他扔进锅里去煮。”他点起篝火，放上锅，抓起儿子就把他扔进了这口锅里。孩子一点没事地跳了出来。第二次又扔进去，还是毫发未损。“够了吗？”“不，还有一次……你现在知道的事儿比我还多了，就是这么一回事。”（泽列宁，维亚特卡省故事，30）在这里儿子学会了听懂鸟叫。在这两个例子中都保留着原始狩猎的素材：经过传授的人获得了动物的特性。在鲍里特-波利夫卡的材料中（III，147）还可以找到被烧者变为动物的事例。可以使人返老还童的铁匠、基督、小鬼的传说正是由这种观念产生的。被火烧过以后，他们获得了青春。

不过，与这种认为遭火烧是一件好事的观念相并列，还有一种由来已久的与之相反的观念。我们暂且只是摆出事实，至于对它的解释将在研究过材料之后再给出。

例如，在库克群岛，我们看到了这样的否定态度。首先是一个灵魂经过若干历险后，落入了一个叫米拉的可怕怪物的网里，“最后，”弗雷泽写道，“这个装在网里的灵魂被拖了出来，这时候它被呛得上气不接下气，还直哆嗦，它被送到了可怕的女妖米拉那儿，这个女妖以红色著称，因为她的脸上总是映照着长燃不熄的熊熊炉火，她在她的炉灶上煮着她那些非同寻常的牺牲物。不过，开始她给人吃的是黑甲虫、红蚯蚓、螃蟹和小鸟，大概先用这些东西把人养肥。等他们被养壮了，他们就得喝下一杯由四位美女——

女妖的女儿——的玉手烹制的浓浓的‘卡瓦胡椒酒’。被这种醉人的饮料弄得失去知觉的灵魂们接着便毫无反抗地被运到灶台上，就在那儿被煮熟了。”[1]

这里还有谁认不出那些落入妖魔手中、为供妖魔吃而被养肥的孩子吗?

在这个例子中有意思的是对炙烤没有任何抗争。所发生的事属在劫难逃，灵魂毁灭之必然赫然在目。这份材料是在库克岛记录下来的，而前面引证的那份因焚烧而成仙的材料记自离此处不算太远的索戈拉西亚群岛。这样说来，在同一片地域我们看到了截然相反的观念。所以，问题不在于地域原则，而在于：灵魂的命运依赖于死者的社会地位。对于妇女、儿童以及所有自然死亡的人来说，焚烧是致命的。他们一旦落入红色米拉的网中，就意味着必死无疑，而且是万劫不复的毁灭。而在战争中战死的战士和领袖人物就是另一种死法了：他们的灵魂将穿越苍穹到达永生的天庭。

这样一来，这种两重性是在社会分化的开始阶段出现的。

我们知道，神话是禁忌化和神圣化了的叙述。我们在最后一章中会更详细地看到这一点。但是随着武器改良、巫术消亡以及社会的分化，“亵渎”的说法占了上风，即否定焚烧会带来好处，而且将矛头对准了焚烧者（现在是他被扔进了炉子里）。但与此同时，事关社会上层，即领袖、英雄、半神及晚近出现的神，所讲述的依然是出自仪式的古老说法。

---

1 Frazer J. G. The belief in immortality..., p.241.

就此来考察古希腊罗马的材料是颇有意思的，角色是诸神和英雄们。荷马史诗中的大地、繁殖和冥国女神得墨忒耳在四处漫游寻找她的女儿时来到了刻列依的家，这儿没人认出她，她当了婴儿杰莫丰特的保姆。“得墨忒耳同意留下来当婴儿的保姆。她用自己永生的双手托起孩子并让他贴近自己芬芳的双乳，心里充满母亲的喜悦。”[1]于是得墨忒耳养育着杰莫丰特，这孩子长得像天神一般，他不吃母乳也不吃面包，但得墨忒耳每天用神的食物在他身上涂搽，就像他真的是神的后裔一样，温柔地吹拂他，把他抱在自己手里。到了夜里，等她一个人和孩子在一起时，她就悄悄地把他放在火上，烤得像块焦炭，因为她已经跟这个孩子贴心了，她乐于赐予他长生不死。

荷马史诗就是如此讲述的。如同已经指出的，这里没有出现火烧。孩子的母亲有一次在夜里偷看得墨忒耳，惊恐地发现自己的儿子被放在火里，于是就大叫起来。这位不懂事的母亲令女神大怒，她将孩子从火中扯出来，这使他无法成为长生不死之人。无论是焚烧还是对它的违抗，都是神话的对象。

我们在关于珀琉斯和忒提斯的神话中看到了一模一样的情形。忒提斯，阿喀琉斯的母亲，每到晚上就把儿子放进火里，好烧除他父亲珀琉斯留给他的会死的天性，并赋予他神性，使他长生不老。但珀琉斯去偷看并从她那儿夺走了儿子。[2]总之，在古希腊罗马已经

---

1 Гомеровы гимны/Пер. В. Вересаева. М., 1926, с. 54.

2 Тронский И. М. Античный миф и современная сказка. — В кн.: С. Ф. Ольденбург: К пятидесятилетию науч-обществ. Деятельности. 1882 — 1932. Л., 1934, с. 531.

没有燃烧了，在此燃烧的母题已经趋于消亡。因此它转向阴间的观念，这些观念与故事十分接近。尽管神话中的角色是神和半神以及应该成为神的人，由于常人的不理解，他们不能成为神。重解的历史过程在此十分鲜明。

故事在保存了火烧使人获得猎人及领袖必备才能这一古代形式的同时，还完好地保存了将火烧作为一件令人避之唯恐不及的恐怖事情的相反理解。我们不再援引例证，它们已为人所熟知。

23．绝技　如果我们对故事与授礼仪式之间关系的观察是正确的，那么这些观察便可以阐明一个情节，这便是故事《绝技》，还可以阐明其整个综合体。在这种综合的情况中，被逐出家门的人或被支使离家的人归来时身怀绝技，掌握了某种不寻常的知识或本领。在故事《绝技》中有时是出于个人意志，有时是出于需要送儿子去学习。这似乎是一个十分现实的因素，于是主人公确实有时（特别是在德国故事中）在归来时成了掌握某门手艺的能工巧匠。但更常见的情形是：无论是老师的形象、环境、教授的方法，还是获得的知识，都一点不像19世纪的历史现实，倒更像远古时代的事情。

男孩碰到的老师是个年迈的老人、魔法师、树精、智者，他住在海的那一边。“在海的那一边有个老师教各种本事。”（胡加科夫，94）他在“海的那一边”，“河的那一边”，即指在另一世界的某个地方，有时是在另一个城市。“在伏尔加河的那一边，在城里头，有这么一位能干的人，他教人学说各种语言和做各种东西，他无所不能。他教年幼的人——孩子们，让他们离开父母在他那儿学三年。”（萨多夫尼科夫，64）如果说出“哎呀”，有时他会从坟墓里出来（阿法纳西耶夫，251）。如果坐在树墩上他也会出现。这就是“树林爷爷”（斯米尔诺夫，72）。从这些例子中可以看到，老师来自树林，住在另一个国度，从父母们那儿把孩子领到树林里待三年（或是一年、七年）。

主人公到底学会了什么呢？他学会了变成动物或者学会了鸟语。“他们送他去一个智者或一个饱学之士那儿学习各种语言，好让他什么都懂——鸟儿啼唱，马儿嘶鸣，绵羊咩咩叫；喏，一句话，无所不晓！”（阿法纳西耶夫，252）他还学习魔法：“把他送到我这儿学魔法吧。”（泽列宁，彼尔姆省故事，57）“我要学鸟语。”（阿法纳西耶夫，253）当学习结束时，故事里这样说到他：“你儿子学得不错，他现在力大无穷。”（胡加科夫，19）“他智勇双全，掌握了这种力量，既能通晓过去，还能预知未来。”（胡加科夫，19）

教学时所使用的方法几乎从未提及。上文指出过，在一个例子中，主人公被放在锅里煮，从而获得了使自己能未卜先知的许多知识。老师的住所同样也几乎从未描写过。只有一次我们发现这是“一座花园里的屋子”，里面住着十二条好汉（胡加科夫，94）。在另一个例子中，我们听到的是“一座宽敞的上课用的宅院”（萨多夫尼科夫，64）。

所有这些：老师与树林相关的特性，孩子们离开父母，学习的魔法性质，变成动物或通晓鸟语的本领，等等，都使我们将这个范围的母题归入其中的同一类现象。

授礼仪式是学校，是原本意义上的学习。在授礼时，年轻人深入了解了部落的所有神话观念、仪式、礼节和方式。研究者们认为，在此是提供给年轻人某种神秘的学问，即他们获得了知识。的确是有人向他们讲述了部落的神话。一位目击者说："他们静静地坐着向一些老人学习，这很像是一所学校。"[1]不过问题的实质并不在此。问题不在于知识，而在于本领，不在于认识大自然假想的世界，而在于对它的影响。故事《绝技》出色地反映的正是这个方面。正如前面已经指出的，在那里主人公学会变成动物，即获得了本领，而不是知识。

这种教育或学习，构成了全世界授礼仪式的本质特征。在澳大利亚（新南威尔士），老人们教年轻人"玩当地的游戏，唱部落的歌曲，跳某种科罗勃利舞，这些都是禁止妇女和未经授礼者做的。他们同样投身到部落的神圣传统（讲述）和它的学问中去"。[2]我们还可以确定讲述的因素在行动因素面前退居次要地位。"诸仪式……是粗糙的，但常常是颇富于表现力的神话及传说的戏剧表演。戴着面具穿着戏装的演员们表演着动物或神一类的人物，表演着神话所讲述的他们的故事。"[3]在这则消息中隐含着一个前提，即神话比戏剧活动原始——"神话的戏剧化"。而我们觉得——事情正好相反。戏剧活动是原初性的，神话则在较晚才获得发展。[4]在这

1　Webster H. Primitive secret societies, p.7.

2　Ibid., p.58.

3　Ibid., p.178.

4　其他一些有关神话与现实关系的观点参见：Мелетинский Е. М. Поэтика мифа. М., 1976. c.373 — 383。

个问题上特别令人信服的是澳大利亚的情形，当神话还是简短的、极不连贯和不定型的、对欧洲人来说还常常是费解的东西的时候，澳大利亚已经有了十分复杂冗长的戏剧表演。[1]这些表演和舞蹈不是演出，它们是作用于自然界的魔法手段。被授礼者学习所有的舞蹈和歌曲，要十分仔细并且要花很多时间。一个小错都会是致命的，会破坏整个仪典。顺便提一句，在一个白俄罗斯的故事中，只有当继女给熊跳了舞之后，熊才放她过去。在博厄斯的集子里有一些例子，主人公出发去了“另一个国度”，并且从那儿带回了舞蹈，他把这种舞蹈教给了自己部落的人。

年轻人在这里学习的舞蹈和规矩进入了秋、春、冬季的仪式，这些仪式具有使野物增多、唤来雨水、提高收成、驱除疾病等目的。[2]

俄罗斯故事的主人公从老师那儿带回来的不是舞蹈，他们带回来的是行使魔法的能力，不过舞蹈是使用这些能力的表现或方式。舞蹈在故事中已经失落了，只剩下了树林、老师和施魔法的本领。但在另一些类型的故事中还可以找到舞蹈的某些痕迹。舞蹈是在音乐伴奏下完成的，于是乐器便被认为是神圣的、不得随意触碰的。曾举行过授礼仪式并且有时授礼者还在里面住过若干时间的屋子被称为“长笛之屋”。[3]这些长笛发出的声响被认为是神灵的声音。如果注意到这一点，那么主人公屡屡在林中小屋里寻找会自

1 Gennep A. van. Mythes et legendes d'Austrqlie. Paris, 1906.
2 Webster H. Primitive secret societies, p.183.
3 Schurtz H. Altersklassen und Männerbünde, S.295.

动演奏的古斯里琴、笛子、小提琴等等的原因就一目了然了。伴随着古斯里琴的乐曲，大家都要应声起舞。主人公获得了指挥舞蹈的权力。当然，这些舞蹈的性质已经完全改变了。“他们走向一边。那儿有一座小木屋。他们走了进去……他瞅了一眼——又瞅了一眼，于是就看见了母畜身子下面（横梁下面）的笛子。他拿起笛子吹了起来。”（泽列宁，彼尔姆省故事，43）一肘长的家神应声而出。笛声唤来了神灵。在《会自动演奏的古斯里琴》的一个版本中，古斯里琴是用人的筋做的。“匠人把他们运进作坊，马上把一个人放在机器上绷直，接着开始抽他的筋。”（斯米尔诺夫，4）神圣的乐器用人骨做成，这是众所周知的事。但舞蹈在故事中保存得比较模糊。“然后尼基塔打量起小木屋来，看见窗台上有只不大的笛子，他拿起它，贴在唇边吹了起来，瞧瞧出了什么怪事？瞎兄弟跳起舞来，房子也跳起舞来，连桌子、板凳和锅碗瓢盆都跳起舞来。”（阿法纳西耶夫，99）老妖婆应声而出。“快乐人带着他的小提琴出发了，走近一棵松树时他停住了脚（他跟兄弟们住进了树林里）。老妖婆走近快乐人问道：‘你在做什么，快乐的人？’——‘我在拉小提琴呀。’老妖婆把桶一扔，跳起了舞。”（《古风今存》，第269页）在维亚特卡省的一个故事中（泽列宁，维亚特卡省故事，40），一个退伍兵想在一个孤儿的小屋子里过夜。那儿还有一座漂亮的大房子（关于大房子下文会谈及），这个兵就借宿在大房子里了。“后来魔鬼们开始演戏。魔鬼们演完了，说道：‘大兵，该你了，我们都演过了。’”林中舞蹈的名字叫“魔鬼的戏剧表演”，这意味深长也颇能说明问题。同样重要的还有一点，即轮到主人公时要让他做儿个面部表情的动作。

在一个彼尔姆省的故事里，大房子里有一个禁止入内的小房间，里面有三个姑娘。瓦纽沙把她们的衣服还给她们时，“她们穿上衣服，把他拉进怀里跳起了卡德里尔舞”（泽列宁，彼尔姆省故事，1）。在姑娘们的裙子和翅膀上可以发现图腾面具和服装。关于这一点上文已经提到过。最后，正像泽列宁指出的，宗教仪式常常会转化成游戏。[1]或许，与熊在林中小木屋里玩捉迷藏的游戏就是在林中学会舞蹈的反映。故事材料与民俗材料的比较鉴别，显示出这里有着密切的联系。

24．神奇的礼物 我们已经看到，故事把某个神奇的礼物交到主人公手中，并且让他借助这件礼物达到了自己的目的。这件礼物或是某样东西（指环、一块布、一个球及其他许多东西），或是一只动物，最常见的形式是一匹马。我们也看到了老妖婆的形象与授礼仪式的关系何等密切。在这些仪式中，是否有什么与所获得礼物相一致的地方？

关于相助者的问题，我们将另辟专章讨论。此处引发我们兴趣的暂时只是与仪式研究有关的转交相助者的时刻。原来，在授礼仪式中，不只是有这样的时刻，而且这样的时刻还占据着中心地位，是整个仪式的高潮。主人公的魔力有赖于他所获得的相助者，这个相助者被英国民俗学家们不甚贴切地称为保护神（guardian spirit）。据此韦伯斯特说：“在妇女和未经授礼的孩子们当中普遍流

---

1 Зеленин Д. К. Культ онгонов в Сибири. С. 237.

行着一种信仰，认为那些年长的授礼仪式主持者们拥有十分神秘和具有魔力的东西，向被授礼者亮出它们是出示最主要和最突出的特征。”[1] 他在另一处还写道：“基本学说是对保护神个人（即相助者）的信仰，正像人们通常所认为的那样，是同盟的成员经过了男性生殖器崇拜仪式后变成了这样的保护神。”[2] 舒尔茨则说，整个对男孩子的授礼仪式都“归结为获得保护神，获得对玛尼特的神力”。[3] 下一章将对这个问题做更为详尽的研究。我们将弄清指环、小棍、小球和其他物件是怎么一回事，还有主人公与其相助者——动物们的关系。在此只要确定一点就够了，即充当保护者的相助者与部落图腾相关。

25. 充当岳母的老妖婆　然而，老妖婆的形象并非一切都弄清楚了。从已有的全部叙述看，老妖婆被我们看成是举行授礼仪式时的一个人或是面具。不过这里有一个不相符的地方。老妖婆——或是个女人，或是个动物。她的动物外形与我们所了解的有关这一仪式的一切极其吻合。举行仪式时伟大的老师和前辈常常装成动物，戴着动物的面具。若说到他的人的外形，那么尽管在民俗材料中没有证明，但他还是被想象成男人，而非女性。让我们对老妖婆和仪式进行稍微仔细些的观察吧。

仪式的使命之一原本是为年轻人的婚姻做准备。原来，在实行外婚制的情况下，主持授礼仪式的不是年轻人所属的那个部落联

1　Webster H. Primitive secret societies, p.61.

2　Ibid., p.123.

3　Schurtz H. Altersklassen und Männerbünde, S.396.

盟的代表，而是另一个集团的，即与该集团通婚的集团的，也就是被授礼的年轻人将从中娶妻的那个集团。这是澳大利亚所特有的，也可以说这是授礼的最古老的形式。[1]在把一个姑娘嫁给另一个集团的男青年之前，妻子的集团要给这个男青年实行割礼和授礼。

马特弗斯在维多利亚还发现了另一种情形："相助者（即男孩子得到的）不应与被授礼者的亲族有关系：他得从男孩随后通过婚姻进入的那个前来（参加庆典）的部落中选出。"[2]就像我们在下文关于相助者的一章中将要看到的，这个相助者是作为遗产传下来的。在此我们看到相助者是作为母系的遗产相传的。

故事保存了这种状况。我们可以观察到下列情形：如果老妖婆或另一位赠予者或住在小木屋里的人与主人公的什么人是亲戚的话，那么她总是与主人公的妻子或母亲沾亲带故，而与主人公本人或他父亲从来没有关系。在维亚特卡省的一个故事中，老妖婆说："唉，你这个孩子！你是我外甥，你母亲是我妹妹。"（泽列宁，维亚特卡省故事，47）"妹妹"在这儿不能照字面理解。这些话在另外一些亲缘系统中意味着他母亲属于老妖婆本人所属的那个氏族同盟。当主人公成婚后这种情形就更加明确，在这种场合她会说："这是我女婿来了。"此即是说老妖婆是他妻子的母亲或姐妹，与妻子沾亲，属于她所属的那个同盟。"这是我女婿来了。"（泽列宁，维亚特卡省故事，32）"这个老太婆是你丈母娘。"（萨多夫尼科夫，

1 Webster H. Primitive secret societies, p.139.

2 Mathews R. H. Some initiation ceremonies of the aborigines of Victoria. — ZfE, 1905, Bd — 37, Hf.VI, S.872 — 879.

9）“啊，你是我外甥。”（北方边区故事与传说，7）“哦，内弟来了。”（科尔古耶夫，7）“她（公主）是我的亲外甥女。”（科尔古耶夫，9）及诸如此类。

我们在彼尔姆省的故事里看到一个非常有趣的例子。在这里，主人公寻找失踪的妻子时，来到了老妖婆那儿。“亲爱的朋友，你到底在哪儿过活呀？”“我在老爷爷那儿当了六年学生，他让我娶了他的小女儿。”“瞧你这个傻瓜！要知道你是住在我兄弟那儿，你娶了我的侄女。”伟大的老师在这里被称为老妖婆的兄弟。主人公在这里不是妹妹的丈夫，而是老妖婆侄女的丈夫。当然，所有这些还只是含混的指证。如果我们照常情来理解丈母娘、姨妈、姐妹这些称呼的话，那么主人公对自己这个住在树林里的丈母娘闻所未闻一无所知，可就太奇怪了。但假设用丈母娘、姐妹等说法来代替另外一些血缘形式，假设主人公来到小木屋是到了他妻子按图腾亲缘关系而非家庭亲缘关系的“亲戚”那儿，这就没什么可奇怪的了，而韦伯斯特所观察到的主人公在树林遇到的亲戚不是他自己的，却是他妻子的，也就成为可以理解的了。

所有这些材料都解释了主人公与老妖婆的亲缘关系的形式，但它们还不能完全说清老妖婆为什么是女的。材料是展示出来了，但解释还要到往昔的母权制关系中去寻找。现在我们已经看到授礼要经过妻子的氏族。有若干材料证明，授礼不只是要经过妻子的氏族，还要真的通过妇女：被授礼者要暂时变成女性。换个角度说，作为统治者的神可以想象成为妇女。我们现在就转向这个问题。

26．改头换面 此处进行对比的材料中，有一处不相符。从整个比较过程中可以看到，老妖婆在故事中的特点和功能，总体上应与出现在被授礼者面前的那个形象或那个面具相一致。然而从引证的材料中看不出来，履行仪式的人被想象成妇女或者就是妇女。老妖婆与林中教师在故事中可以互相替代：他们俩都烧孩子或在锅里煮孩子。但如果是老妖婆干这件事或力不从心地想干这件事，那就会引起你死我活的斗争。如果是林中师傅这样做——学生就会变得无所不知、无所不晓。但老妖婆是位乐善好施的人物，我们下面会知道她的礼物。故事揭示了老妖婆的形象和充当魔法师的林妖形象之间的亲缘关系。这种亲缘关系是否有历史的原因呢？故事令人想到仪式上有妇女出现。

在大多数例子中，记录或描写这一仪式的旅行者或研究者们从未提到仪式的主持人是妇女，但在某些例子中我们看到了男扮女装。根据另一些旁证，联盟的所有成员有一个共同的母亲——一位老太太。让我们来看看与此有关的几个例子。内费曼用以下方式描写了在曾经是荷属的新几内亚玛林德-阿尼姆部落里仪式的开场。“化装成老太婆的男人们，围着女人的围裙，抹得花里胡哨，还在嘴上插上几枚犬牙以示不能说话，他们靠近玛约-阿尼姆（即被授礼者）。后面的人抱住‘女始祖’的脖子并把他们拖到一个隐秘的地方，在这儿他们被扔到地上而且装成睡着的样子。”[1] 我们看到的正是被老妇人劫入林中的用面部表情表演的描写。与此相一致的还有神话：赠礼的恩人是一位妇女。多尔西记录了如下的讲述：

1 Nevermann H. Masken und Geheimbünde in Melanesien, S.74.

一个人做梦，梦见有人让他头顶着黏土，去一个小山丘白天黑夜地站在那儿。他一站就是四天。到了第五天，飞来一群鹰绕着他盘旋，一只红色的大鹰对他说："我是个住在天上的女人，我来到人间给人托梦。我给你派个人来，而你应该把我的羽毛放在手杖上，它会成为你的魔杖。"一头水牛来找他，还开导他说："在你面前出现的那只鹰是管天下的动物的。"回到家里，他成立了"跳水牛舞者同盟"，还教自己部落的人跳水牛舞和唱水牛的歌。[1]

在这则反映了获得萨满力量的神话中，有意思的是造访新人的动物是个女性。

在类似人物的女性特征中，恰如在老妖婆的女性特征中一样，可以看到母权制关系的反映。这种关系与历史地形成的男性权力发生了冲突。如何摆脱这种冲突呢？当成年礼仪式还存在时，这个过程应该是已经结束了：仪式是接受男性入盟的条件。摆脱这个冲突的方式各不相同：仪式的主持者改头换面扮成女人。他是充当女人的男人。从这里有一条直线引向男扮女装的天神和英雄（赫拉克勒斯和阿喀琉斯），引向许多天神和英雄雌雄同体的现象。摆脱困境的出路还有一条：仪式是由男人们完成的，但在某个神秘遥远的地方有一位女性——同盟成员的母亲。这种形式似乎较其他形式更为常见，让我们来引几个例子。"（新不列颠岛）部落戴假面的人有一个共同的母亲。据说她住在戴假面者群居的地方，未经授礼者无缘得见她……人们说到她，总说她有病，她生着脓疮，因

1　Dorsey G. A. Traditions of the Skidi-Pawnee, p.68.

此她走不了路。"[1]这位神秘母亲的跛足与老妖婆的不能行走是一致的。在杜克-杜克同盟里最重要的神灵被称为图布安，"他被认为是个女人，而且是所有假面化装的（即所有戴面具的人）杜克-杜克人的母亲。大概他最早是飞鸟的神，但这一点几乎已经从当地土著人的意识中消失了"。[2]内费曼也报告说，来参加庆祝活动的是一些奇形怪状的人，"他们同时具有男性生殖器和乳房，对不了解情况的旁观者来说他们是阴阳人。但当地土著断然否定这样的解释，他们强调说这些人从来就是男人"。最后，被授礼者本人有时也想象着自己变成了女人。他的秘密名字有时就是女人的名字。[3]授礼的高级阶段包括变成女人的本领。[4]印度叙述文学提供了很多改头换面的例子。但在此我们将看到的是变成女人发生在树林里。这个树林令人要诅咒它——在里面男人会变成女人，因而男人避免进入其中——这是禁入之林的鲜明遗迹。[5]

现有的材料已经足以令人信服地证明，弗赖登堡所说的似乎"男扮女装是性别融合的隐喻，女变男，男变女"是完全错误的。[6]对我们来说，改头换面的重要之处不在于它本身，而在于它是解释老妖婆的女性特征及故事中存在跟她一样的男性人物的因素。林中

---

1 Nevermann H. Masken und Geheimbünde in Melanesien, S.88.

2 Nevermann H. Masken und Geheimbünde in Melanesien, cf.; Parkinson R. Dreissig Jahre in der Südsee, S.578.

3 Nevermann H. Masken und Ceheimbünde in Melanesien, S.126, 99.

4 Parkinson R. Dreissig Jahre in der Südsee, S.605.

5 Hertel J. Indische Märchen. Jena, 1924, S.14. — В аппарате Гертеля (S.371) много параллелейб главным ображом, из античности. Ср. также: Benfey Th. Pantschatantra, Bd.I. Leipzig, 1859, S.41 — 52.

6 Фрейденберг О. М. Поэтика сюжета и жанра. Л., 1936, с.103.

师傅是符合历史事实的，而女人、老太婆、母亲、女主人、神性的赐予者则属于史前、远古，但循着遗迹可以在仪式中追寻到踪影。因为同样的原因老妖婆也是女性，因而西伯利亚的萨满常常是女人、阴阳人或衣服上有女性饰物的男人。对我们来说，重要的是确定此处的联系，这种联系从这里抽样引证的几条材料中就可以看出来。

27．结论　对老妖婆的考察结束了。出现在我们眼前的是她零零散散的局部特征，我们应该将它们重新合为一体。

但在此处将它们重新合为一体实际上是无法做到的。企图把孩子煮熟或炸熟的劫持者老妖婆，与盘问并奖赏主人公的赠予者老妖婆不是一个整体，但同时她们又不是只是被同一个名字连在一起的毫不相干的两个人。

基本上清楚了的是，劫持者老妖婆与授礼综合体相关，与之相关的还有转赠相助者的行为。但老妖婆的标志物和她的某些行动，以及她发出的惊叹与人赴冥国有关。不过这两个综合体互相毫不排斥，相反，它们有十分密切的历史亲缘关系。

孩子们去树林里就是去死神那儿。这就是树林为什么会作为劫孩子的老妖婆的住处和地狱的入口出现。在林中进行的活动与真实的死亡没有截然分明的区别。但仪式消亡了，而死亡依然存在。曾依附于仪式的东西，曾发生在被授礼者身上的事情，现在已经只能发生在死人身上。以此不仅能解释此树林与彼树林，还能解释很早曾有过的将死者又炸又煮的情形，就像对被授礼者所做的那样，还能解释被授礼者要接受气味的检验，后来成了外来人去另一个世界时得接受气味的检验。

但这还不是全部。随着农业和农业社会宗教的出现，所有“树林里的”宗教变成了一连串的鬼魅，伟大的魔法师成了邪恶的巫师，野兽的母亲和女主人成了把孩子拖去吃掉（而且绝非象征意义上的）的妖精。消灭了仪式的那种社会制度也消灭了仪式的创造者和体现者：烧孩子的妖精，自己被故事讲述人、史诗传统的体现者烧烤着。无论在任何地方——在仪式中也好，在宗教信仰中也好，都没有这个母题。但是，一旦故事开始独立于仪式而流传，它就出现了，并表明情节不是在创造了仪式的那种社会制度下被创造出来的，而是创造取代这种制度、使神圣恐怖的东西变成了半英雄式和半喜剧式的怪诞之物的社会制度之下。

第四章

◆

大房子

故事里的姑娘或者不属于任何人，或者属于大家。总的来说，故事是不承认林中之屋里结下的婚姻的。对故事而言，这些情况下的女人只是妹妹。很可能这个人物的特征在故事里转到了另一个人物身上，这个人物就是公主。故事里，住在林中勇士家的姑娘有时会突然死去；在死了一段时间以后又活了过来，复活后便与王子成婚。

认定该制度是故事形成的唯一基础自然是不对的。这种制度消亡了，而情节结构依然继续留存。变化了的历史环境将变化置入了情节创造的生命之中。

缺乏缘由在现代人、现代故事家眼里是缺点，这样的缺点就会被弥补，而且就缘由而言，故事有时所使用的恰恰是些极其古老的母题，它们彼此交织，并且互为因果。

一、林中兄弟情

1．林中之屋　在故事中，老妖婆远不是唯一的赠予者。我们现在应考察一下赠予者的其他形式。不过，因为我们曾涉及过授礼仪式，那么我们就先来追踪与这个仪式有关的一切，然后再来考察其他的赠予者。

到目前为止，我们考察的还只限于仪式活动本身。但活动只是其中的一个阶段，它还有与新人归家有关的阶段。

在授礼活动完成之后，在不同的民族中和不同的地方可以观察到授礼阶段延续或停止的三种不同形式：⑴被授礼者在伤愈之后直接回到家中或去了他成婚的地方；⑵他留下来生活在树林里，在小木屋、茅舍或窝棚里，在那里待上几个月甚至长达几年的一段时间；⑶他从林中小木屋搬到“男性公房”里住若干年。

在行授礼时期和后来在树林中或男性公房中的生活阶段之间无法做出截然的划分。这些现象是一个综合体。然而，如果不是很快返回家中的话，还是可以划分出两个时刻：进行授礼的时刻和此后直至结婚的时期。这段时期以及伴随主人公归家出现的一些情况，将是我们此时所要考察的。

但首先我们应该说明“男性公房”这个术语。男人们的屋子——这是氏族社会所特有的一种制度，它随着奴隶制国家的产生而不复存在。它的产生取决于狩猎作为物质生活生产的基本形式，取决于图腾崇拜作为该形式的意识形态的反映。在农业生产刚刚兴起的地方，这种制度还存在着，但趋于退化，有时形式上还会发生一些畸变。男性公房的功能五花八门且不固定。完全可以断定，在一定的时候，一部分男性，即那些进入性成熟期又尚未结婚的青年男子已经不与父母合住，而是要搬到专门为此而建的大房子里去，这些屋子被称为“男人的屋子”“男性公房”或“单身汉的屋子”，他们在此过着特殊的公社式的生活。

一般所有经过授礼的男子们结成一个有确定的名称、使用某种面具等等的同盟。同盟的功能同样十分宽泛多样，它通常掌握着统治整个部落的权力。男性公房是同盟聚会的中心，他们在此跳舞、举行典礼，有时面具和部落圣物也在这儿保管。有时在一片场地上会有两座屋子：一座小（割礼在此举行），一座大。已婚者通常不住在那里。

男性结社组织，或英语称之为“秘密同盟”的详细情形，弗罗贝纽斯、博厄斯、舒尔茨、韦伯斯特、列伯、范-格涅普、涅维尔曼等人在论著中都有描绘。

故事中保存了极其鲜明的男性公房制度的痕迹。在走出家门的男主人公眼前，时常会突然出现一座盖在林中空地上或林子里的特别的建筑，通常干脆被称为“房子”。

对这所房子的研究表明，它的总体特征与上文提到的“男性公房”是相符的。让我们来看看故事里这座房子的所有特点。

这所房子有许多地方令主人公震惊。首先让他大吃一惊的是房子的高大。“他们骑着马走啊走啊，走进了一座树林，在林中迷了路。他们看见远处有火光。他们走过去，看到那儿有座房子，那房子可真叫大。”（胡加科夫，122）“他走入了一片宽阔的林中空地，看见那儿有座房子——房子大得不得了，他从来没见过这么大的房子。”（斯米尔诺夫，27）“房子好大，大极了。”（北方边区故事与传说，47）“他们在林中漫步。暴风雪平地而起，雨夹着冰雹扑面打来。他们开始奔跑，跑啊跑啊，一直跑到眼前出现了一座其大无比的房子。天色已经晚了，一个老头子走了出来……‘带儿子去学本事了吗？送到我这儿来吧，我会教给他一切。’”（泽列宁，彼尔姆省故事，303）在另一个版本的说法中这个老头子有五百岁（泽列宁，彼尔姆省故事，1）。类似的例子不胜枚举。大房子与密林深处搁在一起，这种怪事从未引起过讲故事者的注意，就像它至今未引起研究者的注意一样。房子的庞大本身的确证明不了什么，但我们发现，男性公房正是以其有时令人惊异的庞大为特点的。这是一些巨大的、适合氏族部落里所有单身小伙子在里面共同生活的建筑。库克在塔西提岛看见过二百英尺长的房子，曾经住在寒酸的双亲的那种小破房子里的人，对这样的房子当会产生极为强烈的印象。

这房子的另一个特点是四周有围障。“宫殿四周围着铁栅栏。”

（阿法纳西耶夫，211）“那座宫殿周围有高高的铁栅：好汉走不进去，骑马也进不去。”（阿法纳西耶夫，199）“可是周围有很高很高的围墙，无论步行还是骑马都没法溜进去。”（阿法纳西耶夫，185）这正像舒尔茨指出的那样，[1]房子是有围墙的，房子里保存着部落的圣物，出于对死神的恐惧，妇女和未经授礼者严禁靠近这所房子。房子里还常常存放着一些死人的颅骨（弗罗贝纽斯对此有详细的描写），这些颅骨会插在墙头上。“宫殿周围有高高的栅栏，足有十俄里，在每一根栅栏板上都插着一颗人头。围墙使房子免遭外人窥视，外人接近意味着会当场毙命。有时这座房子还会用植物墙围起来。”（阿法纳西耶夫，222）当举行庆祝活动时，杜克-杜克的成员比平时要多得多，他们挡住外人并且在塔拉伊乌（举行庆祝活动的地方）周围建起一道高墙，在墙上挂上草席。有时在这道围墙里还种着一道植物墙。[2]在俄罗斯故事里没有提到植物墙，但并未死去的睡美人四周是被这种墙围起来的。故事里还保留着此处禁止入内的特点：“有一座用铁栅围起来的花园，不开放，门都紧锁着。园子不放人进去，里面住着父子俩。”（斯米尔诺夫，182）

这座房子的其余特征都可以用企图与世隔绝来解释。这座房子建成吊脚楼的样子。“他们走啊走啊，看见一座吊脚楼式的房子，房子大极了。”（翁丘科夫，45）男性公房常常建成吊脚楼式，他们起居都在上面一层。故事里的房子常常是多层的，但在多层这一

---

1 Schurtz H. Altersklassen und Männerbünde. Berlin, 1902, S.235, u. Passim.; Parkinson R. Dreissig Jahre in der Südsee. Stuttgart, 1907, S.599.

2 Nevermann H. Masken und Geheimbünde in Melanesien, Berlin, 1933, S.66.

特点的背后很容易看出原初的形式。“他走近宫殿，一层层地登到了顶。”（科尔古耶夫，24）“他开始寻找道路，好不容易来到了一片不大的草地上。环顾四周——看到这片草地上矗立着一座三层的大石头房子：大门紧锁，护窗板关着，只有一扇窗户敞开着，有一架梯子搭在窗口。”（阿法纳西耶夫，203）这么说，入口终归还是在需要缘梯而上的顶层。“当他走近宫殿，他试图走进里面去，但他既找不到门，也找不到窗户，什么都没有。他摸到了一个按钮，揿了一下，门开了，他便一直走到了宫殿的顶层。”（科尔古耶夫，12）主人公直接走到顶层而绕开了底层。还有说得更明白的：“绕着宫殿走了一圈——没有大门，没有入口，没有任何通道。怎么办呢？他一眼瞅见有一根长杆子扔在那儿，他把它捡起来，搭在了阳台上……接着他就顺着杆子爬了上去。”（阿法纳西耶夫，214）“树林里有座大房子，整个用薄木板围着”……“房子倒没什么特别，可盖了个怪模怪样的亭子。它怪就怪在很高，还弄得很漂亮……亭子上还有架小梯子。”（萨多夫尼科夫，17）以下例子中还有吊脚楼的遗迹：“男孩围着房子绕圈，既没找到小门，也没找到大门，于是他就想往回走了。后来……他发现建在木桩之上的两扇勉强可见的小门，他就打开门走了进去。”（《古风今存》，第346页）这些例子表明，到屋子里去要用什么方法，还着重强调了所有的洞孔都被仔细地用帷幕遮挡和伪装起来。舒尔茨对安德斯岛上男性公房的描写做过这样的转述：这所房子建在木桩上，有几根桩子被雕成了男人和女人的样子。有一根原木，顺着它可以爬进入口的门，同样也做成长着硕大生殖器的男人的形象。入口处的洞孔都被遮挡起来，为的是使女人们无法看到房子里的情形……免得她因此而死于非命。[1]安德龙群岛上的房子被做了如下描绘："巨大的楼板铺在木桩上，穿过它有一个洞通往上层的住处，那儿共有四个房间：分别用于吃饭、睡觉、储藏和劳作。"[2]

最后一个事例向我们展示了房子的内部布局，其独特之处在于它由几个隔开的单间组成。故事为我们保存的正是这种格局："这所房子里一个人都没有，他在各个房间里走了一圈……"（泽列宁，彼尔姆省的大俄罗斯故事，2）这是一个典型特征。主人公穿过厅堂和房间。这所房子里为什么会空无一人，这一点下文会告诉我们。通常故事里所提到的这些房间，总是表明在这样的情境中隐藏着某种对主人公来说是不习惯和不寻常的东西。

正如舒尔茨所指出的，这些房子常常是外来人的栖身之处，在故事里也知道这所房子里有"过路人的房间"，即指供漫游者住的客房（翁丘科夫，45）。另一个例子是说："他沿着乌拉尔走着，意外地发现了一所大房子。房子里一个人也没有。他在各个房间转悠了一遍。他……随意走进了一个特别的房间，便躺在沙发上歇息。"（泽列宁，彼尔姆省的大俄罗斯故事，2）

这些房子有时会有富丽堂皇的外观，装饰着雕塑，涂得色彩缤纷，它们后来变成了"大理石宫殿"也就不足为奇了。

在故事里，这所房子时常有动物守护——大多是蛇或狮子。

1 Schurtz H. Altersklassen und Männerbünde, S.216.

2 Ibid., S.245.

这一细节我们在此暂且先不做分析，在谈到对极远之国的描绘时我们会说到它。

舒尔茨的论著中收集了有关男性公房的材料。这些房子的外观可能五花八门，然而它们具有某些共同的典型特征，这些特征在故事中保存了下来。

若要做个小结的话，我们可以指出故事所反映出的这种房子的下列特征：(1)房子坐落在树林深处；(2)它以庞大为特点；(3)房子有围墙环绕，有时还饰以骷髅头；(4)它建在木桩上；(5)入口是一架梯子或柱子；(6)入口和其他的洞孔都被遮挡关闭；(7)里面有几个房间。这几点中只有第一点令人生疑。男性公房并未坐落在森林深处，或者说并不总是坐落在那里。这里发生了某种移位，现在我们就来探讨这个问题。

2．大房子和小木屋 故事中不仅有树林里的“大房子”，还有老妖婆木屋类型的小木屋及其变体。上文已经指出，授礼有时是在林中的窝棚里或木屋里举行，然后被授礼者或者回家，或者就留下来住在那儿，或者搬入男人的大房子。舒尔茨将这两种类型的建筑称为“行割礼房”（Beschneidungshaus）和“男性公房”（Männrhaus）。这三种情形故事中都有。故事中也有从林中小木屋直接回家的，但这种情况总是发生在小孩子或姑娘身上。第二种情形——结婚前在树林里住很久一段时间也是有的。也不总是主人公在路上碰见“大房子”，他自己盖了（或碰见）一座小木屋，跟他的同伴一起在里面住了很久的事也常有。这样的例子详见下文，有很准确的对应。此处我们只想指出，主人公亲手盖房子的事例是有的，比如在埃及著名的两兄弟故事中。故事主人公巴达去了“雪松谷”。关于这个“雪松谷”有整套的文献（参见维肯季耶夫 B. Викентьев），但还没有任何人将它与我们的故事中的“树林”在此处所具有的意义进行一番比较。“瞧，许多天过去了，他亲手在雪松谷盖起了一座塔楼，楼里到处是他自己做的各种好玩意儿，屋子里被摆得满满的。”[1] 这篇故事接下来的部分里还有暂死和复活、改头换面、成婚等情节。

从小屋子搬到大房子的情况有些不同，大房子和小屋子常常在同一片地方。[2] 有时故事里也有这样的外部布局：“有一次他正在树林里走着的时候，看见了一座漂亮的大房子，在离它不远的地方还有间简陋的小木屋。”（斯米尔诺夫，79）故事里还有一些时候是主人公先住在小木屋里，然后搬进了大房子。在彼尔姆省的一个故事中，主人公因为懒惰被父母赶到了树林里的一座旧澡堂去住。“他们逼着懒鬼瓦尼亚搬进了澡堂。瓦尼亚开始去林子里砍柴：卖了柴再去买面包。他在一片很远的林中空地上找到了一座房子：窗户关着，门也关着。”（泽列宁，彼尔姆省的大俄罗斯故事，305）假如说这是个孤证，这里所看到的不过纯粹是澡堂的真实特征，那么类似的例证在其他集子（斯米尔诺夫，229）里也有，阿法纳西耶夫的故事集里同样可以找到。主人公住在澡堂里，“傻子开始去林子里干活，他得靠这个活命”。有一次他迷了路，撞见了一所三

---

1 Викентьев В. М. Древнеегипеский повесть о двух братьях. М., 1917, с. 38.

2 Parkinson R. Dreissig Jahre in der Südsee, S.576.

层的大石头房子（阿法纳西耶夫，203）。一个姑娘先是住在峡谷中的一座茅屋里，后来搬进了强盗的大房子（萨多夫尼科夫，17；关于强盗见下文）。不过，类似的例证并不太多。说实在的，故事总的来说没有从小屋子搬到大房子的过渡。它或者出现小屋子，或者出现大房子。这两种类型的建筑物在故事中也没有截然分明的功能区别。故事将通常位于村庄里或村庄边缘的男性公房搬到了树林里，并未将它与“小木屋”区别开。我们在考察林中之屋里的生活时，对事情是发生在“大房子”还是“小屋子”里这一点将不予考虑。不过，正如上文已经说过的，我们现在要考察的是授礼之后那段时间里的事，而非授礼活动本身。这段生活的重要特征是几位勇士一起居住在树林里。

3．摆满食物的桌子　现在让我们来细细观察一下这所房子里的居住者。主人公在房子里找到一张摆满食物的桌子：“在一个豪华的房间里有一张摆满食物的桌子，桌上摆着十二套餐具、十二个面包和十二瓶葡萄酒。”（阿法纳西耶夫，211，异文）主人公在这里见到的是他所不习惯的另一种摆饭方式，这里每人都有自己的一份，而且每份都是一样的。外来者还没有自己的那一份，于是就从每份中取吃一点。换句话说，这里吃饭是公社式的。下面我们将看到，不仅是吃饭，连居住也是公社式的。在一个俾路支故事中，两种进食方法是截然对立的，当然情形略有不同。“当你走进国王的家，先有人向你问好，然后给你送上七样各色吃食：面包、苹果、肉等等。不过你可别照着你那牧人的老一套来，把每样吃食全都包圆儿，那可使不得，你只能从每样里拿一小块。”[1] 在这个男孩子以前住的地方，在他家里，吃东西就是要“包圆儿”的。在非洲的材料里可以找到这样的母题，即父亲背着孩子偷吃东西，而且吃得还不少：“孩子们跟着母亲睡觉的时候，他独自吃光了酸牛奶。”[2] 在这里是不可能的。在这里大家友好相处，大家是兄弟。

4．兄弟们 与所有行动都要重复、避免一次完成的故事传统相悖，兄弟们总是齐刷刷一下子现身的。

这些兄弟的数目不确定。在故事里他们从两个到十二个不等，还有二十五个甚至三十个的时候（泽列宁，彼尔姆省故事，305）。这么少的人数跟一所大房子是否不协调呢？这里是不是有点不相称？在男性公房里人数会多些。他们在这儿住若干年，每年（或其他期限）都有新人到来和达到结婚年龄的人离开。但是，第一，就像已经指出过的，兄弟们不只生活在“大房子”里，也住在小木屋里。第二，在这个公社的圈子里还有更紧密的兄弟关系。在有的民族中，凡是一起行割礼或传授礼的人，就被视为是有了特别亲密的关系，几乎跟亲兄弟一样，在澳大利亚人中这种关系甚至还有专门的名称。关于同龄人所组成的特殊的亲密团体，韦伯斯特这样说道：“通常这些兄弟无论何时都不得互相敌对，如果有谁当他的同伴们在身边时吃独食，那就是对每个人的极大侮辱。确实，这里的友谊较之英国大学同窗之间的友谊要牢固得多。”

---

1 Белуджские сказки, собранные И. И. Зарубиным. Л., 1932, с. 40.

2 Сказки зулу/Встп, статья, пер. и примеч. И. Л. Снегирева. М.; Л., 1937, с. 92.

这个公社里的所有成员都以兄弟相称。[1]舒尔茨发现，在这些团体的圈子里还会结成更小规模的两人团体，他们在战斗中有责任互相保护。如此说来，我们可以假定，故事所反映的不是大房子里的全部生活，而只是这所房子范围里一个团体的生活。

5. 猎人们 当主人公来到这所房子时，它通常是空着的。有时接待主人公的是一位老太婆，有时是一位年轻的姑娘。对姑娘下文将会论及，至于老太婆，她们的确是可以去男性公房的，因为她们已经不被当作女人看待了，[2]兄弟们对老年妇女以母亲相称。主人公和老太婆之间以下这段对话解释了房子之所以是空着的缘由。"这儿住着些什么人呀？""就是那帮强盗，有十二个呢。""他们在哪儿？""打猎去了，一会儿就回来。"（泽列宁，彼尔姆省故事）小伙子们合伙出门打猎，到了夜里才回来。男性公房通常主要是供过夜用，白天就空着。[3]因为兄弟们总是一起行动，那么我们不妨假定他们是一起去打猎。这样的假设与原始狩猎形式是不矛盾的。

在故事中，兄弟们一旦住进林子里（住大房子还是小屋子没什么区别），他们就开始打猎。"勇士们就在这座树林里住下来，接着动手去猎取候鸟。"（阿法纳西耶夫，200）"他们在这里留下来，给自己搭了一座帐篷。他们飞禽走兽无所不打，鸟羽和兽毛积成了堆。"（《古风今存》，第22卷，第359页）男性公社仅以打猎

1 Webster H. Primitive secret societies. New York, 1908, p.81, 156.

2 Loeb E. M. Tribal initiations and secret societies. — Publ. Amer. Archaeol. and Ethnol. (Univ. of Califonia, 1929, vol.25, No.3, p.251).

3 Frazer J. G. The belief in immortality and the worship of the dead, vol. III. London, 1922, p.22.

为生，小伙子们只吃肉类，谷物类的东西有时禁止他们食用。舒尔茨认为，这是由于农业掌握在妇女手中。有时还会形成对狩猎的独特的垄断，被传授者只有在进入该同盟之后才有狩猎的权利。[1]在格林童话《十二个猎人》中我们看到有这样的猎人团体，他们为身居王位的领袖人物提供野味。在俄罗斯的故事中，也不乏其例。“有那么一个国家，国王还是单身——他还没结婚，他有整整一队的弓箭手：弓箭手们去打猎，射到了飞禽，国王的餐桌上就添了一道野味。”（阿法纳西耶夫，212）

6．强盗们 然而，在故事中这个公社常常还以另一种职业为生。这些兄弟都是强盗。此处可以认为是古代母题在日常生活中的变形，它变得接近较晚近的现实生活了，在本例中，它变成较晚出现的、人们能理解的抢劫现象。比如说，卢利耶就是这样认为的。[2]不过，林中兄弟的抢劫也有其历史渊源。新被授礼者享有抢劫相邻部落或自己部落（这更常见）的权利。“男孩子们已经不受平时的规则和法律的约束，他们有为所欲为和行使暴力的权利，尤其是有权盗窃和敲诈食物。在 *Futa Djallou* 中新行割礼者可以在一个月之内想偷什么就偷什么，想吃什么就吃什么，在 *Dar Fui* 中他们可以在邻村游来荡去，偷鸡摸狗。”这种现象并非个别，它是很典型的。“新人的势力扩张到了可以将任何属于未被授礼者的东西占为己有”。[3]显然，这一许可的意义在于：要在作为战士的男孩子和猎

1 Schurtz H. Altersklassen und Männerbünde, S.321.
2 Лурье С. Я. Дом в лесу. — Язык и литература, 1932, т. VIII, с. 159 — 195.
3 Schurtz H. Altersklassen und Männerbünde, S.107, 379, 425.

人身上培养出对以前的家庭、对妇女以及对农业的敌视。抢劫是新被授礼者的特权，年轻的主人公也是这样。

能否将故事里的林中强盗与不久前出现的旧时代的刑事犯相比较呢？似乎就连经过最被现实主义加工的母题中，有时也会掺杂着极其古老的成分。如“他在城里走着，看见了一座两层的楼房，就走了进去。这座楼房里住着一帮强盗。他进屋时，强盗们正坐在桌旁饮酒作乐”云云。主人公请求入伙。“你们如果不信，就请看看我这双手：我也是烙过戳的……。”（泽列宁，彼尔姆省故事，17）我们上文已经提到，烙印记是传授仪式所特有的部分。这其实就是刺青。关于烙印记和留标记，列伯做过专门的研究。另外还有一点痕迹能证明这个母题与传授仪式的关系，这就是强盗兄弟们通常所食用的人肉餐。摆上强盗餐桌供食用的有用人骨头熬的汤，剁成碎块的人的四肢、脑袋和躯体。我们从中可以看出仪式性的食人习俗的残余。

7. 分工负责　这些兄弟们有十分简单的组织形式。首先是有头领。这个头领是大家推举出来的。故事里有时称他为“大哥”。有时兄弟们会走出屋子去抛球或射箭，谁的箭射得远就选谁当头儿。下面这个例子很突出地显示了选头领与林中之屋的关系：“于是四个勇士就动身了。他们走近了一看：这个王国四周围着石头墙和铁栅栏。‘谁能把这大门砸开，谁就是大哥。’”（泽列宁，彼尔姆省故事，45）胡加科夫编的故事集中有一个小男孩，他原本被送到厨子那儿要给油炸了的，后来到了铁匠那儿学手艺。他成了头领：“河里的青蛙呱呱叫：叫到谁那儿停住了，谁就是国王。”（胡加科夫，80）有一个彼尔姆省的故事说，“请你们喊：‘河水呀，你倒流吧。’”（或“树林呀，你朝灰色的土地弯下腰吧”，“林子里的生灵们，别出声”。）显然，被推举出来的总是那个最灵巧、最强有力、对自然界拥有魔力的人。这正是授礼活动的一个方面：猎人仿佛获得了统治大自然的权力，包括统治“林中生灵”的权力。舒尔茨说到过在指定条件下的首领选举。[1]

这个公社里有一定的分工。当兄弟们去打猎时，要留一个人给大家做饭。故事里兄弟们总是轮流做。“他们安顿下来。大家留下杜贝涅茨做早饭”云云。“外来客在强盗家里问道：‘你们谁来熬粥？’”（泽列宁，彼尔姆省故事，52）故事里不曾保留历史上有过的一种情形，即所有新来者应该为房子里所有的人做饭，还得把房子收拾得井井有条。[2]在美洲，新来者头两年要服奴役，在亚洲的某些地方，地位卑下的新来者被称为“运柴火的”，他们干这类活儿要干三年。[3]在俄罗斯和德国的故事中，落入鬼手的士兵（此母题与落入树精之类的东西手中可以等量齐观）在灶下烧火要烧好多年。卢利耶也注意到了这一联系，他同时还援引了一个瑞典故事：“来到林中木屋的男孩子们的主要职责是照看灶里的火，别让它熄了。”[4]

8．“小妹妹” 到目前为止所说到的一切，都带有点缀、背景

---

1 Schurtz H. Altersklassen und Männerbünde, S.126, 130.

2 Ibid., S.379.

3 Ibid., S.169.

4 Лурье С. Я. Дом в лесу. — Язык и литература, 1932, т. VIII, с. 188. 在该书中还有另一些例子，包括古希腊罗马的例子。

和静态的性质，还没有动态、没有行动。动态始于在这些兄弟中出现了女性。

在此，我们将不去推敲故事中姑娘是以怎样的方式来到林中之屋的问题。她是被后母驱赶来，还是被强盗请到家里来、劫到家里来，以及以其他的方式来。在姑娘来这座屋子的各种可能的形式中，我们只着重研究她被劫来这一种。阿法纳西耶夫收集的一个故事中说道，在树林里住着两个勇士："一个是瞎子，一个没有双脚，两人闲得无聊，就想去一个地方从人家父母那里偷一个姑娘。"（阿法纳西耶夫，200）这个被劫来的姑娘很受敬重："勇士们把商人家的女儿带回他们的林中木屋里以后对她说：'你就当我们的亲妹妹吧，在我们这儿住着，给我们管管家；给我们这两个瞎眼瘸腿的做做饭，洗洗衣服。上帝忘不了你行的好！'商人的女儿就留在他们这儿了。勇士们很爱她，很敬重她，把她当成亲妹妹看待，他们去打猎的时候，总是让这个认来的妹妹留在家中，替他们料理一切家务，洗衣做饭。"（阿法纳西耶夫，198）这一个例子已足以确定"小妹妹"的下述典型特征：她或是被劫来，或如在其他版本中所说是自愿前来，或是偶然到来，她在兄弟们那儿操持家务并享受尊敬，她以妹妹的身份跟兄弟们生活在一起。

在这三点特征中，第三点与历史事实不相符合，下面我会着重研究它，头两条连细节都是具有历史真实性的。

一方面，生活在男性公房中的目的就在于将男青年们与妇女阻隔开，整个屋子以及屋中发生的一切事情都不许妇女涉足。例如，在一个德国故事中，就保留了这种敌视的态度："我们发誓，在哪儿发现了姑娘，就让她在哪儿流出鲜血。”（格林，9）[1] 这个例子就是妇女禁忌的鲜明反映。不过，这个例子在另一方面看也是明显的：它针对的是屋外的妇女。

总的来说，男性公房是忌讳妇女的，但这条禁忌不能逆推：妇女在男性公房里面并不受禁止。这就意味着：在男性公房中总有一些妇女（一个或几个），像妻子一样为兄弟们服务。这是这一系统十足典型的特点，舒尔茨直截了当地说，男性分为三个居民团体：未经授礼者、住在男性公房里处于自由婚姻状态的青年、处于固定婚姻关系中的已婚者。[2] 在韦伯斯特和舒尔茨的书中能找到许多证明这一点的例子。“生活在男性公房里的姑娘们不会受到任何轻视，父母们甚至会怂恿她们去那里…… 在这些屋子里通常有一个或几个未嫁的姑娘，她们常常是作为年轻人的临时财产。”[3] 舒尔茨说：“在博罗罗人那里，强行将一些姑娘送入男性公房来满足年轻男人的性需要，她们在这里要同时为几个情人服务，并且收取他们的礼物。”[4]

除了被强行送去或按父母的意愿去以外，迫使姑娘或妇女去男性公房可能还有其他一些原因。她们有时是从丈夫那里逃出来的，这种情形在故事中也有反映。有一个彼尔姆省的故事说，“一个牧师的女儿在新婚之夜用腰带打她的丈夫，还扬言道：‘有啊，

1 Лурье С. Я. Дом в лесу. — Язык и литература, 1932, т. VIII, с. 168.

2 Schurtz H. Altersklassen und Männerbünde, S.85. Webster H. Primitive secret societies, p.87.

3 Webster H. Primitive secret societies, p.165.

4 Schurtz H. Altersklassen und Männerbünde, S.296.

我就是有相好的，哈尔科·哈尔科维奇啦，索伦·索伦维奇啦，就算他的脸只能晒包脚布，那都比你强！'（新郎真够丑的！）说完她又用丝绸腰带狠揍了他一顿，接着扬长而去。到了早晨，朋友们都来了，新娘子却不见了。”丈夫出门寻找打听，“她在哈尔科·哈尔科维奇、索伦·索伦维奇家，那里的房子周围围着木栅栏，每个木桩子上都挂着一个人头”（泽列宁，彼尔姆省故事，20）。在萨马拉省的一个故事中，妻子从丈夫家逃到树林里，成了强盗头子，七年后又悔过了，于是又回到了丈夫家（萨多夫尼科夫，107）。

“小妹妹”所享有的那种受尊敬的地位，以及她所承担的家务责任，都完全符合历史真实。弗雷泽报道过彼拉乌群岛上住在男性公房里的姑娘们，该报道如下：在她提供服务期间，她应保持屋内的整洁，并照看好灶火。男人们待她很好，并不勉强她表达她的态度。[1]姑娘在屋子里有一个专门的住处，大家对她的态度是骑士式的，没有哪个小伙子敢闯入她住的地方。她不愁吃不愁喝，小伙子们还千方百计地给她弄些奢侈品来，给她送来蒌叶果和烟草。这里请大家注意一个细节，它对于解释《阿穆尔与普绪喀》类型的故事十分重要，这就是：给她送食物时，她见不到任何人，要给她把食物送到一个特殊的地方。下文我们将深入细致地研究这一点。女人们在这种屋子里只是暂时逗留，随后她们就会嫁人。要是哪个女人打算在这儿待一辈子，那就会被人看不起的。

由以上所有这些材料可以看出，在男性公房住一段时间的姑

1　Frazer J. G. The belief in immortality. . . vol. III. p.217.

娘绝非兄弟们的“小妹妹”。在转入讨论一个或数个女性与一群男子的婚姻关系以何种形式存在这个问题之前，让我们先来看一看，故事中的小妹妹是否一直只是“小妹妹”。

第一，故事断然否定存在着婚姻关系，这应该引起我们的注意。在故事《宝镜》中我们读到这样的描写：“看清楚了她以后，人人都想娶她为妻；既然谁也不让谁，那就认她当妹妹且好生待她吧。”（阿法纳西耶夫，210）另一种说法是：“如果咱们这些人当中有谁胆敢碰一下小妹妹，那这把马刀可不客气，非把他给剁成碎块不可。”（阿法纳西耶夫，211）此处故事略略变动了一下婚姻与兄妹关系的界限。这一点还可以引用一个维亚特卡省的故事来确认。故事里是一个被后母赶出家门的姑娘来到了林中两个强盗的家里。他俩离开了家，“把各种吃食和用具都留给了她：全都是给你的——吃吧喝吧，把最漂亮的裙子穿上吧！……她就跟他们一块过日子，还生了一个小丫头”。（泽列宁，维亚特卡省故事，116）是“跟他们”，而不是跟其中的一个。关于孩子我们下文还会谈及。在一个白俄罗斯故事中，我们读到这样的描写：“从前有一位国王和一位王后，他们有一个长得十分漂亮的女儿，有十二个追求者向她求婚，可这十二个追求者全是强盗。”（阿法纳西耶夫，344）这里向一个姑娘求婚的是十二个未婚男子，而不是一个。当然，这些都是个别特点、个别例子，但所有这些例子显示出：在近代取消及谴责一夫多妻制婚姻形式的影响下，这种界限有变动的可能性。在不把一夫一妻制作为法律的地方，我们所说的情形要表现得更清楚些。有一个蒙古故事里说，七个王子去小树林里（树林的遗存痕迹）“消遣消遣”，他们遇到了一位美丽非凡的姑娘。“你听着，我们有个主意，我们七个王子兄弟都还没娶亲，你就当我们的夫人吧！”那姑娘同意了，于是他们就开始一起生活。[1]

需要顺便指出的是，不只有男性公房，还可以有女性之屋。在此无法深入谈女性之屋的问题，此处只是指出事实本身。舒尔茨认为它属于较为晚近的现象，是对男性公房的模仿。一个彼尔姆省的故事里说，有三个结拜兄弟去漫游世界，跟一个姑娘来到男性公房一样，这个故事里是主人公们来到了一座妇女们住的房子。“出乎意料的是——看到了一座漂亮房子。他们走进了这座房子，推开大门，走进宫殿……他们找到了白面包和各种吃食。”三个姑娘飞进了屋子，她们发现了下述情景：“……我们的屋子今天遭劫了；我们这儿来了三个小伙子，里面有一个长得挺俊。”姑娘们把主人公们盘问了一番之后说：“你们就叫我们妻子，我们也叫你们丈夫吧；咱们就睡在一起好了。但是别胡说八道！谁要是胡说八道，那我们可就不会让你们再待在这儿，就得把你们从这儿赶出去了！”（泽列宁，彼尔姆省故事，23）

由此可见，故事中的婚姻关系并未完全被兄弟姐妹关系所取代。

在男性公房中配偶关系究竟都有哪些形式呢？有关这个问题的材料非常之少。可以肯定的是，这种关系不会在所有地方、所有时

1　Волшебный мертвец: Сб. Монголо-ойротских сказок/Пер., вступ. Статья и примеч. Б. Я. Владимирова. Пг., 1923, с. 31.

间都一模一样。女人们根据她们自己的选择或根据弟兄们之一的选择，可以属于全体男人，也可以属于某几个或某个男人。她们“成为年轻小伙子们的临时财产”。[1]她们的服务是有酬劳的，首先是戒指或其他她们自己用的东西，或者是兄弟们用的箭支，最后她们还会得到酬金。这种群婚有被单偶婚所终止的趋势。“她挑选伙伴或情侣，她是他名义上的当家人；他要付给她酬金或奖赏；但她是自由的，在一定条件下她可以与其他男人来往。”在这种情形中主动权掌握在女人手里。但主动权也可以握在男人手里。男人可以提议为他服务的姑娘嫁给他，这也是常有的事。如果他的建议被接受了，他就要为娶妻向兄弟们付一定数目的钱。不过，更为常见的情形是，姑娘们要等到服务结束回到自己的村子里以后再谈婚论嫁。[2]

故事并未反映出所有这些可能性。故事里的姑娘或者不属于任何人，或者属于大家。然而，在某些十分罕见的例子中可以认定她属于兄弟中的一个。胡加科夫的故事集中就有姑娘被嫁给新来者做妻子，在这个故事里主人公来到了强盗的家。“季莫尼亚，你回哪门子家呀？留在我们这儿吧，我们给你娶个媳妇；我们把妹子嫁给你。”（胡加科夫，34）从另外一些情形可以看出来，她属于这伙强盗的头儿。他跟她交换了十字架。

姑娘收到的礼物在俄罗斯故事未见反映，但在国际材料中可以收集到这类例证。[3]

---

1 Webster H. Primitive secret societies, p.169.

2 Frazer J. G. The belief in immortality. . . vol. III. p.217, 218.

3 Лурье С. Я. Дом в лесу. — Язык и литература, 1932, т. VIII, с. 159 — 195.

不过，故事还反映了另一个现象：这种婚姻向单偶婚转化的趋势以及孩子在这一趋势中所起的作用。

9．婴儿降生　不言而喻，这种同居生活中会有孩子出生，对待孩子的态度亦各不相同。“在这类组合关系中生出的孩子，几乎总是被杀掉。”[1] 我们可以假定，这种事情发生在妇女公用的那类情况下。然而，有的地方虽然大背景是乱婚，但已形成双方的固定组合关系，已经知道孩子的父亲是谁，那么态度就会有所不同。“在很多情况下孩子不仅不被当成不受欢迎的人，还成为自由恋爱关系转变成稳固婚姻的理由。”[2]

在故事中，可以发现因孩子降生所造成的麻烦的痕迹。一个彼尔姆省的故事（泽列宁，彼尔姆省故事，13）说，主人公顺着林间小道来到了一座房子里（“那儿有座房子”），房子里住着一位女勇士。“‘我迷路了，你愿不愿意让我当你的丈夫一块过日子？’女人答应跟他一块过，也把他当丈夫待。后来他们在一年中生了一个男孩儿。妻子说：‘费奥多尔·布尔玛金，现在咱们就像你想的那样居家过日子吧，这孩子是我的，也是你的。’”可是费奥多尔却在准备逃跑。当他妻子去“作战”时，他就乘着木筏逃离了她家。“那时孩子哇哇大哭起来，连树林都发出哗啦哗啦的喧响。女人听到孩子的哭喊声，立刻飞奔回家。她跑回家后，抱起孩子，又跑到海边，踩住孩子一只脚，抓住另一只，把孩子一撕两半，她扔

1　Schunz H. Altersklassen und Männerbünde, S.134.
2　Ibid., S.91.

出一半，落到了他身上，他坐的小木筏开始往下沉。他费了好大的劲才把半个孩子推到水里，接着再往前划，她则把自己手里的那半个孩子吃了下去。”诸种要素一目了然：林中之屋，在那个屋子里的同居生活，孩子降生，女人想使婚姻长久的心愿，丈夫对这一婚姻的不情愿，杀死（吃掉）孩子，用尸体作为迷魂的手段，以及丈夫的离去。在这个例子中，丈夫逃离妻子获得了成功，我们在一个北方故事中还可以找到类似的例子。在这个故事中是生了一对双胞胎，后来主人公就逃跑了。经过几番历险之后他回到了家，可妻子在家里等着他，妻子追随着在林中结亲的丈夫去了他的家，转成婚姻关系的理由正是孩子（翁丘科夫，85）。在这些例子中，与“大房子”的联系是十分明显的。不过我们可以看到，总的来说故事是不承认林中之屋里结下的婚姻的。对故事而言，这些情况下的女人只是妹妹。很可能这个人物的特征在故事里转到了另一个人物身上，这个人物就是公主。如果真是这样，那么关于活命水故事中的公主便与上述现象相关。在这个故事中主人公与公主造了孽，后来她带着两个孩子去寻夫，找到了丈夫以后“他们结成了合法夫妻”（阿法纳西耶夫，178）。不过，这个问题的最终解答还须联系对公主的研究。

10．棺中美女 由上文所述可以清楚地看到，在男性公房生活的女人，只是在那里暂且栖身而已。逗留若干时间之后，她们就离开那里成婚，或者嫁给“兄弟”之一，或者更常见的是在自己村里出嫁。历史上在这个问题上会有一个麻烦情况。对女性来说，男性公房里所做的一切是秘而不宣的。屋里保存着部落的秘密，举行仪式性的舞蹈，等等。但对“小妹妹”来说这秘密已不复存在。能如此轻易地就放她们离开这所屋子吗？“她们（即指住在单身汉屋子里的女人们）被允许听歌看舞，而其他女人是禁止的。”[1]

故事里，住在林中勇士家的姑娘有时会突然死去；在死了一段时间以后又活了过来，复活后便与王子成婚。正如我们所看到的，暂死是传授仪式中十分重要和一贯的标志之一。我们不妨假定姑娘在被从屋子里放出去之前，也给她举行了传授仪式。我们可以猜测一下这样做的原因：这样的仪式能确保屋子里的秘密不外泄。此处故事只是稍稍变动了一下事件内在的而非表面的逻辑关系。在故事中，她意外死去又意外复活，然后成婚。这里只有其突然性是不符合历史真实的。正是为了婚姻而离去这一关键导致了传授（即死去又复活）的必要性。

关于暂死上文已提及（见第3章，20）。对我们来说，重要的是确定此处这一死亡与我们的故事有关的表面形式。

在《宝镜》类型的故事中，姑娘为何会死去呢？根据鲍里特-波利夫卡提供的材料，可以确定三组导致姑娘死亡的物品。一组是能刺进皮下的东西：针、动物身上或植物上的刺；别在头发上的发针和梳子亦可归入此类。第二组是可以进入体内的东西：有毒的苹果、梨、葡萄或饮料，最后者较为少见。穿戴的东西构成了第三组。故事里提到的衣物有：衬衫、连衣裙、长袜、便鞋、腰带或首饰，如项链、指环、耳环。最后，还有姑娘化作动物或小鸟然后

1　Frazer J. G. The belief in immortality. . . vol. III. p.161.

又变回人形。复活的方法十分简单：只需将针或发针从皮肤里挑出来，晃一晃尸体把毒物抖出来，将衬衫脱下来，将指环摘下来，等等。

上述种种方法，在传授仪式中为达到暂死目的都会采用。其中之一就是将锐利的东西穿入皮肤。“典礼最重要的部分是杀死被传授者，他借此获得巨大的魔力。杀的方式是假想或使用魔法把神圣的贝壳放入被传授者体内。此后用唱歌来使死去的人重又复活。”[1]用这些贝壳射杀被传授者。说这种杀死是用“假想的”或“魔法的”方法，这只是研究者或旁观者的观点，而不是被传授者本人的想法。他认为自己是真的被杀死然后又复生了。该例子并非例外。众所周知，几乎全世界都把疾病归咎于人体内有外来的东西，而治病就是由萨满将这种东西取出来。此处的死与复生正可以归因于此种看法。

造成暂死的另一种方法是服毒。这种方法采用得十分普遍。青年们不省人事地摔倒在地，昏了过去，过了一会儿又苏醒了，活了过来。例如，在下刚果，由巫师兼祭司（Zauberpriester）承担授礼指导。他带领着他的受教者们到树林里去，在那儿跟他们待一段时间。看样子他们是借助麻醉剂昏然入睡，于是就宣布说他们死了。[2]我们没听说有什么有毒的果子，看样子就像故事里讲的那样，毒药常常是掺在饮料里端来的。不过除此之外，故事里饮料的作用

1 Schurtz H. Altersklassen und Männerbünde, S.404.

2 Schurtz H. Altersklassen und Männerbünde, S.436; Webster H. Primitive secret societies, p.173. etc.

经常会转到果子上。

最后，如果是给姑娘穿上衬衫、系上腰带、戴上项链等等，则部分是最晚近出现的故事现象，部分可以看作是死人的穿戴。给被授礼者穿上殓衣之后，[1]他们就被当成是已经死亡。在还根本不知衣服为何物的地方，被授礼者被人给抹上白色的黏土作为死亡的标志。给姑娘穿上的衣衫就是殓衣。一个萨马拉省的故事里说，给姑娘送来了“入殓穿的衣裳”。姑娘“忽然想试试这件衣服。她穿上以后，躺了下去，接着就死了”（萨多夫尼科夫，17）。

当然了，棺材是很晚才有的现象。但对棺材的产生和沿革却可以做一番追溯。棺材的前身是用木头做成兽类形状的存放之处，这类存放处在许多地方都可以见到，例如舒尔茨提到了雕有鲨鱼的木头房子，那里面保存着首领们的尸体。这其实就是棺材的雏形。这种形式首先反映出一种较早时期的观念，即人死后会变成动物或人是被动物吃掉了。后来棺材失去了它的动物外形装饰，比如说，在埃及的《亡灵书》中可以看到对石棺或摆放木乃伊台座的描写，这些东西都有兽爪和兽头兽尾。后来动物外形的装饰彻底消失了，于是棺材就成了我们所看见的样子。从这个角度来看姑娘变成了动物，或者反过来——她从动物变成人，以及将她放进棺材里并使她活着从里面出来，这都是一回事，只不过根据年代久远的程度不同而形式有所变化而已。

为什么棺材常常是玻璃的——要对这个问题做出解答，只有

1　Frobenius L. Die Masken und Geheimbünde Afrikas. Halle, 1898, S.50.

联系对“水晶山”“玻璃山”“玻璃屋”的研究，以及对水晶与石英——后来是玻璃——在宗教观念中所有作用，包括中世纪及更晚时期的魔法水晶作用的研究。水晶被认为具有不同凡响的神奇特性，它在授礼仪式中起着某种作用，至于水晶棺材只是更普遍的现象中的一种局部情况（参见下文第8章，8）。

这里又会提出一个问题。为什么只是把姑娘放进棺材里呢？为什么故事里没有说过小伙子被刺扎了呢？不过这倒也不尽然。在某些例子中，躺在棺材里的就是小伙子（《古风今存》，第339页）。“睡美人”可与“睡少年”并举（斯米尔诺夫，56）。最后还有，当年轻的男主人公去水妖那儿时，“穿上了白色的衬衫和长衬裤——就跟入殓时的打扮一模一样”（泽列宁，彼尔姆省故事，8）。但还是存在着认为暂死形式是妇女所特有的倾向。在民俗材料中没有进行这种分析的依据，我们应该将其作为故事传统的现象，其缘起与根由只能通过专门研究该情节的方法来探考。

11．阿穆尔与普绪喀 这里所涉及的一系列现象是十分复杂的，而且毫无疑问，并非所有的联系都昭然若揭，并非一切都暴露无遗。从另一方面说，某些类似原本完全可能就是错误的。

比如说，或许可以提出有关阿穆尔与普绪喀故事中的某些要素与上面所涉及一系列现象之关联的问题。

普绪喀身在何方？她与阿穆尔的婚姻生活发生于何处？这些点缀因素一目了然：故事发生在宫殿和花园。可是俄罗斯民间故事中的普绪喀是生活在林中之屋里的，还是十二个兄弟之一的妻子。在一个北方故事中，家里的主妇是个老太婆，当姑娘来到她家时，她让姑娘躺到帘子后面去。"突然响起了敲门声和喧闹声，十二个好汉到了。他们对第十二个兄弟说：'你就不用吃晚饭了，你娶上媳妇了。'"他便跟来的这位姑娘睡了（翁丘科夫，178，《阿穆尔与普绪喀》类型）。当然，在这儿可以轻而易举地反驳说，这个例子并不能说明什么，此处发生了与十二个强盗母题的同化。问题或许可以这么提。但也可以有另一种提法：普绪喀与阿穆尔的婚姻是不是反映了与"兄弟们"结为临时婚姻的现象？还有，这里漏掉了其他兄弟，是不是把一妻多夫制的临时婚姻说成了较晚阶段才出现的对偶婚？一系列的观察足以证实这个假设。

阿穆尔的宫殿坐落在树林里，这并非俄罗斯故事独具的特征，这是这类故事通备的特点。在一个汉诺威故事里，姑娘来这儿住了七年，即临时生活于此，她应该收拾屋子，完全就像我们所熟悉的"小妹妹"那样。这座屋子里的仆人、强盗和车夫全都抢着要跟她一起过夜（鲍里特-波利夫卡，II，88，231）。

但这远不是使这一想法得以产生的唯一特征。姑娘被预售给了妖怪。对预售的研究表明，被预售者落入的是一个与整套授礼活动相关的环境。我们在上文已经看到，姑娘被父母卖到男性公房，我们看到的是父母亲自把姑娘送到那里去。在《阿穆尔与普绪喀》类型的故事中，姑娘通常只是稍加反抗。接下来，如果她在新地方能找到为她预备的吃食，那就十分接近上文所提到的那些材料了。"'爹爹，别发愁，'小女儿说道，'这都是命，我到那儿能过得挺好的！你把我送到蛇妖那里去吧。'父亲把她送去以后，将她留在宫殿里，跟她告了别以后就回家了。这位大美人，商人家的女儿，就在各个房间里走动起来——到处都是金子和天鹅绒，就是见不到一个人，连鬼影子都没有一个。时间不断过去，美人的肚子饿了，她想：‘我现在要是有点东西吃该多好！’这念头刚冒出来，她眼前已经摆上了一张桌子，桌上有吃的，有喝的，还有糖果；真是应有尽有。”（阿法纳西耶夫，276）

我们从这些描述中很容易辨认出我们所熟悉的“大房子”，尽管在这个例子中没这样叫也未对其加以描绘。上面我们已经看到了，姑娘在这样的屋子里是怎样得到食物供应的。给她送上吃喝时她并未见到任何人，即我们所看到的是某种隐形的服侍。隐形的仆人——这是这类故事惯有的特征。弗雷泽对此有完全理性的解释。然而，也许此处有更深层的原因。我们已经知道，在这所屋子的逗留是被当作身在阴间，而阴间的特点之一就是无影无形。新经授礼者的“失明”以及他身上的色彩是白色或黑色等等皆由此而来。我们在下文将要看到的隐身帽也同出一理。然而，这种略带程式化的隐形特性已经被同样当成现实接受，就像该屋居住者程式化的动物假面外形一样。我们知道有隐形的假面化装，在故事中它以实在的隐形形式保留下来。

最后，新郎具有动物的特性以及突然失踪与此并不矛盾，相反，这正证实了我们的猜测。“林中兄弟”具有动物的外形，这可不是个别情况（见阿法纳西耶夫，209）。被授礼者和住在男性公房或林中之屋里的人常常被想象成或化装成动物。最后，新郎一大早消失与白天房子空无一人的母题相关。

所有这些母题在其他故事里也常遇到，其中没有什么特别新鲜的东西。对于该类故事来说，较为特殊的是走亲戚的母题。在关于神奇的新郎的故事中，或是姑娘自己（有时还有丈夫陪同）出门去亲戚家做客（格林，88），或者是姑娘接待娘家来的客人。普绪喀所住的那个王国，早就被认为是阴间。至于接受授礼者被想象成是在另一个世界逗留，这我们已经看到过。但是，假如说蛇妖的花园就是阴间，那亲戚来看望她便无法解释了。如果与姑娘成婚的蛇妖的花园及其王国，还有被抛在后面的亲戚和父母的王国都能在规定的含义中来理解，那么走亲戚就可以弄明白了。阿普列伊的书中是姑娘的姐妹们来看望她，而在我们的故事中常常出现相反的情形：是姑娘去看望她的父母。“她想念起自己的家乡来。”（泽列宁，彼尔姆省故事，13）“放我回家看看我妈吧。”（胡加科夫，63）“喂，咱们去看看爹妈吧。”（斯米尔诺夫，126）等等。正如韦伯斯特所指出，[1] 在一定期限内去看望亲人是被允许的。鲍里特发现，故事“失去了神奇的性质，因为妻子能说服丈夫去看望她父亲”（鲍里特-波利夫卡，I，46，400）。或许真是这样，不过故事中“神奇的”东西与“非神奇的”东西可能都符合历史真实。

12．妻子出席丈夫的婚礼　在以上所述的情形中，无论是小伙子还是一些姑娘，在其一生中都连续有两次婚姻。一次是自由的，在“大房子”里，是临时的群婚。另一次是回到家里以后，这次的婚姻是长期的和合乎礼法的，这次的婚姻建立了家庭。

可以指出的是，故事里的主人公有时结两次婚，准确地说是

1　Webster H. Primitive secret societies, p.78.

忘记了第一个妻子，打算结第二次婚。从我们所占有材料的角度出发可以提出一个问题：在家以外的另一个王国某处地方碰到的第一个妻子，是否是男性公房里的临时妻子。主人公回到家以后打算娶的第二个妻子，与第二次合法婚姻中的妻子相对应。在历史现实中，第一个妻子属于所有兄弟，人尽可夫，她被抛弃和被遗忘了。男人回到家以后则缔结了长久、稳固的婚姻，建立了家庭。主人公总是做此打算。但那个被抛弃的妻子要“从那里”向人提醒自己的存在，于是，主人公娶了第一个妻子。

如果这个观察是正确的，如果这里确实存在着为历史所制约的相似，那就意味着故事在这里反映了这一系统土崩瓦解的晚期阶段，到这个阶段，该系统与农业社会固有的制度及该制度要求的严格的婚姻形式发生了冲突。

让我们来看几个与之有关的例子吧。在《海王与绝顶聪明的瓦西里莎》这个故事中，主人公被预售给了海王。他去了海王那里，娶了他的女儿，然后带着她一起回到家里。瓦西里莎说道：“王子，你就往前走吧，报告父母你到家了吧，我在路上等你一会儿，只是你得记住我的一句话：你跟谁接吻都行，就是别吻妹妹，不然的话，你就会忘了我。”（阿法纳西耶夫，219）此处令人生出一点疑惑：是什么原因使得瓦西里莎要在半路上停下来呢？故事里并没有任何让她不能同王子一道直接进城的障碍。这一奇怪的举动无法用故事来说明，只能用历史来解释。假如她留在门外，那两个妻子就不会发生任何冲突，而这就是尚未被完全忘却的历史现象。留在路上——这是线索，用它们能把我们的母题跟故事缀在一起。“别吻妹妹”的禁忌对我们来说也是十分明确的，此处说的“妹妹”就是那位林中之屋里的“小妹妹”。“别吻”同样是一个颇为明确的指令，姑娘在此是请求主人公别认其他的女人。可他还是“吻了小妹妹”，即结了另一次婚，结果彻底忘记了第一个妻子。“我们的国王给儿子娶了一个富有的公主”。这里重要的是别人给他娶（而非他自己娶）“一个富家女”，即是缔结婚约。两次婚姻的性质是有所区别的。瓦西里莎被遗忘了。但在故事中，她总是能找到办法让人在婚宴高潮的时候想起她。如“这时王子记起了他的妻子，他一下子从桌旁跳了起来”这类描写。可怜的“国王的女儿”被晾在了一边，主人公跟瓦西里莎结了婚。“原来的新娘也好，客人们也好，都弄得十分难堪，但也无可奈何。”（科尔古耶夫，6）

可以反驳说，这是对接吻做了唯理主义的解释，许多作者另有他说。遗忘被看作是从阳间进入阴间（或相反）时记忆的丧失，如阿尔奈就是这样看的：“姑娘是属于另一个世界的，从小伙子与阳间的姑娘接吻时就忘记了她可以看出这一点。”[1] 做这种解释是可能的。我们看到过对主人公在“另一世界”的逗留可以有怎样的理解。在《亡灵书》中有关于保存记忆的祈祷词（《亡灵书》，22），这证明存在着记忆丧失的观念。然而这又与接吻相矛盾，为何遗忘偏偏发生在接吻之时？在以上解释中这一点没说清楚，然而若就这里所给出的含义来理解接吻和小妹妹，事情会变

1 Aarne A. Die magisch Flucht: Eine Märchenstudie. Helsinki, 1930, S.155 (FFC, No.92).

得稍许清楚些。

姑娘让人记起她的办法，是做一个从中能飞出两只鸽子的馅饼。“他切开了馅饼，从里面飞出一公一母两只鸽子。”（北方边区故事和传说，1）这两只鸽子相互亲吻。鸽子对爱情的忠贞令主人公记起了他自己的不忠诚。E. Г. 卡加洛夫在有关婚礼仪式的研究中有如下描写：“大圆面包上粘着一对用面捏的鸽子，‘这样你们就会有孩子了’，或在婚礼面包的边缘放上两只嘴对嘴的小鸟，‘为的是年轻人生活和睦’。我将其与（葡萄牙）一对魔法玩偶的形象做对比，这对玩偶温柔地拥抱在一起，旨在在特定的人身上激发爱情并使其和睦。”作者把这种仪式归入联合或者说结合仪式。[1]我们在故事中可以看到这类仪式的反映。

接吻和遗忘不只是为瓦西里莎和海王类型的故事所特有，其他类型的故事也有。对这些例子的深入研究很清楚地揭示了问题所在。从我们所引的材料来看，既成情境的语言表达是很明确的。在一个维亚特卡省的故事中，主人公被预售给了鬼。他娶了鬼的女儿然后回了家。“他那会儿只想到结婚，却一点没去想：她嫁给他以后的日子怎么过？”（泽列宁，维亚特卡省故事，118）孩子在临时婚姻向长期婚姻的转化中起着怎样的作用——这一点上文已经指出过了。双亲对归家的儿子说：“去教堂执事老婆那儿求亲吧，她有三个女儿，你到那儿找个聪明点的未婚妻吧。”（斯米尔诺夫，

---

1 Кагаров Е. Г. Состав и происхождетие свадебгой обрядности. — Сб. МАЭ, т. VIII, 1929, с. 182 — 183.

97）“伊万王子突然想起了他以前的未婚妻，他对国王说：‘我不能娶您的女儿，我的未婚妻在乌拉尔。’”（泽列宁，彼尔姆省故事，12，野地方，树林）以及类似的故事。以此可以解释故事中常常遇到的重婚。“要是让她当我老婆，咳，我可是已经有家室了，我该怎么办？”（科尔古耶夫，6）

《菲尼斯特》（阿法纳西耶夫，235）即属于这个范围。不过这里的人物设置略有不同。这里的初婚——也是自由婚——不是发生在树林里，不是在另一个王国，而是在家中。此后化为动物的情郎去了另一个王国，他在那儿打算娶（或已经娶了）另一个女人，当姑娘找到他时，用从自己的情敌那里买下三个夜晚的办法，为自己夺回了丈夫。买下夜晚的母题毫无疑问是符合历史的，但在有关男性公房的材料中未见该记载，若借助这类材料，或许能对这一母题作出准确解释。我们只能假定，在此我们看到的是姑娘与化作鸟儿的青年（即戴着面具），与已经置身于自家之外的“另一王国”（他的未婚妻追随前往那里）的青年之间受到禁止的关系。

13．邋遢鬼　“妻子出席丈夫的婚礼”的母题与“丈夫出席妻子的婚礼”的母题彼此呼应。但在转向这个母题之前，还须考察一下主人公经过授礼之后返回家中时的若干情形。

故事中，未被认出的主人公常常是脏兮兮的，脸上涂着烟黑之类的东西，这就是“邋遢鬼”。他同鬼订立了盟约，是鬼禁止他洗脸的，为此鬼给了他数不清的财宝。后来主人公结了婚，他“不理发，不刮脸，鼻子也不擦，衣服也不换”（阿法纳西耶夫，278）。这种样子持续了十五年（在一个德国故事中是七年），后来主人公说：“行了，我可以交差了。”“在此之后鬼把他剁成碎块，扔到锅里去煮，等煮熟了，洗干净了，鬼又把他好好地合囫囵了。”鬼给他洒上了复活的神水。邋遢新郎的母题在德国故事中还有进一步的发展。“你在近几年里不得洗脸，不得剃头刮胡子，不得祷告‘我们的在天之父。’”（格林，100）类似的还有：“别洗脸，别刮脸，别擤鼻涕，别剪指甲，别擦眼睛。”（格林，100）提到林中姑娘时也有类似的话。说她“用烟黑把手脸涂得稀脏”（格林，65）。她裹着各种野兽的皮（Allerleirauh）。男人故事里的主人公裹着的是熊皮（Bärenhäuter）。对在林中逗留或给鬼当差的时期而言，男主人公或女主人公的这种状态有重要的意义，并且是发生在婚前。不过，偶尔在与此无关的情境中也会碰到，如：“他喝得烂醉又掉进了臭泥沟，后来还滚了一身焦油，再后来是粘满了羽毛，再后来这个怪模怪样的人就上了船。”（科尔古耶夫，10）

不得洗脸的禁忌不只是常常出现在这种仪式中，还构成了仪典几乎是不可或缺的部分。[1]这一禁忌的期限长短各有不同。在隐秘处逗留期间它持续始终，三十天、一百天、五个月等等。被授礼者不光是不洗脸，还要在身上涂满烟灰。这种涂抹极为重要：不洗脸与抹烟灰或抹黏土有关联，即与涂成黑色或白色有关联。“在最初的一百天中他没洗过脸，脏得以至于他走出去时别人都没认出他

1 Schurtz H. Altersklassen und Männerbünde, S.383, 385; Codrington R H. The Melanesian. Oxford, 1891, p.81, 87etc.

来：大家说他脏得看不见了。”[1]这么说，不洗脸又与隐形联系在了一起。看来与此相关的是涂成白色。“他们从头到脚都涂成了白色，因此而变得让人讨厌，因为他们不洗脸——一副倒人胃口的肮脏模样。”[2]上文我们已经看到，涂成白色与失明和隐形有关。看来，涂成黑色同样与此有关。“他们走出去时，用烂泥和烟灰把自己弄的黑乎乎的，不洗之前是不许看他们的。”[3]（are not to be seen也可以指“看不见”。不过禁忌无非是表达了虚拟的隐形而已）然而，对我们来说这并非实质性的问题，重要的是确立禁忌的事实。此处还有一个特殊之处是可以确定的。据帕尔肯松的报告，不得洗脸的禁忌，要在山药从种下到挖出的整个生长成熟期中一直持续，收获时才允许洗脸。此处我们已经触及了晚近农业社会关于敬奉有助于繁殖的土地之神的观念。说仪式使人们能猎取到丰富的野物，这我们已经知道。这种观念也转用到了农业收成上。顺便提一句，俄罗斯故事中保留了这方面的有趣的余响。在林中的大房子里姑娘对主人公说：“起来吧，伊万王子，庄稼人的儿子。面包已经装好了，一切我都收拾妥当了。走吧，把脸用烟灰抹黑了，全身拾掇一下就上我爹那儿去吧。”（斯米尔诺夫，126）在这个故事中，姑娘的父亲出的难题有播种、栽培和收割庄稼方面的。为什么主人公为了证实他能解开这道难题就应该用烟灰把脸抹黑呢？这一点从已经引证过的例子中可以明了。丰收有赖于处在这种隐形的、不梳洗的、黑暗

1　Codrington R. H. The Melanesian, p.81.

2　Frobenius L. Die Masken und Geheimbünde Afrikas, S.45.

3　Codrington R. H. The Melanesian, p.87.

的状态。

不洗脸还是准备成婚的一种形象。“他浑身涂满烂泥，还得让他绕着村子走几天几夜，边走要边朝女人扔烂泥。最后，他被交给清洗他的女人们，她们给他的脸上浓施粉墨并在他面前跳起了舞。”[1] 经历如此一番恢复之后，小伙子就可以成婚了。让我们将之与俄罗斯故事做一下比较：“他被送来了。他浑身都是苔藓，她给他剪了头，亲手给他刮净了脸……行了，我现在可以嫁给您的儿子啦。”（胡加科夫，83）

不得洗脸的禁忌是民俗学研究的问题，在此我们还无法深入其实质，这也不是我们的任务。在故事中，无法将不洗脸的主人公与兽形主人公截然分开，很可能涂满烂泥与想象中的兽形有某种关系，是一种独特的面具。比如说，一个姑娘不仅是不洗脸、抹烟灰，还给自己涂上蜂蜜、粘上一身羽毛（格林，46）。在授礼久已不复存在的地方，或其与性成熟期降临的关系业已失去的地方，它具有了别的性质，涂抹弄脏的习俗依然保留着。在希腊的宗教仪式中，被授礼者要被人用黏土、石膏糊满一身，或者撒得满身都是面粉或糠。有的作者（扎姆杰尔等人）想在这件事上发现被授礼者将自己弄得难以辨认的企图，的确，正如我们现在所见，难以辨认是一个必备特征，是主人公从树林返回的必要条件。这样说来，不洗脸就成了一个十分复杂的现象，既与隐形和失明相关，也与兽形和令人无法辨认相关，它还与在死亡之国的逗留相关。扎姆杰尔引用拉德洛夫

---

1 Webster H. Primitive secret societies, p.79.

的话说，与死者灵魂同赴阴曹地府的西伯利亚萨满，要用烟灰把脸涂黑。[1]根据这些材料可以断定，民间文学中屡屡出现的主人公改换装束、跟乞丐换衣服穿等等描写，皆为与在彼世逗留相关的改头换面的个别例子。在科尔古耶夫的故事集中，我们看到的不仅是以一种奇怪的方式改换装束，还对此做了解释："于是他就上路了。但他离开那个世界时穿的外衣已经是另外一件了，那上面写着：'你在走出另一世界'，当然，是写在背上的。"（科尔古耶夫，10）

14．一问三不知 "一问三不知"母题与"邋遢鬼"母题紧密相连。这一母题的实质在于主人公抵家（或者是抵达他未来妻子的国家）之时无人认识他。一方面，他假装成什么都不知道、什么都不记得。"国王问他：'喂，小兄弟，你来自哪里，你叫什么名字？''我不知道。'无论国王问他什么，他一概回答说：'我不知道我叫什么。'"（泽列宁，彼尔姆省故事，2）或者是："'你是谁？''我不知道我从哪儿来，我也不记得我的身世。'"这里主人公被砍掉了手指（胡加科夫，41）。马给主人公出主意说："你到国王的园子里去吧，躺在犁沟里，把你的脸遮起来，别让人看（他长得特别英俊），不管别人问什么、说什么，你都说'我不知道'。"（《古风今存》，第242页）类似的例子还有很多："'你在哪儿待过？你见过什么？''我哪儿都没去过，什么都没见过。'不管向他打听什么，他都说不出来。"（斯米尔诺夫，5）"'你叫什么？''你从哪儿来？'可他对所有问题的回答都是：'我不知道。'因此他得

1 Samter E. Gebuet, Hochyeit, Tod. Leipzig, 1911, S.95.

了个外号，就叫‘不知道’。”（斯米尔诺夫，305）“‘你是谁？’‘不知道。’‘你是人吗？’‘不知道。’”（北方边区故事与传说，47）另一方面，连父母也认不出归来的儿子了。“父亲怎么也认不出他来。”（胡加科夫，1）“谁都认不出他来，认不出他是他们的儿子。他是丢了许多年，就是说，他在那个地方过了很多年，衣服破破烂烂，不知是扯破的还是穿破的。”（泽列宁，彼尔姆省故事，12）在一个维亚特卡省的故事中，父亲也是认不出自己的儿子（泽列宁，维亚特卡省故事，85）。

这里反映的是归来的时刻之一，这一点无须证明。在这些例子中，特殊的礼节要求归来者“忘记”自己的名字、自己的父母、自己的家。他是另外一个重获生命、死而复生、叫另外一个名字的新人。另一方面，他的父母也要做出不认识儿子的样子，况且要是儿子离家多年的话，他们也会真的认不出他来。

15．秃子和被罩子罩住的人 与不相认之到达的母题时常联系在一起的是蒙起来的脑袋；或相反，是一览无余、寸发不生的脑袋的母题。在以上引证的例子中我们看到有：“把自己的脸遮起来，不让人看。”主人公常常往脑袋上套个尿泡，或是裹上肠子或抹布。“那时他挑了些下水，抓起肠子，好好地洗了一下，就把它裹在头上了——这成了他的帽子，还用肠子把双手缠起来。”（泽列宁，彼尔姆省故事，2）或者是：“商人的儿子伊万把马放了出去，他裹上牛皮，给脑袋套上尿泡后去了海边。”（阿法纳西耶夫，295）“她买了三张牛皮。他给自己做了一个皮套，这样别人就看不见他了。他还缝了一条两沙绳（俄罗斯长度单位——译者注）长

的尾巴。”（北方边区故事与传说，47）

我们看到，在这些例子中，主人公不知为什么要把自己的头发和脑袋隐藏起来。蒙着的脑袋的母题常以十分奇怪的方式与跟其相反的状态——暴露的、光秃的脑袋的母题联系在一起。这个母题还常常与“一问三不知”母题相关。“他去了杀牲口的屠宰场，拿起一个尿泡，把它戴在了头上。他乞讨到了国王门下。国王问他道：‘你叫什么名字？’‘秃头！’‘父名叫什么？’‘没毛的地方！’‘那你是哪儿的人？’‘我是个过路人，我自个儿也不知是从哪儿来的。’”（胡加科夫，4）此处蒙着脑袋的主人公称自己是秃子。看来，肠子或尿泡应该遮住头发，给人以秃头的印象。一个东干人的故事里也有一模一样的情形。“从前有兄弟三人……小弟弟头上戴着用羊肚子做的帽子，所以大伙都叫他‘秃子’。”[1]“‘他干什么要包上头巾呢？’‘他是个秃子呀，太难看啦。’”（北方边区故事与传说，91）

从另一方面看，故事主人公常被称为秃子。“不管人家问你什么，你都说‘秃子’。”（《古风今存》，第334页）就所引证的材料看，这个回答意味着：“凭我头上的这副模样，你难道还看不出来我是从哪儿来的，看不出来我不能说话吗？”有时恰恰是秃子解答了公主的难题（《古风今存》，第481页）。一个乌兹别克故事里的公主说：“这个秃子答出了我出的三道难题。尽管他是个秃子，我还是得嫁给他。”“七个笨秃子和一个狡猾的蓬头鬼住在一起”——

1　Сказки народов Восток. М.; Л., 1938, с. 27.

一个喀尔喀-蒙古故事就是这样开头的。[1]这个蓬头鬼令人想起德国的“Grindkopf”——患纠发病的主人公。这里是怎么一回事呢？这个细节的这种稳定性和普遍性是从何而来的呢？[2]

在成年礼仪式上，人体浑身上下似乎没有哪个部分没被折腾过。如我们所见，就连内脏也被认为是被掏出来并更换过，脑袋和头发更是惨遭蹂躏。折腾头发有两种做法：或者把它剃光燎净，或者相反，随它长，但采用后一种做法时，要将头发藏入不得摘去的特殊头饰里。

关于这个问题我们有各大洲的证明材料，最多的是太平洋群岛的。在所罗门群岛，可以结婚的只有那些蓄着长发且在少年时代（即性成熟时期）就戴上了圆锥形特殊头饰的男性结社成员。头发长进了这顶帽子里，因而帽子已经无法摘下来了。涅维尔曼说：“他无论何时都不得摘去帽子在妇女面前露面，哪怕是刚刚长出头发茬也不行。看到了他脱帽的妇女立刻就会被处死，就如同她进入男性结社聚集地的下场一样。”[3]年轻人从举行授礼到结婚这段时间在这里叫作“玛塔则赞”。此后帽子和头发一起除掉。[4]照这么说，这顶帽子是未来新郎的标志。涅维尔曼认为，头发的生长有助于潜在力量的增长。“随着头发的生长，男孩子长成了男人，通过戴

1 Сказки народов Восток. М.; Л., 1938, с. 33, 40.

2 参见：先知以利沙的秃顶（《圣经·旧约全书·列王纪》）。

3 Nevermann H. Masken und Geheimbünde in Melanesien, S.139.

4 参见：Parkinson R. Dreissig Jahre in der Südsee, S.576; Loeb E. M. Tribal initiations and secret societies. — Publ. Amer. Archaeol. and Ethnol. (Univ. of Califonia, 1929, vol.25, p.256).

‘婚姻之帽’的途径他获得了性能力。”[1]这算是众说纷纭中的一家之言吧。将力量归功于头发——这令人想起参孙和大利拉的故事，此处能作为一个证明。从所引证的材料中看不出故事所说的要用动物肠子或尿泡来做帽子，但看来在非洲存在过这种形式。“在冈比亚，新行过割礼的人戴着……有一对牛角的怪模怪样的帽子。”[2]我们现在就明白了，为什么在美洲神话中被鲸鱼吞下又吐出的人从鲸鱼胃里出来时没有头发。

所有这些材料都使人可以在无发新郎或藏起头发的新郎的母题与成年礼仪式之间找到渊源关系。

16. 丈夫出席妻子的婚礼　以上细节为考证“丈夫出席妻子的婚礼”的母题补上了几笔。不过，这个情形与“妻子出席丈夫婚礼”的母题有本质的区别。在那个母题中，主人公是在家庭之外碰到了未婚妻，待归家时，已经准备结另一次婚了。此处情形有所不同。主人公从故事一开始就已经结了婚（或正在办婚事），后来才离家。当他听说妻子要改嫁，“想跟别人”（斯米尔诺夫，135），便匆忙赶回，到家正赶上妻子的婚礼。

在这种情形中，我们触及了行授礼之前所缔结的婚姻，我们看到，丈夫后来去了树林里，他长期在外，独守空房的妻子试图改嫁。

但这一推测与将行授礼作为结婚条件之一的结婚顺序是否矛

1　Nevermann H. Masken und Geheimbünde in Melanesien, S.160.
2　Frobenius L. Die Masken und Geheimbünde Afrikas, S.146.

盾呢？我们在此看到的并非矛盾，而是晚期形式。随着这种习俗的消亡，仪式越来越难得举行，有时会间断十年甚至更长时间。在舒尔茨和韦伯斯特那里可以找到相当多的这方面的事例。这时候小伙子已长大成人，等不及举行授礼就结婚了，等以后再补行授礼，于是就出现了这样的情形，四十来岁的男人跟刚成年的男孩子们一起行授礼。[1]

伊·伊·托尔斯泰对“丈夫出席妻子的婚礼”的母题进行了研究。[2]

托尔斯泰教授不以研究这一母题的起源为目标，但他的著述中所收集的材料，能够解答这个对我们来说极其重要的问题：当妻子等候丈夫的那段时间，他究竟身在何处呢？托尔斯泰令人信服地指出：“主人公去了死亡之地。”一个维亚特卡省的故事说，在林妖那儿待十二年的时间，就像待十二天一样一晃而过，“故事里有死亡之国中的时间过得快的常见母题，在那儿过一年，给人的感觉就像是一天”。[3] 一个阿尔汉格斯克省的故事说，“狗鱼吞下了伊万以后，把他带到了岸边，又把他吐了出来。商人的儿子伊万就走了”（翁丘科夫，35）。[4] 将在动物腹中逗留作为授礼的方法，这我们已

1 Schmidt W. Diegeheime Jünglingsweiheder Karesau-Insulaner (Deutsch-Neuguinea). — Anthropos, 1907, Bd. II, Hf.6, S.1029 — 1056; Codrington R. H. The Melanesian, p.71; Nevermann H. Masken und Geheimbünde in Melanesien, S.18, etc.

2 Толстой И. И. Возвращение мужа в *Одиссее* и русской сказке. — В кн. С. Ф. Ольденбург: К пятидесятилетию науч-обществ. деятельности. 1882 — 1932. Л., 1934, с. 509 — 523. То же. — В кн. Толстой И. И. Статьи о фольклоре. М.; Л., 1966, с. 59 — 72.

3 Ibid., c.66.

4 Ibid.

经知晓。还有其他一些可得出同样结论的细节。“丈夫回来时大大地变样了，无论妻子还是家人都没认出他来。”托尔斯泰的发现十分正确：“一个值得注意的情况是，改变外表的只是丈夫；至于在分别期间妻子外表的变化，故事避而不谈。”[1]

最后，据托尔斯泰教授观察，如果主人公“回来时蓬头散发，一副不修边幅、邋里邋遢的模样，就像个破衣烂衫的流浪汉”，[2]那么此处我们看到的便是“从树林”里归来的可靠标志。

17．别吹牛　故事与“大房子”的关联不限于上述诸母题。此处选择的只是这种关联的最少假定色彩、最鲜明的情形。在假说的范围内，或许还可以提出关于与“屋子”相关的若干禁忌的问题，其中包括不得吹牛和禁入的储藏室的母题。

归来者对他所见所闻应该三缄其口。“罗伯逊看到了头天夜里从‘腹中’出来的男孩。他怎么也无法让男孩开口，这个男孩把手指含在嘴巴里。”[3]我们轻而易举地就能在这里辨认出故事中广为流传的“哑巴”形象。如弗罗贝纽斯所指出的，这种哑症是有期限的：仪式持续几天，它就得持续几天。

在德国故事中，从林中之屋归来的姑娘在一定的期限内不说不笑（格林，9）。在我们的材料中也能看到这种哑症。“当小伙子醒过来站起身时，他的舌头没了，什么也说不了了。”（泽列宁，

1　Толстой И. И. Возвращение мужа в Одиссее и русской сказке. — В кн. С. Ф. Ольденбург: К пятидесятилетию науч-обществ. деятельности. 1882 — 1932. Л., 1934, с. 509 — 523. То же. — В кн. Толстой И. И. Статьи о фольклоре. М.; Л., 1966, с. 66.

2　Ibid., c.516.

3　Frobenius L. Die Masken und Geheimbünde Afrikas, S.146.

彼尔姆省故事，107）

这个禁忌涉及在林中所见所闻的一切。破坏禁忌要受到死的威胁。“你现在将会明白所有生灵说的话，只是别把这个告诉任何人，你要是说出去了——你就会死掉的。”（阿法纳西耶夫，248）

其中，最不可告人的秘密是拥有了在树林里得到的相助者或充当护身符的宝物。这就是为什么故事里的相助者在主人公到家之前，要禁止他炫耀。“你留神点，跟谁都别吹牛说你骑着我走；你要是说了这个大话——我就踩死你！”（阿法纳西耶夫，242）“你骑着我走”这句话是较“你拥有我”更为艺术化的表达。“别把你知道的事告诉别人，你要是说出去了，你活不过两分钟就得死掉！”（胡加科夫，38）“你不要替我吹牛，不要向人夸口说我跟你一夜的工夫就盖好了一间房子。”（阿法纳西耶夫，313）“如果你要拿我去显摆，那我可对你不客气——我会吃了你。”（泽列宁，彼尔姆省故事，13）

这些禁忌与相助者的秘密之间的联系是显而易见的。在“忠仆”型的故事中，禁忌不那么鲜明。“谁听到了这事儿，谁对他说出这事儿，那他的小腿就会变成石头。”（阿法纳西耶夫，158）故事禁忌研究似可作为特殊的考察对象。特别是不仅要研究禁忌本身，还要研究对它的破坏。

18．禁入的储藏室 还有一个与“大房子”母题相关的禁忌，这就是禁入的储藏室的母题。在《宝衣》这个故事（阿法纳西耶夫，209）里讲到，主人公先住在树林里，吃的是草根浆果，后来他来到了一座房子，房子里有这类林中之屋常见的装饰，有许多房间，空荡荡的，有些家什之类的东西。这里住着鸟面三兄弟——他们分别是鹰、隼和麻雀，他们可以变成英俊的小伙子，他们就像对“亲兄弟”一样对待他。派给他的活儿是摆餐桌。鹰“给了他几把钥匙，允许他四处走走，什么都看看，只有一把挂在墙上的钥匙没让他拿”。伊万当然是用这把禁用的钥匙打开了储藏室，他看见了里面有一匹马。在此之后他就沉睡了过去，一睡就是整整一年。如是重复了三次。第三次之后兄弟们就把马送给了他，于是他便离开了。

在这个故事中，一切都十分清楚，它向我们展示出在这种情况下禁入的房间里有主人公未来的相助者。这个故事还有一个有意思的地方是打破禁忌并未造成什么冲突。历史上原本如此，也应该如此。对相助者的禁忌应该只是在一定时期内有效，即在“沉睡”之前，在此之后，禁止被授礼者做的事情就开禁了。

对禁入储藏室的研究并不鲜见。哈特兰坦承，“民间故事研究尚未取得足够的成绩，使我们有可能将这些神话归入同一源头并对其意义做出令人满意的解释”。[1]柯比根据禁入的房间里有时有妇女这一点，做出了纯粹生活化的解说。他发现，“妇女隔离房连在一起的东方式房屋的平屋顶，说明这种情况在东方算是很平常”。[2]这种联系法可是太冒险了。

---

1 Hartland E. S. The Forbidden Chamber. — The Folk-Lore Journal, 1885, vol. III, p.194 — 242.

2 Kirby W. F. The forbidden doors of the *Thousand and one nights*, — The Folk-Lore Journal, 1887, vol. V, p.112 — 124.

不过从以上引证的这些材料可以得出一个假设，即禁入的储藏室起源于“大房子”情结。为断定确否，我们应该弄清楚，在这些房子里是否有这种不得进入的地方。接下来，我们应该提出一个问题，那就是里面保存着什么。将所得结果与故事材料进行比较时，我们应该自问：第一，这些禁入的储藏室里布置成什么样；第二，里面有什么东西。

可是这里我们碰到了一个困难：民俗学中对这些房子未做充分的描写。尽管如此，却还是有一系列细节证明了存在着这种禁入之处。比如，我们听说，在斐济岛，院墙之内会单另有一个放“圣者之圣物”（das Alterheiligste）的小房间。[1]那里面放的是什么无从知晓。不过据我们所知，类似现象不只是斐济岛独有。众所周知，在男性公房里保存着未经授礼者禁看的部落圣物。帕金森说：“岛上某个地方有个所有未经授礼者严禁入内的去处。这个禁入的场地（District）里分十二个部分，每部分各有一个圣屋。这些屋子当中又有两个是最神圣的，任何人都不得入内，甚至不得靠近。在这些屋子里有木头雕刻的鸟、鱼、鳄鱼、鲨鱼，还有人、太阳和月亮的图形。”[2]

这给了我们一个信息，即有这样一些禁止入内的专门的房屋，那里面有用木头雕刻的动物。这已经架设起了一座通往故事中关在禁入储藏室里的动物，即相助者的桥梁。那里还保存着太阳和月亮

---

1 Schurtz H. Altersklassen und Männerbünde, S.387.

2 Parkinson R. Dreissig Jahre in der Südsee, S.666.

的图形，对这一点还须着重研究。

博厄斯也曾提及秘密聚会之屋里的神秘处所。夸尔扣特人就是在男性公房里的一个秘密地方（secret room）举行授礼。新授礼者要在那儿待很久，显然是要在那里给他施行该做的手术。[1]授礼者之一唱道："伟大的魔法师呵，你去一个秘密的房间，你已经在秘密的房间里了。"[2]很显然，在这个房间的逗留使人成了魔法师。这被另一条信息所证实。举行仪式时要在屋子里跳舞，人们教被授礼者跳舞。房间的正面画着一只大乌鸦，大乌鸦张着嘴，被授礼者钻进乌鸦嘴里，过若干时间（时间长短未说明）他被吐了出来。[3]这个信息说明，在某种情况下，我们看到的并不是我们在前文所见到的小屋子和大房子，而是为举行成年礼设有特殊处所的大房子。这就是"秘室"。"秘室"这个名称不很贴切。它只对履行仪式前的被授礼者是个秘密，此后就不再是秘密了。

现在我们转向故事，并且要自问：禁入的储藏室在哪里？这里可以确定的有这样几点：

⑴在绝大多数情况下它是在"大房子"里。上文已经举过一个例子。我们再来引证两三个例子。"弟兄俩在大路上走啊走啊，走近了一座巨大无比的房子。"这座房子的主人是大乌鸦，"它当时就把两兄弟给杀了，然后把他们放进地窖埋了起来，还用酒精泡

1　Boas F. The social organization and the secret societies of the Kwakiutl Indians. — In: Report of the U. S. National Museum for 1895. Washington, 1897, p.613.

2　Ibid., p.573.

3　Ibid., p.404.

过，好让他们像活的一样”。过了几年老三来到了这里，他没被杀掉，有人对他说：“喂，给你这些钥匙，到处走走吧，可就是不能去第一个马厩，可去顶楼的后屋。”（斯米尔诺夫，11）“树林里有座房子，这房子好大。他走进了这座房子，看见了一串金钥匙，有一个房间是锁着的。”（斯米尔诺夫，316）在这里无法摘引所有的例子，但已经足以证明：在故事中，该现象是屡见不鲜的。它显示出禁入的储藏室与大房子的关系。

⑵禁入的储藏室在强盗家里。例如，在一个别洛焦尔斯克的故事中，主人公来到了强盗的家里。一个老婆子把他藏进了一间特殊的储藏室。他听见他们说想把他吃掉。他看见地板上有一张盾，就举着它。屋里还有个地窖，地窖里装满了死尸（索科洛夫，15）。此处尽管没有禁忌，但有放死尸的特殊房间。我们在一个托博尔斯克的故事中看到这种特殊房间的一个有趣情形。姑娘落入强盗家中，一个老头子把她送到了地下室，那里铺着水晶地板。那里还有三个货仓，一个装满了金子，一个装满了银子，还有一个装满了尸体。“你会死在这儿的。”（斯米尔诺夫，344）这里的强盗们长着绿色的脸。我们从上文已经可以看出来，强盗的家是大房子的变形。这样的话，这些例子便证实了禁入的或特殊的储藏室与“大房子”的关联。

⑶在《蓝胡子》类型的故事中，禁入的储藏室是典型的、必不可少的母题。贝尔洛故事中所具有的形式，在俄罗斯民间文学中尚不为人所知。这里的林中新郎还是动物的模样，在一个维亚特卡省故事中他是只熊。熊说道：“你去那两间正房吧，但可别去第三

间——就是用树皮绳拴着门的那间。”（泽列宁，维亚特卡省故事，16）在这类例子中，禁入的那间正房里通常（在俄罗斯故事中）都有煮沸的焦油，姑娘把一根手指放进去，“手指从手上掉了下来”（胡加科夫，58）。俄罗斯的材料没有提供讨论这个故事的可靠结论。但是根据哈特兰和科列奇梅尔的材料可以为这个故事收集到一系列细节，这些细节能证明上文所引证例子的同样的联系。其中除了失去手指外，我们还发现女主人公长着鸟的样子、被烟灰抹黑的脸、被剁成碎块的身体和死者的复生。这个故事的重要特征也是未婚夫的住所在树林深处。科列奇梅尔在蓝胡子身上看到的是死亡的主宰者。

⑷在《绝技》型的故事中，禁入的储藏室的母题难得一见。在彼尔姆省的一个故事中，父亲把儿子送到一个住着五百岁老人的屋子里去学习。屋子里有七个房间。第七个房间不让这个儿子进去。这一禁令被打破了（泽列宁，彼尔姆省故事，1）。有关“绝技”的母题上文已经谈及（第3章，23）。

⑸在阴间常常会出现禁入的储藏室（格林，3）。在传说性的德国故事中，阴间直接被称为天堂。在俄罗斯故事中，主人公去了教堂或大房子里的教父那儿，他后来才慢慢弄明白他是来到了上帝身边，他的教父是世界的统治者（斯米尔诺夫，28）。教父说：“你到每个房间走走吧，但有一间屋子别去张望。”

这五种类型显然彼此间具有亲缘关系，可以都归入大房子相关现象的范围。在天堂里就像在强盗家中一样，也会失去手指，但更常见的是手指成了金子的。因打破禁忌而从阴间回到阳世的姑娘，在一定期限内丧失了语言能力，等等。

然而这并不意味着禁入的储藏室的母题本身一定起源于整个林中之屋里的活动。有些形式显然与这整个活动没有任何共同之处。这类形式如下：

⑹禁入的储藏室从一开始就是在父母家中。这个房间的秘密一直保守到主人公的父亲去世之前。弥留之际，父亲将所有房间的钥匙交给了儿子或忠实的仆人，留下遗言，嘱咐不要打开其中的一间。在这间不应打开的房间里，儿子见到了一幅绝色美女的画像（格林，6）。

⑺有时禁入的储藏室的母题出现在结婚的母题之后。在这种情况下，储藏室里会有一条蛇或科谢依。他腾身而去并随身带走了主人公的妻子（阿法纳西耶夫，159）。

这里所引证的只是最重要和最常见的几组例子。在进行专门研究时（尤其是越出了俄罗斯的材料范围之外）还可以再确定若干组。不过情况已经清楚了。后两种情形的历史真实性暂且无法求证，只能假定它们是在母题换位中表现出的艺术创作的结果，即把它转到了故事的开头，以它作为引发故事的缘由：主人公看见了画像之后，就动身前去寻找。故事的开端，尤其是缘由，是故事极不稳定的部分。关于妻子宫殿中的上房亦可作如是说。打破禁忌使蛇获得解救，它带走了妻子，这使得主人公去寻找她，即造成一种复杂情况、一种新的发端，造成妻子的失踪和对她的寻找。然而这只是假设而已。可能这里隐藏着某种与婚姻禁忌相关的东西，与《阿穆尔与普绪喀》中的禁忌相类似。

我们现在来简略地考察一下问题的另一个方面，这就是房间里的东西。从其所处位置方面来说，这间上房类型之间，以及房间里的东西之间，并不总是具有确定不变的联系，这个方面应该单独进行考察。若采用哈特兰的材料，将在这间储藏室所发现的东西列举出来，可以拟订一份初步的清单。

除了动物相助者（通常是马、狗、鹰、乌鸦）之外，储藏室里还会有被锁住的蛇、各种各样的可怕东西、被剁碎的身体、半死不活的人（没被彻底杀死的强盗头）、骨头、被砍下来的手脚、血、装血的盆子、绞架及斧头等等。在传说型的故事中，这些可怕的东西或者化为有罪孽者的痛苦（主人公看到他母亲在火轮上，等等），或者化为神的痛苦（被活活钉在十字架上）。很可能主人公有时见到的火、太阳、上帝的三位一体，也都是非常古老的。我们已经看到了，在男性公房，禁入的处所里保存着太阳和月亮的图形。其余的所有东西我们都已经知道了。对授礼仪式与剁碎母题之间的联系我们已经做过考察。顺便要指出的是：在这种情况下，被剁碎的人常常会复活，因为在储藏室里同时还放着油膏。

最后，有女性的储藏室是特殊的一组（失去翅膀或衣裙的美女，被捆绑着的、要水喝的美女，或者就是美女或美女画像）。因为没有相应的民俗材料，在此暂时无法确定其与男性公房有什么直接的联系。不过我们可以提示的是：根据弗雷泽提供的材料，妇女们在男性公房中的处所男人们是不进去的，这里可能反映了尚未做充分研究的婚姻禁忌。通常主人公都会同他在禁入的储藏室里发现的女人结婚。对婚姻的临时性禁忌以结婚而告结束。因而，这种情形尽管未能证实禁入的储藏室的故事母题与男性公房制度关系的假设，但与这种关系并不矛盾。

19．结论 正如我们所见，授礼及在男性公房逗留的仪式与在林中木屋和“大房子”里所发生的事情有惊人的吻合。故事在此可以作为十分珍贵的历史资料，它保存了这一仪式内部机制的一部分。

对不熟悉类似仪式的读者来说，会觉得这里的吻合简直过于充分了，充分得令人起疑。与其将之归结为有赖于实质的近似，还不如归结为有赖于叙述的近似，难道不是为了达到使授礼仪式特征与故事母题相似这个专门目的而在这里对它们加以选择和提炼？当近似显得过于昭彰时，这种怀疑是完全应该的。但这里的吻合涉及的不是细节，它涉及的是授礼仪式最本质的东西及其外部标志和附属部分。

不过，当然了，故事与仪式并非完全能彼此涵盖，故事中的有些部分在这个仪式中就找不到解释。与这部分有关的母题有：主人公与老妖婆或吃人怪物的女儿换了位置，结果她受到致命的打击，而主人公跑了。另一个无法解释的细节是姑娘沉默的母题，年轻人是借此恢复了人形的。

从另一方面说，仪式当然要比故事的内容范围大，因而故事在此反映的并非全部。例如，故事似乎就全然没有反映过男性结社在某个时期内所发挥的政治作用。但必须指出的是，在领袖的角色已经形成的地方，男性结社就已经只起着服务作用，并且丧失了作为一个组织的权力。故事在这里依然提供了一幅具有历史真实性的图画，故事中除了“弟兄们”（政治上处于弱势）还有“国王”，即历史上曾有过的状况。

毫无疑问，这里尚未找到所有的联系，不是一切都显露无遗了。但继续探索的方向已经找到了，这样的探索将会提供更丰富的采集物。

二、阴间赠予者们

20．亡父 我们已对与授礼制度及男性公房相关现象的综合整体做了考察。

不过，因此就认定该制度是故事形成的唯一基础自然是不对的。这种制度消亡了，而情节结构依然继续留存。变化了的历史环境将变化置入了情节创造的生命之中。

老妖婆是最古老的赠予者，但远不是唯一的。与赠予者同时发生改变的还有所赠物品和赠予的环境。但尽管如此，联系并未彻底丧失。这表现在以下方面：第一，新赠予者的赠物同老妖婆一样，他们送的也是相助者——但已经不是林中的动物，而是马，到后来这也被归入老妖婆名下；第二，新的赠予者也与冥国、与祖先的世界有关联。

赠予者是林中精灵令人费解。接替他的是男性赠予者和男性祖先。老妖婆与图腾祖先联系在一起，这一点我们已经看到了。但正如我们所见，随着向父系继承制的过渡，与母系继承制有关联的图腾祖先，也被父亲、祖父、曾祖父所代替。这样一来，亡父就代替了老妖婆，他已经不是在林子里，不是在小木屋里，而是从坟墓里送给主人公一匹马。从另一个方面看，改变的还有所赠的东西。真正的老妖婆掌管着林中的野兽们。她是狩猎生活及其制度的反映。我们在故事里看到，她能唤来狼啊、熊啊、鸟啊，她把它们作为相助者送给主人公。代替林中动物出现的，首先是进入日常生活、在战士生活中开始起重大作用的动物——马。老妖婆以马来作为奖赏。但是马比老妖婆的形象要出现得晚得多，它不是林中生活的产物，而是产自旷野，旷野中的生活就不再是躲在灌木丛中朝敌人放箭，那是要勇士——战士手持利剑在战斗中面对面地厮杀。

我们可以看出，儿子与父亲之间有一种深远的、秘密的联系。这种联系的神秘性对于伊万来说，牢不可破和必不可少的联系不在他同活着的父母之间，而是在同已经去世的或垂死的父母之间。在世的父母在故事中的作用微乎其微，他们的无所作为使得伊万出门上路。而亡父的形象在故事中要强大得多。

这个形象在《大灰马，大黄马》中给人的印象最为鲜明。故事中“父亲临终时说：‘孩子们啊！等我死了以后，你们每个人轮流到我的坟前睡三夜。’——说完他就死了。兄弟们把老头子埋了。到了晚上，该老大去坟上守夜，可他有点懒，还有点怕，他就对小弟弟说：‘傻伊万！你到父亲的坟上去吧，替我睡一夜，你反正闲待着也是闲待着！’傻伊万收拾了一下，就去了坟地躺在那里。到了半夜，坟墓突然裂开了，老头子走了出来，问道：‘谁在这儿呀？是老大吗？’‘不，爹爹，是我，傻伊万。’老头子认出了他，又问道：‘老大为什么不来？’‘他让我来，爹爹！’‘好吧，该你走运！’老头子吹了一声口哨，声音洪亮地喊道：‘大灰马，大黄马，通灵的大黑马！’大灰马奔驰而来，只见大地颤抖，马的双眼火花四溅，鼻子喷出一股股白烟，‘我的儿子，这是给你的，瞧瞧，多棒的马！马呀，你要为他效劳，就像为我效劳一样！’老头子说完这些，又躺进了坟墓”（阿法纳西耶夫，179）。

主人公究竟有什么美德，或者说他为死者做了什么好事吗？为什么要送给他一匹马呢？故事在这方面显然没有提供什么根据，这里脱落了某个环节，而要想充分理解这个母题，就必须恢复这个环节。

在此可以提出两种假设，不过这两种假设彼此并不排斥，倒是能互相补充。两种假设都有材料支持。当然，问题不仅仅在于“守夜”。这在安魂祭祀中是过于平淡无奇的事，不可能是自古有之。故事在这里舍弃了曾经有过的献祭和祭酒仪式，不过并未全部舍弃。在一个故事中（斯米尔诺夫，306）我们就读到了这样的描写：“母亲死后，兄弟几个每人分到了一头牛。傻伊万牵着他分到的那一头，把它送到了树林里埋葬母亲的地方。到那儿以后，他说：‘妈，你要不要牛？’‘要呀，’妈妈说，‘你把它拴在这儿吧。’”这个例子显然是十分古老的。首先，这里还出现了树林；其次，主人公去了母亲的坟地，而且这个古老的例子为我们保留了他前往的目的：他是给母亲的坟墓送去一头牛。

根据这些材料以及上文引证的材料，父亲的请求可做如是破译：“你们要来给我上坟，还得按规矩在坟前举行献祭仪式。”

但据此尚无法彻底解决问题并把一切解释清楚。死者为何需要献祭仪式？如果不举行献祭仪式，即不消除死者的饥饿，他就会不得安宁，还会变成作怪的鬼魂回到阳间。这是令生者和死者都畏惧的事，面对死者的恐惧便源于此。我们看到，哥哥们很怕去上坟，怕死人。由此我们得出第二个假设：在坟前守灵是某种形式的驱邪活动。这一假设可被若干故事材料及与我们的故事极为接近的民俗材料所证实。在一个俾路支故事中这样说道："孩子们，如果我死了，你们要在我的坟前守三夜。"父亲变成一条可怕的蛇从坟里钻出来，主人公把它杀死了，他掘开坟墓，在里面找到了马匹、剑和火枪。[1]

在俄罗斯故事中，有这样的例子：当安魂祈祷里的遗嘱没被执行时，死者就还魂了（翁丘科夫，45）。"从前有个农民，住在旷野中。他有两个儿子：一个还躺在摇篮里，另一个刚一岁。还有一个三岁的女儿。他对老婆说：'我明天就要死了，等我死了你把我放在圣像下头，你得给我摇炉散香三天三夜。'庄稼汉死了。他老婆给他摇炉散香两天两夜，到了第三天给忘了。三岁的女儿跑过来说：'妈妈呀，妈妈呀，爸爸活过来了，他坐起来了！''你胡说什么呀，傻孩子，他怎么会坐起来？他已经死了！'女人说着抬头一看——丈夫坐在长凳上，用磨刀石磨着牙齿。女人抱起两个小孩子跳到了炉台上，女儿留在了下面。死人从摇篮里抓起襁褓就吃了下去，接着把女儿也给吃了。"

1　Белуджские сказки. . . с. 198.

基督教正是出于此而为死者祈祷消灾。被祈祷的死者在故事里总是试图还魂（见《维》）。在我们的故事里，主人公有时也会来到坟上祈祷。

民俗材料亦可得出这一结论。人们去“守”坟，为的是如果死人诈尸的话，好把他送回坟墓里去。这种现象很早就被发现了。如冯·登·施泰嫩所说，巴列西亚的印第安人死后，亲属们得在坟前待六天，在此期间要严守斋戒。“如果死者在六天中没有还阳，就不用再守下去了，那时他已到达阴间。”[1]在南新几内亚的巴布亚湾，这也是人所共知的事。那里是让死者的内兄在坟上守五天五夜，守坟者时不时地站起来，在空中舞动双手，大声号叫，好把死者的灵魂从尸体上赶走。五天期满之后，亲属们都要前来。假如认为灵魂还未离开此地，众人就齐声呼喊来驱赶它。[2]

这些“守灵”活动的驱邪性质是十分清楚的。由此可以推测，父亲要人去他的坟上，目的应该是为了保障他在另一世界的安宁。

最后，如果死者送的是马，那这是有历史依据的——这源于祖先由于身在另一世界而变得强大的观念，一切发端于此。活人不会像举行成年礼仪式那样试图自己进入另一世界。死者提供了神奇的相助者。这种信仰的萌芽我们在很早的阶段中就可以看到。在我们所提到的南新几内亚的例子中，尸体腐烂之后，死人头骨被涂成彩色放在家里，人们有事就来求它。在吉尔伯特群岛，人们小心在

1 Karl von den Steinen. Unter den Natuvölkem Zentralbrasiliens. Berlin, 1894, S.434.
2 Кунов Г. Происхождетие религии и веры в бога. М., 1919, с. 115.

意地照看坟墓，但有时又拿死人骨头来做钓鱼钩或别的用具。[1]为了让死去的母亲帮助捕鱼，印第安人躺在母亲的坟头，睡在那里并持斋数日。[2]在这些例子中，这些观念的产生基础是十分明确的。这距死者提供神奇物件或直接相助只差一步了——在论及感恩的死者母题时我们还会遇到这个问题。在北美洲，“猎人在狩猎季节开始时要去给父亲或叔叔伯伯上坟，清除坟上的杂草，并大致以如下方式做一番祈祷：‘我给你扫墓了。我明天就要去树林里打猎——那树林可不是村子，那可是要命的地方。保佑我打猎成功，或者能囫囵着平安归来吧’”。[3]

我们已经考察过走出坟墓以马相赠的父亲，但可以看到的是：父亲并非唯一的已故的赠予者。我们还要考察若干类似的例子，不过我们先不去引证每一组故事的历史对应现象，而只是引证各种各样的故事材料，然后我们再尽力对全体亡故的赠予者做出解释。

将神奇之物交到儿子手中的母题有时具有现实的日常生活的色彩。父亲给孩子们留下遗产。“过了些时候，老头子要死了，他开始分钱：给了老大一百卢布，给老二也是一百卢布，但他不想给傻子——反正也是得白白糟蹋了。”（阿法纳西耶夫，216）但傻子求父亲给他一份，也就拿到了。他用这些钱买了一只猫和一条狗，它们成了神奇的相助者。神奇的相助者就这样得到了，尽管很曲

1　Frazer J. G. The belief in immortality. . . vol. III. p.47.

2　Haeberlin H., Günther E. Ethnographische Notizen über die Indianerstämme des Pugel-Sundes. — ZfE, 1924, Bd.56, S.59.

3　Frazer J. G. The fear of the dead in primitive religion, vol.I. London, 1933, p.80.

折，是托垂死的父亲的福。

21．亡母 在主人公是姑娘的那些故事里，相应地是由母亲来转交这个相助者的。“临终时，商人的妻子把女儿叫到自己跟前，从被子里掏出一个布娃娃给她，说道：‘你听着，瓦西里苏什卡！我最后说的这些话你要记在心里，还要做到。我要死了，我怀着亲人的祝福把这个布娃娃留给你；你要爱惜它，永远把它放在身边，谁都别让看；要是你碰到了什么祸事，你就喂它点吃的，向它讨主意。它会吃东西，会告诉你怎样消灾。’”（阿法纳西耶夫，104）

这个娃娃就是姑娘的神奇的相助者。母亲走出坟墓相助也十分常见。故事《猪皮外套》中，父亲爱上了自己的女儿，还想跟她结婚。“她去了墓地，去了母亲的坟上，可怜巴巴地哭起来。”母亲对她说：“你让他给你买条裙子，裙子上要缝满星星。”姑娘照办了，可父亲对她更加迷恋。后来母亲又给她出主意，让她要有太阳和月亮的裙子。“妈妈呀，父亲追我追得更紧了。”这时母亲让她要一件猪皮外套。“父亲朝她啐了一口，把她从家里赶了出去。”（阿法纳西耶夫，290）大家都知道，在灰姑娘的故事中，也是母亲走出坟墓来帮助女儿的。

《埃达》里唱到斯维普达戈尔的歌谣中，主人公也是求助于母亲：

> 格罗阿，醒来吧！我的亲人你醒醒吧！
> 你在那死人的世界听得到我的话吗，妈妈呀！
> 你还记得你说过的话吗？

你让我有事来坟上找你的呀。[1]

于是，亡母给了儿子十条咒语。

22．感恩的死者　最后，任何一位得到帮助的死者，都具有这样的功能。例如，一个阿布哈兹故事说，主人公碰上了葬礼："死人被运往墓地，主人公看到，几个人用绳子套在死人的颈子上往前拖，其他人跟在后面用长长的树条子抽打着死人。"商人的儿子明白了，这个死者还没还债就死了。主人公跟债主们结清了债务。[2]不过，这毫无疑问是较晚出现的一种对母题的合理化解释。在俄罗斯的故事中，就是主人公埋葬了死者从而获得了相助者，利尔耶布拉德在著作中对这一母题做了研究。[3]不过，遗憾的是这项研究的结论并不正确，因为他认为不存在"感恩的死者的故事"。利尔耶布拉德将几个类型联系在一起，并且试图将这些材料作为一个整体来进行研究。错就错在作者是从一个错误的前提出发，即假设每一个故事母题最初都依附于某一个故事。事实上，在同一形态意义上的绝大多数母题是可以互相替换的。可以做这种互换的还有所有的赠予者。利尔耶布拉德一共找到了八个俄罗斯的"感恩的死者的故事"，事实上感恩的死者极其频繁地出现在各种各样的故事中。下文所援引的例子利尔耶布拉德一个也没引过，尽管我所引的不过是实际材料的一小部分。更何况利尔耶布拉德仅限于文本的比较，

1　Эдда: Скандинав. эос/Пер., предисл. и ком. С. Свириденко. М., 1907, с. 361.
2　Абхазские сказки. Сухуми, 1935, с. 151.
3　Liljeblad S. Die Tobiasgeschichte und andere Märchen mit toten Helfern. Lund, 1927.

还根本没有进入感恩的死者的问题。

在一篇关于长生苹果故事的异文中，老妖婆给主人公出主意说：“你就去吧，伊万王子！这边有个村子，村边有座山，在这座山上病倒的不是一条狗，而是一个勇士。你马上问问神父：能不能把这个勇士埋了？勇士家里有十二道铁门，锁着十二把铜锁，门后有一匹马。”伊万王子真的把勇士给埋了，还给他举行了盛大的悼念仪式。“于是死勇士开口说道：‘感谢你，伊万小王子，你把我埋葬得很体面，我把我的马送给你。’”（阿法纳西耶夫，176）还有些故事是当掘墓人争吵相骂、不愿意埋葬死人时，主人公付钱给他们，结果他们把死人埋了。这个死者后来成了主人公的相助者（斯米尔诺夫，86）。在《大灰马，大黄马》的一篇异文中，代替父亲出场的是三个勇士。这些勇士是伊万的先行者。他们没能跳到公主的窗台上，于是被砍掉了脑袋。伊万埋葬了他们，得到了他们的三匹马：一匹铜马，一匹银马，一匹金马（斯米尔诺夫，9）。

23. 死人头 主人公埋葬死去的勇士的头颅的例子与这一类情况有关。“他走路时被死勇士的头绊了一下，他就用脚踢了它一下，那个头就说话了：‘别碰我，伊万·图尔狄根！你最好把我埋到沙子里去。’”伊万真的把这个头埋进了沙子，后来这个头指点他去拿他行动过程中所需要的浆果（萨多夫尼科夫，2）。或许，这个例子能够解释鲁斯兰碰上的那个死者的头颅是怎么一回事。在民间故事中，人头不是从土里冒出来的，它就摆在那儿。“一个人头放在那儿，他走近它，往上一坐，说：‘谁的脑袋放在这儿呀？’”鲁斯兰跟这个人头之间有一段有趣的对话：“你这个脑袋呀，想让我帮你复活吗？”那个脑袋对他说：“假如我还得死的话，就别让我复活，要是能让我永生，那就让我复活吧。”（斯米尔诺夫，220）帮助埋葬在这里替换成了帮助复活。在沃古尔故事中，也有同样的情形。[1]

在关于叶鲁斯兰·拉扎列维奇的故事中，总有一个人头出现，这是个死人的头。不过在民间版画中，人头总是从土里冒出来的。很难说最初的概念是怎样的。正如瓦泽[2]所指出的那样：在古希腊罗马的石雕中，常常可以见到仿佛是从土里长出来的长胡子的人头像。这些人头能发出预言，因为在它们的上方通常画着一个弯腰倾听的人的形象，而人头的口微微张开。作者将它们与戈耳工、六翼天使和基路伯带翅的头颅及其他材料进行比较，从而得出结论说，它们象征着死者的灵魂。有这种可能，但却无法证实。在故事中，头颅是未被埋葬的死者。很可能从土里冒出头颅的观念就是死者未能安息的观念，死者探出头来，是要站起来或者找那个能把他埋了的人。被掩埋的感恩的死者，后来就成了送给主人公宝剑、马匹、神奇果的赠予者，或是为主人公指点道路的谋士，或者亲自担当了他的相助者。《埃达》中的米弥尔的头颅即属此类。汪（民族名称——译者注）人们杀了米弥尔，还把他的头送给了诸神。但有个人把这颗头用大酒碗装起来，使它免遭毁坏，还赋予它说话的能力。从那时起，他不止一次地同它商量事。[3]这个例子架设了一条通

1　Чернецов В. Н. Вогульские сказки. Л., 1935, с. 87.

2　Waser O. Charon. — ARw 1898, Bd.I, S.152 — 182.

3　Эдда, с.106.

往保留人头或颅骨习俗的桥梁。颅骨被涂上颜色、装饰起来，还被保留在家里。当然，这个颅骨或人头代表死者。有支配死者头颅的权力，就有支配他整个存在的权力。这个死者就不得不帮助生者。

由此便能解释某些民族，如达雅克人，为什么专门猎取人头，因为正如布格尔（Burger F.）所说的那样："他们认为他们拥有其头颅的那些人的灵魂应该在生活中保佑他们，在阴间里听从他们的支配。"[1]但这种强制服役的暴力手段很快让位于其他形式的强制手段，做完死人所需要做的事，就可以强迫死人为自己服务。在美拉尼西亚的传说中，我们看到一个有趣的例子，那里面把老妖婆、死人和人头融合成了一个形象。在这个传说里，主人公逃跑时看见了一座小茅屋，他就走了进去。他看到茅屋里有两具死尸，他拿起死人的头颅，洗了洗，并为它们做了一些其他的事。死人头建议他朝着某个方向走下去，即像老妖婆一样给他指点道路。[2]在一个俄罗斯故事中，人头也有这样的作用（胡加科夫，13）。

24. 结论 我们断定，在故事中存在着我们称之为"赠予者"这样一类人物的固定范畴。在赠予者中可以确定出特殊的一组——死人。这类人物可以是老妖婆、已故的双亲、死人以及人头。他们在功能上彼此相近。但他们不只是形态上相同，他们相互之间还有历史上的联系。老妖婆已经显示出她是自然界的主人，是人所需力量的主宰。为获得这些体现在对象身上的力量，人们不惜

1 Burger F. Unter den Kannibalen der Südsee. Dresden, 1923, S.39.

2 Frobenius L. Die Weltanschauung der Naturvölker. Weimar, 1898, S.208.

去阴曹地府。这些概念是仪式形成的，情节便由此而来。

这里我们看到了一个远古的层面。如我们所见，老妖婆转交宝物表面上是没什么缘由的。在仪式上宝物则构成了事情的目的：整个仪式就是为它而举行的。到了后来，功能本身保留下来了，一些附着于宝物上的情境保留下来了，但提供赠予的人物发生了变化，并带入了与这些变化相对应的缘由。我们已经看到了，老妖婆与死亡世界联系在一起。伴随着农耕及父系氏族继承制的出现，伴随着财产及财产继承制的出现，男性祖先出现了，祖先崇拜得以创立。这样一来就出现了充当赠予者的父亲、代表祖先的父亲的形象，其萌芽可以上溯到更早一些的时期。

所提供帮助的性质会随着民族的历史发展而变化。维达人是请求帮助他们狩猎。[1]在农耕民族那里则是祖先赐予土地以肥力：他们在土里，从那里送上大地的果实。[2]祖先在战争中的帮助作用就是参与作战。[3]最后，在安魂祭祀活动获得高度发展的地方，祖先的帮助就是在死亡之后了。正如罗德所指出的那样，[4]这种对死者的祭祀之所以源远流长，正是因为这些死者是可亲可爱的神明，求他们比去求万能的正宗神祇要容易些。对他们的祭祀是小范围的和讲求实际的。于是我们就会明白，为什么一个印第安人会捕鱼来放在他母亲的坟上，还要睡在那里并持斋数日，完全就像灰姑娘在灾难临头

1　Selingmann C. G. The Veddas. Cambridge, 1911, p.131.

2　Dieterich A. Mutter Erde. 3. Aufl. Leipzig, 1925.

3　Rohde E. Psyche Seelencult und Unterblichkeitsglaube der Griechen, Bd.I. 4. Aufl. Tübingen, 1907, S.195 — 196.

4　Ibid., S.184.

时去给母亲上坟一样。在一篇异文里，灰姑娘是用眼泪浸湿了坟头，而在另一篇异文里，她洒的是水，即进行祭奠。

当然，这里我们无法从实质上深入祖先崇拜现象，我们所能做到的只是指出这种崇拜与故事之间的关系。随着祖先在祭祀中的出现，接下来，它就进入了故事情节，而祭祀活动成了相助的缘由。赠送大灰马、大黄马的父亲实际上也是感恩的死者，但为他帮忙的性质在故事中并不清楚——而在用于比较的非故事材料中就可以明白了。

老妖婆是兼为考验者的赠予者，称她为感恩者似有些不妥，尽管可以举出一些主人公给她帮忙的例子。赠灰褐马的父亲其实也是作为一个考验者的，给主人公奖赏是因为他经受住了考验，而不是因为他帮了忙。在这里，帮忙是为了历史学家、研究者而存在，并不是为了听众。这个母题因此显示出其相当古老，尽管与老妖婆相比要晚一些。

随着祖先崇拜的消亡，父亲逐渐退出，留下的就是死者了。考验彻底消失，帮忙便被推到了前面。“感恩的死者”就这样创造出来了。它也像父亲和老妖婆一样，能赠送马匹或其他的宝物。这种情形在这一组中是最晚近出现的。

三、充当相助者的赠予者

25．感恩的动物　根据这些看法可以知道还有一种形式的赠予者，那就是感恩的动物。

这是一个复合的角色。感恩的动物进入故事既是作为赠予者，同时又让自己听命于主人公，或者给了他召唤它们的口诀，后来作为相助者而行动。大家都知道，当主人公在林中迷了路，并为饥饿所苦时，他看见了一只虾、一只刺猬或一只鸟，它们已被瞄准，就要被杀掉吃了，这时他听到了请他放生的哀求。“突然飞来了一只鹰，伊万王子瞄准它说道：‘老鹰啊，我要把你射下来生吃掉！’——‘伊万王子，别吃我！到了紧要关头我对你会有用的！’”（阿法纳西耶夫，157）“别吃我”“有什么东西落到你面前的话，你可不能吃它”之类的程式，反映的是有些动物不能吃的禁忌，这些动物会成为相助者。主人公并不总是想把动物给吃了，他有时也帮它们的忙：当小鸟被雨淋得精湿，或鲸鱼被抛到了陆地上时，主人公便对它们援之以手，而动物们则成了他无形的相助者。

可以认定，这种怜悯动物的形式出现得比较晚。一般来说故事不讲怜悯。如果主人公放走动物，那他这么做也不是出于怜悯，而是立足于某些契约因素。在下列情况下，这一点表现得尤为明显：当动物落入主人公的渔网、捕捉器或桶中的时候，当主人公并未专门要抓它而它自投罗网的时候，就像在渔夫和金鱼的故事或傻子叶梅利亚的故事里那样，故事里的叶梅利亚狐疑了半天，他和狗鱼之间有一番对话，叶梅利亚不信狗鱼的话，不想放了它，直到看见几个装水的桶都自动往家走之后，他才相信这个交易的好处，于是放掉了狗鱼（阿法纳西耶夫，165）。

可以证明的是，鱼或其他一些未被伊万吃掉却放生了的动物，正是那些不该吃且后来会提供帮助的作为祖先的动物，它们是图腾祖先。安克尔曼说："人在垂死之时，他的灵魂转到了这时出生的氏族图腾动物的个体身上，反过来，垂死的图腾动物的灵魂会转到冠其名称之家族的新生儿身上。因此不应杀死动物，也不能吃它，因为那样的话就好像是在杀戮和食用亲人了。"[1]

随着向定居生活和农业生产的过渡，这种特有的图腾信仰便采取了另一种形式。人与动物之间的同一关系为他们的友谊所代替，而且这种友谊是建立在某种契约因素的基础上的。谈到图腾崇拜的衰微时，安克尔曼说，"在其他许多部族都有一种占主导地位的看法，即在人与动物之间存在着一种友好关系，这种友好关系在

1 Ankermann B. Die Verbreitung und Formen des Totermismus in Afrika. — ZfE, 1915. Bd.47, S.114 — 180.

相互同情和相互帮助中表达出来。这种关系的产生被归之于部族的创始者，通常的解释是说这位创始者在某个重大关头得到过一只有神性的动物的帮助，或是被它救过命。有一些广为人知的传说讲的就是这事。部族始祖在林中迷了路，他因饥渴交加有丧命的危险。有一只动物领着他找到了泉水，或给他指点回家的道路；或是在他逃避追兵时却被一条大河拦住了去路，一条大鱼把他驮在背上，送他到了对岸”，[1]等等。

若细细考察这一与我们的故事十分相近但却代表着信仰层面的材料，那么感恩的动物完全可能就是祖先。这里不会有怜悯的成分，因为图腾崇拜者根本不会有射杀他的祖先的念头。存在着图腾信仰的时候，人们说出的“别吃这条鱼”的禁忌，到了后来变成了动物自己请求怜悯。比如说，在一个墨西哥传奇中就能看得出这种演化：在那个传奇里，一只蜥蜴请求说“请别射我”，然后告诉了主人公他的亡父所在之处。[2]我们知道它为什么能做到这一点：因为它与已故祖先的世界有着极为密切的联系。如果说蜥蜴指给主人公的是他人世的父亲而非氏族图腾意义上的父亲，那是因为该民族的图腾崇拜虽然已经趋于消亡，人世的祖先连在神话中都已经具有了现实性，但与动物祖先的联系却尚未失去。显然，这种发展在全世界范围内都大体相同。例如，有一个祖鲁故事说，一只被捕到的野

1　Ankermann B. Die Verbreitung und Formen des Totermismus in Afrika. — ZfE, 1915. Bd.47, S.142.

2　Krickeberg W. Märchen der Azteken und Inkaperuaner, Maya und Musilca. Jena, 1928, S.195.

兽知道主人公的所有祖先："这只野兽说起话来，它说出了谁是谁的孩子，谁是谁的孩子。它还逐个报出了主人公的祖先的外号，说了差不多有十个，这是他听都没听过的。"[1]

感恩的动物与人的祖先的这种联系即使在现代欧洲的故事中也还保留着。在《布列奴什卡》（阿法纳西耶夫，100）这个故事里，后母下令让把继女养的母牛宰了。母牛说："俏姑娘，你可别吃我的肉。"在众多异文中，这头牛都不是别人，而正是姑娘死去的生母。姑娘要是吃了母牛的肉，就等于把亲妈的身体当成了饭食。这里可以反驳说：在该故事中，母牛并非感恩的动物。但是狭义上的感恩的动物常常是主人公的亲人。是的，在现代俄罗斯故事中，动物不会说："别吃我，我是你的兄弟。"因此这种情况要另做解释：感恩的动物不是主人公的父亲或兄弟，而是变成了他的父亲或兄弟："你别吃我，让咱们做兄弟吧。"——在一个雅库特故事文本中，乌鸦就是这样说的（《古风今存》，第475页）。更为重要的是，主人公与感恩的动物不是成了兄弟（这在故事中的勇士之类的人物之间是常有的事），而是成了父子："你就当我的父亲吧，我当你的儿子。"（翁丘科夫，16）"他抓住这只鹤对它说道：'当我的儿子吧。'"（阿法纳西耶夫，187）"你别吃我，让我们成为兄弟吧"这个程式，在历史背景之下应解读为"你别吃我，因为我们是兄弟"。还有一点能证明与图腾祖先的关联，即感恩的动物为兽类之王（如"我是虾王"等），或者用民俗化的表达就是——它是主

1 Сказки зулу, с.211.

人。关于这一点上文在论女主人老妖婆时已经提到过。从另一方面说，还有一种情况可以证实这种联系：感恩的动物有时被带回家喂养。这类例子我们将在下文关于相助者的一章中进行分析。

安克尔曼根据非洲的材料，泽列宁根据西伯利亚的材料，都得出了类同的结论。不过西伯利亚的材料用起来要比非洲的材料困难些，因为在西伯利亚已经没有直接的图腾崇拜，留存的只有其遗迹，而在非洲，图腾崇拜还是一种活着的现象。在泽列宁看来，我们的母题与图腾崇拜的联系是如此明显，他觉得都用不着去证实它。他说："在那些图腾动物显示出自己是有益于人的生物的传说中，应该说感恩的动物的传说是最古老的。"[1] 泽列宁也看到了此处存在着我们在故事中探讨过的契约关系。"在我们看来，这些故事特别令人感兴趣之处在于：它们为我们描绘出了人与动物之间的盟约关系，我们认为这是图腾崇拜的核心之处。"[2]

所有这些类似的材料都告诉我们：应该将感恩的动物归入哪一个现象范围。另外，当科斯坎认定这个母题是"纯粹的印度观念"时，他犯了多大的错误。[3]

26．铜脑门儿　在故事中，有时被称作"铜脑门儿""林中怪物"等名字的形象可以被看作是感恩的动物的变形。"铜脑门儿"——这是个丑陋可怕的怪物，是被关在王宫里的俘虏。他请求

1　Зеленин Д. К. Культ онгонов в Сибири. М.; Л., 1936. С. 233.

2　Ibid., C.235.

3　Cosquin E. Etuder folkloriques. Paris, 1922, p.25; Saintyves P. Les contes de Perrault et las récits parallels. Paris, 1923. p.31.

王子放了它。“放了我吧，你会用得着我的！”（斯米尔诺夫，159）“国王的孩子呵，放了我吧，你会用得着我的。”（阿法纳西耶夫，123）“放了我，你会想要什么就有什么的。”（翁丘科夫，150）这个角色属于赠予者的范畴。“你会用得着我的”这个程式正切合感恩的动物的话。主人公放掉了它，后来或是被放掉的被俘者自己，或是它的女儿们，赠给主人公一块会自动摆上食物的桌布（胡加科夫，44）、神奇的羽毛和古斯里琴（胡加科夫，115），它赐给主人公力量（阿法纳西耶夫，125）或活命水、马匹以及其他东西。或者，就像感恩的动物那样，它自己听从主人公的使唤，成为他的相助者，只要一想起它或召唤它，它立刻就会出现。

在确定了感恩的动物与“铜脑门儿”之间的亲缘关系之后，让我们进一步考察这个形象。

它是怎样在故事情节展开过程中出现的呢？阿法纳西耶夫为我们提供了一个最充分的例子。这个故事始于国王的自私与贪婪。“自私和贪心一直煎熬着他，他整天想着怎么多拿一个小钱，多收些租子。有一次，他看到一个老头拿着紫貂、海狸和狐狸。‘站住！老头子，你是从哪儿来的？’‘咱是个乡下人，现在给一个妖怪帮工。’‘你们是怎么抓野兽的？’‘那妖怪会下钓线，野兽都是笨家伙，一钓就钓上了。’‘喂，老头子，你听着：我请你喝酒，还给你钱，你告诉我钓线下在哪儿。’老头子一听动了心，就指给他看了。国王马上下令把妖怪抓起来铐在铁柱子上，在他的隐秘的林子里弄上了自己的钓线。”（阿法纳西耶夫，123）

接下来，情节一般是这样展开的：被俘者请王子放了它，王子就偷来钥匙把它给放走了。后来被俘者成了王子的相助者，或者赠给他一位相助者。

阿法纳西耶夫的版本明确展示出这个角色进入情节的过程：它是在树林中偶然得之，被人押解回家并做了俘虏。

然而这个版本展示出的还有另一点：把妖怪关押起来是为了拥有统治野兽的权力。对我们来说，重要的是确定：在其他一些版本中，妖怪本身就具有兽类的形象。狩猎时，“小儿子发现了一只鸟，它是从巢里跌落下来的。他拿着鸟儿回家了，用十二条链子把它拴起来，还上了十二把锁”（斯米尔诺夫，303）。喂养这只鸟儿的情形跟某些例子中喂养被带回家的感恩的动物完全一样。我们在上文已经明确了感恩的动物与图腾动物之间的联系。妖怪与感恩的动物的亲缘关系让我们有权假设妖怪是个神人同形的动物，对它的控制使人可以控制猎物。我们知道，图腾动物常常“被捉来关在一个特殊的地方”。[1]

这个动物具有人的外形——这是许多极不相同的神话都共有的特征。故事证明鲍里特做这一推测时他并没有错，即他说的“国王之所以下令将妖魔铐起来，显然首先是想利用它的预言知识”（鲍里特-波利夫卡，III，第106页）。只是在一个问题上鲍里特犯了错误：问题不在于知识，而在于权力，而且这一愿望首先表达的是纯粹的狩猎利益。鲍里特引经据典地论证说，米达斯下令捉狮尾猴，努玛要捉林中魔鬼法弗恩，所罗门是要捉阿斯莫吉伊，罗

1 Харузин Н. Н. Этнография, вып. IV. СПб., 1905, с. 76 — 77, 151.

达尔克是要捉林中人梅尔林，等等。

这个人物的最古老的狩猎性质就是如此。我们断定，狮尾猴就功能而言与老妖婆一致：它也提供宝物。跟老妖婆一样的地方还有：它也是林子里的东西。与感恩的动物相同的地方在于它也请求怜悯，也被关押和被喂养。所有这些特征都明确地证实了它的起源。它是林中的统治者。从理论上可以假定它与充当老师的魔法师、智者的亲缘关系。现代民间文学并未提供这方面的材料。但伊·伊·托尔斯泰对古希腊罗马材料的研究，[1] 证实了这一点。“铜脑门儿”与古希腊罗马材料中的狮尾猴是一样的。“在这种情形之下，捕捉狮尾猴的目的是强迫它做某事：迫使它给予人财富啦，向人们揭示人类生命的意义啦，让人们了解宇宙的奥秘啦，给人们唱奇妙的歌啦。”[2] 又给它添加上了更古老和更原初的意味，那就是统治动物世界的权力。它能够提供宝物。在这里故事要比神话更古老。但有一个地方，希腊神话告诉了我们故事所不曾告诉我们的东西：它向人们揭示宇宙的奥秘，并给人唱“奇妙的歌”。下面当我们考察作为一个整体的故事时，我们将会看到：美洲神话中的主人公从树林里神秘的动物那儿、从野兽的主宰者那儿知道了世界的秘密，学会了舞蹈和歌谣，带回了神圣的图案。这样一来，古希腊罗马的狮尾猴在我们眼前就变成了智者——老师。它就这样进入了

---

1 Толстой И. И. (1) Связанный и освобожденный силен. — В кн.: Памяти академика Н. Я. Марра (1864 — 1934). М.; Л., 1938, с. 441 — 457; (2) Статьи о фольклоре. М.; Л., 1966, с. 97 — 114.

2 Толстой И. И. Статьи о фольклоре. М.; Л., 1966, с. 441.

中世纪，化身为阿斯莫杰伊以及其他与之相符的角色。“他掌握着深奥学问的秘密，那要在苍穹之间的高等学校里才能学得。”[1]

这个纯粹的林中生灵活到了农耕时期，与农耕社会的宗教是有冲突的。从农耕时期起对它开始出现了新的态度——把它看成是一种危险可怕的、庞大蠢笨的林中怪物。农民总是要捕捉它。树林被田野和园圃所战胜。狮尾猴被酒打败，但狮尾猴本身变成了田野的敌人和破坏者：它毁坏和祸害庄稼。

像林妖或狮尾猴一类的东西时常因喝醉了酒而被俘获。有一个俄罗斯故事说：“园丁要了三桶烈酒和三桶蜜糖汁，他拿来一个木头洗衣盆，把蜜和酒掺在一起。然后把盆放在苹果树下面，自己就去睡觉了。突然，园子里响起轰隆轰隆的声音……空中出现了一只怪物，它飞了过来……它看到了那只木盆，便落了下来，它足喝了一气，一下子醉得不省人事。”（阿法纳西耶夫，124，异文17）我们在古希腊罗马以及中世纪的材料中能找到完全相同的情形。马克西姆·吉尔斯基讲的故事说道：“一个又穷又贪财的弗利基亚人捉到了森林之神萨堤里——萨堤里平日总是去一眼泉水那儿喝水，狡猾的弗利基亚人在泉水里掺上了酒。”[2]这个弗利基亚人就是个农民。文本中提到了“他的土地、树木、耕地、牧场以及田野里的花朵”。在奥维德笔下他也是喝醉后被捉住的。伊·伊·托

1　Веселовский А. Н. Славянские сказания о Соломоне и Китоврасе. — Собр. Соч., т. VIII, Вып. 1Пг., 1921, с. 143.

2　Толстой И. И. Связанный и освобожденный силен. — В кн.: Памяти академика Н. Я. Марра (1864 — 1934). с. 441.

尔斯泰指出了古希腊罗马材料中这一情节的农民特性。灌醉后被捉的情节在中世纪流传很广，在维谢洛夫斯基的著作中也可以找到许多例子。

迄今为止，尽管假设这个人物有许多普遍性的特点，但他还是一个明确的形象。只是他的名号还不够清楚。他被叫作“铜脑门儿”“铜老头”“铁头钢臂铜身汉”“铁打的贼”等等。除了名号之外，他跟金属一点不沾边。阿法纳西耶夫在故事集的附注里提到他时，想在这个人物身上找到宝物守护者的形象。较为可靠的是假设“铜”等同于“黄色”，故事里指的不是他的质地，而是他的颜色。铜色或黄色是金色的变体。有些故事中，这个林中怪物的确是金子的。例如，在一个皮涅加故事中，他就是“一个金人，一个高大无比的老爷爷”（北方边区故事与传说，91）。在列宁格勒科学院民间文学档案馆的手稿文本里他也是金子做的（科列尼茨卡娅收集）。[1]皮涅加故事说到的有趣之处还不止于此。放他走的王子的脑袋经他一摸也成了金子的，“他在王子的头上摸了一下，于是伊万王子的头发就成了金子的”（北方边区故事与传说，91）。

如果纯粹从功能的角度研究这个例子，那么我们得到的就是：林中人的点金术或使触摸对象化作金子。在俄罗斯民间文学中这是个罕见的例子。但我们在古希腊罗马文学里可以找到某种类似的东西。狮尾猴给捉住它的人一件阴险的礼物：米达斯碰到什么，什么就会变成金子。伊·伊·托尔斯泰认为这种形式出现得比较晚。的

1 Собрание не было опубликовано.

确，金子在此体现的是一种物化的价值，而当初它体现的是另一种价值。关于故事中的金子和金色的问题，我们将另辟一章讨论。我们会看到：金子不是出自金属，而是出自火焰。从理论上可以假定我们的林中人与火的关联，这在俄罗斯故事中直接找是找不到的。然而我们发现，这一人物及整个情景与铁匠维兰德的传奇有着惊人的相似之处。维兰德住在老林子里，以打猎为生，也打些铠甲上用的铁环，但被尼德戈德王俘虏了去，将他捆起来，还割断了他的脚筋（可与赫淮斯托斯的跛足相比较），于是维兰德就替国王干活。在一个故事版本中类似的情形下是他赋予国王统治狩猎的权力，他在这儿是铁匠手艺的化身。在故事中，他被国王的儿子解救。在关于维兰德的传奇中则是他杀了王子们，还把他们的头颅和眼睛锻打成了贵重的东西（根据比较材料看，是把它们扔进了火里——他把尸体扔进了熔铁炉），然后飞走了。他给自己造了一对翅膀。在俄罗斯故事中，有时是一只鸟（包括火焰鸟）扮演铜脑门儿的角色。

这里令人想起关于克利特岛上的铜人塔洛斯的希腊传奇，塔洛斯抱住外乡人与他们一起跳进了火里。[1]在有些传奇中，他是小牛犊和公牛，即是动物。俄罗斯故事里的铜身汉总是带有林中生活的特性。在故事的中间部分，他在树林里的所作所为与老妖婆一模一样。如果与此相对照，塔洛斯与弥诺陶罗斯就扮演的是同样的角色，弥诺陶罗斯不单单是杀外乡人，他是见小伙子和姑娘就杀。那

1　Фрэзер Д. Золотая ветвь. 2-е изд. М., 1983, с. 267.

么，铜人塔洛斯之火便与林中之火以及老妖婆烧孩子的炉灶、维兰德将国王的儿子们扔进去的熔铁炉联系起来了。不过，这只是这个古怪人物的一个方面。

我们已经看到，故事中铜脑门儿出现得没什么来由，他是在林子里狩猎时偶然被撞上的。这种偶然性和没来由，正是说明其历史极为古老的标志。遭遇老妖婆表面上看起来也完全是无缘无故的。缺乏缘由在现代人、现代故事家眼里是缺点，这样的缺点就会被弥补，而且就缘由而言，故事有时所使用的恰恰是些极其古老的母题，它们彼此交织，并且互为因果。林中奇迹并非总是偶然撞上的，故事常常始于种田或侍弄园圃，到了夜里就会有一个身手不凡的贼人把园子或庄稼地给毁了，等人们逮住了它一看，原来是只鸟或铜身大叔，人们俘虏了它以后，把他关在院子外边。换言之，祸害庄稼的母题与铜脑门儿的母题合而为一了。

祸害庄稼的母题属于农业时期，因而比铜脑门儿的母题要出现得晚些。这些母题呈相互交叉状态。祸害庄稼和毁东西的不光是铜脑门儿，还有其他一些故事人物——神马啦，火焰鸟啦，小偷啦，等等。从另一个方面说，铜脑门儿并不总是（尽管大部分情况下是）借祸害庄稼而进入故事。

当我们考察祸害庄稼的母题时，将不去考虑坏事是谁干的，但接下来我们就要仔细看看：祸害庄稼的母题与林中怪物的形象之间有无关联，这种关联是不是偶然的。让我们来引证几个例子。“庄稼汉种上了豆子，可不知谁把他的豆子地给糟蹋了。”他派他的孩子去看着：“看看是谁来踩咱家的豆子？”（阿法纳西耶夫，

124）“庄稼汉种下了麦子，可是每天夜里都有人来地里乱踩。”（胡加科夫，115）苹果树也有同样的遭遇。有时这还不是普通的苹果，就像小偷也不是普通的小偷一样。在斯米尔诺夫的故事集里说（斯米尔诺夫，159），国王的儿子要人给他买来长着金苹果的苹果树。树买来了，大家把它栽上一起来欣赏。可突然发现，不知是什么人在偷这些苹果。在另一篇异文中说的是：“开始有隐身人夜里飞来，几棵树一夜之间就被毁掉了。”（斯米尔诺夫，181）在几个例子中，这是座为国王所钟爱、禁止他人入内的园子（阿法纳西耶夫，124，异文1）。有一个例子说，农民领着儿子们种下的是小麦，可“长出的不是绿苗，而是遍地闪闪发光的宝石”（阿法纳西耶夫，124，异文2）。

这个到了晚上就有鸟儿或其他“神秘人物”飞来的不寻常的园子或庄稼地到底是什么呢？

毫无疑问，这里体现出农耕时期的传统。农耕仪式有这样的。[1]在（印尼）西里伯斯岛上，人们动手播种之前，先要向土地神和树神禀报，告知它们人要下田劳作了。这时神灵们通过祭司传旨，说应该送什么祭品。所有要做的农活先应在一小块留给死者的田地上演习一遍。人们辟出两个小园子——一个是清早用的，给死者灵魂附体的稻谷鸟（Resvögel），让它们以后别来吃稻谷；还有一个是太阳落山时用，用同样的方式保护植物不被同样有死人灵魂

1　Josselin de Jong J. P. B. Religionen der Naturvölker Indonesiens. — ARw, 1933, Bd. XXX, Hf, 3/4. S.373.

附体的鼠类毁坏。

我们可以推测：飞来鸟儿的那片庄稼地曾是专门留给已故祖先的，它在招引飞聚来的亡灵的同时，还应将它们从人们的田野上引开。在故事里这可不是一块普通的农田，而是生长着珠宝一类东西的“禁”园或“禁”地。在农耕时代初期，面对栖身于林中的死者，人们会为自己的耕田而生出一份恐惧，尤其是在伐林耕作经济时期，那时为了垦田而砍伐森林。关于这一点，弗雷泽是这样说的：“人们在刚从森林中开出一块荒地栽种芋头之前，会向死者的灵魂祷告说：‘你们就待在林子里吧，别老到地里来。让那些帮助我们开荒的人过上好日子吧。让每家的芋头都长得旺盛吧。’”[1] 这一切都很有典型意义。无论是为来林中开荒而表示自己的歉意，还是表示仅仅是“帮忙”、自己并未开荒等等，在这些情形下人们怕的究竟是谁呢？谁能从林子里飞出来毁农田，以报复对森林的破坏？我们已经明白这些林中生灵是谁了。这正是那些神秘的、强大的和充满智慧的动物祖先，它们已具人形，但还长着兽类的相貌，需要它们发慈悲。但走运时又可以捉住它们，向它们学习和获得它们的力量与智慧。

祭品正是充当这种招引的手段的。弗雷泽指出：“人们在播种时，要在田里摆放上稻子、玉米、甘蔗之类的东西，好让魂灵们别来糟蹋收成。”[2] 故事中当然没有保留祭品。但在希腊神话里，这种

1 Frazer J. G. The fear of the dead, vol. I. p.83.

2 Ibid., p.85.

联系还是显而易见的：那里面卡利东的野猪毁庄稼，就是因为没有给它献祭。卡利东国王把第一批收成献给所有神明：给得墨忒耳献上的是田里的果实，给狄奥尼索斯献上的是葡萄，给雅典娜献上的是黄油，等等——但对阿泰密斯却什么表示都没有，她因而派出一头横扫一切的野猪，把农田和果园都给糟蹋了。

不过，这个例子还是包含了一处与故事相似的地方。阿泰密斯是林中之物，是森林保护神和动物的主宰者。铜脑门儿也是这么一位人物，他住在老林子里，是狩猎高手和保护人。但随着农耕生产的出现，他的权威和权力下降了。人们用葡萄酒灌醉他，欢天喜地地抓他当俘虏，而且这种抓俘虏的形式还是学自关押图腾动物作为要挟，从内容到意义都与之相同：想以此迫使它保证在猎取貂、狐时获得成功，从它那儿夺取对动物的统治权。

但这里与祸害庄稼的母题有什么样的关系呢？如果说飞到田里来的真是死者，那么这一类型的林妖就可能是来自林中死亡之国的人物。主人公尾随着被他放掉的林妖走，落入的地方恰恰与老妖婆的环境相同。它住在小木屋里，它赠给主人公马匹及其他的东西（阿法纳西耶夫，123）。这样看来，它出现在田野里或果园里就不是偶然的了，而且并不仅仅是创造艺术缘由，而是被历史地决定的现象。在农耕时期，神秘的森林保留着它与死者和祖先的联系，这一联系在老妖婆身上表现得十分鲜明。随着耕作的出现，死者的灵魂们对农田来说成为危险的东西，人们就要整治它们，试着战胜它们，使其不能为非作歹。这一新的农耕时期的特点进入了故事，但发生变异的只是其开头部分。故事的开头往往抵抗力最弱，最容易发生变形。相反，故事的中间部分极其稳定。快到中间部分时，这位笨头笨脑、手脚被十二条链子捆住的被俘的林中怪物成了主人公友好的保护者，掌管生死与动物及其神秘力量的强大统治者，而且所作所为与老妖婆毫无二致，跟她成了一类人物。

一只古希腊的花瓶有助于证明这里所提出的观点，我们的伊·伊·托尔斯泰教授在上文提到过的论及狮尾猴的著作里描绘过这只花瓶。花瓶是在埃莱夫西斯发现的，为公元前6世纪之物。花瓶的一面画着农民们将一只被俘的狮尾猴送到一个头面人物跟前，相当于故事里的国王。在花瓶的另一面画着播种和耕作的场景。此前在花瓶两面之间建立不起联系来。画着被俘的狮尾猴的那一面，托尔斯泰教授已经破解出来了。若从现代故事出发，我们也能破解另一面。这里出现种庄稼的画面不是偶然的。狮尾猴毁坏了庄稼，因此把它捉住，还送到了国王的面前。这样一来，花瓶两面的内在联系就清楚了，而这是考古学家以前所弄不明白的。

27．被赎的俘虏，债务人，等等 我们考察了一系列赠予者：老妖婆、父亲、感恩的动物、死者、林妖。这些是最重要的故事标准形象。与其相比，其他形象的意义就是次要的了。它们大部分是大家所熟悉的那些形象的变形和回声。在某个村婆子形象身上很容易看出褪了色的老妖婆。这常常是一些变得合理化了、生活化了的形式，只要是有细致的研究和比较，或者是某个细节，就能揭示出它们的源头。例如，若是在路上某个地方有一群孩子殴打或折磨狗，或者是欺负别的动物，要把动物吊起来，要不干脆就是一个农夫因为猫儿偷吃了肉而要把它淹死，而主人公赎下了它们，把它们放了，于是这些动物后来在他遇难时给了他帮助，这就是感恩的动物母题的变形。正如我们所指出过的，在这些情况下，从亡父那里得到钱是作为遗产。在这些情况下，赠送相助者的亡父的母题就被留下遗产的垂危父亲的母题所替代了，相助者是用这笔遗产买来的。

充当赠予者的死者隐藏在另一些情形的背后。公主死了，主人公收买了卫兵后，从她手上摘下指环。在这类情形下，充当赠予者的死者还是出人意料地出现了。

这一母题分化的另一种形式，是人们鞭打还不起债的欠债者的例子。欠债者欠商人1万卢布（阿法纳西耶夫，158），或是应该欠一个卢布打一下（阿法纳西耶夫，199），等等。伊万替他还了债，于是被放过的欠债者成了同死者或感恩的动物一样的感恩的相助者。

接下来，如果主人公在路上给一个挨饿的人吃东西，这个人会告诉他如何得到宝船的秘密，这个例子（阿法纳西耶夫，144）间接反映了老妖婆的款待。在老妖婆那里他受到款待并得到了宝物。这个例子中是主人公自己款待老人，从而得到了宝物作为奖赏。不过，老人与主人公之间进行的整个对话，以及主人公所能提供给老人的寒酸的吃食，突然变成了放了各种调料和酒的白面包等食物，可以使我们相信这一点，即我们看到的还是赠予者款待受奖赏者。

最后，在大量的例子中，主人公通过做工或为一点微薄的报酬帮忙而给自己赢得了宝物，同样源出为老妖婆效劳以及完成她的难题。这已经是在现实生活侵入故事的影响之下，故事内部发生的演变了。例如有这样一个例子：当普拉夫达给商人干活，从他那里为自己赢得了圣像时，他在圣像的帮助下赶走了蛇妖或妖怪（阿法纳西耶夫，115）。还有一些描写更为现实的例子，如当主人公在一个高明的手艺人那里干活时，"他学会了做一些很贵重的东西，超过了他的主人"（阿法纳西耶夫，189），这个主人的宝箱就落入了他的手里。主人公去搭救猎人或其他工匠，因而在他们那里掌握了绝技的这类故事大概是起源于这种变形的。这类例子还可以指出很多很多，但对我们来说它们只有次要的意义，因为就起源而言它们是很明白的，就是现存故事要素的变体而已。

第五章

神奇的赠物

认为力量无形的观念是迈向创造力量概念之途的下一步，即失去形象和以概念代替它的道路。这样便创造出了可以从中唤出神灵的指环和其他物件的概念体系。在此我们看到的已经是较崇拜武器更高的一个阶段，力已经从一个物件上解脱出来又重新依附在任意一个表面上不带有这种力量的任何标志的物件上。这就是“宝物”。

不是每个物件，也不是每种物件的所有东西都是神奇的，而仅限于用某种方式得到的。在故事中，这类物件是亡父、老妖婆、感恩的被葬死者、充当主宰者的动物等等给的。不是所有的水都能让死人复生。但是鸟儿从遥远的国度运来的水就是能救活死者。

一、神奇的相助者

1．相助者们　宝物交到主人公手中时，故事达到了高潮。从此刻起，结局已在预料之中。离家“信步”游荡的主人公与从老妖婆那里出来的主人公已经判若两人。主人公现在是坚定不移地奔向自己的目标，而且自信能达到它。他连牛皮都敢吹几句了。他夸口说，对他的相助者而言，他的愿望——“不过是小事一桩，算不了什么”。接下来，主人公起的就纯粹是消极作用了。什么都是相助者替他做，或者是他借助宝物行动。相助者将他送到天边、劫来公主、解答公主的难题、打败蛇妖或敌方军队、从追杀中救出他。但他依然是主人公，相助者不过是表现了主人公的力量和才能。

俄罗斯故事中，可以开出一张长长的相助者名单，在此我们只考察那些最为典型的。考察相助者离不开考察宝物，它们的作用是完全一样的，如飞毯、鹰、马和狼，它们的作用都是把主人公送到了另外一个国度。因此我们将神奇的相助者和宝物合为一章来谈。所有相助者都可以归为一类人物。我们先来看看故事里具体有些什么样的相助者。顺便可以援引一些能解释该相助者的材料。然而单独一个相助者无法解释相助者的整个范畴。我们将在逐个单独考察每一个相助者之后再来考察整个范畴，只有到了那时我们才会得出关于相助者的一般结论。不过这也还不是最终结论，我们还应研究清楚相助者的所有功能，只有到了那个时候，图画才会最终完成。这些功能被我们划分成独立的章节。比如说，主人公被送到另一个国度，解答公主的难题，与蛇妖作战，都会分别进行研究。因问题复杂且涉及面很广，故不可能一下子回答完。问题的答案将逐步地揭示出来。

2. 变身后的主人公 对上文所述还须做一点补充：故事中的相助者可以看成是主人公身上的能力的人格化。在树林里，主人公获得一只动物或是获得了变成一只动物的能力，比如，在一个地方是主人公骑马而行，可在另一个地方我们看到的是："商人的儿子伊万一戴上宝石戒指，立刻就变成了一匹马，跑进了美人叶莲娜的宫殿里。"（阿法纳西耶夫，209）对情节发展进程来说，这两种情况起的是同样的作用。这个事实我们暂且记录备考，但它已经向我们提供了某种解释——为什么伊万如此消极却依然是主人公。我们对故事进行充分的研究，正是为了确定：变为动物的主人公比获取动物的主人公更古老，主人公及其相助者就功能而言是一个人，动物主人公更换成了主人公+动物。

3. 鹰 在主人公的相助者里有一只鹰或其他的鸟类。鸟的功能永远只有一个——将主人公载运到另一个国度去。这种渡载我们将单辟一章予以讨论，现在先限于对鹰本身进行一番研究。

在《海王与绝顶聪明的瓦西里莎》这个故事里，主人公想把鹰杀掉，但那只鹰请求他养着它。“最好把我带到你那儿去，养我三年。”（阿法纳西耶夫，219）“你别心疼，就养我九个月，我以后都会偿还给你的。你每个昼夜给我六头母牛或者六头犍牛吃就行了；虽说这对你来说也不容易，可我以后会全部报答你的。”（科尔古耶夫，6）虽然鹰显得十分挑剔和贪食，但主人公耐心地给了它所要的一切。“庄稼汉听从了它的话，把鹰带回了自己的小木屋，用肉把它养起来：时而杀只羊，时而宰头牛犊。可家里并不只是庄稼汉光棍一个呀，还有一大家子人呢——大伙都抱怨起他来，说他把钱都花在这只鹰身上了。”（阿法纳西耶夫，220）

我们在此看到的是鹰受到供养。我们碰到的完全是一种历史现象。在西伯利亚一些民族那里，鹰是受到供养的，供养它有特殊的目的。“应当一直把它养到死”——泽列宁说——“然后埋葬它。”在这些情况下，从来不应抱怨喂鹰的花费：它会加倍回报的。据说古代时，有时候鹰会出现在人们过冬的住所旁。在这种情况下，主人会拿出自己一半的牲畜来喂鹰。开春后，鹰在飞走时，向主人行礼致谢，在这种情况下主人便迅速暴富。[1]

此处主人所做的正是故事主人公做的事：把所有牲畜都喂了鹰。不过，泽列宁所记述的例子是晚近的。我们知道，人们并不是简单放走鹰，而是杀掉它。照什捷尔恩堡的说法，杀掉鹰意味着送它走。阿依努人也杀鹰，并且在杀鹰之前向它祷告说：“哦，尊贵

1 Зеленин Д. К. Культ онгонов в Сибири. М.; Л., 1936, с.183.

的神明；哦，你这神的鸟儿，我求你听我说几句话。你不属于这个世界，因为你的家在造物主和他的金鹰住的地方……等你到了他那儿（你的父亲那儿），请你告诉他：你在阿依努人那儿住了好久，他们像父亲母亲一样养育过你。”及诸如此类的话。[1]养鹰与杀鹰，目的都在于祈求神灵——鹰的主人（后来是造物主）——发慈悲。祈祷的意思是：“我被善待过，请帮助那些做这件事的人。”宰杀的举动就是送它走。

我们在故事里看到了什么呢？诚然，故事中的主人公没有杀鹰。他在养了它三年之后，就想杀掉它。“猎人拿来把小刀，在磨刀石上磨快了。”“我要去把鹰杀了——他说——也没见它长得多好，只不过白白吃粮食罢了！”（阿法纳西耶夫，221）但他还是又养了它一两年，后来把它放生了。鹰带着他去了极远之国。他们一起飞翔。故事中飞翔的时刻与仪式中经历死亡的过程相合。在仪式上人们给鹰喂食，然后将它送到它父亲那儿。在故事中表现为放生。鹰不是飞到了自己父亲那儿，而是到了自己“姐姐”家，还向她说了下面一席话：“要是我没碰上我的恩人——就是这位猎人的话，那你们就要一辈子为我伤心流泪了；三年来他给我治伤、喂养我，全凭他我才重返世间。”（阿法纳西耶夫，221）即它所做的正是阿依努人在他们的祈祷词中向他们的鹰所要求的。报答真的马上就兑现了。“‘谢谢你，庄稼汉！这是给你的金子、银子和宝石，

---

1 Штернберг Л. Я. первобытная религия в свете этнография. Гл. *Культ орла у сибирских народов*. Л., 1936, с.119.

想拿多少就拿多少！’庄稼汉什么也没拿，只要了一个带着几把铜钥匙的小铜匣子。”（阿法纳西耶夫，220）

这个例子的有意思之处，在于其中包含了仪式分化解体的几个因素。它显示出故事反映的是其最后的阶段，我们在其他例子中也看到了这一点。喂鹰对主人公来说显得是某种累赘，像是一件多余的和毫无意义的事。“鹰吃得可真多，把整群牲畜都吃下去了，沙皇的牛啊羊啊都没有了……沙皇到处去借牲畜又养鹰养了整整一年。”（阿法纳西耶夫，219）或者是：商人“把鹰带回了家。立刻杀了一头牛，灌了满满一桶蜜水。掂量了许久，这些够喂鹰的了。可鹰一下子就吃光喝净了”（阿法纳西耶夫，224）。这样一来，多余性和不可理解性在此处就表达得十分清楚了。随之而来的致富是一个奇迹。

将故事中与西伯利亚祭祀活动中的喂鹰对比一番，我们似应能对这一活动作出解释。不过我们在上文中已经指出过对图腾动物的饲养，喂鹰——只是这种饲养的一部分。

所有这些让我们有权得出下列结论：喂鹰的母题是根据某时曾有过的习俗创造出来的。历史上的喂养是杀祭祀动物前的准备，即送它前往主宰者那里，旨在唤起后者的善心。在故事中，宰杀被重解为宽恕、放生和飞走，而主宰者的善心则被重解为交给主人公一件赋予他威力和财富的物件。

这些结论主要是从西伯利亚的材料中得出的。西伯利亚祭鹰的材料有意思之处还有另外一点：它们展示了鹰的所有者与鹰作为相助者之间的相互关系。在鸟与萨满之间存在着最密切的联系。在基里亚克人的语言中，鹰有个类似萨满的名称，就叫“恰姆”。外贝加尔湖的通古斯萨满养着一只白头鹰，它是萨满的守卫者和保护人，它的雕像（铁制的）放在萨满的冠冕上，放在两只角之间的拱出部分上。在捷列乌特人那儿，鹰被称作“主宰天空的鸟”——它是萨满必备的伴侣和相助者。“它在萨满行巫术时伴随他上天入地遨游，在保护他避开路途上的灾厄的同时，还按照使命把牺牲分献给各路神明。”在萨满的衣服上缀着鹰骨、鹰羽和鹰爪。总之，在西伯利亚一些民族看来，萨满的长袍是鹰的样子。据此，通古斯人、叶尼塞斯克的奥斯加克人和许多其他民族的长袍做成鸟的形状，缝着像鸟翅和鸟羽样的长长的流苏。[1]这些材料补充证明了主人公与其相助者间的同一性。

4．飞马 我们现在转向主人公的另一个相助者，这就是飞马。马进入人类文明和人类的意识要晚于林中的动物，这一点大概无须论证了。人与林中动物的交往早已在久远的历史中消失，对马的驯养或许还有迹可寻。伴随着马的出现，还有一个情况必须仔细研究。马的出现不是取代林中动物，而是具有它全新的经济功能。可以说马的出现取代了鹿，或许还有狗，但是不能说马的出现取代了鸟或熊，说它肩负起了它们的经济作用和经济功能。

这一转变在民间文学中又是如何反映出来的呢？我们依然会看到，经济生产的新形式并非立即就创造出了与其对应的思维形式。有一个这些新形式与旧思维发生冲突的时期。经济生产的新形

1　Штернберг Л. Я. первобытная религия в свете этнография. Гл. *Культ орла у сибирских народов.* Л., 1936, с. 121.

式引入了新的形象，这些新形象会创造出新的宗教——但不是一下子完成的。在语言中有把马叫成鸟的现象，即旧词语转到新形象上。在民间文学中也是如此：马具有了鸟的形象，飞马的形象就这样创造出来了。“我们现在知道了，”乌尔说，“‘马’在史前期意味着‘鸟’，但‘鸟’在语义上是与‘天空’联系在一起的，要在地球上的人类日常生活中以及史前的物质环境里代替马，当然是鸟所不能的。”[1]

以马取代鸟，显然是一种亚欧现象。埃及有马的时间比较晚，美洲在欧洲人到来前还不知道马。[2]但是那里有同样的过程可以研究，不过这个过程要研究的不是鸟，而是熊。在美洲神话中，身为主人的熊将一个男孩带到地下并让他给自己挑一只熊做相助者。男孩给自己挑了一只黑色的。“熊主人发威地吼叫起来，接着突然呼哧着跳到了黑熊身上。接着它又钻到黑熊的身下，将它向上一抛，于是黑熊站的地方出现了一匹高头大黑马。”[3]这个例子明确地指示出新动物如何肩负起了旧动物的宗教功能。马代替了熊的相助者作用，这个相助者是从“地下”的熊主人那儿获得的。但这匹马的身上还有着脱胎于熊的一些特征。它的颈项上还是熊皮，跟我们的故事中的大黄马两侧长着鸟翼完全是一回事。简而言之，就是发生了

1　Марр Н. Я. (1) Средства передвижения, орудия самозащиты и производства в доистории. — Избр. Произв., т. III. М.; Л., 1934, с. 125; (2) *Лощадь//птица* тотем урарто-этрусского племени, и еще два этапа в его миграции. — Яфетический сборник, т. I. Пг., 1922, с. 133.

2　Hermes G. Der Zug des gezähmten Pferdes durch Europa. — Anthropos, 1937, Bd.32, Hf.1/2, S.105 — 146.

3　Dorsey G. A. Traditions of the Skidi-Pawnee. Boston; New York, 1904, p.139.

此动物与彼动物的同化。

令人感兴趣的是，马在美洲的出现创造了与在欧洲完全一样的那些仪式和民间文学母题，阿努钦在研究西徐亚人与美洲人相类似的殡葬仪式时就曾指出过这一点。多尔斯断定，如果死者有一匹心爱的马，亲属们就会在墓前杀了这匹马，他们想这匹马会将死者送到灵魂之国，有时他们剪下一些马鬃放进坟墓。鬃毛被赋予故事中具有的那种对马的控制权。这些例子显示出取决于经济与社会生活现象而出现的相同的仪式和民间文学母题的规律性。正是这些例子解释了马为什么长着翅膀能够飞翔。

5. 喂马 马不只是把鸟的标志（翅膀）搬到了自己身上，还搬来了鸟的功能，与图腾动物以及故事中的鹰一样，它已经不再作为图腾动物被喂养。然而这种喂养采用了另外一些形式，与能吃掉皇帝整个畜群的喂鹰相比，喂马已经是件很轻松的事了。对马的喂养赋予它神奇的力量，但从表面上就跟现实生活中的喂马一样："你让我去吃三个早晨的青草吧。"（阿法纳西耶夫，100）我们上文看到过，感恩的动物，那只鹰的请求是"请喂我三年"，现在听到只是这种请求微弱的回响："用春麦喂了三次的时候，只见他飞身上马，跑得不见踪影了。"（斯米尔诺夫，112）

养马，是喂养神奇动物的一个个案。被喂养的感恩的动物比如说有鹰、马，甚至还有用恶公主或姐妹喂养蛇妖。这一母题的图腾起源已经做过论证。喂马的例子显示出问题不只是供给动物吃食，喂养还赋予马神奇的力量。在喂食过"十二滴露水"或"春麦粒"之后，它从一只"癞皮的小马驹"变成了主人公所需要的能喷火的骏马。马具有了神力。“伊万每天早晨和每天晚上骑着自己的马去牧场的绿草地，在沐浴了十二次朝霞和晚霞之后，他的马变得如此强壮有力，如此漂亮，简直是妙不可言，大概只有故事里才有。它还那么聪明，伊万的脑子里刚冒出的念头，它已经先知道了。”（阿法纳西耶夫，185）在另一个例子中，这些由喂养造就的神奇品质就表达得更突出了：“这些日子你喂我吃燕麦，到时候我把你藏在蹄子下面。”（斯米尔诺夫，341）这一变形运用反差对比的方法艺术地表现出来：喂养前它是匹癞皮马驹，而喂养之后成了一匹骏马。癞皮马驹的形象是一种纯粹的故事式的勾画；故事喜欢用反差：偏偏让傻瓜伊万作为主人公，切尔娜夫卡却是公主。我们要想寻找仪式与体弱的或疲惫不堪的动物受到祭祀性的喂养的母题的共同点，那会是徒劳之举。

6．为死者安魂的马　对宗教观念领域里的马已有若干研究。[1]这些根据不同材料做的研究得出了颇为划一的结论，即在宗教中马曾作为祭灵的动物。我们必须确定故事中的马是否是从这儿来的（它未引起这些研究者的注意），或者它另有迥然不同的创造途径。

1　Анучин Д. Н. Сани, ладья и кони, как принадлежности похоронного обряда. — Древности. Труды Моск, археол. о-ва, 1890, т. XIV, с. 81 — 226; Negelein J. (1)Das Pferd im Seelenglauben und Totenkult. — ZV, 1901, Bd. II. S.406 — 420; (2) Das Pferd in der Volksmedizin. Globus, 1901; (3)Das Pferd im arischen Altertum. Königsberg, 1903(teutonia. Arbeiten zur germanischen Philologie, Hf.2); Stengel P. Aides klytopolos. — ARw, 1905, Bd. VIII, S.203 — 213; Malten L. Das Pferd im Totenglauben. — Jahrbuch des Kaiserlichen deutschen Archäologischen Instituts, 1914, Bd.29, S.179 — 225; Radermacher L. Hippolytos und Thekla. Wien, 1916 (Sitzungsberichte Akad. Der Wissenschaften zu Wien. Philos. Hist. Klasse, Bd.182, Abh. 3); Howey M. O. the horse in magic and myth. London, 1923; Худяков М. Г. Культ коня в Прикамьи. — В кн.: Из истории докапиталистических формаций: Сб. Статей к 45-летию науч. Деятельности Н. Я. Марра. М.; Л., 1933, с. 251 — 280.

在此做历史的考察十分困难。马的前身是另外一些动物。我们要想在远古寻找材料将一无所获，主要材料是文明民族的。

上面我们已经看到，马是主人公的亡父从坟墓里赠给他的。在那个部分里，注意的焦点是赠马的父亲，在这个部分我们的注意转向马。这一母题的历史根基是怎样的呢？马为战士殉葬，这是大家都知道的。“将马匹和奴隶杀掉，是想让这些与死者一起埋葬的生物在坟墓里依然为死者服务，就像在生前为他服务一样”——福尤斯捷尔·德·库兰日这样写道。[1]这与故事中的“你要为他服务，就像为我服务时一样”（阿法纳西耶夫，179）毫无二致。但马要在什么事情上为死者效劳呢？马是供乘骑的动物。因此涅格莱恩说得完全对：“按习俗在人垂死时给他随身带走一匹马，是由于其作为负载者或赴圣地引路者的功能，与因纽特人离不开狗相类似。”[2]因纽特人用狗陪葬，希腊人则用马。但此处有一个矛盾：故事中亡父并未骑马离开坟墓去任何地方，而只是跟马一起待在坟墓里。有意思的是希腊人的信仰就是如此。文特的说法是完全不对的，他说：“按照希腊人、罗马人和日耳曼人的信仰，阵亡将士的灵魂骑着快马奔向灵魂之国。”[3]可能在某些情况下是这样，但一般来说对古希腊罗马而言则是不可信的。如我们所见，最初死者哪儿都不会去。随着空间观念的发达，人们才将远行和远走高飞加在死者身上。后来，当随着向定居的农业时期

1　Фюстель де Куланж. Гражданская община древнего мира. СПб., 1906 с. 11.
2　Hegelein J. Das Pferd im Seelenglauben und Totenkult. — ZV, 1901, Bd. II, S.373.
3　Вундт В. Миф и религия. СПб., б. г., с.111.

的转变兴趣范围集中在土地上，当出现了对其土地的依恋，当出现了祖先祭祀时，就已经不再认为亡者已经远离，而认为他们依然还在家里，在灶旁，在门槛下或地底下，在坟墓里。马也总是作为死者的标志物，尽管它实际上已丧失此意义。如罗杰所指出的，在维奥蒂亚可以看到一些墓上的浮雕，那上面死者骑在马上或牵着马，正在接受馈赠。[1]涅格莱恩指出，本来在希腊，甚至在原来的基督教徒的墓石上都刻有马。"它是更晚近的男性死者必须有的标志物。"[2]罗杰小心翼翼地提出了一个假设：此处马是"进入灵魂世界的死者的象征"。

马里丹的看法要更确切些，他认为在古希腊人的信仰中，死人既可以化为马，也可以骑在马上，拥有这匹马。罗杰和马里丹都未提及骑马行走。材料的比较研究显示出：变成动物的死人转化成了死人和动物。以此可以解释罗杰未注意到的而被马里丹看到的那种双重性：死人变成了马，但他同时又是马的拥有者。故事中同样也存在着矛盾，但矛盾是另一种性质的：父亲并未乘马飞翔，乘马飞翔的是儿子。乘马飞行是较为古老的、前农业社会的现象，它从化为鸟形或骑在鸟上发展而来。父亲携马住在坟墓里——可以列入较晚近的现象，它反映了对祖先和祖先坟墓的崇拜：父亲已不再乘马飞行了。

在此还可以举出故事在若干细节上显示出较希腊宗教更为古

1　Rohde E. Psyche Seelencult und Unterblichkeitsglaube der Griechen, Bd.I. 4. Aufl. Tübingen, 1907, S.2413.

2　Hegelein J. Das Pferd im Seelenglauben und Totenkult. — ZV, 1901, Bd. II, S.378.

老的特征。在故事中，马是由死人赠予的，在希腊神话中马的赠予者则永远是神灵们。如雅典娜给了柏勒洛丰一个笼头，他靠这个笼头驯服了飞马珀伽索斯。故事中的父亲有时也恰恰是这样做的：他或者告诉儿子一句咒语，或者给他一缕马鬃或一个笼头。（阿法纳西耶夫，182，184，170）

讨论暂且只限于此。它们证明了墓中为死人殉葬的马这一母题的历史性，它们回答了我们在开头提出的问题。马不仅在一些宗教中，而且在故事中也是一种为死者安魂的动物。

7．被弃置与被交换的马 在我们考察的母题中，马的确是作为为死者安魂的动物呈现在我们眼前，而故事也确认了研究者们对宗教中的马所得出的结论。对被弃置的马或假冒马的母题的考察证实了这一观察。在世的父亲提供的马还不行，只有得自坟墓的马才是有强大威力的动物。“他在马尾部拍了一下，马当时便跌倒了。他从五百匹马中没挑出一匹合心意的来，于是他对父亲说：‘爹爹，我在你这儿一匹也选不上；现在我还是去空旷的田野，去绿色的草场——看能不能在马群里挑到一匹可心的？’”

伊万在出门上路之前骑的那匹马，是匹凡马——不中用，这是老妖婆告诉他的。因此主人公在老妖婆那儿频频换马。“她吩咐他把自己的马留在她那儿，骑上她的双翅飞马去她姐姐那儿。”（阿法纳西耶夫，171）在二姐那儿，这匹马换成了一匹四个翅膀的，到了三姐那儿又换成了六个翅膀的。

这就是为什么父亲给的凡马不中用的原因：它是地上跑的东西，它没有翅膀。在通往另一世界的入口处，主人公得到了另一匹马。

8．地窖里的马 那什么样的马才是合适的呢？老妖婆对这一点做了明示："你爹那儿没有骏马吧？——骏马是有的，关在三道门的后面，第三道门已经被蹄子踢穿了。"（阿法纳西耶夫，175）父亲马厩里的马不中用，中用的只有那匹从墓穴里出来的。是的，故事中从未说过这是墓穴，对故事来说这不过是地下室或地窖，有时甚至是"官家的地窖"。但细节却令人不必怀疑这个地下室就是坟墓。"你去空旷的田野吧，那里有十二棵橡树，这些橡树下有块长方石板，你找到这块石板，你先祖的马就会从那儿跳出来。"（斯米尔诺夫，112）"那块石头下面的地下室打开了，地下室里站着三匹高头大马，墙上挂着军用马具。"（阿法纳西耶夫，137）"老太婆回答说：'跟我来。'便将他引到了一座山上，指着一个地方说：'挖开它。'伊万王子就挖开了……他进入了地下。"（阿法纳西耶夫，156）"在这座山上，有一棵二十抱粗的橡树，树下有一个墓穴。在这个墓穴的门后有两匹马驹。"（翁丘科夫，143）所有这些都是再清楚不过的坟墓的标志。小丘也好，石头也好，长方石板也好，就连树都证明着这个地下室就是墓穴。

当伊万走入地下室，那匹马有时会高兴地嘶鸣着迎接他。伊万砸破门，马挣脱了锁链。在上文我们看到，宝物是通过妇女路线传递的。接受者得到的不是别的东西，而是他妻子氏族的图腾标志。在此这个却一点看不到。马是通过男人路线传递的。主人公得到的那匹马"不是你祖父的，而是你先祖的"。马发出高兴的嘶叫说明这匹马真正的、法定的主人出现了，继承它的人出现了。

对这一母题的分析，证实了关于故事中马具有出自坟墓的性质的结论，而且补充了马与其主人先祖关系的画面。

9．马的毛色 由于这些材料，我们对马的毛色发生了兴趣。是的，故事说遍了所有毛色，它有灰色、棕色、浅栗色、火红色等等。这种多样性反映了现实，但这些多少是因为故事中的马往往是三匹，这三匹马有着不同的毛色。不过，如果稍微走近看这种多样性，就会发现两种毛色占优势：灰白色和火红色。它是白色的，甚至是银色的，“全身银白，没有一根杂毛”（阿法纳西耶夫，138），即白得令人目眩。“白得发蓝”（斯米尔诺夫，298）。三匹马——分别为黑色、灰色和白色——最后一匹，即最强壮、最漂亮的一匹，是白色的（雅沃尔斯[1]；黑色、火红色、灰色——阿法纳西耶夫，184）。从另一方面说，三匹马中（灰色、黑色、火红色——阿法纳西耶夫，139）常常称最后一匹是火烈马。在绘有与蛇妖作战故事的俄国圣像画上，马几乎总是或通体雪白或火焰般通红。在这些情形中，红色显然是火焰的颜色，与马的喷火特性相符合。

白色是冥界生物的颜色，对此涅格莱恩在论白色意义的专门论著中明确指出过这一点。[2] 白色是丧失了实体感的事物的颜色，因此鬼魂都是白色的。马就是这种颜色。马有时被称为隐形者并

1 Яворский Ю. А. Памятники галицко-русской народной словесности, вып. I. Киев, 1915, No.21, с.312. (Зап. Рус. Геогр. об-ва по отд. этногр., т. XXXVII, вып. I).

2 Hegelein J. Die Volkstümliche Bedeutung der Weissen Farbe. — ZfE, 1901, Bd.33. S.79 ff.

非偶然："在那么一个国家，有一片绿色的草场，那儿有一匹隐身母马，它有十二匹小马驹。"（斯米尔诺夫，184）"而他有隐身女王送给他的一匹隐身马。"（斯米尔诺夫，181）有一个例子中它被称作"雪青马"（斯米尔诺夫，298）。那句套语"没有一根杂毛"同样证明了它是白色的，指出了这种色彩的耀人眼目。由此还有这样一些表达，诸如："别说是骑上它了，都没法睁眼看它。"（胡加科夫，36）

凡是马有祭祀作用的地方它总是白色的。"在布里亚特人那儿，乌列王国的统治者纳加德–萨冈–佐林被描绘成一匹白蹄白毛马的拥有者。"[1] 在亚库特人的神话中，蛇嘲弄地请主人公去骑上"一匹死马"。他骑在一匹"纯白色……还像鸟儿一样从背的中间生出一对银翅的马上"。[2]"通体雪白的马"在亚库特人那儿极为常见。[3] 希腊人只用白马作献祭之用。[4] 在《新约 · 启示录》中，死神骑着"浅白色的马"。[5] 在日耳曼诸民族的观念中，死神是骑着匹瘦弱的驽马出现的。[6] 无怪乎荷拉西称死神是"苍白的死神"（pallida mors）。类似的例子显示出毛色不是偶然的、无关紧要的现象，如果说统计数字显示灰色或白色不占出现频率密度的首位，那这也证明不了什么：

1　Зеленин Д. К. Культ онгонов в Сибири. М.; Л., 1936, с.218.

2　Худяков И. А. Верхоянский сборник. Якутск, 1890, с. 142. (Зап. Вост. -Сиб. отд. Рус. геогр. об-ва по этногр., т. I, вып. 3).

3　Ibid., с.137.

4　Stengel P. Aides klytopolos. — ARw, 1905, Bd. VIII. S.212.

5　Malten L. Das Pferd im Totenglauben. — Jahrbuch des Kaiserlichen deutschen Archäologischen Instituts, 1914, Bd.29, S.188.

6　Ibid., S.211.

白马和浅灰马在故事中的存在以及它在与冥世相关的观念中存在，恰恰令人在这一形式中看到了马的最为古老的形态，而其余的毛色可以认为是现实的变形，况且，马的这种形态与马的整体形象以及与冥世的关系相符合。

10．马的喷火特性 对毛色的观察告诉我们，有时马是火红的，而在描绘格奥尔基骑马与蛇妖作战的圣像画上，马是红色的。无须在此重复那些涉及马的喷火特性的细节了：鼻孔里火花四射，耳朵里烟火腾腾，等等。我们须对这一现象做出解释。

马的形象与火的概念为什么会联系在一起，它们又是如何融合在一起的呢？是否有能够证明这一联系如何产生的材料呢？

我们知道，马的基本功能是在两个王国之间起中介作用。它驮着主人公前往极远之国，在宗教信仰中它常常载着死者前往冥国。

火恰恰是一个中介物。在美洲、非洲、大洋洲和西伯利亚的神话中，主人公没有任何动物相助，只是借助于火而上达天庭。让我们来引证几个例子。亚库特人的是："随后他挖了一个七俄丈的坑，劈碎了七棵大树之后，在那里生起一堆火。他化作一只白色的雏鹰腾空而起。"[1]这就是说，为了登天，主人公燃起大火，而且登上了天。最有意思的是，他在这个过程中变成了鸟。这显示出旧的兽形形象尚未被遗忘，在此转化为动物的老传统遭遇了新因素——火的因素。但此处的火是否是最原初的？泽列宁说："人

1 Худяков И. А. Верхоянский сборник. с.97.

们……很晚才开始认为尸体焚化是前往天庭。”[1]密克罗西亚神话中的主人公试图登天去看他的父亲，他试着飞起来，可是没成功。“但他并未放弃自己的打算，他点起一堆大火并借助于烟雾再次升天，终于，他到达了他父亲的怀抱。”[2]不过不必过多谈论这一现象。无论是火化尸体，还是焚烧祭品，皆据此而来。这样说来，火与动物一样，一度曾经是两个世界的中介物。在马出现之后，火的作用就转移到了马的身上。作为此说范例的不仅是故事，宗教亦有此说的例子。作为走向故事的历史阶梯，这里可以指出两个现象：一是火崇拜与马崇拜的会合，印度提供了这一现象的经典范例；二是火与马在萨满教中起的作用。印度是自古便有马的国家，并且马大约还是从那里传到全世界的。我们的确会在吠陀教的火神阿格尼身上看到火与马合一最为充分的发展。就像奥尔登堡在描绘燃烧圣马仪式时写的：“主祭司向一位助祭发出命令说：‘把马牵过来。’马靠近点火的地方站着，为的是让它看见打着火的过程……毫无疑问，马不是别的，它就是火神阿格尼的化身。”[3]此处是马观看点火，而在吠陀颂歌中是它取自火镰：“火神阿格尼新生的方式是通过两根小棍的摩擦。”（《梨俱吠陀》）火神不只在许多细节方面，而且在实质上、在基本功能上与马是吻合的。它是用火将死者送上云端的两个世界间的神——中介者。吠陀教按阶段来说是很晚近的现象。《梨俱吠陀》是身为神学家的祭司作品，然而它毫无疑问

1　Зеленин Д. К. Культ онгонов в Сибири. с.257.
2　Frobenius L. Die Weltanschauung der Naturvölker. Weimar, 1898, S.116.
3　Oldenberg H. Die Religion des Veda. Berlin, 1894, S, 77.

间接地反映了民间的观念。

有一点在此指出并非多余，即故事中的马，完全像吠陀教火神阿格尼那匹喷火的马一样是出自火镰。但《梨俱吠陀》保留的是火镰的古老形态——两根小棍，故事则以新时期的火镰取代了小棍——用的是燧石或打火石。

吠陀教的火神阿格尼与俄国故事中的马之间的吻合是如此充分，以至于它们的吻合可以构成一个特殊研究的对象。奥夫相尼科-库利科夫斯基在关于吠陀时代火崇拜的著作中收集了火神阿格尼的几百个修饰语。[1]尽管脱离它们所附着的对象对修饰语进行孤立的研究可能得出错误的结论，但所有诸如“脊背光芒四射”“长着喷火的嘴巴”“长着冒烟的脑袋”“它的标记是冒着烟”“长着金色的鬃毛”“长着金色的牙齿”“长着金色的大胡子”等用在化作马的火神身上的修饰语与故事如此相近，不可能是偶然的。它们建立在与故事相同的观念之上。

在此我们不去研究这种联系，那将使我们离题太远。我们只要指出两个世界间的中介——这匹喷火的马存在于创建了国家的游牧民族中就足够了。对火神阿格尼的研究让我们得以阐明马的喷火特性，它得之于作为两个世界中介的马与火的观念的融合。在马的三个基本构成因素——鸟、马和火——中，火是最晚近的要素，而鸟是最古老的。

前面曾经提到，能够起两个世界间中介者作用的不仅仅是神

1 Овсянико-Куликовский Д. П. К история культа огня в эпоху вед. Одессаб 1887.

（这已成为晚近文明的标志，吠陀教文明便是），还有萨满。萨满施法术同样要借助于火。什捷尔恩堡描述过他亲眼看到过的巫师作法。“如果病人身上的魔鬼死不肯离去，那么萨满就会召来一个能变成火球的神灵，它钻进萨满的肚子，从那儿传到他身体各个末梢部分，这样萨满在每次作法时就会从嘴、从鼻子、从身体的任何部分喷出火来。”[1] 这个例子显示出，从嘴、眼、耳等地方喷火的事并不只是故事的专利。

据南森说，因纽特人也有这样的观念。“萨满们的标志就是他能吐出火来。”[2] 不过这样做的一般是邪恶的萨满。南森将其与中世纪吐火的妖魔相对照，并且认为关于吐火萨满的概念是在欧洲的影响下形成的。其实情况正好相反。吐火妖魔是生死两界间吐火中介者观念最近的反映。在非洲的约鲁巴部落还有这样的观念。神话主人公山戈从他父亲那儿得到了强大的魔法，他将它吃了下去。人们聚众论事，大家轮流发言，当轮到主人公时，“从他嘴里喷出火来，大伙儿吓坏了。那时山戈明白了，他就像神一样不服从任何人，他跺了一下脚便腾空而起”。[3] 在这里，我们看到了最晚近的火焰升空，包括先知伊里亚的烈火战车的原型。[4]但马不只是从这个方面揭示了与萨满教的联系，它不只是作为能吐火的生灵。萨满常常有一般作为相助者或与它有关联的马。

---

1 Штернберг Л. Я. Первобытная религия в свете этнографии. Гл. *Религия гиляков*, с. 46.
2 Nansen F. Eskimoleben, S.252.
3 Frobenius L. Die Weltanschauung der Naturvölker, S.235.
4 Holland R. Zur Typik der Himmelfahrt. — ARw, 1925, Bd. XXIII. Hf.3/4, S.207 — 220.

波波夫这样描述亚库特人那儿的萨满施法术。[1]萨满走进去并在助手的帮助下穿上衣服。人们递给他一小把白色的马鬃毛，他取出其中一部分投入火中——这用来款待神灵并让神灵喜欢他，这些神灵非常喜欢燎毛的烟。要补充的是，萨满坐在白色的马皮上。不过，神灵们为何会“喜欢燎毛的气味”，他们怎么会有这种古怪的嗜好？还有，为什么这样是“款待化作相助者的神灵并博得他们对萨满的好感”？故事表现得十分清楚，燎毛是请神的巫术手段，还有就是，神灵不管喜欢还是不喜欢这股味儿，它都不得不现身。唤来一匹马只要“烧”三根毛就行了。这是由萨满来做的。

在这个例子中，萨满请来的不是马，而是一些神灵，关于它们的外貌只字未提。但我们知道，萨满的相助者中有马。“在布里亚特人的传奇中，某些死去的萨满被认为是一匹白马、花斑马或黑马的拥有者，他们在世时骑着它走来走去，现在依然骑着它在自己的乌卢斯周围漫步。”[2]米努辛斯克的萨满对被称为“捷列乌特人的靠山”的翁贡人这样说：“中午你骑着青灰色的马从库兹涅茨克山来到这儿。”在亚库特人的神话中，魔鬼是这样做的：“这时魔鬼把它的铃鼓翻过来，坐在铃鼓上，用棍子打了它三下，于是这个铃鼓就变成了一匹三条腿的母马，跨上这匹马，魔鬼直奔了东方。”[3]

---

1 Попов А. Материалы по шаманству: Культ богини Аисыт у якутов. — В кн.: Культура и письменность Востока, т. III. Баку, 1928, с.299.

2 Зеленин Д. К. Культ онгонов в Сибири. с.299.

3 Худяков И. А. Верхоянский сборник, с. 142.

11．马与星星 在此需要指出的还有马的一个外部特征。在它的“两侧布满星星，在脑门上有一轮明媚的月亮”。不难想象，作为天地之间中介者的马，会带有天空的标志。在《梨俱吠陀》中用缀满珍珠的马来比喻天空：“像一匹缀满珍珠的黑马，‘pitar’用星星来点缀天空。”（《梨俱吠陀》，十一，8，11）对这处描写，柳德维格指出，这里是将马作为天空的象征。可以与此并列的还有火神阿格尼有时也与月亮混同（《梨俱吠陀》，二，2，2）：“好似来自天空的使者彻夜普照众生。”

不过很可能的是，夜空下的马是白天的马、阳光下的马的派生物。如果说在月光下的马的形象中有某种不自然的、人为的东西（它很少见），那么太阳神赫利俄斯的马车、战神印特喇的马车或大神拉的阳光帆船则十分壮观美丽。但它们没有进入故事。它们与信仰同归于尽。只能在一些纯点缀性的形象中找到微弱的回响，比如说像那匹老妖婆骑着“每天飞遍世界”（阿法纳西耶夫，159）的母马，或者是关于瓦西里莎的故事中那三位骑手。太阳在故事中并不是以动态反映出来的，它在故事中常常是作为一个王国和一个宫殿出现，关于这一点后面还要说到。在这一联系中值得指出的是，埃及宗教中吞吐火焰的形象正好被归在太阳名下，而从这方面说，故事中的马或许反映了太阳。“你呵（大神拉，太阳神，或者干脆就是太阳）存在于你的卵中，脱出了你的包围，你在你的地平线上冉冉升起，你在空中闪耀着金子一样的光芒……你从你的口中喷出一股股火焰。”（《亡灵书》，17）

12．马与水 马的另一个特征是它与水的联系。这种与水的联系是亚洲和欧洲的马所共有的——印度的火神阿格尼和希腊的飞马珀伽索斯。这种海里的马在故事中的确有点不寻常，难得一见，而且并不总是作为主人公的相助者。它在夜间出现还破坏草场，干草它是连吃带糟蹋，于是兄弟们去暗中守伺。“半夜时分风雨大作，大海波涛汹涌，接着从大海深处走出一匹奇异的母马，它跑到第一个草垛边便开始狼吞虎咽地吃起干草来。”（阿法纳西耶夫，105）但是充当相助者的马有时也与水有关。路遇的老人对主人公说：“你爸爸有三十匹马——全都是一个样子；回家去吧，吩咐马夫去蓝色的大海饮马；有一匹马冲上前来，落入水里直没到脖子，只要它一喝水——在蓝色的大海上掀起了波浪，惊涛拍岸——你就牵那匹马吧！”（阿法纳西耶夫，157）

与马所具有的冥界特性相比，它与水相关的特性是派生的和较晚近的现象。马尔丹证实了希腊这方面的情况，奥尔登堡则证实了印度的。与故事中的马一样，希腊的飞马珀伽索斯与水有着某种关联，它用蹄子踏出了赫利空山上的一眼新泉——希波克瑞涅灵感之泉。在这里，马原初的冥界特性是显而易见的。当珀伽索斯在阿克罗戈林孚的庇瑞涅泉边喝水时，柏勒洛丰用雅典娜给他的辔头套他。海王波塞冬的神马们将马与水的联系揭示得更为分明。海王有时将马赠给向他虔诚祷告的人，如他曾将几匹马赠给了珀罗普斯，珀罗普斯借助这些马在竞技场上超过了俄诺玛俄斯，为自己从俄诺玛俄斯那儿夺回了未婚妻。阿耳戈英雄们也看到了从海中走出的双侧长着金鬃的马。

据马里丹的研究，波塞冬并非一直是海神——他一度也是陆地之神。他最初是“让种子丰收，泉水长流”的冥界之神。[1]那时他已经与马联系在一起了。“只是通过岸边的居民，准确地说是多亏越海而来的移民，淡水的主宰者成了海水的主宰者。”[2]随着他变为海神，他的马也变成了海中的马。[3]是的，从水中走出的马的形象不会是原初的，它应该是历史地形成的，希腊的这一演变过程有人做过研究。印度产生过某种类似的东西。神马阿格尼据说是水的孩子。奥尔登堡推测说，曾经有一种特殊的水中动物，它与阿格尼融合为一了。他“有海水做的衣服”(《梨俱吠陀》，五，65，2)，“你是从水里干干净净地走出来的”(二，1)，“湖里的水来帮助他”(三，1，3)，等等。

13．其他的相助者 马和鹰并不是主人公唯一的相助者。在这里无法给出一个故事中的相助者的完整名录和系统，我们将只考察那些最具实质性的和最重要的形象。在考察过充当相助者的动物的最典型范例——鹰和马之后，我们来略谈一下几位人形的相助者。

各种身手不凡的能工巧匠构成了相助者的一个特殊范畴，这常常是每人都身怀绝技的兄弟。有时是路遇的勇士，他们论外表、论品性都极不寻常。这类相助者数目巨大，按鲍里特-波利夫卡编的索引，可以确定的这类能工巧匠的名称有近四十个。

---

1 Malten L. Das Pferd im Totenglauben. — Jahrbuch des Kaiserlichen deutschen Archäologischen Instituts, 1914, Bd.29, S.179.

2 Ibid.

3 Ibid., S.179, 181, 185.

这类相助者中最为突出的人物是严寒老人——特列斯孔或斯图捷涅茨。对他的描绘是各式各样的，有时干脆就不描绘。在一个故事中，这是个头发乱糟糟的老头。“你的脑袋怎么缠着呀？”“头发就得缠着，要是把它们披散下来，严寒就会降临了。”（胡加科夫，33）在兄弟们那儿他也是这个样子（格林，71），他的帽子扣在一只耳朵上，当主人公为此责备他时，他说：“如果我把帽子戴正了，那就会出现可怕的严寒，连飞鸟都会冻死掉落到地上的。”

俄罗斯故事中还有另一个更为鲜明的形象。“接着走来了一个老头子，老态龙钟的，流着鼻涕，他的鼻涕就像屋檐下的冰凌，从鼻子那儿挂下来。”（斯米尔诺夫，183）这位“严寒老人特列斯孔”的功能始终只有一个：公主为了折磨主人公而把澡堂烧得滚烫，这时严寒老人就有用了，“他飞快地跳进澡堂，往这个角落吹口气，往那个角落吐口吐沫——整个澡堂凉了下来，角落里还有雪呢。”（阿法纳西耶夫，137）

这个人物的性质十分明确。这是天气的主人，是冬天和严寒的主人。在北方印第安人的神话中也有类似的形象。“在很多年以前，大地十分寒冷。在河的上游有一条冰川，寒气就是从那儿来的。全体动物都出发去杀那个制造严寒的人，但都被冻僵了。（郊狼试了一下，被冻僵了，随后狐狸又去了）狐狸往下走，它每走一步脚下都冒出火来。它走进一座屋子（严寒老人住在那儿），接着跺了一下脚（重复了四次）。当它跺了四次以后，冰全都化了，于是又暖和起来。”[1]

在这个例子中，严寒的主宰者与人为敌，但他被已经进入另一个世界的主人公所征服。非常有意思的是，在一个俄罗斯故事中（斯米尔诺夫，183），老人完全像感恩的动物那样请求说：“科贝拉的儿子伊万，给我点面包吃吧，等你遭难的时候你会用得上我的。”这跟我们在上文所看到的鹰提出的请求一模一样。可以假定这里反映了可以让自然的主宰服从自己并迫使它为自己效劳的观念，主人公正是在迫使它们为自己效劳。的确，通常他们不过是偶然相遇然后结伴而行的。但这种偶然性显然隐含着征服主宰者的另一些形式，某种祭神的牺牲可能是其中之一，这里是用“给我吃”这句话来表达的。

另一个同类人物是乌瑟尼亚。“走啊走啊，来到了一条三俄里宽的大河边。岸上站着一个人，他用嘴搬河，用胡子捕鱼，在舌头上煮鱼接着把它吃下去。”（阿法纳西耶夫，141）如果试图描绘出这个乌瑟尼亚的形象，我们会不由自主地想到水流穿过的拦河坝和捕鱼篓。换句话说，如果严寒老人特列斯孔是人格化的自然力，那在此我们便具有了人格化的武器。我们暂时只是把这个例子记下来。武器与相助者和宝物的关系在下面要做考察。有时讲故事的人不是让乌瑟尼亚站在岸上而是让他待在水里，他是河流、鱼类的主人，是能赠予大量的鱼使捕鱼成功的神。其实他在故事中什么作用都没起，他是个无足轻重的人物。有时他也充当相助者，送主人公

1　Boas F. Indianische Sagen von der nord-pfcifischen Küste Amerikas. Berlin, 1895, S.5.

过河去另一个王国——主人公顺着他的胡子渡水过河："顺着他的胡子，就像顺着桥走一样，走路的走路，骑马的骑马，赶车的赶车。"（阿法纳西耶夫，142）不过需要提一下的是，即使在这里，这个人物的鱼的天性也从比喻中清晰地显示出来。在另外一些例子中，主人公踩着巨大的鱼背过河，这类生物在诸如北美洲的宗教信仰阶段也可以遇到。在印第安传奇中，兄弟们想试试他们中一个人的力气，他们来到河边。"傍晚他们安顿下来，开始逗弄一个兄弟，抓着头发拽他。可他一点事儿都没有，他戴着他的海狸皮帽子躺着。那时河水开始上涨，他的兄弟姐妹们不得不从水里往山上跑，这种时候他却若无其事地留在火堆旁。尽管周围到处都是水，他在火堆旁却一点也没打湿。"[1]

有趣的是，在这个例子中，完全像俄罗斯故事和德国故事一样，动一动帽子便引发了自然现象，这顶帽子属于下面将要考察的宝物之列。不过在这个例子中我们只是看到了自然现象，还没有看到捕鱼。在一篇印第安传说故事中，我们看到的是："孩子们，你们知道吗？阿赞在哪儿筑了拦河坝？""不知道，在哪儿呀？""就在那儿，就在那儿。"他们去找到了阿赞，他已经筑好了坝并且差不多把水舀干了，好捕光河里的鱼。他们把他收拾了一顿。[2]此处筑坝拦河的人物也是与鱼相关。这种人物并不总是人形的。在另一篇印第安传奇故事中，一只巨大的驼鹿劈开腿站在河面上，它杀掉

1 Boas F. Indianische Sagen von der nord-pfcifischen Küste Amerikas. Berlin, 1895, S.5.
2 Unkel C. N. Sagen der Tembé-Indianer. — ZfE, 1915, Bd.47, S.286.

（吞掉）所有沿河而下的人。[1]

戈雷尼亚（或叫维尔托尔戈，或叫戈雷内奇）通常是乌瑟尼亚的兄弟。“戈雷尼亚勇士闲逛时用脚把一座座山推开了。”（阿法纳西耶夫，83）这是山神。“走呀，走呀，走到了勇士戈雷内奇那儿。戈雷内奇把山顶在小拇指上晃来晃去。”（泽列宁，彼尔姆省的大俄罗斯故事，45）“你瞧着吧，我要把山搬开。”（阿法纳西耶夫，93）据什捷尔恩堡证实，基里亚人称海的主宰者一类的成员为“托尔·尼夫赫”，即“海中的人”；称山的主宰者为“纳尔·尼夫赫”，即“山上的人”。这种“山上的人”或“山王”之一，便是我们故事中的戈雷内奇，他的作用是不确定的。有时他将主人公从追杀中拯救出来（阿法纳西耶夫，93），有时起着假冒主人公的作用，是那个出卖弟弟的兄长。但即便是在他假冒主人公的情况下，也还是服从于主人公的。故事中的主人公——这是一位为天气、河流、鱼儿、山峰和树林的主宰者们所臣服的威力无边的萨满，就像所有类似的高明相助者一样，维尔托尔戈偶尔出现一下。但在阿法纳西耶夫编选的93号故事中，透露出令维尔托尔戈臣服的母题。“驶近维尔托尔戈，开始向他发出请求，而他的回答是：‘我很高兴接受你，伊万王子，可我自己也活不了多久了。你看到了，我被派在这儿搬山，等我搬完最后这些，我也就死到临头了。’”后来主人公弄到了一把刷子，扔出去就能变成山峰，他以此给了维尔托尔戈一条活路。在此逃跑与追捕所特有的母题（梳子和刷子通常直接

1　Boas F. Indianische Sagen. . . S.5.

从追捕中救出主人公），被换了一种方式运用，被移花接木了。这一移用在这里是非常有意思的，而且显示出自然主宰的生命要靠人来维护。没有这种维护它就会灭亡。乌瑟尼亚也这样请求："养活我吧。"这些主宰由于这种维护而在人死后给他们帮助，对萨满则是在现世。

古希腊罗马文化也有自己的维尔托尔戈类的人物，但已经是作为被征服的神明。他们是与宙斯作战的巨人，他们移动山峰，将它们摞起来好攻打天庭。

第三个兄弟或勇士通常名为杜贝尼亚，或维尔托杜伯。"他看见一个人将橡树连根拔起：'你好，杜贝尼亚！你这是干什么？''我在拔橡树。''你当我的干兄弟吧，咱们一起走。'"（胡加科夫，33）这位杜贝尼亚后来打败了敌方军队。在一个故事（阿法纳西耶夫，142）中他不叫杜贝尼亚，而叫杜吉尼亚——"勇士杜吉尼亚，弄棵树来做一个车轭吧"。可以说这里的词语来源是不对的，然而在希腊神话中我们看到的正是"弄弯松树的人"。这个"弄弯松树的人"是将人们绑在松树上并且把人肢解了的强盗辛尼斯，他撞上了忒修斯并受到了忒修斯的惩罚。

显然，如果说乌瑟尼亚是"河中王"，戈雷尼亚是"山中王"，那么杜贝尼亚就是"树林王"。在这一点上他与老妖婆相近，就像相助者斯图捷涅茨与赠予者严寒老人特列斯孔相似一样。杜贝尼亚有时甚至不是作为相助者，而是作为赠予者。主人公碰上了一位往林子里送柴的人。"'你为什么往林子里送柴呢？''可这不是寻常的柴火。''那这是什么柴？''这些柴火嘛，要是把它们撒开去，

那马上就会出现一整队军队。’”（阿法纳西耶夫，144）

这样的话，就可以将数目庞大的各类作为自然主宰的能工巧匠分成四个类型。这就是——特列斯孔、乌瑟尼亚、戈雷尼亚和杜贝尼亚。他们由于主人公的祭祀活动或其他活动而服从于他，但在故事中，这方面只保存了一些遗迹，而且被主人公与这些相助者的偶然相遇所替代。

我们可以转向另一组能工巧匠，他们与自然主宰者们没有丝毫共同之处。他们是神箭手、飞毛腿、铁匠、千里眼、机灵鬼、掌船人、游泳好手等等。

对材料的比较显示它们是登高、及远、及深能力的人格化。在研究它们与公主的难题相关的功能时，我们还会再碰到它们。

14．相助者概念的扩展　虽然故事中的相助者形形色色，但它们同时还凭借功能的一致组成了某种类群。

此处提到的所有个别的相助者类型都只具有局部的意义。我们应该从整体上提出作为故事准则一般现象的相助者问题。向主人公转交相助者的情景我们已经碰到过，赠给主人公相助者的常常是老妖婆。老妖婆的历史根源已经阐明，她与授礼活动相关。向年轻人转交统治动物的神奇的或巫术的威力进入了授礼仪式。然而一些与相助者个别类型相类似的历史事件并未将我们引向传授仪式。它们将我们引向了萨满教、祖先崇拜、阴间观念。仪式死亡了，相助者的形象并未随它一起消亡，而是由于经济和社会的发展而开始演变，变成守护天使和基督教教会的圣徒。这一发展的环节之一便是故事。

在相助者的历史中，基本上可以看到三个阶段或三个环节。第一个环节是在举行传授仪式时获得相助者，第二个环节是靠萨满获得相助者，第三个环节是在亡灵的阴间世界获得相助者。这三个环节并非机械地一个接着另一个，这是指出发展方向的方向标。我们首先来看看授礼仪式范围内的相助者问题。

这个问题尽管触及了授礼的根本实质，但在民俗学中极少有人做深入分析。专门研究授礼问题的舒尔茨也未对这方面的问题予以丝毫注意。对此谈得较多的是韦伯斯特。“对个人守护神的信仰是有重大价值的学说，如人们所推测的，社会成员通过各种男性生殖崇拜性质的仪式变成这种个人守护神。”[1]

这样说来，在举行授礼仪式时年轻人变成了自己的相助者。即使我们知晓的仪式仅此而已，那我们同样有权提出故事中的相助者与授礼制度的关系问题。这或许能为我们解释不管是在死亡之国得到相助者（因为被授礼者被预想成死去的人），还是这位相助者与祖先世界的联系。这种联系上文已经指出过，尤其是在研究马和感恩的动物时论及过。这已经解释了相助者与祖先世界的联系。在北美一些部落中，神灵相助者的名字叫玛尼图，这位玛尼图是遗传的。“当年轻人准备迎接充当相助者的神灵时，他期盼的不是随便什么人，只是来自其氏族的相助者。”[2] 这样说来，在被传授者与其相助者之间具有一种宿命的关系。在故事中主人公首先要找一

1 Webster H. Primitive secret societies. New York, 1908, p.125.
2 Ibid., p.151.

匹马，但这不是随便什么样的马都行，而得是他父亲的马，而且这匹马久已在等候自己的驾驭者。凡是这种情形，韦伯斯特一律将相助者称为“guardian spirit”。但我们知道，这位相助者有着动物的特性。这一仪式有一部分是舞蹈，在跳舞时人们穿着各种动物的皮——牛皮、熊皮、天鹅皮、狼皮等等，以它们的头为面具，[1]这就象征着他们变成了动物。从另一方面说，这种能力是秉传自祖先、年长者们——授礼仪式的主持者们。[2]授礼者以唱歌和舞蹈的方式召唤相助者。[3]无论歌曲还是舞蹈都未在故事中保存下来，故事以巫师的咒语代替了它们。在秘密兄弟结拜多级制已经形成的地方，完成从低级向高级的过渡只取决于谁拥有这样的相助者。每个男孩进入这个社会取决于他在性成熟时获得个人的保护神（玛尼图或个人图腾），这个保护神是他想加入的神秘同盟所拥有的。[4]在夸扣特尔人的一些部族那里，这些相助者及与之相关的为每个贵族家庭所享有的特权，会传给男方直系后裔或是与该后裔联姻的女婿，通过他再传给他的儿孙。[5]所有这些论证都十分重要。顺便说一句，它们解释了主人公为什么在成婚前要经受证明他有相助者的考验。我们在下面将会看到，“难题”的母题便是立足于此。它们将获得相助者与成婚联系在一起，关于这些在对公主进行分析时会谈到。

但是韦伯斯特（这些证明材料出自他的著作）只字未提获得

1 Webster H. Primitive secret societies. New York, 1908, p.183.
2 Ibid., p.61.
3 Ibid., p.151.
4 Ibid., p.152.
5 Ibid., p.150.

相助者一事的内涵和意义，在此我们可以引证博厄斯援引过的传说。“有一次，一个人上山去打野山羊。这时他碰上了一头黑熊，熊把他抓到了它的家里。熊教给他捕鲑鱼和造船的手艺。两年后他回到了自己的家乡。他的到来让大伙儿都很害怕，因为他看起来像头熊……他不能说话，也不愿吃任何煮熟的东西。那时人们用一些奇妙的草在他身上擦，他才又恢复成人……从那以后，每当他感到有什么需要，他总是去他的朋友黑熊那儿，而它也总是帮助他。冬天，黑熊给他捉了许多新鲜鲑鱼，别人谁都捉不到。这个人盖了一座房子，用颜料在房子上画了一头熊。他姐姐在跳舞时穿的外罩上织出了一头熊的图案。因此姐姐的后代们有了熊的标志。”[1]在这个故事中，明确说出了在熊窝里待了两年，还有主人公返回时丧失了语言能力，以及他只愿意吃生的东西。这个例子的重要之处，在于它显示出在熊窝里待两年的结果，从而揭示了相应仪式的目的和含义：主人公回来时成了有权支配动物的了不起的猎人。这个例子还显示出充当相助者的动物为何如此多样。问题完全不在于（就像有些民俗学家说的那样）控制的是一个强大的动物。这头熊教人造船和捕鱼——这全然不是熊的本分，这项功能其他任何一种动物都能承担。重要的不是凭借动物的体力，而是凭借它的关系，凭借它属于整个动物王国。

这种最古老的形式，神奇的相助者母题的远古起源就是如此。关于授礼仪式出现之前的情形我们只能猜测，能够揭示这种原初形

1 Boas F. Indianische Sagen. . . S.293.

态的材料还没有。

这里还没有涉及相助者所具有的那些多种多样的功能，也没有两个世界间的中介。在此付诸阙如的还有人形的及隐身的相助者。根据这些材料我们应该承认，化为其图腾或其相助者的本领，是支配权力的最古老的形式。如我们所见，故事保留了这种形式。我们应该承认，狩猎目的是引出帮助者或玛尼图，或照英语的说法，“guardian spirit”概念的相助者是最古老的主导母题。

然而故事几乎都没有保留狩猎的功能。在有些地方保留了某些痕迹，如主人公与凶恶的姐妹一起住在林子里时，他得到了狼仔、熊仔和狮仔，这些野兽在故事中被称作主人公的“猎物”。

在那些没有过（或已经没有了）传授礼的地方，相助者的获得发生得很个人化。不过获得相助者的方式很容易令人想起举行仪式时发生的事，只是没有举行传授礼的人罢了。一个青年独自去林子里或山上，沉默不语，守戒持斋，等等，这种形式无论在美洲还是在非洲都存在着。安克尔曼引证特列尔的话，谈到弗纳戈部族时说：“每个民族（Sippe）的祖先有作为‘elanela’的动物。这个词特利尔译作‘animal voue a un homme’，即应该帮助人的动物。”[1]不过个人获得相助者的现象大体上是较晚近的现象。在这些情形中，获得相助者的已经不是所有的人，大部分是精英、萨满，他们被认为是威力无边的神灵，充当相助者的动物的拥有者。韦伯斯

1　Ankerman B. Die Verbreitung und Formen des Totemismus in Afrika. — ZfE, 1915, Bd.47. S.139.

特指出了秘密同盟是如何渐渐局限于种姓之内。但萨满大多毕竟尚未形成种姓。戈别尔林说："每一个印度人都有一个充当相助者的神灵，这是他在青年时代或晚些时候找到的，有时还有几个——有专门管打猎的，管捕鱼的，管手艺活儿的，管打仗的，等等。祛病的相助者——那就是萨满们的神灵了。这些神灵的大部分长着动物的外表。"[1]

这促使我们来考察萨满的相助者们。在行传授礼时获得的相助者——两个世界间的中介之类——的形象中不足的东西，萨满的相助者会提供给我们。这是较晚近的阶段。什捷尔恩堡说："萨满的超自然力量并不在他自身，而在那些受他支配的充当相助者的神灵身上。这些充当相助者的神灵能祛除疾病，将萨满送到凡人所无法到达的遥远之处去寻找并拯救病人的灵魂，它们帮着将死者的灵魂送往阴间并且回答向萨满提出的询问。没有这些神灵萨满就没有法力。失去了自己神灵的萨满便不再是萨满，有时甚至还会死去。"[2] 萨满获得相助者的方法是多种多样的。克列贝尔研究过加利福尼亚的印第安人宗教之后说："在加利福尼亚获得萨满法力的最寻常的途径是做梦。无论是动物神还是地方神，是太阳神还是其他

1 Haeberlin H., Günther E. Ethnographische Notizen über die Indianerstämme des Pugel-Sundes. — ZfE, 1924. Bd.56, S.1 — 73. 还可参见：Михайлов Т. М. Из истории бурятского шаманизма: С древнейших времен по XVIII. в. Новосибирск, 1980; Новик Е. С. Обряд и фольклор в сибирском шаманизме: Опыт сопоставления структур. М., 1984, с. 280 — 293 (библиография); Eliade M. Shamanism. Arhaic techniques of extasy. London, 1970.

2 Штернберг Л. Я. Первобытная религия в свете этнографии. Гл. *Избранничество в религии*, с. 141.

自然神，是死去的亲属还是无影无形的幽灵，都在未来萨满的梦中拜访他，于是在他们之间建立起的联系成为他法力的源泉和根基。神灵成为他的守护神或‘Personal’。萨满从它那儿获得歌谣、仪式或咒语知识，它赋予他将疾病呼来唤去的能力，他还能承受他人所不能承受之事。”[1]

加利福尼亚的沙斯图人认为，大地充满某些“潜能”或“痛苦”，它们大多以人形出现，居住在悬崖上、湖泊里、门槛下，住在太阳、月亮等地方，或者就是降下疾病、死亡和各种灾祸的动物。它们也有萨满的相助者身份。[2]相助者的获得不像克列贝尔描写的那样。在这里是相助者“射击”萨满，萨满在这时会感到突然的疼痛。我们还记得，故事中的马踢了主人公，他因此而获得力量。

有关萨满相助者方面的材料太多，没有必要陷入其中。我们仅着重研究某些与故事关系特别近的和能够解释故事的情形。阿诺辛所报告的有关阿尔泰人的材料引起了我们特殊的兴趣。“在与天神和地神的关系中，阿鲁·柯尔莫斯的帮助是必须的，通往这些神灵的道路被重重障碍阻断。这些障碍在萨满所行的巫术中有详细的描写。萨满单凭阿鲁·柯尔莫斯的帮助克服了所有障碍。在旅行时它们充满活力，还与路上遇到的恶神作战，保护萨满免遭危险。阿鲁·柯尔莫斯们无形地罩在萨满身上：骑在他的肩上、头上、手

1　Kroeber A. L. The religion of the Indians of Califomia. — Publ. Amer. Archaeol. And Ethnol. (Univ. of California, 1907, vol.4, No.6, p.325).

2　Preuss K. Th. Religionen der Naturvölker Americas 1906 — 1909. — ARw, 1911, Bd. XIV, T. II. Berichte, S.235.

上、脚上，从四面八方环绕着他的躯体并在呼唤时被叫作铠甲或发箍（有的萨满多些，有的少些）。总是有血统关系的个人保护神领导所有构成萨满铠甲的神灵，萨满的继承权就是来自它。”[1]在此相助者已经失去其动物性了，它成了隐形的。称神灵为“铠甲”是很有特征意义的。故事中真正能相助的自然力是空气，例如，施马特-拉祖姆及主人公其他一些隐形的相助者正是这样的。“施马特-拉祖姆！你在这儿吗？”“在这儿呢，你别怕，我不会落在你后面的。”（阿法纳西耶夫，212）这个“隐身者”便是两个世界之间的中介者，它凌空将主人公运送到了另一个世界。不过在阿尔泰人那儿，与隐形相助者同时在的还有一些兽形人，苏伊拉便是这类人物之一，它长着一双马眼，能看到够马跑三十天距离的地方。有些萨满将苏伊拉想象成一只长着马眼的金雕的样子。[2]这一更替不是一下子产生的，有一些杂交的人物来作为过渡。

可以观察到的是相助者的狩猎功能渐渐退居次要地位，而代之以治病的功能和两个世界间中介的功能。作为运载工具的动物开始获得特殊意义（马就是由此而来），而与它们相同的是交通工具，尤其是小船。比如说，在故事中能工巧匠们已经坐在小船上，组成了一支船队。寻求金羊毛的勇士们乘船航行，与我们的西梅翁兄弟们如出一辙。无论是在古希腊罗马文化中，还是在我们的故事里，这种前往另一世界的航行已经完全排除了狩猎的基础。萨满和

1 Анохин А. В. Материалы по шаманству у алтайцев. Л., 1924, с. 29. (Сб. МАЭ, т. IV2).

2 Ibid.

他的助手逐渐不再是猎人，而是医生和灵魂的狩猎者。巴比伦神话中的涅尔加尔在前往阴间时，随身带着他父亲给他的七个相助者，它们的名字是闪电、寒热病、炎热等等，记载残缺不全，狩猎付诸阙如，而前往另一王国，自然的拟人化与萨满教治病的关联却是显而易见的。后来涅尔加尔与冥后艾丽什基加尔结了婚，显然他的七个相助者这时给他帮了忙。如此看来，这个最晚近的阶段与故事最接近。[1]

这促使我们来考察死后的相助者。在原初时期，生死之间尚未有分明的界限时，自然不会有专门的死后的相助者形象。但因为传授礼总体上与死亡观念密切相关，其组成部分化入了对死者的祭祀，创造出了死后的相助者，即送灵魂升天的半兽形（长翅膀）人物，关于天使的概念可以被认为是这类相助者的最新分支。这是晚近的现象，它在对死者的国祭中达到了繁荣，我们在古埃及看到了其最发达的形式。从屠拉耶夫、维杰曼、勃莱斯杰德的著作中我们了解到，这类死后的相助者在埃及也有过。在陵墓中发现了木版神像雕刻，用屠拉耶夫的话说，这些神是“在阴间帮助死者的”。

对这项属古埃及学问题的专门考察无法列入我们的任务。我们的任务是指出这里存在的一些关联。

我们在相助者的发展过程中发现了一些基本的阶段。最古老的形式是在行传授礼时变成动物的观念。后来获取它成了个人的事，而再晚些时候就只为萨满所有了。随着它为萨满所有，它获得

1　Jeremias A. Hölle und Paradies bei den Babyloniern. Leipzig, 1903, S.22.

了一些新的功能——两个世界间中介的功能，而相助者的狩猎性质开始退居后位。相助者的形象也开始发生变化。动物让位于神灵，而动物中也开始出现与主人公迁移相关的动物：鹰与马融合为一。而如果这里勾勒出的图式是正确的，那么故事反映了其发展的所有阶段：故事里有变形，有相助者们——野兽、鸟儿、神灵，还有一群能工巧匠，在阿尔泰人那儿，他们与狩猎武器以及马之类的东西的关联依然明显。至于这一形象如何进入故事中的问题，乃是整个宗教观念如何进入故事的共同问题，对此我们将在最后一章中谈及。

二、宝物

15．物件与相助者　对神奇的相助者的考察，为对宝物的考察做了铺垫，使它变得简单。这二者之间有着最密切的亲缘关系。

不难发现，这些物件都只是相助者的一部分，相助者无论是活物还是宝物，从原则上说发挥的作用是相同的。比如说，马将主人公驮到了极远之国，但借助于飞毯或魔靴同样也能到达。马能消灭军队，但大木棒自己也能杀敌，甚至还能抓俘虏，等等。当然，有不能相互替代的专门相助者和专门物件。但这些个别情况并未打破它们形态上一致的原则。故事中宝物的数目是如此之大，描述性的考察将徒劳无功。似乎没有哪种物件不能发挥宝物的作用。这儿有各种穿戴的物件（帽子、衬衫、靴子、腰带）和饰物（指环、发卡），工具和武器（宝剑、大棒、拐棍、弓、火枪、鞭子、木棍、手杖），各种提包，口袋，钱包，器皿（桶），动物身体的部分（毛发、羽毛、牙齿、脑袋、心、蛋），乐器（笛子、号角、古斯里琴、小提琴），各种各样的生活用具（火镰、打火石、毛巾、刷子、毯子、线团、镜子、书本、纸牌），饮料（水、草药汁），果实和浆果。无论我们将它们分成多少类并将它们逐一开列出来，这张清单还是无法提供了解它们的锁匙。

如果我们从物件功能的角度来观察它们，情况也不会好多少。同一些功能归属于不同的物件，或者相反，比如说，执行主人公命令的好汉们可以从号角里出来（阿法纳西耶夫，186），从布袋里出来（阿法纳西耶夫，187），从桶里出来（阿法纳西耶夫，197），从小匣子里出来（阿法纳西耶夫，189），从手杖下面出来——如果用它敲打地面的话（阿法纳西耶夫，193），从神奇的书里出来（阿法纳西耶夫，212），从指环里出来（阿法纳西耶夫，156，190，191）。这些功能我们将进行专门的研究。比如说，将主人公运送到极远之国度的功能构成了专章的题目。

因此我们将另辟蹊径对宝物进行分类：在材料允许的情况下，我们的考察将不是按物件本身的类型，也不是按其功能，而是按照它们来源的同一性。

16．指甲、毛发、皮、齿 宝物并非只在形态上与神奇的相助者有亲缘关系。正如刚刚提到过的，它们与后者有着同样的来源。比如说，许多宝物就是动物身体的一部分：皮、毛、齿等等。我们知道，在行授礼时青年人获得了支配动物的权力，其外在表达形式便是获得了这动物的一部分。从此青年人将它随身装在口袋里，或是将它吃下去，或者这些部分最终进入人的身体。这样一来，油脂也得归入这个范畴：它们也来源于动物，这在故事中很容易观察到。

不过，更常见的是将动物的一部分弄到手后便将其作为支配动物的手段，这在个人获得相助者的时候就产生了。印第安阿拉帕霍族人为此要登上山顶，“过两到三天，最多七天，保护神就出现在男人眼前了，这通常是一个人形的小动物，不过它在跑开的时候还是动物的样子”。[1]这个动物的皮以后就被穿在男人的身上。从这些事例及类似的事例中，我们可以得出结论说，宝物的最古老的形式就是动物的部分肢体。这类礼物的含义在故事中极为鲜明地保留着：马尾巴上的毛赋予驾驭马的权力。鸟亦是如此：“于是领头的鸟腾身飞起，给了他一根从头上拔下的羽毛，说：‘喏，你把这根毛收好，藏起来；要是发生了什么祸事，你只要掏出这根毛，两手倒换地拿着它——我们不管什么事都会来帮助你。’”（泽列宁，维亚特卡省故事，129）主人公得到了一根狗鱼的刺，在危急关头狗鱼将他藏在自己的窝里或将他吞了下去，主人公变成了狗鱼（《古风今存》，第265页；异文：他得到了一根鸦骨，一只狮爪，一片鱼鳞，等等）。矫健的雄鹰菲尼斯特也送给姑娘一根自己翅膀上的羽毛：“用它朝右边一挥——眨眼间你面前就会出现你心里想要的一切。”（阿法纳西耶夫，235）当然，“你心里想要的一切”这个公式在后来取代了其他较古老的和较确切的愿望。这些愿望集中在动物周围，集中在猎获的动物周围。在美洲神话中，这一点显露得极为清楚：“他看见了一个坐在高高的岸边的人，他的

---

1 Preuss K. Th. Religionen der Naturvölker Americas 1906 — 1909. — ARw, 1911, Bd. XIV, T. II. Berichte, S.249.

双脚悬在深渊之上。他有两个圆形的拨浪鼓，他边唱歌边用拨浪鼓敲打着地面。那时水牛成群地出现在四面八方，落在了岸上并且都已被杀死了。”[1]大家知道，拨浪鼓通常都是做成动物的样子，最常见的是做成鸟形。这样看来我们在此看到的现象是，要想具有统治动物的权力，全然不必去拥有一只强大的动物。从原则上说，乌鸦就能让人很好地猎到水牛。很多民族有这种信仰，包括那些不知道有授礼仪式的民族。沃古尔猎人就信这个。泽列宁说：“沃古尔人的迷信认定：如果身上带着一张狐狸脸、紫貂脸或白鼬脸，那就会一切顺利。”[2]

如果我们的观察是可靠的，如果在充当相助者的动物（帮助的主体）和被猎捕的动物（帮助的客体）之间不一定有关联，那么任何动物和任何物件都能充当相助者。那么，造成幻想印象的相助者与其功能间的不相称，个别动物或个别物件功能的不固定，就不单是诗学创作的手法，同时在原始思维中也是有历史根据的。当弗雷泽描述在行授礼时起作用的医师口袋时，他说：“这个袋子是用动物（水獭、猫、蛇、熊、浣熊、狼、猫头鹰、白鼬）的皮做成的，而且样子会令人隐隐约约地想起相应的动物的样子。每个社会成员都有一个这样的袋子：他在这个袋子里装着作为他的护身符或

1 Kroeber A. L. Gros ventre myths and tales. — Antropological papers (Amer. Museum of Natural History, 1907, vol. I. pt. III, p.75.

2 Зеленин Д. К. Табу слов у народов Восточной Европы и Северной Азии. — Сб. МАЭ, 1929, т. VIII, с.56. ——该文中还有其他一些例子。有关这个问题的有：Preuss K. Th. Die geistige Kultur der Naturvölker. Leipzig; Berlin, 1914, S.23. Зеленин Д. К. Культ онгонов в Сибири.

法力的怪模怪样的东西。”[1]这些护身符和宝物基本上都与动物有关联，它们是我们说的“神奇的赠物”的原型，其中多种袋子、背包、钱包、小盒子等等是特殊的一类。充当相助者的神灵是从这些口袋和匣子里现身的。这令我们去注意神灵从中现身的那些物件（不单是来源于动物）。但在转向这些物件之前，还需要考察那些可以指出它们是起源于工具的物件。

17．充当工具的物件 到目前为止谈及的一切，都显示出原始人思维的一个重要特性。在狩猎中起主要作用的似乎不是工具：不是箭、网、套索、捕兽器，主要的东西是巫术的法力，是招引动物的本领。如果动物被射杀了，这不是因为猎手机灵或箭好，而是因为猎手知道使野兽中箭的咒语，因此他具有支配它们的巫术法力，这种法力以装着毛发之类东西的口袋的形式出现。工具的作用会令人觉得，它们在彼时是作为某种次要的东西。恩格斯说：“……这些关于自然界、关于人本身的本质，关于灵魂、魔力等形形色色的虚假观念，大都只有否定性的经济基础；史前时期的低级经济发展有关于自然界的虚假观念作为自己的补充，但是有时也作为条件，甚至作为原因。”[2]我们在此看到的正是这种关于自然的错误观念的部分情形。随着工具的愈益完善，可以看到下述现象：最初通过动物的某个部分附在充当相助者的动物身上的巫术法力，现

1 Фрэзер Д. Золотая ветвь. 2-е изд. М., 1983, с.6529.

2 Энгельс Ф. Письмо к Конраду Шмидту от 27 окт. 1890 г — Маркс К., Энгельс Ф. Соч. 2-е изд., т. 37. с. 419. 中译文参见：《马克思恩格斯选集》第4卷，第484页，人民出版社1972年版。

在转移到了物件上。人很少看到自己的努力，而更多看到工具的作用。这样便得出了一种观念，即工具之所以好使，不是由于人的努力（工具越完善，花的力气就越少），而是由于它本身具有的神奇特性。于是就得出了工具无须人操纵、工具能代替人的概念。工具此时被神化了。被神化了的工具与神奇的毛发之类的东西相提并论，是宝物历史中第二位的、较晚出现的基质。工具的诸项功能是它被神化的原因。16世纪北俄罗斯一份号召拉普人信基督教的手稿《拯救之园》虽颇为幼稚但又十分正确地谈到了这一点："如果有时能用石头砸死野兽——石头令人尊敬，而如果能用槌子击中要捉的东西——那就将槌子当作神来拜。"[1]这种纯粹的狩猎时期的信仰在原始的农耕时代还保留着："一些印第安人向自己用来挖掘根类的棍棒祈祷。"[2]关于工具发挥作用不是由于付出劳动，而只是由于它自身固有的一些特殊本领的观念，如我们已经指出过的，引出了工具可以离开人自动起作用的观念。这类工具存在于狩猎神话中，并延续到我们今天的故事里。在印第安塔乌里班格族人的神话中，主人公只要把他的刀插入树丛，刀自己就会砍起树来。他用斧子在树上敲一下，斧子自己就劈起树来。朝空中乱放一支箭，它自己就会射中鸟儿，诸如此类。[3]在故事中，斧子自己能凿船（阿法纳西耶夫，212），或者劈柴（阿法纳西耶夫，165），桶自己能去打

1 Харузин Н. Н. Русские лопари. М., 1890, с. 137.

2 Штернберг Л. Я. Первобытная религия'в свете этнографии. Гл. *Эволюция религиозных верований*, с. 268.

3 Koch-Crünberg Th. Vom Roroima zum Orinoco. Bd.2. Mythen und Legenden Taulipang- und Arekvua-Indiane. Berlin, 1924, S.125.

水。有意思的是，古时候与动物的关联在此尚未失去，这就是按狗鱼的吩咐去做。这种关联在故事里不一定都有。“大棒子自己就能杀敌抓俘虏，借助掸子和拐棍随便什么军队都能打败”（阿法纳西耶夫，185），等等。在此关联已经看不到了。

18．能召唤神灵的物件　已援引的材料使我们接近对那些借其能召唤神灵的物件的理解。这些物件可以是动物身体的一部分（马的毛），也可以是工具（大棒子），还可以是一系列其他的物件（指环）。

上文引证的材料显示出，人们曾经是如何理解物件、东西，特别是工具的。人们认为它们都有生命力。但力是一个抽象概念，无论在语言中还是在思维中都没有一种手段能够表达力的概念。然而抽象化的过程依然在产生着，但这个抽象的概念并入了——或者准确地说，被当成了有生命的东西，这在能将马召来的马毛上可以看到。力量属于整个活物及其各个部分。在毛发上也有整个动物的力量，即在一根毛中有一匹马，就像一个笼头中有一匹马、一根骨头中有整个动物一样。认为力量无形的观念是迈向创造力量概念之途的下一步，即失去形象和以概念代替它的道路。这样便创造出了可以从中唤出神灵的指环和其他物件的概念体系。在此我们看到的已经是较崇拜武器更高的一个阶段，力已经从一个物件上解脱出来又重新依附在任意一个表面上不带有这种力量的任何标志的物件上。这就是“宝物”。

不过我们到目前为止谈论的只是这一类的物件，它们似乎不是故事里的东西，而是实际中有的东西。在日常的生活实际中是否真的存在这些物件呢？这些物件确实存在过并被使用过，我们认为这一现象已为人所熟知，因而不拟着重研究。这就是诸种所谓神物、辟邪物、护身符等等。在比较民族学中这个问题仍有待人们去研究。这些物件的形态和使用方法，有时与故事提供的图景极其吻合。要是我们能指出一个部落知道“那些具有使其佩戴者有某些神灵发生关系特性的戒指”该多好。[1]这样看来，在此故事包含了往昔的余响。

19．火镰 在能够召引相助者的物件中，主要用来召唤马的火镰占有特殊的一席之地。在故事中通常是燧石和打火石，有时与毛发联系在一起。为了召引马匹需烧着毛发。至于火镰，差不多总是牢固地（但不是仅仅）与马联系在一起，可以用其火焰特性来解释。

火镰里事物本身所特有的神奇力量表现得特别鲜明、特别有力。当摩擦取火的方式出现了之后，燧石和打火石显然取代了火镰这种较为古老的形式。我们已经看到如何用两根小棍子摩擦来召唤印度的火神阿格尼，因此火镰是用来召引所有神灵，而非仅仅是马的宝物。例如，在白俄罗斯的一个故事里，主人公在森林木屋中找到了一个烟荷包，里面没有烟草，却有火镰，或“一小块火石”。“我来敲一下吧！走路的人用得着这玩意儿。他在火石上敲了一下——跳出了十二条好汉，‘你要我们做什么？’”[2]在一篇德国故事中（格林，116），召唤神灵得点上烟斗抽起来。这能给我们解

1 Frobenius L. Die Weltanschauung der Naturvölker, S.326.

2 Добровольский В. Н. Смоленский этнографический сборник, ч. 1. СПб., 1891, с. 557 (Зап. Рус. геогр. об-ва по отд., этногр., т. XX).

释阿拉丁的神灯，或许是为了让神灵相助者显灵，有时需要擦拭那只神奇的指环。

20．小棍　小棍、树条子、芦苇来源于截然不同的另一套观念。到目前为止，谈及的物件或者是出自动物，或者是出自工具。小棍是因人与蛇及植物的交往而被创造出来。只有一个情况，故事没有保留下来：树条子从活树上折下来，那样它就可以成为有神力的，可以将繁殖力、富足、生命等奇妙的特性转移到它接触的人身上。据玛尼加尔特证实，人、动物、植物在一年的不同时间用绿色的小树枝（小棍）敲打或抽打自己，会变得健康和强壮。这样的事例他援引了很多，它们显然能证明这里植物的生命力转移到了被敲打者的身上。根类和草类亦可归入此列。在故事《假装的病》中（阿法纳西耶夫，207），一位老人赠的树根使得被杀死的王子死而复生。"他们拿到了树根，找到了伊万王子的坟墓，打开后将他挖出来，用那个树根擦他，并从他身上翻过三次——伊万王子站了起来。"树根的力量转到了人的身上。在另一个故事中，是一条蛇将一片绿叶贴在另一条蛇身上使它复活了（阿法纳西耶夫，206，异文），关于这个例子，在论蛇的一章中会详谈。由此可以明白，为什么"长命鞭"能让死人复活。

21．给人永久富裕的物件　对已经言及的还要做点补充，不是每个物件，也不是每种物件的所有东西都是神奇的，而仅限于用某种方式得到的。在存在着传授礼仪式的时候，从长者手中得到的物件即属此类。在故事中，这类物件是亡父、老妖婆、感恩的被葬死者、充当主宰者的动物等等给的。简而言之，即"从那里"拿来的东西是有神力的。“从那里”——这对较早期来说就意味着广义上的“从树林里”，而再晚些，指的便是从另一个世界带来的东西，而照故事的说法——就是从极远之国来的。不是所有的水都能让死人复生，但是鸟儿从遥远的国度运来的水就是能救活死者。由此可见，有一类物件，它们的神力是以它们来自死者之国为根据的。恢复生命或视力的水、返老还童的苹果、提供吃不完的食物和富足的桌布等等皆可归结于此。我们暂且只是记录这一事实。对它的解释或许还要留待对遥远王国及其特性的考察（参见第8章）之后。

22. 还阳水与绝命水，弱水与强水 在这些物件中，还阳水与绝命水及其变体——强水与弱水值得引起特别注意。还阳水与绝命水彼此并不对立，它们互相补充。“给伊万王子身上洒绝命水——他的身体长合了，给他洒上还阳水——伊万王子站了起来。”（阿法纳西耶夫，108）这是使用这种水的标准套路。

这里产生了两个问题：第一，这水是从哪儿来的？第二，为何它是成双的？为什么不能给死人洒还阳水就行了？如在某些罕见的例子中所做的那样。

为了对这个问题做出解答，让我们来考察一些涉及希腊人对阴间生活信仰的材料。古希腊人的与阴间生活信仰相关的古老观念，看起来常常与地下世界的两种水联系在一起，明确证实这一点的如南意大利的一些小牌子，如放入死者棺材的金鸡牌，[1]告诉亡灵

1 Inscriptiones Graecae/Ed. G. Kaibel. Bd. XIV. Berlin, 1890, No.641, S.158; Dieterich A. Nekyia. Leipzig, 1893, S.86.

说，在冥王的家里他会看见两眼泉水：一眼在左边，一眼在右边。在第一眼泉边长着白色的柏树，可他不能走近这眼泉。小牌子嘱咐亡灵朝右边走，那边从记忆女神摩涅莫绪涅的池塘里有鲜活的水汩汩流出，水边有卫兵把守。亡灵应该对卫兵们说："我渴坏了，给我喝点水吧！"

让我们来细细琢磨一下这篇文本。它提到了两种水：一种无人守卫，对死者没有任何好处；另一种则相反，看守得非常严密，而且死者在得到水之前，要受到盘问。这到底是什么水呢？在这篇文本中，它既不叫还阳水，也不叫绝命水。但它对死者有好处，这是给死人用的水，换句话说，是"死"水。可以假定，这种水能让死者安息，即让他获得彻底的死亡或是在冥界居留的权利。[1]

在左边那眼无人看守的泉又是干什么用的？从该文本看不出来。根据一些类似的材料可以假定，这是"生命之水"，是给不入冥府而要返回阳间的死者用的。在入冥府之前，它没有什么用，因此它无须看守，这从伊什达女神的巴比伦之乱中可以看出。如耶列米阿斯所说，"她在被守门人强洒上生命之水后又重返人间"。[2]如果我们所做的假定是可靠的，那么这就可以解释为何要先给主人公喷一遍绝命水，然后再喷一遍还阳水。绝命水似是置他于死命，将他

---

1 显然，弗·雅·普罗普引用的译文不够准确，因为他将造成遗忘的特性归之于记忆女神摩涅莫绪涅之泉，关于左边的那眼泉水却只字未提，但可以推断这就是回生水。在克林格尔的小牌子的文本里就直接说，左边的是忘川（遗忘之河），因此肩负这一功能的未必是摩涅莫绪涅之泉（Клингер В. П. Амборзия и живая вода. — Киевск. унив. изв., 1905, No.1, c. 20）。

2 Jeremias A. Hölle und Paradies bei den Babyloniern. Leipzig, 1903, S.32.

变成彻底的死人，这是与遍撒泥土相同的独特的安葬仪式。只有到这时候他才是真正死了，而不是飘荡于两个世界之间，还能化作吸血鬼回来的人。只有在洒过了绝命水之后，这还阳水才能起作用。

如果我们所做的假定是正确的，那么它们便多少阐明了“强”水和“弱”水的问题。这两种水分列在外来者的左右。它们或放在老妖婆的地窖里，或者在蛇那里。

无论老妖婆还是蛇，都是另一世界入口处的守卫者。蛇看守的是通向遥远王国的河与桥。“强水在桥的右边，弱水在桥的左边”（阿法纳西耶夫，137，异文）。在作战前这两种水被掉包了。主人公喝了“强”水，杀死了蛇并进入了彼岸的王国。

这与我们所引证的希腊材料的类似相当充分，但它毕竟不是绝对的。对于主人公喝的到底是什么水——是还阳水（活人用的）还是绝命水（死人用的），无法给出一个确切的回答。在这里，确切意义和最初的含义已经失落了，被抹去了。对于主人公是死人还是活人的问题同样无法作答，他是作为一个鲁莽的破坏者和劫持者闯入死者王国的活人。我们在此可以看到既定程序的破坏。主人公喝的不是他该喝的水，他以此获得力量，抢走了她，他还这样抢走了长生果和其他一些稀罕的东西。

如此看来，我认为“还阳水与绝命水”同“强水与弱水”是一回事，带着两个皮囊飞走的渡鸦运来的正是这种水。想进入彼岸世界的死人用的是一种水，想去那里的活人用的同样也只是一种水。踏上死亡之路还想返回阳间的人用的是两种水。

这些推测在找到别的更准确的材料之前应该只是作为假设，

但从这些推测的角度我们可以肯定，女神伊什达在落入另一世界之前，她喝的是一种“死水”，于是在这儿被放行。当她返回时，她喝了另一种水。只是要补充一句，必须将这种成双的水与同样是在彼世界得到的、能治愈瞎眼和其他病的“治病长命水”区别开。在考察遥远的王国时我们会谈及这种水。

23．木偶们　于是，对某些宝物的考察，再次将我们引向了对其他许多要素的考察都会归结到的领域：死者的王国。

还有一个对象的考察可以归入这个范围，它处在神奇的相助者和宝物的交界线上，这就是木偶们。

在故事《美人瓦西里莎》中出现过这样的木偶（阿法纳西耶夫，104）。当时母亲就要死了：“临死时，商人的妻子将女儿叫到身边，从被子下面掏出一个木偶给了女儿，然后说：‘我要死了，除了母亲的祝福以外，还把这个木偶留给你；你要永远把它带在身边，不要给任何人看，当你碰上什么祸事的时候，你就给它吃点东西，向它讨主意。’”出版过阿法纳西耶夫的选集的阿扎多夫斯基、安德烈耶夫和索科洛夫都倾向于认为这个母题不是民间文学的，因为在民间文学中没有跟它相似的东西。可是，第一，这类东西是有的：在故事《脏孩子》（斯米尔诺夫，214）中有几个木偶，在阿法纳西耶夫的集子里对它们这样说：“木偶呵，你们吃饭吧，我的灾祸你们听听吧。”在北方的一个故事中是：“我的箱子里有四个木偶，需要的时候，它们会帮助你。”——母亲在临终前对她女儿说。我们顺便注意到，这个木偶得吃饭。第二，木偶广泛出现在各种完全不同的民族的迷信观念中，而且有与故事完全相类似的东西。

为了更好地理解这个母题，我们还要从故事中引证一个例子。在故事《公爵达尼拉-戈沃利罗》(阿法纳西耶夫，114)中，受到追捕的姑娘渐渐陷入地下(即进入了地狱)并留下四个木偶代替她，这些木偶用她的声音替她回答追捕者。在这个例子中，木偶是入地者的替身。

在相当多民族的迷信观念中，木偶就是起着这样的作用。“众所周知，奥斯加克人、果尔特人、基里亚克人、鄂罗奇人、中国人，欧洲的马里人、楚克什人及其他许多民族，都会为了纪念死去的家庭成员做‘木头人’或木偶，它们被认为是寄放亡者灵魂的地方。自己吃什么，也给这个雕像吃什么，完全像照料活人一样照料它。”[1]这一信仰绝非西伯利亚或欧洲所专有。在非洲，当妻子故去后丈夫再婚时，他要在他的茅舍中保留一个木偶，“它代表着阴间的那位妻子。大家对它毕恭毕敬，好让那个世界的妻子别忌妒这个世界的妻子”。[2]从前的荷属新几内亚人，死后要雕一个像，借助它来传布神启。弗雷泽详细地描述了人们如何将病人的灵魂诱入木偶里。[3]木偶能保管病人的灵魂，还能保管或代表死者的灵魂。亲属们做一个小木偶，照料它，亡者亡灵就在这个木偶里。人们让它上桌吃饭，让它躺下睡觉，等等。[4]

---

1 Зеленин Д. К. Культ онгонов в Сибири. с.137.

2 Meinhof C. Die Religion der Afrikaner in ihrem Zusammenhang mit dem Wirtschaftsleben. Oslo, 1926, S.63. Frazer J. G. The golden bough. A study in magic and religion.

3 Frazer J. G. The golden bough. A study in magic and religion, I, vol.2. London, 1911, p.53 — 54.

4 Харузин Н. Н. Этнография, вып. IV. СПб., 1905, с.234.

在埃及，这个观念反映在安魂祭祀中。Ю. П. 弗兰佐夫在论古埃及主祭司故事的著作中提到了这个现象。“在古埃及巫术中，使用带有巫术目的的木偶是广为人知的。在我们的故事中使用的人物也带有古埃及这种色彩，作为充当相助者的人物，这种观念在安魂祭祀上以相助者人物‘乌舍博季’或‘沙乌阿博季’的形式得到广泛传播。”[1] 尽管所提到的木偶都做成动物形状，这里的关联依然是没有疑问的，因为人-祖先接替了动物-祖先。正如韦德曼所指出的，木偶“乌舍博季”做成小人像的样子，人们将它们放入死者的坟墓，它们被称作“回音”，应该在阴间提供帮助。[2]

所有这些材料都证明这种木偶源于怎样的观念和习俗。它就是死者，得供养它，那么附身在这个木偶上的死者就会给人帮助。

24．结论　这里引证的材料显示出，宝物按其内容有不同的起源。

一些基本类型已经显露出来：这就是起源于动物的、起源于植物的、以工具为基础的物件，还有由多种成分构成的、具有独立的力量或人格化的力量的物件。最后，还有一些与死者祭祀相关的物件。

这只是一个初步的轮廓。在做更为细致的分析时，还会发现一些新的类型，这里未考察到的东西有可能被归入这里拟出的

1　Францов Ю. П. Древнеегипетские сказки о верховных жрецах. — Сов. Фольклор, 1935, No.2 — 3, с. 171 — 172.

2　Wiedemann A. Die Toten und ihre Reiche in Glauben der alten Aegypter. 2. Aufl. Leipzig, 1902, S.26.

类型。

从其构成方面看物件的图景就是这样。作为一个整体历史范畴，它们与相助者是同一个根源，只不过是构成了相助者的变体而已。

故事的整个进程，宝物由老妖婆（或与她同类的人物）、各类野兽之王赠予、由森林中寻得等情节，都令人相信故事的严整性和一贯性，相信它的历史价值和理性意义。

老妖婆与其赠物是一个整体的两个方面，而故事将这一联系保存得十分完整。

第六章

渡越

所有的渡越方法有着相同的起源：它们反映了死者去阴间漫游的观念。

最古老的渡越是人变成其图腾动物的图腾崇拜观念，随着图腾崇拜的消亡，这类形式发生了变化。随着供载乘动物的出现和交通工具的改善，起先是渡越的形式（被鸟驮着），尔后是动物本身开始变化：出现了鹿和马。马起初与鸟发生同化，变成飞马，而那些没有马的民族则是用船，创造出了杂交的形式。

随着向农耕生产方式的过渡，引路者发生了人形化和被神化，但引路者的动物特性从遗存物上和相类似的东西上还清晰可辨。甚至像梯子、树、绳索这一类的形式，经过对照和比较之后也显露出其本原的动物形态。

1．作为结构要素的渡越　渡往另一个王国，似乎是故事的轴心，也是故事的中间部分。只要是以寻找未婚妻、寻找罕见之物、寻找火焰鸟之类的东西或是出门经商作为渡越的缘由，并引出相应的结局（诸如未婚妻被找到），就能得出一个最一般的、虽说平淡简单却清晰可见的结构，在它的基础上形成了各种情节。渡越是主人公空间移动的十分引人注目的突出关头。

俄罗斯故事有相当多的渡越变体，这里将谈到的只是那些典型的、经常重复的方式。例如，主人公变成走兽或鸟儿逃跑了或飞走了；他或让鸟儿驮着，或让马驮着，或坐着飞毯之类的东西，或穿着飞靴；或有神灵鬼怪运送他；他乘着大船或飞艇渡越，他在艄公的帮助下乘舟渡河；他借助于梯子、绳索、皮带、锁链或登山铁爪滑下深渊或攀上高山；或是有高耸入云的树木，让主人公顺着树爬上去；最后，有向导引路，他跟随其后。

我们没有必要给这些形式编制一份准确的目录，也没有必要将其准确地分门别类。渡越的诸种形式处于融合、同化、互相转化之中。此处具有实质意义的不是分类，而是另一个问题——渡越的所有形式表明其唯一的起源是：出自死者起程前往另一个世界的观念，某些形式十分准确地反映了安葬仪式。

2．变身为动物的渡越 故事主人公为了渡往另一个王国，或者从那里返回，有时要变身为动物。变成动物作为一种死亡观念，上文已经做过研究。有时主人公是在去过老妖婆那儿以后才飞走的。在此之前主人公是在地上行走，而此后便飞上了天空。变身与飞翔联系在一起。主人公只有在知道了极远之国之后才会变身。

研究一下主人公都变成了什么动物是件饶有兴味的事。这里可以研究一下一个著名的变化。“在翻越群山时，他们化作白鼬奔跑；在过蓝色的大海时，他们化作灰鸭飞翔。”（斯米尔诺夫，298）我们在此看到的是完全不擅长飞速渡河的动物。类似的例子还有：“俄罗斯勇士伊万骑着海狸渡过了大海，过了海之后又从海狸身上爬了下来。”（胡加科夫，62）选择这些动物揭示出了这个形象起源于渔猎。较其他形式更常见的、出现频率最高的是鸟。“风暴勇士扑倒在地，变成了一只鹰后飞进了宫殿。”（阿法纳西耶夫，136）这类例子可以举出很多。在此我们不再重复上文已经谈到过的关于鸟以及鸟被马所替代的情形，有关鸟的观念无疑是最古老的观念之一。但当出现了供载运用的动物时，渡越的功能便转移到了它们身上，鸟便成了载运用的动物：可供驮人。正如 Н. Я. 马尔根据语言材料所指出的：欧洲最古老的运载的动物是鹿。这些材料后来被考古发现所证实。故事里也保存了鹿的形象。“走出一俄里，他变成了一只快腿鹿，像一支离弦的箭一般；他跑呀跑呀，跑累了之后又从鹿变成了一只兔子，以兔子最快的速度奔跑；他跑呀跑呀，四条腿都快跑断了，于是又从兔子变成了一只金头的小鸟，飞起来就更快了；他飞呀飞呀，一天半的工夫就飞到了玛利亚公主住的那个王国。"（阿法纳西耶夫，259）值得注意的是，鹿与更为古老的鸟儿和兔子合起来构成了一个完整的三迭式。随着马的出现，变身的图腾传统走向终结，开始了另一种形式：让动物驮着。但是，一方面，很少再说主人公"变成一匹马后，跑进了美人叶莲娜的宫殿里"（阿法纳西耶夫，209），即把使用魔法的旧形式用在新的动物身上；另一方面，正如已经指出的：使用动物的新形式（驮着）又转移到了先前的动物身上——骑在鸟背上。

3．缝入皮囊　上文所引证的材料，也许不足以令人信服主人公渡往极远之地是产生于死者渡往另一王国的观念。这个母题的其他形式在这一点上则毋庸置疑。

以下渡越形式在故事中被广泛采用：主人公不是变成动物，而是将自己缝入动物的皮囊里或钻进它的身体里，鸟儿将他抓起来带走了。这一母题的变体极为多样。为了把主人公送到金山上去，"商人弄来了一把刀，杀了一匹瘦弱的驽马，开了膛，将小伙子放进马肚子里，往里面塞了一把铲子然后再缝起来。他自己则藏在了灌木丛里。突然飞来了一群黑色的渡鸦，长着铁嘴巴，抓起死马的尸体，将它带到山上啄了起来。吃完了马肉就轮到商人的儿子了"（阿法纳西耶夫，243）。"飞来了一只鹰，活剥下它的皮以后，将它扔到了金山上。"（斯米尔诺夫，49）在这个例子中我们看到，主人公不仅钻进了动物的尸体，还裹上了动物的皮。在另一个故事中，伊万落到了一个扔着动物尸体的大坑里，“怎么才能逃出去呢？他看见有一只大鸟，正在拖一头牲畜；这时有人把一头死畜扔到坑里。他一把抓住死畜，把自己拴在它身上；大鸟飞过来抓着牲畜将它拖了出来。鸟儿落在一棵松树上，伊万王子挂在那里晃来晃去，不能将自己解下来”（阿法纳西耶夫，189）。

如果将渡越的这种形式与前述形式进行比较，那么很容易得出结论说：我们在这里看到的是已经取代了变身的晚期形式。旧有的、最古老的供渡越用的动物——鸟——尚未被遗忘，它以运送者的身份出现。而同时马、牛在此已经有所反映。

这个假设被一些材料所证实。在授礼仪式上，可以看到往身上裹兽皮，这象征着与动物化为一体。被授礼者载歌载舞，身上穿着狼皮、熊皮、水牛皮，模仿着它们的动作来扮演图腾动物。[1]

在安葬仪式上，以及在狩猎民族的神话里，都表现出这种观念。什捷尔恩堡说：“因为人死后要变成他的图腾动物，这自然会反映在葬礼上：人们用死者图腾动物的皮将他裹起来。”[2] 例如，奥瓦赫族人的图腾是水牛，这个民族的人的尸体便会被缝在水牛皮里。[3] 南森在因纽特人中观察到了这种习俗。“（尸体）的腿脚常常

1 Webster H. Primitive secret societies. New York, 1908, p.183.

2 Штернберг Л. Я. Первобытная религия в свете этнографии. Гл. *Эволюция религиозных верований*, Л., 1936, с. 477.

3 Kohler J. Ursprung der Melusinensage: Eine ethnologische Untersuchung. Leipzig, 1895, S.39.

被弯到后边去，然后就这样被缝进皮囊里。"[1]南森以人们是为了让尸体在坟墓里尽量少占地方来解释这种习俗。这或许能解释把腿脚捆扎起来的原因，但解释不了为何要将尸体缝进皮囊。拉斯姆森证明说：因纽特人将被缝进皮囊的人投入大海。[2]这就是说，缝进皮囊并不像南森认为的那样是与墓穴有关。南森没有指出用的是哪种动物的皮。这种把人缝进皮囊里的习俗在楚克奇人那里也可以见到。

一些神话里也有对应的母题，很显然，神话里裹上皮子或钻进皮囊是合二为一的，在这些情况下鸟儿居多，比如说，主人公捉到一只鹰，"他使劲摔打它，摔得它骨肉分离……然后他穿上鹰皮，飞上天空，前往冥国"。[3]这类神话在美洲流传得很广。特林基特部落的神叶尔赫杀了一只喜鹊之后，披上它的羽毛飞上了天，他把太阳教训了一顿。[4]与此相同的还可以举出萨满的服装，常常就是做成鸟的样子。

这种习俗在游牧民族中流传得更为广泛。在他们那里，人的尸体就像故事里说的一样，是被缝进公牛或母牛的皮里。在非洲也可以找到许多例子。"如果有人死了——拉乌姆在谈及瓦德扎戈部族时说——有牲畜的人家就将一头牲畜开膛破肚，用它的皮把死尸包裹起来。"[5]"在瓦海赫人那里，"菲尔列波尔恩说，"死人被缝

1　Nansen F. Eskimoleben. Leipzig; Berlin, 1903, S.216.

2　Rasmussen K. Grönlandsagen. Berlin, 1922, S.254.

3　Frobenius L. Die Weltanschauung der Naturvölker. Weimar, 1898, S.27, 153; Boas F. Indianische Sagen von der nord-pacifischen Küste Amerikas Berlin, 1895, S.38.

4　Frobenius L. Die Weltanschauung der Naturvölker, S.30.

5　Raum I. Die Religion der Landschaft Moschi am Kalimandjaro. — ARw, 1911, Bd, XIV. S.184.

进垫在他身下的皮子里。”他还说道：“哭灵据说要持续八天，但因为在这个炎热的国家尸体很快会散发出浓烈的气味，人们就将尸体缝进牛皮里，一层皮包不住气味时，就再缝第二层、第三层、第四层、第五层。”[1] 与其他例子进行一下比较，这种机械的纯理性解释之错谬便昭然若揭了。弗罗贝纽斯告诉我们，一个伟大的国王去世时，要按祖辈的习俗将他缝在牛皮里，然后放进湖里漂三天。

形成这种习俗的民族一般对其缘由没有什么解释。研究者们按照自己的理解来寻找缘由，于是就产生了类似避免气味散发或节省坟墓里的地方等说法。这些说法当然是无稽之谈，必须在这种风俗的历史中去寻找对它的解释，而不是在形式中。

这里说的是采用游牧生活方式的民族。吠陀时代的印度人正是这样的民族，我们确实会在他们中发现这样的习俗，因而需要对此略加解释。印度的文明达到了很高的程度，但将尸体缝入皮囊的古老习俗在印度还保留着。但因为当时尸体都要被火化，所以缝进皮囊就有了一个特殊的理由。在火化死者之前，要用牛身上相应的部分（即将牛头放在尸体的头上，等等）把死者围起来或盖起来，或者将一头山羊与尸体同时火化。火神阿格尼在火焰中将死者带走。[2] 如何说明这种习俗的缘由呢？这样做的目的是为了让阿格尼烧掉的（即吃下的）是动物而不是人。《梨俱吠陀》里说：“你只有把自己用母牛皮裹起来才能面对阿格尼。”（《梨俱吠陀》，十，16，7）

---

1 Fülleborn F. Das deutche Njassa-und Ruwuma-Ggebiet. . . Berlin, 1906, S.184, 148.

2 Hertel J. Die arische Feuerlehre. Leipzig, 1925, S.18.

这个缘由显然是较晚才出现的。对其皮被用来裹尸的母牛，在德国学术界有一个专门的术语“Umlegetier”，意为“覆盖用的动物”。用动物的皮来覆盖尸体，皮上保留着头、脚和尾巴，带毛的那一面朝外。

有意思的是，在古代农耕文明圈里也有这种仪式或风俗，只不过已经是以遗存的形式出现了。

埃及古代时将尸体裹在动物的皮里埋葬。在考古发掘中还能发现这种葬法的痕迹，巴德日认为这是木乃伊化的最初尝试。[1]或许这种说法是对的，但对我们来说，这同时也是早先使用的葬法的最后阶段。很早很早以前，当木乃伊化已经形成时，裹入皮囊采取的是另一种形式，保留了十分鲜明的合为一体的原始内涵。被裹入皮囊的已经不是死人，而是主持仪式的祭司。“在躺到那张床榻上之前——巴德日说——他把自己用公牛皮或母牛皮包起来，因为他想借此举得以复活；人们相信，‘人通过裹牛皮可以获得新生……’，并假定神就是这样做的。例如，阿努比斯就曾从俄西里斯的皮下钻了过去。我们在这里看到的是动物变成了神，而且缝入皮囊使死者与其合为一体并获得永生。这种观念反映在献祭仪式中。动物皮是献祭仪式上的常用之物，人钻过它会使人获得献祭品的力量和生命，并成为被杀动物的代表。由于公牛是俄西里斯的象征（俄西里斯本来就是一头‘阿缅加的公牛’），因此人穿上牛皮，

1　Budge E. A. W. The book of the dead, vol. Ⅰ. London, 1922, p. XXI.

就成了俄西里斯的代表。”[1]

此处似乎缺少运动的观念。如莫莱所说，牛皮是“带血的尸衣”。[2]这是因为照埃及人的想象，死者行路不是飞翔，而是乘船摆渡——对埃及人来说，这是最自然的迁移方式。不过，公牛伴随前往彼世的作用在埃及也不陌生。

莫莱说：“一头公牛，塞特神的同谋，俄西里斯的对手，就这样被献作牺牲；它在被宰杀之后护送俄西里斯升天，将他驮在自己背上，把自己的皮送给他，让他用来做成神船的帆，乘着这只船前往天堂。”牛皮又变成了船帆。[3]

在希腊，给死尸穿动物的皮让位于将动物的皮穿在神的身上。上文提到赫拉克勒斯时已经提及。狄俄尼索斯的形象也是人们所熟悉的，他穿的牛皮还挂着向下耷拉的带犄角的牛头。护送死者前往彼世的动物，现在常常被想成仅仅是作为死者的食物，其发端我们在印度已经可以见到。动物与人合一的观念，被代之以人与作为食物的动物相加的观念，或者如施坦格尔所认为的那样，被代之以动物是供在彼世役使之用的观念。“从供食用的动物身上把皮剥下来，将尸体放进动物的肥膘里，将动物尸体与一罐罐蜂蜜和油一起放在死者近旁焚烧掉。”[4]不过人们不剥马皮，它们得随死者去阴间为他效劳。

1 Budge E. A. W. The book of opening the mouth. London, 1909, p.31.
2 Морэ Ф. Цари и боги Египта. М., 1914, с. 9.
3 Ibid., с.110.
4 Stengel P. Aides klytopolos. — ARw, 1905, Bd. VIII. S.208.

所有这些材料都明明白白地揭示出，主人公钻入动物尸体或将自己缝进动物皮囊的母题起源于安葬仪式，这些经历了游牧生活阶段的仪式，反映了曾经有过的人死后将与动物合为一体的观念。

4. 鸟　缝进皮囊，已经是合为一体的原始观念走向衰落的开始。主人公不是变成动物，也不是把自己缝进皮囊，而是骑在动物背上的母题也属于这类衰落。这里还可以观察到，最早驮人的是那些死人变来的动物——鸟，到后来才出现真正的供骑乘用的动物。故事里说："'你坐到我的翅膀上来吧；我带你去我们那儿……'商人骑到了鹰的翅膀上，鹰振翅飞向蓝色的大海，越飞越高……"（阿法纳西耶夫，224）这个故事的一个异文里，鹰问了主人公三次，问他在身下看到了什么。"庄稼汉骑在鹰的身上，鹰腾空而起飞向了蓝色的大海。飞离岸边时，它问庄稼汉道：'你看一眼就告诉我，咱们后边有什么前边有什么，上边有什么下边有什么？'庄稼汉答道：'咱们后边是陆地，咱们前边是大海，咱们上边是天空，咱们下边是水。'"（阿法纳西耶夫，220）在海面上飞翔时，画面不断变换着。

这些例子清楚地指出了鸟的形象与遥远空间观念的联系，包括与大海的联系。如我们所看到的，如果说缝进皮囊在游牧民族那里达到了登峰造极的地步的话，那么对沿海居民来说，鸟儿就是最有代表性的东西。比如说，在中部非洲几乎见不到鸟的踪影，可在大洋群岛和美洲沿海居民那里却大量存在。我们在下文将会看到，在这些民族中与鸟并列，或说与鸟并存的还有船。在这些地方，冥国不是在森林或山峰的后面，也不是在地下，而是在天外。冥国同时还是太阳之国和水之国。在这些民族的雕刻艺术品中，我们看到有做成船形的木刻鸟。在这些地方，死者通常是骑在鸟背上，照弗罗贝纽斯的说法，这个观念是在乘船渡水的影响下产生的。

我们讲到过的一个故事里，主人公去找海王，而海王的形象是常常与太阳联系在一起的。在这个故事的另一个版本里，伊万在得到了一位海夫人之后前往极远之地，那里是太阳过夜的地方：太阳王思念他失去的海夫人。类似的故事对神话学家来说正中下怀，他们正想在这些地方看到天体运动现象的反映。这个极远之国的确常常（但不总是）就是太阳之国。这一点在下文论及这个母题时我们将会看到。但它重要的不是作为天空以及星球观念的反映，而是作为冥国的反映：鸟儿正是将死者送往彼处的典型动物。文特说："在太平洋和西北美洲，民众有一种通行的看法，照这种看法，祖先或新故者的灵魂寄居在某些鸟的身上，在那些地方这种观念与神话直接联系在一起，根据神话的说法，逝者的灵魂与作为其未来的栖息地的太阳有关。"[1]"鸟代表着死者的灵魂，这早已为人所知，[2]但研究者们对这一观念的起源有时看法还相当模糊。例如，文特就认为，关于灵魂鸟的观念产生于焚化尸体时灵魂会化作一缕轻烟的观念。他写道："灵魂转入从被焚尸体升向空中的烟云，这已经接近于灵魂的另一种具体表现形式了…… 即接近于它所变成的能

1 Вутд В. Миф и религия. СПб., б. г., с. 109.

2 Negelein J. Die Seele als Vogel. Globus, 1901; Weicker G. Der Seelenvogel in der alten literatur und Kunst. Leipzig, 1900. S.23.

快速行动的动物，尤其是鸟以及其他会飞的东西。”[1]我们也认为，这种观念是在航海民族或沿海居民中发展起来的变身观念的第二阶段。

无须再多加引证了，我们只是为举例说明再略谈一二。弗罗贝纽斯论原始民族世界观的书中用了整整一章来谈鸟。在塔希提和汤加，鸟儿带走灵魂的观念到19世纪末还存在着。那里的人认为，当人死去的时候，灵魂是被鸟儿抓走的。由此可见，是鸟儿将灵魂送往冥国。这类运送死者的鸟儿在大洋洲人那里是犀牛鸟，在澳大利亚是乌鸦，在努卡特部族是渡鸦。在塔希提和汤加，人们还相信是鸟儿守护着死者的灵魂，而且将它吞进了肚里。达雅克人也有同样的犀牛鸟，这只鸟迅速可靠地将死者的灵魂送往死者之城。

这类信仰在一些仪式和神话中都有反映。达雅克人给死者的胸口上放一只鸡，并且将这只鸡捆在他身上。在婆罗洲，人们用鸡做牺牲。在苏门答腊，人们把鸡血喷在棺材上。[2]

大洋洲的神话里也有这种观念。玛乌依想取火种，便骑在鸽子背上飞到了地狱。密克罗尼西亚的神话故事里说：“拿些喂鸟的东西，在它身上垫几张草席，飞去找你的妻子吧”。[3]

在西北美洲的神话集里我们看到了叶尔赫的形象。“叶尔赫首先是死人的鸟，是灵魂的引路者。他邀请死者们的灵魂来做客。他

1　Вутд В. Миф и религия, c.108.
2　Frobenius L. Die Weltanschauung der Naturvölker, kap.1.
3　Hambruch P. Südseemärchen. Jena, 1912. S.168.

召唤其他神灵一起为死者哀悼。”[1]

关于灵魂鸟或灵魂被鸟带走的观念在埃及、巴比伦、古希腊罗马都保留着，而且所有这些形式都接近于故事并且能解释故事。埃及有若干种渡往另一世界的形式——作为笼统的埃及观念，它们没有任何一致之处和逻辑联系。已故国王的遗体放在金字塔里。“而灵魂呢，”莫莱说，“在得知了通往天堂的幸福之路以后，它们便移居到神灵那里，时而沿着通往天庭的阶梯攀缘而上，时而乘着由面色阴沉的卡隆摆渡的木船渡过冥河，时而骑在化为白鹮的透特的翅膀上腾空飞翔。”[2]阶梯和木船且待下文分析，这里我们感兴趣的是鸟。在《亡灵书》里也有骑鸟飞行。“我飞了起来，像一只巨大的破卵而出的金鹰。我就像一只背有四肘宽、翅膀像南方祖母绿的鹰那样飞起飞落。”（《亡灵书》，27）

巴比伦对这种观念也不陌生。在关于吉尔伽美什的史诗中，艾阿巴尼梦见有人召唤他去地狱（Irkalla），“那儿的人像鸟儿一样，穿着羽毛做的衣服”。[3]这样说来，在巴比伦，死者被想象成鸟的形状。在希腊也有类似的观念。[4]提到这一点的，比如说有伪卡尔里司芬的讲述，说亚历山大去世时飞出了一只鹰。昔尼克学派的佩列格林·普罗捷依去世时仿佛发生了地震，一只鹰冲天飞去，它口出人言，高声叫道：“我抛下大地，要飞往奥林匹斯山了。”[5]这种信仰还

1 Frobenius L. Die Weltanschauung der Naturvölker, S.26.

2 Морэ Ф. Цари и боги Египта. М., 1914, с.134.

3 Jensen P. das Gilgamesch-Epos in der Weltliteratur. Strasburg, 1906, S.10.

4 Weicker G. Der Seelenvogel in der alten literatur und Kunst. Leipzig, 1900. S.23.

5 Holland R. Zur Typik der Himmelfahrt. — ARw, 1925, Bd, XXIII, Hf.3/4, S.210.

反映在这样一些作品里，如阿尔杰米多尔的《奥尼罗评》(即解梦书)。在这本书里，所有在梦里见到的鸟都能口吐人言，而梦中所有的飞翔都是灵魂渴望抛弃尘世的外壳，于是化为灵魂鸟飞向极乐世界。[1]在罗马，帝王们驾崩时人们会放飞一只鹰，让它载着统治者的灵魂飞往天国。[2]

最后，在基督教里，在背负灵魂的带翼天使的形象中，我们看到了这一信仰的遗迹。

5. 骑马 毫无疑问，马比鸟出现要晚得多。上文已经提到马与鸟如何发生同化，飞马其实是鸟马合一。到人们开始驯服马的时候，关于变成动物的概念显然已经退居后位，尽管故事里有个别时候还能碰到变成马的描写。一些仪式上有马出现：它被作为骑乘用的动物为死者陪葬。马里丹发现了古希腊的这种更替。在古希腊(如同在奥地利-日耳曼)的信仰中，死人同时以马的形象出现(Erscheinungsform)，但与之并列的还有以骑手或马主人的形象出现。在上文里我们对马已经做过考察。这样说来，主人公骑马飞行反映的是骑鸟飞行的另一阶段——飞往冥国。这种情形昭然若揭，可以无须再引经据典，何况上文已经引证过阿努钦、涅格列因、马里丹等人的著述。

6. 乘船 如果说马作为载运者是因为上文已经从整体上探讨过它的形象，但此前我们还没有涉及船，让我们来较为细致地探讨

1 Weicker G. Der Seelenvogel in der alten literatur und Kunst, S.23.
2 Holland R. Zur Typik der Himmelfahrt. — ARw, 1925, Bd, XXIII, Hf.3/4, S.213.

一番。主人公乘着上路的小舟或大船可不是平常的船，而是飞船。“你会看到眼前有一条造好的船，你就坐上它飞吧，飞到你要去的地方。”（阿法纳西耶夫，144）“突然，船升到了空中，一眨眼的工夫，就像离弦的箭一般，将他们送到了一座大石头山上。”（阿法纳西耶夫，138）同时也有寻常的大船或小舟，如西梅翁七兄弟的船。

飞船同马一样，也是从鸟演化而来的（马的演化在上文考察鸟的时候已经论证过）。转化到马身上的是双翅，而转化到船身上的只是飞越天空的能力。瓦泽尔说：“未必能找得到很大一片不信有灵魂之船的地方。”[1] 我觉得这种说法靠不住。如果说在印度、亚洲草原，在西徐亚人、希腊人、日耳曼人、斯拉夫人等民族中，马是占有优势的，那么在大洋洲诸岛国民族中，就是船占据优势了。在欧洲，有死者船祭（准确地说是船葬）的古典国家是斯堪的纳维亚。

在整个大洋洲，有各种各样的船用作安葬之用。它们被挂在树上，[2] 被放置在特制的木板高台上，[3] 或者干脆放入水中或焚烧掉。在所有这些情形中，尤其是烧掉或放在木板高台上，明确表露出了死者在空中旅行的观念。

就算我们不能从那些描绘“灵魂之舟”和做成鸟形的小船的

---

1 Waser O. Charon. — ARw, 1898, Bd. Ⅰ, S.152 — 182.

2 Frazer J. G. The belief in immortality and the worship of the dead, vol. II. London, 1922, p.20.

3 Frobenius L. Die Weltanschauung der Naturvölker, S.14.

雕刻中认出鸟的形象，这些观念是由鸟的形象脱胎而来也是显然的。弗罗贝纽斯说："鸟形小船会将灵魂带往另一个世界。"而如果说帝汶岛的小船在抵达另一世界时变成了金色的，那么这意味着死者抵达的是太阳之国。

在埃及，小船与太阳合而为一。在此亡灵乘坐的大型单桅帆船与太阳一起在水中行驶。[1]我们从关于吉尔伽美什的神话里知道，在巴比伦也看得到渡海。

在希腊没有船葬的仪式。就像鲍尔迪列夫所说，希腊人"从来都不是天生的航海家"，希腊人怕海。"在这片海浪中起航的船，总会不知不觉间渐渐渗入这些故事的领域，于是寻常的航行轻而易举地就能变成在阴曹地府的漫游。"[2]海洋对于希腊人来说是一种异己的自然事物，因而船葬对于希腊人并无诱人之处，在这一点上他们有别于斯堪的纳维亚人的观念。如阿努钦所指出的，斯堪的纳维亚人的船葬形式很隆重，这在史诗《埃达》中有所反映。

可是，在希腊人的观念中有与面色阴沉的摆渡人卡隆一起渡过冥河，这在故事里有反映。俄罗斯故事保留了一部分——老人警告主人公说："路上有三条大河，这些河有三个渡口：在第一个渡口会砍掉你的右手，在第二个渡口会砍掉你的左脚，到了第三个渡口会砍掉你的脑袋。"（阿法纳西耶夫，173）如果抛开三迭式

1　Wiedemann A. Die Toten und ihre Reiche im Glauben der allen Aegypter. 2. Aufl. Leipzig, 1902, S.10.

2　Болдырев А. В. Религия древнегреческих мореходов. — В кн.: Религия и общество. Л., 1926, с. 145 — 146.

这个问题不谈，那么我们在这里看到的是摆渡时斩去双手的观念（比较翁丘科夫故事集的第3个故事）。斩去双手作为举行授礼仪式时有代表意义的部分我们已经碰到过，船夫用这种斩手的方式暴露了他是给死神撑船的人。

7. **爬树** 爬树的母题也有类似的起源，顺着这棵树可以直达天庭。“他抓起一个口袋就爬上了一棵橡树。他爬呀爬呀，一直爬上了天。”（阿法纳西耶夫，188）俄罗斯故事在这里反映了一个广泛存在的观念，即两个世界（有时是三个——地下的、地上的和天上的）被树联结了起来。什捷尔恩堡在论西伯利亚民族的鹰崇拜一书的第7章里便论述了这种观念。对我们来说最有意思之处是充当中介物的树木与鸟的观念的联系。雅库特人的萨满每人都有一棵“萨满树”，即一根钉着许多横木棍、类似梯子一般的高高的杆子，顶上还有一只鹰的雕像。这棵树与授予萨满称号相关。“令人吃惊的是，”什捷尔恩堡写道，“布里亚特人授予萨满称号的关键时刻是爬上一根特地竖起来的木头，并通过跟仙女结婚的方式与诸神进行上层交往……这根木头很少立在萨满的毡房里。在鄂罗奇人萨满的胸巾上绘着三个世界——上界、中界和下界。上面还有一棵宇宙树——一棵落叶松，萨满沿着它可以爬到上界。萨满从这棵树上摔下来将会导致世界的覆灭。”[1] 什捷尔恩堡对西伯利亚不同民族给这棵树起的名称进行研究之后，得出结论说，它意味着“道

---

1 Штернберг Л. Я. Первобытная религия в свете этнографии. Гл. *Культ орла У сибирских народов*, Л., 1936, с. 123.

路”。这些材料都非常有意思，但什捷尔恩堡得出的结论却令人疑窦丛生。什捷尔恩堡认为它源于印度的圣树的观念，“在印度每一位佛，再早一些，是每一个有悟性的人，都像西伯利亚的萨满一样，有自己专有的一棵树，他的法力与这棵树有关，这棵树被称为bodhitaru，是智慧之树，魔法之树”。[1]顺着树爬到天上也好，与太阳的女儿结婚也好，或者说最初的人类是从阴间转世也好——这类情节不仅在亚洲有，在美洲也有。

这样看来，如果不算上树葬或树干葬的话，显然树与死者祭祀没有多少瓜葛。但一方面，充当中介物的树木与萨满授予仪式及鸟的形象有关，这在阿努钦提供的材料里已经可以看到；另一方面，它又与小船和装死人的独木舟有关。所有这些联系在民俗学界都未进行过研究。在费尔波特和泽列宁有关树的专门著述里均未论及树作为两个世界的中介。[2]但对于我们的目的来说，这些说明已经足够了。

8. 登梯子或攀绳索　登梯子的渡越与树密切相关。从什捷尔恩堡提供的材料中我们已经看到，萨满树采用了梯子的形式。一个俄罗斯故事里讲道，有一棵豌豆长到了天上，“于是成了一架通天梯”（斯米尔诺夫，43）。这架梯子不仅用来登天，还用来登山：“于是山上立刻出现了一架梯子。”（阿法纳西耶夫，156）进入地

1　Штернберг Л. Я. Первобытная религия в свете этнографии. Гл. *Культ орла У сибирских народов*, Л., 1936, с. 123.

2　Зеленин Д. К. Тотемы-Деревья в сказаниях и обрядах европейских народов. М.; Л., 1937; Philpot J. H. The sacred Tree. London, 1897.

下世界则用绳索："这时他想道：把自己的马杀掉吧，把马皮裁成一根根皮条，把皮条接起来，再编一个篮子放到那里（即地下王国）去。"（胡加科夫，2）从马皮编成的篮子上，我们不难辨认出主人公将自己缝进去的皮囊的变形。登山可以用另一种让人有点意想不到的方式完成：主人公走进了一个洞里，"进到里面以后，铁制的鸟爪自动套上双手双脚。他开始向山上爬去"（阿法纳西耶夫，129）。鸟爪揭示了这个母题与鸟的形象的联系。

在这里我们看到了登高入地各种各样、互相同化的形式。我们所引证的所有形式都是比较晚近的，而且很容易看出其最早的起源与其他一些形式（包括动物）。尽管顺着绳索从天而降或落入地狱的神灵很早以前就有，但在葬俗里出现梯子只有在与埃及相一致的阶段里才会碰到。在古代埃及人的某些木乃伊身旁能找到一些小巧的梯子，灵魂们可以顺着这些梯子入地或登天。[1]这架梯子自然是有法力的，只有知道魔法咒语的人才能使用它。这架梯子归战神塞特管辖。"塞特与太阳神及其群神有联系，因之古代传说称塞特为这架梯子的掌管者。凭借这架梯子死者可以登天去见太阳神，塞特自己有时也爬梯子上去。"[2]在《亡灵书》里我们读到这样的话："哦，荣耀归于你，神灵之梯！哦，荣耀归于你，塞特之梯！哦，请架起来吧，神灵之梯！哦，请架起来吧，塞特之梯……"（《亡灵书》，53）

---

1 Штернберг Л. Я. Первобытная религия в свете этнографии. Гл. *Религия гиляков*, Л., 1936, с.34.

2 Breasted J. H. Development of religion and thought in Ancient Egypt, p.40.

渡越的这些技术手段（梯子、皮条、绳索、锁链、钩子等等）都是较早时期观念的变形。渡越的这种形式与前面的渡越形式一样，指出了这里所反映的是渡往彼世的观念。

9．借助向导　主人公被引向彼世时也可以这么说。我们在此涉及范围宽泛的有关灵魂引路人的观念。“母狼跑了，王子在它后面紧追不舍。”（阿法纳西耶夫，161）“顺着大海往上去吧，你会看到一只金凤头的银羽鸟：它往哪儿飞，你就往哪儿去。”（阿法纳西耶夫，161）我们看到的依然是另一种形式的动物外形的引路者。如果将以下三种情况进行一番比较：⑴主人公变成鸟飞走了（阿法纳西耶夫，136）；⑵主人公被鸟驮着飞走了（阿法纳西耶夫，128）；⑶主人公看见一只鸟之后紧跟在它的后面（阿法纳西耶夫，130）——那我们在这里就看到了主人公的一分为二。主人公的被引领的确是较晚才出现的形态。例如，在美洲神话里就没有此说。在个人化的萨满教已经很发达的地方，萨满就是这样的引路人。但是萨满也采取了我们所知道的这些迁移方式。一个果尔特的萨满对什捷尔恩堡说：“不同的灵魂需要以不同的方式来指引，如果是个养鹿的果尔特人，他的灵魂就需要用鹿来运，如果是个养狗的人，那就得用狗来运了。别的用船运就行了。”[1]

在那些狩猎基本上不再发挥生产作用的地方，灵魂引路人被人格化了，但它仍未失去与动物的原始联系。如在埃及，晚近时

1　Штернберг Л. Я. Первобытная религия в свете этнографии. Гл. *Эволюция религиозных верований*, Л., 1936, с. 328.

代的这类引路人是俄西里斯。“俄西里斯，引路之神，他穿过图阿特（地下世界），他破山而出，他挖穿悬崖，他使每一位khu（古埃及人观念中，灵魂或灵魂的一部分，死后离开了身体）的心灵快乐。”（《亡灵书》，15）但这无疑是比较晚近的现象。更早一些的是关于甲虫的观念，有时死人会变成甲虫，但后来甲虫又成了引路者。“我靠一只甲虫帮忙进了皇帝的宫殿，是它把我引到了这儿。”（《亡灵书》，15）

10．结论 从我们所考察的这些形式中究竟可以得出什么结论呢？首要的也是基本的结论，就是所有的渡越方法有着相同的起源：它们反映了死者去阴间漫游的观念。第二个结论：形式的多样性常常可以看作是较晚时期的形式与较早时期的形式的累积。这种变化是生产形式的变化引起的。最古老的形式是人变成其图腾动物的图腾崇拜观念，随着图腾崇拜的消亡，这类形式发生了变化。随着供载乘动物的出现和交通工具的改善，起先是渡越的形式（被鸟驮着），尔后是动物本身开始变化：出现了鹿和马。马起初与鸟发生同化，而那些没有马的民族则是用船，创造出了杂交的形式。死者的形象双重化为驮人的和被驮的，或引导他人的和被引导的。随着向农耕生产方式的过渡，引路者发生了人形化和神化，但引路者的动物特性从遗存物和相类似的东西上还清晰可辨。甚至像梯子、树、绳索这一类的形式，经过对照和比较之后也显露出其本原的动物形态。

第七章

◆

火焰河畔

蛇妖——它早就被发现是具有双重特性的东西。不是有两种蛇妖，而是蛇妖的发展有两个阶段。起初的好蛇妖后来变成了它的反面。只有在发生了这种变化之后，才产生了怪物蛇妖、应该被杀死的恶蛇妖的观念，于是形成了与蛇妖作战的情节。

神是从动物发展而来。随着农业和城市的出现，形形色色起源于图腾的动物世界开始失去其现实性，产生了神人同形的过程。动物具有了人的躯体，有长着狼头的安努毕斯，长着红脚隼头的何露斯。最后，一直到变成伴随着神的点缀物：宙斯就被塑造成驾着鹰的样子。

随着神性从野兽身上转到天神的身上，天神们就对野兽进行了杀灭。他们夺取了野兽手中的权力，剥夺了野兽对水的支配，改由他们按放牧者和耕种者的需要来控制。

一、故事里的蛇妖

1．蛇妖的面目　蛇妖的形象将是这一章的焦点，其中包括我们感兴趣的与蛇妖作战的母题。每一位对有关蛇妖的材料哪怕只是略知一二的人，都很清楚这是世界民间文学与世界宗教中最复杂和最费解的形象之一。蛇妖的整个外表及其在故事中的作用都是由一系列细节组合而成的，这样的细节每一个都应加以解释。不过，细节离开整体便无法理解，整体本身也是由细节组成的。叙述的方式可以各种各样，我们将以下列方式来处理：首先我们将叙述故事材料，为故事范围内的蛇妖定性，完全不引证任何比较材料；只有在做完这件事情之后我们再引证用于比较的材料，但已经是按另一种方式。我们先来考察那些最古老、最久远的相对应的情形，然后再看那些较新出的和较晚近的。

蛇妖故事的创作者和听众究竟是何许人呢？原来在故事中，在真正的俄国民间故事中，从来都未提到过蛇妖的形象。我们知道蛇妖是什么样子，但并非得之于故事。假如我们想仅仅凭故事材料来描绘蛇妖的话，那会是十分困难的事情。但是蛇妖外表的若干特征还是能够勾勒出来的。

蛇妖首先是也永远是长着多个脑袋。脑袋的数目不尽相同，大多是三、六、九、十二个，但也有五个和七个的。这是它基本的、恒定的和必有的特征。

所有其他的特征都时有时无。例如，并不总是说蛇妖会飞。它在空中飞行时，“大家突然看到：在离他们一俄里开外的地方飞起一条蛇”（阿法纳西耶夫，131）。“蛇妖飞到了之后，就把公主缠了起来。”（阿法纳西耶夫，171）然而从未因其飞行而提到它有翅膀。可以认为它在空中飘荡靠的不是翅膀。故事里也没有描述过它的身体，它是长着鳞甲的还是光滑的或是蒙着一层皮的——我们无从知晓。利爪和带尖的长尾巴，这些树皮画里惯用的细节，在故事里通常看不到。蛇妖的飞行有时令人想起老妖婆的飞行。“风暴大作，雷声轰鸣，大地颤抖，茂密的森林枝叶低垂：三头蛇妖飞来了。”（阿法纳西耶夫，129，异文）在阿法纳西耶夫的故事集中，翅膀只提到过一次：蛇妖用“它的翅膀”把公主带走。

显然，缺少这类描写证明故事讲述人不太清楚蛇妖的形象。它有时与主人公的外表发生同化并变成骑手。马在蛇妖身下通常会磕磕绊绊的。

蛇妖会喷火。“一个凶猛的蛇妖向他飞来，火焰四射，大祸临头。”（阿法纳西耶夫，155）这种火是怎么喷出来的——我们依然不知道。要是说马，我们就详细地知道，火焰、火花和烟雾是从它的耳朵和鼻孔里冒出来的。此处却没有这样的描写。不过可以说，蛇妖与火的这种联系是其一贯的特征。“蛇妖喷射着火焰，用爪子撕扯着。”（胡加科夫，119）蛇妖随身带着这种火并把它喷出来：“这时蛇妖从自己身上放出熊熊火焰，想烧死王子。”（阿法纳西耶夫，562）“我要把你的王国烧成灰烬。”（阿法纳西耶夫，271）这是蛇妖常用来威胁人的话。在一个例子中，蛇妖称得上是火焰之王（阿法纳西耶夫，206）：“还没靠近他的王国，方圆三十俄里都燃着火。”

2．与水的关系　不过还有另一种自然物与蛇妖相关，这就是水。蛇妖不只是火之王，也是水中王。这两个特征互相毫不排斥，它们常常结为一体。比如说，水中王发出一封盖着三个黑色印章的信要求得到玛尔法公主，它威胁说，要“把人斩尽杀绝，把王国放火烧光”（阿法纳西耶夫，125）。如此说来，自然界的水与火并非不相容。蛇妖的这种水性甚至在它的名字中表露出来，它叫“黑海之蛇”，它生活在水里。当它从水里冒出来的时候，它身后的水都涨高了。“这时鸭子嘎嘎直叫，岸边乒乓作响，大海波涛汹涌——一只噘嘴怪物爬了出来。”（阿法纳西耶夫，136）“一条蛇妖突然钻了出来，它身后的水涌起三俄尺。”（阿法纳西耶夫，125）在一个故事中它在海中的石头上睡觉，还打着鼾，“它鼾声大作，掀起的波涛简直有七俄里”（阿法纳西耶夫，132）。

3．与山的关系　可是蛇妖还有另一个名称——叫“蛇妖戈雷内奇”。它生活在山间。这样的居处并不妨碍它同时也当海中怪。“突然间乌云遮天，风声呼呼作响，大海晃动起来——一条蛇妖从大海深处冒出来，腾空向山上飞去。”（阿法纳西耶夫，155）尽管“向山上”这几个字也可以理解为就是指“向岸边”，但依然无法把蛇妖确定为山间的和水中的两种类型。有时它生活在山间，可当主人公靠近它的时候，它又是从水中钻出来的。“他们走了一年，走了两年，走过了三个王国，高高的群山时隐时现，群山之间是沙漠：这就是凶猛的蛇妖的领地。”（阿法纳西耶夫，560）居住在山间——这是蛇妖常有的特征。

4．充当劫持者的蛇妖 现在蛇妖到底有哪些行动呢？蛇妖大体上有两种功能，第一种就是劫持女人。劫持通常是猝不及防的。国王有三个女儿，她们在美丽的花园里散步。“黑海之蛇老是飞到那里去。有一次，国王的女儿们在花园里多耽搁了一会儿，看花看出了神，突然——不知从哪儿冒出了黑海之蛇，它把她们驮在它带火的翅膀上抓走了。”（阿法纳西耶夫，131）

但蛇妖并不是唯一的劫持者。对它的考察不能离开另外一些与它的行动完全一致的劫持者，如死不了的科谢伊也可以列入劫持者之列。“在某个国家有个国王。这个国王有三个儿子，他们都已长大成人。可是死不了的科谢伊突然抓走了他们的母亲。”（阿法纳西耶夫，156）

有时鸟也是劫持者。“那时飞来了一只火鸟，它抓起他们的妈妈，将她带到了远在天涯海角的王国。”（斯米尔诺夫，31）

作为空中的劫持者尤为常见的是大风或旋风。不过比较一些相类似的材料可以看出，在旋风的背后通常要么隐藏着蛇妖，要么隐藏着科谢伊，要么隐藏着鸟。旋风可以作为失去其动物的或蛇妖的或别的外表的劫持者来看待。旋风劫持得手，而当主人公四处寻找公主时，却发现她已落入蛇妖的掌握之中（斯米尔诺夫，160）。“要知道这不是旋风，而是凶猛的蛇妖”——在一个故事中直接这样说（阿法纳西耶夫，560）。像“科谢伊化作可怕的旋风向窗户飞去”（阿法纳西耶夫，159），这一类的表达指出了动物外表的丧失是以何种方法实现的。“突然刮起了大风，一股沙尘扬了起来，孩子被风从保姆手中夺走，接着便不知被刮到哪里去了。”（胡加科夫，53）此处没有动物的外表，但被寻找的公主是落到了鹰的手中。

后来充当劫持者的是一些妖魔鬼怪之类的东西，此类情形是在讲故事者所处时代的宗教观念影响之下的进一步变形。

5．蛇妖的勒索　蛇妖的功能不限于吞下或抓走姑娘，或是化作妖精附在姑娘身上折磨她，或是附在死去的姑娘身上让她去吃活人。有时它威胁说要包围城市，让人给它送女人来强行成亲或作为供品吃掉，这个母题可以简单地称为蛇妖的勒索。这个母题广为流传，其特征也十分单一，大体上可以简述如下：主人公来到另一个国家，他见所有的人都“愁眉苦脸”，他无意中得知，有一个蛇妖每年（或每月及诸如此类）要索取一个姑娘，现在轮到了国王的女儿。在这些例子中——这需要强调一下——这个蛇妖总是以水中生物的形象出现。公主已被送到了海边。“人们告诉他，他们的国王有一个女儿——美丽的公主波柳莎，明天就要把她送去喂蛇妖了；在这个王国每个月都要给一个七头蛇妖贡上一个姑娘……现在轮到了国王的女儿”，正在把她送往海边（阿法纳西耶夫，171）。

6．蛇妖是一位边界卫士　在这样的例子中，蛇妖住在河边，这常常是一条火焰河，河上有一座桥。这条河有自己的名称：它叫醋栗河，桥总是用荚蒾木做的。主人公在桥下等候着蛇妖，“到了半夜，他们来到荚蒾木桥下，来到火焰河畔”（阿法纳西耶夫，134）。这条河是一条边界，跨过这条河是不可能的，蛇妖守护着这座桥，要过桥得先杀死蛇妖。“于是他们……一路趱行，驶近了那座谁也无法太太平平通过的彩桥，他们就在那儿过夜。”（斯米尔诺夫，150）此处令人想起老妖婆：她也是入口的守护者。老妖婆守护的是极远之国的边界，蛇妖守护的则是它的心脏部位。有些琐细之处尤为触目地令人想起老妖婆：“他们来到了火焰河畔，河上有一座桥，桥的四周是一大片森林。”（阿法纳西耶夫，138）河边有时还会有一座小木屋。但是里面没有人住，也没有人来盘问及款待吃喝。不过有时它也有与老妖婆的小木屋相同的地方，它有时也有鸡脚。没有栅栏，骨头没有插在矛尖上，而是乱扔在四周：“他们来到醋栗河边；河岸上骷髅遍地，堆得都能没膝盖了！他们看到了一座小木屋，便走了进去——里面空空荡荡，于是他们打算在这儿住下。”（阿法纳西耶夫，137）直到大战之后提到主人公时还说：“他自己过了桥，来到对岸。”（阿法纳西耶夫，562）

7. **充当吞食者的蛇妖** 蛇妖的这种守护者的角色有时被特别加以强调：“那儿有一条宽阔的大河，河上有一座荚蒾木的桥，桥下住着一个长着十二个头的蛇妖。无论骑马的还是步行的它都不会放过，统统要被它吞吃掉。”（阿法纳西耶夫，562）蛇妖的意图较老妖婆更为明显：它的目的——将主人公吞下吃掉。“现在你就告别阳世，快点爬进我的喉咙里来吧——这样你还好受点。”（阿法纳西耶夫，155）“我要把你连着骨头一起吃下去。”拥有公主的蛇妖也想把主人公吞下去，这一点公主警告了他："他要吃掉你。"像"想把他整个吞下去"（阿法纳西耶夫，562）这一类的表达频频重复，就是在大战之后这种危险也没有彻底摆脱。相反，正是在大战之后这种危险变得更为可怕。在蛇妖被杀死之后，故事又引入了蛇妖的母亲或岳母，她们唯一的功能就是威胁说要吞掉主人公，而且有时这种威胁还实现了。于是，蛇妖的形象便一分为二。我们在此处看到了充当吞食者的母蛇妖，它跟踪主人公，追赶他，"在他身后第三条蛇急急忙忙地追来，它张开了上顶天下接地的大嘴……怎样逃生呢？"他向它的嘴里扔进去了三匹马，接着是三只鹰和三只霍尔特狗（一种善跑的狗），可它还是追上了。他又把两个同伴扔进了它的嘴里。最后他跑到了铁匠那里，铁匠们用滚烫的钳子夹住了母蛇的舌头，这才救出了主人公（阿法纳西耶夫，134）。

在另一个故事中，主人公是往母蛇的嘴里扔了三普特盐（阿法纳西耶夫，135）。有一个故事中，母蛇变成了一头其大无比的猪，然后将两兄弟连骨头一起吞了下去。主人公在铁匠们那里再次获救。他们用钳子夹住它的舌头往外拉，还用树条子抽打它。"这头猪向他央求道：'风暴勇士呀，就让我的灵魂悔过吧！'……'那你为什么要吞吃掉我的兄弟们呢？'——'我现在就把你的兄弟们还给你。'他抓住了猪耳朵；猪咯了一下——两兄弟便跳了出来，还带着他们的马。"（阿法纳西耶夫，136）

8．睡梦的危险　与蛇妖会面时，有一个危险在暗中等着主人公：入睡做梦的危险。这种危险我们在主人公与老妖婆会面时已经见过了。"他们走呀走呀，来到了一片密不透风的森林里。刚一进林子，他们便困得要命。弗罗尔卡-西坚从口袋里掏出鼻烟壶，敲了几下，打开它往鼻子里塞了一大把烟草，然后大声嚷嚷起来：‘喂，兄弟们，别睡着了，别犯困，往前走！’”（阿法纳西耶夫，131）这种睡梦便是一种魔力。“王子开始在桥上走来走去，用根芦苇秆敲敲打打，突然跳出一只水罐在他面前跳起舞来；他看它看出了神，接着便进入了酣睡。”假冒主人公能入睡，真正的主人公则从来不会。“风暴勇士吐了口唾沫——朝他吐了口痰，然后将它打得粉碎。”（阿法纳西耶夫，136）在奥涅日工厂记录的一个故事中说道，帮助了主人公的蛇母对他说：“现在你就动身上路吧……只是别躺在海边睡觉，那样我儿子就会飞来看见你们和这些马，如果你们在睡觉，你们就会被杀死。可要是你们不睡觉，那他就不能把你们怎么样，就打不败你们两个。”（奥涅日工厂的故事与歌谣，144）虽然有主人公的警告，作战时主人公的兄弟们在小木屋里还是睡着了。我们看到了这个母题的变形：当主人公与蛇妖厮杀时，兄弟们喝得酩酊大醉并且睡得错过了与蛇妖对面搏斗的机会，于是主人公便被杀死了。

9．天生冤家　通常在大战之前先有一些吹牛式的对骂。蛇妖夸下海口，但主人公也不示弱：“我用一只手把你放在掌心，用另一只手轻轻一拍——就会连你的骨头渣都找不到了。”（阿法纳西耶夫，560）

不过，在进行这场对骂的时候，有一个十分重要的情况——敌手吃蛇。这位敌手便是故事的主人公。蛇妖通过某种方式得知了主人公的存在，而且它还知道自己正是会死在这位主人公的手上。

还可以说得更准确些：蛇妖不会死在任何其他人手里，它是长生不死和不可战胜的。在主人公与蛇妖之间有某种始于故事之外的联系，这种联系比故事开始得更早。“除了伊万王子，我打遍天下无敌手⋯⋯可他还年轻，他才不会到这种天涯海角来。”（阿法纳西耶夫，129，异文）

10．战斗　我们期待着作为整个故事顶点的战斗写得热情洋溢，有突出主人公勇气和力量的细节。但这不是故事的风格。在许多民族的英雄叙事诗中，争斗、大战占据着诗篇的中心地位，描写有时甚至略嫌冗长啰唆，与之相反，故事则写得朴素简短，对争斗本身不做详细描写。“风暴勇士舒展手脚，用战锤一挥——它的三个脑袋便应声落地。”（阿法纳西耶夫，136）不过，还是有几个细节描写需要特别注意。蛇妖从来不曾试图用武器或爪子及牙齿来杀死主人公：他试图把主人公钉进地里消灭他。“怪物开始占了上风，将他齐膝钉进了湿漉漉的土地。”在第二场战斗中是“齐腰砸进了湿地里”。蛇妖只有在被砍掉了所有的脑袋后才会被消灭。但是这些脑袋有一种奇妙的特性：它们还能重新长出来。“怪物的九个脑袋都被砍掉了；怪物抓起它们，用带火的手指划了一道——脑袋又都长了回去。”（阿法纳西耶夫，137）只有在砍掉了带火的手指之后，主人公才顺利地砍掉了它所有的脑袋。

第三场战斗是最可怕的一场。如前所述，这时兄弟们在小木屋里睡觉。马拴在小木屋旁边。在关键时刻主人公把帽子或靴子朝小木屋扔了过去。小木屋因此而四分五裂，于是马便赶来帮助自己的主人。这也是描写战斗时一贯的特点：只有马（或其他的帮手，如主人公的猎犬）能够杀死蛇妖。“牡马们跑过来将蛇妖从鞍子上掀了下去。”（阿法纳西耶夫，136）“勇士的马冲过来投入了激战，它抓住蛇妖，用牙咬，用蹄子踢。”（阿法纳西耶夫，129，异文）“野兽们朝它扑过去，把它撕成了碎片。”（阿法纳西耶夫，201）“一匹马直立起来朝蛇妖压过去，另一匹马则用蹄子踢蛇妖的两肋，于是蛇妖跌倒在地，几匹马把蛇妖牢牢地踩在脚下。多棒的马！”（奥涅日工厂的故事与歌谣，145）

当然，战斗以主人公取胜而告终。但是战斗结束后还必须做一件事：必须把蛇妖消灭得干干净净，要把蛇妖或它那些脑袋都烧掉。“将蛇妖的身子推到了火焰河里。”（阿法纳西耶夫，134）“把所有的肢体都归拢在一起放火烧了，烧出来的灰都在田野上扬撒掉了。”（阿法纳西耶夫，132）“架起一堆篝火，将蛇妖烧成灰顺风扬掉。”（阿法纳西耶夫，129，异文）有时它们还被抛入大海或放在桥下，或是把它们埋起来，然后用石块压在它们上面。

当蛇妖拥有女人，而主人公在战斗前看见公主并同她讲了话，战斗进行得便略有不同，会出现一些小小的插笔。通常是有三姐妹，她们在蛇妖出现之前将主人公藏匿起来。不过更常见的是公主住在一座不寻常的宫殿里，比如，她住在“山间的一座钻石宫殿里”（阿法纳西耶夫，129，异文）。在这类情况下，主人公几乎都会在战前睡着，特别是在那些公主被领去给蛇妖吃的故事里。他把脑袋枕在公主的膝盖上呼呼大睡，一般很难叫醒他。这样我们在故事中就看到了睡梦的双重特性：一方面，在战斗之前或战斗中睡觉的是假冒主人公；另一方面，在战斗前睡觉的是主人公本人。这场睡梦的性质从故事本身看尚无法明了，需要做专门的研究。

蛇妖的基本的、典型的特征就是这些，让我们转入探讨它的历史意义。

11．有关蛇妖的文献　有关蛇妖的文献汗牛充栋。在此不仅不可能批判地全部掌握它，甚至不可能说得出它的名称，可以做的只是列举出它的类型。不过蛇妖形象的起源和与蛇妖作战母题的起源的问题还不能算已经解决了。所有这方面的著作被分别归入某些范畴，而这些范畴本身及其原则和方法注定了失败的命运。如有一类著作将蛇妖的形象作为对史前曾存在过的动物的追忆来考察。这些著作之所以是错误的，是因为人在地球上出现时这些动物早已灭绝了，这是昭然若揭的事。如伯尔舍对此并不否认，但他认为人是根据骨头还原了这些动物的概念。[1]这样的论断本身便是荒谬的。但之所以说它与实际不符，还是因为会飞蛇妖的形象是晚近的现象。这个形象是在我们的眼前形成的，它的形成过程有迹可寻。不过这些著作还是包含了某种理论，某种从本质上解释现象的尝试。这类尝试在另一类的著作中也有，这就是神话学派包括太阳学派信徒的著作。[2]与这派理论去论战是徒劳无益的。例如，西尔凯断定说，蛇是月亮的阴面，而主人公是月亮的阳面。不过，应该说这些著作的作者们在使用和收集材料上是一丝不苟的，他们决不歪曲材料为己所用。因此这些著作中的材料可以放心使用——它们在一定程度

1　Bölsche W. Drachenen Sage und Naturwissenschaft, Stuttgart, 1921.

2　Silcke E. Drachenkämpfe. Mythol. Bd.I. Leipzig, 1907, (bibl); Frobenius L. Das Zeitalter des Sonnengottes. Berlin, 1904.

上将我们从收集材料的繁重劳动中解放出来。

解释蛇妖现象的尝试也就这两种理论，其他类型的著作连问题也不曾提出。在此蛇妖被放入不同的框架和范围或它的某些方面中加以考察。对某些区域性的材料所做的鉴定也可归入此列。这类著作对我们来说是最珍贵的，它们不追求任何普适的结论，只是为得出这种结论打下了坚实的基础。尤为珍贵的是汉布利关于非洲之蛇的著作以及几本关于澳大利亚之蛇的著作。[1]与这类著作十分接近的还有在一个部族、一个民族或一种文化范围内解释蛇的其他类的书。关于埃及和巴比伦的蛇有一整套完整的文献，尤其是与发现创造世界纪事相关的文献。这使我们有理由将圣经材料与巴比伦的材料做一番对照。不算那些只是涉及个别种类的蛇的著述，关于古希腊罗马的蛇有两本重要的专著。一本是梅利的那本虽旧但扎实严谨的著作，另一本是屈斯特那本较新的著作。[2]可以归入此列的还有史密斯那本书名响亮的《龙的演化》，不过此书引用的材料大多只是地中海范围内的，与书名不尽相符。[3]

著作的下一个类型，即限于一个情节的著作。这里首先要提到的是哈特兰那本论珀尔修斯的重要著作。[4]可以归入此列的还有兰

1 Hambly W. D. Serpent worship in Africa. Chicago, 1931 (Field Museum of Natural History. Publ. No.289. Anthropological Ser., vol. XXI, No.1).

2 Mähly J. Die Schlauge in Mythus und Cultus der klassischen Völker. Basel, 1867; Küster E. Die Schlaugein der griechischen Kunst und Religion, Giessen, 1913 (Religionsgeschichtliche Versuche und Vorarbeiten, Bd. XII, Hf.2).

3 Smith G. E. The evolution of the Dragon. Manchester, 1919.

4 Havtland E. S. The Legend of Perseus, vol. I — III. London. 1894 — 1896.

克谈与蛇妖作战的斗蛇勇士的故事，[1] 关于这本书，А. И. 尼基福洛夫在他那本有关北方战胜蛇妖者的资料集里公正地指出：“兰克的这本大部头书无论如何不能称之为研究。这是一本异文的目录索引和对这些异文的公式化的形式分类。”[2] 关于斗蛇勇士格奥尔基的传说特别幸运，这方面有四本有价值的著作：基尔皮奇尼科夫的书，维谢洛夫斯基对基尔皮奇尼科夫的答复（已是一本独立的新著），雷斯坚科的书和奥夫豪泽的德语著作。[3] 这些作者得出了截然不同的结论，事情不可能有别的样子，因为它们只是提出了传说中的与蛇妖作战的问题，与整体的跟蛇妖作战的问题没有关系，尽管现有的这些语文学著作竭尽努力，得出的结论依然是不正确的。

最后，蛇妖还在各种局部关系中被加以考察（“蛇妖与树木崇拜”“蛇妖与太阳”“蛇妖与冶金学”“蛇妖与女性”等）。局部考察的著作我们不加引证了，因为我们的目的不是做目录索引。

12. 与蛇妖作战的流传　我们既然给自己提出了就所定的意义上在历史联系中研究蛇妖形象的问题，那么我们就应该自问，这一形象在哪里，在哪些民族中可以遇到。在文献中常常提出一种假设，即与蛇妖作战的母题是极其古老的，它反映的是一些原始的观

1　Ranke K. Die zwei Brüder. Helsinki, 1934(FFC, No.114).

2　Никифоров А. И. Победитель змея: Из севернорусских сказок. — Сов фольклор, 1936, No.4 — 5, с. 144.

3　Кирпичников А. Георгий и Егорий храбрый: Исследование литературной истории христианской легенды. СПб., 1879; Веселовский А. Н. Разыскания в области русского духовного стиха, ч. II: Святой Георгий в легендах и обрядах. Сборник отд. Рус. языка и словесности АН. СПб., ca, 1909; Aufhauser Y. B. Das Drachenwunder des heiligen Georg in der griechischen und lateinischen überlieferung. Leipzig, 1911 (Byzantinisches Archiv, Hf.5)

念。这不可信。埃伦赖希已经注意到与解救姑娘相关的与蛇妖作战只是在“旧大陆”上有，即在欧洲、亚洲及非洲的部分地区。[1]但埃伦赖希认为是地域传播原则的东西，事实上只是历史阶段性的现象。发达形式的与蛇妖作战在所有古代国家宗教中都可以看到：在埃及、巴比伦、古希腊罗马、印度、中国都有。如奥夫豪泽所指出的，与蛇妖作战进入了基督教，并且不无阻力地被天主教奉为经典。[2]但是在尚未形成国家的部族中不曾见过与蛇妖作战的母题。

由此立即可以下结论说，与蛇妖作战的母题是与国家的观念一起产生的。但这样的结论对这一母题的起源还是什么都没说出来。如果是抽象地议论，可以假设这一母题或者最早是与国家观念一起被创造出来的，或者是作为另外一些在它之前存在过的母题的变异而产生的。对比从处于文明发展不同程度的民族中所收集到的材料，我们会看到，与蛇妖作战的母题不是作为一个新的母题一下子产生的，而是从在它之前已有的另一些母题发展而来。

现在需要更仔细地看看这个问题。

---

1 Ehrenreich P. Die Mythen und Legenden der südamerikanischen Urvölker und ihre Beziehungen zu denen der alten Welt. Berlin, 1905, S.72.

2 Aufhauser Y. B. Das Drachenwunder des heiligen Georg in der griechischen und lateinischen überlieferung.

二、充当吞食者的蛇妖

13．仪式化的吞食和吐出　在俄罗斯故事中，战斗的完整图景包括两个关键，两个核心。一个是战斗本身，另一个是母蛇妖的追赶和它试图吞下杀死它女婿或儿子的主人公。在这些例子中，母蛇妖的出现对听众来说完全是出乎意料的，它的出现在情节发展中并非必须，没有缘由，可以轻易地脱落，而且事实上它的时常缺失对情节发展没有任何损害。

上文提到一个假设，即与蛇妖作战的母题不是新产生的，而是出自在它之前曾存在过的另外某些母题。材料证实，与蛇妖作战的母题产生于吞食的母题并且是积累而成的。这迫使我们先要去考察蛇妖最古老的形式，即充当吞食者的蛇妖。

我们已经知道，解答故事奥秘的锁钥并未隐藏在它自身之中。除了故事以外，哪里还有将人吞下又吐出的呢？上文已经指出过，类似的仪式进入了成年礼系统。在那里只是指出了这一点，在这里需要略微详细地着手研究这个问题，否则与蛇妖作战的母题还是弄不明白。我们必须确定这个仪式事实上是怎样进行的。当然，此处还谈不上对这个仪式的研究，只是给它做一个评述而已。

这个仪式的形式不断变化，但它们具有某些稳定的特点。关于这个仪式，我们是从经历过它并且不为其保守秘密者的叙述，从目击者的见证，从神话、造型艺术的资料以及告诉妇女和未授礼者的话中得知的。形式之一是被授礼者钻过一座怪兽形状的建筑物。在已经建造了一些建筑物的地方，这头怪兽就由样子特别的茅舍或房子来充当。被授礼者似乎是被消化了，接着被吐出来成为一个新人。在还没有任何建筑物的地方，就会造另一种类型的东西，比如说，在澳大利亚，人们给蛇妖在地上挖出一条弯弯曲曲的深槽、一条干涸的河床，或是搭个棚子，在前面放上一块从树上劈下来雕刻成兽嘴的木块。[1]

这个仪式在太平洋诸岛被记录得最好。在前德属新几内亚，为了行割礼要建一座专门的房子。"它应该是吞食男孩子们的怪物巴尔鲁姆。"[2]从内费曼的材料中我们得知，这头在这里叫作巴尔鲁姆的怪物具有蛇的形状。"新被授礼者被巴尔鲁姆吞食下去不只是讲给妇女们听的瞎扯，在这里新被授礼者真的应该进入它象征性的形象中去。这就是行割礼的屋子，雅比姆（部族）人赋予它怪物的形状。"

1 Radcliff-Brown A. R. The rainbow-serpent myth in South-East Australia. — Oceania, 1930, vol. Ⅰ, No.3, p.344.

2 Schurtz H. Altersklassen und Männerbünde. Berlin, 1902, S.224.

上梁是一棵棕榈，根或叶子是头发。“兽嘴或茅舍的入口被椰子叶编成的东西遮盖起来并被装饰得五颜六色，越往‘尾部’走茅舍就越低狭窄小。在传来巴尔鲁姆的声音时，人们将新被授礼者送入‘腹中’来象征被吞食。”在另外一些地方是新被授礼者们自己走进去，动物将他们吞下去又吐出来。吞食和吐出有非常多的形式来作为标记。例如，新被授礼者们自己从里面编织动物形茅屋，等编完了，就把自己编在了里面，他们就在肚子里了。或是造一个木台，仪式的主持者站在上面，新被授礼者们从台下走过，每当他们中的一个人走近时，主持人便做出吞吃和被卡住的样子，他从用椰子果实做成的大碗中喝下一口水，然后做呕吐状，将水喷洒在男孩子们身上。[1]在塞兰岛（大洋洲），被授礼者夜里通过大张着的鳄鱼口形的或火鸟嘴形的窟窿被扔进屋子里。人们说这个青年是被恶魔吃掉了。[2]“在昆士兰的某些地方，哗啷作响的声音似乎是从巫师们那儿发出来的，他们吞下去的是男孩，吐出来的是男青年，吞吐之间就发出这种声响。”“昆士兰的妇女们认为，哗啷作响的声音是由吞下男孩子又将他们变成男青年送回来的蜥蜴发出来的。”[3]在塞内加比亚，吞吃年轻人的是诺切乌，它把他们在肚子里搁一段时间，然后再让他们重返世界。[4]在非洲（波罗），“未被授礼者们认为，是一头大怪物将男孩子们吞吃下去了，受伤死了的人，在他们

1 Nevermann H. Masken und Geheimbünde in Melanesien. Berlin, 1933, S.24, 40, 56.

2 Frobenius L. Die Weltanschauung der Naturvölker. Weimar, 1898, S.198.

3 Webster H. Primitive secret societies. New York, 1908, p.99.

4 Frobenius L. Die Weltanschauung der Naturvölker, S.198.

看来是留在怪物的肚子里了”。[1]

这样的例子可以举出很多，但问题不在于例子的数量。现象本身很清楚，其表现形式也很明确。不明确的是其他的东西——其起因不清楚，究竟是什么迫使人们举行这个仪式，从履行仪式中要得到什么不清楚，其历史根基不清楚。

14．这个仪式的意义和根基 对这一仪式本身的研究并未给我们提供理解它的钥匙，这把钥匙是与其相伴生的神话提供的。糟糕的是在仪式曾存在过的地方，神话是要严加保守的秘密，只在行授礼仪式时讲述，知道它们的只有那些授礼人。它们不会被公开讲述，也不会对欧洲人说。只有当讲述脱离了仪式时它们才被记录下来，被欧洲人记录已经是很晚的事，而且是在一些与仪式已经失去活的联系的民族那里。在美洲，是在那些被强行迁到保留地的民族中，根据老人的记忆，常常还是用英语之类的语言记录的。换句话说，我们所拥有的只是神话的残骸，神话在失去其神圣性质的同时也开始失去其形式。但对类似神话的考察依然让我们有权得出如下结论：在野兽腹中的逗留赋予从那儿返回的人以魔力，包括对野兽的统治权。返回者成为了不起的猎人。这一点揭示出了仪式和神话的生产基础。它们的思维基础是史前的，这种思维基础根据的是吃与被吃同为一体的观念。为了加入图腾动物之列，为了变成它从而进入图腾氏族，需要被这个动物吃掉。“吃”可以是消极的也可以

1 Loeb E. M. Tribal initiations and secret societies. — Publ. Amer. Archaeol. and Ethnol. (Univ. of Califonia, 1929, vol.25, No.3, p.264).

是积极的（就好像失明与看不见）。在已引证过的例子中我们看到的是消极的吃，即被吞食。但我们知道，这种联系也可以通过积极的吃来完成：举行仪式时图腾动物被吃掉。我们不知道进入动物体内的被授礼者是否吃过这个吞吃他的动物的一块肉。在神话中我们看到几乎向来如此。

在转向神话时，我们应注意不能将神话作为仪式的确凿例证来看待。神话与仪式之间完全吻合大概不可能。神话、故事，都比仪式存在得长久。如曾指出过的那样，神话有时是从已经不举行那种仪式的地方记录下来的。因此神话包含了一些较晚近的特点，一些费解的、或多或少有些扭曲的或变形的特点，如在腹中逗留被代之以在巢中或洞穴中逗留，或代之以被蛇缠身，或蛇盘在男女主人公周围。从另一方面说，蛇妖造福的形式也在变化。随着狩猎武器的完善，这种造福在打猎方面的魔力性质便消失了。剩下的是一般的魔力，其中有两种特别突出的和时常遇到的形式仍在发展：治愈疾病的能力和理解动物语言的能力。

我们先来看看蛇妖造福于打猎。在北美洲神话中，英雄特罗梅那特索看到水中有火光游动，他知道这是阿依戈斯（双头蛇妖），他跟在蛇妖的后面到了蛇妖的窝。在那里阿依戈斯给了他一块透明的石头，并且陪着他的灵魂游遍了所有的国家。之后英雄返回了家园。第二天他捕到了一只海豹，第三天捕到了两只，并一直这样下去。这些海豹是阿依戈斯给他的。[1]

---

1 Boas F. Indianische Sagen von der nord-pacifischen Küste Amerikas Berlin, 1895. S.81.

显然，这些观念的根据是：猎人的技艺不在于杀死野兽（这并不难），而在于让野兽自己送上门来，这只有通过神奇的方式才能办得到。狩猎的好运与整个来自魔力的好运和获得这种魔力很早就有关联。伴随着农耕业的萌芽，在蛇妖的胃里能找到土生的果实。在阿德默勒尔蒂群岛记录下了有如下片段的神话："蛇妖说，钻到我的肚子里来。它袒露出身体。男人就钻了进去。他去看火，去看芋头，去看甘蔗。他去看了所有的东西。"主人公拿了这些东西离开了。这里很清楚，所有这一切都是它带给人们的。梅耶尔记录了这个神话，并发表了它的原文和逐字逐句翻译的译文，他补充说："这个传说是阿德默勒尔蒂群岛所有居民的共同财产。"[1]从内费曼-蒂列尼乌斯提供的材料中我们得知，从蛇妖的胃里得到的不仅是火和最初的土生果实，还有制陶技艺。[2]

这些材料揭示了举行成年礼时吞食仪式的生产基础，以及只是同这些仪式间接相关的一系列其他仪式和神话。例如，在澳大利亚，想当萨满的人跳进池塘里，据说蛇妖们住在那里，它们"杀死了他"。他感到了疼痛，失去理性并以这种方式获得了神力。[3]在美洲也是如此：人要想变得强壮有力和无法战胜，就在夜间去住着怪物或雷神的池塘里游泳。如果他有足够的勇气，能够承受与它们的

---

1 Meier J. Mzthen und Sagen der Admiralitäts-Insulaner. — Anthropos, 1907 — 1909, vol. II — IV, S.653.

2 Nevermann H. Admiralitats-Inseln: Ergebnisse der Südsee-Expedition 1908 — 1910/ Hrsg. Von G. Thilenius. Etnographie: A Melanesien. Bd.3. Hamburg, 1934, S.369.

3 Elkin P. The rainbow-serpent myth in North-West Australia. — Oceania, 1930, vol.No.3, p.349 — 352.

见面，他就会获得他所渴望得到的力量。[1]特林基特人的萨满希望获得“新灵魂”，就“让大海吞没自己”，可到了第四天发现自己脚朝上倒挂在树上。[2]

这些例子表明，被动物吞食如何为被水淹没与被在有蛇妖的池塘里游泳所取代，甚至变成了“被大海吞下”又被抛出。

这样我们可以确定一个观察结果：在仪式中，从蛇或其他动物体内出来的猎人——在神话中就是伟大的猎人、伟大的萨满。最初的火种正是从那里来的，而在出现了农业之后，则是最初的土里生长的果实，制陶技艺也是从那里来的。我们看到，接下来是伟大的领袖，再晚一些时候就是神了。在祖鲁人的神话中被吞下去的孩子们返回了家园。“那时举国欢腾。孩子们回到了自己的祖父那儿……他们使孩子们成为首领。”[3]在非洲神话中，较为文明的巴苏陀部落的英雄被怪物吞了下去，当他返回家园时，人们却认不出他是人并且迫使他从大地上消失。[4]在此我们看到的是神化的萌芽形式。或许在将自己的孩子吞吃下去又将他们再次吐出来的克洛诺斯身上，我们看到了同样观念的余响。克洛诺斯吞食自己的孩子是否是因为他是天父，要以此将神性赋予自己的孩子们？被鲸鱼吞下又吐出的先知约拿也属于这一个系列。是否因为曾在鲸鱼腹中逗留他才成了先知？拉德马赫为此专门写了一篇文章，他承认这个母题还

1 Kroeber A. L. The religion of the Indians of California. — Publ. Amer. Archaeol. and Ethnol. (Univ. of Califomia, 1907, vol.4, No.6, p.328).

2 Frobenius L. Die Weltanschauung der Naturvölker, S.198.

3 Frobenius L. Das Zeitater des Sonnengottes, S.113.

4 Frobenius L. Die Veltanschauung der Naturvölker, S.106.

完全没弄清楚。[1]从此处引证材料的角度看，这个母题的根源是可以解释清楚的。

我们暂时只深入研究一个因素：仪式中的吞食以及它在神话中的反映或等值物。蛇妖或其他怪物在这里全都是作为善兽出现的。暂时还全然看不出斗争怎样由此展开，但现在就可以看出诸如弗罗贝纽斯那样的研究者们犯了多么大的错误，他们断定好蛇妖是东亚所特有的，而作为敌人的蛇妖则是欧洲特有的。[2]好蛇妖、作为惠赠者的蛇妖是蛇妖的初级阶段，后来它转向了自己的对立面。这与欧洲亚洲无关。

15．鸟语 既然我们提到了作为行善者的蛇妖，那么我们在转向研究与蛇妖争斗之前，可以在这儿先着重研究一个直接起源于这里所触及的现象范围内的母题，这就是主人公获得鸟语知识的母题。

在一个现代希腊故事中，一头蛇妖将王子吞了下去，教会了他鸟语之后又将他吐了出来。[3]《卡列瓦拉》（第17段）中的维耶涅梅为了得知三个神奇的词，让一只巨怪把自己吞了下去。他在巨怪的肚子里点上火打起了铁。怪物将他吐了出来，并且不仅让他知道了那三个词，还给他讲了宇宙的历史，使他无所不晓。

在多尔干神话中，被主人公解救出来的蛇妖说："'我用什么来报答你的搭救呢？如果你不会被我吓住的话，我就围着你绕三

1 Radermacher L. Walfischmythen. — ARw, 1906, Bd.IX, S.145.

2 Frobenius L. Das Zeitater des Sonnengottes, S.145.

3 Hahn J. G. Griechische und albanesische Märchen, Bd.I. Leipzig, 1864, S.23.

圈，来偿还你的善举。’这人能怎么办呢？同意了吧。这条蛇妖就围着他绕了三圈，冲着他的左耳吹了一口气。”主人公便能听懂鸟和鱼的语言了。[1]这两个例子的对照显示出绕在颈上是较晚出现的形式，当时已经不把被吞食当成好事了。在维亚特卡省的一个故事里，一条蛇缠在人的脖子上，“咬倒是没咬，可是勒着他”（泽列宁，维亚特卡省故事，106）。于是主人公成了无所不晓的人。上文我们已经指出，在举行仪式时可以吃一块图腾动物的肉。由此可以知道，通晓鸟语不是靠主人公被吞下去又被吐出来，而是相反，是靠他自己吃一块蛇肉或舔一下蛇的某个部位，或喝蛇肉熬出来的汤及浮油之类的东西也可以。

在萨马拉的一个故事里，主人公（在这里被称为斯坚卡·拉辛）碰上了怪物沃尔科济尔。“怪物抬起头来看见了年轻人，它对着他喷了一口气然后朝着他爬过来……沃尔科济尔拖住他并想把他一下子吞下去。”斯坚卡将蛇妖剁成了碎块，然后在蛇妖的胃里找到了一块石头，舔了这块石头后，他“便知道了世界上的一切事情”（萨多夫尼科夫，110）。在胡加科夫收集的一个故事里，人们用蛇肉做火腿，煮成汤再把它喝下去，主人公由此而通晓了鸟语（胡加科夫，38）。由于吃蛇而通晓鸟、兽、鱼的语言的母题，在世界民间文学中广为流传（参阅格林的第17个故事及鲍里特-波利夫卡的同一个故事）。

在这些例子中，与成年礼相关的吞吃，被通晓鸟语的其他方

1 Долганский фольклор. [Л.] 1937, с. 101.

式所证实，这些方式与成年礼的联系毋庸置疑。比如说，主人公来到林中老人或是智者那里，他们将他放进锅里煮（泽列宁，维亚特卡省故事，30），或者把他往炉子里扔了三次（斯米尔诺夫，72），或者干脆教他（阿法纳西耶夫，252）。

学术界对鸟语母题有点不知所措。鲍里特将它与鸟儿具有先知先觉能力并能干预人的命运、向人提出警告等联系起来。这种生拉硬扯是靠不住的，因为主人公学会的不只是鸟语，他也能学会其他动物的语言。此说也无法解释为什么偏偏要吃蛇，韦克将此解释为蛇是动物中的灵魂。[1]从我们掌握的材料来看不是这么一回事。我们可以做一个假设，先知先觉的母题（包括通晓鸟语）是从一些仪式来的，在举行这些仪式时青年人要被吞吃和被吐出，或自己吃下动物的一块肉或一部分，此后他便获得了魔力。最初获得的魔力纯粹是狩猎方面的，后来与制陶技艺及耕种等相关。随着人对大自然和生产劳动的控制，这些能力和技艺的魔力性质消失了，但是对于人们来说，这些能力依然非常重要且不易获得，哪怕是在神话里（墨兰波斯那一类的），它们也是在蛇的帮助下获得的。懂鸟兽之语便可归入此列，这是曾经猎人能全权统治动物的余响，凭仪式的力量，动物应成为人手中驯服的工具并为人效劳。

以赋予神力或巫力为目的的吞食痕迹不只在故事中偶然出现，在中世纪的传说文学中也有。例如，在关于所罗门王的传说中就有。在犹太教法典的传说中，所罗门王借助鬼王阿斯莫德建造神

1 Weicker G. Der Seelenvogel in der alten literatur und Kunst. Leipzig, 1900, S.25.

殿。“智慧之王想向魔鬼学点什么，但既没有时间，也没有机会。”等神殿造好了，所罗门王一个人跟阿斯莫德待在一起向他打听起来。“把我身上的链子解开，”阿斯莫德说，“我会让你看到我的威力并且让你名扬天下。”所罗门王听了他的话。“他将所罗门王吞了下去接着又将他吐到离自己四百帕拉桑之外。”[1]的确，接下来应该是所罗门王由于多妻而受到惩罚（将所罗门王吐出后，阿斯莫德自立为王），但这是很晚近时期的重解，与原初的传说是相矛盾的。所罗门王被吞吃是为了获得阿斯莫德的智慧。

16．金刚石　故事里有时会说到主人公在蛇妖的肚子里或脑袋里找到了金刚石或宝石，于是蛇妖将它们送给了主人公。“脑袋里面有一些宝石。”[2]“去海边吐火的蛇妖那里取宝石吧。”（斯米尔诺夫，362）“它就打起响嗝来，接着从身体里喷出一些宝石来。”（萨多夫尼科夫，6），等等。

这个细节也见于阶级社会产生之前阶段的神话中。博厄斯引用的一个例子是蛇妖给了“一块透明的石头”。[3]吞食与吐出的联系在俄罗斯故事中也保留着，这便令人产生了一个想法，即我们在此看到的是与授礼仪式的联系。上文我们已经见到过，要往被授礼者的身上放水晶。水晶和石英在我们所知的最早时期的萨满教中起着很大的作用。拉德克利夫-布朗说：“石英晶体与蛇妖的联系广为流

1　Веселовский А. Н. Славянские сказания о Соломоне и Китоврасе. — Собр. Соч., т. VIII, вып. 1. Пг., 1921, с. 136.

2　Никифоров А. И. Победитель змея. — Сов фольклор, 1936, No.4 — 5, с. 205.

3　Boas F. Indianische Sagen. . . S.81.

传，在整个澳大利亚这些水晶都被列为萨满所使用的最重要的神奇之物。”[1]

一方面，与此相关的是在故事中姑娘被放进玻璃棺中（见第4章，8）；从另一方面说，与此相关的还有蛇妖居于其上的水晶山，再有就是公主坐在玻璃阁楼里，主人公骑着神马从那儿把她弄到了手（见第8章，8）。

17．充当搬运者的吞食者 在我们所引用的所有例子中蛇妖都是善兽，是巫术知识和威力的赐予者。在故事中，这种好蛇妖与人类的敌人、应当被消灭的怪物同时并存。蛇妖——它早就被发现是具有双重特性的东西。什捷尔恩堡不止一次说到关于蛇妖的观念中有“二重性”，这种二重性是在蛇妖观念的发展过程中出现的。不是有两种蛇妖，而是蛇妖的发展有两个阶段。起初的好蛇妖后来变成了它的反面。只有在发生了这种变化之后才产生了怪物蛇妖、应该被杀死的恶蛇妖的观念，于是形成了与蛇妖作战的情节，这一情节在历史上并非是孤立地、内部演化式地发展的，而是由于其原初意义形式与新的社会形态及其文化形态的矛盾而发展的。

我们从这样一些观察开始，那么在很多情况下，无论在仪式中还是在神话里，吞食者本人（怪物、野兽、蛇妖）原地不动，运动的是被吞食者：例如，孩子们离开家，被怪物吞下去又被吐出来，然后又回到家里。但还有另一种性质的神话。主人公在被吞下

1 Radcliff-Brown A. R. The rainbow-serpent myth in South-East Australia. — Oceania, 1930, vol. I , No.3, p.342.

之后，在吞食者的腹中被运到了另一个国家，在那儿被吐出来或自己破腹而出。这个吞食者常常被主人公杀死，这里已经隐藏了与蛇妖作战的开端。对这些在前阶级社会的民族中广泛流传的神话，我们应该进一步加以考察。

吞食者将主人公运送到另一个王国的观念是从何处产生的呢？能够断定的是，在此我们要面对的是仪式在萌芽期所特有的某些因素的发展。在野兽腹中待过的人被认为是去过了死亡之国，去过了另一个世界。他自己也认为他去过了那里。钻入了蛇妖的肚子，他就是钻入了另一个国家。在此兽嘴是前往另一个世界的前提条件。例如，在鞑靼人的一个故事中，主人公搭救了一位姑娘，她是蛇妖的女儿。为表示感谢她告诉主人公："别让我父亲（即蛇妖）的凶相把你吓住了，要想去他的王国，得先通过我妈的肚子，然后还要通过我爸的肚子。在这条路上可怕的黑暗会笼罩咱们，脆弱的心脏会受不了。但这是去我们王国的唯一的路。不过蛇妖国王会恭敬地欢迎你，并为你勇敢的功绩而奖赏你。"[1]

很显然，在这些仪式和情节的体现者的意识中已经产生了某种与这些情节、仪式的初始形态不相一致的东西。神话鲜明地展示出空间与运动的感觉在这里已经获得了发展。空间观念的出现使得吞食者离开原处并完成了远游。兽类形态的死亡之国观念被作为远方国家的死亡之国观念所取代。十分明显的是，这些观念只可能出

1 Сказки и легенды татар Крыма/Зап. текста К. У. Усеинова. Симферополь, 1936, с. 169.

现在那些不是通过哲学沉思的方式意识到空间的存在，而是对其有了经济性体验的民族中，即那些完成过远行的民族中。在海岛和沿海居住的人便是这样的民族。的确，关于作为搬运者的吞食者的神话以海洋神话居多。主人公在腹中被运送过海，吞食者具有大鱼的外形。接下来，讲述者去掉了吞食者的地方，实际上也就去掉了吞食的内涵。“树林”被大海所取代。这意味着林中猎来的野味不再是唯一的生存源泉，相应的仪式也失去了其含义。但同时这种变化又并非那种翻天覆地的革命，因此不能彻底消灭并强迫人们遗忘过去的仪式和情节。研究者看到的联系是很清楚的，但讲神话的人尽管在许多地方还保留着旧有的形式，却已经忘记了这种联系。静止的变成了移动的，恐怖的变成了惊险的甚至是喜剧式的，必须的变成了无用的和有害的。在这些情况下，主人公已不再获得任何异乎寻常的品性。相反，他在吞食者的身上看到的是敌人，因而在被吞食后要杀掉它，待在它的肚子里杀它，可以从内部击败它。此处已经隐藏着与蛇妖作战的开端。

下面我们将要引用若干经过选择的例子。材料是如此之多，似乎一份就能写一本书。这样的书还真有，这就是弗罗贝纽斯的《太阳神的世纪》。这本书里极为详尽地收集了这类神话。然而遗憾的是：作者的劳动白费了，因为从一开始对他来说，鲸鱼就是大海，被鲸鱼吞下去的主人公是夕阳，而从鲸鱼腹中钻出来的主人公则是朝阳。

至于与仪式的联系及与各民族经济生活和社会生活的联系，作者不曾提到，他也看不到这种联系。

18．作为与蛇妖作战第一阶段的斗鱼之战　毫无疑问，关于吞食和驮运到另一个国度的神话，就其成因和联系的多样性而言，是十分复杂的现象。我们在这里不想研究这个神话的整体，包括转移的因素。我们注意的只是那些引发与蛇妖作战的方面。

让我们来考察几种情况，其中转移的发生没有任何争斗的因素。密克罗尼西亚有一个讲鳗鱼之子的神话。妇女们喜欢戏弄他，因为他没有父亲。他出门寻父，跳进了水里。他在水里看到了张着巨大的嘴巴的鳗鱼。他朝鱼嘴里扔了两根原木，即用这两根木头撑着鱼嘴，好让它别闭上，接着他就跳了进去。鲨鱼将他从鳗鱼嘴里掏了出来，把他送到了某个有着许多龟甲的岸边。他又沿着原路回到了鲨鱼的口中，然后从那里返回了家，在家结了婚。[1]我们从这个神话中看到，被吞食的主人公被转运到了彼岸。故事里的龟甲很显然是替代赋予人以强大魔力的水晶或石英的。

这个例子显示出鲜明的衰落标志。这里的重复吞食毫无必要。龟甲已失去神力。结婚与前面的吞食和返回也无甚关联：在仪式中它们可是结婚的先决条件。我们再来看看一些更为典型、流传更广的例子。

父亲让孩子去办件事，但他不听话，跑去玩水，还和伙伴们一起划船下了海。小船突然摇晃颠簸起来，不听话的孩子落入水中，马上被一条大鱼吞了下去。他在鱼肚子里躺了些时候，觉得饿

1　Frazer J. G. The belief in immortality and the worship of the dead, vol. II. London, 1922, p.195.

了。他东张西望，看见鱼的肝正挂在他的脑袋上方。他就动手用贝壳把鱼肝割了下来。大鱼疼得受不了，于是把他吐了出来。[1]

在上面这个例子里，吞食这件事对被吞食者来说没有产生任何不良后果。这个故事里的主人公把鱼的肝割下来吃了，这是不是曾有过的在举行仪式时要吃一块动物肉行为的余响，还很难说。至少这个母题是很流行的，但吃的借口各不相同。鱼因为被吃而疼痛，于是把主人公吐了出来。我们看到，吐出来是需要某种缘由的——至于这缘由是什么就不清楚了。我们注意到：鱼在这里没有死，而且没有同被吞食者进行任何战斗。

有时会在鱼肚子里烧起大火，这么做为的是从里面出来，即旨在反抗。某个领头的人物在鸟儿的帮助下造了一条船。主人公请求让他上船，争论了很久才捎上了他。途中鲸鱼把他们连人带船都给吞了下去，但主人公用两支长矛撑着鱼嘴，这样鲸鱼的嘴就没法闭上了。他在鲸鱼的胃里看到了他已故的双亲，为了解救自己，他点起了熊熊大火。鲸鱼疼得浑身乱扭，游到了浅滩。大伙儿携着小船穿过张开的鱼嘴走了出来。他们来到了月亮国，这里十分富足。他们乘着那条小船踏上归途。

在这个例子里，主人公在鱼腹中看到了他已故的双亲，这说明在鱼腹中去的是死者居住之地。主人公在鱼腹中有时常常会碰到许多在他之前被吞食进来的死人或活人，他后来把他们领了出去。这个母题在此我们不做深入研究。我们只想提示一下：俄罗斯故事

1 Frobenius L. Das Zeitater des Sonnengottes, S.91.

里有主人公在鱼腹中移动，也有他在鱼腹中点火（阿法纳西耶夫，240；阿法纳西耶夫，242；另见一些异文）。鱼腹中的火——原本是个广为流传的母题。如果不了解在仪式和神话里从吞食者那里取得的第一批东西——其中也包括火，这个母题就难以理解了。如我们所知，被授礼者在吞食者体内有时要经受火烤。这个怪物体内燃着吓人的火焰。因此神话中从鱼腹里出来的孩子经常抱怨那里面太热，或者是像上面的那个例子，他们为了自救，自己在鱼腹中烧火。

这一切都说明：仪式已经被遗忘了，但仪式的组成部分被运用于艺术创作。可以把它们看作是残余和扭曲，但这些情形表明的是对母题的创造性加工——旧事物的消亡与新事物的萌生。无论是生产形式也好，还是社会生活或民族的意识形态形式也好，吞食与吐出对它们已经不适合了。它们走向了没落。我们已经看到，神话中怎样说明吐出的缘由：疼痛引致的。吐出在故事里已经完全消失了，吞食作为艺术性较为鲜明的因素还保留着。被吞食者已经不是被吐出来，而是自己剖开鱼腹。让我们举个例子："很多年以前，有个叫姆图克的人在峭崖下捕到了一条鱼，他的钓线突然被缠住了。于是他跳进水里，想把钓线解开。这时边上跃出一条鲨鱼把他吞了下去，但没伤着他。鲨鱼朝着北方游去。姆图克觉得挺暖和，就对自己说：'现在我们是在温水里呢。'当鲨鱼潜入深水，姆图克感到冷了，就明白他们到了海底了；最后，鲨鱼游到了鲍伊加，在退潮时它被抛上了岸。姆图克感受到直射的太阳光落在鱼的身上，就明白现在是在陆地上了。这时他拿出藏在耳后的锋利的贝壳，开始砍鲨鱼的身体，直到砍出一个足够大的窟窿。当他从他的‘牢房’里爬出来的时候，他发现他的头发全都掉光了。”[1]

在这个例子中特别引人注目的是失去头发。这也是这类神话的一个普遍特点。在弗罗贝纽斯看来事情是很清楚的：失去头发就意味着朝阳是没有光芒的。在我们看来，这一点要用行授礼时得“落发”来解释，在举行仪式时，头发或者得剃掉，或者得燎掉，或者得塞进一个特殊的罩子里（关于故事里的秃头，见第4章第15节）。让我们来关注一下主人公被吞食原因的多种多样。主人公或者是因为别人嘲弄他而跳水，或者是打破父亲的禁令而乘船出门，或者是乘船出游，或者是因为他的钓线被缠住或钓钩落水而跳进水里，等等。一言以蔽之，讲述者不知道主人公为什么非得掉进水里被鱼吞下去不可，于是每个讲述者就各自对其缘由做了五花八门的解释。

下面的例子表明用割开吞食者放出自己代替被吐出来的母题：孩子去钓鱼，他钓上了鱼王，鱼王把他连人带船一起吞了下去。为了从鱼腹中脱身，他揪下了鲸鱼的心脏。鲸鱼试着打嗝把他打出来，可是没成功。孩子听到鲸鱼的身体在沙子上簌簌作响。出现了一群海鸥，它们啄食着鲸鱼，于是他走了出来。[2]

这个例子在很多方面对我们来说都十分重要。第一，我们看到这里意识中还有吐出，但它已经被抛在一边了。揪下心脏在前述例子中是出于纯粹实用的原因（割下鱼的肝是为了果腹），在这里

1 Frobenius L. Die Weltanschauung der Naturvölker. Weimar, 1898, S.189.

2 Frobenius L. Das Zeitater des Sonnengottes, S.91.

这样做的目的则是杀死吞食者，即我们看到了反抗的因素，看到了要吞食者的命。

接下来这个例子的有趣之处在于吞食者的身体是从外面打开的。这件事常常由动物来做，在这个例子中是海鸥。可以指出的是：吞食者受到内外夹攻的致命打击，而重心逐渐转向来自外部的袭击。

让我们再引一个类似的例子。在这个例子中吞食者是被人开膛的。有两兄弟住在海边。出现了一条鲸鱼，他俩让鱼把他们吞了下去。他们在鱼的肚子里看到了心脏，就把它割下来了。鲸鱼死了，它被冲到了岸边。来了很多人，动手把鲸鱼切开，于是弟兄俩从里面爬出来。“他们彼此看了一眼，就互相嘲笑起来：他们在鲸鱼肚子里掉光了头发，那里面太热了。”[1]

经过对材料的研究分析之后，这个例子中的一切都很清楚了。这里有一个十分引人注目的细节很有意思：从鲸鱼肚子里出来时，孩子们笑了。笑的仪式性质我们另有专文研究。[2]

所引述的例子会造成一个印象，即该神话是主要与大海或与水有关的神话。不错，它主要是与水相关的神话，我们在下面将会看到，它与蛇妖的水性联系在一起。那些居住在深山老林的民族，他们与世隔绝，不知道有交通贸易，发展得要缓慢些。而这里也有类似的发展，不过更慢一些。这里的材料相当少，因而情形也就不

---

1 Boas F. Indianische Sagen. . . S.101.

2 Пропп В. Я. Ритуальный смех в фольклор: По поводу сказки о Несмеянке. — Учен. зап. Ленингр. ун-та, 1939, No.46, сер. Филол. наук, вып. 3 с. 151 — 176. То же. — В кн.: Пропп В. Я. Фольклор и действительность. М., 1976, с. 174 — 204.

那么清楚。引证这样一个例子还是必要的：主人公离家外出，他父亲预先告诉他会遇到狼，狼会把他吸到肚子里去的。主人公真的碰到了狼，他开始嘲弄狼说："你可真了不起呀！你真的把我吸进你的肚子里吧！"主人公做出了抵抗的架势，做出身不由己地靠近狼嘴的样子，然后纵身一跃跳了进去。"他在里面找到了不少人。有的还活着，有的奄奄一息，有的已经成了一堆骨头。"他看见了头顶上吊着的心脏，这时他发话了："咱们跳舞吧！唱歌吧！我要跳舞了！"这时人们跳起舞来。他把刀子绑在头顶上开始跳舞。他用这把刀子挥向狼的心脏，杀死了它，把它开膛破肚，救出了狼肚子里的所有人后扬长而去。[1]如果说先前主人公是被吞食的对象，那么现在主人公就成了消灭吞食者的人。如果说在以前的例子中，吞食者被开膛是因为它吞下了主人公，那么在这里事情已经颠倒了过来：主人公是为了消灭它而进入它的体内。如果说，在仪式上，主人公是那个被吞下吐出并仅仅因为这个事实而成了主人公的人，那么在这个神话里，杀了那个吞食者的人就是主人公。显然，神话中发生的变更反映了人民社会生活中发生的变更。主人公会嘲弄狼并且跃入它的嘴里。我们在上文看到了几种嘲弄的情形。与此同时，我们在这里也看见：主人公在吞食者的肚子里碰到了死去的人。躺在怪物肚子里的死者、尸体、白骨堆，以及其他吞食者肚子里面或死亡小屋里的死亡标志——这幅画面我们在对仪式的描述中已经

1　Kroeber A. L. Gros ventre myths and tales. — Antropological Papers (Amer. Museum of Natural History, 1907, vol. Ⅰ, Pt. III, p.85.

熟悉了。所缺乏的只是主人公使他们复活——我们看到的似乎是典型的暂死的情景。这样的复活在这里被合理化了，采取了使狼肚子里的人获得解救得以脱身的形式。同样有意思的地方还有在狼肚子里跳舞。

重心向英雄主义的转移，为这个神话的历史上极其重要的新现象做了准备。所有我们研究过的例子都有一个特点：故事是由一个人物构成的。神奇的英雄行为为个人的大胆英勇所代替。在成为被吞食者这件事上，已经没有任何英雄主义可言。可以看到，重心转移创造出新的人物。神话是由两个人物构成的：一个人被吞，另一个人把他解救出来。主人公不再是那个被吞者，而是那个解救被吞者的人。美洲（努特卡部族）有这样的记述："在海尔加特有一条叫'吞船大王'的巨鲸。所有的船经过这里时都极为小心。有一次，主人公的母亲乘一条小船途经那里。小船离岸之后，鲸鱼出现了，它连船带女人一起吞了下去。主人公得知母亲出事后，他决心复仇。他带着兄弟们沿河下了海。他们唱起歌来。当他们唱了两遍时，水面分开了，鲸鱼一口吞下了小船。主人公招呼他的兄弟们驾着小船直冲到鱼肚子里。在鱼肚子里他们剖肠割心。鲸鱼被这么着弄死了。它被海水推到了岸边。在岸上动物们（鸟儿、蜗牛、鱼等等）打开了鲸鱼的肚子，于是大伙儿就走了出来。鲸鱼的肚子里太热了，有一个兄弟的头发都掉光了。"[1]

这个故事包含了处于阶级产生之前社会阶段的与蛇妖作战

1　Frobenius L. Das Zeitater des Sonnengottes, S.82.

母题。从一方面看，情节与故事已经很接近了。我们看到了吞食（故事里是劫持）妇女、与怪物战斗和解救妇女。但同时战斗还是按老样子进行：为了杀死吞食者，得钻进它的肚子，成为被它吞下去的人。

很自然，神话里保留着的出自仪式的吞食行为，被另外一些战斗形式替换了。我们的确可以研究一下，吞食如何被其他一些替代性的吞吃所代替，吞食者不是从里面被杀死，而是从外部。这是这个情节的进一步发展。我们来举一个例子，其中吞食和内部歼灭转向从外部战败表现得特别明显。

怪物特塞吉斯吞下了所有的人，只剩下一个爷爷和他的孙女。主人公是个外乡人，他得知了这件事。他给姑娘系上了用蛇妖西西乌特尔做的魔力腰带，然后让她去打水。特塞吉斯把系着魔力腰带的姑娘吞了下去。当姑娘落入怪物的肚子里以后，主人公唱起了一首魔法歌："西西乌特尔呀，你快复活吧，你快醒醒吧，你快杀死他吧！"怪物浮了起来，垂死挣扎着。主人公射箭杀死了它并救出了姑娘。[1]

为什么要让姑娘进到蛇妖的肚子里，这一点从这个神话是看不清楚的，从其历史来看就明白了：我们在这里看到的是传统的反映，那就是为了杀死吞食者，必须进入它的体内。尽管吞食者是从外部战胜的，但还是有人应该在蛇妖的身体里。值得注意的是在里面使魔法，至于从外面则是用最为寻常的现实手段——弓和箭。

1 Frobenius L. Die Weltanschauung der Naturvölker, S.97.

弱化从内部杀死以及强化从外部杀死，使这个母题不断接近其现代的故事形式。更替在继续进行。为了杀死蛇妖，得往它的嘴里扔进些东西去，但已经不总是往里扔人了。往它嘴里扔的有烫石头，例如：怪物住在湖里，凡是来湖里取水的人都要被它吃掉。主人公（外乡人）把石头烧得滚烫以后扔进了怪物的嘴里，随后又把怪物切成一块一块的。这一块块的怪物肉变成了可以吃的鱼。[1]这个故事里尚未完全忘记从吞食者那里得到的好处，最初得到的东西——它的部分身体变成了可以吃的鱼。另一个例子是：蛇妖吞吃了所有的人。只有一个怀孕的妇女幸免于难。她生了一对双胞胎。两个孩子给蛇妖喝米酒。蛇妖张大了嘴，他们把烧得滚烫的石头扔了进去。[2]

最后，将有魔力之物或滚烫的石头扔进怪物嘴里的方式一经消失，剩下的就是纯粹的与蛇妖作战了。两个女人在洗澡，两个怪物（库尔列伊——照弗罗贝纽斯的说法就是鼍）把她们吞了下去。蛇妖们爬进了一个河水源头的洞穴，它们吸干了所有的水，河干了。被吞妇女的丈夫跟踪找到了蛇妖，用长矛杀死了它们。水又重新流动起来。丈夫撕开怪物的肚子，救出了他的两个妻子。[3]

在这个例子中受害者还是被吞了下去。这个蛇妖是水中之物，这一点下面会谈到。随着吞食的完全消失，我们会在我们所熟悉的形式里看到与蛇妖大战。不过，可做深入研究的既可以是吞食主人

1　Frobenius L. Das Zeitater des Sonnengottes, S.96.

2　Ibid., S.70.

3　Ibid., S.73.

公的被替代，也可以是吞食妇女的替代性形式。有这么一个例子，它里面已经没有一点吞食的痕迹，但也没有完全中断与它的联系。两个女人在洗澡。一条鳐看见了她们，把她们插在它的背刺上就游开了。两位主人公执长矛与鳐作战并杀死了它。为了让两个女人复活，他们烧起了火。他们让蚂蚁去咬女人，女人就这么着活了过来。[1] 用背驮走——十分明显地替换了装在肚子里带走。与火的关联虽然变形，但并未被忘记：火有利于使死去的人复活——这是暂死的最后余响。这些细节一消失，我们便获得了现代形式的与蛇妖作战。让我们来举两个例子。身为旅行者的主人公遇上了一位拿着米粥和肉的姑娘，她是送这些东西喂一条井里的蛇的。主人公用马刀砍下了蛇的脑袋。[2] 另一个例子是：一条沼泽里的蛇每年要人进贡。“这是规矩，谁也不知道它的理由和由来。”给它送去的供品是姑娘。关键时刻出现了身为骑士的主人公，他杀死了这条蛇。[3]

我们的考察在这里要稍作停顿。我们曾努力描绘出情节发展的梗概，努力探究如何在一个母题（吞食）的土壤上发展出了另一个（与蛇妖作战）。但我们追踪到的只是母题的根源之一。对于蛇妖为什么要被杀死的问题，还无法给出最终的回答。不过有一点现在是明确的：蛇妖被杀死是因为人民的生活发生了变化，这种变化使得旧的情节费解，并将它变得与新的意识形态相适应。我们发现，古老的形式并非总是在最蒙昧的民族那里获得证实。比如说，

1 Frobenius L. Das Zeitater des Sonnengottes, S.74.

2 Frobenius L. Die Weltanschauung der Naturvölker, S.70.

3 Ibid., S.121.

俄罗斯故事里保留的鱼腹中的搬运、在鱼腹中烧火、主人公被吐出等形式，与美洲的材料就有着惊人的相似。因此，最古老的例子未必是在最蒙昧的民族那里记录的。但相反的关系却不可能存在：新现象只会在与之相适应的基础具备了之后才会形成。就整体而言，演进是与民族文化的发展阶段相对应的。关于引发变动的因素我们已经谈论过了。这里另一个细节的发展很有代表性：蛇妖或吞食者先是被箭射死，后来是被长矛扎死，再后来是被剑砍死。显然，只有在已经懂得冶炼技术和打铁的民族那里，蛇妖才会被剑杀死。后面两个例子是在卡比尔人那里记录的。卡比尔人令我们感兴趣的，不是他们本身，而是他们的经济发展阶段。这是一个种植油橄榄和果树的定居民族，他们在自己的土地上精耕细作，很早就会制陶和打铁。同时这还是一个骁勇善战的民族，剑与马正是在这个阶段出现的。后来是封建制给战蛇妖的勇士披上了骑士的盔甲。随着战斗形式的变化，卡比尔人的蛇妖的特性也发生了改变：它吸收了农业的特性。每年人们要给蛇妖进贡一个姑娘——这是我们在下面要考察的例子。在他们则是稻米和肉。这样看来，情节的发展不是自身决定的，而是受制于民族经济生活和社会制度的变迁。

19．与蛇妖作战的晚期例子里的吞食痕迹　战蛇妖的母题产生于吞食的母题这个重要论点，可能通过分析若干进入阶级发展过程民族的与蛇妖作战的事例而得以巩固。从一方面看，如果能在处于阶级出现之前社会民族的材料中找到未来的与蛇妖作战，那么反过来，在较晚近的材料中存在着原先有过的吞食的鲜明痕迹。像战斗时主人公跳进蛇妖嘴里这类情形，在俄罗斯故事里确实没有，但一般来说它们并不算少见。

一个巴比伦的创世神话里说："泰玛特张开了她的嘴，能张多大就张了多大，他让伊姆乎拉钻了进去，泰玛特的嘴就合不上了。"[1]（"他"是指玛尔杜克）战斗从此开始。这一处不是很明白。格雷斯曼认为"伊姆乎拉"是一股邪风。为什么风就能让泰玛特合不上嘴，还是不清楚。通常是龙能生风，好把主人公吸进去。从另一方面说，在这类情形下，是把长矛支在蛇妖的嘴里，好让它合不上嘴。这里就有长矛："他摆好长矛，割开它的身体，撕碎它的内脏，剖开它的心。"我们应该想象得出，玛尔杜克把长矛插进它的嘴里后，钻进了它的肚子。这时他撕碎它的内脏，剖开它的心，剖开它的身体后钻了出来。确实在任何地方都没有提到玛尔杜克进了龙的肚子。然而这是可以看出来的，格雷斯曼正是做如是理解的，他加了这样一条注："他随着另一股风进了它的肚子。"不列颠博物馆这一文本的翻译者和出版者巴奇对这个地方是这样理解的，他说："第七块板上（108）提到玛尔杜克，说他'进入了泰玛特的中心部位'，因为他做到了这个，他就被称作'尼比姆'，意为'进去了的那个人'，也就是'抓住中心部位（即内脏）的人'。"[2]

主人公进入龙腹在这里尚不足以令人信服，在古希腊罗马的材料中则十分明确。一个有关赫拉克勒斯的神话译文里说，他为了

---

1 Gressmann H. Altorientalische Texte und Bilder zum Alten Testament. Tübingen, 1901, S.78.

2 Budge E. A. W. The Babylonian legends of the creation and the fight between bel and the Dragon: As told by Assyrian tablets from Nineven. London, 1921, p.20.

救赫西俄涅而跳进了蛇妖的嘴里，在那儿待了三天，在此期间，由于兽腹中的热度，他满头的头发全都脱落了，他从内里剖开了这头野兽的肚子。[1]相类似的还有关于伊阿宋的神话，根据肖像研究的历史文献判断，这个神话讲述了伊阿宋在科尔希达如何为了得到金羊毛而投身进入蛇妖卫士的嘴里，并怎样杀死了它。这种说法经由雅典花瓶上的描绘而为人所知。[2]格谢利亚达提供了在蛇妖体内作战的一幅极为鲜明的图画。一只巨大如山的老虎“发现了远在一昼夜路程之外的人，在距离他还有半昼夜路程的地方把他吞吃了”，即像上文提到的那只美洲的狼一样，把他吸了进去。“格谢尔……奇迹般地钻入了虎口里，钻进去之后，他就如此这般施展起来：他用两只脚顶住下面两颗虎牙，用头顶住上腭，用双肘撑着颌骨。”他的同伴说：“一个像座山似的黑斑大老虎……把我亲爱的汗吞下去了。”勇士们从外面攻，而格谢尔从里面杀死了老虎。[3]在这里，吞食母题与战斗母题的联系十分鲜明。一个俾路支人的故事里也说：“龙朝着占格特吸了一口气，想把他吞进去；占格特将剑举在额前。龙紧逼向占格特，而就在它刚靠近他并要吞下他的刹那，它被一劈两半。”[4]我们还记得，在《埃达》中也有一人投入芬里斯的狼口。

20．结论　所有这些材料让我们可以得出如下结论。

1　Siecke E. Drachenkämpfe, S.15 — 16.

2　Radermacher L. Das Jenseits im Mythos der Hellenen. Bonn, 1903, S.66.

3　Гесериада. Сказания о милостивом Гесер Мергенхане, искоренителе десяти зол в десяти странах света/Пер., вступ. Статья и комм. С. А. Козина. М.; Л., 1935, с. 91 — 97.

4　Белуджские сказки, собранные И. И. Зарубиным. Л., 1932, с. 125.

与蛇妖作战的母题是从吞食的母题发展而来。吞食最初是一种在授礼时举行的仪式，这个仪式赋予青年人或未来的萨满以神力。这些概念在故事里的反映，一方面是在蛇妖的脑中或腹中找到的宝石，另一方面是掌握了动物的语言知识。后来这些都消失了，不再发展了。吞食已经不被当作一件幸事，只是偶然发生而已。与仪式的关联也失落了，加入了主人公在吞食者腹内挪动的新要素。在这个阶段出现了一些实用性因素：吞食者的心或肝被割下来供食用。后来，第二个人物的加入使得神话更为复杂化：一个人被吞食，另一个人跳入吞食者的口中并从里面折腾来解救他。在蛇妖体内的挪动在这一阶段不复存在。出现了一些替代物：主人公不再亲自跳进去，而是把能从吞食者腹内置其于死地的滚烫的石头或宝物扔进它的口中，而主人公自己是从外面杀死它。这种杀灭形式渐渐发生着变化。杀死吞食者的东西有弓箭、长矛、马刀，能从马上砍杀它。自此已经直接转入了故事里与蛇妖作战的形式。伴随着阶级社会的出现，作战形式基本上不再变化。在较晚近的与蛇妖作战形式的若干例子中，还可以看出吞食的痕迹。

这一演变是由经济生活和社会制度中的变更引发的。随着仪式的消失，吞食和吐出的意义也失落了，它被各种各样的过渡形式所取代以至于彻底消失。英雄主义的重心由被吞食转向杀死吞食者。形式和武器的变化有赖于人民实际使用的武器。民族文明程度越高，作战形式就越接近当代故事里的形式。随着定居、畜牧业和农业的出现，这个过程趋于结束。

三、装在桶里的主人公

21．供运载用的帆船　在继续对蛇妖进行分析之前，我们应该停下来将一个从所引的材料来看获得了某些说明的母题纳入我们的探讨，这就是主人公被装在沉入水中的桶里、大船或舢板里的母题。

装在桶里的主人公的母题与主人公在鱼腹中的母题相似，而且是由后者脱胎而来。让我们来看一个维亚特卡省故事里的例子。“我被抓住了，他们把我装进桶里，给桶箍上铁箍，推到了水中。我在里面不死不活地待了半年。后来亏我走运，大桶洞口朝上停靠在岸边。”这时出现了一只狼，“我捉住它，悄悄地拴住它的尾巴，然后用尖刀扎它的屁股……它拽着我那只大桶在树墩和树根间绕着转。于是大桶被撞碎了，我好不容易活着回了家”（泽列宁，维亚特卡省故事，34）。从跑过来嗅这只桶并且把它打碎了的狼身上，我们轻而易举地就可以辨认出在外面将主人公从鱼腹中解救出来的动物。在那把尖刀上，我们辨认出将鱼从里面杀死的小刀。在一个彼尔姆省的故事里，大桶是被公牛打碎的（泽列宁，彼尔姆省故事，57）。就是在更为简单一些的例子中，我们也能辨认出这种近似来。嫉妒者们将主人公放在舢板上："不一会儿就乌云密布，狂风呼呼作响，浪头高高掀起，舢板被风浪刮到了不知道什么地方，将它带了很远很远以后，把它抛到了一个岛上。"（阿法纳西耶夫，237）载着主人公的舢板令人想起吐出主人公的大鱼。

但这些对外部近似的考虑似还不足以确定实际的亲缘关系。还有另一种仪式，令人能把这两个母题密切联系起来。放入桶中的原因多种多样，不过有一组情节能将其有机地纳入其中。构成这一组情节的是关于国王会死于孩子之手或要将他推入水中的预言，还有让孩子在穷乡僻壤跟某个牧人或花匠学本事（常常是同别的孩子一起），以及他的登基。

如果我们的猜测可信，那么在桶中的逗留与在鱼腹中的逗留是相一致的，后来与别的男孩子们一起所受的神秘教育也与在长者领导下被授礼者的共同生活时期相符，而这一切都是获得做领袖所必需的能力的条件，都是登基为王的条件。兰克已经在大桶上看出了肚腹，但却是立足于弗洛伊德的学说。[1]大桶确实是肚腹，但不是母腹，而是能赋予神力的动物之腹。

不过我们上文所提出的看法还未彻底解决问题。我们知道，吞下与吐出的仪式和母题起源于图腾。但能够作为图腾的不仅是动物，还有树木。在大桶上亦能辨认出树木图腾的传统。很可能在主

1 Rank O. Der Mythus von der Geburt des Helden. Leipzig; Wien, 1909.

人公被装入桶里的母题之中，这两个传统合而为一。有一个密克罗尼西亚神话，说的是四个男人到太阳上去。他们到达那里之后，看到他们的小船被运走了。“这时太阳就把他们关在了一个很粗的竹筒里，那时别列群岛上的人还不知道有竹子。他们就坐在竹筒里被运回了家乡的岸边。这以后他们成了四个最高首领。”[1] 还有关于人类祖先的这类神话。在西北美洲有一个神话，说的是几个女人编了一只大篮子，带上她们的丈夫和孩子坐进去，捆好篮子，然后让人把他们扔进水里。风浪将篮子推出了很远，它最后停靠在了比克纳克特尔。这时候他们打开篮子走了出来。他们就是波杰美人的祖先。

大约诺亚也是源出于此，他上了一条大船，或称诺亚方舟，他将自己关在船里，等从船里出来时他就成了人类始祖。乌泽涅尔已经在做这种亲缘关系的研究。树木图腾的传统随后在埃及（俄西里斯）可以追踪到，在俄罗斯故事里也有。一个奔萨省的故事说，姑娘在逃脱父亲的迫害时变成了木头柱子，这根柱子被扔进了水里后漂到了另一个王国，王子发现了这根柱子，吩咐把它拿到他的房间里（与神镜故事完全相同），王子娶了她（斯米尔诺夫，252）。树木在这里与水晶棺材的作用是一样的。林中的哑巴姑娘常常是在树上被王子发现。她通常浑身赤裸，以毛发蔽体，这令人想起鸟儿，她有时甚至还在身上粘着羽毛。这些都指出了这一母题的起源是什么。姑娘寄身树木里、栖身树上、置身棺材中，都是处于暂死

1　Frobenius L. Die Weltanschauung der Naturvölker, S.204.

状态，这与在动物腹中逗留是一致的。我们还记得，这种在动物腹中的逗留是成婚的条件，也常常是获得权力的条件。

从这个观点出发，重新审视摩西（他后来成为其民族的领袖和拯救者）乘篮子漂浮的经历及萨尔贡王那著名的自传是件颇有意思的事。在格雷斯曼的译文中有这样一段话："我，强大无比的萨尔贡王，阿卡德的国王。我的母亲是穷人（女祭司？），父亲我没见过，我父亲的兄弟住在山上。我的城邦阿苏比兰努，坐落在幼发拉底河岸边。我可怜的（？）母亲怀上了我，她秘密地把我生了下来，把我放进一个芦苇编的盒子里，用胶泥封上口以后就把我交给了河水……当时河水托着我，把我送到了一个浇水工阿吉那里。浇水工阿吉，用……（此处漏字——作者注）把我取了出来。浇水工阿吉，他把我当儿子收养，培养我。浇水工阿吉，使我成了他的一名园丁。当我做园丁的时候，伊什塔尔爱上了我，逍遥自在了四年。"[1] 接下来就是炫耀列举国王的伟绩和出征。如果说通篇都充斥着吹嘘的话，那么其开头部分就是自夸自赞，不过当代人听不出来。萨尔贡的伟大始于他被放进小盒子，他对这件事的吹嘘不亚于对其出征的吹嘘，因为它证明了他为王的权利，就像他的出征一样，也证明了他是伟大的国王。

1 Gressmann H. Altorientalische Texte. . . S.78.

四、充当劫持者的蛇妖

22．蛇妖的面目　我们已经开始了对故事里的蛇妖的研究，然而如果不算晚期例子（玛尔杜克、赫拉克勒斯、伊阿宋等）的话，那我们至今还没见到蛇妖的模样。这意味着蛇妖是较晚出现的现象，其外表较其功能形成得要晚些。确实，我们到目前为止见过的吞食者都是什么？在仪式中是各种不同的动物。蛇妖占多数，有时被装扮得怪模怪样（如在澳大利亚），但我们也见过鸟儿和狼，要渡过大海的载运者自然会采取鱼的形式。后来所有这些动物成为蛇妖、龙的组成部分。我们所涉及的任何一个处于阶级社会前的民族中都没有出现龙。有庞大的蛇妖（如在澳大利亚），有带有幻想色彩的蛇妖的概念，但没有杂交而成的东西——比如龙。在北美洲确实有着人所共知的双头蛇妖，但那并非杂交的东西。两个头不是并排长着，而是一个长在颈子上，一个长在尾巴上。这种情况下，尾巴令人联想到刺，第二个头的概念由此而来。龙是较晚出现的现象。这类幻想的动物是晚近文明甚至是城市文明的产物，这时人们与动物的亲密关系已经丧失，尽管混合型动物的萌芽在早些时候已经可以碰到，如在墨西哥或因纽特人那里。这类动物的繁荣时代在古代国家降临，在埃及、巴比伦、古印度、希腊、中国——在中国，龙甚至成为象征着帝王的标志。相反，它在真正的原始民族中不曾出现过。

蛇妖是若干种动物的机械组合。它是类似于埃及的司芬克斯、古希腊罗马的半人半兽等现象。在艺术描绘中的蛇妖显示出，除了其基本形式（爬行动物+鸟），它还可以由极为不同的动物构成，构成它的不仅有鳄鱼或鳞甲类动物和鸟，而且有豹子、狮子、山羊和其他动物，它可以由两种、三种、四种动物组成。

在此还可以观察到另一种现象。蛇妖、龙与神人同形的神明大致同时出现。这并非一条确定不移的规律，而是一种趋势。宗教史上对神的解释是个十分复杂的问题，我们在此不打算对其做出解答。动物外形的图腾祖先，不是神人同形的宙斯或无定形的基督圣灵那种意义上的神明。神是从动物发展而来。随着农业和城市的出现，形形色色起源于图腾的动物世界开始失去其现实性，产生了神人同形的过程。动物具有了人的躯体，在有些例子中，最晚消失的是兽面。像这样创造出来的一些神，有长着狼头的安努毕斯，长着红脚隼头的何露斯，等等。从另一方面看，死者的灵魂具有鸟身人首的特点。就这样逐渐把动物变成了人。在类似赫耳墨斯那样脚后跟上长着小翅膀的神的形象中，神人同形的过程几乎已经结束，最后，一直到变成伴随着神的点缀物：宙斯就被塑造成驾着鹰的样子。

这是一条线索。从另一方面看，这里说的不是城里人可以与之交往的那种动物，而是另一种由死者变来的东西（蛇、蠕虫、鸟）；不是日常生活中有的，而是由抽象概念实在化而来的神秘动物，其意义和外表一起消失。就像与人相融合一样，动物之间也开始相互融合。这是一些谁也没见过但被授予神秘的权力的超自然的、非凡的东西。一些杂交的生物就是这样被创造出来的，龙即为其中之一。

若现在来仔细观察一下龙的形象（它基本上是由蛇+鸟构成），并将其与上文提到的所有东西进行比较，那么可以得出结论说，蛇妖是由两种代表灵魂的动物组合而成，这就是鸟与蛇。起初人们认为人死时会变成任何一种动物，这有许多材料可以证明。但后来出现了冥国的概念，这个国度或者高高在上或者远在天外，又或者相反——深入地下而与世隔绝。等涉及极远之国时，我们会更详细地看到。与此相应，死者所能变的动物数量就受到了限制。鸟为遥远的国度而生，蛇、蠕虫、爬行类动物为地下王国而生，其中显然并无特殊的界限。鸟与蛇是最常见的代表灵魂的动物，在龙的身上二者融为一体。文特就持这种观点，他说："很可能在（蛇妖）长翅膀的形象上，确实隐藏着人们久已忘记的关于代表灵魂的鸟的概念，而在龙的蛇形躯干上，则隐藏着关于代表灵魂的蠕虫的概念。"[1] 这就解释了蛇妖为什么会长着翅膀、鸟爪及鳞甲和带刺的尾巴等等。我们很快就会看到，这还可以解释它的基本功能之

1　Вундт В. Миф и религия. СПб., б. г., с. 110.

一——劫取妇女。

但这还无法解释蛇妖的另一个固有的特征——它的多头。正如它是由多种动物组合而成，因此它就有多个头。用什么来解释它这种多头的特征呢？这个问题或许可以用马的多头及多翅来类推解答。民间文学里有广为人知的八条腿的马。比如说，奥金的坐骑斯莱普尼尔就是八条腿，而且这还远不是唯一的例子。多腿不是别的，正是飞奔的形象表达。我们说到的马的多翅特点也是如此。它可以有四、六、八只翅膀——这个形象表示它能疾飞。蛇妖的多头也是如此——表示它有多个嘴巴——一个擅吞食的形象。在这里强化通过增加数量来实现，通过数量来表达性质。这是较晚出现的现象，因为确切多数的范畴原本是晚近才有的。

在上述例子中我们尚未涉及多头的问题，但是，比如说在考察卡比尔人的马时，我们已经碰到过多头的特点。另一种塑造吞食形象的方法不是通过数量，而是通过增大嘴巴的尺寸：一个俄罗斯故事说吞食者的嘴巴张开时，能上顶天下接地。但在这个例子中嘴巴只是一个，这里没有多头的问题，这在到目前为止我们所引用的例子中还不曾有过。这里鱼常常就是普普通通的鱼，但鱼腹中可以容纳几千人，有时候是整个国家。在狼的肚子里同样也可以装许多活人和死者。这个阶段的这种比例失衡挡不住任何人。以鲸鱼形象出现的鱼的概念已经包含了制造平衡的尝试，而将嘴巴扩大则是使得吞食画面均衡的艺术夸张，而且这也是较晚出现的现象。

23．充当劫持者的死神　分析充当吞食者的蛇妖以及分析其外表，都会得出一个结论：就起源而言，蛇妖与死亡的观念联系在一起，而且这里还可以看到两条相互交替的线索：一条是较为古老的，还与仪式联系在一起；另一条则要晚一些，是纯粹思维的。

与死亡观念及其相应仪式的这种联系，为我们解释了蛇妖的一个方面，即充当劫持者的蛇妖。

在此似可研究一下死亡观念的历史，不过这一观念的早期形式并未在蛇妖的形象上反映出来。蛇妖反映的是死亡观念较晚近的形式：死就是劫持。死神降临是因为死者的灵魂或灵魂之一被什么东西劫夺走了。死者的治疗和康复与之相对应，那就是一定要将其灵魂偷回来并使之复归原位。有一些故事整个就是建立在劫夺与反劫夺之上的。

但到底谁是劫持者呢？我们马上就会看到，劫持者常常就是已经死去的人，死者要拽上活人垫背。死者（一般是以动物的样子出现）劫持灵魂观念的形成过程与另一个过程——灵魂客体化的过程不可分割。让我们来看一个例子。达科塔人（北美印第安人部族——译者注）认为人有四个灵魂：有一个是躯体的灵魂，它会随着躯体一起死亡；还有一个灵魂一直附着在躯体上，或者停留在它的附近；再有一个灵魂为躯体的行为负责，时而往南，时而往西；最后，第四个灵魂永远留在死者的一束头发里，它由死者的亲属保管，直到有机会把它扔到敌人的地域，这个灵魂就会成为一个播撒死亡和疾病的幽灵。[1]

1 Levy-Bruhl L. Das Denken der Naturvölker. 2, Aufl. Wien; Leipzig, 1929, S.65.

这个例子的有趣之处在于：死者的灵魂或灵魂之一本身又成为其他人的死亡原因。换言之，一个灵魂客体化了，成了独立的可怕之物，与自己的主人失去了联系，于是它便能招致死亡。

客体化可以理解为一种信仰，灵魂被看作是能够生活在人之外的独立生物。甚至并非总是在人死后灵魂才能独立。一个活着的人也可以有灵魂或者灵魂之一在自身之外，这被称为身外的灵魂，即“bush soul”。科谢伊就具有这种灵魂。

班图人（非洲的一个民族——译者注）就认为人有四个灵魂，其中一个是身外的，以与其躯体用最隐秘的方式相联系的动物的形象出现。这动物可以是豹子，可以是乌龟，可以是鱼或其他任何一种动物。

当我们听到说是动物劫走了活人的灵魂，总会提出一个问题：这个动物是不是从化为兽形的死者发展而来？比如，特林基特部族（阿拉斯加的印第安部族——译者注）的印第安人认为水獭具有一种特殊的、超自然的力量，顺便说一句——它还喜欢偷偷地把人带走，使人失去知觉，将其变成水獭人。[1]面对死者的恐惧正是建立于此，哪怕这些死者早已失去其动物外表。例如，在联邦群岛上，人们说“死人的灵魂具有偷走活人灵魂的能力”，[2]在弗雷泽的著作里也可以找到数不胜数的这类例子。例如，塔拉胡玛列部族（墨西哥）认为，尽管萨满想方设法拯救病人的生命，死神还会

1 Ратнер-Штернберг С. А. Музейные материалы по тлингитскому шаманству. — Сб. МАЭ, 1927, т. VI. с. 83.

2 Frazer J. G. The golden bough, pt. II. Taboo und the perils. . . p.54.

降临，那是因为“早先死去的那些人把他召唤去了，或者把他拖走了”。[1] 死人要拖走活人。前英属新几内亚的巴布亚人相信，“死人的魂儿会带走活人的灵魂”。[2] 一些特殊的神灵被创造出来了，它们的功能就是偷窃灵魂。一位毛利人的研究者 E. 贝斯特说：“蜥蜴就是死神。这可以解释毛利人对蜥蜴所怀有的巨大恐惧，以及为什么说看见蜥蜴是个不祥之兆。它是报丧的（恶神）维罗，是死神的预言者…… 蜥蜴是被维罗派来抓人的。”接下来还有：“现在你就会看到，为什么维罗被称作小偷，为什么他是小偷的保护人，要知道他总是满世界乱窜，好劫持人们的生命。”[3]

引证的事实说明了一个情况，即有这样一种看法：死神降临是因为化身为动物的死者偷走了灵魂。蛇妖就是这种动物之一。

例如，图拉耶夫在古代东方史中写道：“关于特别的亡魂 ekimmu 的概念也是存在过的，它到处游荡，传播疾病。对这些巴比伦恶魔的描绘被保存了下来——大部分是长着翅膀，像野兽似的形象。”[4] 类似的现象在埃及也有。《亡灵书》第 27 篇有向那些拿走心脏的神灵的祈祷。但是，在埃及，吞吃死人者（不是劫持者）的样子略有不同：它住在火焰湖畔，死者能击败它，下文我们会谈到。此处有意思的是所要引用的 7 世纪科普特人（埃及人的一部分，信科普特派基督教——译者注）的圣徒比金齐亚的行传。比

1 Frazer J. G. The fear of the dead. . . vol. Ⅰ, p.71.
2 Ibid., p.37.
3 Best E. The Maori, vol. Ⅰ, p.71.
4 Тураев Б. А. Древний Восток. Л., 1924, с. 223.

金齐亚描绘了木乃伊所经历的痛苦。在他看来，木乃伊是过着罪孽深重的和亵渎神明生活的人。他以木乃伊的口气说："当我落入地狱时，出了这么件事：我看见了一片三十丈方圆的大湖，湖里挤满了爬虫（reptiles）；每一条爬虫都长着七个脑袋，长着跟蝎子差不多的身子。这地方还有一条巨大的蠕虫，看到它的人都会被它那模样吓住。它满嘴的牙齿跟两排木桩一般。一条爬虫把我抓起来扔给了这条蠕虫，这东西总在吃啊吃的，从来没停过嘴；就在这时候，别的爬虫都聚到了它的身边，它把我的肉塞了一嘴，所有聚集到它身边的爬虫也填满了它们的嘴巴。"这里还写道："当我睁开眼睛时，我看到的是千姿百态地在空中飘荡的死神，就在这个瞬间，几个毫不心慈手软的天使走过来，从我的身体里夺去了我那不幸的灵魂，将它拴在一匹黑马身上之后，它们就将我带往了西天。"这些材料包含了许许多多故事性的点缀。这里说到了火焰湖，还有蛇妖长着多个脑袋，以及将人带到空中，甚至还有马，这些材料当然会有助于我们理解故事的由来。这里相当充分地显示出了类似。只要从这些材料中删去死亡的因素，就可以得出失去宗教基础的纯粹幻想，这种"幻想"我们在故事里会看到。这些例子含有形式鲜明的死亡的因素。此处被遗忘的只是：劫持者本身是出自代表灵魂的动物。在一些更为早期的例子（极为罕见）中，这一点表现得更为突出。例如，因纽特人的托尔纳尔苏克能劫持萨满的灵魂，它就可以被看作是蛇妖的前身。它模样长得像带吸盘的海象，南森对"托尔纳尔苏克"一词进行了分析，他得出结论说：这个词的意思是“丑陋的灵魂”。[1]复仇三女神埃里尼斯也与灵魂有关。这种关系对研究者来说是清楚的，但对信仰类似东西的老百姓来说却总是不明就里。

不过就更准确的理解来说，还缺一个要素。我们的全部注意力暂时都放在了劫持者的外貌上。被劫持者——在故事中即为公主或一般妇女、美人儿——还在视野之外。作为劫持对象的女性在所引用的材料中尚未碰到。现在需要转向对这一要素的研究。

24．引入色欲因素 由于灵魂客体化而作为独立存在物的死者被加上了两种强大的本能：食欲与色欲。最先出现、居于首位的是食。作为女性吞食者的死神比其他形式的死神都古老。从这一观点出发，埃及的吞食死人者应该被认为是极为古老的形象。在这里，比如在巴比伦，色欲因素还全然见不到，在希腊则极其盛行。

随着社会向前发展，性欲满足被推到了首位。这两种欲求有时会融为一体，就像一个俄罗斯故事里说的：“蛇妖抓起公主将她拖到了自己的洞里，但没有吃掉她；美人留了下来，它娶她当了妻子。”（阿法纳西耶夫，148）个人色欲的流露，在原始社会是没有地位的。这种色欲得以显现是相对较晚的事，并且进入了已经形成的早期宗教观念，包括进入死亡即劫取的观念。神明在死者中为自己挑选情人。死亡之产生是由于作为劫取者的鬼魂喜欢上了活人，于是将他带到死者的国度去成婚。在个性化爱情尚未获

1 Nansen F. Eskimoleben. Leipzig; Berlin, 1903.

得发展的地方，劫取者的追求只是对一般的异性的追求而已，而到了后来——则是被选定的某个异性个体，例如帕金森讲到的新爱尔兰岛的下述故事：那些已经入土的死者的鬼魂叫“tangou”或“kenit”，它们白天不见踪影，夜里化作火花或者火苗现身。男性死者的鬼魂跟着妇女，女性死者的鬼魂悄悄贴近男人。所有活人碰到鬼魂近身时都会急忙逃窜，因为它们会带来疾病、痛苦和死亡。[1] 还有就是：大家都知道，死胎及死于难产的女人的鬼魂叫“gesges”。它们白天化身为男人或女人走动，用一些特殊的、芬芳扑鼻的香草打扮自己，所以远远地就能辨认出它们来。它们试图去诱惑活人，并且引诱他们发生性交往。它们特别喜欢追那些与本族族人有交往的人。这些“gesges”住在峡谷里和石缝中。

死亡观念的情欲色彩日益强化，什捷尔恩堡称这种现象是“命中注定”。“神明或其他东西给自己挑选了情人以后，将她带往死亡之国，”什捷尔恩堡写道，“这一思想在原始人的头脑里如此根深蒂固，甚至连个人生活中的一系列灾厄也都归为命中注定。如遭雷击，溺水，被火烧死，遭遇猛兽（老虎、熊、鳄鱼等）而死，都被归入是这个鬼魂或那个鬼魂看上了这个人或那个人，杀死他是为了在鬼魂世界控制他。”[2]

说这是后来出现的现象，显然是因为它在古代希腊传播得尤为广泛。当处在较为早期的发展阶段时，它还带有一般性的、混

---

1 Parkinson R. Dreissig Jahre in der Südsee. Stuttgart, 1907, S.308.

2 Штернберг Л. Я. Первобытная религия в свете этнография. Гл. *Избранничество в религии*, с. 140.

沌的性质。希腊人已经知道为爱情而劫取是死亡的一种形式。阿耳忒弥多尔有句名言广为人知：“如果病人梦见与神灵结婚，那就意味着死亡来临。”[1] 在陵墓中发掘出的记事板描绘了被美丽的带翼少年从一群唱着哀歌的亲人中劫走的女人。[2]“在古代信仰中，死亡被理解为与死神缔结婚姻，死者要庆贺其婚礼。”[3] 这在婚礼仪式上表现出来。“婚礼是石棺中的典型描绘；婚姻之神就是死亡之神；出殡队伍与娶亲队伍毫无二致；人们在夜里打着火把送新娘，婚床可与灵床相比，而环绕祭坛的行进亦与送葬的仪式类似。”[4] 对导致古希腊罗马研究者得出这一结论的材料，我们无须再全部引用了。

25．神话里的劫持 让我们由这些一般性的意见转向神话。说到神话，我们在此可以引证一系列各个原始民族关于这种或那种动物劫取人的传奇。随着宗教的发展，动物被神所代替，但这些神明依然保留着动物的外形：驾着车的地狱之王普路同，带走了得墨忒尔的女儿科拉；珀罗普斯驾着神车越过大海，带走了公主希波达弥亚。能在空中飞的车子，正是曾经在这种场合出现的动物的替代物。希腊神话中，从人间劫取情人的诸神名单是很长的。对劫取科拉做了专门研究的马尔滕得出结论说，这个母题是从人被死神劫取生命的观念脱胎而来。色欲因素的加入是较晚的事。[5] 故事比这些神

1 Radermacher L. Das Jenseits im Mythos der Hellenen, S.66.
2 Ibid., S.112.
3 Cüntert H. Kalypso. Halle, 1919, S.151.
4 Фрейденберг О. М. Поэтика сюжета и жанра. Л., 1936, с. 78.
5 Malten L. Der Raub der Kore. — ARw, 1909, Bd. XII, S.285 — 312.

话更为古老：在故事中，劫取者还没有人的外形，它还保留着动物吞食者的天性，这种天性在神话里几乎已经丧失了。但关于北风神波瑞阿斯的神话——他趁雅典公主俄里蒂亚与仙女法尔玛科亚在伊里斯岸边嬉戏时将她劫走，并将她带到了萨耳珀冬悬崖上的弗拉基亚，在故事里能找到极其近似的相同现象，故事里是在花园里散步的姑娘被旋风卷走。

与此并列，在希腊还存在过化作女性劫取者的死神的观念，但已经失去了形象性。例如，在欧里庇得斯的《阿尔刻提斯》中，塔那托斯带走了女主人公，面目苍白模糊的神明，其名字本身就意味着死亡。或者就像迪特里希所说，食人的嗜好正是被归在冥王哈得斯名下的。[1] 鹰身女妖哈尔皮埃则专事追逐男人们。

这样说来，如果劫取美女的母题就起源而言是清楚的，这还不是意味着这里一切都昭然若揭了。可以提出反驳说，被化身为龙及诸如此类东西的“死神”劫走的公主根本就没有死。她具有双重命运。在最早的一些材料中，她是被未婚夫从蛇妖手中夺回的。这么一来她似乎就有了两次婚姻：一次是被强迫的人兽婚——她与兽类的婚姻生活会在《阿穆尔与普绪喀》类型的故事中进行研究；另一次是与人——与王子结婚。但也有一些例子，并没有两个新郎。不是蛇妖被未婚夫取代，而是它变成了英俊的王子。我们在《阿穆尔与普绪喀》中看到的就是如此。后来，被神劫来的女性留下来做了神的妻子。除了蛇妖之外，在故事里与蛇妖同时出现的还

1 Dieterich A. Nekyia. Leipzig, 1893, S.47.

有科谢伊、鸟类、熊等等并非偶然。被劫公主的命运将我们引向林中之屋的一系列活动。她在这里通过科谢伊获得了婚姻的洗礼，然后转入与人缔结的婚姻。这一时刻的继续展开，我们将在分析王子与公主的婚礼之夜时进行研究。

五、水中蛇妖

26．蛇妖的水性 在引述过的例子中，鱼、鲨鱼、鲸鱼、蛇妖、大桶始终都与水有关。蛇妖的这个方面同样也应该做一番考察。故事里的蛇妖也是水中生物。

我们必须要确定的是，蛇妖的水性是不是后来添加的，抑或这个方面原本就是它所固有的。我们已经碰到过故事里的水中之物。在那里我们看见的是自然力的主宰者，包括对水的主宰。我想起了那个双膝抬起的老人。当他抬起双膝，湖里的水就上涨。他只要一放下双膝，水就退下去。蛇妖恰恰就是这类东西，蛇妖从水中抬身向来会引起水波高涌。

到目前为止，我们所考察过的蛇妖的所有功能与其外表的联系并不牢固。能吞吐的可以是鱼，也可以是蜥蜴，还可以是鸟类——都是构成蛇妖的动物。与水的守护者形象联系得较为牢固的先是蛇，后来才是龙身蛇妖的形象。蛇妖作为水的守护者这一观念在最原始的民族中已经可以碰到，如在澳大利亚人那里，“离阿利撒泉大约五十米”，斯潘塞和吉林写道，“有一条峡谷，人们说里面住着一条死去的大蛇的鬼魂，还有许多活蛇，那是大蛇的子孙”，[1]这个蛇妖（或说这条蛇）的形象在澳大利亚广为流传。在不同版本的描绘中，它有三个共有的特征。蛇的身躯庞大，相貌离奇；它生活在水中，且能将水吞下，搁在肚子里然后再吐出去；它还吞吃人，被它吞下去的人或者因此而死亡，或者获得神力和健康。在澳大利亚东南部，人们信仰蛇，“它生活在长年流淌的深水里，对澳大利亚各地的人来说，它是具有重大活命意义的代表水的自然物”。名叫库尔列亚的蛇被描绘成“庞大无比的蛇样怪物”。另外一些蛇被称为卡里亚，它们“将它们的牺牲品囫囵吞下去”。[2]在其他地方这个怪物叫约罗，“它被描绘成一条巨大的鳗鱼或蛇……它有一个长着红毛的大脑袋，其大无比的嘴巴，就像人们说的，从它的嘴里喷射出湍急的水流。它的身上布满五颜六色的条纹，对于生活在这个地方的人来说，这条蛇能治病。病人在水里洗个澡，身体就会康复了”。[3]

这些材料证明，可以确认水生的蛇妖可能在我们所熟悉的社会发展最早期阶段得到证实，当然，这个观念也有它的史前史，只是我们没有关于它的材料。我们不准备凭假设追溯更遥远的过去。其次，我们将会看到，充当吞食者的蛇妖与水生的蛇妖是同一个东

1 Spenser B., Gillen F. The native tribes of central Australia. London, 1899, p.444.

2 Radcliff-Brown A. R. The rainbow-serpent myth in South-East Australia. — Oceania, 1930, vol. I , No.3, p.343 — 344.

3 McConnel U. The rainbow-serpent myth in South-East Australia. — Oceania, 1930, vol. I , No.3, p.343 — 344.

西。用这一点就可以解释，后来当神话里创造出了移动被吞食者的母题时，这一移动通常是贴着水面或穿过水中。要知道这些澳大利亚人在举行授礼仪式时，所做的蛇的形象都张着嘴巴。这样看来，充当吞食者的蛇妖不是什么特殊的或其他的东西，就是水生的蛇妖。但在某些情况下，蛇的一个方面得到了更有力的发展；在另外一些情况下，是另一个方面得到了更有力的发展。

在全世界各民族尔后的发展阶段中，类似的蛇继续控制着水。按照尼阿斯人（大洋洲）的观念，是“一只可怕的大虾张开了它的蛇一样的嘴，所以就有了涨潮和落潮”。[1]在没有涨潮和落潮的地方，蛇妖就兴风作浪。阿伊努人说：“一个湖里住着一条鳟鱼，它的力气大极了，当它用胸鳍拍打岸这边的时候，它的尾巴能在对岸掀起浪来。”[2]一个多尔干故事里的主人公碰上了猛犸。“猛犸走过哪儿，哪儿就成了河流；猛犸躺在哪儿，哪儿就成了湖泊。”[3]有一个湖里的水是亚马-祖鲁人不敢用的，因为里面住着蛇妖乌木加尔那。[4]木依斯卡的印第安人要给住在湖里的蛇妖或恶龙供奉祭品。[5]

在出现了农耕和畜牧的非洲，可以尤为鲜明地观察到蛇与兴旺丰饶的关系。“人们大都认为，蛇会让捕鱼丰收。它有统治河水以及水里一切东西的权力。”这样一来，充当赠予者的蛇妖又成了水生的蛇妖。蛇与仪式的关系同样能得到广泛的确认。蛇祭祀中男

1 Frobenius L. Das Zeitater des Sonnengottes, S.78.
2 Ibid., S.153.
3 Долганский фольклор/Встп. статья, тексты и пер. А. А. Попова. [Л], 1937, с. 83.
4 Frobenius L. Die Weltanschauung der Naturvölker, S.84.
5 Krickeberg W. Märchen der Azteken. . . Jena, 1928, S.237.

性生殖器崇拜的一面，在非洲尤为发达（详细材料请参阅汉布利的著作）。[1]

充当吞食者的蛇妖和水生的蛇妖尽管最初是很可怕的东西，但基本上是有益的：它是水的供给者，稍后又成为兴旺丰饶的创造者，这既指带来庄稼丰收，也指带来人丁兴旺。

那么与蛇妖战斗的母题又是如何产生的呢？从表面上看，就情节方面而言，出现了蛇妖滥用其权力的母题。作为水中之物，它或者拦水不放制造旱灾，或者相反，它吐出滔滔巨浪造成洪害。

在霍比印第安人看来，蛇在从池塘里腾空而起时把水也掀起来了，因此造成了大洪水。[2]因卡印第安人认为洪水的产生"是因为始祖，或是名叫巴禾的神，有三个儿子，他们没有打仗的对手，就与一条大蛇战斗起来。大蛇吐水报复，水就淹没了整个土地"。[3]在后一个例子中，关系是相反的：蛇之所以吐水，是因为跟它作战。在棕种人（美洲印第安人）所处的那个文明阶段，类似的例子很罕见。蛇妖被杀常常是因为它是吞食者，而不是因为它是水生之物。

但是，随着转入有规律的农业耕作和畜牧生产，以及早期国家的形成，事情就起了变化。这个阶段创造出了样子像人的神。对

1　Hambly W. D. Serpent worship in Africa, p.19.

2　Mitteilungen der Anthropologischen Gesellschaft in Wien. Wien, 1901, Bd.39, S.101.（引文不确）

3　Krickeberg W. Märchen der Azteken. . . S.279.

从事耕作的人来说，重要的是他供奉的神明能支配水，他供奉的神明长着人的模样。曾经被视为神圣的神性动物具有了人物的形象。随着神性从野兽身上转到天神的身上，天神们就对野兽进行了杀灭。他们夺取了野兽手中的权力，剥夺了野兽对水的支配，改由他们按放牧者和耕种者的需要来控制。

这个阶段在印度体现得尤为鲜明，在希腊和中国亦然。

《梨俱吠陀》中说到与蛇妖作战，许多地方适合于太阳神话和月亮神话。其中，被强大的因陀罗神所战胜的蛇妖弗里特拉的一个作用说得十分明确：它霸占河水。河水之所以能够流淌，是因为因陀罗杀死了弗里特拉，放出了水。下面是引文：

> III — 33：河流说：因陀罗给我们挖的河床，他手里有闪电；他收拾掉了霸占水的弗里特拉。
>
> IV — 17（转向因陀罗）：你靠威猛和力量除掉了弗里特拉，你放出了被恶龙吞下的河水。
>
> I — 32：你使七条河流动。
>
> I — 52：因陀罗杀死了霸占河水的弗里特拉（参阅颂歌全文的 I — 32，还有 I — 51 — 4，I — 51 — 5，I — 52 — 2 — 6，I — 121 — 11，II — 11 — 5，VIII — 12 — 26，VIII — 85 — 18，等等）。

在中国，蛇妖也是水中之物，它是海洋和湖泊里的东西，还有居住在水井里的。海里的蛇妖住在海底的透明石头宫殿里，宫殿的门是水晶做的。在天气晴好的日子，如果清晨俯身水面，能看得见这座宫殿。[1]换言之，它已经按照中国皇帝的样子从自然的主宰者变成了统治自然界的帝王。在此，引用一个关于建造北京城的传说是很有意思的。[2]北京是一个被贬的王子建造的。城市十分繁荣，商人云集，贸易兴隆，城里粮食充足，王子治理有方。可却偏偏发生了大旱。城门外有一个蛇妖的洞穴，蛇妖已经有好几千年不露面了，但人们都知道它在那儿。挖土造城墙时，工人们碰到了这个洞，他们没想到可能产生的后果。蛇妖受到了惊吓，于是决定搬到另一个地方去，可母蛇妖说话了："咱们在这儿住了几千年，就让燕王把咱们从这儿赶走了？咱们能咽得下这口气吗？要是走，那咱们也得把咱那阴阳桶（装水的桶）里装的水都带走，等到半夜咱给燕王托个梦，求他答应咱们走。如果他答应了，还同意咱们随身带着咱那桶，那他就上当喽，因为咱们把水带走是得了他的应许的。"一切就这么发生了。蛇妖变作老头老太太的样子给王子托梦，央求他答应他们离开北京。这以后可怕的大旱就降临了——滴水全无。梦被破解了，王子急忙去追赶老人们，他用长矛刺穿了一只桶，因而造成洪水滔滔。僧人们的祷告止住了大水，构筑了水塘，在水塘的旁边建起了庙宇，从这个水塘里汲的水似乎是供皇宫使用的。

这类被僧人出于自身目的利用的民间神话，与被基督教出于

1　Werner E. T. C. Myths and legends of China. 2nd ed. London, 1924, p.210.

2　Ibid., p.232.

自身目的利用的与蛇妖作战毫无二致，基督教也是让格奥尔基来杀死蛇妖，并使被他从蛇妖手中解救出来的人民皈依了基督。

所有这些材料都指出，水生的蛇妖（纯粹的、不掺杂任何下文将会谈到的其他观念的杂质）被杀死，或者是不知为什么，或者是因为将干旱、霸占水归咎于它，并以此来解释战斗的起因。

在古希腊，许德拉（或称勒耳那水蛇）就是这类形象。许德拉在造型艺术中被刻画成多头的蛇妖，其脑袋的数目在三到九之间变化不定。据阿波罗多尔说，许德拉的脑袋有八个是会死的，就中间的那个杀不死。人们想象这条伸展开来的大蛇阻挡住了水流。在勒耳那，这种观念显然在这种意义上被扩大并且走了样：当干旱降临时，人们会认为似乎是蛇妖把全国的水都吞进了肚里，于是勒耳那（蛇妖居住之地）变成了一片沼泽地。[1]就像我们刚刚看到的，中国神话里和其他国家神话中的观念，认为是蛇妖吞下或带走了国家所有的水，大量的水（洪水、涨潮、河流，或者准确地说是沼泽）有赖于蛇妖，全然不是古希腊罗马以及勒耳那本来就有的。勒耳那的水蛇是水生蛇妖世界形象的局部情况。

故事里的“黑海蛇妖”、身后“水涌起三俄尺高”的“水中之王”都是这类个案。但这只是蛇妖的一个方面。蛇妖一般来说并不受制于任何唯一的解释，其意义是多种多样和多方面的。

像弗罗贝纽斯、泽克等人那样企图将一个综合性的蛇妖形象

---

1 参见：“Hydra”, — In: Roscher W. H. Austführliches Lexikon. . . Bd. Ⅰ, Leipzig, 1884, Sp.2769.

引入某个单一解释的所有的尝试，都是预先注定要失败的。

在俄罗斯故事中，蛇妖不是水的霸占者，也没有因此而发生战斗。但在其他一些民族的故事里，这个古老的缘由还鲜明地保留着。一个普沙夫故事说，主人公“来到了一个城市，那里是一个怪物掌管着水，要水就得献上姑娘作为供品”。[1]在一个俾路支故事里，女主人公说：“按国王排的顺序，今天要把我送到恶龙那里去，好让它往渠里放些水，因为全城的人正受着干渴的煎熬。”[2]在一个蒙古故事里，因为收了人的祭物而发慈悲的龙王给了水。[3]在一篇纳尔托史诗中，一个七头蛇妖变成了狗以后，不让人们打水。[4]这些材料证明蛇妖的水性是它原本就具有的。起初这种特性并未创造出与蛇妖作战的理由，蛇妖对水的支配是为了造福于人。但到了农业时期，这一功能被转移到了杀死蛇妖、将被蛇妖霸占的水和河流赐予人的神明身上。这个传统的发展独立于与吞食者战斗的传统。在俄罗斯故事中，这种传统不是反映在功能上，而是反映在蛇妖的与水有关的本质属性上。

27．蛇妖的勒索　对蛇妖水性的考察，使我们接近了它的农业概念体系。我们会在下面称为“蛇妖的勒索”的母题中遇到这个农业概念体系。

前面说到的关于蛇妖的一切，都与作为基本生产基础的狩猎

1　Дрягин Н. М. Любовные мотивы нартовского эпоса горцев Северного Кавказа. — В кн. Тристан и Исольда: Сб. Статейй. Л., 1932, с. 187.

2　Белуджские сказки. . . с. 185.

3　Волшебный мертвец: Сб. монголо-ойротских сказок. Пг., 1923. с. 38.

4　Дрягин Н. М. Указ. Соч. С. 187.

有密切关系，这个母题就是在此基础上产生的，劫持者是将被劫的姑娘带走。而这里是将姑娘给蛇妖送去。这么做所采用的形式，与为了使得国家有好收成而将姑娘献给水怪和神灵的仪式是一致的。

对这一母题的传播情况的考察，引发了关于该母题具有农业起源的思想。该母题存在于古典的农业国家，如古墨西哥、埃及、印度、中国以及希腊（很少）。它反映了用献祭的方式强行将姑娘贡献给神灵的仪式。其萌芽在较早期的阶段就有了，例如在北美洲。当时还没有农业，还无关庄稼的收成，这个仪式是为了保佑多捕鱼。但像已经指出的那样，这个仪式以及与之相对应的神话只有在早期的农业国家里才得到了充分的发展。

无论是弗雷泽还是什捷尔恩堡，都足以令人信服地指出：人神之间的性关系被认为对农作物丰收有促进作用。这显然是因为：第一，类似的献祭式婚礼都是在临播种时举行；第二，类似仪式在农业倚赖于河流的地方获得尤为广泛的传播，如在尼罗河、恒河、幼发拉底河、底格里斯河、黄河流域。此处姑娘是被带去献给住在水里的神怪。什捷尔恩堡说："因为管收成的神灵被认为是特别纵欲的神，而且，从另一方面说，这种纵欲对于人们的富足来说又是必须的，献祭的习俗由此而产生，尤其是以年轻人和姑娘作为祭品，至于献男还是献女，要视不同的神灵性别而定。"[1] 类似的献祭可以有极其多样的形式，不过此处重要的只是那些与水有关的形

1 Штернберг Л. Я. Первобытная религия в свете этнография. Гл. *Эволюция религиозных верований*, с. 466.

式。在什捷尔恩堡的描述中，这种仪式所共有的特征在于都要把姑娘打扮成新娘的模样，插花戴朵，擦得香喷喷的，然后让她坐在岸边一处特别的山岩或圣石上，“随后会有条鳄鱼把姑娘拖进河里，人们坚信姑娘确实是嫁给了鳄鱼，人们还认为，如果姑娘已经不是处女，那鳄鱼就会把她给退回来”。

类似的献祭旨在促成丰收，或者说就是促使作物生长。渔猎民族的这类仪式则应该能增加捕鱼量。这一仪式总是与解释为何需要这种献祭以及这种风俗由来的神话紧密相连。例如，阿尔衮琴人和古龙人说，有一回，鱼都消失了，饥荒威胁着人们。这时候，头领梦见了一位美少年（水神）对他说道：“我丧妻之后，找不到一个在我之前没有跟任何男人交往过的女人。你们在这件事上满足我之前，你们别想打着鱼。”为了让水神相信他的新娘是贞洁少女，人们就将一个幼年的小姑娘嫁给他，这个小姑娘自然不会与任何其他的男人有交往。在仪式上，姑娘跟一张大渔网举行了婚礼，随后被投进水中。[1]

迪塞尔多尔夫说，玛雅部族的生活全都靠着玉米。在墨西哥的奇琴伊察城，挖掘出了许多姑娘的骨头和颅骨，还有项链及其他姑娘用的饰物，据新闻简讯报道，这些姑娘都是被活着投入水塘的。作者说，由此可以得出结论，人们通过自愿献出生命、鲜血和财产，想以此来满足神的要求，好让他没有借口加害于人。印第安

---

1 Штернберг Л. Я. Первобытная религия в свете этнография. Гл. *Эволюция религиозных верований*, с. 466.; Фрэзер Д. Золотая ветвь. Изд. 2-е. Л., 1983, с. 143.

人现在依然相信，只有某个人淹死在水中，大旱才会终止。[1]我们在美洲作品集里可以找到相对应的神话。

这一系列观念在非洲传播得更为广泛。人们说，有一个名叫姆鲁维亚的大草原湖，它每年都要人们用一个孩子给它做祭品，孩子得皮肤光滑得没有一点疤痕（显然是用来代表贞洁）。这份用孩子做的供品每一年都要征收，而且照吩咐孩子还得是活着被投进水塘。如果没有献上这份供品，那水塘就会干涸。巴干达人在出远门时，都要去讨好湖神木卡扎，给它献上处女。前英属东非阿基葵尤土著人崇拜据说是住在一条河里的蛇妖，每过几年他们就要给这位蛇神娶媳妇，主要是娶姑娘。阿拉伯的旅行家伊·巴图塔说，有几个人要让他相信，岛上的人（说的是马尔代夫群岛）曾有过偶像崇拜，有一个化作从海里驶出来的挂满灯的大船的恶鬼，每个月都要来找土著人。当地人一发现这条船，他们就会抓来一个年轻的姑娘，将她打扮成新娘的模样，然后把她运到耸立在海边的异教神庙，将她放在伸向海里的平台上。姑娘在这里过一夜，第二天早晨发现她已经死了，但失去了童贞。每个月鬼魂显灵时人们都要抽签。最后一个被这样送去献祭的姑娘，让一个虔诚的柏培拉人给救了，这个柏培拉人用诵读《可兰经》的方式成功地吓跑了海里的怪物。[2]

这个例子中有意思的地方，不仅仅是点着灯、冒着烟的欧洲

1 Dieseldorf E. Kunst und Religion der Mayavölker. — ZfE, 1925, Bd.57, S.7.

2 Фрэзер Д. Золотая ветвь, с. 143.

海船被当成了怪物，还另有妙趣。类似的献祭，毫无疑问，很快会与发达的农业生产方式以及与之相应的社会生活方式、家庭关系产生矛盾，与已经创造出神明的宗教形式亦相矛盾。随着土地私有的出现，出现了特殊的、新的家庭关系形式。不允许将孩子送去作为牺牲的亲子之情得到巩固和发展。最初对能使庄稼丰收的威力无边的神灵的好感，转到了不幸的牺牲身上。如果到了以敌人作为供品来献祭，那么这已经是对牺牲产生同情的标志了。但在这种情况下，仪式有时很久不能从内部消灭。于是外乡人就出现了，他解救了姑娘。在这种仪式盛行时，作为破坏了人们的根本利益的渎神者，他是会被杀头的。他的行为会威胁到庄稼的收成。在故事里却正相反，他成了主人公，受到殷勤的接待。有意思的是，故事里的主人公恰恰经常来自异乡。替代品的出现，如用抛玩偶来代替扔女人，就可以用这种好感的换位来解释。有一个非常有意思的例子，或许能说明一个不够充分的替换，泽列宁在他的《语言禁忌》一书中援引了这个例子。在松特湖的湖底住着一个神灵塞伊得——这是个色鬼。在捕鱼季节开始之前，人们要扔给他用破布做的玩偶女人，之后送这个牺牲去的渔人之妻死了：塞伊得把她抓去给自己做媳妇了。[1]在埃及，每年到了播种前，都会给一个姑娘穿上结婚的衣服，然后把她抛进尼罗河，以保佑河水充沛并且获得好收成。[2]重要的是，这个习俗随着阿拉伯的征服而终止。同样的习俗在中国也有

1　Зеленин Д. К. Табу слов у народов Восточной Европы и Северной Азии. — Сб. МАЭ. 1929, т. VIII, с.65.

2　Фрэзер Д. Золотая ветвь, т. М., 1928, с.35.（引文不确）

过，将一个姑娘沉入水中让她与河神成亲，而且选的都是最漂亮的姑娘。[1]

28. 神话 在仪式本身已经不存在的地方，常常还会有不同性质的讲述。有时候讲的是据说在某个年代曾经有过的事，有时候这些讲述经过了艺术加工，具有了故事的性质，被收入《原始人的故事》的集子里。在这些故事里，原来与庄稼收成、兴旺的联系往往还没有消失。在一个墨西哥传奇里说到人民遭遇饥荒，神灵们要一个姑娘才能给玉米。“让人们把姑娘送到邦基特兰漩涡那里去。”[2]与收成的关系此处是明确的，也没有产生抵抗行动。瓦扎加黑人讲到，河湾里的精灵们有一次从一群妇女中带走了一个姑娘，当时她就跟着他们走了，后来她被拖进了精灵们住的城里，那里传出了一阵阵欢呼，死人们欢呼着迎接新的到来者。人们第二天送来了精灵们指定索要的牺牲，第三天在岸上发现了姑娘的尸体。[3]在这个例子中，与丰饶的关系已经不再保留，但另一种联系却依然鲜明：精灵们在这里被叫作死去的人。有时这种献祭的缘由就是担心来自水中动物的危险，需要请它们发慈悲。弗雷泽说，有一次，东印度群岛的一岛居民受到了大群鳄鱼的威胁，他们将这场灾难归结为鳄鱼王在动一个年轻姑娘的念头。他们因此而强迫这个姑娘的父亲将她打扮成新娘的模样，然后扔进这只求爱的鳄鱼的怀抱。[4]在最后这个例

---

1 Штернберг Л. Я. Первобытная религия в свете этнография. Гл. *Эволюция религиозных верований*, с.357.

2 Krickeberg W. Märchen der Azteken. . . S.73.

3 Gutmann B. Opferstätten der Wadschagga. . . — ARw, 1909, Bd. VII. S.94.

4 Фрэзер Д. Золотая ветвь, с. 144.

子中，纯粹色欲的缘由将更为古老的祭祀缘由排挤掉了，与收成的联系不复存在。

类似的缘由更替我们在希腊神话里也能看到，如关于珀耳修斯与安德洛墨达的神话。在这个神话里，珀耳修斯来到了埃塞俄比亚，在海边碰到了被钉在悬崖上的安德洛墨达。她究竟是因为什么被钉在这里呢？原来，她的母亲曾经在海中女神涅瑞伊得斯面前夸耀自己的美丽，令她们醋意大发。海神使得洪水泛滥，还派来了一只什么都吞的鲨鱼。神谕昭示：如果将国王的女儿送给这条可怕的鱼吃掉，就可以避免灾难。在关于赫拉克勒斯的神话里，主人公恰恰也是在他远游时，在特洛伊海岸碰到了一个被捆在海边悬崖上的姑娘。这个姑娘就是赫西俄涅，拉俄墨冬的女儿。拉俄墨冬曾经欺骗过波塞冬。波塞冬建造了特洛伊城墙，却没有拿到许诺给他的奖赏，为此波塞冬派了一只海里的怪兽，让它将特洛伊夷为平地，直到绝望的拉俄墨冬将他的女儿给他。赫拉克勒斯经过与怪兽的战斗解救了赫西俄涅。

在关于牛首人身的弥诺陶罗斯的传奇中，保留着向战败部族征收以人为牺牲的供品：每过七年，就要从希腊给弥诺陶罗斯送去九个小伙子和九个姑娘，他就在自己的迷宫中将他们吞吃掉。不过，在关于弥诺陶罗斯的传奇系列中还有一个说明，说国家遭受着神灵们带来的干旱和瘟疫。

所有这些例子一步步地将我们引向了故事。未必需要一个特地展开或证明的论题，论证故事起源于这里所描写的仪式。过程本身已经很清楚了。神话中的神灵们的名字被遗忘了，缘由改变了

（如我们所见，与仪式相比，缘由在神话里已经发生了变化），改变的还有叙事的风格，于是神话蜕变为故事。

如果我们将劫取的母题与相对应的神话（欧罗巴被宙斯劫走等等）做一番比较，一方面，是勒索母题及其相对应的神话；另一方面，则是关于劫取的神话不如故事古老：作为劫取者的动物在这里变成了作为神的动物，而珀耳修斯与安德洛墨达类型的神话要比故事古老。由此可见，故事与神话之间的关系并不总是单一的，这个问题就不能像文特、潘采尔等人那样做笼统的回答。

宗教概念造就了宗教神话，从中又发展出了已经失去宗教色彩的故事。

特龙斯基在《古代神话与当代故事》一文中，对这个思想做了言简意赅的表述："失去了社会意义的神话就变成了故事。"[1]关于珀耳修斯与安德洛墨达的神话与俄罗斯故事就的确极其吻合。

这里无法就这个问题进行更为细致的讨论，因为这是个一般性的问题，无法通过一个母题的例子来解答它。但是，提出故事与神话的关系的理论，应能使人注意到神话并非是故事的源头（causa efficiens）。

故事有可能绕开神话，直接起源于宗教。

例如，在希腊神话中没有恶龙劫走姑娘，这一观念存在于民间，无法在希腊文学中得到证实，我们是通过希腊文学知道神话

1 Тронский И. М. Античный миф и современная сказка. — В кн.: С. Ф. Ольденбургу: К пятидестилетию науч. — обществ. Деятельности. 1882 — 1932. Л., 1934, с.534.

的。这个观念可以不曾进入文学。相反，将姑娘献给海里的怪物这个母题保留了下来，因为这是与农业有关的记述，而希腊正是一个农业国家，因而相应的仪式在更古老的时期可以在那里产生，而没有在文学中反映出来。

不过，有一点是明确的——故事和神话不会同时共存于一个情节。在希腊还不会出现关于珀耳修斯与安德洛墨达的故事，只会有关于他们的神话，故事到晚些时候才能在古希腊罗马出现。但萌芽是会有的，它们存在于所谓的民间底层。

六、蛇妖与冥国

29．充当守护者的蛇妖 我们在上文考察授礼仪式时已经看到，这些仪式与在冥国逗留的观念密切相关。被授礼者要体验死亡，或者反过来说，死亡是一种独特的授礼。以此便能解释为什么后来当授礼久已被遗忘时，堕入冥国成了当英雄的条件。

以此还能够解释为什么在关于死亡的观念中，吞食者扮演着重要的角色。

水中蛇妖被想象成是待在池塘、水洼、河流、大海里和地面上的，但这些有水的地方同时也是作为另一个王国的入口。通往另一个王国的道路要穿越蛇妖之口和水——无论是从水中钻过去，还是后来的沿水而行，这使我们注意到蛇妖的守护者角色。水中蛇妖的守护角色是很明确的，它待在水边或水里，它是在守护着水。但山中蛇妖却不是与高山，而是与洞穴联系在一起，因为洞穴与水洼一样，都被认为是另一王国的入口。因此蛇妖总是住在洞里。

我们可以看到，被想象成是住在水里或地上的蛇妖，开始迁往多少有些幻想色彩的远方。这一迁移与空间观念以及亡者之旅观念的出现联系在一起。蛇妖最初是住在某些池塘和湖泊里（人们因而吓得都不敢从旁边走过），现在它从亡者之旅的起点转到了这条旅途的终点。这一转移可以是双向的：它或者被想成是钻进地下，即变成了阴间之物；或者反过来，升入高空，变成了空中之物，成了与太阳、火焰相联系的东西。蛇妖的阴间特性更为古老些，但这二者都产生得相对较晚。大体上可以确定原本生活在林子里的吞食者阶段（在那些生活封闭、与世隔绝的民族中），穿越广阔空间的吞食者阶段（在那些达到了较高文明水平、懂得迁徙且不仅仅以林中狩猎为生的民族中），能置身地下（原始农业）的吞食者阶段和置身空中（发达农业和国家）的吞食者阶段。

我们先来考察一下阴间的蛇妖，然后再看与太阳有关的蛇妖。在两种情况下，发展了上文已经显示出来的那条思路——对蛇妖持敌对态度的思路。然而，就像对阴间恶犬刻耳柏洛斯的分析向我们证明的那样，阴间的蛇妖在某种程度上是必需的和有益的，空中蛇妖则永远只是敌人。阴间的蛇妖与冥国联系在一起，空中蛇妖在印度与冥国无关，它是升天的水中蛇妖。在埃及，阴间的蛇妖显然已经升到了空中，是死者来迎接它。故事对蛇妖所有的发展阶段都给予了反映。

被吞食曾经是进入另一个王国的首要条件。但是，曾经促成此举的东西，却转化成了自己的对立面，成了进入这个王国必须要克服的障碍。吞食已经不再发生，它只是一种威胁。这正是这一观念的最后发展阶段，而这个阶段同样为故事所反映。

30．刻耳柏洛斯　在尚未形成国家组织的民族中，关于阴间蛇妖的材料十分缺乏，这并非偶然。在这些民族中还没有这种蛇妖。他们那里的蛇妖多数生活在水中，但已经搬到了幻想中的远方。在有的民族，如瓦扎戈族人那里，我们可以看到从水中蛇妖向阴间蛇妖过渡的鲜明形式。[1]

然而，正如已经指出的那样，这一关于冥国地下守护者的观念，只是在农业民族中获得了真正的发展，刻耳柏洛斯是这类守护者的典型代表，务必要对它着重进行研究，因为刻耳柏洛斯的形象解释了故事里的蛇妖的守护作用。

关于水洼、河流、池塘、湖泊是冥国入口的观念，在希腊还牢牢地保持着。甘希涅茨说，"太平洋首先就是彼岸世界的入口"，[2] 他还认为，"现有这些注入沼泽或源于地下的水流，被认为是地下世界的入口，就好像是矿井的通道一样。"[3] 住在这些水流中的东西长着龙或公牛的模样，例如，曾向得伊阿尼拉求婚，后来被赫拉克勒斯杀死的阿克罗俄斯就是这个样子的。刻耳柏洛斯也属于这个范畴。

刻耳柏洛斯待在阿刻戎河口（赫拉克勒斯在这里找到了它）这一点展示出其古老的与水相关的特性。此处蛇妖向水的另一端的迁移十分醒目。在前阶级社会，蛇妖是待在水的源头，即在河流的发端处，到了刻耳柏洛斯，就已经是待在河流的入海口了，

1　Gutmann B. Opferstätten der Wadschagga. — ARw, 1909, Bd. VII. S.83 — 100.

2　参见：Katabasis. — In: Roscher W. H. Ausführliches Lexikon. . . Sp.2379.

3　Ibid., Sp.2377.

这证实了关于蛇妖从地下的出口转向地狱入口的假设。就外表和功能而言，它与我们故事里的蛇妖是相近的，它长着三个狗头，嘴巴里流出毒涎，还有一条蛇尾，尾巴上还有一个头，它用尾巴来蜇人。

这种长着两个头或两端都长着头的特点极为古老。它对于美洲来说很典型，在那里蛇妖几乎永远是在身体的两端都长着脑袋。这一观念植根于蛇妖的尾巴被当成或者被看作刺，是有异于多头的另一种现象。刻耳柏洛斯将两种形式结合在了一个形象中。

当赫拉克勒斯遵欧律斯透斯之命，将刻耳柏洛斯送上去时，它用尾巴来蜇他。刻耳柏洛斯背上和头上的毛发就是一条条的蛇。当屈斯特进行确定时，开始时它就叫龙。[1] 照赫西俄德的说法，它向来者彬彬有礼地摇尾致意，但不放任何人生还。[2] 连埃涅阿斯都无法进入塔耳塔洛斯，因为它不放他过去。为了搞定它，埃涅阿斯扔给它一块有魔力的蜜饼，刻耳柏洛斯吃下去后就睡着了（埃涅伊达，VI，419）。[3] 这种将某个物件扔进守护者的嘴里是主人公亲身进去的替代形式。我觉得，由这些证明足以清楚地得出结论说，刻耳柏洛斯放死人通过，还摇尾致意，但会朝着活人扑过去，这从《埃涅伊达》里就看得到。这样说来，蛇妖原有的作为通行相助者的作用还没完全被遗忘，而它的守护者的作用尚

1　Küster E. Die Schlange in der griechischen Kunst und Religion, S.90.

2　Гесиодю Подстрочный перевод поэм с греческого/Вступ., пер. и примеч. Г. Властова. СПб., 1885, с. 218.

3　Вергилий. Энеида/Пер. В. Брюсова и С. Соловьева. М.; Л., 1933, с.169.

未彻底形成。刻耳柏洛斯的那些狗头使它有别于故事里的蛇妖，这些狗头是由于其守护者的作用而被希腊人添加上的。古典语文学家们会反驳说，朝刻耳柏洛斯扔饼是纯粹的希腊现象，不能说成是吞食的替代形式。然而在故事里，主人公朝着想吞下他的母蛇妖扔糖果、大量的盐等等。

对刻耳柏洛斯的这种理解，是由于用来比较的材料与季捷里赫在《涅吉亚》中所提供的不一样。季捷里赫认为刻耳柏洛斯是人在下葬时吞入尸体的土地的拟人化形象，在此他引证了刻耳柏洛斯吃动物死尸的例子。对季捷里赫来说，它是“大地的深处，它张开的嘴巴将死人吞下吃掉，即迫使其肉体腐烂，只留下骨头”。对我们来说，吃掉动物的死尸是吞吃——死亡的合理化阶段。

所有这些材料都足以解释蛇妖是作为极远之国入口的守护者。

这些希腊的材料很有意思，它们提供了水中蛇妖向地下蛇妖、善蛇妖向恶蛇妖转化的下一个阶段。吞吃已经不再发生，它仅仅是一种威胁。并不总是会发生战斗。赫拉克勒斯战胜了它，但留它一条活命。刻耳柏洛斯尽管有所有的丑陋特征，但依然被认为是对人们有用的东西。它是阴间卫士。

31．蛇妖迁往空中 如上所说，蛇妖不仅转入地下深处，而且迁往空中。要准确地断定，在什么时候，在哪个社会发展阶段产生了这种吞食者和水中蛇妖向空中的转移，是不可能的事。

知道与太阳相关的蛇妖的民族，总是比不知道的民族的文明程度要高一些。如在澳大利亚，就还没有关于空中蛇妖的这种观念。在太平洋群岛它还处于萌芽状态，在非洲那些懂得原始农业的民族中已经出现了。我们在懂得放牧的民族——如雅库特人中能找到以非常完整的形式表现出来的这种观念。它在吠陀印度获得了发展，但提供它最鲜明形式的是埃及。

这一转移有一系列的后果。

第一个后果：吞食的对象改变了。蛇妖吞下的已经不是人，它吞的是太阳，于是它作为吞食太阳者而被杀。从另一个方面说，它有时自己就是太阳。

第二个后果：它由大地水源的掌管者变成了空中水源的掌管者。它是挡住雨水的乌云，杀掉蛇妖能唤来雨水。

第三个后果：在关于死者能居住在太阳之国的观念特别发达的地方，在这些观念对人民的生活有着很大作用的地方，蛇妖变成了守护着死者在天上居所的生灵。埃及提供了典型的例子。

最后，这一转移的第四个后果是：围绕着蛇妖的一切，以及它本身都带上了火焰的特性和色彩。河流成了阴阳两界的分界线，同时它也成了一条火焰河。带上了火焰的还有湖泊，蛇妖自身也成了带着火焰的。

以化作吞食太阳者的蛇妖神话的萌芽状态为例，我们可以指出在巴拉乌群岛上流传的一种信仰，这里的人相信，太阳的家在西边的海上，那里长着一棵丹若斯树，这棵树在该国的海岸边长成了一片茂密的森林。太阳在傍晚靠近树梢的时候，将树上结的果子晃落下来抛进大海；守护着太阳国入口的鲨鱼们贪婪地扑向这些果子，于是便不会察觉太阳已经沉入水里回到了它的家。这里我们看到了后来在农业民族中获得发展的那种观念的开端，即蛇妖是吞食太阳者。太阳神话的代表者们认为这个观念极为古老原始，这是不对的。对狩猎者来说，太阳的作用微乎其微。

关于玛乌依的神话中也有这类观念。在这个神话里，玛乌依前往天地相会之处，在那里有辛涅-奴依-杰-波人的女始祖张着可怕的大嘴，玛乌依想杀了她。他预先警告他的同伴——几只鸟儿——说：当他爬进那张嘴的时候，它们不许笑。如果它们笑了，那他就没命了；如果它们不笑的话，死的就是妖怪。一只名叫咭哇卡哇卡的小鸟笑了，妖怪醒了过来，于是玛乌依送了命。如果他把妖怪杀掉了，那人们就会长生不死。[1]

禁止发笑的母题我们会在其他地方做分析。[2]此处我们想对一些元素进行划分：张开的嘴巴与地平线关联起来，还与死亡观念有所关联。就生活在水里且要吞食过路人的蛇妖来说，这个例子是后来才有的，对于埃及的蛇妖，即威胁说要在死者前往太阳的路途上将他吃掉的蛇妖而言，太阳神拉是处于萌芽状态的早期的例子。神话的这一过渡性质与民族的由狩猎向农业过渡的性质是相对应的。

关于蛇妖作为吞食太阳者的观念，在吠陀印度获得了突出的发展，就是说，蛇妖在此扮演着双重角色。一方面，如上文所说，它是土地生物，掌管着河流，这是它较为古老的形式。另一方面，它又作为空中生物掌管着雨水，但在吞食了太阳之后，它也掌管着

1 Frobenius L. Die Weltanschauung der Naturvölker, S.183.

2 Пропп В. Я. Ритуальный смех в фольклор — Учен. зап. Ленингр. ун-та, 1939, No.46, сер. Филол. наук, вып. 3 с. 151 — 176.

阳光——

“因陀罗，当你杀死了头生的那条蛇，并且祛除了恶魔施展的魔法，那时太阳、天空、霞光就会展露出来，就不再有人与你为敌了。”(《梨俱吠陀》，一，32，4)

“因陀罗呀，等你与白马结盟，凭精神力量杀了弗里特拉，那时你就可以让太阳留在天上，让所有人都能看见它。”(《梨俱吠陀》，一，52，4)

“这位力大无比的因陀罗兴起波涛，他驱赶着海水，这位与蛇妖作战的勇士，他使得云开日出。”[1](《梨俱吠陀》，二，19，3)

这些例子与其说是蛇妖，不如说是杀死蛇妖并解救太阳将其展现给人类的因陀罗。蛇妖本身的特性隐匿在幕后，战胜这个蛇妖的神明被推到了前台。

此处的细节很有意思，因陀罗是借助于马来杀死蛇妖的。印度是古老的养马业国家，很可能也是驯马艺术的故乡。蛇妖作为太阳吞食者的特性在此处昭然若揭。

它这样完整地出现在故事中，诚然，这类情形十分少见，在故事中能够见到。“在伊万住着的那个王国，没有白天，都是黑

1　还可参见：Огибенин Б. Л. Структура мифологических текстов *Ригведы*. М., 1968; Елизаренкова Т. Я. Мифология Ригведы. — В кн.: Ригведа. М., 1972.

夜：这都是蛇妖给弄的。”（阿法纳西耶夫，135）“他们杀死了那个蛇妖，提溜着它的脑袋，走到蛇妖的巢穴跟前时，打碎了它的头——整个王国登时一片雪亮。”（阿法纳西耶夫，135）至于杀死蛇妖能让天降雨水的观念（“杀了蛇妖之后，因陀罗赐予人们以天降甘霖”），在故事中未见反映。

蛇妖身上所发生的变化很好解释。如果说在技术上无助的狩猎者首先需要控制动物的权力的话，那么对于已经能随心所欲地驾驭动物的放牧者来说，这种意图就显得格格不入。放牧者需要的是阳光、雨水和河流，《梨俱吠陀》反映了这些需要。

这些看法足以表明，当神话学者们认定吠陀教是宗教的远古形式时，他们犯了怎样的错误。吠陀印度是阶级国家，其宗教是后来出现的，是祭司阶层的宗教，但它也反映了人民自远古发展而来的观念。

32．空中蛇妖的守护者作用 蛇妖作为守护者的作用在印度彻底丧失了，此处它仅仅是一个水中生灵。

为了深入研究空中蛇妖的守护者作用，我们要转向发展阶段早于印度同时又提供了这位空中边界卫士鲜明形象的民族，这个民族就是雅库特。这是一个游牧民族，牧养牛羊和马。但在这个民族中尚未出现广大的祭司阶层，也还没有文字，将神明提到首要地位是出自祭司的智谋，在此还未能排挤蛇妖。

雅库特人的蛇妖形象十分鲜明，而且极为丰富有趣。观念不是以颂歌的形式体现出来，而是以讲述的方式——以在形式上与故事颇为近似的神话来表现。雅库特人的神话中，有两个壁垒分明的王国——蛇妖统治的王国和人统治的王国，以河为界。“他不知纵马跑了多长时间，卷着尘土登上了一座大山，当他到达天地汇合、人间与鬼国交界之处时，鬼国那边一程半路的鬼火闪耀，噼里啪啦；十五俄里远的路上爬满了蛆虫，把地面都盖住了。”[1]

这个例子的有趣之处，在于此处的蛇妖和蛆虫并不是索性就到了天上，而是“人间的边界”，即此处我们看到的是蛇妖向高处的冥国转移。

在印度我们既没见到天河，也没见到火焰湖。雅库特人则有。此处可进行研究的是曾经具体作为蛇妖居住之所的湖，人们曾经吓得都不敢从湖畔走过，随着向空中的转移，湖也染上了太阳的色彩。“他（主人公）飞了很长时间以后，飞过了一片火焰燃烧的大海，降落在冰山顶上的叶克修丘的巢里。他躺在这里，不大一会儿，黑乎乎的叶克修丘呼呼地径直从南边飞了过来，爪子里抓着点东西。”[2]

这个蛇妖与死者有关：“他一直太平无事，有一个早晨，到了天该亮的时候却一点亮都没有，太阳没有按时升起。他惶惶不安，坐在那儿琢磨着，突然有一股裹挟着精灵鬼怪的旋风扑向大地，那东西大小像一群一岁口的黑牛犊。风卷起满地的浮土，像毛发耸立，像摆动的翅膀；雨雪纷纷，一场风暴席卷而来，空中一片赤焰腾腾，大难临头了。接着有一大片像是有手有脚的黑云升上了天

1　Худяков И. А. Верхоянский сборник. Якутск, 1890, с. 180.

2　Ibid., c.227.

空。后来啊，在一天夜里，在漆黑的深夜，或许天空崩裂了，一声隆隆巨响，好像是云彩破裂，三层顶棚砰地一声落在他的地板上。”（后面详尽地描写了长着铁毛和鼓眼睛、拿着铃鼓棍棒的妖怪）“我就是来收拾你的。你愿意我会把你带走，你不愿意我还会把你带走。我的姨妈召唤你去，她是太阳之王的女儿，女萨满克加尔里克（从容旋转）……你骑上你的冥马，穿上你的殓衣，吃了你的死人饭……得，咱们走吧。”主人公骂它是“你这团飘来飘去的臭云”，痛打了它一顿，于是太阳露脸了，天空放晴了。这时还出现了一条河，“田野不见了，只有一条宽阔的河流”。[1]

这个例子以罕见的完整向我们展示出集吞食太阳的空中蛇妖、掌管河流的地下蛇妖以及将人带往冥国的劫持者于一体的蛇妖形象。

不过蛇妖作为太阳冥国卫士的形象此处未能展开。只有到了农业发达时期，人们能够观察太阳，发现四季交替和收成有赖于太阳时，太阳冥国的蛇妖才会获得充分发展。无论在吠陀印度还是雅库特人或非洲游牧民族那里，这些条件都尚未具备。它们在古埃及已经有了，因而古埃及的确能为我们提供或许是最完整的蛇妖形式。能降雨的蛇妖除外，因为在埃及，庄稼的收成不是依赖雨水，而是依赖于尼罗河每年的季节性汛水。

埃及宗教中同样也没有作为护水卫士的蛇妖，湖泊则全是燃烧着火焰的。只有一个蛇妖是太阳的敌人和冥国卫士，是农业发达

---

1 Худяков И. А. Верхоянский сборник. Якутск, 1890, с. 180.

民族的一个重要思想。相反，在《梨俱吠陀》中，蛇妖主要是水中（地下和空中）的生灵，而冥国在那里不曾出现。那里面也没有道路和交通，吠陀——这是游牧民族所创造的。据路德维格说，在《梨俱吠陀》里根本没有“种子”这个词。因此就不会有太阳的宗教，不会有对太阳运行及固定不变的四季交替的观察。

尽管埃及人的观念不以连贯性和一致性见长，但还是可以说，埃及人认为太阳是乘着一条大船落入冥国的。逝者成了太阳自己。因此吞食太阳者（吞食从来都只是一种威胁，却从不曾实现过）同时也是来到冥国的死人的吞食者，这个吞食也从来没有发生过，而只是作为威胁，所以外来者凭借魔器之力就能战胜蛇妖阿波普并将其消灭，之后他便得以进入极乐世界。

33．埃及的蛇妖　在形形色色的与蛇妖交战中（原始文学里的、《梨俱吠陀》里的、古希腊罗马文学里的、埃及的、中国的），俄罗斯故事就其性质和细节而言，与《亡灵书》里描写的埃及的战蛇妖（除了马之外）最为接近。这并不意味着埃及是俄罗斯故事的故乡，也不意味着这个母题是从埃及传到欧洲的。这说明的全然是另一个问题，即故事反映的是晚期的农业社会的神话观念。这是这样一个阶段，即此后一方面开始了向数量多和多样性的分化，向地区宗教崇拜繁多（我们知道的有：希腊与其多头蛇、戈尔戈涅斯、墨杜萨、皮同、勒耳那水蛇、拉冬、刻耳柏洛斯以及许多别的神）的分化。典型性让位于个性化。另一方面，又产生了确定化，准确地说是定型化，形成了世代累积而成的固定框架，这个框架上长满的完全是另外一种东西的活生生的血肉——这就是故事的血肉。

因此对埃及的材料务必稍微仔细地做一番探究。

《亡灵书》中主要的与蛇妖作战者是太阳神拉。拉每天在路上都会与阿波普相遇并且会战胜它。战斗本身从未被描写过，但对战蛇妖的胜利以及将它消灭的事迹有着详尽的讴歌。我们可以读到这样的描写：“他（指太阳神拉）刺穿你的头，他劈开你的脸，他把你的头分扔在他的土地上延伸的道路两边；你的骨头被砸得粉碎，你的四肢被从你身上砍下来。”（《亡灵书》，39）

在通常被称为《战胜阿波普之书》的叙述宇宙起源的文本中，对胜利有更加详细的描写。在描述了开天辟地和造各路神灵之后又说道：[1]

我派他们（即神们）前往，
他们由我的四肢化生，
要去打败凶恶的敌方。
阿波普它落入了火中，
刀子架在它的脑袋上，
它的耳朵被割下，
它的名字不会再在这片土地上回响。
我要让它受伤，
我将它的尸骨烧光，
我每日都要嘲弄它的灵魂，

1 Gressmann H. Altorientalische Texte. . . S.101.

……（此处脱漏）
我割下它的肢体。
我……它的双足，
我剁烂它的双臂，
我让它闭上嘴和嘴唇，
我敲碎它的牙齿，
我割下它口中的舌头，
我让它出不了声响，
我让它双眼失明，
我让它耳朵失聪，
我剜出它的心脏，
让它的名字归于消亡。

这篇写在纸莎草上的东西要放在死人的手里，因为它能保佑他在旅途上不受阿波普及其他蛇妖伤害。在《亡灵书》中，“我”有时并不单指太阳神拉，还指等同于死者的冥国之王俄西里斯。

其中写道：“哦，太阳神拉……从神灵手里把涅伯色尼司簿（即死者）救出来吧，胜利者呵，这些神灵的面目像狗脸，眉毛像是人的眉毛；它们吃死人，它们守在火焰湖畔的河湾边，撕碎死人的尸体然后吞下心脏，而呕出一堆渣滓就没了踪影。”（《亡灵书》，17）

在此我们看到了火焰湖、吞食和吐出。如果死人不具备《亡灵书》提供给他的魔法知识，那这一切就在等着他。此处我们还看到了吞食观念具体化的开始，这里的狗身蛇妖像刻耳柏洛斯一样吃死尸。在《战胜阿波普之书》里也提到了割舌，但此处这么做并不是作为识别主人公的方法，而是与剜眼和剜心并提，即这些器官被认为是负载着灵魂的（在埃及，尤其把眼睛看成是这样的器官）。不把眼睛和舌头割下来，就不认为蛇妖已经被杀死了。凶恶的后母让前夫的女儿去送死时，要让人带回死者的眼睛和舌头证明其确死无疑，也就是这个原因。舌头由在故事中证明死亡变为证明功劳。

让我们再从《亡灵书》中摘引几段文字。“你的敌人受到了火攻——仇敌蛇妖塞拉乌跌倒在地，锁链捆住了它的双臂，太阳神拉砍下了它的腿脚。”（《亡灵书》，5）“依照我的心愿，我绕过燃烧着火焰的池塘扑灭了火。”（《亡灵书》，22）这一段特别有意思：“在那座山顶上有条蛇，它有十五条胳膊那么长。它前半段（有四条胳膊长）挂满了燧石和闪闪发光的金属片。战无不胜的冥国之王俄西里斯–努知道这条蛇的名字，这条蛇住在它的山上。‘火中居者’——这就是它的名字。此时，当太阳神拉停下脚步之后，他将目光投向了蛇。于是拉的大船停了下来，船上的人沉沉睡去。大蛇吞下了七条胳膊那么长的大水，迫使执铁鱼叉的苏吉后退，它还不得不吐出吃下去的所有东西，以此使战神塞特有所约束。”（《亡灵书》，108）

对民间文学研究者来说，此处令人感兴趣的主要是提到了梦。在上文所引用的材料中，我们还从未见到过这个细节。在故事里，战斗之前降临在主人公身上的睡梦，是一种魔力和诱惑，主人公从来不会屈从于它。在与老妖婆相见时，主人公同样也不应入睡。但此处的睡梦却有着全然不同的、相反的意义，做梦是取胜的条件。如前所述，如果主人公在作战前同公主谈话，那么他会躺在她的膝上。他在作战前入睡，而且为这场睡梦还造出了一个专门的修饰语，这就是"勇士之梦"。公主要唤醒他，但在类似情况下唤醒主人公是件十分困难的事。

说到吞食和吐出，古埃及学家可以对埃及的这个母题做出很详尽的分析，对于民间文学研究者来说，这是较为古老和原始的神话阶段的遗留物。

蛇妖形象的所有这些细节及其被杀（带火焰的特点、火焰湖、吞食外来人的企图、将蛇妖的各个部分逐一消灭、割舌的细节、入睡的细节）——所有这些特征令我们可以假设：故事里的蛇妖通过发达农业国家所具有的观念的折射而进入故事，而且正是作为冥国的守护者，作为"吃死人者"。这是远游的最后一个阶段，此后死者便到达了永久的乐土。

34. 秤心　吞食在这里已经变成了某种恐怖丑陋之事，但这并非全部。它还变成了惩罚，即整个母题被涂上了道德的色彩。吞食（如果它已经发生，但一般它会被避免）发生在审判之前，这个细节也被故事保留了下来。"在法庭上受完审判的那些人，直接就被送给吞吃死人者碎尸，于是就不再存在"——巴奇如是说。[1]似乎在与怪物作战和吞食前的审判之间有矛盾。但这些矛盾对埃及人的思维无关紧要。审判和法庭是新的现象：照莫莱的看法，自第六

1　Budge E. A. W. The book of the dead, vol. Ⅰ. London, 1922, p.21.

个朝代起可以见到这一现象。[1]作战更古老一些，这两种观念和平共处。“吞食死人者”有时被描写成一种杂凑而成的东西，它的前半身是鳄鱼，后半身是河马，中段是狮子，它还常常被描绘成狗的形象。审判就是在秤上称一下新故者的心。在天平一端的秤盘上放着逝者的心，即他的良心，或者分量很轻或者因罪孽而沉重，在天平另一端放上的是以女神玛依特像或以她的笔、笔迹的形式出现的真理。由此可见，放着心的一端沉下去意味着死亡，抬起来或两端平衡则意味着赦免。

我们手头有唯一的一个保留了秤灵魂或秤心的俄罗斯故事，这就是《女妖与太阳妹妹》(阿法纳西耶夫，93)。故事里伊万有个妹妹是妖怪，她无人不吃。伊万躲开她跑到“太阳妹妹”那里。“就在那时，伊万王子策马跃上了太阳妹妹的阁楼并大声叫道：‘太阳太阳快开窗！’太阳妹妹打开了窗户，于是王子连人带马一起跳了进去。女妖请求太阳妹妹出卖她哥哥，太阳妹妹不睬她也不出卖。这时女妖说：‘让伊万王子和我一起过过秤吧，看看谁重。如果我比他重，那我就吃掉他，要是他比我重，就让他杀了我。’就这么着吧。伊万王子先坐上了秤盘，接着女妖爬了上去：她刚刚落下一只脚，伊万王子就被高高抛起，那劲头好大，以至于他直接落到了空中，落到了太阳妹妹的阁楼里，母蛇妖留在了地面上。”

此处还保留着分量轻的取胜、分量重的覆灭的观念。同时保留的观念还有：主人公前往的王国是太阳王国。消失的只是：所有

---

1 Морэ А. Цари и боги Египта. М., 1914, с.140.

这些事件都发生在死者被太阳王国接纳之前。

35．蛇妖与诞生的关系　在对故事进行研究时我们发现：蛇妖的形象以某种方式与主人公及其诞生事先就有联系。在主人公和蛇妖之间有天然的联系，这在俄罗斯故事里并没有直接说到，但在“敌手”的母题中有流露。蛇妖从未见过主人公，但它凭某种方式不仅知道主人公的存在，而且知道它将死在他的手里。有一个印度故事把这种关系说得更明确：“蛇妖之王吠伊辛吉生在阴间，因陀罗王生在天上，而德霍比虔底王生在地下。”[1]

这个特征应该可以做出解释，尽管这会遭遇极大的困难。解释大概只能是假定性的。

蛇妖与死亡有关联，这从上文的材料中足以得出结论。但它同时还与诞生有着某种关联。让我们来看看几个与之有关的例子吧。在关于玛乌依的神话里，身为主人公的天帝讲述了自己的诞生：“我知道我是早产在海边的，你（称呼其母）把我裹在你专门为此剪下的一绺头发里，接着把我扔到了大海的浪花中。在大海里，是海草用长长的枝条缠绕着我，养育了我，还让我有了模样。身体柔软的鱼儿们为了保护我紧紧贴在我的身边。无数苍蝇围着我嗡嗡乱飞，还把它们的卵产在我身上。大群的鸟儿为了啄我也围在我的旁边。但就在这个关头，我那伟大的祖先出现了，他看见了那些苍蝇和鸟儿。说时迟那时快，老人走近前来，拨开我身边的鱼

1　Минаев И. П. Индейсеие сказки. Спб., 1877, c.126. (Сходно — c.118).

群，找到了我这个人。”[1]

这个神话与关于被吞食和被吐出的神话的关系十分明显。它与上文所研究的例子的区别在于：此处主人公不是在鱼腹中，而是被鱼群所围绕。除此之外，这个例子还有一个不同之处，就是主人公是在离开鱼群时诞生的。这个例子证明：被蛇妖、鱼群及其他东西围绕，是在鱼腹中停留母题的后来的形式。

这种比较和解释似乎比丘斯杰尔、哈鲁辛等人的解释要可信一些，这里的蛇妖是图腾动物，被它咬了并无害处。人们把蛇放在孩子身上时会说："如果它们不碰孩子或者咬了孩子但不致命，那么孩子就以此充分证明自己是真正的人了。"[2]

蛇妖在此处表现为一种物质的因素，就是腹腔。我们不会忘记，在仪式上，从蛇妖腹中出来被视为再生，其实就是主人公的诞生。我们已经看到了这在后来被用放入小箱子或沉入水中所代替。如此看来，这些与从蛇妖体内出生相关的观念，跟与蛇妖作战的整体综合观念同出一源。各个发展阶段大致可以确定如下：主人公是从蛇妖体内生出来的（即穿过它的身体）；下一个阶段，主人公杀死了蛇妖。它们的历史结合点是：蛇妖体内生出来的人杀死了蛇妖。

但是蛇妖还可以以父亲、祖先的形式出现，这一观念当然是后来才有的。在这个例子中，蛇妖成了男性生殖器的象征。由它代

1 Frobenius L. Das Zeitater des Sonnengottes, S.67.

2 Frobenius L. Das Zeitater des Sonnengottes, *verwandtschaftsprobe*, S.101.

表父亲的因素，又过了若干时间以后，它成了祖先。这个观念在非洲似乎特别发达，至少在非洲收集到了许多材料。在讲呜喔语的民族中，人们认为如果蛇靠近了一个妇女，那么这就意味着她已经怀孕了。不育的妇女常常向蛇去求子。如果一个有孕在身的妇女梦见了蛇或水中幽灵，她就会认为孩子将成为水中幽灵的化身。“人们预言说，这样的孩子具有蛇性，而且会被看作水中幽灵的化身。”[1]此处已经明确地说出了一个概念，即由蛇所生者具有蛇妖的力量和天性。

在古希腊罗马文学中，刻克洛普斯就是这种身为蛇妖的祖先。它被描绘成半人半蛇或龙的样子，不过，就像丘斯杰尔所确认的那样，在民间信仰中它就是纯粹的蛇的模样。

卡德摩斯，忒拜城的建造者，还有他的妻子哈尔摩尼亚，临死前都变成了蛇妖——龙。根据一些文献的说法，哈尔摩尼亚正是刻克洛普斯杀死的那个蛇妖的女儿。[2]

然而，如果说由蛇所生者本身就是蛇妖，或者变成了蛇妖，而且这个由蛇所生者又杀死了蛇妖，那么这里是否隐藏着“敌手”之谜的谜底呢？主人公杀死了蛇妖是否因为历史地看他就是蛇妖或由蛇所生者，即由蛇妖脱胎而来？不知为什么，埃及神话故事中蛇居住的岛屿被称为双生子岛。我们故事里的蛇妖是否害怕双生子中的某一个呢？

1　Hambly W. D. Serpent worship in Africa, p.19.

2　Frazer J. G. The dying god. London, 1912, p.105.

为了回答这些问题，我们要仔细研究一下蛇妖的自相残杀。

36．蛇妖的自相残杀 上文我们已经看到过这样的例子，就是蛇妖因系着蛇制腰带的姑娘进入它的口中而被战胜，这条腰带在蛇妖腹中复活并杀死了蛇妖。不过，当然了，蛇妖自相残杀的明显例子只有到了后来才有，到了充当吞食者的蛇妖完全变成了可怕的东西，而赋予力量与威风的蛇妖尚未被遗忘的时候。埃及提供了这样的材料。

《亡灵书》有一些“反映鳄鱼的章节，这条鳄鱼为从阴间带走魔咒而生”。我仅举出最令故事学者感兴趣的几个地方：

> 生长在西方的鳄鱼呀，后退吧，因为蛇妖瓦安在我的肚子里，它把你交给我处置。让你的火焰不要对着我燃烧。
>
> 我的面孔没有遮挡，我的心脏还在原来的地方，缀着蛇的王冠日日戴在我头上。我就是太阳神拉，我是我自己的保护者，任何时候、任何东西都不能把我打翻在地。（《亡灵书》，32）

究竟什么是能使他不受蛇妖侵犯的防身之物呢？

一方面，死者警告蛇妖说他的肚子里有蛇妖瓦安（Waan）。另一方面，他戴着缀着蛇的王冠，这就是防身之物。换句话说，蛇妖死于它自己的形象。这种观念在埃及传播得极为广泛，但显然并不仅限于埃及。我们回想起在《圣经》里，摩西下令往以色列人防蛇的围墙上摆放铜制的蛇妖（《摩西传》，第4卷，21，8）。

这种方式表明，蛇妖是防备蛇妖侵犯的护身之物。在法老的法冠上描绘着蛇妖的图案。“守护着太阳的神蛇，缀在人间的代表——法老的额上，用火烧死它的敌人。”[1]据图拉耶夫断定，还在远古时期的埃及，“那些关于大自然的诗意观念就获得了发展，神话所有丰富的内容由此而生。太阳是神的眼睛，乌云、雾气和雷雨、黑夜是神的敌人；当天空如晦，它便远赴异国，当光明之神赶走它们，它又返回故乡；它自己就变成了天神额上一条喷火的蛇来驱赶它们”。“它们”在图拉耶夫举的这个例子里，是指作为太阳之敌的黑暗、雾气和雷雨。不过我们已经知道太阳的主要敌人是阿波普，它正是由于另一个蛇妖的帮助而被打败的。这里可以得出结论说，应该有两个蛇妖作战的情形。这样的情形的确可以指出来。虽然书面记载是很晚的事，但《有关彼世之书》（自186页起）所记内容十分古老，其中详尽地描写了太阳神拉从落山到出升乘船在阴间与在彼岸世界的航行。他的整个行程跟全书一样分成了十二个部分，与夜晚十二个钟点相对应。“行至半夜道路拐向了东方，途经俄西里斯古老的圣地——部西里斯和门德斯，经过俄西里斯群岛、‘恩赐之野’和有俄西里斯像的秘密宫殿，这里有历代君王的木乃伊和幸福的死者。太阳神拉向他们致以问候，接着号召他们共同与蛇妖阿波普作战，阿波普为了给太阳神拉的旅途制造困难，吞下了下一个钟点的航程所有的水，并且用其弯弯曲曲的身子堵住了四十五肘长的路。太阳神拉一个人与它作战力不从心——蛇妖墨荷恩前来

1　Тураев Б. А. Египетская литература. М., 1920, с. 41.

帮助他，它扭来扭去在他的周围形成类似神殿的东西；伊西斯和别的女神们用诅咒来纠缠刺激阿波普。”（第188页）

图拉耶夫的看法接近于认为这本书的内容如他所说的那样，“是埃及祭司们病态想象的产物”（第190页）。这种理解是反历史主义的。当时整本《亡灵书》都充满着针对阿波普的诅咒，关于行善的蛇妖的古代观念（正如我们所看到的，蛇妖的所有观念由此而来）在民间非但没消失，还能独立于宫廷和祭司们的官方宗教继续存在，这些观念层层积累成了关于凶恶的阿波普的观念。衰朽的祭司式的聪明在这里表现为对民间观念进行挖掘，并将它们奉为经典。关于行善的蛇妖的教义后来又重新流传，在将蛇妖尊为唯一的主要神明的蛇崇拜教派那里，该教义一直存在到公元6世纪。

早期充当吞食者的行善的蛇妖与较晚时期充当吞食者的可怕的蛇妖，在此正面遭遇为敌。主要的战蛇妖勇士——太阳神拉穿过了蛇妖的身体。在上文提到过的《有关彼世之书》中，太阳神拉在阴间时住在他的船上。“为了把船送到阳间，蛇妖变成了船的缆绳，船只穿过蛇妖的身体走了一千三百肘长——这是新生的象征。太阳神拉从蛇妖的嘴里出来时已经不是‘血肉之身’，而是‘神虫’的模样了。”（第188页）

然而，所有这些材料是否都适用于故事呢？是否可以说，故事里的伊万之所以杀死了蛇妖，是因为他穿过了蛇妖的身体，所以蛇妖在他身上看到了与自己酷似的形象？这一点在任何地方都无法直接看到。俄罗斯故事中，没有保留由蛇妖所生，以及被蛇妖作为行善的吞食。俄罗斯故事保留的是另一种形式：从鱼腹里出生。而且我们确实可以发现：战蛇妖勇士最常见的是从鱼腹里出生。我们在上文已经看到过，在鱼腹中的停留与在蛇妖体内的停留是何等相似。这样看来，如果说没有直接的证明材料，那么肯定我们观察到的间接材料还是有的。除此之外，还可以指出一个地方，就是故事里的蛇妖只有通过它自身才会死去。一般的公式简化为一个论断："我只会通过伊万而死去。"在这里它简化为断定"我只会通过自身而死去"，这正肯定了我们的观察。我们在一个普斯科夫省的故事里也找到了这样的例子（斯米尔诺夫，111）。在这个故事里，主人公去林子里溜达时，碰上了一个长着十二个脑袋的蛇妖，六个脑袋睡着了，六个脑袋醒着。"蛇妖抬起身子，落到它嘴里可就没救了。只有它自己能杀死它，其他的力量要想战胜它根本不可能。"

这个乍看起来极为奇怪的地方，在被引证的材料里能找到解释：蛇妖通过蛇妖被杀死，在这个例子中它甚至是通过自己被杀死。这个蛇妖死于自杀。"爪子插进胸膛后用力一扯，它的身体被撕成了两半，它尖叫一声轰然倒地死去了。"（斯米尔诺夫，111）这样说来，俄罗斯故事里是有蛇妖死于蛇妖之手的情形的，而且采用了十分有趣并且意味深长的形式，即蛇妖死于自己之手的形式。两个蛇妖——战胜者和被战胜者在此合为一体，因为蛇妖是极为特殊的敌人，所以让它自己扮演杀死蛇妖者的英雄角色，埃及故事里还有，当代故事里已经找不到了。但蛇妖为什么知道敌人和战胜者，这还是清楚的：它就是从蛇妖体内出来的，正是它，也只有它，是蛇妖的“对手”并能置蛇妖于死地。

37．结论 我们的考察已临近尾声。做出一个一般性的结论并不容易。蛇妖是个非常复杂多样的现象。任何想给它一个唯一解释的尝试预先就注定要失败，一般性结论总是将多样性简化为单一性，并且因此而歪曲了现象的实质。

最好的证明，最好的论据，就是以事实为依据。就此而言还有巨大的工作要做，我们不知道还有多少材料隐藏在所谓不开化或原始民族的故事集子里。对地中海文明的研究已经持续了几代人。更早期文明的研究尚无人着手，但谜底正隐藏在此处，这项工作同样需要多年的研究。[1]

由此首先可以得出一个方法论意义上的结论：应该在现象的运动中去研究它。不应把民间文学的研究当作某种与经济和社会制度相脱离的东西，而是把它当作从其中产生的东西来研究。此处在这方面做了一点尝试，也得出了若干结果。现在已经不能跟弗雷泽一起抱怨研究及结果是立足于不牢靠的根基了。是的，对我们来说蛇妖不是太阳，不是无性的生灵，它没有什么“意味”，它是不断改变其功能和形式的历史现象。我们所采用的方法使我们得以追踪其历史发展过程，它始于仪式，在仪式中它与氏族制的社会制度及

1 对古代文化、对世界各民族神话学及民间文学中最古老成分的研究兴趣近来不断增长，有关该问题可参见：Мелетинский Е. М. Поэтика мифа. М., 1976, с. 383—386; Палеоазиатский мифологический эпос/Сост. Е. М. Мелетинский. М., 1979; Ранние формы искусства/Сост. С. Ю. Неклюдов. М., 1972; Путилов Б. Н. Миф-обряд-песня Новой Гвинеи. М., 1980 и многие другие библиографические указания в энциклоопедии *Мифи народов мифа*, т. I. М., 1980; т. II. М., 1982.

经济利益牢牢地联系在一起，在那里它以造福的吞食者形象出现在我们面前。

我们看到，它如何被引入海洋、运动、土地和太阳的经济的轨道，既改变了蛇妖的外表，也改变了它的功能；在这些因素的影响之下，它如何变成了水里的生灵、地下的生灵和空中的生灵；在印度与埃及的国家宗教中，它如何被那些掌握自然、适应新文化中人们的要求和利益的新神祇所推翻。

我们还看到，它与死亡观念的联系如何牢固地保持着，这些观念在埃及有如此华丽的形式。

故事反映了这一发展过程的所有阶段，它从远古开始，既有通过蛇妖获得鸟类语言的知识，也有过渡形式；既有在鱼腹里被带到异国他乡，也有后来勇士骑马挥剑作战的发达形式。

故事还保留了蛇妖发展过程中的几个其他特点，如面对吞食者张开的大嘴。有几个细节，如割下蛇妖的舌头，故事做了新的解释，但在整体上，故事极为准确地保留了蛇妖从造福者转化为其对立面的完整过程：故事作为珍贵的文献，作为保留了从我们的意识中久已消失的文化现象的宝库而重新展现在我们面前。

第八章

◆

远走天涯

所有多少与极远之国有点关联的东西都金光灿烂。宫殿是金子的—— 我们已经看到了。所有需要从极远之国获取的东西，几乎都是金子的。住在这个国度的本国公主，总是拥有某种金子的标志物。

民众将他们自己所熟悉的物质生活的生产形式和生活加之于彼岸之国，彼岸世界是此岸世界的复现。狩猎者的国度有动物，种园者的国度有果园。但随着向农业的过渡，这个过程终止了。在阴间没有放牧，没有耕种收割，故事里的极远之国从不曾有农业劳作。所有宗教中都保留着动物、果园、岛屿，但出现了新的东西：赐予丰收的神明。

一、故事里的极远之国

1. 所在地　主人公所去的国度，与父亲的家隔着无法穿越的森林、大海、有恶龙出没的架着桥的火焰河，或是主人公跌下去的深谷。这就是所谓的“极远之国”“有那么一个国家”“乌有国”。那里由一个骄傲而威严的公主统治着，那里有恶龙盘踞。主人公来此是为了寻找被劫的美女、稀奇古怪的东西、吃了能长生不老的苹果、活命疗伤水，以及能使人青春常在永葆健康的东西。

怎样去这个国度，前面已经说到过，不过还得再稍稍回顾一下。先来看看故事为我们提供了怎样的画面，只有在此之后，我们才能拓展范围，从而进入一个更为广阔的空间。

但当我们开始细细打量这个国度时，立刻就会发现：故事场景中的极远之国没有任何外表上的一致之处，结果就是不可能描绘出一个画面，必须描绘若干单独的画面。这首先涉及这个王国的所在之处。

有时这个国度位于地底下：“伊万走啊走啊，不知走了多久，他看见了一条地下通道。这条通道钻入一个深深的地洞，由此能走到地下之国，那里住着一个六头蛇妖，它在此称王。伊万看到一些白石头砌的豪宅，就走了进去。”（阿法纳西耶夫，237）

可那里没有什么只有在地底下才有的感觉。那里一般并非漆黑一片，那里的土地跟我们这儿的一样。“他们在地下通道里走了很久，眼前突然闪出一片光亮——而且越来越亮，接着他们走到了一片蓝天之下的广阔原野上。在这片原野上矗立着一座巍峨的宫殿，而宫殿里就住着美女的父亲，这个地下之国的君王。”（阿法纳西耶夫，191）

但这个国度也可能坐落在山上：“小船突然腾空而起，眨眼间如离弦的箭一般将他们运到了一座大石头山上。”（阿法纳西耶夫，138）或者是：“他们就骑了上去，于是熊王将他们驮到了又高又陡的群山上，那山高得快接着天了。这里到处空空荡荡，没有人烟。”（阿法纳西耶夫，201）我们在《水晶山》（阿法纳西耶夫，162）这篇故事里找到一个十分特别又很有趣的例子。故事里说道：“于是他飞到了极远之国，而这个国家的一大半在水晶山上。”“他们骑着马走啊走啊，终于走到了。抬眼一看，是一座玻璃山”（泽列宁，彼尔姆省故事，59），“这儿有一座水晶山”（泽列宁，维亚特卡省故事，3）。

最后，这个国度还可以在水下：“伊万王子就出发前往水下之国。他看到的是：那儿的世界就跟我们这儿一样，那里也有田野、草场，树木葱茏，阳光灿烂。”（阿法纳西耶夫，222）有时还会提到像传说里讲的基特日城那样的沉入湖底的都城（阿法纳西耶夫，

216，异文3）。

不管这个国度在哪里，这个国家有时还会有美丽的草场。“鸟儿飞到了一片绿油油的草场，那里碧草如茵，开着天蓝色的花朵，它们就落到了地上。伊万王子站起身来，走到草场上活动活动筋骨。”（阿法纳西耶夫，157）不过，我们发现，这个国度里的自然风光尽管非常美，可从不曾有过森林，也从不曾有过庄稼扬花吐穗的耕田。

可是有别的东西——有园圃，有树木，这些树木果实累累。园圃大部分坐落在岛上：“傻子一眼发现，他们是来到了一个非常美丽的岛，岛上有大片大片结满各种果子的树木。”（阿法纳西耶夫，165）“他们登上了那座岛，那座岛上长着珍果奇花异卉。”（胡加科夫，41）园圃里几乎永远有故事里的返老还童苹果。

到目前为止，我们还没在极远之国里看到任何一座建筑物，这种空旷有时还会被加以强调。“他们来到了那座山前，那山既不能走上去，也不能骑马上去。山上没有房子，什么都没有，就是光秃秃的一座山。”（胡加科夫，82）不过极远之国里还是有建筑物的，这建筑物就是宫殿。对这座宫殿也得稍稍仔细揣摩一下。宫殿在这里几乎总是金子的：“她住在一个金子的大宫殿里。”这座宫殿的建筑是奇异的：“那座金子的宫殿撑在一根白银柱子上，棚顶缀着宝石，楼梯像两只翅膀一样分列在宫殿两侧……他们刚刚走进去，白银柱子就发出了呻吟，楼梯也散了架，整个屋顶开始大放光芒，整个宫殿转动起来，在原地移动起来。”（阿法纳西耶夫，560）这座宫殿也常常是大理石的或水晶的，而且难以接近。

“从远处看到这座宫殿是水晶的，四周也环绕着如此之高的水晶围墙。”（阿法纳西耶夫，559）不过，这种难以接近对主人公来说并未构成障碍，他能越墙而入。在另外一些例子中，主人公是变成蚂蚁后从墙缝里钻进去的。这座宫殿常常有动物把守，最常见的是狮子或蛇妖。但是这些蛇与蛇妖格雷内奇并不相似，它们很容易被制服。“他走啊走啊，不知走了多长时间，一眼看见了一座像燃烧的火焰一般的金子宫殿，宫殿门前满地是吓人的蛇妖，都拴着金子的锁链，旁边有一口水井，井上用金链子吊着一只金桶。伊万王子用这只金水桶打了一桶水给蛇妖们喝了，它们就安静了下来。”（阿法纳西耶夫，129）

有时，主人公来到的这个地方被描绘为一个城市或是一个国家。“在这些柱子后面，有一座方圆一百俄里的金色都城。”（阿法纳西耶夫，220）“一片辽阔无边的蓝色的大海在她眼前汹涌起伏，而在远远的地方，白石头砌的高楼的金色圆顶就像燃烧的火焰一般。”（阿法纳西耶夫，235）伪俄罗斯风格的绘画喜欢把这个国度画成有教堂的——这可不是故事的风格，故事还不知道有美妙的耶路撒冷。最晚近的合理化是将主人公变成了商人，将渡越变成了商旅航程，将都城变成了港口城市。“大船驶到了一个繁华的大城，停在码头上，抛了锚。”（阿法纳西耶夫，242）除了知道这里有某个人称王以外，关于这个国家的任何细节我们都无从了解。“大船水陆兼程，终于来到了女儿国。”（阿法纳西耶夫，170）“他们来到了一个从未见过的王国，一个乌有国。”（阿法纳西耶夫，137）

所有这里提到的成分都会在多重组合中被碰到：城市可以在

岛上，可以在山间，可以在水里，可以在地底下。宫殿、草场和园圃也是如此，它们彼此自由组合，可以出现在各种不同的情景中。

2．与太阳的联系　当我们进一步观察这个“乌有国”，会发现它与太阳有着某种关联。比如说，我们在一个文本里发现：主人公受命去折一根金松树上的松枝，“那树长在极远之国，长在阳光之国”（阿法纳西耶夫，564）。这个国度是在太阳高悬的空中。“王子把妖怪杀了，接着走进了金刚石造的宫殿，他的妈妈，金发辫的娜斯塔霞在这座宫殿里，在十二头的蛇妖身边住过。金刚石的宫殿像磨盘一般转动着，从这个宫殿看出去，可以看到整个宇宙——所有的国家和土地如在掌心之中。”（阿法纳西耶夫，129，异文）宫殿的这种转动是否指天球的转动——这个问题不那么容易回答，但是在这里不管怎么说是出现了天空，这是明确的。在另外一些故事里，太阳的性质更为突出。比如说，主人公逃脱母蛇妖的追赶时：“这么近了，这就要追上了！就在这时伊万王子跃马跳到了太阳妹妹的阁楼上，并且大声叫道：‘太阳太阳，开开窗！’太阳妹妹打开了窗户，于是王子连人带马一起钻了进去。”（阿法纳西耶夫，93）是的，这个故事没有多种异文，但它远不是提到太阳的唯一例子。

这个国度与地平线相连。“他们乘着船在天地之间走啊走啊，靠近了一座无人知晓的岛。”（阿法纳西耶夫，146）尽管这说明地平线与旅途的关系超过与国度的关系，但有这样一些文本，那里面对这个国度在地平线上说得非常清楚。“好汉射手骑着他的骏马去了极远之国。不知走了多长时间，他来到了天边，那里有红彤彤的太阳从蓝色的大海升起。”（阿法纳西耶夫，169）在提到打雷和闪电的那些例子中，与天空的这种关联表达得更为明确。狐狸（穿靴子的猫）对主人公说：“火焰王和雷电王后玛拉尼亚的女儿，是一位美丽的公主。我去说亲，让她给你做老婆。”（阿法纳西耶夫，164，异文）尽管这些名字还不能证明什么，但这种关联仍然不能说是偶然的。比如在这个国度里听得到隆隆的雷声，对为什么会打雷这个问题，老妖婆说：“我们的山上乒乒乓乓、轰隆轰隆，都是拖着乌油油大辫子的美貌女王在走动。”（阿法纳西耶夫，178）

3．金子 所有多少与极远之国有点关联的东西都金光灿烂。宫殿是金子的——我们已经看到了。所有需要从极远之国获取的东西，几乎都是金子的。这里面有：小猪崽——长着金鬃，鸭子——长着金羽毛，金角鹿，金尾鹿，金鬃金尾马（不是大灰马-大黄马型的），及诸如此类（阿法纳西耶夫，182）。在火焰鸟的故事里面，火焰鸟是关在一个金鸟笼中，马儿戴着金笼头，连围着美人叶莲娜的花园的篱笆都是金子的（阿法纳西耶夫，168）。在关于好汉菲尼斯特——矫健的雄鹰的故事里，来到另一个国家寻找爱人的姑娘，用银托的金纺锤、银盘金蛋和插着银针的金绣架给自己买了三个夜晚（阿法纳西耶夫，234）。

住在这个国度的本国公主，总是拥有某种金子的标志物。她“坐在带金顶的高塔里”（阿法纳西耶夫，158）。“瞧，美人瓦西里莎的银船在蓝色的海面上划过来，金子的桨橹互相碰撞。”（阿法纳西耶夫，169）公主长着金翅膀，她的女仆长着银翅膀（阿法纳西耶夫，237）。她乘着金马车飞翔。“朝那个地方飞来了无数的鸽子，整个草地都被遮住了；鸽群中放着一个宝座。过了一会儿——天地一下被照亮了——空中飞来一驾金马车，由六个喷火的蛇妖拉着；马车上坐着智慧公主叶莲娜——她长得是那么美，真是美得没法说。”（阿法纳西耶夫，236）就是在公主被说成是一个女勇士的情况下，她也是“持金矛”骑骏马驰骋沙场。要说到她的头发，那也总是金色的。她由此而得名“金发辫的叶莲娜，不戴头饰的美人”。在一些阿布哈兹故事里，甚至连光明都是来自她的脸庞：“接着他看到了一位不是由于太阳而闪光的美人，她站在阳台上……在没有太阳没有月亮的时候，她也能像太阳一样放射光芒。”[1]

这张清单似乎可以继续开列下去，能写满好几页。金子出现得如此频繁，如此触目，有如此多样的形式，以至可以有足够的权利称极远之国为金子之国。这是一个极为典型、极为牢固的特征，至于“凡是与极远之国有关的东西，都闪耀着金光”的断言，反过来说也可能是对的：“凡是被涂上了金色的东西，正暴露出它属于另一个国度。”金色是另一个国度的标记，火焰鸟的羽毛可以为例。伊万王子悄悄守候着这只鸟：“他又坐了一个时辰——整个花园突然亮了起来，就好像被熊熊的火光照亮了一般：火焰鸟飞来了。”它掉落了一根羽毛：“这根羽毛美丽而灿烂，若把它放在黑屋里，它就会放射出光芒，好像在这个房间里点燃了无数蜡烛。”（阿法纳西耶夫，168）这只鸟正是从“另一个国度”飞来的，而主人

1 Абхазские сказки. Сухуми, 1935, с. 4.

公出门寻找的就是它。在这个例子中，关联是十分明确的。但就是在那些没有直接意义上的关联的例子中，与之有关的问题也应该进行考察和研究。例如，主人公得到一只神鸭："主人把他的鸭子关在一间黑乎乎的棚子里面；夜里鸭子下了一只蛋。庄稼汉走到这儿来，看见一片亮光，以为失火了，于是就扯着嗓子大叫起来：'着火了！着火了！老婆呀，快拿个桶来救火！'他们打开棚子的门一看：既没有烟，也没有火苗，只有一个金蛋在闪闪发光。"（阿法纳西耶夫，196，异文）

显然，在这两个例子之间有某种关联。虽然没有提供与极远之国的关联，但可以假定有这种关联应该进行研究。

关于金蛋的例子，还另有一个有趣之处：它显示出金色是火焰的同义语。我们所看到的火焰鸟闪光的羽毛也是如此。当我们明白极远之国常常就是空中之国、太阳之国，那就很容易得出结论说：这些东西所具有的来自天空的色彩，表示出它们与太阳的相关性。在几个例子中这一点表达得相当明确。例如，在一个彼尔姆省的故事里我们看到："你看见了吧，这个国家烧的火像太阳一样？""啊，我看见了。这不是烧的火像太阳，这就是火的家，它整个都是金子的。"（泽列宁，彼尔姆省故事，1）

4．三个王国 据 Н. П. 安德烈耶夫考察，关于主人公在他的旅途中经过了铜王国、银王国和金王国的故事，是最广为流传的俄语故事，因而也可以认为它很有名。我们觉得，这三个王国是极远之国的三倍化。故事趋于将一切三倍化，该母题无疑也受到这一趋势的影响，这导致了总是出现三个王国。但因为极远之国是金子的，那么它之前的王国就成了银子的和铜的。要在此处寻找与黑铁世纪、白银世纪、黄金世纪的观念有什么关联，即与赫西阿德所说的循环的关联，那是徒劳。此处要想揭示出它们与金属观念有任何联系也不会成功。此处似乎可以提出关于三个王国作为空中之国、地面之国和地下之国观念的问题。但这种联系同样也没有材料证实：铜王国、银王国和金王国并非一个叠着一个，而是一个挨着一个，一般这三个王国都坐落在地底下。不过，因为按照故事定律，极远之国是主人公旅途的最后一站，此后他就应该踏上归程，而抵达三次是不可能的（他应该先返回，然后再次出发），于是，有两个王国就成了一种经过站，金王国则成为抵达站。但这类过渡性的站点在故事定律中已经有了，这就是老妖婆的小木屋。我们所面对的正是三个王国与老妖婆小屋同化的有趣现象。的确，如果仔细观察一下这三个王国的大量例子，就会发现其中某些元素总是出自极远之国和公主，而另一些元素则出自老妖婆。除了名称之外，这三个王国自身没有任何独特之处。让我们以阿法纳西耶夫的第128号故事为例来看看。伊万来到了铜王国，在那里迎接他的是“一个俊闺女”，无论在哪种情况下都不会是老妖婆。接下来就是盘问和责备：“她不给吃，也不给喝，就开始问了起来。”这个元素显然是出自老妖婆。随后姑娘又赠给他一个镶宝石的戒指，即扮演了赠予者的角色。她赠送此物——镶宝石的戒指——就是订婚的意思。然而，主人公只会与金王国的第三位姑娘订婚，就是说，就功能而论她是公主。其余异文也可以做类似分析，而这让我们有权断定，这三个王国是故事内部的东西。无法找到任何能够证明这一母题与原始思维或原始仪式相关的材料。

5．极远之国的兽类特征 我们对极远之国的研究还远未结束。还有一个特点：这个王国有时并非人居之国，而是动物王国。

是的，这些证明材料不常碰到，这些观念与用金子、大理石和珠母建造的豪华宫殿相比多少处于次要地位，但对于研究者来说，它们能引起特殊的兴趣。例如，假使劫持公主的是动物，那么这只动物就将她带往它那没有人迹的王国。因为劫持者常常是蛇妖，因而这个王国也就常常是蛇妖之国。“他跟在小线团的后面走了很久很久，很多年过去了，他来到了没有一个人、没有一只鸟、没有一只动物的地方，那儿只有满地爬的蛇。这就是蛇之国。”（阿法纳西耶夫，191，异文）在阿法纳西耶夫的第233号故事里说：“瓦西里王子骑上马去了远在天边的地方，前往极远之国；他不知走了多长时间，到了狮子国。”这个王国里住着狮子，我们要特别指出动物为王这个证明，它对我们大有用处。此后，主人公还落入了蛇之国和乌鸦之国。王国的这种动物性质并不排除城市、宫殿、园圃的存在：“在那个王国里居住着蛇和爬虫，一条大蛇首尾相接盘成一圈躺在城的周围。”（阿法纳西耶夫，178，异文）我们在一个托博尔斯克的故事里看到：“他看见眼前矗立着一座有两个台阶的房子，一个台阶是金子的，一个台阶是银子的。他想：‘是谁住在这儿呢？’……他走上前去打开了第一扇门，看见了几只鸡蹲在那里：‘难道住在这里的这些人就像我们养的鸡一样？’”（斯米尔诺夫，335）在《玛利亚·莫列夫娜》这个故事（阿法纳西耶夫，159）里，一只隼、一只乌鸦、一只鹰向三个姑娘求亲，姑娘们的哥哥去拜访它们。“他走了一天，又走了一天，到第三天的黎明时分看见了一座奇妙的宫殿，宫殿旁边长着一棵橡树，橡树上栖着一只矫健的雄鹰。”这就是鹰之国。可以假设，熊王（阿法纳西耶夫，201）将孩子们带到了熊之国。我们还发现了一个例子是来到了鼠之国。“他们在大海里游啊游，一直游到了对岸，来到了极远之国——鼠之国。”（阿法纳西耶夫，191，217，218）

二、阴间

6．阴间世界的早期形式 总之，不存在任何单一形式的阴间，形式是很多样的。要说在前面的是，根本不曾有过对阴间世界具有完全划一观念的民族。这些观念总是五花八门且常常互相矛盾。

在故事讲述中，十分直白但又极为准确地表达出了事物的本质："那地方就跟咱们这儿一样。"但因为世界在变，人的日常生活方式在变，那么"阴间"也会随之发生变化。不过，我们知道，在民间文学中，新事物出现的同时，旧事物并未消亡。所有与旧事物并存的新形式不断出现，直到在埃及或古希腊，或在当代的故事中，所有曾经有过的"阴间"形式汇集为某种像小百科一类的东西。人们搬进另一国度的不只是自己的社会制度（在这种情况下是氏族制，最后把主人变成帝王像），还有他们的生活方式和故乡的地理特点。在岛国居民的想象中，另一个世界就是岛屿的样子。宫殿显然脱胎于最好的住所——男性公房，诸如此类。人将自己的利益也搬到了那里，包括生产利益。例如，对猎人来说，这个国度就住着动物。猎人在死后还要经受授礼的考验并继续狩猎，就像他在阳间一样，区别仅在于阴间的狩猎不会不得手。

这种世界对阴间的投影在氏族社会已经十分鲜明。猎人完全依赖动物，因而他就会让阴间世界有动物栖息。猎人将自己的氏族制也加之于动物，并且认为自己死后会变成它们，还会同“主宰者”相遇，或者用故事的说法，是去见蛇、狼、鱼、虾之类的“王”。

阴间有能调动动物的主宰者。什捷尔恩堡对基里亚克人的熊节进行了研究，他得出结论说，人们把熊杀了，是为了让它去见它的主人，他说：“被杀之熊的灵魂去了它的主人那里，人的平安幸福寄托在这个主人身上。”[1]这样的话，我们就可以断定，故事尽管反映得很模糊，但保留了这一层意思。以此便可以解释为何另一个国度有动物栖息，为何主人公在那里遇到了动物之王或它们的主宰者。这些宫殿里的动物，令我们记起了住在“大屋子”里的兽面人物，我们在第4章中已经知道它们了。阴间里的人是蛇、狮子、熊、鼠、鸡等等，是图腾意义上的动物。

7．兽嘴与可以开合的山　我们已经熟悉那种认为必须进入动物体内才能获得统治它们的权力的观念。在此我们找到了解释上文我们所观察现象的钥匙：死亡观念与授礼方式显示出惊人的相似。尽管如此，没有必要去强调此是由彼发展而来。故事里另一世界的

1　Штернберг Л. Я. Первобытная религия в свете этнография. Л. 1936. Гл. *Религия гиляков*, с. 43.

宫殿不仅与“大屋子”惊人地相似，有时简直就是别无二致，以至于在它们之间无法画出一条截然分明的界限。王国的入口要穿过动物的嘴，这张嘴始终开开合合。“这个王国暂时是开着的；当蛇妖挪开时，一扇扇大门就打开了。”（泽列宁，彼尔姆省故事，13）这个例子很清楚——兽嘴就是大门。一方面，由此产生了砰砰作响关闭的门，有时还会夹住主人公的脚后跟，还有长着牙齿的门和会咬人的门；另一方面，由此产生了可以开合的山，它威胁着要挤死前来者。让我们来引用一段阿法纳西耶夫转述的文本：“在那个王国里有两座高山，它们并排而立，一座紧挨着另一座；它们一昼夜只分开一次，过两三分钟后依然合起来。在可以开合的山之间藏着活命水和疗伤水。”（阿法纳西耶夫，204，异文2）此处是如此相似，它不可能是偶然的。还有就是其开合的周期性、守护功能、被挤死的危险性、撕咬或拍打脚后跟（或者船板），就像关于寻找金羊毛的勇士传奇中所说的那样。随着动物作为主要甚至是唯一生存来源的狩猎对象作用的消亡，其功能转移到了另外一些对象，诸如门、山之上。为何偏偏是山——这很难说清，虽说这一更替十分自然。

不过，可以开合的山是否不只是在史诗传奇中会碰到，在宗教信仰中也会碰到呢？这类例子是存在的。比如，在密克罗尼西亚（吉尔别尔特岛）人们说，置身逆境的死者灵魂会“被挤在两块石头之间夺去性命”。[1] 动物——主要是守护着宫殿入口的狮子和蛇，

1 Frazer J. G. The belief in immortality. . . vol. III. London, 1928, p.49.

为了让它们放主人公过去，得拿饼扔给它们或灌醉它们。朝动物嘴里扔东西作为以前跳入其口中的最晚近的替代，我们也已经知道了。守护着宫殿入口的狮子和蛇可以以此来解释。

我们将不去引用那些证明另一国度的所在地的形式与某个时候确曾有过的形式相一致的材料。我们将找到足够的材料证明，另一个世界不仅是故事里的，而且是宗教观念中的，至于它被想象成是在水下还是山上，或者是远在天外，等等，这要取决于周围的自然环境和民众的基本活动。在此起作用的是我们在上文考察过的空间观念。深入探讨这些类似并不困难，存疑本身还构不成问题。这里引起我们兴趣的是其他几个更难解释的疑问，特别是关于水晶山的。

8. 水晶 要弄明白水晶山的母题，我们应该记得，前往这个国家是为了获得统治动物的权力，获得掌握生死的权力，获得控制疾病和治病的权力。一方面，我们在此发现了萨满的功能；另一方面，我们发现的是主人公的功能——他寻找返老还童的苹果，起死回生水，能治好瞎眼、衰老、病痛的妙方。澳大利亚和美洲的山间常见的水晶或石英，就是这类取自另一世界并用于各种魔法行为的法宝的最早期形式。在上文与蛇妖相斗一章中我们已经看到，石英被用来擦拭行授礼者的身体，还有在蛇妖的脑袋里寻找金刚石。一则美洲神话讲到一个年轻人被父亲毒打了一顿，他觉得蒙受了羞辱，于是决定去死。“他来到了一座陡峭的悬崖边，爬到高处纵身一跃而下，却一点没伤着。他接着往下走，很快看见了一座山，那山熠熠放光。那是豪拉阔阿崖。那里连绵不断地下着山间水晶的雨。他抓起四块一指长的水晶，将它们塞进头发里。他爬到了山顶，于是山间水晶盖满了他一身。他很快发现，由于山间水晶的作用，他获得了飞翔的能力。此后他飞遍了整个世界。”[1]

一个多尔干神话里讲的与此毫无二致：“他站起了身，信步走去，看到遍地撒着一串串的玻璃珠子。”[2]这个神话为我们解释了俄罗斯故事里的水晶山、德国故事里的玻璃山以及诸如此类的东西。在俄罗斯故事里，水晶山与居住于此的蛇妖联系在一起。水晶与蛇妖的关联，我们在仪式中已经做过考察：行授礼时要用水晶擦身。“石英晶体与虹蛇的关联广为人知，在整个澳大利亚，石英晶体都属于萨满所使用的最重要的法器。”[3]这么说，这个观念早已有之。我们可以假定，取自蛇妖的“魔石”就是所有这些观念的余响。

9．富足之国 我们已经分析了另一王国的若干方面，它们反映了我们所能了解的该王国形成的最早阶段。在氏族制早期形式的“狩猎谷”里我们发现，此世之国与彼世之国极其相似，但界限还是有的：在另一世界从来不缺少丰富的野物。

人们不仅将自己的生活方式置入另一世界，还将自己的利益和理想也带到了那里。在与自然的斗争中人是弱者，于是，在此处得不到的，就在彼处找补。这里重要的是指出，猎人到了阴间继续着他的行当。那里保留着赋予猎人以统治自然界的威力，这种威力

---

1 Boas F. Indianische Sagen. . . Berlin, 1895, S.152.

2 Долганский фольклор. [Л.] 1937, с.70.

3 Radcliff-Brown A. R. The rainbow-serpent myth in South-East Australia. — Oceania, 1930, vol. Ⅰ, No.3, p.342.

可以转移到人的世界，凭这种威力可以造出百发百中的箭来。不过后来阴间不再有生产和工作了，只是使用，从那里带来的法宝可以保障永远能使用。

这些观念的出现，显示出对劳动的态度的变化。之所以产生这种变化，是因为劳动变成了强迫性的。劳动的强迫性与财产的出现相关，财产又是随着农业的产生而出现的。

众所周知，农业生产最早期的形式是园林种植。随着园林业的出现，在另一世界也出现了果园和树木，这些树木可以使人能不劳而获。只有那些真正从事园林种植的民族才知道另一世界的这种形式。比如说，这种形式在北美与西伯利亚民族中就看不到，但它却流传于波利尼西亚和美拉尼西亚。弗雷泽说，在马克萨斯群岛，“空中被想象成富贵之乡，有丰富的用面包树的果实做的面食，还有猪肉和鱼；那儿还有成群的要多漂亮有多漂亮的女人。在那里，面包树熟透的果子直往地上掉，盛产的椰子和香蕉终年取之不竭。那里的人们在草席上歇息，那里的草席比努库希瓦岛民编的还要精致。他们每天都在椰子油的河里洗澡。”[1]这对于民间文学研究者是十分珍贵的材料，它证实了“Schlaraffenland”母题——乳汁的河流、果羹的岸——很早就有。鲍里特-波利夫卡亦认为它“十分古老”，但他们所引用的最古老的参照材料却是属于古希腊罗马的。与上文进行对照的弗雷泽的材料表明：控制动物充足的神奇权力被能现成享用的富足所代替。财富取之不竭的观念的根源就隐藏在这

1　Frazer J. G. The belief in immortality. . . vol. II. London, 1928, p.49.

里，在死者的国度从不缺吃的。如果把那里的吃的东西拿来，那大地的食物就不再匮乏。由此而产生了自动摆上食物的桌布。

需要指出的是，这些观念中包含着极大的社会危险性：它们造成好逸恶劳。后来关于另一世界是有求必应国等等的观念被祭司阶层所掌握，他们以今世的长期忍耐会得到回报的前景来安慰民众。这些观念变成了反动的东西。不过在这里我们还可以看到另一个层面：劳动阶层对这些观念的危害性有突出的感受。人的健全本能使人否定、排斥这种观念。但与此同时，它们的诱惑力又使其长盛不衰。由这作为两股相对立的力量的合力，得出了对这一母题的喜剧性诠释。故事里的果羹岸母题常常与对奇懒者的喜剧性褒奖联系在一起（格林，151）。这类喜剧性的诠释我们在古希腊罗马文学中亦可看到。我们知道这一母题如何流传于希腊喜剧中（鲍里特-波利夫卡，三，158）。关于这一点，我们下面在考察古希腊罗马文学时还会论及。

这里提到的看法，有助于我们进一步理解禁止打开的匣子之母题。

在神话中，最初从另一世界顺利带到人间的东西是造福于人的，这在我们分析宝物时已见到过。我们可以断定，其中许多起源于动物，即起源于狩猎。

带来永久富足的东西情形有所不同。一方面，这些东西带有喜剧色彩，能自动摆上食物的桌布或桌子，与能自动惩罚倒霉的小偷的大棒子联系在一起。转一圈就能转出一张薄饼或一个馅饼的磨盘，也有着温和的喜剧色彩。这是上文所提到的那种指责的弱化形式。另一方面，主人公从这个世界带来的并非火种或其他有益于人的东西，而是让人永久不劳动就能富足的物件，他因这个物件而毁了自己，而且也并未造福于人。例如，在一个美拉尼西亚神话里，主人公从月亮上得到了一个名叫“梦努亚”的小匣子，但月亮不许他在回到家之前打开这个匣子。主人公乘船踏上归途时，自然是破了禁，于是突然四面八方出现了大群大群的鱼，鱼越来越多，最后把船掀翻了。[1]

我们在俄罗斯故事里也可以看到同样的情形：主人公得到了一个匣子，不断有牲畜从那里面钻出来。当整个岛上满是牲畜时，主人公面临灭顶之灾（阿法纳西耶夫，219）。关于潘多拉的希腊神话里，禁止打开的盒子里装着能在全世界传播的邪恶。这还是对这个母题进行的文学象征性的加工。

10．太阳之国 在接着往下谈之前，还有一条线索是我们应该探讨一下的，这就是关于太阳之国的观念这条线。要想准确地判定这个主题究竟是何时出现的，不是件很容易的事。与其他僵化或变形的部分、重解或作喜剧性阐释的部分不同，这个观念是不断发展的，它在类似于埃及宗教这样的发达宗教中达到顶峰。举例来说，我们可以断定，在雅库特人中，即游牧民族中，关于这类王国的观念就十分突出。“他来到了太阳王那里，太阳王的女儿、女萨满丘耶吉亚姆坐在一个八只脚的铜台上，将她那八丈长的又红又亮

1 Hambruch P. Südseemärchen. Jena, 1912, S.96.

的头发缠在银桩上，她坐在那里，用一把金梳子梳着头。”[1]这位太阳之女是故事里的第四位女主人公（在西伯利亚，有时就像在北美一直有的那样，“四”起的作用如同我们的“三”），第一位与乌云，第二位与星辰，第三位与月亮，第四位则是与太阳有关。我们觉得，这个例子似乎揭开了研究俄罗斯故事材料时出现的一个谜团，这就是——金子或黄铜的色彩是太阳之国的色彩。

与极远之国相关物的黄金之色是太阳之国的色彩。不懂太阳宗教的民族就不懂宝物为什么是金色的。

为了更好地理解这个母题，需要探究一下向农业社会过渡时期，极远之国观念的一般发展情况，埃及、巴比伦、亚述、中国和古希腊罗马可以为我们提供例证。

在这个问题上，尽管孤立地看每个民族都有其特殊之处，但依然可以观察到故事里所具有的十分鲜明的共同点。第一点，如我们已经指出过的，旧的观念并没有消失，它还继续存在着，但在其上又附上了新的观念。此前我们已经看到，民众将他们自己所熟悉的物质生活的生产形式和生活加之于彼岸之国，彼岸世界是此岸世界的复现。狩猎者的国度有动物，种园者的国度有果园。但随着向农业的过渡，这个过程终止了。在阴间没有放牧，没有耕种收割，故事里的极远之国从不曾有农业劳作。所有宗教中都保留着动物、果园、岛屿，但出现了新的东西：赐予丰收的神明。如我们所见，这些神明的痕迹也保留在故事里。这是一个观察。另一点，在

---

1 Худяков И. А. Верхоянский сборник. Якутск, 1890, с.78.

埃及，另一国度的太阳的概念获得充分的发展，它是逐渐发展并采用了象征的形式。最古老的金字塔“几乎整个围绕着大神拉的宗教领域以及死者在空中的太阳上逗留的领域，后来的金字塔则越来越靠近冥王俄西里斯”。[1]我们不拟详细探讨埃及的观念，这些观念似乎基本上包括三层：动物的、园艺的和十分明显是君主制的太阳农业的。大家都知道，另一国度遍地是动物，而埃及人无法向赫罗德解释动物祭祀的起因，赫罗德也解释不了。树木和园林也构成了这一信仰极其重要的部分。布雷斯特德说：“如果说它不是众多源泉中最重要的，也是最重要的之一，法老希望借助于这些源泉维护其在大神拉的王国里的存在地位，在神秘岛的祭场中央有一棵生命之树，他在启明星的陪伴下动身去寻找这棵树。顺便说一句，这颗启明星同时也是一只雏鹰。到了农业社会，启明星变成了不断有果实掉落的椰子树。”[2]生长在冥国的生命之树被具象化为这棵椰子树，到达这棵树下的人便能长生不死。一些旧观念并未消亡，这些观念认为：去往另一世界便能获得魔力，如果得以返回的话还能成为巫师。我们在北美碰到过的“魔法水晶”尚未被遗忘。只是“水晶山”或“水晶雨”在此成了已经失去其魔法功能的“水晶天空”：“普塔赫用水晶遮住了他的天空。”（《亡灵书》，14）魔法功能有史以来首次转移到了另一个充满神秘性且具有力量的物体——书的上面。埃及首创出“魔法书”，故事里此书是在公主或她父亲的手

1　Тураев Б. А. Египетская литература. М., 1920, с. 78.

2　Breasted J. H. Development of religion and thought in Ancient Egypt. London, 1912, p.133.

中。这类观念无论在祭司与宫廷的官方宗教中，还是在民间——民间通晓这本书怎样由冥国而来的惊险故事——均占统治地位。雷特岑什捷因说：“让我们还是来回顾一下关于有巨蟒守护的死者之岛的观念吧。幻想是将它置于尼罗河下游，如尼罗河的三角洲，还是置于上游……或是置于红海之中，这样的岛是一个还是多个，就像《亡灵书》某篇所言，这些对我们来说无关紧要。更重要的是赋予这些在一系列预言故事和神奇故事中不断重复的观念以神奇故事的形式。其基础完全是埃及人的观念，它认为，想获得高级知识并以此获得高级力量的人，就应该成为神，而成为神就得经历上穷碧落下黄泉的漫游。”这一“完全是埃及人的”观念，我们在澳大利亚和美洲的材料中就已熟悉了，它是故事的基础。作者所引用的那些故事，正是萨特尼亚哈莫彦斯与木乃伊的历险记以及关于船只失事遇难者的记述。[1]

必须提到的还有金子在埃及安葬仪式上的作用。例如，在安魂祷文中提到了“金屋”。巴奇解释说，这指的是“石棺，或者也可能是墓穴的前半部分，甚至也可能是墓穴前面的那块地方”。“金屋里的豪宅”是墓穴的主墓室。如此说来，墓穴看起来是金子的。[2]

我们在亚述看到了这种多层次性。我们研究的只是那些对于理解故事来说比较重要的材料。巴比伦带来的新事物是城市的概念，而且是城堡的概念。“文明高度发展的亚述人保留着关于冥国

1 Maspero G. Les contes populaires de l'Egypte ancienne. 3rd ed. Paris. s. a., p.100 — 129, 84 — 92.

2 Budge E. A. W. The book of opening mouth. London, 1909, p.9, 27.

的古老而天真的概念，他们将这一文明的某些特点转移到了冥国：它被想象成宫殿巍峨的大都市，宫中住着冥国的统治者阿拉图女神。七面围墙环绕着一个巨大的监狱，狱中住着被剥夺了光明的故去者。”[1]巴比伦的果园概念要更加古老一些。吉尔伽美什经过二十四小时的漫游之后，来到了海边，那里有一位天仙端坐在海王的宝座上，近旁是美妙的仙果园，其中一棵果树尤其令他喜欢，他急忙走到那棵树下。“树上的果子就是萨姆图（Samtu）石，树冠上结的是水晶石，它结的果实赏心悦目。”[2]我们所熟悉的水晶石在这里长到了树上，此外最古老的兽形说的概念也未被遗忘，但不像在埃及那样以极为多样的形式保留下来。上文已经指出过，冥国的住民长着鸟羽。

11．古希腊罗马文化 到目前为止，我们逐项详细考察了所掌握的材料，始于先出现的，终于后出现的。我们现在还要考察一个复杂的综合概念，但不把它们分解为各个组成部分。以古希腊罗马文化为例，我们会看到，这些概念的一些个别组成部分在故事里也有。这是证明故事观念的历史性的又一个论据。具有历史性的不只是每个单独的因素，历史性在于这些观念的五花八门，在于其逻辑上的相互排斥和矛盾。

希腊观念的多样性到了一团混乱的地步，严格地说，历史地对它进行论据充足的研究尚付阙如。这种混乱局面不止一次地为那些

---

1 Харузтн Н. Н. Этнография, вып. IV. СПб., 1905, с. 233.

2 Jeremias A. Hölle und Paradies bei den Babyloniern. Leipzig, 1903, S.36.

聪明的古代怀疑论者提供了谈资笑料。这里只要引证阿里斯托芬的喜剧《蛙》即可，其中描绘了一个有着摆渡人哈龙的子虚乌有的另一世界，渡河者们和着蛙鸣的节拍划船。拉德马赫尔曾试图从喜剧中抹掉这个世界的准确地形及其所有的荒诞不经。[1] 民间文学研究者们在希腊观念中将很少找到对他们而言是新鲜的东西。此处的山就是奥林匹斯山，而地下之国就是地狱、极乐岛、波塞冬的水下王国，以及长着金苹果的赫斯珀里得斯的果园。拉德马赫尔引证了克鲁伯的说法，他发现，苹果的黄金之色证明赫斯珀里得斯的果园曾经是在地底下。拉德马赫尔自己倾向于认为，金子在这里是故事里所描写的富有的标志。[2] 根据我们进行比较的材料来看，这两种解释都是错误的。我们应该肯定的是迪德里希的另一种看法："想到果园总是与太阳和太阳神有关联，果园位于太阳升起的地方，或者按照更广为流传的观念，果园位于太阳落下的地方，即西边的天尽头。"[3]

这种繁杂已经是衰落和分崩离析的开始，这种分崩离析为故事的产生创造了肥沃的土壤。整个关于赫拉克勒斯摘取赫斯珀里得斯金苹果的神话，与返老还童苹果的故事十分近似，而且故事还要更古老一些，保留了金苹果的魔力作用，然而在关于赫拉克勒斯的神话中，它们是一种"奇异之物"。必须指出某些希腊观念所独具的美和生动活泼的魅力。显然，是希腊人最先把音乐带入了另一个世界，不是长笛和鼓奏出的魔法音乐，而是后来在整个欧洲保存着

1 Radermacher L. Das Jenseits im Mythos der Hellenen, Bonn. 1903, S.66.
2 Ibid., S.44.
3 Dieterich A. Nekyia. Leipzig, 1893, S.21.

的凡间音乐，从“一朵小红花”到在圣母玛利亚脚下拉小提琴和吹号的天使们。迪德里希说，死者之岛充斥着声响。这座城里的大多数居民是基法拉琴演奏者……在卢奇安（又译琉善）的极乐岛上，同样可以听到小提琴与长笛的演奏和颂歌声，连树叶沙沙、清风吹拂亦皆如歌吟……看管太阳的果园的赫斯珀里得斯，历来被称为歌喉嘹亮的歌手。[1]此处令人想起我们所熟悉的故事里的“会唱歌的树”。

我们从整个希腊观念中只选取一个细节：金色。这里首先令人想起赫利俄斯的宫殿，它被描绘成以华美的柱子为基，因缀着金子和宝石而熠熠放光，它用象骨镶顶，以白银为门。此处有意思的是它以柱子为基，跟俄罗斯故事里说的一模一样，显然这正是支撑天穹的圆柱，这让我们想起用自己的双肩顶起天球的赫拉克勒斯。据迪德里希的研究，赫利俄斯的整个家族“可以很容易地根据眼睛的光泽辨认，那光泽就像一道金光从脸上流溢而出”。当然，这已经是最晚近的合理化了。这种金光灿烂的特性是神明、亡故者以及被授礼者所素有的。毕达戈拉斯为了证明自己具有神性，声称他的四肢是金子的，有时还会展示他的金子的大腿。[2]我们可以回忆起我们的主人公“小腿是金子的，小臂是银子的”（阿法纳西耶夫，283）。金面孔、金王冠、金光环、金光闪闪——皆由此而发端。还可以由此做出解释的是金子用于安魂仪式，这不仅是在希腊，在

1　Dieterich A. Nekyia. Leipzig, 1893, S.36.
2　Ibid., S. 21.

别的国家也有。例如，道教徒就认为吞吃下金子或珍珠的人不仅可以在活着的时候延年益寿，而且死后能令尸体不腐。什捷尔恩堡提到过，在中国给逝去者口中放入金子。[1]我们再回到古希腊罗马文化上来，可以指出，古罗马皇帝们给自己脸上扑金粉。[2]迈锡尼时期给死者戴上金面具也可以以此来解释。在中国是给所有人的口中放入金子，而在罗马是皇帝们给自己的脸上扑金粉，这表明了这些观念中所产生的演化。希腊已经有了关于敬神者世界和渎神者世界的观念，金子成为只有敬神者才能拥有的财富，例如，在保罗的《新启示录》中，详细地描绘了一座敬神者居住的金城。[3]

所有这些材料足以解释希望拥有金子宝物的母题出自何处。这就是——得自彼世而失去其魔法功能的东西，它能让人长生不死。这种功能苹果还保留着，各种“金凤头鸭”则丧失了。

我们因此看到，故事保留了关于极远之国观念中的不同层面、不同沉积层：我们在其中看得到远古狩猎时期的成分，还有早期农业社会和晚期农业社会的成分，以及与之相适应的社会制度及日常生活的形式。

---

1 Штернберг Л. Я. Первобытная религия в свете этнография. Л. 1936. Гл. *Эволюция религиозных верований*, с. 383.

2 Dieterich A. Nekyia, S.41.

3 Holland R. Zur Tupik der Himmelfahrt. — ARw, 1925, Bd. XXIII. Hf.3/4, S.217.

第九章

◆

未婚妻

政权不是转交给“任何一个强有力的人”，而是转交给解答出“难题”并以此证明自己力量的女婿。

难题具有双重性。它们应该能吸引求婚者，因为这是舆论所要求的，但它们又得能吓跑求婚者，因为它们的解决紧接着就会导致要老国王的命。公主同样处于两难境地。作为女儿，她要仇恨那个给她父亲带来死亡的求婚者。作为王位的移交者，她又应该履行自己的公民义务，与求婚者一起反对自己的父亲。她或是努力要杀掉求婚者，或是努力要杀掉父亲。在不同的故事里，她两件事都亲自动手。

一、公主的印记

1．两种类型的公主　谁要是把公主只是想象成“亲爱的好姑娘”“绝色佳人”，以及她有“说不尽道不出的美”，那可就错了。一方面，她确实是忠实的未婚妻，等着她的意中人出现，她在未婚夫不在的情况下，拒绝一切强行求婚者。另一方面，她又是个狡诈、凶恶、爱报复的人，总是准备着将她的求婚者杀掉、埋了、弄残了、偷光了，而得到她或差不多算得到了她的主人公的主要任务，就是使她驯服。他做起这件事来十分简单：用三根树条子将她打个半死，然后幸福临门。

有时公主被描绘成一位女勇士、女战士，她娴于射箭奔跑、跃马驰骋，她对未婚夫的敌意可能会以公开较量的方式表现出来。

划分两类公主根据的主要不是公主的人品，而是情节进程。公主被主人公从蛇妖手中解救出来，那他就是她的拯救者。这是温顺型的未婚妻。另一类是被强行弄到手的。她遭到劫持或是违背她的意愿被狡诈者弄到手，他没被挂在她的宫殿周围杆子上的失败先行者的头颅吓住，解出了公主出的难题和谜语。

有时以此不仅能区分她对求婚者的态度，还有她对父亲的态度。离开了公主的父亲便无法研究她，抛开主人公的加冕时机也无法研究其成婚的因素。

公主、公主的父王和求婚者，可以构成不同的“三角关系”。被战胜或被强行弄到手的公主会与她父亲齐心合力对付主人公且要折磨他。

但也可能是另一种格局：公主与主人公一起对付她父亲，有时还是她亲手杀死了老国王。

她作为女性从来不曾被精确地描绘过。在这一点上，俄罗斯故事有别于诸如《一千零一夜》那样的故事，在《一千零一夜》里形成了虽说浅白但却是确定的女性美的标准。公主只有一个外貌特点在俄罗斯故事里常常被提到，那就是上文说到过的金色的头发。由此可以看出，对公主的研究应该主要不是根据她的外表，而是根据行动。她的品质是在她的行为中逐渐揭示的。

2. 给主人公留下标记 当我们审视与蛇妖作战的画面时，公主在战斗中的作用曾被搁置在一旁。在这里必须填补这个空白点。主人公在战斗之前睡着了，公主怎么也无法将他弄醒。“她将他推了又推，不行，他就是醒不过来。她痛哭流涕起来，于是一滴热泪滴落在他的脸颊上。”（阿法纳西耶夫，155）他被眼泪给弄醒了。在这个例子以及其他例子中，眼泪的意义在于唤醒主人公，仅此而已。然而，常常还会有其他情形。“蛇妖眼看着就要爬到伊万王子身边，就要抓住他了！他依然睡着。玛尔法公主有一把小折刀，她用小刀在伊万王子的脸上划了条口子。他醒了，纵身跃起与蛇妖搏斗起来。”主人公的伤口在这里有了另外一种意义：过后根据伤痕来辨认他。“爹爹呀，我不知道是谁把我从蛇妖手里救出来的，我不知道他是谁，可现在我根据脸上的伤痕认出他来了。”（阿法纳西耶夫，125）这样一来，此处的主人公身上就落下了某个记号、某种烙印，而且这个记号还是带血的，主人公因伤痕而被辨认出来。在战斗中受的伤也有着同样的意义。伤口具有带血的印记的作用，公主用手绢来包扎伤口，主人公便可以根据伤口和手绢被认出。

给主人公打下这类印记不只发生在进行战斗的时候。这里重要的不在于场合，重要的是留下印记都发生在缔结婚姻前不久。

我们在《大灰马，大黄马》故事里看到一个这类例子。故事里没有发生任何战斗，但主人公被打下印记在这里表现得极为突出。主人公骑着大灰马和大黄马飞到了公主的窗前并吻了她。“他在皇宫里四处驰骋，将十二块玻璃统统砸碎，吻到了绝色的公主，公主正好在他的额上留了一个印记。”（阿法纳西耶夫，183）或是“她用金戒指打了一下他的额头”（阿法纳西耶夫，182）。“而她用手指头碰了一下他的额头，额头上放出光来”（北方边区故事与传说，8）。这种做记号不仅在《大灰马，大黄马》型的故事里可以碰到，在其他类型的故事里也有，例如，公主的意中人是一位富有智慧的小伙子。“她用她的金戒指在他的额头上做了个记号，让他进宫，而且嫁给了他。”（阿法纳西耶夫，195）有时这个母题会发生特殊的变形，但这种变形证明的是该母题牢牢植根于民众的意识之中，哪怕它出现得不是地方，它也会被接受。比如，有一个故事是从主人公经商不顺开始的。他做什么什么不成，皇上知道了，很可怜他，“叫他倒霉鬼，吩咐给他的脑门上做个记号，什么人头税呀，关税呀，都不收他的”（阿法纳西耶夫，215）。

除了这些在皮肤上留印记的方法以外，还有其他给主人公做记号的方法，例如，主人公化身为一头鹿，将脑袋搁在公主的膝盖上，“公主拿起剪刀，从鹿的脑袋上剪下了一撮毛”（阿法纳西耶夫，259）。剪下一缕头发是做记号的另一种方式。一般来说，做记号的功能就是作为公主与主人公之间结为一体的标志。不过，恶公主为了折磨主人公也会采用这种手段，比如说，当主人公猜出了她的谜语。“到了夜里，当大家都在酣睡的时候，她拿着她那本魔法书走近了他，她看了一眼那本书，立刻认出了谁是罪人；她拿起剪刀剪下了他的鬓发。”“凭这个标志，明天早晨我就能认出他来，我要下令处死他。”（阿法纳西耶夫，240）

所引证的这些材料足以说明，在俄罗斯故事里存在着关于公主具有这项功能的概念。俄罗斯故事提供了这个母题的相当充分、丰富和多样的图画，但这幅图画中并未包括能够说明该母题历史的一些细节。做记号总是与下一步辨认隐蔽的主人公联系在一起，即变成了一种纯粹的诗学手法。在其他一些民族的材料中，这种联系并非必须的，这样的材料包含了几个对我们来说很重要的细节。例如，在拉普人的神话里，姑娘用以下方式来回答太阳之子的求亲：“让我们血脉交融，让我们忧喜与共。”[1] 总之，在结婚之前要将两

1 Харузин Н. Русские лопари. 1890, с. 347.

人的血混合。这里只是没有将血喝下去。后来的讲述是：姑娘的父亲将他们的小指头割破，然后让他们将血混合在一起。

是否可以将俄罗斯故事与这个拉普人的神话进行一番比较呢？如果这种比较是正确的，如果这里反映的是同一现象，那么这似乎就意味着，故事保存了做记号这一行为本身，将其重解为辨认用的标记，而且其带血的特性采用了作战时受伤的形式。而将血混合在一起的部分则彻底脱落了。

拉普人的神话较好地保留了这个仪式的形式和内涵。取血与留下标记和伤口是接受加入氏族同盟、加入氏族组织的标志。因此它在成年礼仪式和接受新成员加入组织的仪式上都会出现。但它在这个仪式之外也广泛流传，这并不是唯一的形式。在澳大利亚人那里，年长的男人和年轻的小伙子喝血，如果他们是一个家族的，为的就是巩固这个家族的关系，在缔结两个部落的和平时也喝血。[1]利珀特说："对原始人而言，只有血液合为一体才是亲属的标志。"[2]因此，任何人为的将血混合在一起目的，都应是要造成血缘关系。在《诗学》和一篇专门的文章里，加尔特连德、维谢洛夫斯基、哈鲁辛、什捷尔恩堡及其他一些作者开出了一张长长的多个民族的名单，这些民族在加入氏族同盟时，或许为了达到巩固该同盟的目的，要举行将血混合在一起及喝血的仪式。施魏因富特注意到在尼亚姆-尼亚姆黑人中是这样，韦尔豪森是在阿拉伯人中看到了这一

1　Spencer B., Gillen F. The native tribes of central Australia. London, 1899, p.461.

2　Липперт Ю. История культуры. СПб., 1902, с. 187, 213.

现象，而且他们还将一种特定的、一起食用的吃食掺进血里面，阿赫利斯则是在吕底亚看到的。[1]血流出的地方没有什么意义。不过当然了，穿衣的民族身体会有一些暴露在外的部分——额头、脸颊、胳膊等等，我们在故事里会看到。哈鲁辛说："加入氏族同盟者的血应该与氏族子孙的血混合起来。"这些习俗"同时具有法律和宗教的意义：它们是异族人从法律上加入氏族集团的手段，也是结为一体的神圣象征"。[2]

结了婚，妻子就加入了丈夫的家族，或者反过来，是丈夫加入妻子的家族。后一种情形我们常常在故事中看到，它反映的是母权制关系。[3]维谢洛夫斯基大概是唯一一位对其加以准确区分的人，就像他所表述的那样，"血液交融转移到了婚姻关系中"。[4]他根据加尔特连德的材料写道："在孟加拉的某些原住民中，求婚者用红笔给自己的妻子做记号。比格罗尔人的结婚仪式是从新郎新娘的小手指上放血，然后用这些血彼此涂抹。科瓦特人和拉其普特人把这种血掺进新婚者的食物里。在 Wukas（属新几内亚），结婚从行婚礼者逃跑开始，人们去追捕他们。下一步是确定新娘子的售价。确定了之后，夫妻俩互相在额上划出一道口子，要划出血来。两个

1 Schweinfurth G. Im Herzen von Afrika. 3. Aufl. Leipzig, 1918, S.274; Wellhausen J. Recte arabischen Heidentums. 2. Aufl. Berlin, 1927, S.274; Achelis Th. Die Religion der Naturvölker im Umriss. Berlin; Leipzig, 1919, S.95.

2 Харузин Н. Н. Этнография, вып. СПб., IV 1905, с. 350.

3 Ср.: История первобытного общества: Общие вопросы: Проблемы антропосоциогенеза. М., 1983.

4 Веселовский А. Н. Поэтика сюжетов. — Собр. соч., сер. I. Поэтика, т. II, вып. 1. СПб., 1912, с. 121.

家庭的其他成员也做同样的事，这能巩固他们的姻亲之盟。”接着还引证了几个故事（有安南人的故事，挪威人的故事，芬兰人的故事）。

这一习俗的广泛流传及其形式的多样性，让人无法用很短的篇幅描绘出该习俗发展过程的完整图画。不过就我们的目的而言，也没有这个必要：它与故事的关联是显而易见的。一个楚科奇故事甚至保留了涂血的行为。举行婚礼之前“小伙子让人先杀几头款待客人用的鹿。杀最后一头是为了抹血用的”。一个姑娘叫嚷着：“快点抹呀，血要凉了！”（《古风今存》，第501—502页）在萨姆特尔的书中可以找到许多有关这个问题的材料。[1]此处令人想起《特里斯丹与伊索尔达》。在弗赖登堡看来，伊索尔达的高脚大酒杯里是“授胎的祭祀饮料”。[2]照卡赞斯基的说法，它起源于纯粹魔法意义上的饮用。[3]对我们来说，葡萄酒就是血的代用品。特里斯丹和伊索尔达履行的是结婚仪式。饮料的爱情性质是中世纪受当时制作类似饮料的影响所做的重新解释。特里斯丹和伊索尔达未曾说出那个拉普神话里恋人们说的话：“让我们血脉交融，让我们忧喜与共。”[4]

然而，问题仍未说完。故事里公主还用剪下头发来为求婚者做记号。

1　Samter E. Geburt, Hochzeit, Tod. Leipzig, 1911.

2　Фрейденберг О. М. Сюжет Тристана и Исольды в мифологемах эгейского отрезка Средиземноморья. — В кн.: Тристан и Исольда: Сб. статей. Л., 1932, с. 96.

3　Казанский Б. В. Античные аспекты сюжета Тристана и Исольды. — Там же, с. 126.

4　Кагаров Е. Г. Состав и происхождение свадеьной обрядности. — Сб. МАЭ, 1929, с. VIII, с. 182.

作为一种婚俗，这并不常被验证。哈鲁辛说："联姻不单是通过将血混合在一起的方法，还可以用送一点贴身之物来表示，比如说毛发、衣裳一角等等。"[1]顺便说一句，故事里的公主为求婚者剪下的不仅有头发，还有一片衣襟（斯米尔诺夫，85及其他）。

但作为被接纳进入氏族公社的标志，剪发则很常见。在澳大利亚人那里，青少年在行了割礼之后，返回营地时，妇女们在那里等候他们，并会剪下他们的几缕头发。[2]剪发的实践至今都可以称为国际性现象，而且其原始基础、原始内涵大致是清楚的。行洗礼、授予神职、和尚剃度，都会剪下头发。在所有这些例子中，我们看到的都是加入一个新联盟组织。在所有这些例子中，我们还可以发现，这都像是一种"授礼"，其与成年礼的关联是毋庸置疑的。这里我们还可以举出上文提到过的使用头发的部分例子（第4章，15）。如果具有某种信仰的神甫不剪发，那就可以从中发现此行为与头发生长的关系——头发生长能赋予人以特殊的神力。[3]

如我们所知，授礼是让人体验一种象征性的死亡。由此可以明白，为什么在人临死时，人们会采用各种形式的剪发和放血。当一个年轻的西乌印第安人垂死时，父母会剪下他的一撮额发，[4]以此表示他被归入死者群中，他加入了死者的队伍。按照古希腊人的观念，死神及阴间之王塔那托斯要从外来者头上剪下一绺头发来。及

1 Харузин Н. Н. Этнография, вып. IV, с. 350.
2 Spencer B., Gillen F. The native tribes of central Australia, p.461.
3 还可参见：Веселоовский А. Н. Поэтика сюжетов, с. 125.
4 Levy-Bruhl L. Das Denken der Naturvölke. Wien u Leipzig, 1929, S.285.

至后来，这些行为的内涵和意义已经不为人知时，剪发就从死者转移到了生者身上。广为流传的以剪发作为服丧标志的丧俗就是这样形成的。对该习俗的这种解释，使我们无法赞同杰文森和罗伯特松·史密斯的理论，他们认为剃发是授予死者的珍贵礼物，或是奉献给他的牺牲。[1]在故事里它是转移的标志，是被接纳进入妻子家族联盟的标志。因此正是由妻子而不是别的人来留下这个印记。我们很快就会看到，为什么这事儿不能由她父亲来做。

1　Липперт Ю. История культуры. СПб., 1902, с.364; Штернберг Л. Я. Первопытная религия в свете этнографии. Гл. *Траур*. Л., 1936. с. 204 — 207.

二、难题

A. 情景

3. 难题 现在我们转向公主的另一项功能。在结婚之前，她要出各种各样的难题来考验求婚者。“出难题”是流传最广的故事母题之一，但必须要讲清的是，关于“难题”究竟是什么，在文学中并不完全清楚。如果老妖婆提出让姑娘从地上拣罂粟花籽的任务，那这也可以叫“出难题”。为避免出现术语混乱，需要说明：这里所说的“难题”只是指那些与求亲有关的任务，而不是传授魔法时出的难题。有这样的情形，就是尽管所出的难题不是直接与求亲有关，但通过比较这种联系很容易确定，这样的例子在这里也会考察。

“难题”是一幅五光十色的画面。我们尽力通过对材料的比较使这幅画面变得清晰些。

对题目进行研究时，我们要探讨两个问题。第一个问题：在怎样的条件下，在什么样的情景中，为什么要出难题。第二个问题是关于这些难题的内容，就是到底考什么。这两个方面并不总是互补的：同一个题目可以在不同的条件下提出，反之亦同。在此之后，可以提出关于就整体而言难题的历史根基问题。

那么，难题是在什么样的情景中提出来的呢？

4. 昭示全民　有时题目会在故事一开始就提出来。故事始于国王希望嫁出自己的女儿，于是昭示全国，并宣布了出嫁的条件。在这种情况下是说亲引出了题目。这里我们先看到的是题目，然后才是说亲，说亲就是企图解答这个题目，典型的例子是《大灰马，大黄马》。“突然”“那时”从国王那儿来了一道“诏书”，说国王要把女儿嫁给那位能够从飞奔的马上吻到她的人，她会坐在阳台上或塔楼里（阿法纳西耶夫，180）。这是最著名的一道题，但远不是在这种条件下出的唯一题目。例如，“他们听说国王下了诏书：谁能造出一条能飞的船，就把公主嫁给谁。”（阿法纳西耶夫，144）这类例子还可以举出几个来，这种条件下出的题目五花八门。究竟是什么促使国王出题，有关这一点只字未提。换句话说，题目没有来由。不清楚的还有别的地方。题目非常之难，应该承认是无法完成的。主人公做到了，因为他有神奇的相助者。这些题目是否能吸引求婚者们，或者是否应把他们吓跑，或者是帮助找到唯一的般配的求婚者，还完全不清楚。

我们暂且只是记录下这个例子，即从故事一开始就是出题，题目引出说亲，接下来我们来看看其他出题形式提供了怎样的图景。

5．由求亲引出的题目 上面这种情形的特点在于：题目先于求亲，是题目引出了求亲。故事里还有相反的情形。主人公去求亲，可给他提出的条件是先要解答未婚妻出的题目。我们看到，第一种情形是不带缘由的，在这种情形下则事出有因。“必须先试试求婚者的能力。”（阿法纳西耶夫，200）“如果老太婆的儿子把这些全都做到了，那就可以把公主嫁给他：这意味着他聪明绝顶；如果做不到，那老太婆和他都罪当杀头。”（阿法纳西耶夫，191）

出题是作为对求婚者的考验。“能力”指的并非体力，而是另一种能力。是什么能力要在这里经受考验，是由故事此前的整个进程决定的，要根据对题目的分析才能弄明白：这里经受考验的是我们姑且称之为魔力的能力，它体现在相助者的身上。

不过这些题目有意思的还有别的方面。它们带有威胁的成分：“如果他做不到，就罪该杀头。”这个威胁泄露出还存在着另一个缘由。在题目与威胁中透露出的不仅是希望为公主找到如意郎君，还有一个秘密的、隐蔽的希望——这样的求婚者根本就别出现。“好的，我同意，只是请先做三道题目。”（阿法纳西耶夫，240）这类话充满了诡诈。他们让求婚者去送死。这里让人想起那个为了讨好情人而折磨弟弟的姐姐，她让他去寻狼奶。在这个例子中，出题本身就是上文所说的对求婚者表示敌意的举动。在一些例子中，这种敌意表现得相当明确。当题目已经完成，她还不断出新的题目并且题目越来越危险的时候，敌意就昭然若揭了。

因此，我们可以发现由出求亲题目引出的第二个范畴。这些题目表明：出题的目的是考验求婚者的能力，但同时它们又带有与求婚者为敌的因素，还抱有吓跑求婚者的目的。

6．逃跑后又被重新找回的公主出的题目　在上述情形中只是流露出来的敌对性，在下述性质的情景中则表达得十分明确：公主坐着飞毯，或靠骗拿回自己的翅膀，从求婚者或丈夫的身边飞走了。丈夫四处寻找她，但她不让他找到，还要求他完成题目。比如说，她要求主人公躲藏起来。追击他时她表现得很执著。当主人公变成一根大头针藏在镜子后面，于是她无法找到他，魔法书也不回答她时，她在懊恼之中焚书毁镜。由此可见，公主并不想嫁给主人公（斯米尔诺夫，355）。

但由此还可以看到另一方面：题目具有魔法比赛的性质。公主自己就是魔法师，但主人公要胜她一筹。其实，国王下诏或者出由求亲引出的题目那些情形，也并未丧失这种性质。例如，当公主建起一座有十二根柱子、十二排原木高的庙宇时，或者当她坐在玻璃山上时，她都以此显示出她的魔法威力。

在所有这些情形中，可以清楚地看出公主不愿意出嫁。这种愿望有时直接说了出来。她与她的水妖爷爷商量该怎么办："伊万王子向我求婚了；我要是不嫁给他的话，那咱们就会全军覆没。"（阿法纳西耶夫，136）随后便是出难题。所有这些例子还不足以充分说明问题。但它们揭示出了未婚妻对求婚者的敌视态度，并且指出题目可能具有竞赛的性质。至于公主为何要敌视求婚者的问题，我们没有找到任何答案。

7．被假冒主人公窃取的公主出的题目　在有些例子中，公主被主人公的哥哥们所劫持，而真正的主人公被他们扔进了深渊，但他改头换面回到了家，藏身在某个鞋匠或裁缝那儿，在这些例子中，出题的缘由有所不同。公主在答应与假冒主人公成婚之前，要求他完成各种题目。

有时回到家乡的主人公是根据道听途说得知这件事的："这些王子和母亲一起带回来一位国王的女儿，老爹都想娶她，她要先派人去一个地方取结婚戒指，或者给她打一个。"（阿法纳西耶夫，156）

此处显然是为了寻找真正的意中人而出难题，而且在这些情况下，对求婚者的敌意与对假冒求婚者的敌意完全相符。这些情况对真正的意中人有好处：他有机会现出真容。

在所有这些例子中，未婚妻和她的父亲同仇敌忾地对待真实的或假冒的求婚者。是由国王这位未来的岳父亲自出题，还是由待嫁的公主来做这件事，这无足轻重。出题的有时是国王，有时是公主。但并非总是如此。可以追踪观察到某种分化：敌视求婚者的只是公主的父亲、未来的岳父，而公主却相反，她帮助主人公欺骗自己的父亲。

8．水妖出的题目 这个例子对于那些主人公被预售给水妖的故事来说是很典型的。他来拜访水妖，但在路上，在见到水妖国王之前，他已经跟水妖之女订了婚。主人公刚一见到水妖，水妖就出题考他，这些题目可以有道理，也可以没什么道理。例如，"瞧瞧你犯的错，这么久都没有赶到，给我到粮仓里待一夜吧"（阿法纳西耶夫，225）。有时完成题目被作为释放的条件。"你来认一下我

的小女儿。你要是认出来了——那我就放你随便去哪里；要是没认出来——那就只能怪你自己了。”（阿法纳西耶夫，220）

此处是讲故事者不知道什么促使水妖出难题，他就自己想出了一个原因。不过，紧跟着这些题目，总是与水妖的女儿结婚，于是在这里我们看到了故事典范的反映：说亲 + 难题 + 结婚。说亲的环节脱落了，出难题的缘由必须另做说明，由完成难题而引出的结婚也变得不十分令人信服。但这些例子的有趣之处在于：未婚妻的父亲在这里明显敌视女婿。婚后便是逃跑和水妖追赶消灭逃跑者的企图。公主与求婚者齐心协力共同对付自己的父亲。

出难题与说亲没有直接关系的例子还可以举出若干。比如说，我们在《西梅翁七兄弟》里就能看到。在这个故事里，国王“命令西梅翁七兄弟展示自己的手艺”（阿法纳西耶夫，146）。不过这个故事里完成题目后依然是结婚。题目与结婚的关系从条件性的变成了技术性的。

故事《青蛙公主》里，在儿子们结婚后，国王突然无缘无故地宣布：“让你们的妻子明天早上给我烤出一个松软的白面包。”（阿法纳西耶夫，269）但后来就明白了，青蛙公主以此脱颖而出，即如同在其他例子中一样，完成题目使得有魔法者同凡人区别开来。

9．魔法师出的题目　既然我们涉及那些与说亲没有直接关系的题目，就绕不开《绝技》这个故事。在这个故事里，主人公也是被预售给了魔法师，或是落到了他的手中，于是魔法师就教他学会了魔法。不过主人公在这里是做他的俘虏，主人公的父亲来要他，魔法师给来这里要儿子的父亲出了一连串题目，父亲事先跟儿子串通好了，答出了这些题目，正像伊万王子解答水妖出的难题时，也事先跟水妖的女儿串通好了一样。这些例子中的题目常常都一样：必须从十二个一模一样的人里认出儿子或未婚妻来。“魔法师说：‘喂，老头子，我已经把所有的绝招都教给你儿子了。不过你要是认不出他来，那他可就得一辈子留在我这儿了。’”（阿法纳西耶夫，249）使这个故事跟关于主人公在水妖家里的故事同出一源的是这里还应该有逃跑。但就像我们下面将会看到的，这个逃跑具有跟魔法师比赛魔法的性质。这里没有心怀敌意的岳父和公主，而心怀敌意的魔法师在功能上跟心怀敌意的岳父是一回事。

这个例子与所有其他例子略有不同。上文我们将“难题”限定为仅指那些直接或间接与说亲有关的题目，此处没有说亲。题目不仅是出给主人公的，也出给他父亲。女性在此根本没出场。从这个角度来看，这个例子不能归入我们所研究的现象，它似乎可以不归入这里。但是，从另一个方面看，这个故事里也是在解答了问题之后紧接着就是结婚，而且新娘或者是“machina”，或者就是那位魔法师的女儿，即我们有时会看到在水妖父女故事里的情境，因此也不能完全排除这个例子。此外，这里的题目很有趣，其内容下面将会进行研究。

10．心怀敌意的岳父 这可以囊括俄罗斯故事中出难题的那些情境。对它们的比较性描述没有给出理解它们的锁钥，我们看到的是一幅极其混乱甚至是互相矛盾的图景。一方面，是需要求婚者，要吸引求婚者，要为公主找一个最好的意中人；另一方面，又害怕求婚者，不想要他，企图折磨他，用死来威胁他，对他表现出或明或暗的敌意。在此，为明确起见，我们拟抛开出题的情境，补充指出岳父对未来的求婚者所怀敌意的几点特征，这有助于后面我们对主人公加冕情况的理解。这样做显得尤为必要的是：故事常常会缓和翁婿之间的冲突，因为它不明敌意的起因，从故事本身怎么也引不出这种敌意，因此它就变得模糊了。

使这种敌意变得模糊的方法之一如下：敌意不被算在岳父名下，而是出于那些嫉妒者、诽谤者和造谣者。例如，主人公是位富商，其他的商人嫉妒他："他们愤愤不平，向国王进谗言，说主人公吹牛能在一夜之间备好铺满整个王宫的地毯。"（斯米尔诺夫，310）接下来就是一连串的难题。最后："国王没有继承人，将商人的儿子收为义子。"我们看到的是解决难题者接替了王位，而且在这个例子中，这是以和平的方式进行的。

在出谜语的公主背后，有时还会有另一个人物，这就是担心求婚者成为其情敌的公主的情人。他挑唆公主给主人公出难题，对求婚者的敌意在他身上表现出来。不过，常见的情形是，国王本人就是敌对者，而且，正像已经指出过的那样，敌意在难题被解答出之后，甚至是结婚之后仍表现出来。有时这被解释成因为主人公是士兵或庄稼汉，他与公主不般配。"国王考虑到把自己的女儿许配给一个普普通通的庄稼汉不合适，于是就开始琢磨怎么才能摆脱这个女婿。他想好了：'我就给他出各种难题。'"（阿法纳西耶夫，144）玛尔科·博加特给他那不称心的女婿出了一个能要他命的难题。"玛尔科跟女婿一起过了一个月，又过了一个月，又过了一个月。有一天，玛尔科把他叫到跟前对他说：'给你这封信，你带着它去一趟极远之国，去我的朋友兹米那里，跟他收十二年的贡赋。”（阿法纳西耶夫，305）另一方面，女婿有时也不含糊，听完任务之后，他说：“好吧，我去。要是国王不认账的话，那我就打遍他全国，用武力把他女儿抓来。”（阿法纳西耶夫，144）在国王本身就是个大魔法师的情况下，他施展身手，直接把主人公干掉。惯用的典型难题之一是驯马。“现在给你个苦差事，这活儿可不好干：这匹儿马是个异教头子变的，它会带着你上天，在一动不动的树林和飘来飘去的云彩之间飞行，然后把你摔个粉身碎骨。”（阿法纳西耶夫，224）

11. 给老国王出的题目 未来的女婿也表现出敌意。在所有的题目都完成了之后，题目的锋芒指向了国王。这时事情颠倒了过来：未来的新国王总是样样都能做到，老国王则在劫难逃。这些题目中我们可以说出的有在滚开的牛奶里洗澡，以及走过像根头发一样细的桥。

这种情形发生在主人公被派去寻找某种稀奇古怪的东西，然而他却带回了令国王觊觎的公主的时候；或者是当主人公被派去为国王寻找未婚妻，可她却跟主人公弄在了一起；或者是伊万的三个哥哥将他扔进了深渊之后，领来了三个公主：来自铜国和银国的公主嫁给了主人公的兄弟们，但他那位正式订婚的未婚妻却谁也没嫁。“父王自己想娶她。”国王问来自金国的公主：“你想嫁给我吗？”“你要能给我缝一双能大能小的靴子的话，我就嫁给你。”改头换面回到了家的主人公替老国王完成了这个任务。接着又有一些题目，最后一个是：“你让人把这锅牛奶烧开，然后在里面洗澡。”（阿法纳西耶夫，130，170）国王自然是在牛奶里被煮死了。

B. 题目内容

研究了出题的条件之后，我们现在要研究一下题目本身了。只有在此之后我们才能得出若干结论。

题目并不总是固定于出题时的情境之下，所以应该脱离这个情境单独进行研究。

题目非常之多，但它们的重复率也非常高，其基本轮廓是可以确定的。

12. 寻找类的题目　绝大多数题目是派主人公去极远之国。主人公应该能证明他到过那里，他能够往返自如，或者是他死掉。例如，要求主人公弄到只有在那里才弄得到的那些稀有之物，这些东西总是金光闪闪。而我们已经知道，这些东西的金光是其属于另一王国的标志。因此，如果要求弄到的是火焰鸟（胡加科夫，1）、金鬃猪、金凤头鸭、金角鹿、金角山羊（阿法纳西耶夫，182—184；斯米尔诺夫，8）等等，那就是主人公应该去另一王国的可靠标志。有时任务就是这样提出来的：“你们瞧，一个国王也开始下诏，找人去那个远在天边的地方走一趟。”（斯米尔诺夫，12）去那儿的任务是“弄到太阳、月亮和星星”（斯米尔诺夫，249），或者“从太阳和月亮上取来钥匙”（斯米尔诺夫，304），或者其他一些与太阳有关的任务。故事有时还直接说到下地狱：“你给我到地狱去把钥匙拿回来。”（斯米尔诺夫，353）要主人公在锡国里过七年（阿法纳西耶夫，270），去取疗伤活命水（阿法纳西耶夫，144）。在一些非俄罗斯故事里，这个要求讲得更明确："我要求你在两天之内弄清楚我家七代先人的情况。"[1]

这些任务中最引人注目的是获得金枝。就实质而言，这个任务与获得金苹果、金角鹿、火焰鸟等没有任何区别。"在某个王国里有一棵银枝金橡树，要把这棵橡树从这个王国挖走运回自己的王国。"（胡加科夫，85）阿法纳西耶夫转述的《金鬃猪》故事的一个版本这样说："后来傻子弄到了带着十二只小猪崽的金鬃猪，还有生长在天边的极远之国——向阳之国里的金松枝。"（阿法纳西耶夫，564）

众所周知，《金枝》是弗雷泽所做的一项气势宏大的研究。谁能摘取到狄安娜的内米圣地的"金枝"，谁就能成为祭司与帝王的继承人。我们在故事里也见到过同样的例子。就像我们下面将要看到的，获取奇异之物或者解答难题一般会与主人公的加冕有关，而且常常与杀死老国王有关。但故事表明：弗雷泽以树枝为支点是错误的。问题不在于树枝，而在于它的金子色泽，这种色泽被弗雷泽解释为槲寄生是黄色的，这太幼稚了。弗雷泽的整个研究误入了歧途。运用树木和森林崇拜来解释这个习俗也不可信，照这样，假如要解释获得金鬃猪或火焰鸟的题目，我们就得去研究作为崇拜动物的猪或鸟才行。问题全然不在于此，而在于谋求王位者应该经受某种证明他到过另一世界的考验。与森林的关联不在弗雷泽所寻找的

1 Белуджские сказки, собранные И. И. Зарубиным. Л., 1932, с. 46, 32, 194.

地方。

将所援引的题目进行比较，就可以得出问题的答案：其实，给主人公出那些难题，究竟想从他那儿了解些什么呢？我们已经研究过的部分题目使我们可以得出一个准确的答案：题目的后面隐藏着某种考验。想从主人公那儿了解他是否去过阴间，是否去过太阳之国，是否去过另一世界。只有去过那里的人，才有权利向公主求婚。

我们暂时只限于确定这个事实。去阴间作为当英雄的条件，我们在上文已经研究过，这里没有必要再重复引用过的材料或引证新材料。出难题的画面及其历史根源正在我们眼前逐渐呈现出来。

我们已经研究的还不是属于这一组的全部题目。下面我们将被求婚者的哥哥们劫持的公主所出的题目单列一组。这些哥哥强行向公主求婚，但公主用出难题来阻挡他们。在这些情况下会出什么样的题目呢？题目是专门性的，在这些情况下要的是某种与婚礼有关的东西：皮鞋、婚纱、订婚戒指、四轮马车等等。但进一步研究就会发现，这些题目只是根据其对象，而不是根据性质区别于被研究的题目。“她派人先去一个地方弄结婚戒指，或吩咐给她打一个。”（阿法纳西耶夫，156）于是，主人公就被派到一个地方去了。根据故事的整个进展可以看出他被派到了哪里，有时表现得十分明确：“我想到结婚的时候给我做各种各样的衣服，就是在另一世穿过的那种样子，还不用量尺寸。”（阿法纳西耶夫，132）“谁能缝出我在金国穿过的那种鞋，我就嫁给谁。”（北方边区故事与传说，41）“我要我在玻璃山上穿过的长裙。”（泽列宁，彼尔姆省故事，

59）这里颇为明确地说出了去的是另一个王国。此处借口的性质尤为突出。问题当然不在于鞋子和四轮马车，而在于对主人公的考验。没有去过那里的兄弟就无法解答难题。主人公能够解答，因为他去过那里。

在这些例子中主人公没有再次前往。这些东西通常不是被找来（尽管也有这样的例子），而是做出来的。此处在我们面前便揭开了难题的另一面：是谁能够解答难题呢？一般来说，难题是做不到的事，主人公之所以能够做到是因为他有相助者。由此可见，题目不仅应该证明主人公是否去过另一个王国，还应该能证明他是否在那里得到一个相助者。我们的确可以观察到一系列难题的目的——就是要了解主人公是否有相助者。例如，从这样的说法可以看出来："是谁帮助了他？"或者是："这肯定是神灵帮伊万王子干的吧。"前面在关于相助者的一章中，我们已经看见马起了怎样的作用以及它是怎么被得到的。一系列的题目旨在了解主人公是否拥有神马，以及他是否能驾驭它。例如，由此提出的题目有调教马（阿法纳西耶夫，200）或驯马（阿法纳西耶夫，198），调教儿马（阿法纳西耶夫，224），弄到七十七匹母马（阿法纳西耶夫，170）。似乎可以将从马上吻公主的难题归于此列（阿法纳西耶夫，180）。这个问题这样提出并非偶然："美人叶莲娜下令给她造一座有十二根柱子、十二排原木高的宫殿……她等待着求婚者——那位能骑着飞马一举吻到她的芳唇的英雄好汉。"（阿法纳西耶夫，180）这不是偶然的说法，而是这个题目一般的表达方式："谁能骑马飞身吻到我那坐在三楼上的女儿、美貌的公主，我就把她嫁给谁。”（阿法纳西耶夫，182）在这些情况下，主人公证明他掌握着并非人人都能有的办法：他证明了他身怀魔法。这个题目就可以归入此类：“你去那个我也不知道的地方吧，你带回来我也不知道的东西吧。”（阿法纳西耶夫，212）主人公所前往的那个王国就是极远之国，而“我也不知道的东西”就是相助者，其名字秘而不宣，不能直接提到，而要用隐晦的方式说出来。主人公在获得相助者之前并不理解它的寓意。

13．宫殿、园林、桥　极为常见的是三道题目以不同的组合方式形成一组。这就是：栽种一片奇妙的园林，一夜之间完成粮食的播种、成熟、脱粒，一夜之间造起一座金子的宫殿以及通往宫殿的桥。这些题目有时还会跟我们已经熟知的驭马或驯马以及其他题目组合在一起。

让我们先来研究一下宫殿。有时要造的不是宫殿，而是教堂（斯米尔诺夫，35），而且是用纯蜡做的（北方边区故事与传说，1），或者就是造一座房子（斯米尔诺夫，34），或者是粮仓（阿法纳西耶夫，225），等等。所有这些都是金子宫殿的变形，而且这种形式的确最常碰到。有时是三道题目（宫殿、桥、园林）合而为一：“你看着办吧，明天天亮的时候，七俄里外的海面上得矗立起一座金国，还有一座金桥从那儿通到我们的宫殿，桥上铺满贵重的天鹅绒，在两侧的栏杆旁长着奇异的树木，百鸟和鸣。明天你要是没做到，我就下令把你大卸八块。”（阿法纳西耶夫，129）

一夜之间建起一座宫殿的难题本身完全无法理解，这个母题无法从其自身弄明白。金子宫殿的母题或许能从极远之国的金子宫殿的角度来理解，这指的是同一个宫殿，这个宫殿我们在前面的章节已经研究过了。在那些章节里，我们已经辨认出了这座宫殿有“大房子”的特点。由此可以得出结论说，建造宫殿的难题以某种方式与“大房子”相关，暂时不明白的只是这种关联是什么。此处显然是发生了某种重解。为对这个问题做出解答，让我们来看看那些“大房子”的材料。一个太平洋神话里说，姑娘被神灵带走了，她跟神灵在一起生活，生下了一个私生子，然后带着儿子回了家。儿子的同龄伙伴用他的出身来嘲弄他，笑话他没有爸爸。姑娘把儿子送回到了他父亲那里去（在这一切讲述中，我们很容易辨认出姑娘在林中之屋度过的日子以及在那里生子和回家）。“他就在神灵的家里住了下来，等他稍长大了一点，神灵对他说：‘现在咱们找你妈妈去吧。’他们来到了一个热得要命的地方，男孩不肯往前走了，神灵抓起他的手就开始吹气。他们又接着往下走，走到了一个冷得要死的地方，男孩又不肯往前走了，神灵把他夹到腋下给他暖身子。最后，他们来到了神灵之母的住处。神灵宣称，他来是为了把那里的两间房子给孩子一间。神灵之母说：好吧（她同意送一间房子）。石头房子建在七块场地上，还围着七面篱笆，安着各种原木。‘你现在去这座房子里睡觉吧——神灵说——半夜时我会来叫醒你。到时候你得想好了你愿意去什么地方，我好把你的房子运了去。’当孩子睡着了的时候，房子从地里升出来，到了地面上。”接下来，孩子成了部族的领袖。他一走上台阶，就会雷声隆隆。[1]

1 Frazer J. G. The belief in immortality. . . London, 1928, vol. III, P. 193.

我们来尽力对这个例子做一番分析。有一点是毫无疑问的——他显然到过“大房子”。男孩在那里学会了呼风唤雨。当他穿行于酷热和严寒之中时，他不仅变得对此浑然不觉，而且成为这些自然物的主宰。这的确不曾直接说出来，但说过当他回家后可以调遣雷电。总之，男孩子在当领袖之前，他随身带回了技艺，还带回了整座房屋。我们在主人公身上可以看到创世者的形象。他给予人们雷电，给予人们“房屋”，即社会性的构造，而在其他文本里，他带给人们舞蹈和图画，并且教给人们祭神的习俗。我们应该把该文本看作是一篇神话，它讲述的是在为新被授礼者举行仪式时，向他们解释会对他们做哪些事情。

在北美洲——迥然不同的世界另一端记录下来的一些文本，使我们相信有可能做如此解释。在这些记录里，一个男孩子九次登天，而且每次都带回来一点东西：小鸟呀，浆果呀，动物呀，等等，即将这些东西送给人们，将其置于人间。到第十次时他消失得无影无踪，再也没有回来。大家为他同声哀悼，而母亲做了一个梦。“母亲觉得，她是在梦中看见了一座巨大无比的房子，但一觉醒来，她发现，她认为是做梦梦见的东西成了真的。一座房子矗立在那里，她的儿子梅里阿就坐在房子的前面。”她叫醒丈夫，他们看着房子，朝着它跑过去，可当他们跑近它时，房子就离开了他们，“最后，他们看见房子向上升起，升到了空中。他们一屁股坐在地下，边哭边唱起来：‘我们的儿子在天上，他在那里和月亮玩耍’。”侄女提议“让他在我们的舞蹈中现身吧”。从那时起，人们就开始跳“梅里阿舞”。[1]

这里我们可以在主人公身上更清晰地看出世界、社会组织以及民众习俗的缔造者形象。主人公给人间带来了房屋，但他却是“隐形的”“在空中”，即行踪要保密，是有禁忌的，他是在“另一个世界”。博厄斯指出过这个传说与仪式，即与部族社会生活之间的联系，这可以从传说的结尾看出来。我们再来引述一个从同一个部族记录的相类似的例子。主人公去河流的上游捕鲑鱼，但一条鱼也没见到。他陷入了昏迷状态，接着看见了一个美男子，这就是雷神，“隆隆的声音从世界的一头传到另一头”。主人公向他要魔力宝贝。雷神对他说：“你来造一座房子，把全部族的人都请来吧。”他给他看一只双脚分开的雷鸟的雕像，说：“它的脚就是房门。”随后他又给他看自己父亲的雕像。“明天夜里，这些都会出现在你的村子里。”除此之外，他还给他生命之水和其他礼物。

在所有这些例子中，宫殿以奇妙的方式与雕像以及护身法宝一起挪到了主人公的村落里，即祭祀得以创建。在上文所引证的例子里，房屋的挪动是根据雷神或神灵的意愿，而在故事里则是凭借相助者的力量。故事里不只是在出难题的条件下会挪动宫殿，它被装在一个卵中。“当然，他们就退出了这场盛大的酒宴，她将他带到一片大场子上，他将那只卵打碎，于是出现了一座宫殿，这座宫殿里的一切都是在那座山上时的老样子。”（科尔古耶夫，12）引

1 Boas F. The social organization and the secret societies of the Kwakiutl Indians. — In: Report of the U. S. National Museum for 1895. Washington, 1897, p.413 — 414.

证的这些例子使我们有可能确定：国王要求造出一座房子，拐弯抹角地要求主人公证明他对房屋的了解。另一方面，故事在这里反映出了有关世界缔造者的讲述，人们生活中所具有的一切都是他给予的。这类缔造者我们在主人公身上屡次见到，尤其是在难题的后半部分——要他栽种园林或耕种田地。

在所引证的文本中我们看到，神话主人公不仅将房屋置于人间，还给予人们浆果、野兽。在故事里，建筑宫殿也几乎总是与掌握自然的技艺联系在一起，但故事里的这种技艺带有农耕的性质。“一夜之间将地耕好耙好，把麦子种下去，收割完，打完场，还要收进粮仓。”（阿法纳西耶夫，225）“要在一夜之间把地耕完、耙平、种好，还要让庄稼出苗、成熟，再磨成面粉、烤成面包。”（北方边区故事与传说，1）这道题目在很多版本里都有。此处主人公经受的考验是能否使丰收加速实现。在农耕时代初期，人们对巫师提出的要求正是如此。“在雅浦群岛，人们认为，祭司或神林的巫师拥有影响某几种土地果实收成的魔力，并以此直接促进人们的拥护。例如，托木这个地方的主祭或大巫师，人们认为他们能够在整个雅浦群岛‘加速芋头田和面包树种植场的生产’。奥洛哥和佩尔诺哥的祭司或巫师懂得种甜土豆的魔法。在玛吉，祭司或巫师是椰子果和槟榔树的魔法专家。这些祭司还能让太阳落山。”[1] 我们看到的是，未来的领袖和国王具有的那些才能。驾驭太阳和自然现象的才能尚未被故事完全遗忘。“我不要嫁给他……你先让他在深夜里

1　Frazer J. G. The belief in immortality. . . vol. III, P. 193.

升起红红的太阳、白白的月亮、一颗颗星星。”主人公把所有这些“放”出来，并让它们“上天”“表演”，即让它们各就各位。

这些材料表明，建造宫殿、耕种园林或促成飞速丰收的主人公的母题，起源于巫师和祭司由于经历了授礼而能够促进丰收的观念。

这些例子引导我们理解另一种形式的考验，这就是烈火或热澡堂的考验。

14．澡堂的考验 待在热澡堂里的难题十分流行。“那座澡堂烧了三个月，热得在五俄里之外都没法靠近。”（阿法纳西耶夫，137）主人公张惶失措。“你们疯了吗？那儿非把我烤死不可！”但这时他想起了他的相助者，其中有我们熟悉的莫罗兹卡-特列斯孔（意为“冻得喀喀响的寒冷”——译者注）。“我的老天爷啊！这事儿对我是小菜一碟！”他活蹦乱跳地进了澡堂，朝着角落吹了口气，又朝另一面啐了一口吐沫——整个澡堂一下子凉了下来，角落里还堆起了雪。主人公用这个难题证明他拥有相助者，他能够驾驭自然。

我们在上面提到的太平洋神话中已经看见，未来的领袖如何穿越严寒和酷热。如果说在俄罗斯故事里出现的是澡堂，那么，这自然是较晚才有的俄罗斯式的烈火考验。在美洲神话里，想娶太阳之女或“住在远方者”之女的主人公，要经受烈火的考验。“在座位前有一大堆火。特索瓦塔拉里斯（未婚妻的父亲）还在往火里扔木柴，好把古里（主人公）烤熟了。当时他往火里扔了一些从他姨妈那里得来的贝壳，这些贝壳把火扑灭了。”[1] 主人公的姨妈跟我们的赠予者老妖婆是一回事。主人公还遭受了其他一些考验，过后未婚妻的父亲说：“你不仅是个男人，你还得到了我的女儿。”

在其他一些包含主人公求亲和经受考验内容的神话里，充当赠予者的女人把石头烧得通红之后，将它放进主人公的口中。她以此来赋予他驾驭火的权力。[2]

在神话中早就有主人公在婚前要经受烈火的考验，而且他经受住了考验，因为他有来自森林的神奇馈赠，提到这方面的类似例子可以收集到相当多。对我们来说更重要的是确定另一个问题：北美神话里的考验准确地反映了婚礼习俗。现实生活中发生的对求婚者的考验，就像神话里发生的一样，并且这种考验已经被改编了。博厄斯的著作里描述了这样的例子。主人公跟他父亲和几个朋友一起乘船去找媳妇，路上头领让大家别害怕。他们随身带了四十条被子作为找媳妇的用度。他们到了目的地以后，被邀请进去。未婚妻的父亲对来人说了如下一番话：“现在你们得小心点儿，因为这儿有一只海怪，它见什么吞什么；在后面的屋子里的那个人，把所有想娶我女儿的人都撕得粉碎；这堆火把所有想娶她的人都烧成了焦炭。”然后他又转向自己，说：“头儿，现在点起自己的火，让他们把我女儿送到这里来。”他真的点上篝火，并对来者说：“你们啊，现在得小心点了，因为我打算考验你们。你们说你们不怕这个

1　Boas F. Indianische Sagen. . . Berlin, 1895, S.136.
2　Ibid., S.66.

妖怪？我要考验一下你们大家，考验一下你们家族的首领。就凭这堆火，谁也无法得到我女儿。”当时大家都裹着被子，仰面躺在火堆旁边。被子烧着了，大家就爬起来吹灭。未婚妻的父亲夸奖他们说：“你们是头一拨没有从火堆旁跑开的。”后来又进行了其他一些考验，这就是：在求亲的人尚未到来之前，岳父就做好了一只嘴能开合的熊面具，面具接在熊皮上。提前从墓地弄来了一些骷髅头和骨头架子，用它们填满了熊皮。未婚妻的父亲看着熊说：“你这个把所有人都撕碎了的家伙，现在走到前面来，让求婚者的父亲和所有来人（他轮流点名）能看清楚，是谁吞吃了我女儿的求婚者。”熊就走向前来，未婚妻的父亲拿一根小棍子捅了一下它的肚子，熊呕出了七个骷髅头和其他骨头。这时父亲对来者说：“现在看看吧，这些人就是来这里想娶我女儿却从火堆边跑开了的求婚者。吃人的家伙就把他们都吞下去了。瞧它又呕出来了。女儿呀，现在过来吧，到你的求婚者那里去。”典礼以此结束。[1]

试问，是什么赋予了父亲考验求婚者的权利？这一考验的实质又是什么？我们从博厄斯的材料中知道，夸扣特尔人为青年举行授礼时，为此付钱的不是他们的父亲，而是他们未婚妻的父亲。[2]是未婚夫加入自己妻子的家族。在成婚之前，要在负责求婚者知识和能力的人的面前——就是当着未婚妻之父的面，举行某种类似授礼的次要典礼（火烧、形式上稍稍有些变形的吞食与吐出）。求婚

1 Boas F. The social organization and the secret societies of the Kwakiutl Indians. — In: Report of the U. S. National Museum for 1895. Washington, 1897, p.363 — 364.

2 Ibid., p.54.

者以程式化的面部表情表示所有考验他都经得住——他要表明他穿过了火堆，而且对火浑然不觉。

神话所包含的正是仪式所包含的。我们已经知道举行授礼时告知年轻人的神话，它们成为被授礼者的财产。这不应被转述，但可以在庄重的场合进行改编。当代故事中，依然保留着的叙事传统就是这样产生的。火烤求婚者在故事中相当常用，但采用了略微夸张和带有民族色彩的形式（澡堂）。一般体现在物件上的魔力，这里体现在自然主宰者、神人同形的相助者的形象中。相助者经受的这个考验，也就是求婚者自己要经受的。

15．吃东西的考验　极为常见的是将热澡堂的考验与吃东西的考验联系在一起。“好吧，你要是这么机灵，那就让我们看看你的能耐：跟你这些伙伴一起，一口气吃下十二头烤牛、十二大袋子烤面包。”（阿法纳西耶夫，144）“国王下令多多备饭，大堆的丰美可口的食物摆上了桌，大肚汉把它们一扫而光。”（阿法纳西耶夫，138）有专门对付这个难题的相助者：大肚汉或是光荣勇士“全吃净”和“全喝光”。我们在故事《滚吧，小豌豆》（阿法纳西耶夫，133—134）里发现了一个特殊的例子。故事里的主人公在路上遇到了几个牧人，他们先后建议他把畜群中最大的公绵羊和公猪吃掉，最后一个建议是——吃掉十二头犍牛、十二只公绵羊和十二头公猪。主人公后来去蛇妖那里时，蛇妖让他吃掉一筛箩铁豆子和铁面包，主人公把这些东西都吃下去了（阿法纳西耶夫，134）。这些铁豆子和铁面包令我们想起在关于雄鹰菲尼斯特的故事里，姑娘随身带着的那个铁面包和铁手杖。这使我们可以提出关于吃东西的考验与去另一个世界之间的关系问题。与之似乎有些矛盾的是，主人公通常经受的考验与其说是吃铁的食物，不如说是吃大量的食物。不过，若是知道主人公与地底世界和空中世界始终有关联，我们就可以在此假定有这种关系。众所周知，古希腊罗马神话的主人公中，赫拉克勒斯以贪吃著称。然而正是赫拉克勒斯，在许多方面与我们的主人公非常近似：他也是完成了难题，他也是下过阴曹地府。他从阴曹地府带回来了魔法能力，而这能力之一就是能吃。这是为什么呢？对这个问题无法用任何引证材料来回答，只能是确认事实本身。不过死者的特性（主人公获得的是死者之力）人所共知：其特点之一就是他们都不进食。他们既无影又无形。顺便说一句，我们下面就会看到，主人公获得了隐身的能力。食物不会在他们的体内停留，只是穿肠而过。因此主人公本身就不像活人那样进食了，这种进食可以无穷无尽，在故事里具有离奇的规模。我们还记得，老妖婆及与她类似的人物常常没有后背。这个解释只能是个假设，但我觉得这一假设比弗赖登堡的假设更靠得住，她认为，主人公之所以贪吃，是因为“死神就是贪食无度的”。[1]

可能此处还表现出其他一些观念，如共食意味着是同一个氏族的观念。“只有家庭成员或家族成员可以入席（在公共食堂）。如果允许外人加入，这就是说接纳他加入家族，或者是让他处于其保护之下。”[2] 我们在此看到了包括共食在内的婚姻仪式范畴。不

---

1 Фрейденберг О. М. Сюжет Тристана и Исольды в мифологемах эгейского отрезка Средиземноморья, с. 91.

2 Nilsson M. P. Primitive Religion. Tübingen, 1911, S.75.

过，与此相矛盾的是，故事里吃东西的是求婚者，而非未婚妻，主人公的贪吃特点不能以此来解释。无论如何，我们在这里看到了与成婚以及与去另一个世界相关的仪式性进食形式的反映。

16．比赛　有时主人公在举行婚礼之前会经受比赛的考验。初看起来，这些比赛是纯粹体育性的比赛。弗雷泽对这个问题进行过研究，他在这些比赛中看见的只是竞技性的争斗；他将这一习俗的起源归于远古，把它投射到“原始社会”上。“使主人公成为与公主般配及获得王位合格人选的那些个性品质，自然也是随着时代的眼光而变化，并且有赖于国王（或其替代者）的性情，但可以假定，在原始社会，体力和美在其中占有首要的地位。几个例子中，向公主求婚和争取王位的权利，显然都是靠在比赛中竞争得到的。阿里特米的利比亚人把王国奖赏给最善跑者。在古代普鲁士，谋取贵族身份者要骑马向国王飞奔，第一个到达的人便能获得贵族身份。”[1]

弗雷泽除了“允许设想”（或者像该译文所说的“可以假定”）之外，没有为其论点找到别的母题。解决问题不是靠竞技能力，尤其不是靠美，靠的完全是另外一些品质。季哈雅在对格鲁吉亚故事进行研究之后感觉到了这一点，但没能证明它：“主人公的个性品质并非不重要——他的美、竞技能力、智慧及其他反映出其神话特性的品质；它们是与公主联姻的前提，但是，这些不是其根源所

1　Фрэзер Д. Золотая ветвь. М., 1983, с. 154.

在。”[1]这里的确看到了弗雷泽所没有看到的东西：竞技力量或灵巧反映的是主人公的神话特性。

对故事的深入研究表明，竞赛所反映的不是主人公的灵巧，也不是他的力气，而是另外一些品性。取胜的是神奇的相助者，没有它主人公一筹莫展。因而问题的关键不在他的个人力量。

让我们来看看赛跑。“国王的女儿跑到井边去取水，如果有谁能跑在她的前面，谁就能娶她为妻。谁要应战，却没有跑过她，那就得被砍头。”（胡加科夫，33）此处重要的不只是跑得快，重要的是跑去的目的地。乍看起来，水井没有什么特别之处，然而将不同异文进行一番对照就可以看出来，水是赛跑的目的。阿法纳西耶夫故事集里的一个故事表明，这不是一般的水。此处要求在最短的期限内，“国王吃完午饭以前”，必须弄到“疗伤活命水”。主人公很发愁，他就是花一年也弄不到这个水呀。听到这个任务后，“他的伙伴解开捆在耳后的一只脚跑了出去，一转眼就取到了疗伤活命水”。在归途中，他躺下休息，可是千里眼或机灵鬼发现了他，神射手一箭让他醒了过来，于是飞毛腿及时把水送到了（阿法纳西耶夫，144）。

这些例子表明，必须不单单是能跑得快，而且要能飞快地跑到极远之地并且有去有回。可是后来这个目的消失了，“活命水”变成了水井，跑得快本身成了目的。初始根基在一些故事里较为明

1 Тихая-Церетели М. Г. Женский образ mze unagav грузинских сказок. — В кн.: Тристан и Исольда: Сб. статей. Л., 1932, с. 172.

确地透露出来，这些故事里说到，在离家后要走三年的地方，国王派人去寻找被他遗忘在自己城堡里的会自己舞动的宝剑。“我们的国王把会自己舞动的宝剑忘在家里了，骑马去我们王国得三个月呢！谁要是能按时把它取来，国王答应把公主嫁给他。”（胡加科夫，3）于是，主人公变成动物从一个王国跑到了另一个王国。

同样的一些观念也鲜明地表现在射击比赛里。乍看起来，事情全都取决于武器的重量和庞大，取决于弓的弹力，就像奥德修斯的一样。在阿法纳西耶夫收集的一个故事（阿法纳西耶夫，200）里说这张弓得四十个人才能抬得动。主人公的相助者把它拉断了。胡加科夫故事集里得六头牛来运那张弓；箭呢，需要三对牛来运（胡加科夫，19）。但问题不仅在于要用这样的武器来射击，问题是要从一个王国射到另一个王国。例如，公主通过信使给主人公送去三普特重的铁锤矛，主人公很发愁。“怎样才能将它投掷到很远很远的极远之国去呢？”主人公的神奇相助者——他的仆人完成了这个任务。“仆人大笑起来，他用一只手抓起锤矛，转了三圈之后将它扔到了极远之国：锤矛呼啸着飞过高山大川，重重地砸在了公主的阁楼上，砸得整个宫殿都歪了一下。”（阿法纳西耶夫，198，异文）另一个故事里由射箭引发的事，与这里由锤矛引发的事一样。“在一个印第安王国，公主是位强大的女巫，她论婚嫁时这样许诺：‘我给你送来一张弓和一支还没射出过的箭，你来试试它。如果你能射出去，并让我知道你射箭了，我就嫁给你。’”弓箭是用几头牛运来的。“突然间，伊万·多罗戈库普连内伊抓起弓张满了，将箭射了出去。箭镞飞向印第安国，射掉了皇宫的第二

层。”（胡加科夫，19）

骑射比赛的魔法性质从对相助者的分析中看得更清楚些，是他完成了好斗的公主出的难题。这些相助者我们在上面已经进行过研究，那时候我们已经在它们身上看到了两个王国之间的中介者。

此处所提到的看法也适用于极其丰富的古希腊罗马的材料。主人公在赛跑比赛后得到姑娘的例子，在古希腊罗马文学中有相当多。在这些例子中，主人公几乎总是靠相助者或神的帮助取得了胜利。由此可见，弗雷泽关于主人公个性品质的理论在古希腊罗马的材料中未能得到证实。有一个版本说，珀罗普斯从波塞冬那里得到马匹后，在赛车中战胜了俄诺玛俄斯。如果根据传说，奥林匹克竞赛是恩底弥翁创立的，所以以他的陵墓所在地为起跑点，以权力作为奖品，[1]那这里是否透露出两个王国在奔跑中连接在一起的观念呢？从这个观点来看，似乎需要古典学家去探讨的有墨兰波斯与涅琉斯之女的婚姻，有赫拉克勒斯在埃涅阿斯和欧律托斯那儿建立的功勋，有希波墨涅斯为阿塔兰塔而战，等等。最后，如果说不仅是希腊人，别的民族也是将比赛作为特里兹纳（祭奠死者的仪式——译者注）的组成部分，那这些比赛与将死者从一个国度渡载到另一个国度有无关系呢？例如，罗德注意到，在死者墓前举行的游戏与灵魂祭祀有关。“葬仪结束时举行竞技活动，这被解释为是最古老的一种强烈的灵魂祭祀的遗留。”[2]但是当确定（就像

1 Фрэзер Д. Золотая ветвь, с. 154.

2 Rohde E. Psyche. . . Tübingen, 1907, Bd.I, S.19.

其他研究者那样）死者也加入竞赛之中，并且这么做会令他满意时——这是瓦尔龙提出的理论——罗德就无法解释了。尽管研究特里兹纳完全不是我们的任务，我们依然应该说出我们的看法，即民俗学材料得出的一个观点是：竞技活动、跑等等与将死者渡载到另一个世界有关。

17. 隐身游戏　隐藏自己的难题尤其令我们感兴趣。国王宣称："谁能从本王这里跑开藏得远远的，我就把一切都给他，我先把女儿嫁给他，等我死后让他当国王。"（翁丘科夫，2）这位国王是个巫师。假冒主人公试着就藏到澡堂或晾谷房里，被砍了头。真正的主人公摇身一变成了一只白鼬、老鹰之类的东西，或者他藏进它们的窝里，或者被它们吞下去。不过这些难题常常不是国王，而是公主——主人公的妻子提出来的，她从他那儿飞走后，到了极远之国。这种形式的难题对这种情境来说很典型。一般主人公有两次都被公主发现了，而第三次藏得很成功。前两次，公主看魔镜或魔书一眼就找到了他。主人公藏得成功的那一次是躲在了镜子后面，或者是变成一根发针夹在书里。

揭开这个现象的谜底并不那么容易。毫无疑问，镜子和书是后来出现的东西，用它来替代此前曾有过的别的发现主人公的方法。季哈雅得出结论说，藏身游戏就是堕入阴间、堕入虚无、藏匿的隐喻。[1]尽管很可能可以做这种解释，但根据手中掌握的材料，

1　Тихая-Церетели М. Г. Женский образ mze unagav грузинских сказок. — В кн.: Тристан и Исольда: Сб. статей. Л., 1932, с. 157.

对此无法做出历史的证明。季哈雅根据 Н. Я. 马尔对“镜子”一词（格鲁吉亚语为 sarke）进行的分析，认为：“在高加索大量的故事中，包括米格列尔人的故事，美丽的女主人公在寻找她的未婚夫或追求她的芳心的人的藏身之处时，都会看‘镜子’，照古代语言学的说法，这意味着照‘天镜’；这么说，她是在根据天象占卜。”[1] 说镜子代替了天空，这不仅可以用语言学的材料来进行研究，还可以用民俗学的材料。只是不清楚季哈雅所说的天象是从何处来的。故事里主人公最常见的是第一次藏在空中，是鹰把他驮到那儿去的。公主能从镜子里看到那里。就这一点而言，对季哈雅的看法没有异议。然而藏身要求本身的谜底还是没有揭开。可以明确的是，主人公应该掌握隐身的技巧。这种隐身能力是居阴间者的特性，隐身帽就是得自冥王的馈赠。

必须注意到两个情况：隐身的难题是在何处提出的？它是怎样被解答的？在阿法纳西耶夫的集子里，主人公找到逃跑的妻子所在的王国是在地底下（阿法纳西耶夫，237）。在一个彼尔姆省的故事里，女主人是住在金子的宫殿里，门旁有狮子把守（泽列宁，彼尔姆省故事，1）。在胡加科夫收集的一个故事里，她“住在天国”（胡加科夫，63）。在斯米尔诺夫的集子里，她是住在“魔屋”（斯米尔诺夫，49）。换句话说，主人公是落入了我们所熟悉的“大房子”的环境中，大房子与另一个世界的关联我们已经确

---

1 Тихая-Церетели М. Г. Женский образ mze unagav грузинских сказок. — В кн.:Тристан и Исольда: Сб. статей. Л., 1932, с. 138.

定过了。由此就可以明白了：主人公应该表明自己具有隐身能力。隐身作为仪式的一部分，我们业已进行过研究（参见涂成白色或黑色）。

从另一方面看，解答难题的方法亦可归入这个系列：主人公藏身的地方或者是鸟窝，或者是兽穴，或者是骑在动物的背上让它驮着，或者是被动物吞下去，或者变成了动物。根据我们所知的所有关于仪式的材料，我们认为后两种方式是自古有之的。故事里的这种解决方法的确带来了消极后果，但这个后果可以被看作是纯粹的由难题三迭式引出的故事场景。吞三次造成了不良后果，不过这种形式有其以往的历史，而最终的解决方法（主人公藏在镜子后面、藏在书里、藏在床下等等）是故事式的机智，与仪式没有任何相似之处，只是故事所特有的。

这样一来我们就会看到，此处似乎是重复着结婚之前的仪式，但只是作为对未婚夫的考验，而不是作为赋予他魔力的方法。在该例子中考验的是他隐身的能力，与变成动物、具有动物外表的能力联系在一起，检验他是否在动物的体内待过。主人公演示出这种吞食以及其隐身的能力。

或许，这种关联可以解释存在于隐身游戏母题与为死公主祈祷消灾母题之间的近似。这里一切都立足于主人公的隐身，实际上，在隐身游戏母题中隐隐约约的东西，在这里表现得很分明：隐身与死亡观念领域有关，至于是事实上的死亡还是仪式化的死亡——这无关紧要。祈祷消灾也经常发生在大房子的环境中。主人公在自己周围画了一个圈，死者无法跨过它。到第三夜，主人公藏在了圣像的后面，与他在隐身游戏中藏身在书后或镜子背后如出一辙。“公主找啊，找啊，所有的角落都找遍了，还是找不到。”（阿法纳西耶夫，364）这些话表明，在这里是主人公藏起来了。它们还揭示了这些隐身游戏的本质：这些话是死者说活人的，只有死去的人才是无影无形的，主人公获得了死人的特征。我们在另一个版本里读到了完全一样的情景。在这个版本里是主人公爬到炉台上，并因此而变成了隐身人。“你瞧，刚还在这儿看书呢，一下子就没了！我找不到！”（阿法纳西耶夫，367）这话是女死人说的。这类吻合是否出于偶然呢？并非如此。活人看不见死人。但是如果假定这里反映的观念是死人看不见活人，那这个母题的思想基础就清楚了。其实，公主死去了，她是看不见主人公的。但如果她有魔法的话，她就还能看见活人：你看她不是把先于主人公前来的人都吃掉了。但主人公也是巫师、魔法师。他以魔制魔，而且把自己变成了她看不见的隐身人。在那些给主人公出隐身难题的故事里，公主也总是魔法精通：她有一本魔法书。考验在此具有了魔法比赛的性质。无论是考验者还是被考验者，两个人都神通广大，但主人公获得了胜利。

18．辨认所寻之人 我们发现，隐藏的难题一般是由从主人公那儿飞走的公主提出的。主人公前去寻找她，他在她的王国找到了她，而正是在那里出了这个难题。

恰恰是在另一个王国——在水妖那里——提出了从十二个一模一样的人中辨认所寻之人的难题。水妖把他的十二个女儿指给主人公看，而主人公应该认出那个最小的女儿，即他的未婚妻。

同样的难题也出给了去魔法师那里领自己儿子的父亲。这个儿子被送去学艺。父亲应该从十二个完全一样的学生中认出儿子。

这个难题的根据是：所寻之人在另一个王国没有自己的个人面貌。所有住在那里的人都长着一个模样。这种观念以纯粹的形式表现在一个多尔干神话里。这个神话里，有一个老人的女儿死了。三年过去了，一位能预知未来的人去了她那里。他在睡梦中“到了地方”，即到了死者灵魂所在的地方，但他无法认出她来。“结果，那儿有三个长着一模一样的脸、穿着一模一样的衣服的姑娘，其中一个是老人的女儿。究竟是哪一个——他没法认出来。他数她们衣服的接缝，所有人的数目都一样。数来数去，他真要急死了。”最后，他根据姑娘提到她母亲送给她的东西认出了所要寻找的人。他一把抓住她将她带走了。他醒了过来。他居然睡了九天。“就是他的姑娘不动弹，也许是死了，也许是睡着了。他就像往一个口袋里塞东西一样，往姑娘的身体里塞骨头。于是她活过来了，活过来之后，她就成了老人的女儿。”最后几句话十分重要：复活了的时候，死者获得了自己的个人特征。相反，人死去的时候会失去自己的个性特征和标志，变得无法辨认。[1]

就与故事的关系而言，该神话是原初的和更古老的。它表明了这个母题与去“另一个王国”之间的联系。我们在上文中已经看到了故事《绝技》与“大房子”综合体的关系。魔法师的学生被想成是处于死亡状态，他们都是一个样子。

1　Долганский фольклор. [Л.], 1937, с. 65.

这里还可以指出，在那些主人公并非孤身一人，而是有几个人相伴的例子中，他们都长得一个样儿，难分彼此。表达这种相似有一句固定的套语："说话声音一个样，头发长得一个样。"（北方边区故事与传说，66）这种相似使我们想到林中的兄弟结拜，在那里大家都一样，或者都无形，因为是处于假定的死亡状态。

但此处远非一切都弄清楚了。在同样的人中辨认所寻找者的难题，不仅在萨满的活动中可以遇到，它还作为婚礼仪式出现，直到19世纪在整个欧洲都有记载。在萨姆特尔《诞生，婚姻，死亡》一书中收集了非常多的材料。卡加罗夫在论婚礼仪式的著作中[1]也写到过，让我们来引用几个例子。在法国的孚日，未婚夫在举行婚礼的那天，应该从一大群姑娘里挑出意中人；在意大利的萨丁岛，未婚夫在订婚的大喜日子要进一个房间，那里有许多姑娘坐成一排，个个一言不发，正襟危坐。其他许多地方也有同样的记载。例如，在法国贝里，婚礼结束时所有女性都站成一排，未婚夫绕到她们的后面，他应该根据露出的小腿认出未婚妻来。[2]

卡加罗夫在书里引证了五条文献记载的，对这一广泛流传的习俗的不同解释。作者本人择取的解释表述得十分简短，即"骗神的花招"。[3]除了卡加罗夫以外，还有十一位作者持这种说法。卡加罗夫将这个仪式列入狂欢和隐匿仪式（庄严的假象）系列。不过这

---

1 Кагаров Е. Г. Состав и происхождение свадеьной обрядности. — Сб. МАЭ, 1929, с. VIII, с. 152 — 192.

2 Samter E. Geburt, Hochzeit, Tod. Leipzig, 1911. S.98.

3 Кагаров Е. Г. Состав и происхождение свадеьной обрядности, с. 152 — 192.

些作者中没有一个人运用一条民间文学的材料、一条萨满教的材料。卡加罗夫所引证的解释，是从目的的角度做出的。但问题是，这个目的从未说出来过，对它怎么猜都行。这里说的“神”是什么神？问题不在于目的，而在于起因：不是问这个仪式为什么产生，而是要看它怎样产生——问题就应该这么提出。而故事材料让我们可以确定这个母题的起源。对这一仪式进行解读是根本不可能的，它创生于其中的土壤已经不复存在，可以探讨的只有对它的重解的途径。但在这个例子中，婚礼仪式上并没有重解的问题，不知道为何要这么做——按照传统，作为一个游戏，谁也不会问它有什么目的。以此来创造“解读”仪式的土壤，在科学上这条途径是不正确的，它会产生无数臆断。

19．新婚之夜 成婚之后故事似乎就可以结束了。但有时还会有一个重要的考验在等着主人公：初夜的考验。一般初夜的考验不是以难题的形式来表达。然而实质上这跟其他的考验一样，在少数情况下它甚至以难题的形式出现。“国王宣称，谁能跟他女儿过夜，他就把女儿嫁给谁。”（斯米尔诺夫，142）在另一个地方，我曾试图证明，辨认公主特征的难题，“谁猜出我女儿的胎记在哪儿，我就把女儿嫁给他”（泽列宁，彼尔姆省故事，12），是一个特殊性考验的委婉表达方式。[1]

这一夜的危险隐藏在何处呢？故事提供了五光十色的图景。

---

1 Пропп В. Я. Ритуальный смех в фольклоре. — Учен. Зав. Ленингр. ун-та, 1989, No.46, сер. филол. наук, вып. 3, с. 168; То же. — В кн.: Пропп В. Я. фольклор и действительность, с. 196.

我们最常碰到的是压上一只沉重的手。相助者知晓这个危险，预先警告过王子。“你就留神吧，陛下，别出岔子。前三夜她要试试你的力气，她会把手放在你身上，使劲儿压，你肯定受不了。”（阿法纳西耶夫，116a）“他们刚刚躺下睡觉，她就运用魔力将手放在了他身上。”（胡加科夫，19）

用手压——不是一般的力气考验，公主是想压死她的未婚夫。“公主将一只手放在了他身上，又放上了另一只，然后把枕头捂上去，想闷死他。”（阿法纳西耶夫，76）

有时公主的所有求婚者都在第一夜神秘地死去。“在这座城里，国王下诏，他曾把女儿嫁过三次，举行了结婚仪式，上了床——女的活着，男的死了。国王下诏：谁愿意娶她，他就把自己的整个王国都给谁。”（萨多夫尼科夫，5）但还有另一种危险：蛇妖飞到了公主这儿（阿法纳西耶夫，158，异文2）。这一点我们稍后再谈。然而无论危险是什么，是用手压未婚夫还是令其窒息，或者是他不明不白地猝死，或者是蛇妖飞到公主的身边——出路总是一个，未婚夫的相助者做了他的替身。“你跟妻子躺一会儿就走吧，老天保佑你！最好是我来跟她躺在一起。”或是：“要是你还想活命，就让我跟公主一起躺在你睡的地方。”（阿法纳西耶夫，136）“最好让我躺在你的地方。”（阿法纳西耶夫，158，异文2）“快点离开房间，我去您那个地方。”（阿法纳西耶夫，198）这些例子十分清楚地表明，我们在此接触到了某种故事标准或某种规范，根据这个规范，夺去童贞不是由未婚夫本人完成，而是他那身怀魔法、威力强大的相助者。故事里的确没有直接说出这一点。他似乎只是将她甩到墙边，自己抓住她的手，等等。但情景还是相当清楚的。

头一夜的事件还不止于此。一般在制服了公主之后，相助者还会拿三种棍子好好教训她。“然后伊万王子抓住她的辫子，将她从床上拉下来用这鞭子抽她，等他把她打够了，才将她扔回床上。他走了出去，并派来了库兹玛·费拉蓬托维奇”（指主人公。索科洛夫，别洛焦耳斯克边区故事与歌谣，72）。“米什卡·沃多沃兹抓住她的后脖领子，把她打翻在地，打坏了两根铁棍、一根铜棍。像扔一条狗一样将她扔出去……‘哈，伊万王子，上床吧，现在没事了！’”（索科洛夫，别洛焦耳斯克边区故事与歌谣，143）

初夜的大致景象就是如此。很显然，这里反映出某些很古老的思维现象，是以某些现实的婚姻关系为基础。

通过更细致的考察，故事本身表明，这里考验的是新郎的性能力。不过问题并不止于此。作为一幅概括的图景，我们看到的是新郎的体弱无力，女性的魔鬼式的力量，以及相助者比她更强的力量。就是他战胜了公主。对相助者的研究表明他来自“林中”。从这方面说，卡托玛的故事（阿法纳西耶夫，198）尤其令我们感兴趣。被相助者打败了的公主拼命挑拨丈夫与他的相助者的关系，她得逞了。卡托玛被砍掉了双脚，于是他跟其他一些残废住到了林子里，他在那儿过的日子我们从“大房子”那一章里已经知道了。他养好了伤脚又回到家里。他凭这个获得了支配公主的权力。“嗨——公主想——他都能让他的脚重新长上，那就别再跟他要什么花招了吧”，“于是她就向他和王子请求宽恕”。我们再次看到了我们所熟悉的图景，即在林中逗留是成婚的条件，而且主人公应该证明他的确在那里待过。这样说来，关于相助者为何要在婚床上代替主人公的问题，故事本身已经做出了一定的回答。

不过，这里还远没有使一切都大白于天下。不清楚的地方一是危险究竟在哪里，为何新郎们会在初夜死去。一些较古老时期的材料为我们解答了这个问题。在美洲和西伯利亚的材料中可以发现，危险不是来自有力的手，而纯粹是性方面的。女人的阴道里长着牙齿。在一个北美神话里，一个非常美丽的女子的所有新郎都死了。最后，一个求婚者猜出来是在必要的时候塞进一块石头。"Exillo tempore vagina inno cens semper fuib"，[1]这是一个传播很广的母题。什捷尔恩堡从基里亚克人的民间文学中引用了一个很有意思也很重要的例子。[2]那里面六个阿依努人去打海豹迷了路。他们来到了"异乡"。那里有六个女人坐在木台子上收拾鱼。女人们请客人进到她们的帐篷里，还为他们摆出了丰盛的宴席。"他们爬上板床，躺下睡着了。过了一会儿，其中有一个起身下地，上了一个女人的床，窃窃私语了一番以后，他就爬到了她身上，只听他'哎哟，哎哟，哎哟'叫了几声就死了。"第二个也是如此这般。"他们的头领起身走了出去，来到岸边拿了一块石头，带回了帐篷，爬上了板床。躺了一会儿以后，他起身走近睡在左边那张一头挨着中间那张床的床上的女人，他登上去，睡在了她的铺上，他低语了几句，然后就听得床板咯吱作响；他爬到她身上，把石头戳了进去，她夹

1 Dorsey G. A., Kroeber A. L. Traditions of the Arapaho. . . Chicago, 1903, p.260.

2 Штернберг Л. Я. Материалы по изучению гиляцкого языка и фольклора т. СПб., 1908, с. 159 и сл.

住石头咬，所有牙齿都咬碎了，碎得一个不剩。”接下来便一路畅通，女人乖乖服从。什捷尔恩堡还在博厄斯和鲍戈拉兹的书里找到了类似的例子，他在附注中对这个母题做了纯理性的解释。照他看来，一切都不过是某种妇女病。然而我们对这种解释无法苟同。疾病有很多，为什么其他疾病没有催生出神话，而这种疾病却能创造出呢？除此之外，还有就是这种解释与这些例子中男人在劫难逃的猝死不相符。比较正确的解释是说该母题形象地反映了关于女人破童贞危险的观念，而且这种危险具有神话的特性。它反映了女性具有强大威力的观念。什捷尔恩堡告诉我们的神话还有别的有趣之处，我们在其中看到了某种类似女人国的地方。在阿依努人去的那个神秘的海岸，只有女人住在那儿。女人的强大魔力与这里特殊的制度及特殊的组织是相一致的，承担所有劳动并掌管一切的妇女建立起了社会，可能是她们杀死了所有的男人，吸引异乡人来过短暂的婚姻生活——这跟亚马逊女人有点类似。故事里主人公所渴望找到的公主也是一位女勇士、女帝王，一位尚武的女子，是其王国的至高无上的统治者。

在最晚近的宗教中，作为统治者的女人变成了带有狩猎神与农牧神混合特征的女神。这些女神在初夜时把她们的情人统统杀死。这在小亚细亚和古希腊罗马的祭祀中可以观察到，但这里的杀戮有时变成了阉割，作为解释阉割祭司的病源学传说。“毫无疑问，”哈恩说，“在远古神话中阿佛洛狄忒化作野猪杀了她的情人，或者通过阉割使他丧失机能，就像小亚细亚的众神之母对她的阿提斯那样……我们有一个颇有意义的说明，伊什塔丽杀了她所有的情人，就像阿耳忒弥斯对阿克特翁做的那样，就像伊西斯杀了她的情人玛涅洛斯。”[1]

这些材料表明，关于初次结合危险性的观念久已有之。女强人在这里已经成了女神，但与之结合的危险性依旧。

总之，初次与女人结合对男人来说是危险的。有若干材料令人可以假定，曾经有过举行破童贞的仪式，它是为姑娘授礼时的特殊仪式。民俗文献中关于这方面的资料非常少，不过这种情形是可能的。赖特岑施泰因表达过这样的思想。他说："在许多类似的庆祝活动中，一个在这种情况下扮演主要角色的固定人物会走上前台，这多少是清楚的。我们在这个人物身上应该看得到魔法师的余响，最初这些仪式是由魔法师来完成的。人物戴着固定的面具，这些面具在大多数情形下很清楚地表明，它是林中之神在人世间的代表。”[2] 在赖特岑施泰因看来，正是在举行这些仪式时完成了姑娘向女人的转变。"对于授礼庆祝活动来说，必须认作基本特点的是，姑娘变成女人不是通过婚姻或交合的途径，而是通过授礼典礼（Reifezeremonien），这些典礼以让妇女怀胎为目的，交合在此之前早就发生了。如果在行授礼前生了孩子，那就得把孩子杀了"，"因为这种孩子不被当人看，即人们认为他不是家族的祖先生的"。

这一理论尽管没有足够的民俗资料支撑，依然有可能解释故事中出现的情景，即对为何新婚之夜先是相助者跟新娘睡在一起、

1 Hahn E. Dnmetra und Baubo. Lübecr. 1896, S.52.

2 Reitzenstein F. Der kausalzusammenhang zwischen Geschlechtsverkehr und Empfängnis in Glauben und Brauch der Natur-und Kulturvölker. — ZfE, 1909, Bd.41, S.682.

尔后才是主人公本人的问题做出解答，虽说是假定性的。与此相关的观念显然曾有过很深的根基并曾广为流传。它们不只是在故事里有所反映。“在（南斯拉夫的）黑山，据说婚礼后的第一夜‘理应’由好友（Brautführer）同新娘睡在一起。在波斯尼亚，每个男性客人都习惯把新娘挤到墙边，象征性地作夫妻拥抱状。”[1]

如果说赖特岑施泰因的理论是可信的，那么可以假定，两个事件——婚前由“神灵”进行的破童贞仪式，以及新婚之夜与丈夫在一起，曾经是分开的，后来被合而为一。破童贞已经不是在婚礼之前完成，而是在婚礼之后。完成这个行动的人应该在举行婚礼后立刻出场，即在第一夜。人的新婚之夜与图腾制度的破童贞融合在一起。完成破童贞的是“林中之神”，即故事里主人公的相助者，接着主人公从他的手中得到新娘。

根据赖特岑施泰因的理论，可以将蛇妖劫持公主解释为：劫持她是以图腾制度下的破童贞为目的。她与蛇妖或科谢伊的共同生活、蛇妖待在暗室里等等，根据这种理论都可以得出有一定可能性的解答。从这个角度看杀死科谢伊或蛇妖，应该承认它出现较晚，而且同火烧老妖婆相类似。新的社会制度、新的婚姻形式，使得人们根本不把完成破童贞的假面人物看成是恩人，而是看成强暴者，他会被杀死。在那些例子中，当蛇妖飞到新娘这里来，新婚之夜在卧室里发生的与蛇妖的搏斗，是很典型的。“‘王子，第一夜别跟

1　Buschan G. Die Sitten der Völker. Liebe, Ehe, Heirat, Geburt, Religion, Uberglaube, Lebensgewohnheiten, Kultureingentümlichkeiten, Tod und Bestattung bei allen Völken der Erde. Liobe, 1914, S. V — VI.

妻子睡在一起，那会倒霉的！最好让我躺在你的位置！’——王子同意了……深夜来临了，突然呼呼地刮起一阵阵风——飞来了一只十二个头的蛇妖。好汉布拉特跟它打了起来，把十二个脑袋统统砍下来从窗户扔了出去。”（阿法纳西耶夫，158，异文）这样一来，我们在此看到的就是双重线索。一方面，被相助者破童贞（故事总是说得很含糊）感觉是件好事；另一方面，又有与强暴者进行战斗并杀死了它。

赖特岑施泰因的理论可以为他很好地解释夫妻之间的宝剑的问题。在俄罗斯故事里，这是个很罕见的母题（奥涅加工厂里的歌谣和故事，162），但在世界民间文学界，这个母题流传很广。赖特岑施泰因指出，新婚之夜在夫妻之间要摆上一个图腾性质的木头雕像。据说是祖先的灵魂来完成受孕，在那个时候，作为新郎是不得性交的。后来这个“授胎的工具变成了分开他们的东西”，变成了在男人和女人之间放一把宝剑。或许这为重新解读沿袭至今的初夜节制提供了可能。卡加罗夫将其说成是一种驱邪的方法。[1]很可能这种节制发端于认为这一夜是图腾祖先使妇女受孕的观念。初夜权由此而来。这个权利后来由具有法力的强者身上转移到了拥有社会权力的强者身上，并成了篡夺配偶权利的手段。

但所有这些议论还是没有解释新婚之夜情景中的一个细节：还没说到为何要折磨新娘。

---

1 Кагаров Е. Г. Состав и происхождение свадеьной обрядности. — Сб. МАЭ, 1929, с. VIII, с. 152 — 192.

值得注意的是，在那些妇女被描绘成阴道里长着牙齿的早期例子中，我们没有碰到过折磨新娘的母题。这些牙齿是一个象征，是女性强大、女性比男性优越的形象表达。拔掉牙齿和折磨是另一个制度下的现象：以此来使女性失去力量。

从此公主就要臣服和听从丈夫了。所有问题都在这里。女性以往的强势早已被男性霸权所粉碎。但仍有一个领域是男性依然要对女性有所畏惧的，那就是女性繁衍后代的强权能力。女性的权力历史地建立在性欲的因素之上，女性凭借这种性欲而强大和危险。是用牙齿这个形式，还是用手压，或是用窒息的方式来表达这一点——并不那么重要。新婚之夜的恐惧是面对尚未被摧毁的女王威权所产生的恐惧。人们要让她丧失这种权力，用只有男性经过的授礼的力量来令其丧失。女性由此被征服，她将所有的权力拱手让给了男人，她从还可以显示她神秘强势的最后一个堡垒退却出来，从此之后男人便独揽大权了。

20. 几个初步结论 这里提到的难题并未穷尽所有的材料。这里还没有把俄罗斯故事里的难题解决完。可以说只是划出了这些难题的范畴，以便揭示在形形色色五花八门的现象中是否有某种一致性或某种系统，是否找到了可以在其中进行历史探究的方向。

究竟做到了什么呢？由对难题及提出它们的条件的研究又可以得出什么样的结论呢？

第一点，原来这么五花八门的难题事实上并非不同种类的、他律的材料。它们显示出彼此之间有着紧密的联系。它们是同一个现象。总体情况可以这样说：主人公在获得公主许婚之前，他要经受各种考验，只有当他走过必须经历的全部路程时（即如果他有神奇的相助者或拥有魔法和魔力），他才能够通过那些考验。尽管难题就其内容而言五花八门，同时它们又显露出某种一致性。主人公以不同的方式证实他去过另一个世界（去寻找、去地狱等地方的难题），或是证实他拥有亡故者的特性。他能变成隐身人（躲藏游戏的考验），他能无休止地吃东西，他没有有个性特征的面貌，等等。在彼世短暂逗留的重要性不单是作为一次旅行，重要的是它的结果。这些结果具有双重性：一方面，这些结果与氏族社会制度的宗教相关；另一方面，它又与婚姻习俗或婚前习俗相关。主人公并非凡人。他通过解答难题显示出他能控制太阳、雷霆、严寒和酷暑，他能带来丰收。这是神话的传统，它反映的是关于创造世界或安排世界的图腾祖先的讲述。这位祖先给人们带来了最早的产自土地的果实，教会人们所有的技艺和本领，他还教会人们跳舞，确立人间的习俗，给人们制定了社会制度。这就是神话传说那条线。

第二点，这类神话反映的又是具体的日常生活现实或实有的仪式。每个氏族都有自己的魔法相助者、自己的护身符和舞蹈及讲述。研究者在其中可以看到其共同的规律性。对于护身符的所有者，对于熟谙某种舞蹈的人来说，这些护身符、这些舞蹈，都是有别于他人的护身符或舞蹈的东西。对难题的分析离不开对相助者及获得它的整个环境的分析。上文已经提到，我们在老妖婆身上看到的是主人公的岳母、姨妈或姐妹。因此，我们上文引用过的博厄斯对夸扣特尔人结婚典礼的描写有着特殊的重要性。原来，为主人公行授礼付钱的不是他父亲，而是他的未婚妻的父亲。这就意味着告知未婚夫的不是他自己家族或部族的秘密，而是他妻子家族的秘密。我们在考察老妖婆时已经看到，相助者是遗传来的。材料得出的结论是，主人公得到的相助者或护身符是他妻子家族专用的，因而有别于相助者的所有其他护身符。如果故事指出，对主人公的考验是考验它是否拥有相助者，那么民俗材料指出的是：对未婚夫的考验则是考验他是否掌握他将通过婚姻进入的氏族组织专有的秘密。为授礼付钱的新娘的父亲有权预先考验新郎，于是在结婚之前要举行典礼，以面部表情表演复现授礼的情景，这时未婚夫要表明他经历过所有理应经受的考验。

三、主人公登基

21．弗雷泽论帝王更替 “难题”不仅出现在结婚之前，也在主人公登基之前。下面我们将会看到，登基伴随着老国王的被弑。在出难题、国王被弑及主人公登基之间有着某种关联。

很难孤立地研究难题的具体历史根源。相反，权力的继承，它从一个人手中向另一个人手中的转移，完全是历史现象，而绝非故事的杜撰。这一转移的形式在历史长河中不断变化。弗雷泽对这些形式其中之一进行了研究并用以下方式来表述：“某些阿利安人在社会发展的一定时期之内，不是把男性，而是把女性看作皇室延续者，并且在以后每一代都将王国传给来自另一家庭——往往是另一个王国——的男性，显然是寻常现象。在这些民族的故事里，关于主人公来到异乡的情节有许多不同说法，他获得了国王之女的许婚，从她那里得到了一半或整个王国。不排除这是实际存在过的习俗的余响。”[1]弗雷泽的推测不仅有故事分析的支持——它或许比并非专门研究故事的弗雷泽所了解的传播得更为广泛。正像弗雷泽本人所指出的，老国王通常会被新国王所杀，这种状况恰恰在故事里保留了下来。至此完全可以赞同弗雷泽。弗雷泽甚至还提出了由于社会发展的阶段性而按照女性这条线（通过国王的女儿）继承的现象。但是，弗雷泽是位资产阶级的学者，因而就是在他摸索到了正确道路的地方，他还是未能摆脱其阶级思维与信仰的限制。

帝王更替的理论是《金枝》的基础。但弗雷泽自己大约也未曾发觉，他将全部注意力都放在了被取代的国王身上。推翻老国王的主人公落在了作者的视野之外，这种情形对于整个理论体系是致命的。对弗雷泽来说，主人公是“任何一个竞争者”“任何一个强有力的人”以及诸如此类。[2]可能故事在这一点上较好地保留了曾经存在过的状况，那时并不是“任何一个强有力的人”都能当国王。弗雷泽也很少论及这一更替的规则。当然不是任何一个人在任何一个时候都能前来弑王篡位。他所触及的唯一标准就是这一更替的周期性。王位更替每过五年或十年或十二年一次（还有另外的期限）。国王患病也会造成王位交接。新国王暴力篡位的原因隐藏在这样的情形中，即国王曾经同时还是祭司、巫师，五谷丰登六畜兴旺要仰仗他，而当他已经老迈或垂老之时，人们就会认为，他开始丧失他那潜藏的法力，灾难危及全体民众，因此要有一个更强有力

1　Фрэзер Д. Золотая ветвь, с. 153.
2　Фрэзер Д. Золотая ветвь, т. II. М., 1928, с. 111; т. I. М., 1928. с. 22.

的后继者来接替他。

我们以为，民间文学材料令人有权断定，这个后继者应该证明自己的法力，而“难题”的根源也隐藏在这儿。

22. 故事里的王位继承 王子继承的是哪个王国呢？他几乎从未继承过自己父亲的王国。他来到异乡，在那里娶了公主，解答出了难题之后，便留在那里当了国王。如果是在政权早就是由父亲传给儿子，而不是由岳父传给女婿的王国里这样讲述，那这就意味着故事在此保留的是更古老的情形。不过，当然了，我们不必惊讶，存在于欧洲君主政体制度下的情形，也会在故事里得到反映。主人公得到公主之后，有时会返回家乡从父亲手中接过王国。这是顺应了较晚的王位继承形式。

主人公登基的经历，有时始于故事的最初几句话。国王昭示全民，他要把自己的女儿和王国的一半送给那位答出了这个或那个难题的人。故事从来没提是什么迫使国王这样做。从弗雷泽提供的材料可以看出，王位更替是周期性的。可以假定故事里的国王干脆就是到期了。类似“从国王那儿降下诏书：谁能造出能飞的大船，就把公主嫁给他”等，宣告发出之日，就是国王将要退位之时。我们将会看到，这样一来，退位就与出难题联系在一起了。从弗雷泽的材料可以看出，国王被推翻的原因之一是他的法力开始枯竭（有时与性能力开始衰退联系在一起）。俄罗斯故事未保留这方面的材料。对俄罗斯故事来说，国王只是人民的统治者，但不是自然界的统治者。不过，有一个多尔干神话，那里面把这种情形说得十分清楚。在这个神话里，国王置身黑暗之中，“不知有太阳，也不知有月亮”。他给人们带来安康：“人虽然死亡，却绵延不绝。”但当他得了一个女儿，并且长到了谈婚论嫁的年龄时，“禽鸟不再飞过，鱼儿销声匿迹，牲畜越来越少，连草都不再生长”以及诸如此类的情形。这是怎么一回事呢？显然，孩子到了婚嫁年龄，新一代的人出现，这些都表明老一辈人该退出舞台，让位于新人。国王已经无法呼风唤雨。接下来，这个国王遭到怪罪，人们说“都是因为他造孽才会暗无天日”。这个国王出了一道难题：捅破天空，让太阳重放光芒。他许诺给做到这件事的人以王国的一半和自己的女儿。[1]这里出现了弗雷泽所言作为一种历史现象的罢黜国王之原始起因——正是因为他丧失了法力，这一起因被清晰地保留了下来。难题、婚嫁以及获取权力，一起构成了一个不可分割的综合体。这个例子极为清楚地表明，一个成年的女儿的存在和求婚者的出现，对于老国王来说有致命的危险。翁婿在此是天生的冤家。如果政权是经女婿来交接，那国王就应该有一个成年的女儿：她到了婚嫁的年龄，她有了求婚者，就到了连同女儿和王国一起送出的时刻。

我们现在明白为什么难题具有双重性了。它们应该能吸引求婚者，因为这是舆论所要求的，但它们又得能吓跑求婚者，因为它们的解决紧接着就会导致要老国王的命。公主同样处于两难境地。作为女儿，她要仇恨那个给她父亲带来死亡的求婚者。作为王位的移交者，她又应该履行自己的公民义务，与求婚者一起反对自己的父亲。她或是努力要杀掉求婚者，或是努力要杀掉父亲。在不同的

1　Долганский фольклор, с. 113 и сл.

故事里，她两件事都亲自动手。

引自多尔干民间文学的例子并非孤证，但它非常完整清晰。俄罗斯故事里也有青年人法力超过老年人的痕迹。“他这么机灵，咱们把女儿许给他吧。”（胡加科夫，94）下文考察在牛奶中洗澡的难题时，我们还会看到国王的这种无奈。

23．衰老 这种无奈是衰老的结果。正是年长、疾病、体弱成为更换国王的动因。这类例子弗雷泽引证了很多。“……在加特里城，由当地酋长执政，他被有权势者用以下方式推举出来。当他们觉得，酋长在位已经实在太久了，他们就会宣布执政者染病在身。这句套话的意思大家都明白：他们准备杀掉酋长。”[1]这种衰老在故事里既有出现在开头的，也有出现在结尾的。“有一个国王很老很老了，他已经老眼昏花”，比如说，他想年轻三十岁，他派儿子们去“寻找青春”，他“老了”，等等（阿法纳西耶夫，171）。故事的开头如此，故事的结尾是主人公登基。更常见的是衰老作为政权更替的原因在结尾出现。“喂，瓦尼亚，我老了，什么都不想要了。整个王国都给你吧，你要愿意好好地过日子，好好地治理王国，我就把什么都给你。”[2]“当国王已经进入垂暮之年时，他把自己的王冠戴在了农民的儿子伊万的头上。”（阿法纳西耶夫，571）

我们发现，在所有这些例子中，政权不是转交给“任何一个强有力的人”，而是转交给解答出“难题”并以此证明自己力量的

1 Фрэзер Д. Золотая ветвь, с. 258.
2 Никифоров А. И. Победитель змея. — Сов. Фольклор, 1936, No.4 — 5, с. 209.

女婿。

24. 神谕　与国王任届期满、衰老降临、力量消失并列，导致新老交替的原因还有一个，这个原因就是神谕。神谕在这里是派生现象，这是显而易见的。人们的意志借神之口表达出来，变成了神说的。“埃塞俄比亚的国王在麦罗埃被作为神明来供奉，但是，当祭司们认为是必要的时候，他们就会派信使给当权者送去赐死令。他们会以取自神明的预言作为命令的根据。”[1] 我们在这里无法进入对神谕及其在宗教与神话里所发挥的巨大力量的实质性研究。我们在此只能涉及这种现象的一个方面。

故事如同历史现实一样，有两种转交王位的方法。第一种方法：由国王通过女儿转交给女婿。王位的转交者就是公主。这是会引发杀死王位所有者以及与其女儿——王位转交者结婚的冲突性情景。第二种方法：王位由父传子，不发生任何冲突。第一种形式是早期的，第二种要稍晚些。随着第二种形式的出现，冲突从现实中消失了，但未从神话中消失，未从人们的意识中消失：意识形态不总是立刻记录下已经发生的变化。如果旧的冲突转移到了新的关系中，就会产生《俄狄浦斯》里的情况，它也在故事里被保留着。继承人不是女婿，而是儿子。在保留冲突并将其转移到新的关系之中的情况下，继承人杀死了王位的所有者，儿子杀死了父亲。还有，在旧秩序下，王位的转交者是国王的女儿；在新的情况下，国王无后嗣，或者新国王是选出来的，或者转交者是国王的遗孀。当

1　Фрэзер Д. Золотая ветвь, с. 255.

要保留与王位的转交者结婚并将其移入新的条件时，神话创造出与国王遗孀——继承者的母亲结婚的情节。儿子娶了母亲。但因为这种情形与社会道德相矛盾，就引入了这种行为的不由自主性。旧秩序还保留着，按照这种秩序是由外来人做继承人。为了让他具备外来人的身份，就必须使他与父亲离别。神谕在这里就发挥了效用。在此得顺便指出，难题依然保留着：俄狄浦斯解答了司芬克斯之谜，但这一难题由展示法力变成了救民于灾厄。登基的权力以此确定，而不是以法力。在政权由岳父传给女婿的情况下，老国王之死是预先注定的现象，因而不需要什么神谕。但在政权由父亲传给儿子的情况下，国王（父亲）死于继承者（儿子）之手就成了某种违反天伦或造孽的事，它得用神的意旨及厄运来补充说明缘由。这一点可以从这些神谕言及侄子和儿子多于女婿看出来。珀耳修斯的祖父预先被告知，他的王位会被孙子夺走，拉伊俄斯会死于儿子之手，珀利阿斯得把王国送给穿着一只平底皮鞋的主人公。他在这个主人公身上认出这是自己的侄子，即其家族的代表。

这些较晚期的例子在故事里反映得较薄弱。故事保留的是更古老的情形：主人公杀死他的岳父，娶亲，并且不用什么神谕就夺得了王位。只有在被杀或被贬黜的是他父亲的地方，这个神谕才会出现。如果预言提到的不是父子而是翁婿，那故事所保存的就是晚期出现的特征。关于富翁玛尔克的故事即属此类。它与其说是具有故事的性质，不如说是具有传说的性质。这个故事有一个版本里说，他接替了这片领地的主人（斯米尔诺夫，242），然而对于民间文学研究者来说，这意味着："他接替了这个王国的国王。"在德国民间文学中，这个故事讲的不是商人，而是国王。“有一个穷妇，她生了一个儿子。因为他是带着胞衣生下来的，便有人预言他会在十四岁的时候娶国王的女儿。”（格林，23）国王千方百计企图折磨主人公。这些例子说明了一个观察结果，即国王要死于继任者之手是早就知道的。还有就是，在故事里如同在历史现实里一样，这种情况是借神谕表达出来的，而且神谕出现时，在人们意识中对这种王位更替形式的必要性已经产生了动摇。

25．故事里的弑王　不过，故事里老国王被杀及将王国让给女婿是不是真有其事呢？乍看似乎不全是这样。冲突也可以平安化解。国王将王国的一半送给女婿，然后两人共同执政——这里任何杀戮都不曾发生。或者是主人公在娶了国王之女后，平和地等着岳父的大限，直到岳父驾崩之后才登上王位。或者是国王在世时，他依然以一个食客的身份寄居。还有其他一些回避和缓解冲突的形式。但所有这些例子都没能掩盖事物的本来面目。第一，主人公获得了整个王国；第二，老国王在此情形下被杀死。

主人公获得的是整个王国，而不是一半——这种情形在故事里十分平常，其存在不需要任何证明。举几个例子吧：“于是把自己的女儿许给了傻子伊万，还把自己的整个王国也给了他。”（斯米尔诺夫，221）“把自己的整个王国给了他。”（胡加科夫，1）“谁能做到这个，就把整个王国都给他。”（泽列宁，维亚特卡省故事，114）“给了他整个王国。”（阿法纳西耶夫，185）等等。这些例子保留了本原的、历史证明是确凿无疑的形式，其实“王国的一半”是后来出现的故事式的代替说法。

还可以说说弑王。故事企图掩盖或淡化这一情况，但是做得不太成功。国王在故事里是怎样被杀的呢？有时是借助所获得的宝物杀死了国王。主人公的魔力武器在这里成为国王的死因。甚至连自动弹奏的古斯里琴都能作此用。“傻子用花堵上了自己的耳朵，去了国王那里，让会自动弹奏的古斯里琴演奏。琴声一响，国王和他的大臣们以及宫廷卫兵全都睡着了。傻子从墙上摘下宝剑将国王杀死了。”（阿法纳西耶夫，216，异文）“‘嗨，大棒子，打啊，使劲地打啊！’大棒子扔了出去，一下接一下打在国王身上，直到打死了这个恶王。傻子做了国王，长治久安。”（阿法纳西耶夫，216）国王在这里被说成是恶王——这无关大局。还有一个故事的异文里突然出现了一只吃人的狼，把国王给吞吃了。这只狼是主人公的相助者，与大棒子、木笛等宝物的功能相同。“傻子当了国王，跟他那美丽的公主和狼一起过上了幸福长久的生活。”我们在阿法纳西耶夫的第212号故事里发现了一个特别有趣的例子。在这个故事里，老国王死于敌方的军队：“国王看见他的军队开始逃跑，就自己扑上去阻挡敌军，有什么用！不到半个时辰，他就被杀死了。当战斗结束，民众聚集过来请求射手，让他把整个国家掌握在自己手里。他同意了，于是当上了国王，他的妻子就成了王后。”这个例子的有趣之处在于：通过把国王出卖给敌人来杀死他的情况确实发生过。这也是弑王的一种形式。这种形式是后来出现的，已经是向各种折中的过渡。这类习俗在中安哥拉流行过，那里的国王封号为玛吉阿木卜。一个葡萄牙考察队发现了以下情形：“我们的玛吉阿木卜……一般或者是战死，或者是横死。现在的玛吉阿木卜面临的是被处死，因为他已经为自己求得了足够长的生命。在向玛吉阿木卜发出死刑判决之后，我们一般会请他参加对敌作战。在这种情况下，我们会陪同他全家参战。如果他囫囵着生还了，我们会再次投入战斗，会接连打三天或四天。此后，我们会出其不意地将玛吉阿木卜和家人交给命运的安排。”[1] 在这些情形下，国王是与家人同归于尽的。如果说在这里没有故事与现实之间的直接的从属关系，那么这个例子表明，作为一种与新生事物发生矛盾的习俗（或者母题），其变形过程是完全一样的。无论在故事中还是在历史上，都是让国王死于作战，而且这种形式取代了曾有过的窒息之类的残杀。

但这一类弱化了的折中形式并不是必然的。可以找到一些老国王直接被杀死的例子。“父亲说：‘好，你现在就砍掉我的头吧。’兵士答道：‘我不能砍你的头。’国王的女儿抓过马刀说：‘国王说出的话从来不能变。’她把国王的脑袋砍了下来。”（泽列宁，维亚特卡省故事，105）“只看她抓起马刀就砍下了国王的头，然后扯着这个牧人的耳朵在他的嘴上亲了一下。‘你就是我的丈夫，我是你的妻子。’”（斯米尔诺夫，30）等等。

26．假冒主人公　这样一来我们就会看到，老国王的横死根本不是意外。但这种情形毕竟与已经确立的父子相传继承有矛盾，“假冒主人公”可以用来解释回避这种横死的企图。另一方面，故事里还有一种回避这种局面的方法，该局面与故事讲述者所处时代

1　Фрэзер Д. Золотая ветвь, с. 255.

已经确立的历史现实并不符合。主人公登基前不久，故事临近结束时，引入了一个意想不到的新人物：这就是某个将军或者运水人，当与蛇妖作战时他待在灌木丛的后面，而随后将整个胜利都归功于他。无论是历史生活中，还是在仪式、信仰、神话的领域，都没有这个形象。我们应该将它看作是一个产生于故事自身土壤的纯粹的故事形象。我们认为，这个形象是一种“替罪羊”，它完全是根据在仪式领域以及民间文学领域创造类似替代人物的同样的原则创造出来的。它的功能——就是将横死、惩罚、杀害这些最初加之于国王的东西放在自己身上。登基、结婚以及某种横死、某人被杀掉的综合体在这里保留下来，只不过把杀戮由一个人物转到另一个特定的引入人物身上。

27．绳索桥　老国王的横死有时会以另一种方式发生。人们让他踩着一根绳索或细木杆走过一个大坑，他跌了下去。这种情形通常是与主人公携得美人归联系在一起。国王想娶这位美人，但主人公不答应。他说：“‘我挖一个深坑，在坑上搭一根细木杆，谁能从细木杆上走过去，公主就归谁。’‘好吧，瓦纽沙！你先走！’”主人公顺利地从细木杆上走了过去，老国王却掉进了坑里（阿法纳西耶夫，137）。在此必须考察一下窄桥母题的本身以及它在该情形下的使用。这一母题的起源并无任何疑义。大量材料表明，这一母题源自一个观念，即一座窄细的、有时是一根头发做的桥隔开了阴阳两界，死者或死者的灵魂从这座桥上通过。舍夫特洛维茨收集了很多的有关这座“地狱之桥”的材料。[1]印第安尼克部族的人认为死者是去一个“哑巴国”，他们应该从一根头发做的桥上过河。这时会有一条狗来帮助他们。[2]在北美有一种关于桥的观念，这座桥是顶在一头水牛的脑袋上的，只要有人踏上这座桥，水牛就会低下头。[3]有趣的是，桥的母题几乎总会包含着动物。因纽特人的观念中也有细如刀锋、穿越深渊通往阴间的桥。[4]这些观念流传很广。[5]在拜火教中，这个形象非常突出。“死后第四天，灵魂在太阳升起的时候到达特申瓦特桥畔的审判之所。过桥之前，恶鬼要自诉罪孽。在很准的秤上称量做过的好事和坏事。完了之后，灵魂应该走过一座危险的桥……信守教规的灵魂可以在一位漂亮姑娘——其善心的体现——的引领下，在守卫桥的善犬的护送下欢欢喜喜地走过去。之后灵魂来到了天堂，最终来到了阿胡拉玛孜达的黄金宝座旁……恶鬼则找不到帮手。它们在细如发丝的桥上踉跄而行以至跌入深渊。恶魔抓起它们将它们带往黑暗之所。”[6]

故事里的桥是所有这些观念的反映。它是细窄的、用一根头发做的、光溜溜的，它的下面就是深渊。

不过，这个观念与弑王是怎样联系在一起的呢？我们认为，

1　Scheftelovíz Ⅰ. Das Fisch-Symbol in Judentum und Christontum. — ARw, 1911, Bd. XIV. S.1 — 53.

2　Krickeberg W. Märchen der Azteken. . . Jena, 1928, S.286.

3　Kroeber A. L. The religion of the Indians of California. — Publ. Amer. Archaeol. And Ethnol. (Univ. of California, 1907, vol.4, No.6, p.85).

4　Nansen F. Eskimoleben. Leipzig; Berlin, 1903, S.221.

5　Штернберг Л. Я. Первопытная религия в свете этнографии, с. 204 — 207.

6　Achelis Th. Die religion der Naturvölker im Umriss. Berlin; Leipzig, 1919, S.17.

引证的材料允许我们得出以下结论：过窄桥发生在死后；再者，没有相助者就会跌下去，相助者开始是动物性的，后来是以善事化身的形式出现。在宗教观念中是死亡后果的东西，在故事里作为死的原因。可以认为国王被杀，显然以此为前提，即他丧失了法力（他正是因此被杀的），所以过不了桥，于是跌入深渊。

故事将这个因素移入了生活范围，并将它由死亡的后果变成了死亡的原因。这种转移在艺术上是完全有理由的，因为它包含了对老国王的谴责，指出他的软弱、笨拙——其法力减弱的反映。

28．煮沸的牛奶 除了桥的考验之外，故事里还有一个将其引上死路的对老国王的考验，这就是煮沸的牛奶的考验。"'你是老人，我是年轻人。我知道一种能把你变年轻的办法：在院子里放两口锅——一只盛上羊奶，另一只盛上清水；傍晚时分把一切都准备好。'伊万在锅里洗澡后变得别提有多英俊了，而那个国王在锅里被烫死了。"（斯米尔诺夫，321）

与吊桥的母题相比，这个母题显得有些模糊。第一，是一些含糊其词的证明材料说被杀的国王在送命前要经受仪式性的沐浴。例如，在（南印度）科维拉卡尔省，兼为祭司的国王执政十二年，十二年后就要举行庆祝。"要给国王造一座木台，台上披绸挂缎。到了举行庆典的日子，他在音乐的伴随下，由盛大的队伍簇拥着走向水塘完成洗沐。"[1] 然后国王就在这座木台上完成自杀，他割下自己的鼻子、耳朵、嘴唇和全身柔软的部分，他将这些东西抛入

1 Фрэзер Д. Золотая ветвь, с. 262.

人群。他似乎是用自己来献祭。随后国王割断了自己的喉咙。不过我们在这里看到的是一种地方风俗，而且沐浴在此多少有点偶然。另一方面，我们有一些材料证明，死者的灵魂在阴间要经受沐浴（就像故事里讲的，是沐浴两次）。比如说，按照卡基奥斯印第安人的观念，冥神有两只桶：一只装的是开水，另一只装的是凉水。当“黑色的灵魂”（即有罪的灵魂）经过两次沐浴，变成了白色——那就可以升天；否则，它就得去做多年的苦工。[1]

类似的材料将我们引入与窄桥相同的概念范围。不过，在故事与这些记述之间还有一个区别：我们在这里看到的是水，在故事里通常是奶。在上面所引的例子中是羊奶，有时说是牛奶，有时没提是什么奶。经过这种奶的沐浴可以使人变美。主人公变成了一个美男子。不过，爬过马耳朵他也能变成这样的美男子。我们在这里看到了沐浴使人年轻、纯洁的观念，与此同时还看到了这种沐浴与钻过动物身体的联系。如果说在俄罗斯故事里主人公钻的是马耳朵，那么在格鲁吉亚故事里，就要求他在从住在海底的马身上挤出的奶里洗澡。[2]在同一个格鲁吉亚故事里，老国王在锅里被煮死了，可是当主人公被放进奶里去的时候，马从耳朵里掏出雪来撒进奶里，用这种方法把奶变凉了。因而，我们恐怕得做出以下推论：主人公的变形和加封仪式是这个母题的基础。杀死老国王的母题被人

1　Schilling J. und m. Religion und soziale Verhöltnisse der Catios-Indianer in Kolumbien. — ARw, 1925, Bd. XIII, Hf.3/4, S.278 — 297.

2　Тихая-Церетели М. Г. Женский образ mze unagav грузинских сказок. — В кн.: Тристан и Исольда, с. 157.

为地与它结合在了一起。至于去死者之国经历面貌的改变——这是已知的，我们在此看到的是这一观念的反映。

29．结论 从所有论述中究竟可以得出哪些结论呢？不能说所有细节都完全弄清楚了。但至少有一点是明确的：主人公与老国王之间争夺王位是有足够历史依据的现象。故事在此反映了政权通过女性、通过女儿由岳父向女婿手中的转移。故事还指出了另一点：女婿在获得公主许婚以及随之而来的王位之前，先要经受与他学到的技能相关的考验。这个考验是婚前进行的，与此同时，它应该展示出主人公控制自然的能力。故事还保留了向新秩序过渡的痕迹。新秩序对旧形式发生了影响，于是就出现了与俄狄浦斯登基相类似的现象，或者说故事让新秩序去适应旧形式，以送给主人公半个国家等方式平和地化解冲突。这些现象就内容而论本身并不符合历史，但对它们的解释只能是历史地归结为：一种制度代替另一种制度后产生的不适应和矛盾。

四、魔法逃遁

30．故事里的逃遁　故事以结婚和登基结束。但还有一个在故事里没有固定位置的母题，我们如果不去研究一下的话，那我们的评述就是不完整的，这就是被称为魔法逃遁的母题。

相对于紧随逃遁后出现的那些母题而言，它没有一个固定的位置。但它一般在故事的结尾，有时会在结婚之后。故事可以结束于在老妖婆或是别的赠予者那里待过之后，得到所寻之物之后，与蛇妖作战之后，结婚之后，等等。这些阶段的每一个之后都可以出现逃遁与追捕，并且有这样一种倾向（不是规律），即视逃遁所产生的阶段而赋予逃遁和追捕以固定的形式。例如，在老妖婆那里待过之后，主人公会逃跑。在这类情况下，他常常得救于向身后抛物，抛梳子——变成森林，抛石头——变成高山，抛手巾——变成河流。或者他得救于爬树，他从一棵树跳到另一棵树上，而老妖婆会啃咬树干。姑娘有时在炉灶上、苹果树旁、小河边寻求庇护，它们将她藏了起来。如果姑娘是从林中强盗那里逃出来，她就会藏在路遇马车夫的装着干草或瓦盆或皮子的大车上。男孩子为摆脱魔法师的追踪，先后变身为鲈鱼、鸟儿、谷粒、车轮等等。魔法师相应地变成狗鱼、鹰、公鸡等等。被带走的公主也变成了鱼、天鹅、星星，行家还是能捉到她。在与蛇妖作战之后，主人公有时会被蛇母所追：她同女儿们变成诱人的水井、床、苹果树，蛇母自己跟在他后面追，想把他吞吃掉。去过女王那里，偷到了返老还童的苹果之后，主人公骑着马飞身而去，公主跟在他后面飞。但老妖婆为他换了马，于是他顺利脱身。骑马追他的还有科谢伊。主人公与水妖的女儿结婚之后，他跟他的意中人变成了教堂和牧师、水井与水桶等等后获救。最后，主人公有时乘飞船脱险，而从天而降的追赶者用火烧他，或者反过来，是主人公点着了火药，烧焦了追赶者的翅膀，它因此摔了下来。

我们历数了十种类型的追捕与获救。阿尔奈专门研究了逃遁，他计算的只有两种形式，而约赫尔松在著作里论及逃遁时，根本没有对逃遁与追捕的形式进行区分。[1]

问题在这里要分为两方面：第一方面的问题是逃遁母题本身的起源是什么，第二个方面的问题是其形式的多样性。我们在此无法去专门研究逃遁的所有变体。我们将要研究的，只是那些能够在一定程度上阐明整个逃遁问题的形式。

31．抛梳子及抛其他东西的逃遁 在这些例子中，孩子们常

1 Aarne A. Die magische Flucht. Helsinki. 1930. (FFC, No.92); Иохеоьсон В. М. *Магическое бегство* как общераспространенный сказочно-мифический эпизод. — В кн. Сборник в честь семидесятилетия профессора Д. Н. Анучина. М., 1913, с. 155 — 166.

常是从老妖婆那儿逃跑（但常跑得不很远）。他们朝身后扔燧石或小石块——石头变成了山。他们扔的还有梳子和手巾，这些宝物正是主人公从老妖婆那里偷来的。或者，如果逃跑者是骑着马获救，这些东西就是从马的耳朵里拿出来的（阿法纳西耶夫，201，异文）。从耳朵里掏出来的木头片变成了树林，小瓶子变成了河。

我们不再引证异文和变体了。它们在阿尔奈和约赫尔松的著作里已经被引证了很多。我们如果对几个异文进行一番比较的话，其数量解答不了问题。我们发现的只有一点：这一形式不单是与老妖婆有关时才会遇到，如从熊王那里逃跑（阿法纳西耶夫，201），还有在菲尼斯特的故事里（泽列宁，彼尔姆省故事，67），以及从美人叶莲娜那里逃跑（阿法纳西耶夫，176），等等。我们应该根据它与故事整体的关系以及根据若干历史上有过的类似事件来理解它。

让我们先来看看若干类似事件。美洲的类似事件表明了下列特点：主人公偷的常常不是能在追捕时救他的东西（就像在我们这儿偷的是布块），而是火。这是非常本质的区别。火是由他带到人间的，他是火的创始人。但主人公又不仅仅是火的创始人，他还是树林、河流和山峦的创始人，他向身后抛物创造出了它们。这也是一个非常本质的区别。他扔到身后的东西也有别于故事里所扔的物件——这是动物的某些部分，例如，树林是头发变成的，湖泊是鱼油变成的，等等。这给我们解释了为什么在俄罗斯故事里，主人公有时从马耳朵里拿出木片，而且这木片变成了树林。这样一来我们就会看到，树林、山峦与河流都是由相助者的力量构成的。我们已经知道相助者是如何得到的，我们也知道相助者是主人公魔法能力的负载者。还有一个区别，在俄罗斯故事里扔东西就行了，在美洲神话里，这类情况下有时还要打着拍子唱歌。[1]这些材料使我们做出以下假设：扔梳子母题正是作为创世神话产生的。

但这是否与故事的整个进程，与我们所了解的有关主人公的一切相矛盾呢？这里没有任何矛盾。反过来，倒是能对故事的某些荒诞不经做出解释：故事主人公偷的那个东西，在他被追捕时救了他。对比表明，以前这里出现的是另一个东西。我们前面已经在主人公身上看到了创世者的形象。我们看到，他使太阳复位，他加快丰收，而且是从另一世界带来的这些能力。在此我们会看到同一观念的零星残余。统治自然界的权力是从另一世界带来的。

在美洲神话里是郊狼和狐狸偷的火。它们“从这头跑到那头，追捕者也跟在它们后面到处跑。这就是约古姆河（Yoagum）之所以弯弯曲曲的原因”。在这个例子中，是逃跑者，同时也是火的盗取者为人间创造了河流，同时拯救了自己。主人公也是这样创造了树林、山峦和河流，整个神话就是在历史背景衬托下的自然造物主神话。

必须说明，在关于这一对象的文献中尚无定论。约赫尔松在运用纯描述的方法进行研究之后，承认破解这个母题于他而言是不可能的。这里提出的假设不过是假设而已，仅此而已。鲍戈拉兹提出了另外一种假设：“这个神话本身的结构与弗洛伊德学派关于梦

1 Boas F. Indianische Sagen... Berlin, 1895, S.72, 99, 187, 240, 267 etc.

境和神话类似的理论相符，因为这个有三迭式和怪物冲破篱笆抓住跑掉的牺牲品的锲而不舍的意图的神话，很能让人想到梦中产生形成的难以摆脱的追捕形象。”[1] 这样一来，我们看见的是，就连鲍戈拉兹这样的大学者，也不比弗洛伊德主义走得更远。提到阿尔奈的理论，下文还有几句话要说。我们应该把这种形式跟其他形式做一番对比，以求寻找到某种具有普遍性的解答。

32．变身逃遁　这种形式主要是《海王与聪明绝顶的瓦西里莎》（阿法纳西耶夫，219 — 226）类型的故事所特有的。此处拥有魔法的是被劫的水妖女儿。“她将马一转身——变成了水井，自己摇身一变——成了一只水桶，而王子被变成了一个老翁。”第二次她“让王子一转身——变成了一个老牧师，而她自己呢，变成了一座破教堂”。到第三次，“她将马一转，变出了流着蜜汁的河、满是果子羹的河岸，王子变成了一只公鸭，她自己变成了一只灰鸭。妖王扑在果子羹和蜜水上又吃又喝——直到撑破了肚子！这下子可就要了他的命！”（阿法纳西耶夫，125a）

专门研究过逃遁的阿尔奈，据他所知欧洲以外这种形式的记录只有六例，而在欧洲发现的形式如此之多，他没法计算。我们将阿尔奈的这种地理原则变成历史原则。对我们来说，美洲、非洲、波利尼西亚和亚洲的神话都是研究故事的资料来源的一部分，它们提供了处于更古老的发展阶段上的故事。如果这种形式在美洲、非

1　Богораз-Тан В. Г. Миф об умирающем и воскресающем звере. — В кн.: Художественный фольклор. М., 1926, I, с. 68.

洲及其他地方都没有，那就意味着这种形式是后来出现的，它是在故事本身的土壤中，而不是某种原始关系的土壤中被创作出来的。逃跑者所变的那些千篇一律的东西说出了这一点：水井和水桶，教堂和牧师。如果我们在尚未发生阶级分化的民族的神话里看到这些形式，那么我们就应该指出，教堂替代了哪些以前有过的东西。但没有这种材料，我们就只能停留在假设母题产生于已经有了教堂和牧师，即已经有了故事，也就是相对较晚的时期。只有湖泊或河流作为逃遁与追捕的最后一环，可以是确实早就存在的。我们在上述形式中已经看到了。

当教堂、树以及其他东西都能作为骗过追捕者的手段的时候，水本身就能成为他的障碍，就像上述形式里的树林、山峦和河流。这样说来，这种形式的第三个环节与上述形式的第三个环节完全一致。它整个是对这种更古老的形式的效仿。阿尔奈认为，一般来说，在这里研究的所有形式（变身逃遁）均由前者变形而来。他按照芬兰学派的方法仔细研究了这两种变体之后，将每一个都归入它们的原型，他写道："毫无疑问，一种说法是由另一种改造而来。照我看来，轻而易举就能得出这个结论。只要比较一下这些说法的传播程度就行了。"[1] 总之，如果一种形式很罕见，而另一种很常见，那么前一种就是从后一种来的。这个论断听起来失之天真。为了证明这个论断，需要用材料指出过渡的形式，需要指出一种形式向另一种形式过渡的各个阶段。阿尔奈当时收集到的极其丰富的材

1 Aarne A. Die magische Flucht, S.93.

料恰恰可以得出结论说，所有例子或属于这一种变体，或属于另一种变体，这些材料本身构成了两个原型，而不是一个。因此更准确地说，我们至今还是不知道这个变体是如何产生的，我们只能做带有某种程度可能性的论断：一种产生得早一点，另一种晚一点，或干脆晚很多。至于说一个是产生自另一个——这就无法确定了。

33．蛇妖变身为水井、苹果树等等　但另一件事可以肯定地确定。有时变身的不是逃跑者，而是追捕者。在与蛇妖作战之后，蛇妖家族（他的姨妈、姐妹）追捕逃跑者。为了杀死他，她们变成了在其他故事里是逃跑者所变的那些东西——苹果树、水井和水桶。如果主人公吃了苹果或喝了水，那就会丧命。在这些例子中只是缺少教堂，这完全可以理解，因为蛇妖和蛇母都跟鬼魅是一家，因而是不会变成教堂的。这些东西与逃跑者所变的东西的相似，使我们想到是一个形式直接出自另一个形式。但其中哪一个更古老——这就没法说了。就像在上面提到的例子，追捕与获救这种形式的第三个环节——就很古老。在此之后，当蛇妖的追捕失败（在这个片段之前故事里从未提到这些蛇妖，它们是专门引进的），母蛇妖飞来接着追，它想把逃跑者吞下去，这个例子上面已经研究过。

34．逃遁与不断变身的追捕　我们看到了追捕与获救的三种变体或说这个类型的三种形式。在讲西梅翁七兄弟的故事里（阿法纳西耶夫，145），是被劫持的公主充当了逃跑者的角色，而在后面追赶的是主人公，更确切地说是七兄弟："公主变成了一只白天鹅，从船上飞走了。"一个弓箭手射伤了她，一个会水的抓住了她，一个郎中治好了她。更完整的形式提供了一系列的变身。“她跌了下来，她撞到了船上，她变成了一只鸭子然后飞走了……”“她撞到了船上，变成了一颗小星星，接着升上了天空。”弓箭手将她射了下来，星星落到了船上（斯米尔诺夫，304）。

在这些例子中，逃遁与追捕都表现得十分鲜明。这里变身的既有逃跑者，也有追赶者。在那些王子之妻被变成鸟儿、鸭子之类的东西，然后王子努力使其恢复人形，而她又变身为一连串的动物的故事里，逃跑的性质不甚明了。可是这里从一种动物变身为另一种动物的速度之快比较明确。“他一把抓住了玛利亚公主。她摇身一变成了一只青蛙，接着又成了一只蜥蜴和爬虫，最后变成了一只滕鹬。”（阿法纳西耶夫，101）“等她飞来的时候，你想办法抓住她的脑袋，等你抓住了——她就会变成一只青蛙、癞蛤蟆、蛇和其他的爬虫，然后变成一支箭。你把这支箭拿过来折成两段。”（阿法纳西耶夫，570）

在这两个例子中，无论是被抓到的还是失而复得的公主，都变成了一系列的动物，以反抗被抓回来或被从另一个王国带回到人间。

连续变身类的第三种情形，我们在《绝技》（阿法纳西耶夫，249—253）类故事里可以看到。故事里讲学生从魔法师那里逃跑了。逃跑的学生变成了马、梅花鲈、谷粒、鹰。追赶的魔法师相应地变成了狼、狗鱼、人、公鸡。鹰把公鸡撕着咬死了（阿法纳西耶夫，249）。

所有这些变体都可以一起进行研究。但沿着哪个方向去寻找这个母题的起源呢？如果我们采取通常在这种情形下所采取的描写的途径，那我们将一无所获。如果假定姑娘变身为动物是出自人在死后变为动物的观念，我们就摸索到了一个可以继续推进的方向。我们会注意到公主变成了鸭子，接着王子将她变回了人形。鸭子是分布很广的一种动物，其形象与死亡联系在一起。变回人形反映了复生的观念。让我们循着这个方向寻找一些比较材料，让我们来看看，它们是否让我们获得某种解释。

从死者之国返回生者之国时要变身为动物。“非洲的约鲁巴人和波波人相信，好人死后过的日子是化身为各种动物，或者说得更准确点，是灵魂按照各自的意愿物化为各种动物。”[1] 埃及也有类似的观念：“如果他（死者）不喜欢再在那儿待下去，他可以回到人间，寻访那些对他来说曾经是很珍贵的地方，他可以住在自己的墓里，就在那里接受供奉。或者他可以变成鹭鸟、燕子、蛇、鳄鱼、神，愿意变成什么样子就变成什么样子。”[2]

这些材料表明了什么呢？它们见证了死者外貌不被想成与某一种动物有关观念的历史性。死者可以自己定夺变成不同的动物。接下来，我们还会看见，这一观念与死而复生的观念相伴，死者重返人间时变成了各种各样的动物。这个观念无疑出现得比较晚。我们接下来还会看到，古希腊罗马文化中这种观念格外丰富。在社会发展早期阶段它尽管比较少见，却带有原初时期的鲜明纯净。如果

1 Hambly W. D. Serpent worship in Africa. Chicago, 1931, p.25.
2 Wiedemann A. Die Toten und ihre Reiche. . . Leipzig, 1902, S.32.

给它添加上第二个人物，添加上追赶者，那这种变身就变得飞快，一个紧接着一个不断地变。例如，在太平洋神话中有一个例子，“丈夫想把自己的妻子从死者的世界弄回来，但她躲着他，变成了各种鸟儿的模样”。[1]这里明确点出了故事里已经湮灭的东西：这种变身是发生在被迫从阴间返回的时候。死者抗拒并努力用各种新的变身来回避它。

在灵魂观念已经形成了的地方，会产生不是整个人而只是其灵魂化身为动物的观念，会产生灵魂转生的学说，其经典形式产生于印度。因此在一个讲到绝技的藏族故事里，有关逃遁与追捕的一个片段是这样讲的：“国王的灵魂从鱼身上跳到了从身边飞过的鸽子身上。”（《古风今存》，第419页）我们在西伯利亚萨满教中可以看到同样的招魂现象。布利亚特人的萨满在树林里、草原上、水底下为病人招魂，与魔法师找逃跑的男孩一模一样。如果他招不回灵魂，他就应该前往死者之国。有时只有拿另一个灵魂去换，死者之国的统治者才会答应放走被招之魂。“如果患者同意替换，萨满就变作一只鹰，扑向朋友（即病人的替代者）的灵魂，灵魂便化作云雀离开这个昏沉的躯体，并将这个颤抖挣扎的生灵交给阴沉的死亡主宰者，随后他便会将死者的灵魂放生。”[2]

我们在这里看到的正是故事里也有的东西，当逃跑者变身为一只天鹅时，追捕者就变成一只猛禽扑向他（阿法纳西耶夫，

---

1 Frobenius L. Die Weltanschauung der Naturvölker. Weimar, 1898, S.11.

2 Frazer J. The golden bough, vol. II. 3rd ed. London, 1913, p.57.

251）。西伯利亚诸民族常常将这个母题讲述成萨满为死者招魂。"老人朝死者的脸上看了一眼。没错，就是他儿子。他勃然大怒，向儿子扑过去。儿子跑开了，摇身一变化作一只潜鸟腾空飞走了。老人变成一只鹰赶紧跟了上去。"[1]这样一来，我们看到的还是连续变身为动物发生于不得不从阴间返回人世的时候。

如果这些观察和结论是可靠的，那么它们可以解释古希腊罗马文化材料中的许多东西。这一观念的古希腊罗马版本及形式常常与故事类同，但它们自身也像故事一样扑朔迷离，需要通过旁证来得出解释。

"她在我的怀抱里化作狮子、蛇、火焰、水汽。"在索福克勒斯失传的悲剧《阿喀琉斯的崇拜者们》里，珀琉斯提到忒提斯时如是说。[2]忒提斯是涅柔斯之女，海中神女，永生的女神，她住在水下王国里，"她不愿意按照宙斯的吩咐嫁给凡人"。[3]有预言说，她的儿子将会比她的父亲强大。由于这个原因神灵们都不希望做她的夫君，所以她不得已下嫁凡人。她变身的时刻就是她走出地下或水下王国进入人间的时刻。对抗性在这里是十分清楚的。涅柔斯就是以这种方法——连续变身——保护自己，免受赫拉克勒斯的进犯。河神阿刻罗俄斯在与赫拉克勒斯的战斗中也有一系列的变身，他变

1　Чернецов В. Н. Вогульские сказки. Л., 1935. с. 78. — Цитата с опущением личных имен.

2　Софокл. Драмы/Пер. со введ. и вступ. Очерком Ф. Зелинского, т. III. М. 1915, с. 280.

3　Тронский И. М. Античный миф и современная сказка. — В кн.: С. Ф. Ольденбург: К пятидесятилетию науч-обществ. Деятельности. 1882 — 1932. Л., 1934. с. 531.

成了蛇和公牛，只有当赫拉克勒斯折断他的牛角时，他才承认自己战败了。在所有这些例子中，变形的都是水中之物。故事里的公主就是在船上变成了动物，而灰鸭是来自河中。

姑娘变身的最后一个环节是变成纺锤，必须将这个纺锤折断从肩膀上扔过去。古希腊罗马材料里，作为最后一个环节的是被折断的牛角。我们应该将从动物变为物件看作是较晚形成的。被折断的牛角跟被剪下的毛发是一样的现象——意味着失去力量。在人临死前折断东西的事在很多地方都有，在被判死刑者的头上折断长剑，或在临结婚时折断一根小棍的习俗保留至今。折断东西伴随着一种状态向另一种状态的过渡。

这样说来，尽管远非一直如此，古希腊罗马文化的世界还是在与连续变身母题的结合中保留着两个世界的联系。马尔滕在引用拉德马赫的著述时，引了一个例子，“塔那托斯能变成不同的样子。恩浦萨也属此类”，[1] 这种能力正是地下和水底生灵所具有的。“地下王国的统治者珀里克吕墨诺斯从海神波塞冬那里得到了一个能改变自己外貌的礼物（sich in die mannigfachsten Gestalten zu verwandeln），冥王哈得斯也有这个礼物。”众所周知的普洛透斯亦属此类。拉德马赫引证了相当多的材料，他在这些材料中只发现了一点：此类变身与水的自然性的联系有一定的恒久性（这个礼物是波塞冬所赠等等）。由此拉德马赫得出结论说，母题本身是作为对

1 Malteen L. Das Pferd im Totenglauben. — Jahrbuch des Kaiserlichen deutschen Archäologischen Instituts, 1914, Bd.29, S.130.

水的变化无定、对波浪嬉戏等的观察而产生。水里的生灵也像水本身一样多变，这里所研究的变身不是别的，正是水中神灵的各种表现（Epiphanie der Wassergötter）。[1]从所引用的材料来看全然是另外一回事，拉德马赫的观点应该说是错误的。对材料进行孤立的、纯粹描述性的研究时，这类错误在所难免。

35．决定性的障碍　不必研究追捕的其他变体了。我们已经对其最重要的、“经典的”形式进行了研究，并得出以下图景：在历史背景下，出现在我们面前的逃遁与追捕的基本形式，是建立在从死者之国向生者之国返回之上的。阿尔奈倾向于这样的结论，尽管它全然不是出自他所引证的材料。阿尔奈发现，最后的障碍常常是水，是河，并且顺便将这条河与划分生死两界的那条河进行了对比。河作为最后的障碍确实有着特殊的意义。追赶者可以钻过丛山和森林，河最后挡住了他。前两个障碍是机械的，最后一个障碍是魔法障碍。这个障碍的确被故事解释成机械的：追赶者试着把水喝干。不过这个形式是派生的，显然是因为常常出现的不是河，而是湖，因而追赶者从来不会打算绕过它。阻挡他的正是作为一条界限的水。另一方面，这条河常常是烈火熊熊。“‘刷子呀，你变成一条火焰河！’……他们无计可施，只得向后转。”（胡加科夫，1）“整条河成了一条火河。”（阿法纳西耶夫，175）“她挥了一下头巾，于是变出了一条火焰河。”（泽列宁，彼尔姆省故事，55）“伊万王子朝身后挥了一下手巾——突然变出了一个火焰湖。”（阿法纳西

1　Radermacher L. Das Jenseits im Mythos der Hellenen. Bonn, 1903, S.107.

耶夫，117）

我们在上文已经看到，火焰河划分出两个王国。但就是在没有出现河的地方，魔法界限的感觉有时也表现得很清楚。“好汉一到了自己的地盘就不怕她了：她只能看着他，却没法跳到这边来。”（阿法纳西耶夫，171）现在我们明白为何追赶者不能逾越界限了：他的权力扩展不到生者之国。

另一个故事里表现的也是同样的意思，但讲故事者无意间自己给这个现象抹上了有点不解的色彩：“他追呀，追呀，就差十俄丈就追上了。她乘着飞毯飞进了罗斯，而他却不知怎么一回事就是进不来，他掉头回去了。”（阿法纳西耶夫，267）显然，讲故事者无意间给自己提出了一个问题，为什么追赶者不能进到“罗斯”里呢？

类似结论与故事整体的情节发展所提供的所有图景是完全一致的。我们已经知道，主人公深入“另一个王国”。我们在极远之国里和特殊形式——树林里（包括魔法师居住的树林在内）辨认出了作为死者之国的这个王国。他是作为一个活人、作为窃取者和破坏者来到那里，他激起了这个国度的主宰者的愤怒并招来了追捕。

所有这些叙述稍稍阐明了逃遁的实质以及它的若干形式，但它仍未解释清楚逃遁这一事实本身。阿尔奈的理论为大量他未曾引用过的材料所证实。返回是从另一个世界返回。但为何这种返回要采取逃跑的形式——不能以此来解释。无论是行成年礼之后的返回，还是萨满在仪式中从另一个世界返回，均未反映出逃跑。同时，它又出现在全世界的神话、传奇和故事里。

我们只能假定，它是窃取从另一世界带来的东西的结果。逃跑起因问题归结为窃取起因的问题。窃取的概念是随着私有财产的肇始而出现的，在此之前只是拿取而已。在经济发展最早期阶段，人几乎还不从事生产，而只是取之于自然，人实行的是一种掠夺性的消费经济。因此最初的那些引向文明的东西，人都不把它们想成是做出来的，而认为是暴力取得的。第一粒火种是窃取来的。第一批箭、第一批种子等都是从天上窃取而来的。

窃取由此在民间文学中总是起着巨大的作用。在仪式上，学会魔法返回通过和平的途径实现；在神话里，它常常是被窃取来的，返回采取了逃跑的形式。神话比仪式存在得更久，而且再生为故事。以窃取代替奖赏或赠予，表明财产关系已经进入了与原始共产主义及与没有财产权的矛盾。主人公从财产所有者、阴间人物手中夺得财产，后来是从神灵手中夺得，然后将其带给人们，并将其变为人的财产。难怪阴阳两界的居间者赫尔墨斯同时是个窃贼，而且后来它成了商业的庇护神。

但在保留此种与逃跑相联系的窃取的同时，故事还保留着通过老妖婆将魔法和平移交以及没有任何逃跑的返回，对仪式做了相当准确的反映。

第十章

◆

故事作为一个整体

故事结构的一致性并非隐藏在人类心理的某些特点中，也不是在艺术创作的特殊性中，它隐藏在往昔的历史现实里。现在人们所讲述的那些东西，是某个时候做过的、描绘过的，而那些不曾做过的事则是出于想象。仪式已不再举行，关于死亡的观念还继续存在着，发展着，发生着与该仪式已经没有任何联系的变异。

然而已失去宗教功能的故事本身，并非某种与它脱胎于其中的神话相比要低级的东西，相反，从宗教条条框框的束缚中解放出来，故事进入了为另一些社会因素所推动的艺术创作的自由空气中，于是开始了血肉丰满的生命。以此不仅可以从内容方面解释神奇故事情节的起源，而且可以解释它作为一种艺术讲述的起源。

1．神奇故事的一致性　我们按故事情节结构组成部分的顺序对其进行了考察，对于不同的情节来说，这些情节结构组成部分是一样的，它们连贯地由此及彼并构成了某种整体。我们考察了每一个这样的母题的来源，但我们尚未将这些来源置于其相互关系中进行对比。换句话说，就是我们知道了单个母题的来源，但却不知道它们在情节展开过程中的顺序的来源，不知道故事作为一个整体的来源。

匆匆回顾一下已考察过的来源便可以看到，故事母题中有许多是起源于各种社会制度法规，其中授礼仪式占有一个特殊的位置。接下来，我们看到关于阴间世界的观念、关于彼世之旅的观念也起着很大的作用，这两个系列产生了绝大多数的母题。除此以外，还有若干母题有着另外的起源。

如果列举已经得出的结果，并按照来源或历史的对应关系分别排列，我们会得到下面这样一幅图画，下列母题起源于整套的授礼活动：孩子们被送到或被驱逐到树林里，或被林妖劫走，小木屋，预售，主人公遭老妖婆殴打，断指，向其他人展示死亡的假象，老妖婆的炉灶，碎尸与再生，吞下与吐出，获得宝物或神奇的相助者，改头换面，树林里的师傅与绝技。后来到结婚前的下一个阶段和归来时刻反映在大房子，房中摆满食物的桌子，猎人，强盗，小妹妹，棺中美女，在神奇的花园和宫里的美女（普绪喀）以及邋遢鬼，丈夫出席妻子的婚礼，妻子出席丈夫的婚礼，禁入的储藏室和其他的母题。这些对应使我们可以断定，成年礼系列是故事的远古的基础，所有这些母题一起构成了无数千姿百态的故事。

另一个系列，即揭示出与故事有对应关系的范围是关于死亡观念的系列。可以归入此类的母题有：姑娘被蛇妖劫走，形形色色的奇异诞生，死者如何归来，穿着铁鞋之类的东西上路，作为进入另一王国的入口的树林，主人公的气味，往小木屋的门上洒水，老妖婆的款待，充当向导的运送者的形象，骑鹰、骑马、乘船等等的长途旅行，与企图吃掉外来者的入口守门人的战斗，过秤，在另一王国的逗留及这个王国的所有点缀。

这两个系列加起来产生了几乎是全部（但还不是全部）主要的故事，在这两个系列之间无法划出一条准确的界限。我们知道，整个成年礼仪式就是经受在死亡之国短暂停留的考验，反之亦然，死者所经历的一切正是被授礼者所经历的：获得相助者，遇到吞食者，等等。

如果想象一下发生在被授礼者身上的一切，并按顺序叙述下来，那么便可以得出神奇故事建构于其上的那个结构。如果按顺序叙述所有发生在死者身上的事，就像人们所做的那样，那么依然可以得到同一个轴心，但添加上了一些仪式线索中不足的因素。这两个系列同时产生了几乎是全部的主要的故事结构要素。

我们到底发现了什么呢？我们发现了故事结构的一致性并非隐藏在人类心理的某些特点中，也不是在艺术创作的特殊性中，它隐藏在往昔的历史现实里。现在人们所讲述的那些东西，是某个时候做过的、描绘过的，而那些不曾做过的事则是出于想象。这两个系列中的第一个（仪式）先于第二个消亡。仪式已不再举行，关于死亡的观念还继续存在着，发展着，发生着与该仪式已经没有任何联系的变异。仪式的消失与狩猎作为唯一的或基本的生存来源的消失相关联。

根据这里所说的一切，我们应该想象情节是这样进一步形成的，该轴心在形成之后，也还在从新的、较晚近的现实中吸取某些新的成分或复杂化了的东西。从另一方面说，新生活创造出了新的体裁（现实性的故事），与神奇故事的结构和情节相比，这些体裁已经是生长在另一块土壤中了。换句话说，发展走着一条分层化的道路，一条更替、重解等等的道路，从另一方面看，是走着一条产生新类型的道路。

比如说，国王的孩子被关进囚牢的母题是出自隔离帝王、祭司、巫师及其孩子的习俗。这就是分层化。给主人公赠马的感恩的死者或亡父的母题，在功能上与赠马的老妖婆相一致。这里是处于祖先崇拜，即较晚近的现象的影响之下，我们看到了保留着赠予功能的赠予者的形象的重解和变形。因而对与上文提到的那些系列无关的母题的问题应单独予以解答，属于此类的母题如主人公的结婚与加冕。在公主的形象中，我们从一个侧面辨认出了独立的女性及氏族和图腾巫术的掌握者。她是“处女之王”。接下来，可以将她与萨满在天界的妻子相对照，还可以将她与被继承者废黜和杀害的国王之女或遗孀相对照。

要分析与难题相关的整个一组母题显得颇为困难。说故事在此保留了试验继承者巫术力量的习俗，这无法予以确证。不过从一些间接的证据来看这也不无可能。

以后这一变更出场人物、保留情节结构的规律成为一条不变的定律，故事便沿着这条路线继续发展。日常风习、变化了的生活——替代的材料正是由此而来的。比如说，原来在乞婆的身上可以认出老妖婆，在带阳台的两层楼中可以认出男性公房，等等。

这一结论不符合流行的故事观念。通常认为，故事中是夹杂着一些史前的因素，但它整体上是“自由的”艺术创作的果实。我们看到，神奇故事是由那些起源于在阶级分化之前的社会占有一席之地的现象和观念的要素构成的。

2. 故事作为一种体裁 我们已经弄清了诸单个母题的来源，我们还弄清了它们的联系，它们的排列顺序也不是偶然的现象。但以此还不能阐明神奇故事本身如何产生的事实。

远古的叙事水平是怎样的？我们从上面提到的内容已经知道，在行成年礼时是要对年幼者讲述点什么的。可讲的是什么呢？

神话及故事的情节结构，与在行授礼仪式时占重要地位的事件的顺序相吻合，这一点令人想到，讲述的是与青年人相关的事，但讲述的却并不是他本身，而是祖先，是氏族与习俗的创始人，他以奇异的方式诞生，在熊啊狼啊之类的动物王国待过，从那儿带来了火、有魔力的舞蹈（就是教年轻人跳的那些）等等。这些事件起初与其说是被讲述，不如说是被程式化戏剧化地描绘出来的，它们确曾作为造型艺术的对象，如果不了解许多民族的传说和故事，就无法了解他们的雕刻和一些装饰图案。在此向被授礼者揭示了在他们身上完成的那些事件的内涵，叙述将他比作了人们所讲述的那样的人。叙述构成了祭祀的一部分并被归入禁忌之列，这些禁忌是作为有利于讲述某种与仪式直接相关事物状况的第二位要考虑的事。

很遗憾，绝大多数所谓原始民族的口述故事集都只有文本，关于讲述的情境和伴随讲述的种种情况等等我们一无所知。不过也有例外，在有些情况下，收集者们不仅援引了文本，而且介绍了这些讲述流传时的某些细节。

在考察这一类的故事时，多尔西在集子《斯基迪-帕乌尼的传统》[1]中有十分充分的记述。他谈到大量的仪式和舞蹈，其中包括传圣包（tbundles，小口袋或小绳结）仪式，这是一种特殊的护身符，它们被保存在家中，是家中的圣物，所有的平安幸福和狩猎成功都有赖于此，里面装的东西五花八门，有羽毛、种子、烟草叶子等等，简而言之，我们在其中认出了"神奇的赠物"的原型。多尔西说："每个这样的典礼和每种舞蹈不仅有自己的程式，还有关于

1　Dorsey G. A. Traditions of the Skidi-Pawnee. Boston and New York, 1904, p. IXXVI.

其来源的讲述。”[1]就像集子所展示的那样，关于这些护身符的来源的讲述应理解为是在讲述诸如这个小包的第一个主人如何去了树林，在那儿碰到了一条水牛，被它驮到了水牛之国，在那儿获得了这个护身符，学会了舞蹈后返回家来，他把这一切教给了大家，于是成了领袖。这样的讲述“通常是圣包或舞蹈的掌握者或持有者的个人财产，而且，作为一条规则，要在程式完成以后或在将圣包或仪式的所有权转交给下一位主人时立即讲述”。[2]这样看来，讲述是程式、仪式的一部分，它依附于仪式和即将拥有护身符的那个人。讲述是独特的语言护身符，是对周围世界有巫力作用的手段。“如此说来，每一个这类讲述都是秘传的……这就是为什么这么一种极为艰涩的、类似病源讲述的东西（origin-myth），只能知道个大概。”[3]

在这一记载中有两个方面很重要。第一，就像已经指出的那样，讲述是与程式一起流传并构成了其不可分割的一部分。第二，我们在此面对着一个延续至今的现象的源头，那就是对述说的禁忌。产生并遵守这个禁忌并非是由于礼节，而是由于讲述内容和讲述行为所特有的巫术功能。“他在讲述它们时，他（讲述者）付出了自己生命的一部分，因此会提前结束生命。例如，有一次一个中年人叫道：‘我不能把我知道的都告诉你，因为我还不打算死呢。’或者就像一位老祭司说的那样：‘我知道我的日子屈指可数了。我

1 Dorsey G. A. Traditions of the Skidi-Pawnee. Boston and New York, 1904, p. X.
2 Ibid., p.XII.
3 Ibid., p.IXXVI.

这条命已经没什么用了。我没有理由不说出我知道的一切。'"[1]

我们还会再回过头来谈禁忌，但暂时还是让我们来看看这类讲述与仪式的关系吧。可以反驳多尔西，说他所说的现象是个别的、地区性的。显然多尔西本人也是这样理解事情的，他并没有引证可供比较的材料。然而事情并非如此。是的，讲述与仪式的关系不能被精确地证实，它应该用大量的材料来展示。在此可以引用博厄斯的印第安人传说故事集及他对夸扣特尔人部落社会组织和神秘同盟的研究，该传说故事集收入的全是文本，这从传统民间文艺学的观点来看，是欧洲许多知名故事与母题的"印第安说法"或"异文"。它给人的印象是，这是些艺术化的讲述，仅此而已。但只要当我们开始不仅是熟悉文本，而且熟悉了哪怕只是一个部落的社会组织，情况便全然改观，这些文本突然从一个全新的角度出现在我们面前。我们会看到，它们与这个部落的整个生活制度如此紧密地联系在一起，没有这些讲述，"传说"也好（博厄斯这样称呼它们），仪式也好，部落的法规也好，全都无法弄清楚。反过来说，只有基于对社会生活的分析讲述才成为可以理解的，它们不只是作为一个组成部分进入社会生活，而且在该部落看来它们是与武器和护身符同等重要的生活条件之一，要作为极其了不起的圣物加以珍惜和保存。"确切地说，神话构成了部落最珍贵的财富。它们与部落尊为圣物的最核心的东西相关。最重要的神话只为那些热衷于珍藏其秘密的老人们所知……这些秘密知识的年长的守护者

1　Dorsey G. A. Traditions of the Skidi-Pawnee. Boston and New York, 1904, p. XV.

们待在村子里，沉默不语，如斯芬克司一般，在不招致危险的前提下，他们决定在多大程度上可以把祖先的知识托付给年轻一代，并且在什么时刻这一秘密的转交才会是最有效的……”[1] 神话——它们不只是生活的组成部分，而且是每一个单个人的组成部分。剥夺了他的讲述，就意味着剥夺了他的生命。此处神话所具有的生产与社会的功能并非个别现象，这是规律。神话的外泄会使其丧失神圣的性质，同时失去的还有它的魔力，或像列维-布留尔说的会失去“神秘的”力量。若失去了神话，部落便不能维持其生存。

与那种情节内容为残余物的故事有所不同，在此我们看到的是与人民的整个现实、与生产、与社会制度及信仰的活生生的联系。主人公或被授礼者祖先所遇到的动物被雕刻在柱子上：这些传说中提到的物件在舞蹈时还被穿戴着，在舞蹈中人们扮演着熊、猫头鹰、乌鸦以及其他能给予被授礼者以魔力的动物。

此处援引的材料和看法，对某类神话是如何产生的问题做出了回答，但它们尚未解释清楚我们的故事是如何产生的。

在第1章中我们曾确定，故事不取决于它存在于其中的那种社会体制，现在我们可以将这一观点稍加准确化。神奇故事的情节和结构取决于其所处发展阶段上的氏族制度，我们曾选取了多尔西、博厄斯等人所研究的美洲部落作为其代表，在此我们看到了基础与上层建筑之间的直接对应。情节的新的社会功能，其纯粹的艺术运用与创造它的制度的消失相关。表面上，神话再生为故事这一

---

1 Леви-Брюль Л. Сверхъестественное в первобытном мышлении. М. 1937, с. 262.

过程的开端，是在情节及讲述活动与仪式的剥离中表现出来的，这个从仪式中剥离出来的时刻是故事史的开端，那么它与仪式浑然一体的时期是它的史前期。这种剥离或者作为一种历史的必然通过自然的途径产生，或者因欧洲人的出现、印第安人的被基督教化，以及将他们整个部落被迫迁往更恶劣的地方、生活方式的变更、生产方式的改变而人为地加快。多尔西也观察到了这种剥离。我们不要忘记，欧洲人在美洲已经横行霸道了五百多年，而我们在此所看到的常常只是其素有状况的反映，是这种状况的分化、解体、残余及其尚且鲜明的痕迹。“当然，这些关于小包包和舞蹈起源的神话并不总是祭司专有的财产。它们寻找着通往普通百姓的道路，它们在那儿被讲述时，会失去其许多原始的意义。这样，通过不断损坏的过程它们被弄得不再被认为有意义，人们讲述它们就像讲故事一样。”[1] 多尔西将从仪式中剥离出来的过程称为损坏。然而已失去宗教功能的故事本身，并非某种与它脱胎于其中的神话相比要低级的东西，相反，从宗教条条框框的束缚中解放出来，故事进入了为另一些社会因素所推动的艺术创作的自由空气中，于是开始了血肉丰满的生命。

以此不仅可以从内容方面解释神奇故事情节的起源，而且可以解释它作为一种艺术讲述的起源。

我们要重复的是，这种看法本身无法去证实，它可以在大量的材料中呈现出来，而这一点在此不可能做到。不过此处还有一点

1　Dorsey G. A. Traditions of the Skidi-Pawnee, p.XXI — XXII.

疑惑，这里说的只是神奇故事，我们认为有可能将它从其他故事中划分出来单独进行研究。我们在割断联系进行研究之后，现在工作进入尾声，应该重新将它们合拢，因为对其他体裁的研究会改变我们关于神奇故事是如何形成的观念。我们考察了所谓原始民族的仪式和神话，并将其与当代的故事联系起来，但我们并未研究这些民族的故事，我们从一开始就没有考虑艺术传统的机会。

尽管一些与神奇故事无关的情节在此未做研究，但想来不只是神奇故事，还有许多其他故事（比如说动物故事）有着同样的起源。这也许需要写一本专门论这些体裁的专著来证明，此处无法证实。对印第安人故事集的研究得出的结论是——这完全是仪式材料，即我们所说的意义上的故事在此还不为人知。这种观点对民间文艺学家来说似乎是缺乏说服力的，但熟悉不止一种文本的民族志学家却会很快认同这种说法。诺伊豪斯在原德属新几内亚观察到了这一点。他们“只知道传说，他们既不懂什么是故事也不懂什么是寓言。对我们来说是故事化的讲述，对他们来说就是一些跟其他东西一样的传说”。[1] 列维-布留尔也认为这种观点是成立的，他还援引了这方面的论述作为证明，[2] 这一点可以用对动物故事的分析来验证，比如说，在北美洲有一组特殊的关于“郊狼”的故事，这是讲郊狼的把戏的逗乐话，斯基季印第安人这样说它：“郊狼是个棒小伙子，他无所不知，要想干掉他是没门儿的事。而且他还对稀奇古

1 Neuhauss R. Deutsch-Neu-Guinae, Bd. III. Berlin, 1911, S.161.
2 Леви-Брюль Л. Сверхъестественное в первобытном мышлении, с. 267.

怪的东西上瘾，又鬼得要命，要想打败他是难上加难，他很少有被彻底打败的时候。”但这些“故事”是在要干某些事情之前被讲述的，那么郊狼的机灵就应转到讲述者的身上。我们对美洲民间文学所作的论断，博戈拉兹在勘察加半岛的科利亚克人的民间文学中也看到了。“勘察加半岛科利亚克人的民间文学的特点是具有开心逗乐的性质。关于乌鸦库赫特有很多奇奇怪怪的可笑故事，比如它怎样跟老鼠姑娘打仗，怎样放火烧了自己的房子，等等。库赫特时而化身为人，时而变为乌鸦，民间文学对它的态度极为不敬。与此同时，库赫特又是创造了天和地的作为创世者的乌鸦。库赫特创造了人，为人取来了火，后来又赠给人们供猎取的野物。”（博戈拉兹-唐，1936，29）[1]被博戈拉兹认为是不敬的态度，事实上是面对乌鸦的鬼机灵所产生的赞叹的感情，多尔西指出了这一点。无论如何，如果这类开心把戏中的乌鸦是天和地的创造者，如果讲述是在狩猎前进行，那么此处讲述的神圣性质是毋庸置疑的。不过，不只是神奇故事的神圣性质被增强。要知道授礼仪式远非唯一的仪式，还有季节性的狩猎与耕作仪式以及一系列其他仪式，它们中的每一个都有自己的起源神话。这些神话与仪式的关系及它们二者与故事的关系还完全未被研究。为了阐明这个问题，需要仔细研究阶级分化之前各个民族民间文学的构成。这会使我们离题太远，而对于我们要达到的目的来说，这也没有直接的必要。

1　Богораз-Тан В. Г. Основные типы фольклоора Северной Увразии и Северной Америки. — Сов. Фольклор, 1936, No.4 — 5, с. 29.

综上所述可以看出，对神圣情节的“亵渎”早已有之（我们所说的“亵渎”一词指的是神圣叙述向世俗的，即非宗教的、非秘传的，而是艺术的叙述的转化）。这正是故事诞生的时刻。但要想界定神圣叙述在何处终止而故事从何处开始——这不可能。正像Д. К. 泽列宁在《神奇故事的宗教巫术功能》[1]一文中指出的，对讲述的禁忌及认为故事对生计有魔力影响的看法，至今仍在文明民族中保留着。我们知道的有沃古尔人的故事、马里人的故事等等。但这些依然不过是遗留物、残迹而已。相反的是，印第安人的故事几乎全是神圣的讲述，是神话，但是这里已经开始了它与故事的分离，其中可以看出现代故事的艺术讲述的萌芽。

这样看来，故事从较早的时代仿效到了其社会的和意识形态的文化，但若断定故事是宗教唯一的继承者却是错误的。宗教就其本身而言也在变化，并且在宗教中也包含了极其古老的遗留物。所有在埃及、希腊及稍晚在基督教中获得发展的阴间世界和死者命运的观念，都产生得相当早。这里不能不指出萨满教也正是从故事所保存的史前期时代接受了许多东西。

如果收集一下萨满对其行巫术的讲述，关于萨满如何去另一个世界招魂，这时有谁帮他的忙，他如何翻山过河，等等；接着再将这些与故事主人公的远途旅行和飞翔进行比较，那么相一致处就出现了。就单个因素而言，我们对此已做过考察，就整体而言依

---

1 Зеленин Д. К. Религиозно-магическая функция волшебных сказок. — В кн.: С. Ф. Ольденбургу: К пятидесятилетию науч-обществ. Деятельности. 1882 — 1932. Л., 1934, с.215 — 241.

然是吻合的。这样一来，神话、关于阴间旅途的讲述、萨满的讲述、故事，以及后来的史诗、勇士歌及英雄歌谣情节结构的一致性就得到了解释。随着封建文化的产生，民间文学的因素成为统治阶级的财产，在这种民间文学的基础上创作出了一系列英雄传奇，如《特里斯丹与伊索尔达》《尼伯龙根之歌》等。换句话说，运动是自下而上，而非像某些理论家断言的自上而下。

在此要对一直被认为是难以解释的现象——全世界民间文学情节相似的现象作出历史主义的解释。这种相似要比肉眼所看到的普遍得多也深刻得多。无论是迁移理论还是人类学派提出的人类心理同一性的理论，都未能解答这个问题。问题的解答要靠将民间文学与物质生活生产联系起来进行历史主义的研究。

被认为如此难以解答的问题，终究会有答案。但任何一个被解答的问题立刻又会引出一串新的问题。民间文学研究可以沿着两个方向进行：研究现象的相似的方向和研究差异的方向。民间文学，包括故事，不是只有千篇一律的一面，在具有同一性的同时它还是极其丰富多样的。对这种多样性的研究，对单个情节的研究，要比对情节结构相似性的研究困难得多。如果这里所提供的解答确实是正确的，那就可以按照新的方式着手单独情节的研究，着手其阐释以及其历史的问题。

附录一　故事引文文献目录

1. Азадовский М. К. Верхнелеские сказки. Иркуск, 1938.

2. Афанасьев А. Н. Народные русские сказки, т. 1 — 3/Подгот. текста, предисл. и примеч. В. Я. Проппа. М., 1957.

3. Bolte J., Polivka G. Anmerkungen zu den Kinder-und Hausmärchen der Brüder Grimm, Bd. 1 — 5. Leipzig, 1913 — 1932.

4. Grimm J. und W. Kinder-und Hausmärchen, Bd. 1 — 3 (Berlin, 1822).

5. Живая старина, т. XXI, 1912, вып. II — IV.

6. Зеленин Д. К. Великорусские сказки Вятской губерции. Пг., 1915 г. (Зап. Рус. геогр. об-ва по отд. этногр. т. XLII.)

7. Зеленин Д. К. Великорусские сказки Пермской губерции. Пг., 1914 г. (Зап. Рус. геогр. об-ва по отд . этногр. т. XLI.)

8. Сказки М. М. Коргуева. Кн. I/Зап., вступ. Статья и комм. А. Н. Нечаева. Петрозаводск, 1939. (Сказки Карельского Беломорья, I.)

9. Naville E. Das Aegyptische Todtenbuch der XIII. bis XX. Dynastie, Bd. 1 — 2. Berlin, 1881.

10. Песни и сказки на Онежском заводе. Петрозаводск, 1937.

(Карел. НИИ культуры.)

11. Ончуков Н. Е. Северные сказки. СПб., 1908. (Зап. Рус. геогр. об-ва по отд . этногр., с. XXXIII.)

12. Ludwig A. Der Rigveda, oder Die heiligen Hymmen der Brahшапа/ Zum ersten Mal vollständig ins Deutsche übersetzt, Bd. I — V. Praga, 1876 — 1883.

13. Садовников Д. Н. Сказки и предания Самарского края СПб., 1884. (Зап. Рус. геогр. об-ва по отд . этногр., т. XII.)

14. Карнаухова И. В. Сказки и предания Семерского края. М., 1934.

15. Соколовы Б. и Ю. Сказки и песни Белозерского края. М., 1915.

16. Смирнов А. М. Сборник великорусских сказок Архива Русского географического общества, вып. I, II. Пг., 1917. (Зап. Рус. геогр. об-ва по отд . этногр., т. XLIV 1. 2.)

17. Худяков И. А. Великорусские сказки, вып. 1 — 3. М., 1860 — 1862.

附录二 自传

弗·雅·普罗普

1895年生于列宁格勒。父亲是事务所的办事员，卒于1919年；母亲是家庭妇女，1912年卒于列宁格勒。

1918年毕业于列宁格勒大学文史系斯拉夫语系俄罗斯语文专业。自1918年至1928年，在列宁格勒的几所中学讲授俄语和文学。1926年应邀在工学院教德语。在多所高校教德语至1934年。在计划学院负责过外语教研室的工作。在列宁格勒第二外语师范学院负责过日耳曼语文教研室的工作。1932年应邀在大学任罗曼语系日耳曼语文教研室副教授。1937年大学开设民间文学教研室后转入该教研室，在此任教授至今。

主要学术专业为民间文学。在国家地理学会、东西方语言研究所、艺术史研究所、科学院文学研究所从事过学术工作。

1938年被授予教授职位，并未经答辩被授予语文学副博士学位。1939年通过了博士论文答辩。

卫国战争期间，1942年前在列宁格勒，曾随大学疏散到萨拉托夫，之后又随大学迁回。

1945年5月8日

译后记

贾放

弗拉基米尔·雅可夫列维奇·普罗普（Владимир Яковлевич Пропп，1895 — 1970），俄罗斯著名的民间文艺学家，他的名字不仅与俄罗斯民间文艺学发展进程中的一个历史阶段联系在一起，其思想遗产的独创性和广泛影响，已使他作为一位“世纪人”列入20世纪人类思想史的名人录。

普罗普一生著述丰厚，生前出版及后世整理发表的出版物有六部专著，一本论文集，以及一本汇集了自传体小说、暮年日记和通信的文集。他的研究涉及故事学、史诗学、民俗学、民间文艺学和美学多个领域，其中以故事学研究成就为最高。“外国民俗文化研究名著译丛”收入的这部《神奇故事的历史根源》是他最有影响的故事学著作之一，与另行刊出的《故事形态学》及几篇论文合起来，大体上能反映出他的整个故事学理论体系和思想发展脉络。

普罗普受到中国学者的关注，始于20世纪80年代。但在相当长的一段时间里，学界的关注点主要是他的《故事形态学》，而且由于传播渠道的原因，各种介绍大都是出自英译、日译和法译的“转口”，乃至对“转口”的转述。这既无法展现普罗普学说体系的全貌，也难以准确传达出他写作的文化语境，这对普罗普本人及其学说而言不能不说是一种遗憾。对于那些需要深入了解、研究普罗普的中国读者来说，则是一种缺失。普罗普的故事学思想是一个完整的体系，是以结构形态学研究为先导，以历史人类学探寻为途径，以体裁诗学阐释为旨归的。《故事形态学》只是它的发轫和一个方面，只有与后续的其他维度的研究合而为一，完整地看，方能看出其思想的发展脉络和整体价值。另外，根据英译、日译、法译进行多重转译、转述，难免会带来信息学所说的“信道损耗”，这也有可能影响对原著理解的准确性。这种状况在特定历史条件下在所难免，但带来的缺憾是不言而喻的。

1996年，我考入“中国民俗学之父”钟敬文先生门下，开始在职攻读民间文艺学专业的博士学位。因为我硕士读的是俄罗斯文学研究专业，钟先生有意让我在俄罗斯民间文艺学方面做一点介绍研究工作。其时，我已从国内一些间接、片段的介绍中对普罗普的形态学研究略有所闻。次年，我有幸奉中国教育部委派，赴俄罗斯圣彼得堡大学东方系任教。圣彼得堡大学是普罗普的母校，也是他一生执教的地方，这也算是天赐良机吧。我边教书，边读书，同时尽可能地广泛收集资料。经过一段时间的准备，征得钟先生同意，确定以《普罗普故事学思想研究》作为博士论文题目，从此开始了一段艰苦与快乐并存的跋涉历程。

我的中心工作是写学位论文，翻译只是一项副产品。我的本意，是希望通过翻译，能更准确、更深入地理解作者的思想体系，提高研究质量。后来发现，这项工作有可能对普罗普学说在中国的传播起到一点正本清源的作用，为中国学界了解这份文化遗产有所贡献，但这是后话了。

《神奇故事的历史根源》（1946）以旁征博引著称，书中大量引证的世界各地的民俗事象、地方性知识、方言故事，以及著名人类学家、民俗学家的论述，显示出作者扎实的学问功底，堪称20世纪以人类学方法研究民间故事的典范之作。《神奇故事的历史根源》和此前出版的《故事形态学》（1928）被作者称为“一部大型著作的两个部分或两卷”。按照作者的研究思路，在对神奇故事进行了结构形态描述，弄清它“是什么”这个问题之后，就应该转入下一步，去追寻它“从何而来”，即探讨它的起源问题。在这个阶段，“我们想研究的是历史往昔的哪些现象（不是事件）与俄罗斯的故事相符合并且在何种程度上确实决定并促使了故事的产生。换言之，我们的目的在于阐明神奇故事在历史现实中的根源”。西方对这本书的评价不如《故事形态学》，存在着多方面的原因。首先，是不了解或忽略了作者的整体构想，因而将作者的学术转向解释为由于外界压力不得已而为之；早期结构主义者对历史研究的排斥，恐怕是更内在的原因。相信中国学界在有机会了解作者的整体研究思路之后，自会得出公允的结论。

这项工作，对译者的专业基础和俄语水平都是极大的挑战，个中艰辛，非亲身经历难以体会。这本译作得以面世，有太多的师友需要感谢。如果没有他们的多方支持和无私相助，这项堪称艰难困苦的工作恐怕早就半路放弃了。

首先，我要深深感谢我的导师钟敬文先生。这项翻译和研究工作一直是在他的指导下进行的。1998年夏，我回国休假，第一次向先生谈起翻译这本书的打算，先生当即首肯。是他提示我：翻译不仅能对研究本身有实质性的帮助，还能给广大中国读者带来益处。后来他又多次肯定这项工作的意义。休假结束后，回到圣彼得堡，立刻着手翻译，原计划利用在俄的便利条件译出初稿，但到1999年夏天任教期满回国，实际上只译出了前半部。后一半竟然一拖几年，直到2002年论文答辩之后，才又腾出手来“重续前缘”。先生生前一直关心着译事的进展，而由于我的拖拉，这份作业没能在先生在世时完成呈交，至今觉得愧对恩师。

谨此对董晓萍教授一并致谢。为这套“外国民俗文化研究名著译丛”，她做了大量台前幕后的工作，从不计较个人得失。跟这样一位充满人格魅力的严师益友一起工作，总能令人在辛苦中发现真正的快乐。在翻译的最后阶段，每当我为进展太慢而焦虑时，她总是告诫我不要心急，要保证质量。我在获得博士学位三年之后，还能在完成繁重的本职教学及行政工作之余，勉力履行承诺，也是不敢有负我一直抱有深厚感情的这个学术集体，以及我衷心敬重的董老师。

我在俄苏文学界的师友们是我做这件事的坚强后盾：蓝英年、南正云、陈宝辰诸位前辈以不同方式给了我大量直接或间接的帮助。尤其是蓝先生和南先生，我自己解决不了的俄语问题，便积攒起来去问他们，以至于过一段时间没消息，蓝先生或南先生会打电话来问：“你还有什么问题？”《神奇故事的历史根源》里有不少一般工具书里查找不到的生僻词语和稀奇古怪的现象描写，俄语及俄罗斯文史功底深厚如蓝先生，也有被难住的时候，这时他会抱怨我

"既折磨自己，也折磨别人"。但说归说，他还是一边叹着气，一边戴上老花镜，再帮我一起细细琢磨。他的俄国朋友来看望他，他也不忘让我"利用"一下。南先生的善良、率真和博学，让人不止是佩服，听南先生说话，本身就是一种享受。同辈周启超、吴泽林，都是我可以随时麻烦的"全天候"朋友，他们的帮助在此不一一细述了。

普罗普学养深厚，通晓多种语言，著作中引用了大量英、德、法语的文献，在作者是信手拈来，于译者不啻是道道关隘，为此不得不去搬各路救兵。《神奇故事的历史根源》里的所有英文文献注释曾请尹虎彬博士帮我译出，德文注释请杜文堂先生译出，虽说后来因遵从统一体例，文献注释一律以原文形式出现，但两位先生的劳动对我理解作者思想的来龙去脉有很大的帮助。丛鹏先生不仅帮我查找俄文资料，而且帮我联系其他语种的专家，通过丛先生找到的捷克语专家李梅教授帮我翻译了捷克语的注释。

这些师友都是各自研究领域里的专家，都处于百忙之中，但对我的打扰有求必应，我钦佩他们的博学多闻，更感谢他们的古道热肠。

在此书面世之际，我愿意把它看成是我们共同劳动的成果。

我要感谢的俄罗斯友人有：俄罗斯科学院彼得堡分院文学研究所的民间文学专家、普罗普档案馆负责人玛尔登诺娃（А. Н. Мартынова）女士，俄罗斯科学院彼得堡分院文学研究所民间文学研究室主任郭列洛夫（А. А. Горелов），圣彼得堡大学俄罗斯文学系副教授、民间文学专家安东尼耶娃（С. Б. Адоньева），俄罗斯科学院彼得堡分院民族学与人类学研究所的汉学家列舍托夫（М. Решетов），他们中有几位是普罗普的学生，曾得普罗普亲炙，当得知我打算将他们衷心爱戴的导师的著作译成中文时，个个欣喜之情溢于言表，给我提供了大量十分宝贵的资料。还有我在东方系工作时的同事汉学家柳霞（Л.Г.Казакова）女士、司格林（А. Спешнев）先生，以及我的学生安娜、马克、聂权、刘沙，他们帮我答疑解难、联系版权等等，不厌其烦。

衷心感谢普罗普之子米哈依尔·普罗普（М. В. Пропп），这位很有成就的海洋生物学家，虽然未曾子承父业，但深谙父亲学术思想的价值，乐于看到父亲的著作能在中国得到传播。2001年秋，他和夫人来北京旅游，我同中华书局的编辑金英女士一起去看望他，聚首之时，言谈甚欢。听了我们的介绍以后，他作为普罗普著作权的唯一继承人，欣然将本书的中文版权授予了中华书局。

译文初稿完成后，施用勤兄应请于百忙中拨冗进行了细致的审校，做了许多匡谬正误的工作，对译文质量起了重要的保证作用。与施兄相识多年，但此前并无深交。多次听一些德高望重的前辈夸赞他的人品、译德、学问和中外文功力，此次合作亲身感受"诚哉斯言"！

感谢国家社科基金委的支持，我的"普罗普故事学思想研究"项目于2004年获得国家社科基金资助，这本译作作为项目成果之一，希望能不负厚望。

感谢富有学术眼光的中华书局，尤其是金英女士和胡友鸣先生，没有他们的敬业和热诚，这本书是无法这样顺利地问世的。

感谢我的亲人们的理解和默默支持，他们是这项工作的无名参与者。

这本书的翻译自动笔至完成，断断续续用了近六年的时间。这是我人生中一段充满挑战的艰辛苦旅，但也是收获累累的过程——不止是专业知识和俄语水平的长进，还有长期浸润在这样一份汇聚了智慧、热诚、博学的文化遗产中所受到的精神熏染，这对我今后的研究工作会大有裨益。因此事而与那么多可敬的人合作，感受人世间的美好情感，于我是另一大收获。

虽然我主观上希望尽我所能认真做好这项有意义的工作，但因为水平所限，译文中恐怕还会有这样那样的不足，我期待着读者的批评和指正。

2005年春于北京

中文版再版后记

贾放

有句话说：每本书都有自己的命运。

普罗普《神奇故事的历史根源》俄文原著问世于1946年。八十五年，一路风雨，经历了起起伏伏。

该书的中译本于2007年出版，迄今也走过了十四个年头。应该说，它是幸运的。因为国内学界的求新知若渴，也因为此前已有的介绍和关注，问世当年即售罄。这十几年里，我曾多次应邀评审与普罗普研究及应用相关的硕博士论文、期刊文章。同仁和“后浪”们的精彩成果，自然首先属于他们自己，想到我付出的劳动，多少有点助力作用，内心的喜悦是多重的。

但是，有些消息令我不安。因为初版印数少，早就买不到了，据说在旧书网上，二手书居然卖到了十几倍于原书的价格。还有一些读者用的是复印本。一本学术书，是给书生用的，何以要让他们花如此的代价和麻烦！

2019年，岳永逸博士来信说，乐府文化传媒公司的涂涂先生希望能由他们再版普罗普的两本书，这当然是令人高兴的事，但由于我当时在德国任教，面洽签约拖到了2020年9月。涂涂先生在签约当天送了我许多民间故事方面的出版物，言谈之间对民间故事的热情和研究功底令人感佩，各个审次的编辑工作也极为严谨认真，有他们的努力，是期待此书的读者们的福音。

在《神奇故事的历史根源》新版付梓之际，感谢所有付出努力和辛劳的朋友们。

2021年10月于北京

图书在版编目（CIP）数据

神奇故事的历史根源 /（俄罗斯）弗拉基米尔·雅可夫列维奇·普罗普著；贾放译. -- 北京：北京联合出版公司，2022.6（2022.9 重印）
ISBN 978-7-5596-5138-9

Ⅰ.①神… Ⅱ.①弗… ②贾… Ⅲ.①民间故事—文学研究—俄罗斯 Ⅳ.①I512.077

中国版本图书馆 CIP 数据核字 (2021) 第 265680 号

神奇故事的历史根源

作　　者：[俄罗斯] 弗拉基米尔·雅可夫列维奇·普罗普
译　　者：贾放　　审　　校：施用勤
出 品 人：赵红仕
策　　划：乐府文化　　特约编辑：武霖
责任编辑：李艳芬　　营销编辑：云子　盐粒
责任印制：耿云龙　　书籍设计：UNLOOK unlook-guangdao.com

北京联合出版公司出版
（北京市西城区德外大街 83 号楼 9 层　100088）
北京联合天畅文化传播公司发行
北京美图印务有限公司印刷　新华书店经销
字数 450 千　880mm×1230mm　1/32　18 印张
2022 年 6 月第 1 版　　2022 年 9 月第 2 次印刷
ISBN 978-7-5596-5138-9
定价：108.00 元